क़ायद-ए-आज़म
का
मोहब्बत-नामा
(टूटी-फूटी लड़कियां)

क़ायद-ए-आज़म
का
मोहब्बत-नामा
(टूटी-फूटी लड़कियां)

चौधरी मदन मोहन समर

प्रलेक प्रकाशन

प्रलेक प्रकाशन

PRALEK PRAKASHAN

(an Imprint of "PRALEK PUBLISHING HOUSE PVT. LTD.")

मुख्य कार्यालय : 702, जे-50, ग्लोबल सिटी, विरार (वेस्ट), मुम्बई, महाराष्ट्र-401303

दिल्ली एनसीआर कार्यालय : 03/सी, ज्ञानखण्ड-4 इंदिरापुरम गाजियाबाद, उ.प्र.-201014

बनारस कार्यालय : 02, उर्मिला प्रेम सदन, नासिरपुर, वाराणसी, उ.प्र.-221005

Email : pralek.prakashan@gmail.com

Website : www.pralekprakashan.com

दूरभाष : +91 7021263557

क़ायद-ए-आज़म का मोहब्बतनामा

-चौधरी मदन मोहन समर

Quaid-E-Aazam Ka Mohabbatnama by Choudhary Madan Mohan Samar

ISBN : 978-93-58694-29-1

प्रथम पेपरबेक संस्करण : 2025

आवरण चित्र : आस्था चौधरी लोध

पुस्तक सज्जा : प्रलेक स्टूडियो

(प्रलेक प्रकाशन का लोगो मिक्की पटेल की तुलिका से)

समर्पण

उन कलियों को

जो ज़िंदगी की ख़ुशबू से

दूर होती चली गईं

क़ायद-ए-आज़म का मुहब्बतनामा अर्थात टूटी-फूटी लड़कियां

यह उपन्यास मुख्यत: सन् 1875 से सन् 1929 तक की ऐतिहासिक पृष्ठभूमी पर विस्तरित भावनाओं, छद्म प्रतिष्ठा, हठधर्मिता, राजनैतिक, सामाजिक एवं सांस्कृतिक उथल-पुथल तथा वैचारिक द्वंद्व में डूबे पात्रों का चरित्र-चित्रण है, जिसमें लोक आख्यान में स्थापित एवं प्रचलित चर्चित घटनाओं पर कहानी तत्व की कल्पनाएं शामिल हैं। यह उन टूटी-फूटी लड़कियों की दर्द भरी कहानी है जो दुनिया के नामचीन व्यक्तित्व और बैरिस्टर, जो पड़ोसी देश में क़ायद-ए-आज़म बन गए मोहम्मद अली जिन्हा के धोखे का शिकार हुईं, तथा अपनी पीड़ा लिये छटपटाती हुई दुनिया से चली गईं। मोहम्मद अली जिन्हा की गद्दारी का शिकार तो राजनैतिक और साम्प्रदायिक दृष्टि से हिंदुस्तान भी हुआ, लेकिन वह अपने निजी जीवन में भी लोगों के प्रति कभी ईमानदार न रहकर स्वार्थ को ही सर्वोपरी मानता रहा। इस उपन्यास में यह बताने का प्रयास है कि उसकी महत्वाकांक्षाएं सदैव सामाजिक नैतिकता को किस तरह कुचलती रहीं।

इस उपन्यास की कथावस्तु मूल आत्मा के रूप से अपने समय की अनिद्य सुंदरी रतन बाई पेटिट उर्फ रुत्ती और देश के धनाड्य उद्योगपति एवं जिन्हा के सर्वाधिक विश्वसनीय दोस्त दिनशॉ पेटिट से कथित क़ायद-ए-आज़म मोहम्मद अली जिन्हा द्वारा किये गए पीड़ादायक धोखे पर आधारित है। दिनशॉ पेटिट की सोलह वर्षीय बेटी रुत्ती, जिसे जिन्हा ने उसके शैशवकाल में उस समय से अपनी गोद में खिलाया था जब उसके सामने के दो दांत निकल रहे थे। नैतिकता और विश्वास की सारी सीमाओं को तोड़ इकतालिस वर्ष की उम्र में जिन्हा द्वारा उसे अपने प्रेम-जाल में फांस उसका धर्म परिवर्तन करवाकर निकाह करने और फिर तिल-तिल तिरस्कृत कर उसके साथ असहनीय अमानवीय व्यवहार उस कोमल सी अपूर्व सुंदरी लड़की को अपने निर्णय पर पश्चाताप करते हुए सिर्फ 29 साल की उम्र में सिसक-सिसककर तड़फते हुए मरने पर मजबूर कर देने की कहानी है इसके पृष्ठों पर। यह उपन्यास रुत्ती की पल-पल घुटन और टूटन को मार्मिक रूप से उजागर करता है।

इसके ताने-बाने में बुने गए कथानक का प्रवाह उसके दादा और पिता की वास्तविकता और धर्म परिवर्तन के साथ गुजरात के पनेली से सिंध के करांची तक बहता हुआ बचपन और बड़े होते फिर तरुणाई में कदम रखते मामद की आदतों को समेटता उसके अनचाहे विवाह की शिकार इमीबाई का दर्द है जिसके साथ मामद ने केवल एक सप्ताह का दाम्पत्य ही बिताया था। लंदन के 35, रफेल रोड़ पर मिसेज फ्रेडरेक के किराए के मकान में रहने वाले इसी मामद ने उस फ्लैट की मालकिन की हमउम्र बेटी के साथ प्यार का खेल खेलते हुए अपना स्वार्थ पूरा कर उसे कैसे उपेक्षित किया यह उपन्यास उजागर करता है। मामद अली का अपने पिता की उम्मीदों के विरुद्ध लंदन में अपनी जिद के अनुसार कार्य करते हुए उनका दिल तोड़ने की कथा भी इस कहानी का हिस्सा है तो इसी मामद का मिस्टर एम.ए. जिन्हा बन कर बैरिस्टर के रूप में भारत आकर राजनैतिक और कानूनविद् के रूप में पैर जमाकर आगे बढ़ने की गति इस कहानी में है।

इस उपन्यास में जहां एक तरफ रुत्ती के एक खामोश प्रेमी की कहानी साथ चलती है तो वहीं जिन्हा की राजनैतिक यात्रा और तत्कालीन भारतीय राजनीति व ब्रिटिश सत्ता को भी रेखांकित किया गया है। दार्जिलिंग व नैनीताल की प्राकृतिक छटाओं को उकेरा गया है तो दिल्ली और बम्बई की अभिजात सोसायटी और वैभव की कलाकृति भी इसके पृष्ठों पर बिखरी है। समुद्री यात्रा के साथ लंदन तथा पेरिस के तात्कालिक समय को भी जीवित करने का प्रयास किया गया है। मित्रता में धोखा खाए रुत्ती के पिता के अंतर्द्वंद्ध और पीड़ा को सामने लाया गया है। रुत्ती के भोलेपन तथा जिद्दीपन को एक साथ छानने की कोशिश की गई है तो वहीं जिन्हा के हठीलेपन एवं शातिराना दिमाग को सामने रखने का प्रयास भी है। इसमें जिन्हां के स्वार्थ के सामने उसकी अपनी बेटी दीना का आक्रोश भी है तो उसकी सहयोगी के रूप में उसकी बहन फ़तिमा की भूमिका भी है।

कुल मिला कर सन् 1870 से 1929 तक के कालखंड का यह उपन्यास भारतीय जनमानस सहित अंतरराष्ट्रीय घटनाक्रमों को समेटते हुए कल्पना और हकीकत के मिश्रण के रूप में लिखा गया है। उपन्यास में उल्लेखित घटनाएं ऐतिहासिक हैं तथा उनका कहानी के रूप में विस्तार किया गया है। अत: उपन्यास किसी भी तरह के विवाद को अस्वीकृत करता है।

–प्रकाशक

मेरी बात

क्या ज़रूरत थी यह कथा लिखने की

बहुत लोगों ने मुझे यही कहा। लेकिन मुझे लगा कि ज़रूरत थी यह लिखने की। न जाने क्यों रुत्ती का आर्तनाद मेरे कानों में गूंजता रहता था। एक टूटी-फूटी लड़की का रुदन है यह। सिर्फ़ रुत्ती का ही रुदन नहीं है, उसकी बेटी दीना को भी तो आँसू ही देने की ज़िद थी, मोहम्मद अली जिन्हा और उसकी बहन फ़ातिमा जिन्हा की। कथित क़ायद-ए-आज़म पर लोगों ने ख़ूब लिखा और उसे महिमा मंडित किया सेक्युलर तथा धार्मिक एकता के मसीहा के रूप में। देश विभाजन की सनक को अनेक लेखकों ने उसकी मजबूरी बताकर सहानुभूति दिखाई। लेकिन पल-पल मरती रुत्ती का ख़्याल किसी को नहीं आया। कुछ अधूरे से पन्ने औपचारिकता वश ज़रूर लिखे गए। रुत्ती के साथ इमीबाई और स्टेला भी तो सुबक रही हैं, मोहम्मद अली जिन्हा के मोहब्बत-नामे के पन्नों पर, उन्हें सही स्थान कहां मिल सका। फिर एक रहस्य पर से तो पर्दा अभी भी नहीं उठा कि अलीगढ़ मुस्लिम विश्वविद्यालय के विजीटिंग रजिस्टर में मिसेज जिन्हा के रूप में किसके हस्ताक्षर हैं? जबकि मिसेज इमीबाई जिन्हा सन् 1893 में मर गई थी, तथा दूसरी रुत्ती उर्फ मरियम जिन्हा 1929 में स्वर्ग सिधार गई। 35, रसेल रोड लंदन में रहने वाली मासूम अनाम तो मिसेज जिन्हा हो नहीं सकी। जिसे जिन्हा ने सन् 1893 में सपने दिखाए थे। ये तीनों तो कभी अलीगढ़ मुस्लिम विश्वविद्यालय नहीं गईं, तो वह रहस्यमई हस्ताक्षर किसके हैं?

भारत विभाजन की विभीषिका को क्या सदियां भूल पाएंगीं? इस विभीषिका में लहूलुहान होने वाला जिला गुजरांवाला का एक परिवार मेरा भी है। इसलिए मुझे जिन्हा और उसके किरदार को जानने की उत्कंठा रही है। इस हेतु मैंने अनेक प्रसिद्ध लेखकों को पढ़ा। मैं जानना चाहता था कि ऐसा क्या था इस व्यक्ति में, जो एक प्राचीन, सांस्कृतिक तथा विशाल देश को तोड़ने में सफल हो गया और भारतीय राजनीति के पुरोधा मुंह में दही जमाए रहे। मेरे लिए यह और भी आश्चर्य की बात थी, कि जिसके पिता ने कुछ समय पहले बिना किसी ठोस कारण के धर्म परिवर्तन किया था, वह एक पूरी क़ौम का क़ायद-ए-आज़म कैसे बन बैठा, जबकि वह इस्लाम के न शिया वर्ग में था न सुन्नी वर्ग में। वह तो इस्माइली था जिस पर शरिया भी लागू नहीं होता। खान-पान और आचरण से

जो कभी मुसलमान रहा ही नहीं, वह कैसा क़ायद-ए-आज़म? हर लेखक ने उसे सौम्य और शांत प्रवृत्ति का नेता सिद्ध किया। लेकिन उसकी आंतरिक चारित्रिक निष्ठुरताओं को किसी ने भी नहीं देखा। चौदह साल की इमीबाई से विवाह, लंदन में रंगीन मिज़ाजी और फिर अपनी गोद में खिलाई हुई अपने ही दोस्त की बेटी रतनबाई को घृणित रूप से प्रेम के सब्ज़-बाग़ दिखाकर उससे शादी और उसका धर्मान्तरण, तथा बाद में इतनी घोर उपेक्षा कि वह यौवन के खिलने के समय तक अपनी देह त्यागकर चली गई। मैं विचलित था यह जानकर।

सन् 2008 से मेरे दिमाग़ में इस पर कुछ लिखने का विचार कुलबुला रहा था। संक्षिप्त रूप से मैंने एक छोटी सी कहानी सन् 2010 में लिखी थी, जो दैनिक जागरण में प्रकाशित भी हुई थी। लेकिन यह विषय हजार-पंद्रह सौ शब्दों की कहानी में सिमटने वाला नहीं था। पुलिस की नौकरी का व्यस्त समय अपनी जगह था। मेरी कल्पना रुत्ती की उमंग, उसकी बेबसी और जिन्हा की उथल-पुथल को आंकने में लगी रहीं। लेकिन शुरू कहां से करूं कुछ समझ ही नहीं आ रहा था। इसे सोचते-सोचते अनेक वर्ष बीत गए।

मुम्बई में बच्चों के शिफ्ट होने के बाद मेरी इस कहानी के महत्वपूर्ण किरदार साउथ कोर्ट देखने पर मुझे एक सिरा मिला। इसे भारत सरकार ने अपने नियंत्रण में रखा है तथा सुप्रीम कोर्ट के आदेश से यह सार्वजिनक रूप से बंद है। केवल एक चौकीदार का परिवार यहां रह रहा है। मुम्बई के मालाबार हिल्स पर महाराष्ट्र के मुख्यमंत्री के बंगले के ठीक सामने यह बंगला है, जिसकी क़ीमत अरबों रुपए है। उसके पास ही रुत्ती के पिता का बंगला पेटिट हॉल है जिसमें उनके वशंज रह रहे हैं। दीना वाडिया, जो रुत्ती और जिन्हा की बेटी थी, द्वारा साउथ कोर्ट पर अपना हक़ बताया है, तो पाकिस्तान उसका अपने ऐतिहासिक स्थान के रूप में स्वामित्व एवं नियंत्रण चाहता था। दीना द्वारा न्यायालय में दिए शपथ-पत्र में स्पष्ट लिखा है कि इस बंगले पर शरियत क़ानून लागू नहीं होता, क्योंकि जिन्हा इस्माइली हुए थे, न कि मुसलमान। सन् 1936 में जब, दीना ने अपने ननिहाल के पारसी धर्मानुयायी नेविल वाडिया से विवाह करने की अनुमति माँगी तो, जिन्हा और फ़ातिमा भड़क गए थे। मुझे लगा कहानी यहीं से शुरू करना चाहिए। आख़िर 24 अप्रैल सन् 2018 को मैंने इसकी शुरूआत दीना के दर्द से की, और अनेक अवरोधों, व्यस्तता से गुज़रते हुए 08 जनवरी 2025 को 06 वर्ष 08 माह तथा 15 दिन में इसे पूर्ण किया। यदि यह कहूं कि इसे लिखकर पूर्ण करने में मुझे मानसिक उथल-पुथल और बेचैनी में लगभग 17 वर्ष लगे हैं।

ऐतिहासिक किरदारों पर लिखना बेहद कठिन होता है। इस कहानी में पात्र और घटनाएं ऐतिहासिक हैं, लेकिन कल्पना की उड़ान मेरी है। एक सोलह साल की बच्ची से उसके पिता समान आयु का व्यक्ति दैहिक सम्बंध स्थापित करने के लिए कैसे आग्रही

होकर उसे वशीभूत करेगा, अत्यंत कठिन था इसे उकेरना। भाषाई मर्यादा और साहित्य के मानदंड का उल्लंघन किए बिना इन दृश्यों को काग़ज़ पर लाने का प्रयास किया है मैंने। इस कथा को मैंने मेरे मन के अनुसार लिखा है, इसका विश्लेषण आप अपने विचार के अनुसार करेंगे। हो सकता है मेरे सम्मानीय पाठक कुछ घटनाओं और कल्पनाओं को लेकर मुझसे सहमत न भी हों लेकिन मूल घटना तो सत्य है। रुत्ती को पल-पल मारा गया है। इससे इंकार तो नहीं किया जा सकता। इसलिए मैंने इसे "क़ायद-ए-आज़म का मोहब्बत-नामा- टूटी-फूटी लड़कियां" कहा है।

कथा आपके हाथ में है। इसकी सफलता यही होगी कि यह आपको अपने हर पृष्ठ का सफ़र अपने साथ करा सके। आप सफ़र समाप्त करने के बाद अपनी प्रतिक्रिया ज़रूर दीजिएगा, यही मेरे लिए धरोहर होगी।

यह पुस्तक आपके कर-कमलों में है, इस हेतु सादर धन्यवाद

–चौधरी मदन मोहन "समर"
16, श्रीहोम्स, चूना भट्टी, भोपाल

1

क्या कहा तुमने...?

बम्बई के मालाबार हिल्स स्थित, अभी-अभी नई शान-ओ-शौक़त के साथ पुनर्निर्मित आलीशान विला 'साउथ कोर्ट' के झक्क सफ़ेद इटैलियन मार्बल फ़र्श पर पैर पटकते हुए 61 साल के मोहम्मद अली जिन्हा की आँखों में जैसे ख़ून उतर आया था। वह कभी अपनी मुठ्ठी भींचता कभी अपने ही दाँतों से अपने ओंठ काटता। पास ही जिन्हा की बहन फ़ातिमा खड़ी थी, फ़ातिमा की आँखों में भी अपने भाई की तरह ग़ुस्सा भरा हुआ था।

बम्बई के सर्वाधिक महंगे और ख़ूबसूरत इलाके मालाबार हिल्स में ढाई एकड़ से भी कुछ ज़्यादा ज़मीन पर सीना ताने यह वही बंगला था, जिसके पुनर्निर्माण की डिज़ायन ब्रिटिश आर्किटेक्ट क्लाड बेटली ने तैयार की थी। यूरोपियन आर्ट डेको शैली के साथ मुग़ल और नियो गोथिक शैली के इस बंगले में अखरोट की बेशकीमती लकड़ियों द्वारा बनी नक़्क़ाशीदार खिड़कियों, दरवाजों और खम्भों ने मामद अली जीणाभाई पुंजा (खोजा) को मिस्टर एम.ए. जिन्हा होकर हिन्दुस्तान की राजनीति को 'चित्राल से कन्याकुमारी' और 'सैन्दक से तकनाफ' या यूं कहें कि 'बलूचिस्तान से मद्रास' और 'सिंध से बंगाल' तक अपनी अंगुलियों पर नचाते देखा था। लेकिन आज पहली बार इसके नए ड्रॉइंग रूम ने कथित तौर पर हमेशा शांत और सौम्य जिन्हा की आँखों में ग़ुस्से के लाल डोरे देखे।

जिन्हा ने अपने ग़ुस्से को क़ाबू में रखने की नाकाम कोशिश करते हुए मुठ्ठियां भींचकर सामने सोफे में धंसी हुई सी साढ़े सत्रह साल की बेटी दीना से कहा- "तुम जानती हो कि तुम क्या कह रही हो? और किससे कह रही हो?"

"यस पप्पा आई नो ..., मैं नेविल से मोहब्बत करती हूँ, और उससे शादी करने की आपसे इज़ाजत माँग रही हूँ"-दीना ने अपनी सधी हुई आवाज़ में उत्तर दिया।

"नेवर... नो ...कभी नहीं... तुम नहीं जानतीं, तुम्हारा यह क़दम हिन्दुस्तान में मेरा पॉलिटीकल मर्डर साबित होगा। ... तुम एम.ए. जिन्हा की बेटी हो"- अपनी बात को चबा-चबाकर जिन्हा ने आवाज़ निकाली- "और एम.ए. जिन्हा, यानी कि मैं, आज

हिन्दुस्तान के मुसलमानों की आवाज़ बनकर उनकी लीडरशिप कर रहा हूँ। तुम यह कहने से पहले एक बार मेरे मकाम को तो देख लेतीं"

"पप्पा मैंने क्या ग़लत कहा है? नेविल वाडिया इन्डस्ट्रीयलिस्ट है, रिच है, स्मार्ट है, उसकी फैमिली पोजिशन स्ट्रांग है, बम्बई में रेपुटेशन है। क्या कमी है नेविल और उसकी फैमिली में? सबसे बड़ी बात तो वह मेरा हमउम्र है"-दीना ने अपने अंतिम वाक्य पर कुछ ज्यादा ही जोर देकर थोड़ा तल्ख़ होते हुए कहा।

"कमी है दीना... ही इज़ नॉट मुस्लिम, ...वो पारसी है। एक मुस्लिम लड़की की पारसी लड़के से शादी नहीं हो सकती। और वह भी एम.ए. जिन्हा की बेटी! जिसका बाप मुल्क के पौने सात करोड़ मुसलमानों का लीडर है,... जिसकी एक आवाज़ पर हर मुसलमान अपनी जान देने को तैयार है, वह अपनी बेटी को किसी ग़ैर मुस्लिम से शादी करने की इज़ाजत देकर अपने उन करोड़ों मुसलमान फॉलोअर्स को क्या जवाब देगा? मैं...तुम्हें...यह...इज़ाजत... हरगिज़... नहीं... ...दे... सकता"- जिन्हा ने अपना निर्णय सुनाते हुए कहा।

"पप्पा... क्या मैं आपसे कुछ पूछ सकती हूँ?"- आँखों में नमी और लहज़े में तल्ख़ी लिए दीना ने कहा।

"हाँ पूछो! क्या पूछना चाहती हो?"- जिन्हा ने अपनी आवाज़ को नियंत्रित करते हुए कहा

"आप नमाज़ पढ़ते हैं?"

"इस बात से तुम्हारा क्या मतलब है?"

"रोज़ा रखते हैं?"

"तुम्हें यह पूछने की क्या ज़रूरत पड़ गई?"

"शरीयत को मानते हैं?"

"ओह नो! आख़िर तुम क्या चाह रही हो यह पूछकर?"

जिन्हा उत्तर देने के स्थान पर दीना से प्रति-प्रश्न करता जा रहा था। क्योंकि दीना जानती थी कि देश के सर्वमान्य मुस्लिम नेता का इन मुस्लिम अनिवार्यताओं से दूर-दूर तक कोई नाता नहीं है।

दीना ने प्रति-प्रश्नो और उत्तरों की परवाह किए बिना फिर प्रश्न किया..

"आपने हज़ की?"

"नहीं"

"आपने कभी क़ुरआन-ख़्वानी की?"

"नहीं"

"कभी मुस्लिमों जैसे लम्बा कुर्ता और ऊँचा पजामा पहना?"

"नहीं"

"ख़ान-पान में आपने कभी हराम और हलाल का ख़्याल माना?"

"नहीं"

"तो फिर आप हिन्दुस्तान के उन कट्टर मुसलमानों के लीडर कैसे? जो बिना क़ुरआन, नमाज़, शरीयत, ज़कात, हज़ और रोज़े के इस्लाम को मुकम्मल नहीं मानते। जिनके लिए ख़ान-पान में हलाल और हराम सबसे बड़ा मुद्दा होता है। जो सिर्फ़ मुसलमान होने को ही मुसलमान नहीं मानते, बल्कि उनके लिए चेहरे-मोहरे से मुसलमान दिखना भी मुसलमान होने की ज़रूरत है। क्या आप भूल रहे हैं, आप इस्माइली हैं इस्लामी नहीं" -दीना आवेश में बिना रुके कहती चली गई।

"दीना...! तुम हद से ज़्यादा बढ़ रही हो"- जिन्हा फिर अनियंत्रित होने लगा।

"माय डियर पप्पा... कौन सी हद पार की मैंने? सिर्फ़ एक पीढ़ी पहले तक तो आप हिन्दु थे, वो भी कट्टर सनातनी वैष्णव हिन्दु...लोहाना ठाकोर गुजराती हिन्दु... क्या यह ग़लत है? सिर्फ़ दो पीढ़ी पहले बिज़नेस को लेकर कलमा पढ़ा है, आप लोगों ने, इस्लाम से तो कोई वास्ता ही नहीं है आपका, केवल राजनीति को छोड़कर"– दीना जैसे अपने पिता को चुनौती देने के अंदाज़ में बोली।

तड़ाक...तड़ाक...की दो आवाज़ों से छैः बड़े-बड़े हॉल वाले साउथ कोर्ट का वह ड्राइंग रूम थर्रा उठा।... "बेशरम, बे-हया, बद्ज़ात लड़की"- लगभग चीखते हुए दीना की फूफी फ़ातिमा ने उसे दो चांटे रसीद दिए।

"तुम भूल रही हो कि तुम्हारी परवरिश मैंने की है"- एक बार फिर चीखते हुए फ़ातिमा ने कड़क कर कहा।

"जी... आपका शुक्रिया मेरी परवरिश करने के लिए, मैं बहुत अच्छी तरह से जानती हूँ, यह जताने की आपको कोई ज़रूरत नहीं है"- अपने गालों को सहलाते हुए उसी तेवर में दीना ने जवाब दिया। "नाऊ आय एम टॉकिंग विद माय फादर फॉर माय फ्यूचर, सो काईन्डली लीव अस अलोन।"

जिन्हा ने अपनी नज़र फ़ातिमा की तरफ़ उठाते हुए कहा- "फ़ातिमा! समझाओ इसे, मेरे पास इतना टाइम नहीं है कि मैं इसे फ्यूचर की सही डेफिनेशन समझा सकूं। यह मेरी इकलौती वारिस है। मैंने हिन्दुस्तान की पॉलिटिक्स में जो रास्ता चुना है, वह हिस्ट्री और ज्योग्राफी को बदलकर रख देगा। आज मुस्लिम-लीग हिन्दुस्तान के मुसलमानों की सबसे बड़ी सियासी जमात है और मैं उसकी ड्राइविंग सीट पर हूँ। मैं मेरी ही बेटी को किसी ग़ैर मुस्लिम से शादी करने की इज़ाजत देने के बारे में सोच भी नहीं सकता। ऐसा करना मेरे लिए नामुमकिन है"

और दीना- "तुम भी मेरी बात को ग़ौर से सुनो। मैं तुम्हारा बाप हूँ, लेकिन मैं सियासतदार भी हूँ। मेरी सियासत मुस्लिम क़ौम की रहबरी करती है। मैं तुम्हें नेविल वाडिया, जो एक पारसी है से शादी की इज़ाजत देकर मुझ पर क्वशचन मार्क नहीं लगा सकता। इट्स क्लियर?"

दीना कुछ बोलने को हुई ही थी कि जिन्हा ने उसे काटते हुए फिर कहा- "मुझे त'अज्जुब है दीना! तुम्हें हिन्दुस्तान के करोड़ों क़ाबिल मुसलमान लड़कों में से कोई मुस्लिम लड़का पसंद नहीं आया?"

"ओह नो पप्पा...! मेरा भी यही कहना है कि आपको भी अपने वक़्त पर दुनिया की करोड़ों क़ाबिल और ख़ूबसूरत मुस्लिम लड़कियों में से कोई पसंद नहीं आई?... अपनी बेटी की उम्र के बराबर, अपने ही दोस्त की बेटी, मेरी पारसी माँ के सिवाय?"

यह सुनते ही एम. ए. जिन्हा का सिर चकरा गया। दो लाख रुपए की महंगी लागत से बना पूरा साउथ कोर्ट उसे घूमता नज़र आने लगा। बीस साल पहले पेटिट हाउस में घटित मई की उस शाम का दृश्य उसके सामने साकार हो उठा था, जब वह रुत्ती का हाथ माँगने दिनशॉ पेटिट के पास गया था। वह जहां खड़ा था वहीं गिरने को हुआ तो फ़ातिमा ने उसे सम्हाला और सोफे पर बैठा दिया।

दीना अपने कमरे में चली गई।

हॉल में गहरा सन्नाटा छा गया। एम. ए. जिन्हा को यूं लगा कि किसी ने उसे अतीत के गहरे कुएं में धक्का दे दिया है और वह उसमें हाथ-पैर मारकर किनारा तलाश कर रहा है...

2

सूरज अपनी रोशनी की लालिमा छोड़ सुनहरा हो रहा था। बम्बई के विक्टोरिया टर्मिनल पर कराची से आने वाली ट्रेन सफ़र पूरा कर रुक गई थी। कुली एकआना-दोआना जैसी बड़ी रकम की आस में प्रथम श्रेणी के कूपे की तरफ़ बड़े लोगों का समान उठाने के लिए भाग रहे थे। इसी शोरगुल में एक ग्यारह साल का बच्चा बम्बई की चकाचौंध देखता हुआ प्लेटफार्म पर अपनी फूफी के साथ उतर रहा था। वह बच्चा मामद कराची से पहली बार बम्बई आया था। इन दोनों शहरों में उसे ज़मीन आसमान का फ़र्क़ लगा था। कराची विकसित होता हुआ व्यापारियों का शहर था, जो स्वेज नहर के निर्माण के बाद ब्रिटेन का सबसे नज़दीकी हिन्दुस्तानी बन्दरगाह बन गया था। जबकि बम्बई चमक-दमक से भरा अभिजात वर्ग का आकर्षक, रंगीन और सांस्कृतिक शहर।

मामद के पिता जीणाभाई पोंजा अपने व्यापार को चमकाने के लिए गुजरात के अपना पुश्तैनी गाँव पनेली छोड़कर कराची गए थे। वहां उन्होंने न केवल पैसा ही कमाया बल्कि शहर तो क्या सूबे के प्रतिष्ठित लोगों में शुमार हो गए। लाइड़ी नदी के किनारे कराची के व्यापारिक केंद्र न्यूहैम रोड पर तीन मंज़िली बिल्डिंग थी वज़ीर मेंशन। यह बिल्डिंग उस जमाने में धनाड्य लोगों की निशानी थी। जीणाभाई ने इस बिल्डिंग की दूसरी मंज़िल किराए पर ले ली थी। वे कपास, ऊन, अनाज, तिलहन, खालों सहित हर तरह के सामान का निर्यात, तथा धातुएं, रिफाइंड शक्कर व मैनचेस्टर में बने सामान आयात करने लगे। उन्होंने इस्लामिक सिद्धातों की बंदिश के परे ब्याज पर रुपए देने का काम करते हुए ख़ूब मुनाफ़ा कूटा। मामद के पिता के पास अकूत धन हो गया था। ग्यारह साल के रईस-ज़ादे मामद का मन पढ़ने लिखने में बिलकुल भी नहीं लगता था। धनी-मानी होने के कारण जीणाभाई ने मामद के लिए घर पर टीचर की व्यवस्था की, किन्तु वह टीचर से कन्नी काट कर खेलने में ज़्यादा रुचि रखता था। फिर कराची के मदरसा-तुल-इस्लाम में उसका दाख़िला कराया गया जहां उसका नाम मुहम्मदाली जिणाभाई एवं जन्मतिथी बीस अक्टूबर सन् अठ्ठारह सौ पचहत्तर दर्ज़ कराई। लेकिन बंक मारना तो मामद का शौक़ था। इसी शौक़ के चलते वह मदरसे से नदारद ही रहता था।

मामद की इकलौती बुआ मानबाई बम्बई में ब्याही थी। उसके पति पीरभाई खोजा बम्बई के नामी रईस थे। मानबाई अपने भाई से मिलने कराची गई। महिलाओं के लिए अपने भाई के बच्चों का विशेष महत्व होता है तथा वे उनपर हरसम्भव लाड़-दुलार उड़ेल देती हैं। फिर कभी-कभार दूर देश से आने वाली बुआ तो बच्चों के लिए सबसे अधिक प्रिय होती है। मामद को भी अपनी बुआ से बेहद लगाव और प्यार मिला। बुआ-भतीजे में ख़ूब छनने लगी। जीणाभाई अपनी बहन से मामद की शिकायत करते हुए अक्सर उसे आवारा बच्चा बोल देते थे। उसके स्कूल न जाने मदरसे से बंक मारने तथा शहर के बिगड़े रईसज़ादों के साथ मिलकर उसकी लापरवाह आदतों के किस्से अपनी बहन को सुनाते।

"मेरा बच्चा बहुत प्यारा है भाई, तुम देखना वह पढ़"-लिखकर बहुत बड़ा अफ़सर बनेगा- मानबाई ने भतीजे का पक्ष लेते हुए कहा।

"लीद उठाएगा घोड़ों की यह"- मामद की तरफ देखते हुए व्यंग्य कसते हुए जीणाभाई बोले।

पिता के शब्द सुनकर मामद उन्हें घूरने लगा

"भाई, बच्चों को ऐसे कमजोर नहीं करते"- थोड़ा नाराज होते हुए मानबाई ने कहा तथा मामद को अपनी बाहों में भर लिया।

"बेन ये तो मेरे बेटे के पीछे पड़े रहते हैं"- उदास होते हुए मामद की मां मीठीबाई ने कहा

"भाभी तुम चिंता मत करो, मामद को तराशकर मैं बहुत क़ाबिल बनाउंगी, देखना वह अंग्रेजी हुकूमत में कितना बड़ा अफ़सर बनेगा"- मानबाई ने अपनी भाभी को ढाढस बंधाया।

मानबाई जब वापस जाने लगी तो मामद को अपने साथ ले गई। मामद की यही पहली बम्बई यात्रा थी। वह बम्बई की रंगीनियां देख-देखकर ख़ुश होता था। यहां भी पढ़ाई ने उसका पीछा नहीं छोड़ा। बुआ ने गोकुलदास तेज प्राईमरी स्कूल में उसका एडमिशन करा दिया। मामद के लिए अगर सबसे मुश्किल कोई काम था तो वह पढ़ाई करना था। उसे छुट्टी वाले दिन का इंतिज़ार रहता था, क्योंकि इस दिन बुआ उसे बग्घी में बम्बई की सैर कराया करती। वह बम्बई की चमक-दमक और उसके जादू में सम्मोहित सा हो जाता था। चर्चगेट और कुलाबा की चहल-पहल उसे सबसे ज्यादा पसंद थी।

इधर बम्बई में बुआ अपने भतीजे पर भरपूर प्यार लुटा रही थी, उधर कराची में मामद की माँ मीठीबाई बेटे के बिना बेचैन थी। माँ की ज़िद और पुत्र मोह के कारण छः-सात महीने बम्बई रहकर मामद को आख़िर कराची वापस जाना पड़ गया जो उसके बिलकुल भी मन-माफिक नहीं था। फिर से कराची के एक मदरसे में उसका दाख़िला कराया गया।

बच्चे अपनी संगत, अपनी आदतों के अनुसार बना ही लेते हैं। इस मदरसे में मामद की दोस्ती अपने हमउम्र करीम कासिम से हो गई। दोनों दोस्त मदरसे से ग़ैर हाज़िर रहते व रईसज़ादा मामद अपने दोस्त के साथ पिता के घोड़े लेकर मैदानों में कुलाचें भरता फिरता। मामद पर नकेल कसने के लिए पिता ने घर के पास ही लारेंस रोड के क्रिश्चियन मिशन हाईस्कूल में उसका एडमिशन कराया। यहाँ वैसे तो कोई फ़र्क़ नहीं पड़ा, लेकिन पच्चीस दिसम्बर के प्रति उसका आकर्षण जागा और उसने अपनी जन्मतिथी बीस अक्तूबर सन् अठ्ठारह सौ पिचहत्तर से बदलकर पच्चीस दिसम्बर अठ्ठारह सौ छिहत्तर कर ली।

मामद के पिता की "जीणाभाई एंड कम्पनी" का ब्रिटिश मैंनेजिंग एजेंसी "डगलस ग्राहम एंड कम्पनी" से अच्छा तालमेल था। इस एजेंसी के जनरल मैंनेजर सर फ्रैडरिक ली क्राफ्ट थे। फ्रैडरिक हमेशा सज-धज कर रहते थे, वे अपने कोट में ताज़ा गुलाब लगाते थे। कुलीन अंग्रेजों की तरह वे हाजिर जवाब तो थे, लेकिन बहुत ही शांति पसंद व्यक्ति थे। मामद ने उनसे लाइफ स्टाइल के गुर सीखे थे। फैशनेबल मामद भी हमेशा सजा-धजा रहता था। वह जोसेफ चेम्बरलेन की अदा दिखाते हुए आँखों पर मोनोकल लगाता था। जीणाभाई से सम्बंध बहुत अच्छे होने के कारण फ्रैडरिक को बिंदास और

नये विचारों का मामद पसंद था। वह जीणाभाई को बेटे की तरफ से चिंतित देख उन्हें आश्वस्त करते थे कि मामद को वे सही दिशा देंगे तथा आने वाले समय में वह उनका बिजनेस बहुत अच्छे से सम्भाल लेगा। अब मामद का निर्माण अंग्रेज सरकार में अफसरी करने के स्थान पर सफल बिजनेस मैन बनाने के लिये होने लगा। सन् 1892 में जब मामद सिर्फ़ सोलह साल की उम्र के लगभग था तो फ्रैडरिक ने लंदन के अपने ऑफिस में बिजनेस ट्रेनिंग के तौर पर उसके नाम की सिफ़ारिश कर चिठ्ठी लिखी। कम्पनी द्वारा वह सिफ़ारिश मंजूर कर ली गई और मामद का बुलावा लंदन के लिए आ गया। बस फिर क्या था, मामद की तो जैसे क़िस्मत ही खुल गई।

उसके लंदन जाने की तैयारियां होने लगीं। जीणाभाई ख़ुश थे कि बेटा लंदन की नामी कम्पनी से व्यापार के दाव-पेंच व क़ायदे-क़ानून सीखकर जब वापस आएगा तो उनका एक्सपोर्ट-इम्पोर्ट का धंधा और बेहतर हो जाएगा। बाकी बच्चे छोटे थे, उनके बारे में अभी चिन्ता करने का वक़्त भी नहीं आया था।

जैसे-जैसे मामद के लंदन जाने का वक़्त क़रीब आ रहा था, उसकी माँ की बेचैनी बढ़ती जा रही थी। वह रात-रातभर सो नहीं पा रही थी। उसे मामद से दूर रहना झकझोर रहा था। वह चाह रही थी कि किसी भी तरह उसके लाड़ले का लंदन जाना टल जाए तो बेहतर होगा। इसके लिए वह पीर-फ़कीरों के दर पर मन्नतें भी माँग रही थी। लेकिन मामद का जाना तो तय था ही, उसके टलने की कोई गुंजाइश नहीं थी।

जीणाभाई उस दिन काफ़ी ख़ुश थे। उनकी कम्पनी ने बड़ा मुनाफ़ा कमाया था और यह ख़ुशी अपनी बीवी के साथ ख़ुशनुमा माहौल में इंज्वाय करना चाहते थे। लेकिन मीठीबाई को तो मामद की चिन्ता घुन की तरह खाए जा रही थी। पत्नी को उदास देख जीणाभाई ने रोमांटिक होते हुए कहा- "मिठ्ठी आज दुनियाँ में मुझसे ज़्यादा ख़ुशक़िस्मत कोई नहीं है!.. हम जब पनेली से चले थे, तो क्या थे? आज कहाँ हैं। ऊपरवाले का शुक्र है कि तुम मेरी बीवी हो! ख़ूबसूरत और समझदार मेरी हमसफ़र। तुमने मामद के रूप में मुझे कोहीनूर दिया है। देखो उसकी क़िस्मत कितनी चमकदार है कि वह लंदन जा रहा है। हिन्दुस्तान के जाने कितने लोग विलायत जाकर कुछ सीखने को तरसते हैं और रब ने उसे घर बैठे यह मौका मुहैया कराया है"

मीठीबाई कुछ नहीं बोली, वह चुपचाप छत को घूरे जा रही थी। जैसे-तैसे वह अपनी सिसकियों को दबाने की कोशिश कर रही थी।

"तुम कुछ बोल नहीं रहीं या यूँ कहूँ कि कुछ उदास हो"- जीणाभाई ने मीठीबाई की तरफ़ मुख़ातिब होते हुए कहा।

मीठीबाई ने एक नज़र जीणाभाई को देखा व ख़ामोश होकर शून्य में ताकने लगी।

जीणाभाई समझ गए कि उनकी बीवी किसी गहरी दुविधा में फँसी है और खुलकर कुछ कह नहीं पा रही है। उन्होंने बड़े प्यार से मीठीबाई का चेहरा अपने हाथों में लेकर

कहा- "अगर तुम मुझे अपनी तकलीफ़ नहीं बताओगी तो कैसे पता चलेगा कि तुम्हें क्या ग़म है! तुम एक लफ़्ज मुँह से निकाल कर तो बताओ मैं हर शै तुम पर क़ुर्बान कर दूंगा"

अब मीठीबाई के लिए सिसकियां रोकना मुश्किल हो गया था। वह दोनों हथेलियाँ जोड़ अपना मुँह ढाँप कर रोने लगी।

"अरे... रे... रे... तुम तो रोने लगीं"- कुछ विचलित होते हुए जीणाभाई ने उसे सम्हाला।

जब वह थोड़ी सामान्य हुई तो उन्होंने फिर प्यार से पूछा- "मामद की चिंता कर रही हो न तुम"?

"देखो जी, आप मेरी बात को समझो। मामद को मैं लंदन नहीं जाने दूंगी"- मीठीबाई नें अपनी आँखों की नमी को जज़्ब करते हुए पति से कहा।

"क्यों? क्या दिक्कत है उसके लंदन जाने में"- जीणाभाई ने आश्चर्य से पूछा।

"याद है आपको, जब वह छः महीने बम्बई रहा था, तो मैं उसके बिना बावली हो गई थी"- रूआँसे स्वर में मीठीबाई ने बड़ी मुश्किल से कहा।

"समझदार बनो मीठी, चिड़िया भी ज़िंदगी भर बच्चे को चोंच में दाना नहीं खिलाती। उसे भी उड़ान भरना होती है। मामद को मौका मिला है उड़ने का, वो लंदन से व्यापार के दाव-पेंच सीखेगा तो जीणाभाई एंड कम्पनी को ख़ूब मुनाफ़ा होवेगा ना, यह धंधा उसी को तो आगे चलाना है"-मामद की माँ को समझाने के अंदाज़ में जीणाभाई ने कहा।

"तो अभी क्या हमारी कम्पनी को मुनाफ़ा नहीं हो रहा? रब के रहम से ख़ूब बरकत तो है। फिर क्यों मेरे ज़िगर के टुकड़े को मुझसे दूर भेज रहे हो"–मीठीबाई ने सुबकते हुए कहा।

"ओह!... अब मैं तुम्हें कैसे समझाऊं...? दुनिया में आगे बढ़ने के लिए घर से बाहर निकलना पड़ता है। मामद को भी निकलना पड़ेगा। और यह तो हमारी ख़ुशक़िस्मती कहो कि उसकी सिफ़ारिश सर फ्रैडरिक जैसे शख़्स ने उनकी कम्पनी से की है। "-जीणाभाई थोड़ा झल्लाए

"आपके लिए होगी ख़ुशक़िस्मती, मैं तो उस लम्हे को कोस रही हूं जब उस गोरे की नज़र मेरे मामद पर पड़ी थी। मैं मामद को हरगिज़ विलायत नहीं जाने दूंगी। मैं उसकी माँ हूँ, और माँ को समझाने से बेहतर होता है उसे समझना"– मीठीबाई ने सख़्त होते हुए कहा।

जीणाभाई को लगा इस सामय बहस कर वे अपनी बीवी पर कोई प्रभाव नहीं डाल सकेंगे एवं न ही मामद के विलायत जाने के बारे में कोई सकारात्मक बात उसकी ज़ुबान से कहलवा पाएंगे। उन्होंने बात पलटते हुए कहा- "ठीक है जैसा तुम चाहोगी वैसा होगा। हम कल मामद से भी पूछ लेंगे, उसकी मर्ज़ी क्या है। "

उनके माथे पर उभरी सिलवटों ने संकेत दे दिया था कि वे बेटे के भविष्य और पत्नी की ज़िद के बीच बुरी तरह फंस रहे हैं। यद्यपि वे जानते थे कि मामद लंदन जाने के लिए एक पैर से उतावला है।

अगले दिन दफ़्तर जाने से पहले जीणाभाई ने मामद को बुलकर उसकी माँ का रोना-धोना बताया।

"आप दोनों बाप-बेटे सुन लो! मैं मामद को विलायत नहीं जाने दूंगी। अगर इसे जाना ही है तो मेरी क़ब्र पर मिट्टी डाल कर जाए" -मीठीबाई ने रूखेपन से कहा।

"अम्मी! सिर्फ़ दो साल की ही तो बात है, क्यों फ़िक्र कर रही हो। यह मौका दुबारा मिलना बहुत मुश्किल होगा" – मामद ने मासूमियत से कहा।

"दो साल! किसे कहते हैं दो साल। मेरे लिए तो दो लम्हे सोचना क़यामत लग रहे हैं, और तुम दो साल को सिर्फ़ दो साल कह रहे हो। मैं हरगिज़ इज़ाजत नहीं दूंगी"- माँ ने रुआंसे होकर कहा।

जीणाभाई समझ रहे थे कि उनकी बीवी का कोई और ही डर है। केवल दो साल के लिए दूर होना ही कारण नहीं है। और आख़िर उन्होंने वह असली डर पता कर ही लिया।

मीठीबाई के डर का कारण था अभी तक मामद की शादी न होना। उन्हें लगता था कि मामद विलायत जा कर किसी गोरी विलायतन से शादी कर लेगा, और फिर वहीं का होकर रह जाएगा। बातों-बातों में यह बात उन्होंने अपने पति के सामने ज़ुबान पर ला दी।

जीणाभाई एक ज़ोरदार ठहाका लगाकर हंसे।

"बस इतनी सी बात पर आप परेशान हैं? चलो आप ही बताओ इसका हल क्या है?"- उन्होंने मीठीबाई की आँखों में आँखें डालते हुए कहा।

"मैं क्या कहूँ"- मीठीबाई ने कहा

"अब ब्याह-शादी का तो ऐसा है कि जो ऊपरवाले को मंजूर होगा वही होगा। इसमें मैं या तुम क्या कर सकते हैं। लेकिन इस डर से हम मामद का भविष्य तो ख़राब नहीं कर सकते ना"- जीणाभाई ने प्यार से पत्नी को समझाते हुए कहा।

"मैं एक शर्त पर मामद को विलायत भेज सकती हूँ"- बड़ी मुश्किल से मीठीबाई ने आँखें गीली करते हुए कहा।

जीणाभाई को ऐसा लगा जैसे रेगिस्तान में अचानक पानी की बूंदें बरसी हों और वे उनकी सिक्तता को समेटकर रख लें, वर्ना ये नमी भी फुर्र से चली जाएगी।

"हाँ बताओ तुम्हारी क्या शर्त है, मुझे सब मंजूर है"- बिना वक़्त जाया किए जीणाभाई ने अपनी बात रख दी। वे जानते थे कि ऐसी कोई भी शर्त उनकी पत्नी के दिमाग़ में नहीं आ सकती जो वे पूरी न कर सकें।

"पहले मामद का ब्याह करेंगे उसके बाद वह विलायत जाएगा"- मीठीबाई नें गम्भीर होते हुए कहा।

"इतनी जल्दी यह सब कैसे हो सकेगा। मामद के लायक कोई अच्छी लड़की अभी कहां देखी है"- थोड़ा चिंतित होते हुए जीणाभाई ने कहा।

मीठी कुछ सोचने लगी।

"आख़िर इतनी जल्दी क्यों करना चाहती हो मामद का ब्याह"- जीणाभाई ने थोड़ा परेशान होते हुए कहा।

"देखो जी, मामद विलायत जाएगा, वहां गोरी विलायतन के चक्कर में पड़ कर किसी से शादी कर लेगा तो हम क्या करेंगे। ख़ानदान में बदनामी होगी ही साथ ही मेरी तो सारी तमन्नाएं कत्ल हो जाएंगी"- पूरी तल्ख़ी से मीठीबाई ने कहा।

अब जीणाभाई ख़ामोश थे।

मीठीबाई ने जैसे अपना अंतिम निर्णय सुनाते हुए कहा- "अगर मामद को विलायत जाना है तो पहले उसे शादी करना होगी, तब ही मैं उसे जाने दूंगी। यह मेरा पक्का फ़ैसला है"

"मिठ्ठी तुम्हारा फ़ैसला सिर माथे, पर यह भी तो सोचो कि मामद का जहाज जाने में वक़्त ही कितना बचा है? जबकि अभी तो कोई लड़की ही नहीं देखी हमने, इतनी जल्दी उसकी शादी कैसे हो सकेगी?"- चिंतित होते हुए जीणाभाई ने कहा।

"मेरी नज़र में लड़की है"- बिलकुल सपाट लहजे में मीठीबाई ने कहा

"कौन"- जीणाभाई ने पूछा

"मेरे भाई की बेटी ईमी"-मीठीबाई के स्वर में इस बार उत्साह था।

"भाई मान जाएगा?"-जीणाभाई ने प्रश्न किया

"क्यों नहीं मानेगा?"- मीठीबाई ने प्रतिप्रश्न किया

"ठीक है, तुम बात करो और सब काम जल्दी पूरे करो"- कुछ संशय में जीणाभाई बोला।

"पर एक बार मामद से भी तो पूछ लो"- जीणाभाई ने कहा

"पूछ लो, वो मना करेगा क्या? हम उसके माँ-बाप हैं कुछ अच्छा ही तो सोचेंगे उसके लिए"- मीठीबाई ने थोड़ा तुनक कर कहा।

जीणाभाई ने मामद को बुलाया और उसकी माँ का फ़ैसला जो पत्थर की लकीर से भी ज़्यादा अमिट था उसे सुना दिया।

"अम्मी"- मामद ने बस इतना ही कहा था कि बात काटते हुए मीठीबाई बोल पड़ी- "सुन मामद तुझे विलायत जाना है, तो पहले तेरा निकाह होगा, फिर तू यहाँ से जाएगा। अगर यह मंजूर नहीं है, तो कराची में अपना धंधा सम्हालो ख़ूब फल रहा है हमारा धंधा"

मामद अभी शादी नहीं करना चाह रहा था। लेकिन उसकी आँखों में विलायत जाकर कुछ करने का सपना पल चुका था। वह समझ गया था कि माँ बिना निकाह

पढ़वाए उसे लंदन नहीं जाने देगी, और अगर वह लंदन नहीं गया तो कराची के बाज़ार में बापू के साथ पैसे कमाने के अलावा कुछ नहीं कर सकेगा। उसने बिना किसी हीले-हवाले के अपनी माँ की बात मानकर शादी के लिए राज़ी हो गया।

मामद के राज़ी होते ही मीठीबाई ने अपने भाई से बात की तथा चट मंगनी पट ब्याह की तर्ज पर निकाह की तैयारी शुरू हो गई।

3

"प्रेमजी तुम सोचना भी नहीं कि तुम्हारे बेटे की शादी हमारी बेटी से हो सकती है"- दामजी भाई ठाकोर ने तीखी आवाज में कहा

"दामजी क्या दिक्कत है हमसे रिश्तेदारी करने में तुम्हें, आज पनेली मोटी तो क्या गोंदल सूबे में हमसे ज्यादा पैसा किसी के पास नहीं है, सारे सुख हमारे घर पर हैं। इज्जत और शोहरत है हमारे परिवार की दामजी भाई"- प्रेमजी भाई ने अहंकार से कहा

"बस इज्जत ही तो नहीं है तुम्हारे परिवार की समाज में, और शोहरत क्या है? पूरा काठियावाड़ जानता है मछलीमार के रूप में तुम्हें। देखो प्रेमजी हम साधारण परिवार के हैं लेकिन पूरे गोंदल सूबे में हमारी जो इज्जत है तुम्हारे खून से सने पैसे से बहुत ज्यादा है, तुम इज्जत के मामले में कोड़ी भर भी नहीं हो"- दामजी भाई ने प्रेमजी भाई के अहंकार पर हथौड़ा मारते हुए कहा।

"दौलत और इज्जत में से हमें कुछ चुनना होगा तो हमारी बेटी के लिए हम इज्जत चुनेंगे पुंजाभाई"- दामजी की पत्नी गमलीबेन ने कहा।

"तुम लोगों को अपनी बेटी के लिए मेरे बेटे जीणा से अच्छा रिश्ता नहीं मिल सकता"- प्रेमजी ने अपनी बात रखी।

न भाई न, हम यह रिश्ता मंजूर नहीं कर सकते- दामजी भाई ने सपाट उत्तर दिया

देखो दामजी मेरा बेटा काबिल है, धंधा मछली का है तो क्या हुआ, हम लोग तो वैष्णव हैं। कोई मछली खाते तो नहीं हैं ना। जीणा को ही सम्भालना है आगे चलकर सारा कारोबार। तुम सोच लो- प्रेमजी ने कहा

"धंधा? कैसा धंधा? आदमी का धंधा ही तो समाज में उसकी जगह निर्धारित करता है। घंघा गंदा है तो सोच भी गंदी ही होती है। प्रेम भाई आपके पिता मेघजी भाई की सब इज्जत करते थे। लेकिन तुमने तो पैसे के लिए मछली मारकर बेचना शुरू कर दिया। अपनी बिरादरी के कायदे ही छोड़ दिये। हम लोग लोहाणा ठाकोर वैष्णव हैं। हम मांस-मछली का धंधाकर खूनी पैसा घर में कैसे ला सकते हैं। हम लोग शाक-भाजी खाने वाले लोग हैं। पैसा न हो चलेगा। हवेली की जगह झोंपड़ी चलेगी। गंदे और खूनी

बड़े धंधे की जगह मजदूरी करना चलेगा। मगर अनीति की अमीरी हमें मंजूर नहीं है। और तुमने पूरी बिरादरी को बदनाम कर दिया है। मैं तो क्या कोई भी ठाकोर परिवार अपनी बेटी तुम्हारे परिवार में नहीं ब्याहेगा यह तो तुमने पचासों घर की खाक छानकर देख ही लिया है। तुम्हारे लड़के-लड़कियां बिना ब्याहे ही मछली बेचकर पैसे कमाएंगे उस पैसे को ही सम्भाल कर रखना तुम लोग"- दामजी भाई ने प्रेमभाई के सामने अपना गुस्सा और बिरादरी की नाराजी रख दी।

यह अपना असहनीय अपमान लगा प्रेमजी को। वह छोटा सा मुंह लेकर वहां से चला गया। प्रेमजी भाई ने पूरे काठियावाड़ में बेटे के विवाह के लिए लोहाना वैष्णव समाज में लड़की तलाश की। लेकिन उसे हर जगह से निराशा ही नहीं अपमान ही मिला था, कभी सीधे तौर पर तो कभी किसी अन्य बहाने से। धनाड्य तो छोड़ो कोई गरीब से गरीब व्यक्ति भी प्रेमजी के घर अपनी बेटी ब्याहने को तैयार नहीं था। सबका एक ही कहना था हम मछली का धंधा करने वालों को घर अपनी बेटी न तो ब्याह सकते हैं न उनकी बेटी ला सकते हैं। उनके सामने पुंजालाल के साथ ही अपनी बेटी के विवाह की भी चिंता सताने लगी थी। उधर बेटा पुंजालाल जीणा को भी अपना फलता-फूलता व्यापार रास आ गया था तथा वह अब भारत में ही नहीं विदेशों में भी मछली निर्यात कर बड़ी कमाई कर रहा था। उसके सम्बंध कुछ मुस्लिम व्यापारियों से बहुत अच्छे हो गए थे तथा कुछ मुस्लिमों के साथ उसने पार्टनर शिप भी कर ली थी।

अपनी दो मंजिला हवेली के ऊपरी कमरे में सेमल की रूई से बने नर्म गद्दे पर लेटे प्रेमजी भाई मेघजी भाई ठाकोर के सामने रूपयों और सोने से भरी तिजोरी दीवार में चुनी हुई थी जिसका मजबूत दरवाजा उनके पलंग के बिल्कुल सिराहने के साथ सटा हुआ था। पूरी हवेली में शाम होते ही नारियल के तेल के दीपक जल उठे थे। लेकिन उनकी आँखों में अंधेरा छाया हुआ था। आज अदने से दामजी भाई ने उनके सारे वैभव को चुटकी में मसलकर रख दिया था। वे सोच रहे थे कि समाज किसी व्यक्ति के लिये कितना जरूरी है। अपने स्वार्थवश समाज से कटना आने वाली पीढ़ियों को भी भुगतना होता है। उनकी नींद गायब थी। अपनी पत्नी से उन्होने आज मिले अपमान का जिक्र किया तो वे भी अवाक रह गई थीं। पूरी बिरादरी में इस परिवार की स्थिति उजागर हो चुकी थी। प्रेमजी भाई ने निर्णय लिया कि वे मछली का व्यवसाय बंद कर देंगे तथा पनेली छोड़कर किसी बड़े शहर में जाकर अपना जीवन नये सिरे से शुरू करेंगे, जहां पैसा भले न कमा सकें लेकिन इज्जत भरपूर कमाएंगे।

पुंजालाल दुबला पतला था इसलिए उसे सब जीणा बोलते थे। जीणा का मतलब दुबला होता है। वह गुस्से का तीखा था तथा मुंहफट भी था। बीस साल का होने को आया था। पिता चिंतित थे उसके विवाह के लिए लेकिन वह इस ओर से बेपरवाह सिर्फ

पैसा कमाने को ही जीवन का सबसे बड़ा उद्देश्य मानता था। इस परिवार को समाज ने अघोषित रूप से इस परिवार को बाहिष्कृत कर रखा था।

जीणा बेटा हमें यह मछली का धंधा छोड़ना पड़ेगा, कुछ दूसरा काम तलाश करो तुम- प्रेमजी ने जीणा से कहा

क्यों छोड़ना पड़ेगा हमारा जमा हुआ धंधा? कौनसा दूसरा धंधा करेंगे हम?- जीणा ने तीखा होकर कहा। उसे अपने पिता की उदासी और विवशता में कुछ पराजय का अहसास हो गया।

देखो बेटा पूरी बिरादरी हमारे धंधे से नाराज है। सबका कहना है हम वैष्णव लोग हैं और मछली का धंधा हमें नहीं करना चाहिए। इस धंधे की वजह से बिरादरी में कोई भी अपनी बेटी तुमसे ब्याहने को तैयार नहीं है। कल को तुम्हारी बहन की शादी भी करना है। समाज में उसे भी कोई स्वीकार नहीं करेगा हमारे धंधे की वजह से। सब बोलते हैं यह तो मुसलमानों का धंधा है, वैष्णव हिंदुओं का नहीं- पिता ने अपनी पीड़ा बताई

पुंजालाल पहले से ही समाज के रवैये के कारण खदबदा रहा था। उसकी निकटता भी मुस्लिम युवाओं से बड़ रही थी। धर्म और सिद्धांत से वह दूर होता जा रहा था। पिता की पीड़ा सुनते ही वह फट पड़ा था।

"तो ठीक है बापू हम मुसलमान बन जाते हैं और उनमें ही ब्याह-शादी करेंगे"- गुस्से के तेज पुंजालाल जीणा ने पिता को उत्तर दिया।

"जीणा तेरा दिमाग तो खराब नहीं हो गया। भला हम धंधे के लिए अपना धर्म छोड़ देंगे। हमारे पुरखे हिंदु हैं और पीढ़ीयां भी हिंदु रहेंगी"- जोर देते हुए प्रेमजी बोले।

"अगर किसी धंधे से हमें पैसा मिल रहा है, और बिरादरी को उससे एतराज है तो मैं उस बिरादरी के एतराज को लात मारता हूँ। कल मौलवी से बात करूंगा और मेरे साथ तुम सबको मुसलमान बनना पड़ेगा। धंधा तो हम छोड़ेंगे नहीं"- बहुत कम शारीरिक वजन वाले जीणा ने वजनदारी से अपना फैसला सुना दिया।

काँप गए थे प्रेमजी भाई अपने बेटे के इस फैसले पर। उन्हें उम्मीद नहीं थी कि उसका बेटा ऐसा भी कुछ सोच सकता है। उनके आंसू निकलकर बहने लगे थे। उन्हें अपने घर में विराजित ठाकुर जी की मूर्तियां हिलती हुई सी लगने लगी थीं। वे जानते थे कि दुबला-पतला जीणा सा यह लड़का अगर जिद पर आ जाए तो कुछ भी कर सकता है।

एक हफ्ते बाद पनेली में तहलका मच गया। पुंजालाल जीणा ने अपने पूरे परिवार को खोजा समुदाय के मस्जिद में लेजाकर कलमा पढ़वा दिया और आगाखान की अगुवाई के इस्माइली मुसलमान बन गये। वहीं उसने खोजा परिवार की लड़की मीठीबाई से निकाह भी कर लिया।

काठियावाड़ के गोंदल स्टेट का छोटा सा गांव पनेली जिसकी आबादी साठ-सत्तर घर की थी, गांव में अधिकतर लोहाणा ठाकोर वैष्णव और खोजा मुसलमान परिवार रहते थे। गांव में आये इस भूचाल की चर्चा पूरे काठियावाड़ में फैल गई। प्रेमजी भाई मेघजी भाई के बेटे पुंजालाल ठाकोर के साथ सारा परिवार अब खोजा मुस्लिम हो चुका था। पुंजालाल जीणा ने फिर अपनी बहन का विवाह भी बम्बई के रईस खोजा मुसलमान पीरभाई के साथ कर पूरी तरह से लोहाना समाज से रिश्ता तोड़ लिया था।

वह बाद में और पैसा कमाने कराची चला गया।

4

ईमीबाई तीखे नाक-नक्श की लड़की थी, उसके पिता भी परिवार सहित कराची में रहते थे। ईमीबई की उम्र उस वक़्त चौदह साल की थी। मामद के परिवार की अपेक्षा ईमी का परिवार आर्थिक दृष्टि से उतना संपन्न नहीं था। किन्तु खोजा मुसलमानों में इस परिवार का सम्मान जीणाभाई से कहीं ज़्यादा था। जीणाभाई को मुसलमान बने ज़्यादा समय नहीं हुआ था, इसलिए न तो उनमें इस्लाम को लेकर कोई कट्टरता थी, न ही वे शरिया और इस्लामी बंदिशों को मानते थे। यही वज़ह थी कि उन्हें कराची में ब्याज के व्यवसाय से कोई परहेज नहीं रहा और इस धंधे से उन्होंने जमकर पैसा कमाया। वे धंधे की पाबंदी के कारण ही मुसलमान बने थे और यहाँ भी वे ऐसी किसी पाबंदी में नहीं बंधना चाहते थे। इसलिए भी उन्होंने ब्याज कमाने के मामले में परम्परावादी कट्टर मुसलमानों के विरोध की कोई परवाह नहीं की।

ईमीबाई के पिता बेटी की शादी अपने पुश्तैनी गाँव पनेली से ही करना चहते थे। ऐसा होता भी है। चार पैसे कमाने अपने घर से निकला आदमी जब किसी लायक होकर ऊंची हैसियत पा लेता है तो वह अपनों के बीच अपनी शान-औ-शौक़त का प्रदर्शन कर एक बड़ी संतुष्टी प्राप्त करता है। ईमी के पिता का एक आशय यह भी था कि वे गाँव के अपने खोजा समुदाय में जीणाभाई को समधी बनाने का प्रदर्शन कर धाक जमाना चाहते थे, वहीं जीणाभाई की दुविधा पनेली में अपने लोहाना ठक्कर समाज का सामना करना थी, क्योंकि जीणाभाई के सारे रिश्तेदार वहीं थे तथा वे इस शादी में शामिल होना तो दूर, जीणाभाई से मिलना तक नहीं चाहते थे। इसलिए वे चाहते थे कि मामद की शादी कराची में ही हो। किन्तु मीठीबाई और उसके भाई के सामने उनकी एक न चली और दिसम्बर महीने में मामद का निकाह पनेली में ही ईमीबाई से हो गया। माँ की शर्त पूरी हो गई थी। अब मामद के लंदन जाने में कोई रुकावट नहीं थी।

सोलह साल का शर्मीला मामद चौदह साल की अपनी ममेरी बहन ईमीबाई का शौहर बन गया था। इस बात से अगर सबसे ज़्यादा ख़ुशी किसी को मिली थी तो वह उसकी माँ थी। माँ को विश्वास था कि अब मामद किसी गोरी विलायतन की मोहब्बत में गिरफ्तार हो उसे दुल्हन नहीं बनाएगा।

नए जोड़े का यह मोहब्बत-नामा सिर्फ़ दो हफ़्ते का था। मोहब्बत-नामा भी ऐसा जिसमें विवाह पूर्व प्रेम जैसा कोई रोमांस नहीं। यद्यपि यह रोमांस सिर्फ़ पश्चिमी अभिजात वर्ग के बीच भी गाहे-ब-गाहे ही सम्भव था। भारतीय जनमानस तो ऐसे रोमांस की कल्पना भी नहीं कर सकता था। यही वज़ह थी कि मामद और ईमीबाई की शादी में इन दोनों की ही कोई भूमिका नहीं थी। भारतीय परिवेश में परम्परागत युवाओं के मोहब्बत-नामे उनके माँ-बाप द्वारा गिफ्टेड होते हैं। अधिकांश समझदार युवा तमाम विपरीत विचारों के बावजूद इस गिफ्ट को ताउम्र सहेजकर रखते हैं। इस तरह की मोहब्बत, मोहब्बत होकर भी मोहब्बत नहीं होती और न होकर भी बहुत ही चटक और गहरी मोहब्बत होती है। दो अंजान जिस्म न समझते हुए भी एक-दूसरे को समझ लेते हैं और ज़िन्दगी की गाड़ी को बेहद ख़ूबसूरती से खींचते हुए अंजाम तक ले जाते हैं। लेकिन मामद और ईमीबाई की इस मोहब्बत की मंज़िल की राह भी बहुत ही छोटी सी निकली थी। ईमीबाई की मेहंदी का रंग अभी सुर्ख़ ही था, बल्कि गहरा ही हो रहा था और मामद का जहाज लंदन की ओर जाने के लिए तैयार हो चुका था। सिर्फ़ दो सप्ताह का ही समय मिला था इस युगल को अपने जीवन-संगीत की जुगलबंदी करने के लिए। दो सप्ताह तो नव-युगल के लिए एक-दूसरे को समझने के लिए ही पर्याप्त नहीं थे। अभी तो घुंघटा उठाकर हथेलियां चूमने का अहसास भी अधूरा था। साँसों की गर्मी महसूस ही नहीं हो पाई थी तथा दो तरह की ख़ुशबुएं घुल-मिल कर हवा में तैरने का अभ्यास ही कर रहीं थीं। पहले से तय था कि शादी के बाद मामद को लंदन जाना है सो जाना ही था। मामद की दिलचस्पी भी ईमीबाई को रूप में थोपी गई मोहब्बत में न होकर लंदन की यात्रा में ज़्यादा थी।

जनवरी सन् 1893 के दो दिन बीते थे। भारत के उभरते हुए बंदरगाह कराची, जिसकी हलचल पिछले कुछ सालों से ज़्यादा बढ़ गई थी। स्वेज नहर को बने चौबीस साल हो चुके थे। कराची भारत और ब्रिटेन के बीच सबसे नज़दीकी बंदरगाह हो गया था। दोनो बंदरगाहों की दूरी जलमार्ग से 5198 नौटीकल मील है जो भारत के किसी भी बंदरगाह से सबसे कम है। कराची के हिसाब से यह हल्की सर्दी का मौसम था। लाल सुर्ख़ कपड़े पहने नई-नवेली दुल्हन ईमीबाई की आँखें नम थीं।

''आप कल लंदन चले जाओगे?''- बाली उमर की दो सप्ताह सद्द दुल्हन ईमीबाई ने मासूमियत भरी आवाज़ में अपनी साँसों व धड़कन को एकसार करते हुए

मामद से पूछा। इस समय उसकी पलकें झुकी हुई थीं, वह अपने ही पैरों के नाखूनों में लगी हुई मेहंदी की लाली को देख रही थी और उसके चेहरे पर उसी लाली का बिम्ब महसूस हो रहा था जिसे श्रृंगार की भाषा में लाज भी कहते हैं। लाज का अर्थ भी अभी उसे अच्छी तरह से पता नहीं था। प्रथम रात्री को स्त्री और पुरुष के सम्बंधों की व्याख्या और आवश्यकता का ज्ञान अभी उसमें विकसित ही नहीं हो पाया था।

"हाँ जाना तो है ही"- बड़ा सपाट सा जवाब देते हुए मामद ने उदासीनता दिखाई। लेकिन तत्काल ही उसे अपनी ग़लती का अहसास हो गया। उसने सोचा माँ की ज़िद और उसकी मजबूरी के दो पाटों के बीच पिस रही इस बेचारी का क्या क़ुसूर है। मामद ने नज़र भरकर ईमीबाई को देखा और उसका चेहरा अपने हाथ में लेकर सधी हुई आवाज़ में उल्टा प्रश्न उछाल दिया- "तुम उदास हो रही हो?''

यह प्रश्न उतना ही औपचारिक था जितना मामद का ईमीबाई से विवाह करना। भला दो सप्ताह पहले दुल्हन बनी एक अपरिपक्व लड़की पति को अनिश्चित समय के लिए दूर जाते हुए सोचकर उदास न होगी तो और क्या करेगी। मामद की आदत ही थी कि वह औपचारिकता की रस्म बहुत अच्छे तरीक़े से निभाना जानता था।

ईमीबाई के ओठों से कोई जवाब नहीं फूटा, उसका शरीर कांपने लगा इस कंपकपी के वावज़ूद माथे पर पसीने की बूंदे छलक आई तथा आँखों से खारे पानी की धार बह निकली।

मामद पर ईमी की आँखों में आए पानी व चेहरे पर छाई उदासी का कोई ख़ास प्रभाव नहीं पड़ा। उसके सामने अपनी पत्नी से अधिक महत्वपूर्ण लंदन की यात्रा थी। कुछ बड़ा पाने के लिए यह सब उसे बहुत छोटा लग रहा था। उसने ईमी को समझाते हुए कहा- "देखो ईमी, मैं अभी शादी करना नहीं चाह रहा था। माँ कि ज़िद थी कि मैं शादी करने के बाद ही लंदन जा सकूंगा। माँ ने तुम्हें लाकर अपनी ख़ुशी मनाई है। तुम्हें माँ के साथ ही रहना है। लंदन से वापस आने के बाद हम अपनी ज़िंदगी का रास्ता देखेंगे क्या होगा। लेकिन यह ज़रूर है कि मैं जीते जी तुम्हें ख़ुद से अलग नहीं करूंगा"

अगले दिन मामद पेसिफिक एंड ओरिएंट जहाज पर सवार होकर लंदन के लिए लहरों पर चला गया। उसके सामने खुला हुआ आसमान और उगते हुए अपने पंख थे। डगलस एंड ग्राहम कम्पनी के बहाने लंदन की हवा थी। अबतक उसने लंदन और उसकी शान के बारे में सुन भर रखा था। अब उसे बहुत करीब से देखने के लिए वह उतावला हो रहा था। इधर कच्ची उमर की ईमीबाई की ज़िंदगी का जहाज उसके शौहर के जाते ही सपनों के टूटने से डगमगा उठा। वह इस विरह और अपने साथ हुए किसी समझौते के अधीन निकाह की कृतिमता को बरदाश्त नहीं कर सकी थी। उसकी हर रात आँसुओं के सैलाब में गुजरी और बहुत ही जल्दी इस सैलाब ने उसे अपनी ज़द में ले

लिया। उसकी पतवार टूटकर जीवन के समुद्र में गुम हो गई। वक्त ने जो खेल उसके साथ खेला था वह एक नाज़ुक सी बच्ची ने कभी सोचा भी नहीं था। अंततः वक्त की अदालत ने अपना फैसला सुनाया तो वह भी इमीबाई के ख़िलाफ ही गया और 1 फरवरी 1993 को मामद जब साउथम्टन बंदरगाह पर उतरा तब तक ईमीबाई के जीवन का जहाज डूब चुका था। इसके कुछ दिन बाद ही उसने दुनिया से विदाई ले ली थी। उसके नसीब में अपनी क़ब्र पर अपने शौहर के हाथ की मुट्ठीभर मिट्टी भी नहीं लिखी थी ख़ुदा ने। मामद का यह मोहब्बत नामा बिना किसी हलचल के दफ़्न हो गया।

5

साउथम्पटन से विक्टोरिया स्टेशन तक जाने के लिए एक नाव समुद्र में लगी हुई थी। सत्रह साल से थोड़ी सी अधिक उम्र का एक दुबला-पतला तरुण उस नाव में अपनी जगह तलाश रहा था। वह पांच हजार एक सौ अन्ठानवे नौटीकल मील की हाड-माँस तोड़ देने वाली समुद्री यात्रा कर ब्रिटेन आया था। नया देश, नए लोग, नया मौसम, नया माहौल। उसने अपनी आशाओं से भरी नज़र चारों तरफ़ दौड़ाई सामान लेकर नाव में बैठ गया। उसके हाथों में अभी मेहंदी का रंग लगा हुआ था। दिखने में वह भले ही दुबला-पतला था, किन्तु चाल-ढाल और पहनावे से किसी फैशनेबल रईस से कम नहीं लग रहा था। थकान उसके चेहरे पर साफ़ झलक रही थी, किन्तु उसे अभी विक्टोरिया पहुंचना था। वहां लंदन की थ्रेडनीडिल स्ट्रीट में डगलस ग्राहम एंड कम्पनी की एक डेस्क पर एकाउंट के रजिस्टरों में सर खपाकर बड़े बिजनेस के गुर सीखना थे। 1 फरवरी 1893 को समुद्र की लहरों से उतर ठंडी धरती पर अपने पैर रखने वाला वह लड़का मामद अली पुंजाभाई जीणा ही था।

धुंध और सर्दी से परेशान मामद जल्दी ही लंदन की आब-ओ-हवा में ढलने लगा। वह लंदन की ज़िंदगी में रम गया और उसके दिल में उसकी चाह पैदा हो गई। उसे बिलकुल ही अहसास नहीं हुआ कि अभी कुछ ही महीने पहले उसने एक नाज़ुक सी लड़की को जीवन के रंगीन सपनों की दुनिया दिखाई थी और जब तक उन सपनों की ख़ुमारी जाए, यह लड़का उसे तन्हा छोड़ हजारों मील दूर समुद्री लहरों पर ख़ुद के सपने बुनता हुआ लंदन जा पहुंचा था। होटल-दर-होटल कमरों में रातें गुज़ारता लंदन की परम्परागत सुविधानुसार "बेड एंड ब्रेकफास्ट" का भुगतान करते-करते अपने काम में लगा रहा। आख़िर उसे 35-रसेल रोड के एक तीन मंजिले मकान में फ्लैट मिल गया।

यह फ्लैट एक विधवा महिला एफ.ई. पेज-ड्रेक का था। पेज-ड्रेक की एक ख़ूबसूरत बेटी स्टेला पेज-ड्रेक थी। तीखी नाक-नक्श और आकर्षक गोरे रंग की यह

लड़की मामद की हमउम्र थी। चुलबुली स्टेला को मामद का फैशनेबल और आधुनिक होना अपनी ओर खींचने लगा था। ब्रिटेने की लड़कियां भारतीय पुरुषों के लिए वैसे भी आकर्षण का केंद्र बन जाती थीं। उनका खुलापन चुम्बक का काम करता था। भरी तरुणाई का मामद मानसिक रूप से पूर्ण पुरुष बन चुका था। अब वह पीले लम्बे कोट न पहनकर कर महंगे 'सेविले रो' सूट और कड़क कलफ़ लगी अलग कालर की कमीज़े पहनता और टाई लगाने लगा था। जवानी की देहरी पर खड़े मामद का लम्बा व स्लिम शरीर लंदन के फ़ैशन को आत्मसात करने लगा था। उसे देह की गंध से सराबोर हुए अभी ज़्यादा वक़्त नहीं बीता था। जिस देह की गंध मामद के नथूनों में घुली हुई थी, वह तो लंदन की इस गली से हजारों मील दूर हिन्दुस्तान के कराची शहर के खोजा कब्रिस्तान की दो गज ज़मीन में शांत होकर सो चुकी थी। मामद की चिन्ता करने वाली उसकी माँ मीठीबाई भी दुनिया से कूच कर चुकी थी। गोरी विलायतन के वशीकरण से भयभीत होने वाला अब कराची में कोई नहीं था। किन्तु मामद यहां सख्त हिदायत के साथ मोहब्बत-नामा लिखने नहीं, अपने पिता के बिजनेस को समझने आया था। बहुत जल्दी ही मामद का मन डगलस ग्राहम कम्पनी से उचटने लगा। उसे अपना नाम भी अटपटा लगता था। यह भी कोई नाम होता है 'मामद अली पुंजाभाई जीणा पोंजा!' फ़ैशनपरस्त मामद के लिए यह नाम उबकाई वाला था। उसने अपना नाम एम.ए. जिन्हा कर लिया अर्थात ' 'मोहम्मद अली जिन्हा'' मामद एक फरवरी को साउथम्पटन में उतरा था। बहुत थोड़े समय में ही उसे डगलस ग्राहम के एकाउन्ट रजिस्टरों से बोरियत होने लगी। उसे लगा उसका जीवन इस एक्सपोर्ट-इम्पोर्ट के कच्चे धंधे के लिए नहीं है, उसे कुछ और करना चाहिए। वह ख़ाली समय में लिंकन्स-इन जाया करता था। यहां उसे क़ानून की पढ़ाई का शौक़ आया और कभी पढ़ाई से दूर भागने वाले मामद ने पच्चीस अप्रैल को लिंकन्स-इन में क़ानून की पढ़ाई के लिए अर्जी लगा दी। पाँच महीने से भी कम समय उसने अपने पिता के पार्टनर की कम्पनी में काम किया। पच्चीस मई को उसने लिंकन्स-इन की परीक्षा पास कर ली और क़ानून की पढ़ाई कर बैरिस्टर बनने की तरफ़ बढ़ चला।

स्टेला की माँ की नज़र मामद पर टिकी हुई थी। मामद का 'मोनोकल चश्मा' और 'सेविले रो' सूट का जादू माँ-बेटी पर चढ़ रहा था। मामद को एक और शौक़ चढ़ा था, एक्टिंग का। वह शेक्सपियर को पढ़ता और उसके डायलॉग बोलता। स्टेला उसे एक्टिंग करते हुए देख आकर्षक अदा के साथ उसकी तारीफ़ किया करती। उसने एक थिएटर कम्पनी भी ज्वाईन कर ली थी। पिता को जब पता चला कि उसका बेटा लंदन में थियेटर कम्पनी में काम कर रहा है तो वे नाराज़ हो गए। पिता के नाराज़ होने पर मामद ने दुःखी मन से उस थियेटर कम्पनी को छोड़ दिया था।

दिल का क्या है, कब, कहां, कैसे, किसके पहलू में जाकर मचलने लगे। दिल तो स्टेला का भी मचलता मालूम होता था, और उसको हवा देती थी उसकी माँ पेज-ड्रेक।

उस रविवार की गुलाबी सुबहा मामद अलसाया हुआ सा देर तक सोया रहा। बहुत ज़्यादा रात तक पढ़ते हुए उसने सिगार के ख़ूब कश लिए थे, साथ ही सुरूर के लिए अपनी मन पसंद ब्रांडी के पेग पर पेग लगा गला तर किया था। उसकी आदत थी कि वह दरवाज़े को भीतर से बंद नहीं करता था। उस सुरक्षित घर में उसे भीतर से दरवाज़ा बंद करने की ज़रूरत भी महसूस नहीं होती थी। अकेला जवान लड़का निश्चिंत होकर सोता, मगर अपने पौंड सुरक्षित रखता था।

सुबहा घड़ी ने आठ घंटे बजाए, मामद अभी रजाई में ही था। इंग्लैंड में आठ बजे तक सूरज काफ़ी ऊपर आ चुका होता है। अचानक दरवाज़ा खुला और, एक महीन सा स्वर उभरा-" गुड मार्निंग डियर"

मामद चौंक गया- "ओह! स्टेला, गुड मार्निंग"

स्टेला उस समय हल्के नीले रंग की बहुत ही ख़ूबसूरत फ्रॉक पहने थी। नीली फ्रॉक में गोरी स्टेला का अलौकिक सौंदर्य पूनम के दूधिया चाँद की तरह धरती पर उतरता प्रतीत हो रहा था। उसने अपने सुनहरी बालों को सलीके से संवार कर नीले रंग का हेयर बैंड लगा रखा था। नीली आँखों वाली स्टेला पूरी तरह से नील कमल की तरह लग रही थी। स्टेला के कमरे में प्रवेश करते ही ऐसा लगा जैसे रातभर अपने फूल खिलाए उनके पराग में गंध समेटकर असंख्य मधुकामनियां आकर हरसिंगार के साथ बिछ गई हों। लगभग सत्रह बरस की स्टेला और इतनी ही उम्र का मामद, ऐसे प्रतीत हो रहे थे कि किसी पहाड़ी नदी की तलहटी मे दो चकमक पत्थर टकरा कर चिंगारियां फैंकने वाले हैं।

मामद ने संभलते हुए कहा- "कैसे आना हुआ आज इतना सवेरे-सवेरे''

कोई जवाब नहीं सूझा तो अचानक स्टेला ने बात बनाई और खिलखिलाती हुई सी हँसी बिखेरते हुए कहा-"ब्रेकफास्ट करोगे आज मेरे साथ?"

"जी ज़रूर करेंगे, मिस स्टेला पेज ड्रेक"- कहते हुए मामद भी अपनी शरारती और रोमांटिक मुस्कुराहट को नहीं रोक सका। उसने स्टेला की मनोदशा को रंगेहोथ गिरफ्तार कर लिया था। जिसे स्टेला भी साफ़ समझ गई थी।

"यू आर वैरी स्वीट पर्सन मिस्टर एम."- स्टेला ने कटीली निगाहों से मामद को देखा और इस तरह से अपने शरीर को घुमाकर वापस निकल गई कि कुछ मिनट तक यह स्वीट महाशय ख़ुद चक्कर-घिन्नी होते रहे।

स्टेला की माँ भी बिंदास थी। 35- रसेल रोड का यह साधारण सा फ्लैट मामद के लिए असाधारण होता जा रहा था। स्टेला अपने घर में को-कॉकटेल पार्टियां देने

की शौक़ीन थी। इन पार्टियों में कई ऐसे खेल होते थे जो जवान दिलों की धड़कनों को बढ़ा देने के लिए एक्सीलेटर से कम नहीं थे। उनमें किसिंग-फाईन की तो बात ही क्या थी। किसिंग-फाईन अर्थात गेम में ग़लती करने पर अपने साथी को किस देना होता था। यह किस अक्सर जानबूझ कर भी ग़लती कराने के लिए काफ़ी था। चूंकी यह पार्टियां रविवार को होती थीं, तो मामद का उनमें शामिल होना लाज़मी था।

स्टेला ने इस गेम की गलतियों पर कई बार मामद का किस लेने-देने की अपनी इच्छा को पूरा किया। मामद सार्वजनिक किसिंग से शुरू-शुरू में झेंपता रहा इसके लिए उसे न मालूम कितनी बार लंदन की भर सर्दी में अपने पसीने को सुखाना पड़ता था। धीरे-धीरे वह इस खेल में माहिर हो गया। अब स्टेला के सामने उसका ग़लती करना आम हो गया और उधर स्टेला अपनी गलतियों पर मुस्कुराकर अपना गाल मामद के सामने कर देती। धीरे-धीरे यह किस दोनों के बीच कपोलों से अधरों तक आ गया। अब हर गलती पुरुस्कार स्वरूप पर दोनों में डीप किस

इधर स्टेला की हथेलियों पर मोहब्बत की रेखा उभरने लगी, और उधर मामद उर्फ एम. ए. जिन्हा अपनी क़ानून की पढ़ाई के प्रति भी सावधान होने लगा था। पिता ने पहले ही तीन साल के खर्चे के पैसे बैंक में डाल दिए थे। डगलस ग्राहम की अप्रेंटिसशिप छोड़ने से जीणाभाई उससे नाराज़ थे। उनका धंधा भी अब चौपट हो गया था। उन्होंने मामद को "परिवार के प्रति ग़द्दार" जैसे सम्बोधन देकर आगे कोई भी मदद करने से साफ़ इंकार कर दिया था। वे अपने व्यवसाय से सम्बंधित एक केस अदालत में हार गए थे और दूसरे केस में हार उन्हें सामने दिख रही थी। पत्नी भी साथ छोड़कर कब्रिस्तान में विश्राम करने चली गई थी। मामद को अपने पास बचे पैसों से तीन साल निकालने थे। स्टेला उसके मोहब्बत-नामे की किरदार के रूप में उतावली तो थी ही लेकिन उतनी ही गर्मजोशी मामद में भी चाहती थी। मामद को पता था कि उसके पिता यह क़तई बर्दाश्त नहीं करेंगे कि किसी गोरी अंग्रेजन से ब्याह रचा कर वह विलायत में बस जाए। यह आशंका उसकी माँ पहले ही जता चुकी थी। जीणाभाई अपनी बीवी की रूह को मामद का यह मोहब्बत-नामा बताकर दु:खी करना नहीं चाहेंगे यह बात मामद अच्छी तरह से जानता था।

सन् 1895 के क्रिसमस की शाम थी। लंदन पूरी तरह क्रिसमस के स्वागत के लिए सजा हुआ था। 35- रसेल रोड का नज़ारा भी बेहद उमंग भरा था। स्टेला आज पिंक मैचिंग में किसी परी से कम नहीं लग रही थी। मामद उसके दिल और दिमाग़ पर छाने लगा था। इस अहसास में उसकी माँ की पसंद भी थी। इस 25 दिसम्बर को क्रिसमस की शाम स्टेला अपनी सबसे अहम ख़ुशी पा लेना चाहती थी। सुबह से ही उसके दिल की धड़कनें और दिमाग़ के तंतुओं में आवेग करवटें ले रहा था। उसके जीवन का यह अठ्ठारहवां क्रिसमस था। वह बहुत ही ख़ुश थी। सात समंदर पार के दूर देश से उसके

सपनों का राजकुमार आकर उसके ही फ्लैट में रह रहा था। दोनों ने बहते हुए झरने की तरह अंतरंगता के कुछ लम्हे जीए थे। उसने महसूस किया था कि मामद उसके भीतर नशे की तरह उतरता जा रहा है। उधर स्थिति मामद की भी कुछ ऐसी ही हो गई थी। दो बरस से ज़्यादा उसे लंदन में रहते हुए हो चुके थे। ईमीबाई के साथ उसने निकाह किया था। दो सप्ताह ही सही जिस्मानी तौर पर एक महकते तूफ़ान को उसने महसूस किया था पूर्ण पुरुष के रूप में। कई बार रातों के अकेलेपन में वह गंध किसी हरसिंगार या मधुकामिनी की तरह उसके नथूनों में उतरकर हवा के मद्धिम झौंकों से तेज आँधियों में बदल जाया करती थी। उन थपेड़ों में वह एक सूखे पत्ते सा थरथरा कर रह जाता था। 35-रसेल रोड के इस फ्लैट में आने के बाद स्टेला उसके लिए उठते हुए भंवर में सहारा साबित हुई थी। स्टेला अब यह चाहती थी कि वह कभी-कभार के तिनके की जगह हमेशा के लिए एक पूर्ण पल्लवित वृक्ष बनकर मामद के जीवन की हर धूप-छाँव पर अपना अधिकार कर ले। किन्तु मामद जानता था कि उसका लक्ष्य क्या है। वह स्टेला को सपने ज़रूर दिखाता था, किन्तु उसे वह सपने सौंपने को तैयार नहीं था। मामद जितना तन से मोहक था मन से उतना ही कठोर था। वह अपने सुनहरे के लिए किसी को भी काला कर सकता था। स्टेला मामद के लिए एक तिनका तो हो सकती थी, लेकिन वह उसके जीवन का तरूवर नहीं बन सकती थी। वह शायद मामद की इस खूबी को नहीं जान सकी थी। वह तो अपने रूप व आकर्षण के बल पर मामद को पा लेना चाहती थी। किसिंग फाईन गेम में उसने मामद की आँखों में अनेक बार झांका था। सार्वजिनिक न सही लेकिन उसने अंतरंग पलों में स्टेला को कभी निराश भी नहीं किया था।

ब्रिटेन में भी अंधविश्वास और मान्यतायों की कमी नहीं है। फिर प्यार और शादी के मामले में ब्रिटिश लोग कुछ ज़्यादा ही अंधविश्वासी होते हैं। प्रचीन ब्रिटेन के डूइड (इंगलैंड की प्राचीन केल्ट जाति के पुरोहित) के अनुसार मिसलटो का पेड़ चमत्कारी होता है। ये लोग जादू-टोने और बुरी चीजों से बचाने के लिए इसकी टहनी के तावीज़ दिया करते थे। बाद में यह अंधविश्वास भी पनपकर स्थापित हो गया कि मिसलटो के पेड़ के नीचे खड़े होकर जिसे चाहते हैं उसे चूमने से, उससे विवाह हो जाता है। क्रिसमस का दिन इसके लिए सबसे अच्छा माना जाता है। इस क्रिसमस के पवित्र अवसर पर पिंक परी सी दिख रही कमसिन स्टेला ने अपने फ्लैट से झांककर देखा। नीचे मिसलटो का पेड़ क्रिसमस की शाम को सजा-धजा लहलहा रहा था। उसके तले मामद खड़ा मुस्कुरा रहा था। स्टेला को लगा जैसे यह मुस्कान उसे मिसलटो के तले अपने अधर फैलाए आमंत्रण देकर कह रही है "आओ और अपने सपने को चूम लो"

मामद आज हल्के नीले रंग का सूट पहने हुए था। उसकी आँखों पर लगा मोनोकल उसे और भी ख़ूबसूरत बना रहा था। मिसलटो के तले मामद को खड़ा पाकर स्टेला को यूं महसूस हुआ कि जैसे प्रभु ने मिसलटो का चमत्कार उसके सामने रख

दिया है। वह सीढ़ियां उतरने लगी। हर सीढ़ी के साथ वह एक सपना बुन रही थी। उसका प्राचीन ब्रिटेन के ड्रूइड पर विश्वास बढ़ता जा रहा था। वह उड़ना चाह रही थी। उड़कर वह मिसलटो के तले खड़े मामद को चूम, मन की बात मिसलटो की टहनियों को साफ़-साफ़ कह अपना प्यार पा लेना चाह रही थी। उसके दिल की धड़कन के साथ ही उसका मन पखेरू हुआ जा रहा था। वह नीचे उतर आई। मामद अब भी वहीं खड़ा था। मामद के भाव ऐसे थे जैसे उसने स्टेला को देखा ही न हो। किन्तु वह जानता था कि अगर आज मिसलटो के तले स्टेला उसे देखेगी तो वह उसका क्या अर्थ लगाएगी व उसका परिणाम क्या होगा।

स्टेला ने मामद के कंधे पर हौले से थपकी दी। मामद ने चौंकने का बेहतरीन अभिनय किया। स्टोला ने अपनी दोनों बाहें उसके सामने फैला दी थीं।

"एम. पता है आज क्रिसमस है, और हमारे लिए यह क्रिसमस ख़ास क्यों है"- स्टेला ने किसी गुलाब की पाँखुर की तरह खिलते हुए कहा।

"हाँ स्टेला, आज मेरा जन्मदिन है, और देखो मैं यहां अकेला खड़ा जन्मदिन सेलिब्रेट कर रहा हूँ"- उकसाती सी शरारती मुस्कान बिखेरते हुए मामद ने कहा।

"ओह! फिर तो आज दोहरी ख़ुशी है"- कहते हुए स्टेला ने मामद को चूम लिया। मामद ने हड़बड़ाने का एक और अभिनय किया।

"एम. प्लीज़...किस...मी...मिसलटो हमें आशीर्वाद दे रहा है"- कहते कहते स्टेला भावुक हो गई और उसकी आँखों में आँसू छलक आए। उसे विश्वास था कि क्रिसमस के दिन मिसलटो की चमत्कारी शक्ति के कारण वे जल्द ही सफ़ेद जोड़े में पादरी के सामने शादी के बंधन में बंध जाएंगे।

जैसे ही स्टेला ने अपना कोमल सा गुलाबी गाल मामद के सामने किया उसने अपने अधर उसकी तरफ बढ़ाए। स्टेला की हर नस-नाड़ी रोमांच के नजदीक होकर तीव्र प्रवाह में बहने लगी। मामद उसके अधरों पर अपने अधर रखता इसके पहले ही उसने नाटकीय ढंग से उन्हें वापस खींच लिया। स्टेला की आँखे बंद थीं। उसने एक सिसकी ली और बोली- "मामद प्लीज़ चूम लो मुझे और मिसलटो के आशीर्वाद से क्रिसमस का उपहार सदा के लिए मेरे होकर मुझे दे दो"

उसने अपने शरीर के खिंचाव को अचानक नियंत्रित किया। वह स्टेला के साथ अपने बंद कमरे में रोमांटिक हो सकता था, लेकिन किसी चर्च में जाकर विवाह करने को तो क़तई तैयार नहीं था। मिसलटो चुम्बन भारतीय परम्परा में कोई मायने नहीं रखता था। भारतीय सामाजिक नियम किसी सार्वजिनक स्थान पर चुम्बन की इज़ाजत भी नहीं देते थे। मामद के लिए यह विचार आज एक ढाल का काम कर रहा था।

"स्टेला, मैं एक भारतीय हूँ, और हमारी भारतीय संस्कृति यह अनुमति क़तई नहीं देती कि हम किसी मिसलटो के तले खड़े होकर सार्वजनिक रूप से चुम्बन लें। इसलिए मैं मुआफ़ी चाहता हूँ, मैं यहां तुम्हारा चुम्बन हरगिज़ नहीं ले सकता"- मामद ने बहुत ही सम्भलते हुए संजीदगी से कहा।

स्टेला को लगा जैसे उसे किसी ने आसमान से पटक दिया हो। उसने बड़ी मासूमियत से मामद की तरफ़ देखा। उसके सारे सपने मिसलटो के तले बिखरे पड़े थे। एक क्षण के लिए उसे वो लम्हे याद आए जो उसके ओठों और गालों पर ही नहीं शरीर के अंग-अंग पर मामद ने दर्ज़ किए थे। उसने एक नज़र उठा कर हवा में झूमती हुई मिसलटो की टहनियों की तरफ़ देखा, फिर क्रिसमस की सजावट उसकी नज़रों के सामने से गुज़री। उसके क़दम धीरे-धीरे अपने फ्लैट की सीढ़ियों की तरफ़ उठने लगे। बालकनी पर जाकर उसने फिर एक बार नीचे झांका, मामद अब भी वहीं खड़ा था, निर्विकार सा बिना किसी अहसास के कि उसने स्टेला को कितनी बेरहमी से पल भर में खंडित कर दिया है।

अगले साढ़े छह महीने यह मोहब्बत-नामा एकदम ख़ामोश साँसों के साथ 35-रसेल रोड के स्टेला पेज़-ड्रेक के फ्लैट में तड़प कर दम तोड़ता रहा। 16 जुलाई सन् 1896 को मामद बैरिस्टर एम.ए. जिन्हा बन कर पी एंड ओ लाइनर नामक जहाज से बम्बई के सफ़र के लिए वापस समुद्र की लहरों पर चल पड़ा। स्टेला एक टूटी-फूटी लड़की जैसे आँसुओं से सराबोर अपने फ्लैट में अब किसिंग गेम बंद कर चुकी थी।

6

"लो पेटिट शह..., बचाओ, अपना बादशाह"- घोड़े की चाल चलते हुए जिन्हा हौले से बोला।

दिनशॉ पेटिट ने जैसे ही बादशाही मोहरे को एक घर आगे लाना चाहा, जिन्हा ने अंगुली नचाते हुए रोककर कहा- "नो पेटिट, यहां ऊंट का ज़ोर है, कुछ और सोचो"

पेटिट चाल सोचने में अपने बाल खुजाने लगा। चूंकी शह घोड़े से दी गई थी, इसलिए बादशाह के मोहरे को तो वहां से हटाने पर ही खेल को आगे चलाया जा सकता था। लेकिन बैरिस्टर जिन्हा ने मोहरों की ऐसी बिसात बिछाई थी कि पेटिट का बादशाह न तो हट सकता था, न ही बच सकता था।

हुँ..., एक गहरी साँस भरकर बम्बई के अभिजात और धनाड्य उद्योगपति बारनेट दिनशॉ पेटिट ने अपनी हार मानते हुए कहा- "चालें तो बहुत गहरी चलते हो मिस्टर जिन्हा ! चाहे शतरंज हो, कोर्ट हो य असल ज़िंदगी"

"हाँ मिस्टर पेटिट, एम. ए. जिन्हा यानी कि मुझे, जीत का चस्का है, आई कान्ट लूज़ ऐम एण्ड गेम, इन माय लाइफ"-जिन्हा ने अपनी घनी और काली मूंछों पर हाथ फेरते हुए कहा।

"हाँ होना भी चाहिए, फिर अब तो तुम सियासत में भी दिलचस्पी लेने लगे हो, शतरंज में माहिर होना सियासतदार के लिए बहुत ज़रूरी है, आख़िर सियासत भी तो शतरंज का ही खेल है"- थुलथुले शरीर वाले पेटिट ने कहा और जिन्हा की तरफ़ देखकर ज़ोर-दार ठहाका लगाया।

जिन्हा ने पेटिट की तरफ़ देखा और सारे मोहरों को समेट कर शीशम के ख़ूबसूरत बॉक्स में रख दिया। लेकिन जिस घोड़े के मोहरे से जिन्हा ने पेटिट को मात दी थी, वह मोहरा अभी जिन्हा की उंगलियों में ही नाच रहा था, वह बड़े ग़ौर से उसे देख रहा था। अभी दो दिन पहले ही तो बैरिस्टर एम. ए. जिन्हा ने अपनी उम्र का चौबीसवां साल पूरा किया था तथा वह सामने बैठे अपने ख़ास दोस्त बारनेट दिनशॉ पेटिट से सिर्फ़ तीन साल छोटा था।

"चलो एक गेम और ट्राई करते हैं"- पेटिट का शब्द अभी पूरा ही हुआ था कि पीछे से एक मधुर स्वर आया- "बस, पेटिट फिर हार जाओगे, इसलिए अब अगर हम चाय पीएं तो ज़्यादा मज़ा आएगा" यह स्वर श्रीमती दीनाबाई पेटिट का था, जो अपनी गोद में दस महीने की बेहद ख़ूबसूरत बेटी को लिए शतरंज के शौक़ीनों के बीच पहुंच चुकी थी। उनकी गोद में बॉब कट बाल, तीखे नाक-नक्श, साफ़-सुथरा रंग और बड़ी-बड़ी आँखों वाली वह बच्ची लाल बॉर्डर की सफ़ेद फ्रॉक पहने थी, जो दुनिया के सबसे महंगे शोरूम से, सबसे ज़्यादा क़ीमत देकर खरीदी गई होगी। ऐसा हो भी क्यों न। यह बच्ची कोई साधारण बच्ची तो थी नहीं। यह भारत की पहली सूत मिल के मालिक और पहले बारनेट दिनशॉ मानेकजी पेटिट की पोती, देश दुनिया के नामी उद्योगपति व एम. ए. जिन्हा के बेहद क़रीबी दोस्त सेकेन्ड बारनेट दिनशॉ पेटिट की नन्ही सी बेटी और पारसी समाज के बेहद सम्मानित उच्च धनाड्य जमशेदजी जीजीभॉय की नातिन रतनबाई थी, जिसे सब प्यार से रुत्ती कहते थे।

दीनाबाई पास की कुर्सी पर बैठ गई। रुत्ती को पेटिट ने बड़े दुलार से अपनी बाहों में ले लिया और उसके गाल व माथे पर प्यार भरे चुम्बनों की बौछार कर दी।

साफ़-सुथरे सफ़ेद कपड़े पहने, सिर पर कुल्ला-साफा बांधे हुए वेटर ने चाय के साथ टोस्ट, बिस्कुट और भुने हुए काजू लाकर टेबल पर रखे व अभिजात तौर-तरीक़ा का पालन करते हुए चाय सर्व करने लगा। शतरंज की बिसात फ़िलहाल बॉक्स में बंद हो गई थी।

रुत्ती के ऊपर व नीचे के दो-दो दाँत निकल कर मोतियों जैसे चमकदार हो गए थे। जब वह बाल सुलभ हँसती तो ये चारों दाँत बहुत ही ख़ूबसूरती से आकर्षित करते

थे। वह अभी बिना सहारे के खड़ी होना तो सीख गई थी लेकिन चलना नहीं सीखी थी, बस धीरे से एक-दो क़दम बढ़ाकर गिर जाती थी। वह खड़ी होकर ताली बजाती, पेटिट व उनकी पत्नी उसे आगे बढ़ने के लिए प्रेरित करते तो क़दम उठाकर थोड़ा सा चलती, इस दौरान कोई भी अपनी अंगुलियां बढ़ा देता जिसे थामकर वह आगे बढ़ती और उसके सामने के निकले हुए चार दाँत खिलखिला उठते। माँ-बाप के लिए बच्चों का यह समय बेहद यादगार और मनोरंजक होता है, और इन दिनों में कोई पारिवारिक मित्र उपस्थित हो तो फिर कहने ही क्या। माँ-बाप बार-बार बच्चे का कौतुक अपने मेहमान को दिखा कर प्रसन्न होते हैं। इस वक़्त व्यक्ति की सारी व्यस्तता एक कोने में धरी रहती हैं। उसके अपने शौक़ कोई मायने नहीं रखते। बस एक ही मनोरंजन होता है, बच्चे के साथ खेलना और उसकी बाल-सुलभ लीलाओं का आनंद लेना।

दिनशॉ पेटिट ने रुत्ती को खड़ा कर दिया और अपनी तरफ़ बुलाने लगा। पहले तो रुत्ती ताली बजाकर हँसी, फिर उसने जिन्हा की तरफ़ देखा, अंगुली का इशारा कर अस्पष्ट शब्दों में कुछ बोलना चाहा। जिन्हा ने अपनी अंगुली उसकी ओर बढ़ाई तो वह एक क्षण को ठिठकी और फिर रोने लगी।

रुत्ती की इस प्रतिक्रिया पर दीनाबाई और पेटिट ज़ोर से हँस दिए व जिन्हा अपनी आदत के मुताबिक हल्के से मुस्कुरा दिया।

श्रीमती पेटिट ने अपना हाथ बढ़ाया और रुत्ती को गोद में उठा लिया। गोद में आते ही रुत्ती चुप हो गई और फिर से हँसने लगी, जैसे कह रही हो कि मुझे गम्भीर चेहरे पसंद नहीं हैं।

पेटिट ने जिन्हा की तरफ़ मुख़ातिब होते हुए कहा- "बैरिस्टर साहब क्या बोर शख़्सियत हो, बच्चे भी देखकर डर जाते हैं। थोड़ा बिंदास बनो, खिलखिलाओ ताकि बच्चे भूत बाबा न समझें। वैसे तुम्हारी झबरी घनी मूंछें भी बच्चों को डराने के लिए काफ़ी हैं। " और पेटिट व दीनाबाई ज़ोर से हँस दिए।

इस समय दिसम्बर सन् 1900 का आख़िरी सप्ताह चल रहा था। बम्बई का दायरा कुलाबा से वर्ली और विक्टोरिया टर्मीनल से बहुत ही विरल सा दादर तक था। चर्नी रोड और मालाबार हिल महंगी बम्बई के रूप में स्थापित हो चुके थे। बम्बई में अभी क्रिसमस का जश्न जारी था। माउंट प्लेसेंट रोड से नीचे उतरते ही नेपियन सी रोड के मुहाने पर मालाबार हिल्स स्थित समुद्र के किनारे वैभव से परिपूर्ण बारनेट दिनशॉ पेटिट का यह पुश्तेनी भव्य पेटिट हॉल नामक बंगला अपनी अभिजातता की हर खूबी का बखान करता हुआ सागरीय लहरों की अलमस्त अठखेलियों का साक्षी होता था। यह सौभाग्य बम्बई के बिरले ही कुलीन लोगों के हिस्से में आता था, जिनमें ज़्यादातर पारसी समुदाय ही था। पारसी समुदाय हमेशा शांतिप्रिय तो रहा ही है साथ ही असीमित

वैभव में रहते हुए भी विनम्र एवं किसी भी अहंकार से परे रहा है। यही कारण है कि बहुत छोटी सी संख्या में होकर भी ये समुदाय अपनी विशिष्ट पहचान रखता है व अपने परिवेश में बेहद आदर पाता है। बम्बई के इन्हीं संभ्रांत पारसी परिवारों में अत्यंत सम्पन्न और प्रतिष्ठत परिवार दिनशॉ मानेकजी पेटिट का था। मानेकजी को पहले बारनेट का सम्मान प्राप्त हुआ था। उनके बेटे दिनशॉ पेटिट थे। बिलियर्ड और शतरंज के शौक़ीन पेटिट की मित्रता अभी कुछ दिन पूर्व ही लंदन से बैरिस्टर बन कर बम्बई में भाग्य आज़माने आए और कार्यकारी एडव्होकेट जनरल मोल्सवर्थ मेकफर्सन के सहायक एम.ए. जिन्हा से हो गई थी। उस समय जिन्हा चर्नी रोड के अपोलो रेलवे स्टेशन के पास किराए पर एक कमरा ले कर रह रहा था। वह पेटिट के लगभग हमउम्र ही था केवल दो-तीन साल की आयु का फ़र्क़ था दोनों के बीच। जिन्हा भी बिलियर्ड और शतरंज का शौक़ीन था। दोनों की मुलाकातें ओरिएन्टल क्लब से शुरू हुई थीं जो अब पारिवारिक मित्रता में बदल चुकी थीं। पेटिट के व्यावसायिक क़ानूनी मामलों को अब जिन्हा ही देखने लगा था। एक तरह से पेटिट, जिन्हा के क्लइंट भी थे। बम्बई हाईकोर्ट की देहरी के भीतर एक वकील के रूप में जिन्हा का प्रवेश दिनशॉ की मेहरबानी से हुआ था। वह ब्लैकमेल के एक मामले में डिफेंस करने वाले वकीलों की टीम का एक साधारण सदस्य था। लेकिन इस केस के बाद उसके चर्चे बम्बई के न्यायायिक जगत में होने लगे थे। उसकी काबिलियत और प्रस्तुतिकरण ने लोगों पर गहरी छाप छोडी थी। हाईकोर्ट के गलियारों में उसकी चर्चा होने लगी थी।

उन दिनों एक स्कॉटिश बम्बई के मालाबार हिल्स में दिनशॉ पेटिट के बंगले के पास रहता था। अपने घर का नाम उसने साउथ कोर्ट रखा था। लगभग ढाई एकड़ ज़मीन में उसका बंगला बना हुआ था। यह बंगला क़रीब पचास साल पुराना था। एक दिन जिन्हा से उसकी मुलाक़ात हो गई। बातों ही बातों में उसने बताया कि उसे अपना बंगला बेचना है तथा स्कॉटलैंड वापस जाना है। जिन्हा ने वह बंगला देखा। बिलकुल पुराना सा और अव्यवस्थित मकान था वह। जिन्हा ने लंदन में एक मकान ख़रीद रखा था। उसने सोचा अगर यह बंगला वह ले लेगा तो भविष्य में इस जगह की अच्छी क़ीमत मिलेगी। जगह और मकान दोनों ही उपयोगी थे तथा स्कॉटिश की मजबूरी थी उसे बेचना। जिन्हा ने उसका सस्ते में सौदा कर लिया। लंदन का अपना मकान बेचकर उसने यह बंगला ले लिया। लेकिन वह तो अकेला रहता था। इतने बड़े बंगले में सुनसान स्थान पर उसे रहना तो था नहीं सो उसमें ताला लगा दिया था। कभी-कभार उसमें साफ़-सफाई करवाकर तैयार कर लिया जाता था। यह बंगला लेने के बाद भी जिन्हा चर्नी रोड के अपने किराए के कमरे में रहता रहा था। लेकिन यह बंगला उसके भविष्य की सोच और लाभ के सौदों में उसकी दिलचस्पी को उजागर करता था। जिन्हा के किसी भी मिलने-जुलने वाले को पता नहीं था कि साउथ कोर्ट बंगला उसने ख़रीद लिया है।

इस समय भारत में राजनैतिक रूप से लगभग शिथिलता का दौर था। ब्रिटिश शासन की पकड़ मज़बूत हो चुकी थी। लार्ड कर्जन गवर्नर जनरल के पद पर कार्यरत थे। सन् 1857 की क्रांति का प्रभाव मद्धिम हो रहा था, लेकिन कहीं-कहीं भारतीय जनमानस में अंग्रेजों के प्रति ग़ुस्सा उबलकर बाहर आ जाता था। प्रशासन व्यवस्था अपनी पद्धति से स्थापित करने को अंग्रेज सुधारवाद का नाम दे रहे थे। रेल के पहिए विस्तार पा रहे थे। तांगे और बघ्घियों के साथ मोटरकारों का सड़कों पर दिखना बढ़ रहा था। चिठ्ठियां सरकारी तंत्र के माध्यम से आने-जाने लगी थीं, तथा तार आने से लोगों को किसी पहाड़ टूटने जैसे दुःख का अंदेशा होने लगता था। अधिकांश राजे-रजवाड़े अपने ऐश-ओ-आराम के लिए अंग्रेजों के गुलाम हो चुके थे। जो नहीं होना चाहते थे उन्हें हथिया लिया गया था। ब्रिटिश कालोनियां संभ्रांत लोगों के लिए परिपक्व हो चुकी थीं। अंग्रेजी प्रभाव गांवों से लेकर महानगर तक स्पष्ट दिखाई देने लगा था। सक्षम लोग मातृभाषा में शिक्षा के बजाए अपना भविष्य अंग्रेजी शिक्षा में तराशने लगे थे। यद्यपि यह सामान्य तो क्या अच्छे-खासे धनी लोगों के बूते में भी नहीं था, परन्तु धनाढ्य वर्ग पहनावे और भाषा में अंग्रेजियत के चंगुल में जकड़कर ख़ुद को धन्य मानने लगा था। प्रशासन और शासन की बागडोर अंग्रेज अधिकारियों के हाथों में सुरक्षित हो चुकी थी, एवं सत्ता की हिस्सेदारी के रूप में उन्होंने अपने कुछ चाटुकार लोगों को छोटे-बड़े पदों से नवाज़कर अपना वफ़ादार बना लिया था, जो अपने रिश्तेदारों और इलाके के सामान्य जन पर रौब गांठकर कालर ऊँची करने लगे थे। रियासतों के मुखिया केवल अपनी मुहर और महल तक सीमित होकर अंग्रेजों के स्वागत में निरीह जंगली बाघ, शेर, हाथी और चीतों को मारकर रायबहादुर की उपाधियां धारण कर रहे थे। इनकी बहादुरी गोरों को उपहार में दिए जाने के लिए बाघ और हिरण की खाल तथा बारहसिघें के सींगों की ट्रॉफी तक ही सीमित रह गई थी। उनके हथियारों की खनक जंगलों के जानवरों पर ही प्रभावी बची थी और शूरवीरता लगान न दे पाने वाले अन्नदाताओं पर कोड़े बरसाने में प्रदर्शित हो रही थी। अंग्रेजों के साथ अपने चित्र बनवाकर वे धन्य हो रहे थे। अभिजात वर्ग के घरों में चौकी-आसन व पालथी की जगह डायनिंग टेबल पर बैठकर खाने का चलन ज़ोर पकड़ चुका था, और उनके बरतनों में छुरी-कांटे, चम्मच और क्राकरी प्रमुखता से शामिल हो चुके थे। चूल्हों के आकार बदल रहे थे तथा स्टोव का होना सामान्य जन से कुछ आगे होने का संकेत होने लगा था।

सुधारात्मक अवधारणा के विचार को लेकर गठित की गई कांग्रेस, पल्लवित पौधे के रूप में विकसित होकर प्रभावशाली अवस्था में आ गई थी। दादाभाई नौरोजी, गोपालकृष्ण गोखले, फिरोजशाह मेहता जैसे नरम रुख़ के नेताओं का वर्चस्व स्थापित हो चुका था, साथ ही बालगंगाधर तिलक भी लोकमान्य हो रहे थे। भारत की ब्रिटिश

राजधानी कलकत्ता महानगर के रूप में विकसित हो गई थी, बम्बई का विकास देश के व्यावसायिक व सांस्कृतिक केन्द्र के रूप में गति पकड़ चुका था। कराची, कालीकट, मद्रास, विशाखापट्टनम बंदरगाह जल आवा-गमन और व्यापारिक पैर ज़माने में सफल हो चले थे। लाहौर, दिल्ली, लखनऊ, गुजरांवाला, शिमला, पेशावर, हैदराबाद, बड़ौदा, जयपुर, बूंदी, लायलपुर, सख्खर, गौहाटी, रांची, रामपुर, पूना, सूरत, भुवनेश्वर, देहरादून, थाणे, मैसूर, चटगांव, पटना, ढाका, कटक, भोपाल, नागपुर, कोच्ची जैसे स्थान अपने इतिहास और वर्तमान से जद्दोजहद करते हुए अपनी जगह सुनिश्चित कर रहे थे। बम्बई प्रेसीडेंसी और पंजाब प्रान्त के कुछ हिस्सों को अलग कर उत्तर-पश्चिम सीमा प्रान्त का निर्माण कर दिया गया था। डचों और अंग्रेजों में आपसी समन्वय बन गया था तथा गोवा, पंडीचेरी, दमन और द्वीव की बस्तियां अपनी अलग ही समस्या से जूझ रही थीं जो भारत में होकर भी भारत की नहीं थीं। ईसाई मिशनरियों ने राज्य का संरक्षण प्राप्त कर अपने पैर जमा लिए थे तथा दया की प्रतिमूर्ति के वेश में शिक्षा, चिकित्सा और रोटी का लालच देकर भारतीय धर्मों के लोगों को प्रभु यीशु के अनुयायी बना रहीं थीं। घने जंगलों में भले सूरज की किरण धरती को न छू सके लेकिन ईसाई मिशनरियों ने अपनी पहुंच वहां बना ली थी। मंदिरों के इलाकों में चर्च की घंटियां बजने लगी थीं। भुखमरी और गरीबी से किसी को कोई लेना-देना नहीं था। प्राकृतिक आपदा की कुदृष्टि इस भूभाग पर आम बात थी। इसके बावजूद भी भारतीय युवाओं में लंदन जाकर क़ानून की पढ़ाई कर बैरिस्टर बनने का आकर्षण बढ़ रहा था। कुछ युवा इसलिए भी लंदन जा रहे थे ताकि वे विश्व राजनीति को समझकर भारत पर कसी हुई गुलामी की जंजीर को काटकर इस मिट्टी का कर्ज चुका सकें।

यही वह समय था जब एक गुजराती गाँव पनेली से व्यापार करने कराची जाकर बसे और सफल हुए पुंजालाल प्रेमजी भाई ठाकोर उर्फ पुंजाभाई जीणा का युवा बेटा मामद अली जीणा लंदन से क़ानून की पढ़ाई कर अपने नाम के अंग्रेजी संस्करण एम.ए. जिन्हा के रूप में बम्बई में बैरिस्टरी कर यहां के अभिजात वर्ग में अपनी पहचान बनाने के लिए सम्पर्क जोड़ रहा था। बचपन में अपनी बुआ के घर आने-जाने और बम्बई के ही गोकुलदास तेज प्राथमिक शाला में पढ़ने, व फिर बम्बई विश्वविद्यालय से मैट्रिक की पढ़ाई करने के कारण बम्बई इस युवा के लिए कोई अपरिचित जगह नहीं थी। आगे आने वाले दिनों में बम्बई इस युवा के माथे पर इतिहास के पन्ने लिखने के लिए कलम में अमिट स्याही लिए बैठा था। उस कलम में भरी गई स्याही की बूंदें कुछ लिखेंगी अथवा सूख जाएंगी यह समय के गर्भ में था। लेकिन इतना तो तय था स्टेला के रस में भीगा हुआ लेकिन मिसलटो के नीचे उसके सपनों को एक पल में तोड़कर आने वाला मामद पानी पर पानी से पानी लिखने की कोशिश ज़रूर करेगा।

7

ढलती हुई शाम का सूरज समुद्र की सतह पर अपनी किरणें उतार गोताखोरी कर रहा था। लहरें और किरणें एक दूसरे का आलिंगन कर प्रणयातुर प्रतीत हो रहीं थीं। उठती-गिरती समुद्र की सतह जैसे मंत्र-मुग्ध हो किनारों की रेत को इस दृश्य के नयननाभिराम दर्शन के लिए आमंत्रित कर रही थी। सूरज के छिपते ही क्षणिक अवस्था को यवनिका गिर कर उठेगी, उसी समय पूर्णिमा के चन्द्रमा की धवल रश्मियां रात्रि के रथ पर सवार हो इन लहरों के साथ अठखेलियां करने रवाना हो जाएंगी। बम्बई की इस गुलाबी शरदीय शाम को चर्नी रोड से अपनी विशेष पसंद का हल्का नीला नया सूट पहने जिन्हा एक बग्घी में सवार हुआ। वह बग्घी से समुद्र के उस पार लाल होते सूरज को देखता हुआ लंदन के 35-रसेल रोड पर पहुंच गया था। सागर के विशाल सीने पर उसे मिसलटो के अनगिनत पेड़ लगे महसूस हो रहे थे। धीरे से उसका हाथ अपने बांए गाल पर चला गया। यह वही गाल था जहां क़रीब दस साल पहले क्रिसमस की एक रंगीन शाम सदा के लिए अंकित हो गई थी। वह चाहते हुए भी उसे विस्मृत नहीं कर सका था। उसने कई अकेली रातों में सोचा था कि प्राचीन ब्रिटेन के ड्रूइड जिस मिसलटो के चमत्कार पर विश्वास करते थे उसे वह भी आजमा सकता था। अनेक करवटें बदलते हुए उसके ओठों ने जुम्बिश की थी। उसे लगा किनारे की रेत से एक लड़की पिंक फ्रॉक पहने मिसलटो के गहन वन में उसका हाथ थाम दौड़ती जा रही है। समुद्र की लहरों पर वह फिसलता सा प्रतीत हो रहा है और वह लड़की दूर क्षितिज पर दिख रहे सूरज की लाली को अपने गालों पर मल मिसलटो की झुकी टहनी का स्पर्श करती उसकी बाहों में झूल आँखें मूंद रही है। वह लड़की जैसे कह रही हो क्रिसमस है, मिसलटो है, मैं हूँ और तुम हो। आओ रख दो न अपने रसीले अधर मेरे इन प्रतीक्षारत् गुलाबी नर्म ओठों पर। पीछे किनारे पर किसी चर्च के घंटे की आवाज़ आई है। जिन्हा ने लड़की के गाल अपने हाथों में समेट लिए हैं व उसके ओठों को चूमते हुए अधरों पर अपने अधर स्थापित कर दिए हैं। गहरे... बहुत गहरे... होते हुए। लड़की शरमा कर कह रही है...एम... यू हैव डिलेड् सो मच।

अचानक जिन्हा की तंद्रा टूटी। चर्नी रोड से चली बग्घी गिरगांव से माउंट प्लीज़ेंट रोड होकर पेटिट हॉल पहुंच चुकी थी। जैसे ही बग्घी रुकी सामने छह साल की एक नन्ही सी परी की तरह दिखने वाली रुत्ती एकदम पिंक फ्रॉक, पिंक जुराबें, पिंक सैंडिल, पिंक हेयर बैंड लगाए हाथ में पिंक रुमाल लिए खड़ी थी। जिन्हा को बग्घी से उतरता देखते ही वह बड़ी अदा के साथ बोली थी- "मूछों वाले अंकल आ गए" और जिन्हा उसे एकटक निहारता रह गया था।

"हैलो, स्वीट एंजिल... लुकिंग सो स्वीट"- जिन्हा ने उसके कोमल गालों को अपने अंगूठे और अंगुली के बीच दबाकर कहा।

रुत्ती ने अपने गाल जिन्हा से मुक्त किए और बाल सुलभ जीभ चिढ़ाकर अंगूठा दिखाती हुई भाग गई।

जिन्हा लॉन को पार कर पेटिट हॉल के बरामदे में पहुंचा, जहां पेटिट और उनकी पत्नी ने उसका स्वागत किया। सूरज अस्त हो चुका था एवं बिजली के बल्व रोशन होने लगे थे। पेटिट परिवार व जिन्हा बम्बई के सबसे बड़े और ख़ूबसूरत होटल ताज की तीसरी वर्षगाँठ पर जाने वाले थे। टाटा परिवार ने अपने ख़ास महमानों को रात्रिभोज पर आमंत्रित किया था। उन आमंत्रितों की सूची में पेटिट परिवार, जिन्हा, कुछ गिने-चुने अंग्रेज अधिकारी व व्यापारी शामिल थे। पारिवारिक मित्र होने के नाते यह निर्धारित किया गया था कि जिन्हा पहले पेटिट हॉल आ जाएगा वहां से वे साथ में ताज होटल जाएंगे। पेटिट परिवार के पास एक कार थी। उन दिनों कार बम्बई के कुछ ही लोगों के धनाड्य व उच्च स्तरीय होने की निशानी थी।

कुछ देर बाद पेटिट दंपति, पेटिट की बहन मामीबाई, जिन्हा और नन्ही परी की तरह सजी-धजी रुत्ती कार में बैठकर ताज होटल के लिए रवाना हो गए।

ताज होटल उस समय भी बम्बई क्या, भारत के साथ दुनिया का एक अजूबा था।

8

नन्ही सी रुत्ती धीरे-धीरे बड़ी हो रही थी। उसका रूप अलौकिक अप्सरा की तरह निखर रहा था। उसके चर्चे बम्बई के अभिजात वर्ग में बहुत सुंदर बच्ची के रूप में होने लगे थे। रतनबाई किसी बेशकीमती रत्न से कम नहीं थी। जैसे-जैसे वह तरुणी हो रही थी, उसकी प्रतिभा निखर रही थी तथा सौंदर्य अप्रतिम हो रहा था। जब वह सफ़ेद फ्रॉक के साथ सफ़ेद हेयर बैंड, सफ़ेद मौजे, सफ़ेद जूते पहनकर सामने आती तो किसी कहानी में वर्णित परी जैसी लगती। जब पिंक, आसमानी नीले, सुर्ख़ लाल अथवा सरसोंई पीले रंग के मैचिंग के साथ दिखाई देती तो किसी स्वपनिल राजकुमारी जैसी प्रतीत होती। पारसी समुदाय में ही नहीं, वरन बम्बई के अंग्रेजी, दक्षिण भारतीय, मराठी या यूं कहें कि शहर के प्रत्येक प्रमुख वर्ग में रुत्ती की प्रखरता और सौंदर्य का दबदबा स्थापित हो रहा था। वह केवल सुंदर ही नहीं, अतिरिक्त साहसी भी हो गई थी। घुड़दौड़ जैसे विशुद्ध पुरुषीय खेल में माहिर हो गई थी। ख़तरे से डरना तो उसे आता ही नहीं था। पेटिट परिवार का

रुतबा बम्बई के सर्वाधिक अमीर परिवारों में से एक के रूप में विख्यात था ही। रुत्ती की बुआ मामाबाई भी काफ़ी लोकप्रिय थी। वह चैरिटी के कामों में हमेशा दिल खोलकर आगे रहती थी। बम्बई के साहित्यिक, संगीत, सामाजिक और राजनैतिक कार्यक्रमों में वह अक्सर आमंत्रित होती थी। रुत्ती बुआ के साथ इन कार्यक्रमों में शामिल होती थी। तेरह वर्ष की उम्र में वह लोगों की नज़र में आने लगी थी। आख़िर उसका सौंदर्य ही ऐसा था कि उसे जो देखता, देखता रह जाता। उस पर रहन-सहन और ख़ान-पान के कोई प्रतिबंध नहीं थे। उसे जानवरों से बेहद प्यार था तथा कुछ कुत्ते और बिल्लियां उसके साथ हमेशा रहते थे। वह बेहद संवेदनशील थी तथा किसी के भी थोड़े से दु:ख से भी द्रवित हो उठती थी। समयानुसार तेरह-चौदह साल की लड़कियों की शादी हो जाना आम बात थी। बम्बई में तब संभ्रांत परिवार के घरों में साड़ी पहनने का चलन था। लड़कियों की शिक्षा कुलीन परिवारों में भी उतनी आसान नहीं थी। शिक्षित एवं आधुनिक विचारधारा के कुछ लोग अथवा बेटियों को प्रेम करने वाले परिवार ही उन्हें स्कूल अथवा कॉलेज तक जाने की अनुमति देते थे। रुत्ती अपने समय की उन्हीं सौभाग्यशाली लड़कियों में से एक थी, जिसे जीवन जीने हेतु किसी प्रतिबंध में बंधने नहीं दिया गया था। पेटिट परिवार रुत्ती के जीवन रूपी घर की सारी खिड़कियों को खोलकर उसे जीना सिखा रहा था। वह छोटी उम्र में ही घुड़सवारी सीख चुकी थी। उसका पालन-पोषण अंग्रेजी और फ्रांसीसी सेविकाओं व शिक्षकों की देखरेख में हो रहा था। वह सुंदर होने के साथ निडर क़िस्म की लड़की थी। उसे न तो कभी अंधेरे से डर लगा था, न अकेले कहीं जाने से वह हिचकती थी। हार्नबी रोड पर किसी लड़की का अकेले जाना तो कदापि उचित नहीं माना जाता था, लेकिन रुत्ती को वहां अकेले जाने में कभी किसी ने मना नहीं किया था। बल्कि वह उसकी पसंद की जगह थी, वह वहां की महंगी दुकानों पर जाकर अपनी पसंद की कोई भी वस्तु ख़रीद लेती व अपने पिता के खाते में लिखवा देती। बाद में पेटिट की तरफ़ से बिना किसी प्रश्नचिन्ह के उस धनराशि का भुगतान हो जाता था।

उसकी एक अंग्रेज टीचर थी। जो लड़कियों के अनुशासन और उनके पहनावे को लेकर बेहद दाकियानूस और लकीर की फ़कीर थी। स्कूल आने वाली इक्का-दुक्का लड़कियों पर उसकी कड़ी नज़र होती थी। उसे पता था कि रुत्ती अत्याधिक आधुनिक और वैभव सम्पन्न परिवार की बेटी है व उसके माता-पिता उस पर बिलकुल भी नियंत्रण नहीं रखते। उन्हीं दिनों रुत्ती ने सिगरेट पीना भी शुरू कर दिया था। स्कूल की यूनिफॉर्म के बाद, बाहर उसके कपड़े फ्रॉक व गाउन आदि होते थे। टीचर को लगता था कि रुत्ती अपनी सुंदरता और खुलेपन के कारण कहीं किसी ख़तरे में न पड़ जाए। इसलिए वह इस बात से चिंतित भी रहती थी। एक दिन उसने रुत्ती को अपने कक्ष में बुलाया। रुत्ती ने कक्ष में प्रवेश करते हुए उन्हें अभिवादन किया।

"आओ बैठो"- टीचर ने सामने रखी कुर्सी की तरफ़ इशारा करते हुए कहा।

रुत्ती धन्यवाद देते हुए कुर्सी पर बैठ गई।

घर परिवार और स्वास्थ की सामान्य बातें करने के बाद उन्होंने रुत्ती को बड़े प्यार से कहा-"तुम बहुत प्यारी सी और सुंदर लड़की हो तथा अब बड़ी भी हो गई हो। तुम्हारे भीतर भी बहुत से परिवर्तन आने लगे हैं। कहने का मतलब यह है कि अब तुम छोटी बच्ची से जवान होने लगी हो। यह सारी बातें यद्यपि तुम्हारी माँ द्वारा तुम्हें समझाई जाना चाहिएं, लेकिन मुझे नहीं लगता कि तुमसे घर पर कोई इस विषय पर बात कर समझाता होगा। "

"जी मैं कुछ समझी नहीं"-रुत्ती ने भोलेपन से कहा।

"देखो रुत्ती, मैं लगातार देख रही हूँ कि तुम एक सभ्य और परम्परागत लड़की के सारे नियम क़ायदों के बाहर जाकर अपने को मॉर्डन सिद्ध कर रही हो"- टीचर बिलकुल सपाट लहजे में कह गई।

"नो मैम ऐसी तो कोई बात नहीं है"- रुत्ती ने आश्चर्य जताते हुए कहा।

"है रुत्ती, है... मैंने तभी तो तुम्हें इस विषय पर बात करने के लिए बुलाया है"- टीचर ने उसकी तरफ़ देखते हुए कहा।

"मैम बताएं मैंने ऐसा क्या कर दिया है"- रुत्ती ने फिर कुछ असहज होते हुए पूछा।

"देखो बेटा, तुम स्कूल से बाहर जो कपड़े पहनती हो, वह उचित नहीं है, इंडियन होने के नाते अपनी परम्परा के अनुसार तुम्हें साड़ी पहनना चाहिए"- वे बोलीं।

"मैम मैं घुड़सवारी करती हूँ, आप ही बताएं क्या साड़ी पहनकर उसे संभालते हुए घुड़सवारी की जा सकती है?"- रुत्ती ने प्रश्न करते हुए कहा।

"घुड़सवारी करते वक़्त तुम घुड़सवारी की ड्रेस पहनो कोई आपत्ति नहीं है, लेकिन उसके बाद तुम्हें अपने कपड़ों पर विशेष ध्यान देना चाहिए व मेरे मतानुसार अब साड़ी अथवा पारसी या गुजराती घघरा पहनना तुम्हें आना चाहिए"- कुछ रूखेपन से उन्होंने कहा।

रुत्ती को लगा कि यहां पर प्रत्युत्तर देना उचित नहीं है तो "जी मैम" कहकर उसमे बात को समाप्त करना चाहा।

लेकिन अंग्रेज टीचर तो पूरी तरह भरी बैठी थी- "तुम अकेली हार्नबी रोड जाती हो, तुम किसी भी क्लब में चली जाती हो और वहां किसी भी लड़के के साथ नाचने लगती हो, तुम्हें यह भी नहीं पता होता कि वह किस जति या धर्म का है। मुझे तो त'अज्जुब होता है जब मैं यह सुनती हूँ कि तुम अपने दोस्तों, वह भी लड़कों के साथ पार्क में बैठकर पार्टी कर लेती हो। "

रुत्ती ने बात काटते हुए कहा- "मैम इसमें क्या बुराई है? मेरे घर पर भी मैं मेरे दोस्तों को बुलाती हूँ, वे आते हैं, पार्टी करते हैं, हम डांस भी करते हैं, लेकिन मेरे पेरेंट को तो कोई दिक्कत नहीं होती। "

एक ठंड़ी साँस भरी टीचर ने और अपनी आख़िरी बात कही- "मुझे पता चला है कि तुम सिगरेट पीने लगी हो?"

"जी मैम, लेकिन यह तो आप भी करती हैं"- रुत्ती ने उनकी बात का जवाब देते हुए कहा।

"माय यंग डॉटर यूरोपियन में यह चलन है, हम इसलिए सिगरेट पीते हैं, लेकिन इंडियन लेडी को सिगरेट पीते हुए देखकर लोग अच्छा नहीं मानते"- समझाते हुए कहा टीचर ने।

"मैम, आपने मेरी चिंता की इस हेतु मैं आपको धन्यवाद देती हूँ तथा आपकी इस शिक्षा का पालन करने हेतु मैं सोचूंगी भी, लेकिन मैं बिलकुल भी आबद्ध नहीं हूँ कि मेरे निजी जीवन में आपके इस आदर्श को उतार ही लूं"- इतना कहकर वह उठ गई तथा इजाज़त लेकर तेजी से बाहर निकल गई। अनुभवी अंग्रेज टीचर चौदह साल से कम उम्र की इस बोल्ड और सुंदर लड़की को देखती रह गई थी।

9

पेटिट परिवार की जमीनें फ्रांस और यूरोप में अनेक जगह पर थीं। लंदन में उनका अपना एक घर भी था। जो ब्रिटेन के कुलीनों की शान-ओ-शौक़त को मात करता था। भारत के अभिजात और धनाड्य वर्ग के लोगों में चलन था कि वे गर्मियों की छुट्टियां मनाने विदेश जाते थे। उन गर्मीयों में दिनशॉ पेटिट का पूरा परिवार छुट्टियां मनाने लंदन जाने वाला था। रुत्ती और उसके भाई-बहन बहुत ख़ुश थे। लम्बी विदेश यात्रा के लिए तैयारियां भी काफ़ी करना थीं। सो नौकर-चाकरों के साथ सारे परिवार की सुख-सुविधाओं का ख़्याल रखा गया था। योजना के अनुसार पेटिट परिवार इन छुट्टियो में लंदन और फ्रांस जाकर समय बिताने वाला था। यूरोप जाने की तैयारियों के बीच एक दिन पेटिट हॉल में जिन्हा और दिनशॉ पेटिट की शतरंज जमी थी।

"बैरिस्टर, लंदन चलो हमारे साथ इस बार छुट्टियों में"- पेटिट ने ऊंट को सरकाते हुए कहा।

"कब जाओगे"- जिन्हा ने पूछा और अपना एक प्यादा आगे बढ़ा दिया।

"अप्रैल सेकेंड वीक में स्टीमर जा रहा है"- दिनशॉ ने बताया और घोड़े पर हाथ रखकर चाल सोचने लगे।

"जगह हो तो चलते हैं"- जिन्हा ने अगली चाल का इंतजार करते हुए कहा।

तभी रुत्ती वहां आ गई। जिन्हा की नज़र उस पर पड़ी तो वह मुस्कुरा दिया।

"मूंछों वाले अंकल आज आप जीत रहे हैं या हार रहे हैं"- रुत्ती ने शरारत भरे लहजे में कहा।

"अपनी बाजी को आगे बढ़ाते हुए जिन्हा ने कहा-लो मात दिनशॉ"- और रुत्ती की तरफ़ देख खिलखिला कर हँस दिया।

"क्या आप मेरे पप्पा को कभी जीतने भी दोगे अंकल, या यूं ही हराते रहोगे"- रुत्ती ने फिर परिहास करते हुए कहा।

"बेटा यह तुम्हारे अंकल कभी हारना सीखे ही नहीं हैं। इनकी इसी जीतने की आदत के तो हम मुरीद हैं। खेल में भी, कोर्ट में भी और ज़िंदगी में भी"- दिनशॉ ने ज़ोर-दार तरीक़े से हँसते हुए कहा।

"तो मिस्टर जिन्हा आप चल रहे हैं हमारे साथ लंदन?" – पेटिट ने प्रश्न करते हुए कहा

"आप मुझे सोचने के लिए दो दिन का समय दीजिए मिस्टर दिनशॉ"- जिन्हा ने कहा

"ओके आप सोच लो, हमारे साथ चलने में आपको काफ़ी मज़ा आएगा"- दिनशॉ बोले

उस स्टीमर से गोखले भी लंदन जाने वाले थे। जिन्हा को लंदन गए समय गुज़र गया था। वह अपनी इस यात्रा को ताज़ा करना चाहता था। गोखले जी का साथ होना जिन्हा के लिए राजनैतिक दृष्टि से फायदे का अवसर भी था। लम्बा समय उनके साथ राजनैतिक बातचीत कर भविष्य की कुछ योजनाओं पर भी आगे बढ़ा जा सकता था। आख़िर जिन्हा ने निर्णय लिया कि वह पेटिट परिवार के साथ ही लंदन जाएगा।

दो दिन बाद उसने दिनशॉ को सूचित कर दिया कि वह पेटिट फैमिली के साथ लंदन जाने के लिए तैयार है। दिनशॉ को भी अपने अदालती मामलों में जिन्हा का साथ काफ़ी महत्वपूर्ण था, इस तरह साथ होकर वे कई उलझे मामलों में गहन और गम्भीर चर्चा कर सकते थे।

अप्रैल में पेटिट परिवार और जिन्हा समुद्र की लहरों पर इठलाते जहाज से लंदन के लिए चल दिए। बीस दिन का यह सफ़र सभी सहयात्रियों के लिए जान-पहचान कर एक-दूसरे के नज़दीक आने का अच्छा अवसर था। लगभग तेरह साल दो महीने की रुत्ती, चाँदनी रात में समुद्र की उछाल का मज़ा लेने के लिए अक्सर जहाज के डेक पर जाकर खड़ी रहती थी। उसके बाल सुलभ खेल और शरारतें पूरे जहाज में चलते रहते थे। अपनी प्यारी बिल्लियों और कुत्तों को वह अपने साथ रखती थी। इस यात्रा में यूरोपियन

और भारतीयों के अलावा अफ्रीकी व चीनी यात्री भी शामिल थे। रुत्ती के अपूर्व सौंदर्य को देखकर लोग उसकी ओर आकृष्ट होते तथा उससे बात करने को लालायित रहते थे। अपने भाई-बहनों तथा कुत्ते-बिल्लियों के साथ रुत्ती का हो-हल्ला और खेल तथा दूसरे हमउम्र बच्चों के साथ मिलना-जुलना सतत् जारी रहता।

चाँद आसमान पर चमक रहा था। उसकी किरणें समुद्र की लहरों पर नृत्य कर रही थीं। कहीं बड़ी-बड़ी मछलियां दिखाई दे जातीं तो कहीं डॉलफिन का कूदना रुत्ती को रोमांचित कर देता था। किरणों की असंख्य भीड़ में से अनेक किरणें जहाज के डेक पर विश्राम करने के लिए रुक गई थीं। रुत्ती का मन चाँदनी के साथ गुनगुनाते हुए कुछ कविताएं लिखने को मचलने लगा। वह अपनी डायरी और कलम लेकर डेक पर चली गई। वहां जिन्हा अकेला खड़ा अपने ख्यालों में खोया हुआ था।

"मूंछों वाले अंकल"- रुत्ती ने जिन्हा को देखकर शरारत भरी मुस्कान बिखेरी

जिन्हा ने पलट कर देखा और वह रुत्ती को देखकर मुस्कुरा दिया।

"अंकल समुद्र और चाँद की जुगलबंदी का मज़ा ले रहो हो अकेले-अकेले"- रुत्ती ने अपने चिर-परिचित अंदाज़ में कहा।

"यस स्वीट एंजल, जब कोई नहीं था तो अकेले ही इस हसीन वक़्त का मज़ा ले रहे थे, अब तुम आ गई हो तो हम दो लोग हो गए"- जिन्हा ने हँसते हुए कहा।

वह अपना आकर्षण छुपाने की कोशिश कर रहा था।

"अच्छा"- रुत्ती ने गरदन को एक तरफ़ झुकाते हुए कहा। उसके बालों की लटें जाल बनाती हुई गालों पर आ गईं थीं, चाँदनी उन बालों से छनकर उसे और अधिक सुंदर बनाने लगी। तरुणाई की देहरी से कुछ दूर खड़ी तेरह वर्ष की रुत्ती ऐसे लग रही थी, जैसे आसमान से कोई परी उतर जहाज की छत पर आ गई हो। उसका हल्के नीले रंग का गाउन चाँदनी को अपने में समाहित करता हुआ श्वेत आभा के साथ झिलमिला रहा था।

जिन्हा, रुत्ती के सामने आने पर कुछ अजीब सा महसूस करने लगता था। आज वह मचलने लगा। उसके भीतर तूफ़ान सा उठा। उसे लगा यह लड़की कोई साधारण लड़की नहीं है। कहीं न कहीं इसकी छाप उसके जीवन पर ज़रूर है, तभी तो वह उसे देखते ही अपने भीतर परिवर्तन महसूस करने लगता है।

"अंकल मैं आज आपको मेरी कविता सुनाती हूँ"- रुत्ती ने जिन्हा की तरफ़ देखते हुए कहा

"हाँ सुनाओ"- कविताओं में रुचि न होने पर भी वह इंकार नहीं कर सका।

रुत्ती ने अपनी डायरी में से उसे अपनी पसंद की एक अंग्रेजी कविता सुनाई। वह कविता सुनने में कम और रुत्ती को उस शीतल चाँदनी में निहारते हुए ज़्यादा ख़ुशी अनुभव कर रहा था।

कविता समाप्त होने पर उसने तारीफ़ करते हुए कहा- "एक्सीलेंट, बहुत अच्छी कविता लिखी है तुमने, कहां से लाती हो इतने सुंदर शब्द। "

इस प्रशंसा से उत्साहित हो रुत्ती ने उसे दो कविताएं और सुनाईं।

जिन्हा को लगा कि आज यह चाँद और चाँदनी यहीं ठहर जाएं। वह अपने मन में उठने वाले भावों से सहमत हो या न हो, वह स्वयं भी नहीं समझ पा रहा था। रुत्ती उसके परम मित्र और उसे ख़राब दिनों में सहारा देने वाले एक अति विश्वसनीय व्यक्ति की बेटी थी, जो नैतिक रूप से उसकी बेटी के समान थी। उसके प्रति पवित्र होना ही नैतिकता और इंसानियत का तक़ाज़ा था। लेकिन यहां तो उसके मन के भाव समुद्र की लहरों से भी ज़्यादा उछाल लेने लगते थे। वह कभी चाँद को देखता, कभी समुद्र पर तैरते उसके गड्डमड-गड्ड प्रतिबिंब को, तो कभी कविता लिख रही अपनी डायरी पर झुकी रुत्ती को।

तभी वहां रुत्ती की बुआ आ गई।

"अरे! रुत्ती तुम यहां हो"- मामाबाई ने कहा

रुत्ती ने बिना उसकी तरफ़ देखे अपनी डायरी पर झुके-झुके ही कहा- "हाँ, बहुत अच्छा लग रहा है यहां, आप भी रुको। मैं इस पोयम को ज़रा पूरा कर लूँ। "

"हैलो ब्रदर, आप कैसे हैं"- मामाबाई ने जिन्हा से कहा।

"बेहतर, यहां काफ़ी सुकून मिल रहा है। रुत्ती ने आज अपनी कविताएं सुनाईं, काफ़ी अच्छी कविता लिखती है"- जिन्हा ने रुत्ती की तारीफ़ करते हुए कहा।

बीस दिन का यह सफ़र एक यादगार समय के रूप में निकल गया था। जिन्हा और गोखले के बीच भारत की राजनीति और कांग्रेस को लेकर काफ़ी चर्चाएं हुईं। दिनशॉ और जिन्हा के बीच अपने अदालती मामलों को लेकर लम्बी बातचीत हुई। डेक पर मनोरंजन के कार्यक्रम हुए एवं समुद्र की अठखेलियों का सभी ने आनंद लिया। इस थका देने वाले सफ़र के बीच जिन्हा जितना विचलित हुआ, वह उसकी अपनी समझ के बाहर था। रुत्ती के प्रति उसका आकर्षण लगातार बढ़ता जा रहा था। उधर रुत्ती उससे बाल सुलभ और पिता के मित्र अंकल के रूप में ही व्यवहार कर शरारतें करती थी जो उसके स्वभाव में ही था।

साउथप्टन फोर्ट पर जब यह जहाज रुका तो एक जहाज के सारे यात्री अपने-अपने ठिकानों की तरफ़ बढ़ गए। उनके बीच रह गई थीं बीस सुहानी सुबह और शाम की मीठी यादें। पेटिट परिवार के साथ जिन्हा पहले तो उनके निवास पर ही गया। बाद में वह अपने लिए बुक होटल में चला गया था। लेकिन उसका मन कुछ अनमना सा था। वह अपने साथ सफ़र की यादों के अलावा कुछ और उथल-पुथल भी लेकर होटल जा रहा था, जिस पर न तो उसका कोई अधिकार था, और न ही उसके लिए उसका

कोई स्थान था। लेकिन समय अपने हिसाब से जो लिख रहा था उसे कोई भी नहीं पढ़ सकता। समय ने एक उपन्यास का कथानक अपने पात्रों के साथ गढ़ रखा था, वह प्रकाशित कब होगा यह किसी को भी पता नहीं था। लंदन और पेरिस में अपनी गर्मीयां बिताकर पेटिट परिवार वापस बम्बई आ गया, तथा जिन्हा अगले कुछ दिन के लिए वहीं रुक गया था। समुद्र, चन्द्रमा, लहरें, शाम, रातें, और दिन सब अपनी जगह व्यवस्थित थे। लेकिन एक मन था जो स्वयं को कुछ अव्यवस्थित पा रहा था।

10

उस शाम रुत्ती की बग्घी उसे स्कूल से लेकर आई। उसने लॉन में देखा तो वहां उसके मूँछ वाले अंकल जिन्हा, एक अपरिचित महिला, उसके पिता, माँ व बुआ बैठे थे। चाय का दौर चल रहा था। रुत्ती के लिए बाकी सब तो अपने थे, जिन्हा जाना पहचाना था, लेकिन अनजान महिला जो उनकी माँ की उम्र के लगभग थी को देखकर वह ठिठक गई। उसने पहले कभी उन्हें नहीं देखा था। उसने ससम्मान हाथ जोड़कर अभिवादन किया और अपने कमरे की ओर जाने लगी। जिन्हा के चेहरे पर रुत्ती को देखकर ख़ुशी छलक पड़ी थी। जैसे ही वह जाने लगी बुआ ने उसे बुलाया- "रुत्ती देखो तो अपने घर आज कौन आया है?"

रुत्ती ने प्रश्नवाचक निगाह से बुआ की तरफ़ देखा, तथा उन्हें न पहचानने के भाव व्यक्त किए।

"बेटा ये हमारी थियोसोफिकल सोसायटी की मेम्बर, हिन्दुस्तान की बहुत बड़ी राजनैतिक हस्ती, कांग्रेसी शख़्सियत व विख्यात कवयित्री सरोजिनी नायडू हैं"

"ओह! सरोजिनी आंटी, मुझे यक़ीन नहीं हो रहा कि मैं आपके सामने खड़ी हूँ। मैं आपकी कविताएं पढ़ती हूँ तथा आपकी प्रशंसक हूँ"- कहते हुए रुत्ती अपना बस्ता रखकर कुर्सी पर बैठने लगी। फिर उसे लगा कि पहले स्कूली यूनीफॉर्म चेंज कर लेना चाहिए।

"आंटी मैं ड्रेस चेंज कर अभी आई"- कहती हुई वह वहां से चली गई।

जिन्हा की नज़रें जाती हुई उस तेरह साल की मासूम सुंदर सी बच्ची का पीछा कर रही थीं, जो सरोजिनी नायडू की नज़र से बच नहीं सकीं।

थोड़ी देर बाद रुत्ती स्कूल की थकान मिटाकर नीली फ्रॉक और नीला हेयरबैंड लगाए उनके बीच आ गई। वह बिलकुल किसी नीले कमल की तरह खिली हुई लग रही थी। उस बेहद सुंदर बच्ची को देख सरोजिनी नायडू भी उस पर मुग्ध हो गईं और बोली- "बिलकुल नीलकमल लग रही हो रुत्ती तुम, कितनी सुंदर हो"

"थैंक्स आंटी"- रुत्ती ने उत्तर दिया।

बातचीत का वह दौर अब बहुपक्षीय से हटकर केवल सरोजिनी व रुत्ती के बीच द्विपक्षीय हो गया। सब लोग उनकी बातों को बड़े चाव से सुन रहे थे। कविता लेखन और उसके भाव सजाने को लेकर रुत्ती के कई सवाल सरोजिनी के समक्ष थे और वे उसे बड़े धैर्य से उत्तर दे रही थीं। वे हैरान थीं की इतनी छोटी उम्र में रुत्ती की सोच कितनी विस्तृत है। वह प्रकृति, प्रेम, राजनीति आदि को लेकर उनसे गहन विमर्श कर रही थी। उसकी हर उत्सुकता में सरोजिनी को भविष्य की एक श्रेष्ठ विदुषी नज़र आ रही थी।

सरोजिनी की बड़ी बेटी पद्मजा रुत्ती की उम्र की थी। एकदम शांत और बहुत कम बोलने वाली, जबकि रुत्ती तर्क-वितर्क और वाक्पटुता में बेहद प्रभावी थी। अपनी बेटी की उम्र की इस लड़की की सुंदरता, चंचलता और विद्वता से सरोजिनी बहुत प्रभावित हुई थीं।

शाम ढलने वाली थी। जिन्हा को भी कहीं जाना था। उसने सरोजिनी से चलने के लिए कहा। सरोजिनी ने अपने मेज़बान पेटिट फैमिली से मिलने की ख़ुशी का इज़हार किया और जाने की इज़ाजत मांगी। पेटिट या दीना कुछ कहते उसके पहले रुत्ती ने सरोजिनी से अनुरोध कर लिया- "आंटी आज आप हमारी मेहमान बनकर यहीं रुक जाएं तो कैसा रहेगा? क्यों मॉम"- उसने समर्थन के लिए अपनी माँ की तरफ़ देखा।

"बिलकुल, रुत्ती सही कह रही है"- दीना ने उसकी बात का समर्थन करते हुए कहा और पेटिट की तरफ़ अपनी बात के समर्थन की ज़िम्मेदारी का भार सौंपते हुए कहा- "आपका क्या विचार है मिस्टर पेटिट। "

"एकदम सही है, सरोजिनी जी आज आप हमारी मेहमान रहें, हमारी रुत्ती को आपसे बहुत सारी बातें करना हैं"-पेटिट ने रुत्ती और दीना की बात का समर्थन करते हुए कहा।

"लेकिन मेरा सामान तो होटल में है, मैं यहां कैसे रुक सकती हूँ"- सरोजिनी ने अपनी मजबूरी बताई।

"किस होटल में आपका सामान है"- पेटिट ने पूछा।

"होटल ताज में ठहरी हूँ मैं"- सरोजिनी ने उत्तर दिया।

"हम सामान यहीं बुलवा लेते हैं आप निश्चिंत रहें"-दीना ने कहा।

"नहीं, आप परेशान न हों, मैं कल आपके यहां आ जाऊंगी, अभी तो मुझे यहां आठ-दस दिन रुकना है"-उन्होंने पेटिट परिवार को आश्वस्त करते हुए कहा।

"आज मिसेज नायडू का डिनर मेरे साथ है"- जिन्हा ने अपनी बात रखी।

"क्यों रुत्ती बेटा, आज आप मेरे साथ चलो, ताज में ही रुकना कल हम साथ आ जाएंगे"- अचानक सरोजिनी ने रुत्ती के समक्ष प्रस्ताव रखा।

"आंटी मैं तो चलती लेकिन मेरा स्कूल"- कहते हुए उसने अपनी माँ की तरफ़ देखा।

"ओह! क्या समय है तुम्हारे स्कूल का"- सरोजिनी रुत्ती से इतनी प्रभावित हो चुकी थी कि वह उसमें अपनी बेटी की झलक देखने लगी थी।

"टेन थर्टी"- रुत्ती ने मायूस होते हुए कहा।

"ओके, आपको होमवर्क भी करना होगा"- सरोजिनी ने उसे कहा।

"जी आंटी"- रुत्ती ने बुझी सी आवाज़ में कहा।

"क्यों मिसेज पेटिट, क्या मैं रुत्ती को आज डिनर में हमारे साथ ले जा सकती हूँ? आठ बजे तक हम रुत्ती को वापस घर छोड़ जाएंगे"- सरोजिनी ने बच्ची की मानसिकता को भांपते हुए दीना से पूछा।

"आप क्यों परेशान हो रही हैं मिसेज नायडू, अभी कुछ देर बाद इसकी ट्यूटर भी आने वाली है, फिर नाहक आप रात में परेशान होंगी, मुझे लगता है कल से आप हमारी मेहमान होंगी तथा जब तक आप बम्बई में हैं हमारे घर ही रहेंगी, आपको कोई एतराज तो नहीं इसमें"- दीना ने बेहद अपनेपन से कहा।

सरोजिनी को भी लगा कि वह भावनात्मक रूप से अव्यवहारिक हो रही है। उसने दीना के साथ सहमति जताते हुए कल आने का कहा।

दिनशॉ ने अपने ड्रायवर को बुलाया व जिन्हा तथा सरोजिनी को छोड़कर आने के लिए कहा।

सरोजिनी के जाने के बाद रुत्ती ने अपनी बुआ व माँ से बहुत देर तक उनके बारे में बात-चीत की। उसे विशेष सम्मोहन सा लगा था उनमें। उसने उनकी कविताएं पढ़ीं थीं व उन कविताओं से प्रभावित भी थी। सरोजिनी को सामने पाकर वह अत्याधिक रोमांचित हो गई थी। उसने उनकी आवाज़ में जब उनसे कविता सुनी तो वह मंत्रमुग्ध हो गई थी। रुत्ती के बाल मन में इस अधेड़ होती महिला के प्रति अगाध विश्वास जाग्रत हुआ व वह उसे अपनी एक अच्छी मित्र के रूप में महसूस कर रही थी। उसे आने वाले कल का बेसब्री से इंतिज़ार था जब उसकी नई आंटी उसके घर आने वाली थी।

जिन्हा व सरोजिनी ने ताज होटल में ही डिनर लिया। उन दोनों में एक अनाम रिश्ता था। घनिष्टता थी दोनों में। भारतीय राजनैतिक जगत में दोनों को बेहतरीन दोस्त माना जाता था। सरोजिनी जिन्हा के प्रभाव और उसकी गहनता को बेहद अच्छे से समझती थीं। लेकिन अपने कमरे में जाने के बाद उन्हें आज न जाने क्यों जिन्हा के हाव-भाव और नज़र रुत्ती के प्रति ठीक नहीं लगे। उन्हें कुछ डर भी महसूस हुआ। शायद स्त्री की नज़र पुरुष की भंगिमा से ही उसे पहचानने का हुनर रखती है। फिर सरोजिनी तो जिन्हा की बेहद क़रीबी मित्र थीं। कुछ ही देर में उन्होंने अपने माथे को झटका दिया व सोचा

यह केवल भ्रम मात्र है। कहां रुत्ती एक नन्ही सी बच्ची, और कहां जिन्हा उसके पिता की उम्र का अधेड़ तथा उनका बेहद गम्भीर मित्र। जल्दी ही उन्होंने अपने दिमाग़ में आए इस विचार को निकाल बाहर किया तथा एक कविता लिखने बैठ गईं। दीवार पर लगी घड़ी में देखा कि दस बजने को आ गए हैं तो वे बत्ती बंद कर नींद की गोद में चली गईं।

अगले दिन उन्होंने बम्बई में अपने ज़रूरी काम पूरे किए, जिन्हा के साथ कुछ मीटिंग में शामिल रहीं। कांग्रेस कार्यालय में जाकर आवश्यक जानकारियां लीं। फिर उनका मन गोपालकृष्ण गोखले जी से मिलने का हुआ तो वे उनके आवास पर चली गईं। इस सारी भाग-दौड़ में दिन के तीन पहर बीत गए थे। अब उन्हें निर्णय करना था कि आज होटल का कमरा छोड़ दिया जाए अथवा नहीं। उन्हें संकोच हो रहा था कि पहली बार ही वह पेटिट हाउस में अपने मित्र के साथ गई, और एक बच्ची के कहने से उनके घर रहने जा रही है। एक बार तो उन्होंने सोचा कि क्यों न वहां जाकर रुकने का अपना इरादा बदल दें। लेकिन कल उन्हें उस बच्ची में व पेटिट परिवार में अपने प्रति जो आदर व आग्रह दिखाई दिया था, वह बरबस उस तरफ़ खींच रहा था। भावना और वास्तविकता के भंवर में झूलती हुई सरोजिनी नायडू जो एक कोमल हृदय कवयित्री भी थीं, ने अपने भावनापक्ष को प्रबल रखते हुए रुत्ती के घर मेहमानी करने का निर्णय लिया।

वे जब पेटिट हाउस पहुंचीं तो रुत्ती स्कूल से आकर उनका इंतिज़ार कर रही थी। उन्हें देखते ही वह किसी चिड़िया की तरह चहकने लगी। वह लिपट गई थी सरोजिनी के साथ, शायद इस तरह तो वह अपनी माँ या बुआ से भी नहीं लिपटी होगी। ऐसा लग रहा था कि दोनों के बीच कुछ अलौकिक अथवा पिछले जन्म का कोई रिश्ता है।

जबसे सरोजिनी पेटिट हॉल आई थीं, तब से रुत्ती उनके ही साथ थी। रात को वह उनके साथ ही गेस्ट रूम में सोई थी। देर रात तक वह उनसे बातें करती रही थी। उसकी बहुत सी जिज्ञासाएं थीं जो वह सरोजिनी जी के साथ साझा कर रही थी। ख़ासतौर पर उनकी बेटी पद्‌मजा और लीलामणि के बारे में ज्ञात होने पर उनके विषय में जानकारी ले रही थी। सरोजिनी नायडू की स्वयं की विशेषता थी कि उनका मन हमेशा बच्चा था। वे बच्चों के लिए भी कविता लिखतीं थीं। उनकी कविता चुलबुली होती थी। गम्भीर विषय पर भी वे बहुत प्यारी कविता लिखने का हुनर रखतीं थीं। बच्चों से उनको विशेष लगाव था। दो दिन की मुलाक़ात में ही रुत्ती उन से बहुत अधिक घुल-मिल गई थी।

सरोजिनी रविवार को पूरे दिन ख़ाली थीं। रुत्ती ने इसका लाभ उठाते हुए सारा दिन उनके साथ बिताया था। इस दौरान खाने से लेकर सोने तक, और टहलने से लेकर आराम करने तक, वह उनके ही साथ रही थी। अगले दिन बम्बई में एक हॉल में जिन्हा का भाषण होना था तथा सरोजिनी को भी वहां जाना था। लेकिन सुबह उठते ही उसने सबसे पहले अपनी बेटियों पद्‌मजा और लीलामणि को एक पत्र लिखा। दोनों पंचगनी के एक होस्टल में रह कर पढ़ाई कर रही थीं। पत्र में उन्होंने रुत्ती के बारे में बहुत सी

बातें लिखते हुए उल्लेख किया कि यह बच्ची वास्तव में एक चमत्कार है। जितनी सुंदर है, उतनी ही बुद्धिमान है। वह जिज्ञासु है, तो चपल भी है। गम्भीर है, तो चुलबुली भी है। उसकी कविताओं के प्रति रुचि का भी इस लम्बे पत्र में उन्होंने वर्णन किया था।

एक सप्ताह के क़रीब पेटिट हाउस की मेहमानी कर सरोजिनी नायडू पूना चली गई थीं। उनके जाने के बाद रुत्ती को बहुत ख़ालीपन लग रहा था। उधर सरोजिनी अपने साथ एक नया अनुभव लेकर जा रही थीं। उनकी दोस्त रुत्ती का आकाशभर विश्वास और प्रेम उनके साथ था। यह ईश्वर का संयोग ही था कि रुत्ती को अपने हमउम्र लोगों के बजाए अपने से बड़े लोगों के बीच ज़्यादा अच्छा लगता था, तथा सरोजिनी आंटी उसकी बहुत बड़ी साथी बन चुकी थीं। मूंछों वाले जिन्हा अंकल से उसकी दोस्ती अपनी जगह पर निरंतर थी।

11

सर्दियों के ख़ूबसूरत मौसम की शाम होने को थी। सूरज की गर्माहट चर्चगेट से कुलाबा की तरफ़ जाने वाले लोगों को सुखद लग रही थी। सूरज अभी कुछ देर तक आसमान में रुकने वाला था। यद्यपि वह पश्चिम की तरफ़ लुढ़क चुका था। यह वह समय था जब बम्बई की सारी महत्वपूर्ण इमारतें अपने वैभव पर इतराती हुई तनी खड़ी थीं। आगे ओवल मैदान था। सड़क से लोगों का गुज़रना जारी था। यह बम्बई का दर्शनीय इलाका था। कुछ लोग पैदल तो कुछ अपनी बग्घी, घोड़े आदि से जा रहे थे। कबूतरों के झुंड न जाने कितनी पीढ़ियों से इस स्थान पर दाने की आस में एकत्र होते थे, तथा यहां से गुज़रते हुए लोग उन्हें चुग्गा डालकर मनोरंजन करते थे। इन्हीं ख़ूबसूरत नज़ारों के बीच सत्रह साल का एक युवा भी उसी समय ओवल मैदान के पास खड़ा यही नज़ारे देख रहा था। यह युवा कांजी द्वारकादास था। कांजी परिवार शहर के प्रतिष्ठित पारसी परिवारों में आता था। उस नौजवान युवक की निगाह अचानक एक जगह ठहर गई। सामने से एक खुली बग्घी आ रही थी, जिसमें एक अपूर्व सौंदर्य की धनी लावण्यमयि तरुणी बैठी थी। वह इतनी सुंदर थी कि कांजी द्वाराकादास एकटक उसे देखता रह गया। नीले परिधान में वह अल्हड़ सी लड़की बरबस ही सबको अपनी ओर आकर्षित कर रही थी। उस लड़की को नहीं पता था कि लोग उसकी तरफ़ क्यों देख रहे हैं। यदि वह जानती भी हो, तब भी जान-बूझकर सबको अनदेखा कर वह अपने में खोई हुई बग्घी में बैठी आगे बढ़ रही थी। सर्दियों की उस शाम उसका नीला परिधान आसमान की नीलिमा से मिलकर ऐसा प्रतीत हो रहा था कि वह अभी-अभी स्वर्ग से धरती की तरफ़ किसी विशिष्ट कार्य से आई अप्सरा है। कांजी द्वारकादास ने एक आह भरी। वह उस अनिंद्य सुंदरी के दर्शन मात्र से बेसुध हो गया था। उसे यह भी अहसास नहीं रहा

था कि वह किस तरह एकटक उस सुंदर लड़की को देखे जा रहा है। बग्घी जब उसके क़रीब से गुज़री तो उसे लगा, काश! वह उसे छू सकता। धीरे-धीरे वह घोड़ागाड़ी उस लड़की को लिए उसकी आँखों से ओझल हो गई और वह आँखें मलता खड़ा रह गया।

कौन है यह लड़की? बम्बई में कहां रहती है? इसके माता-पिता कौन हैं? यह किस धर्म और जाति की है? क्या इसकी सुंदरता जैसा ही कोमल इसका स्वभाव है? मैं इससे कैसे मिल सकता हूँ? क्या यह मुझसे बात करेगी? इसे पाने वाला कितना भाग्यशाली होगा? जैसे अनेक प्रश्न उसके मन में उथल-पुथल करने लगे। अंत में एक प्रश्न उसके मन में उठा और वह आँख मूंदकर सोचने लगा। वह प्रश्न था कि क्या मैं वह भाग्यशाली हो सकता हूँ?

कांजी द्वारकादास अनेक बार उस जगह गया, लेकिन वह लड़की और उसकी बग्घी उसे नहीं दिखाई दी। उसे एकबार फिर से देखने के लिए उसने तमाम कोशिशें कीं, रोजाना चर्चगेट से कुलाबा तक की सड़क छानी लेकिन वह दुबारा उसकी नज़र को शीतल करने नहीं आई।

मौसम बदल गया था। गर्मियां आ गई थीं। तीन महीने बीत चुके थे। कांजी के मन में वह लड़की, एवं आँखों में उसका नीलाम्बर बिंब उतरकर उसे बेचैन कर देता था। एक दिन वह लायब्रेरी में अख़बार के पन्ने उलट-पलट रहा था। उसकी नज़र एक चित्र पर जाकर ठहर गई। उसका दिल ज़ोर से धड़कनें लगा- "अरे! यह तो उसी लड़की का चित्र है, जिसे देखने के लिए वह बेचैन है"

उसने फटाफट उसका विवरण पढ़ा। वह चित्र एक महिला के साथ बम्बई के सांस्कृतिक कार्यक्रम का था। वह लड़की भी उस कार्मक्रम में शामिल थी। उसकी फोटो के नीचे लिखा था "रतनबाई पेटिट"

ओह! तो यह लड़की रतनबाई है। बम्बई के बेहद धनवान मिल मालिक दिनशॉ पेटिट की पारसी बेटी। उसके बाद से कांजी द्वारकादास रुत्ती को निहारने के अवसर तलाशने लगा था। लेकिन रुत्ती के लिए यह सब बातें अब सामान्य होने लगी थी,वह युवाओं द्वारा उसे निहारता देख रोमांचित होती और मन ही मन मुस्कुराकर अपनी सुंदरता पर इतराती हुई निकल जाती थी। चौदह साल की पारसी लड़की बम्बई की धड़कन बन चुकी थी।

12

समय तो गतिमान है, यह आदि, अनादि और शाश्वत सत्य है। अकूत सम्पत्ति, सामाजिक प्रतिष्ठा, एक सुन्दर और समान विचारों वाली पत्नी, अप्रतिम सौन्दर्य की

मालिक प्यारी सी बेटी सहित तीन बच्चे। घर-परिवार की ख़ुशियों के साथ दिनशॉ पेटिट का फलता-फूलता व्यवसाय था। बम्बई के अलावा उनके महलनुमा बंगले भारत के कई शहरों में थे। जिनमें गर्मियों की छुट्टियां बिताने के लिए दार्जिलिंग की पहाड़ी पर फैला हुआ बंगला अति विशेष था, तो पूना में अडॉर्न विला पर उनके वैभव के अमिट निशान थे। पेरिस और लंदन में उसके वैभव सम्पन्न आवास थे। दिनशॉ की एक अविवाहित बहन थी मामाबाई। मामाबाई चैरिटी और लोगों की तन-मन-धन से सहायता करने आगे रहती थी और वह प्रसिद्ध करोड़पति फिलोंथ्रोपिस्ट के रूप में जानी जाती थी।

रुत्ती अब अपनी उम्र के पंद्रह साल पूरे कर सोलहवें बसंत में प्रवेश कर रही थी। उसका स्वीट सिक्सटीन का जादू सर चढ़कर बोलता था। केवल पारसी समुदाय में विवाह की उम्र क़ानूनन अठ्ठारह वर्ष थी, अन्यथा सोलह वर्ष की उम्र तक तो लड़कियां माँ बन जाया करती थीं। अब रुत्ती का शौक़ रूमानी कविता की ओर मुड़ने लगा था। पत्ते, फूल, नदी, हवा, सागर में उठती हुई लहरों, गुनगुनी धूप, बारिश की बूंदों, आसमानी घटाओं, उड़ती हुई तितलियों, और पराग चूसते भौरों में रुत्ती को प्रणय, प्रेम और रूमानियत की कविताएं गुनगुनाती हुई प्रतीत होने लगीं, जिन्हें वह फ्रैंच और अंग्रेजी में काग़ज़ पर उतारने लगी थी। वह तितलियों से बातें करती, फूलों को ताकते हुए उनकी सुंदरता में खो जाती, तो सागर की लहरों को घंटों निहारा करती, बारिश की बूंदों को वह अपने शरीर पर स्पर्श कर न जाने किस दुनिया में खो जाती थी। उसकी बड़ी-बड़ी आँखों में चपलता थी और उन पर रूप से बोझिल पलकें यूं लगती थीं जैसे कि मधुकामिनि हजारों फूलों का भार लेकर झुक गई हो। लम्बी नाक और आकर्षक ओंठ उसकी ख़ूबसूरती में सितारों की तरह टंकित थे। चौड़ा माथा और उस पर सुनहरी आभा लिए बाल उसे धरती की अप्सरा बना रहे होते थे। मुस्कराते समय वह जब अपनी ठोड़ी को हल्का सा कर्व देकर गालों में गड्डा बनाती तो उसकी इस अदा पर आसमान झुक जाता था। फिर उसके परिधान उसके रूप में न जाने कितने सितारे टांक देते थे।

मामाबाई सफ़ेद गाउन पहने लॉन में टहल रही थी। उस समय रुत्ती सूरज की किरणों को एक लाल गुलाब पर पड़ते देख अपने ही ख्यालों में गुम थी कि मामाबाई ने उसका ध्यान अपनी ओर आकृष्ट करते हुए कहा- "ओ स्वीट सिक्सटीन यह गुलाब से क्या बात कर रही हो"

"बस यूं ही इस फूल से पूछ रही हूँ कि तू इतना सुंदर क्यों है? तेरा थोड़ा सा आब मुझे भी दे दे"- रोमांटिक अंदाज़ में रुत्ती ने कहा।

"हमारी रुत्ती तो ख़ुद गुलाब से भी ज़्यादा सुर्ख़ और आबदार है, यह गुलाब तुझे क्या आब देगा, बल्कि तुझे देखकर तो वह तुझसे ही कुछ शबाब मांगने लगा होगा"- शरारत करते हुए मामाबाई ने कहा।

"ओ बुआ! आप भी तो कितनी ख़ूबसूरत लग रही हो"-रुत्ती ने चहकते हुए कहा।

"तुमसे तो कम ही लग रही होऊंगी, माय स्वीट बेबी"- अपनी तारीफ़ सुनकर उसने कहा।

"बुआ, यह गुलाब आपके जूड़े में बहुत सुंदर लगेगा"–रुत्ती ने वह लाल गुलाब तोड़कर मामाबाई के जूड़े में पिन करते हुए कहा।

"बुआ डार्लिंग क्या ग़ज़ब लग रही हो इस गुलाब को लगाकर, आज तो इस गुलाब के खिलने का मकसद पूरा हो गया। यह सिर्फ़ मेरी बुआ के लिए ही तो खिला था"- कुछ अतिरिक्त लाड़ जताते हुए रुत्ती चहकी।

' 'बाय-द-वे आज की शाम आप जा कहां रही हैं?" -उसने पूछा

"आज एक पॉलिटिकल और सोशल कॉन्फ्रेंस है ओपेरा में। उसे अटैंड करना है। कुछ स्टेट सेक्रेटरी भी आने वाले हैं। सरोजिनी नायडू, एनिबेसेंट और मिस्टर जिन्हा की स्पीच भी है"- मामाबई ने कहा।

"ओह! सरोजिनी आंटी भी रहेंगी वहां? फिर तो मज़ा आ जाएगा। केन आई गो विथ यू, माई रिस्पेक्टेड बुआ"- अचानक ही लाड़ दिखाते हुए रुत्ती ने पूछ लिया।

कविता के साथ-साथ रुत्ती की दिलचस्पी राजनीति में भी हो गई थी। सरोजिनी नायडू तो उसकी प्रिय आंटी के साथ दोस्त भी हो चुकी थीं, जिन्हें वह सर्वाधिक पसंद करने लगी थी। वह सुबह के अख़बार में देश-दुनिया में होने वाली राजनैतिक घटनाओं पर ध्यान देने लगी थी, और दुनिया में चल रहे युद्ध की स्थिति पर अपने पिता व अन्य लोगों से चर्चा करती थी। इस कॉन्फ्रेंस में होने वाली चर्चा में उसकी रुचि के विषय पर डिबेट होना थी। सो सहज ही उसका मन बुआ के साथ जाने का हो गया।

"हाँ तुम चल तो सकती हो, कोई दिक्कत नहीं। क्या तुम वक़्त पर तैयार हो जाओगी?"– मामाबाई ने अपनी भतीजी से पूछा।

"कोई बात नहीं बुआ, आई टेक जस्ट एन ऑवर टू गेट रेडी, क्या आप इतने कम समय तक भी मेरा इंतिज़ार नहीं कर सकेंगी"- रुत्ती ने मचलते हुए कहा।

"चलो मैं वेट करती हूँ, लेकिन मुझे पता है तुम इतने कम समय में तैयार होकर नहीं आ सकती"-कुछ खीजते हुए बुआ ने कहा।

मामाबाई को एक ओर समय पर पहुंचने की बाध्यता थी, तो दूसरी ओर वे अपनी प्यारी भतीजी की भावनाओं को भी आहत नहीं कर सकती थी। यद्यपि आमंत्रण पत्र के अनुसार विक्टोरिया हॉल में पहुंचकर सीट लेने का समय शाम छह बजे का था और अभी दोपहर के तीन बजकर बयालिस मिनट ही हुए थे। उनके आमंत्रण-पत्र पर वे अपने साथ एक अन्य किसी को ले जाने के लिए अधिकृत तो थी हीं, सो रुत्ती के साथ होने से कोई आपत्ति भी नहीं थी। लेकिन सोसायटी में अपनी प्रतिष्ठा के लिए समय की बहुत

पाबंदी रखनी पड़ती है। उच्च वर्गीय आयोजनों में विलम्ब से पहुंचने का अर्थ लापरवाही होता है, और लापरवाह लोग सोसायटी में सम्मान जनक स्थान से अक्सर वंचित ही रह जाते हैं। फिर मामाबाई सेकेन्ड बारनेट दिनशॉ पेटिट की करोड़पति अविवाहित बहन थी। उसके लिए बम्बई के हर आयोजन में अग्रिम पंक्ति की सीट सुरक्षित रखी जाती थी। वह स्वयं पर किसी तरह भी लापरवाही जैसा भद्दा आरोप नहीं लगवा सकती थी।

मामाबाई से सकारात्मक उत्तर मिलते ही वह तैयार होने बाथरूम में चली गई। सबको पता था कि रुत्ती के तैयार होने में कितना समय लगता है। इस तरह एक घंटा रुत्ती ने अपने बाथरूम व ड्रेसिंग रूम में तैयार होने के लिए लगा दिया। उसने अपने बालों को फ्रंट शेप में सजाया था। फ्रैंच पिंक फ्रॉक के साथ पिंक मौजे और पिंक ही स्कार्फ पहने जब वह बाहर निकली तो सचमुच में पेरिस डॉल की तरह लग रही थी। उसने मामाबाई को पुकारा और उन्हें बता दिया कि वे निर्धारित समय में तैयार हो गई है।

मामाबाई की धाक बम्बई की सोसायटी में इसलिए भी थी की उसके पास अपने ज़माने की महंगी अमरीकन फ्रिचले इलेक्ट्रिक कार थी जिसे वह स्वयं ड्राइव करती थी। जैसे ही घड़ी ने अपने काँटों पर पाँच बजकर तीस मिनट बताए, मामाबाई ने पोर्च से अपनी कार निकाली व रुत्ती को उसमें बैठाया। पेटिट हॉल से रॉयल ओपेरा हाउस की दूरी सवा दो मील की थी। मामाबाई कार को बहुत तेज चलाने और उसके मज़े लेने के लिए भी सोसायटी में पहचानी जाती थी। उसकी कार की गति चौदह मील प्रति घंटे की होती थी जो बहुत तेज थी। इस हिसाब से सवा दो मील का सफ़र तय करने में उसे ज़्यादा से ज़्यादा पंद्रह मिनट का वक़्त लगना था। वह कार्यक्रम में भले ही एक मिनट भी देरी से पहुंचना पसंद न करती हो लेकिन आधा घंटा पहले भी नहीं जाती थी। हमेशा उसके पहुंचने का समय निर्धारित समय से दस मिनट पहले होता था। इसके लिए वह कई बार तो दूरी और समय को लेकर चुपचाप रिहर्सल तक कर लेती थी। वह विलम्ब से पहुंच कर अपने पर लापरवाह का तमगा नहीं लगने देती थी, तो ज़्यादा जल्दी जाकर फुर्सती होना भी प्रदर्शित नहीं करती थी। ओपेरा हाउस पारसी समुदाय और ब्रिटिशर्स के साथ बम्बई के धनाड्य वर्ग के निजी आयोजनों का महत्वपूर्ण स्थल था। मामाबाई अक्सर उनमें भाग लेने वहां जाती थी, इसलिए उसे वहां की दूरी व समय का पूरा अंदाज़ था। वह पेटिट हाउस से ठीक पाँच बजकर तीस मिनट पर निकलकर पाँच बजकर पैंतालीस मिनट पर ओपेरा पहुंच अपनी कार को पार्क कर पाँच मिनट में मुख्य द्वार तक पहुंचती। इस दौरान उसने मिलने वालों के अभिवादन स्वीकार करने व सीनियर को अभिवादन करने हेतु पाँच मिनट का समय आरक्षित रखा। इस प्रकार वह ठीक पाँच बजकर पचपन मिनट पर अपनी सीट पर होगी।

यह पहला मौका नहीं था जब रुत्ती अपनी बुआ के साथ किसी आयोजन में गई हो। वह पिछले दो साल से भी ज़्यादा समय से बम्बई के अभिजात वर्ग के आयोजनों का हिस्सा बन रही थी। बल्कि अब वह जिस आयोजन में मामाबाई के साथ नहीं जाती थी, वहाँ लोग उसके बारे में पूछने लगते थे। ऐसे आयोजनों में संभ्रांत परिवारों के युवा भी आते थे। वहां आने वाला कोई भी आगंतुक ऐसा नहीं होता था, जो एक बार नज़र उठाकर या नज़र चुराकर रुत्ती को न देख ले। युवाओं में वह चर्चा का विषय थी, तो अधेड़ों में उथल-पुथल का कारण भी। फ्रेंच, अंग्रेजी, गुजराती और हिन्दुस्तानी बोली पर उसका समान अधिकार था। उसका बोलना लोगों को प्रभावित करता था।

इस समय रुत्ती कली के रूप में अपनी पांखुरियां खोल रही थी व उसकी ख़ुशबू बम्बई के पारसी समुदाय के साथ वहां के सारे उच्च एवं सम्पन्न वर्ग को महका रही थी। काग़ज़ के पुर्जों पर उतरती उसकी रूमानी कविताएं कहीं न कहीं उसके दिल में उठने वाले झंझावात व्यक्त कर रहीं थीं। लेकिन वह बेहद संजीदा भी थी। अपने एकांत को उसने अभी तक अपने में ही समेटकर रखा हुआ था।

13

ये दिन रुत्ती के चहकने और उल्लास के थे। पारसियों का वर्ष समाप्त हो रहा था। पाँच दिवसीय "गाथा" का वक़्त था। यह उनके नववर्ष आगमन का उत्सव था। तीन सौ साठ दिन का पारसी वर्ष पूरा होकर "गाथा" के पाँच दिन शुरू हो रहे थे, सारे पारसी अपने पूर्वजों को याद करने के लिए खोददाद साल का उत्सव मनाने की तैयारी कर रहे थे। यह उत्सव सारे पारसी समाज की तरह रुत्ती के परिवार के लिए भी आनंद का अवसर होता है। परम्परा के अनुसार इस अवसर पर पारसी अगियारी मंदिर में पूजा करते हैं। हिन्दु धर्म में जैसे श्राद्ध पक्ष होता है, वैसे ही पारसियों में यह पर्व होता है। सूर्यवर्ष की तिथियों के कैलेंडर से जैसे सक्रांति चौदह जनवरी को आती है ऐसे ही परसियों के आदि देव ऋषि जरथ्रुष्ट का जन्म चौबीस अगस्त को होता है। यही पारसियों का नया वर्ष होता है जिसे वे खोददाद साल कहते हैं। पेटिट हॉल में भी यह पर्व ख़ुशियों के साथ मनाया जा रहा था। जगह-जगह ताज़े फूल लटकाए गए थे, माथे पर सिंदूर लगाकर बच्चे अपनी ख़ुशियां मना रहे थे। फ़र्श पर रंगोली बनाई गई थी। रुत्ती और उसके भाई-बहन तथा बुआ अपने हाथों से यह सब कर रहे थे। पार्टियों और घंबरों का आयोजन हो रहा था। साथ ही वे अगियार जाकर सामूहिक पूजा में हिस्सा ले रहे थे। पेटिट परिवार अपना समय पूर्वजों की याद में देता था तथा अगियार की सारी पूजा प्रकिया में समय पर पहुंचकर उसका हिस्सा बनकर हर वर्ष सक्रीय रहता था।

पारसी परिवारों में नौरोजा की भी महत्ता होती है, यह इक्कीस मार्च से मनाया जाता है पारसियों का बड़ा त्यौहार है। आधुनिक विचारों की तरुणी रुत्ती में भी पारसी संस्कार कूट-कूटकर भरे थे। पारसी समुदाय में आधुनिक होना कोई प्रतिबंधित नहीं होता, किंतु धर्म व आचरण का पालन ज़रूरी है।

पारसियों का उद्‌गम भारत के साथ पूरी तरह से घुला-मिला रहा है। विशाल फारस साम्राज्य में वैदिककाल के समय ही लगभग तीन हजार वर्ष ईसा पूर्व से भी पहले महाराजा विशतास्प के समय में ऋषि जरथ्रुष्ट ने एकेश्वर ब्रह्मवाद का सिद्धांत दिया था। उन्होंने ईश्वर को "आहुरा माजदा" कहा। जो महान जीवनदाता है। उन्होंने ईश्वर का मानवीयकरण न करते हुए उसे एक सत्व, शक्ति व ऊर्जा माना। जरथ्रुष्ट दर्शन के अनुसार जगत में दो तरह की आत्माओं मे सदा संघर्ष जारी रहेगा। एक स्पेता मैन्यू जो सत्य है व दूसरी अंघका मैन्यू जो आततायी है। सिकंदर के आक्रमण के दौरान पारसी साहित्य व संस्कृति को काफ़ी नष्ट किया गया। सातवीं सदी तक पारसी वैभव का अंत हो गया था। बगदाद ने इस्लाम के विस्तार के लिए सबसे पहले पारसियों के साम्राज्य को फतह कर धर्म परिवर्तन कराया। पारसियों में धर्म परिवर्तन को सबसे बड़ा पाप माना जाता है। ख़ासतौर से वे अपने धर्म में किसी भी दशा में किसी को स्वीकार नहीं करते। पारसी अगियार मंदिर में जहां अखंड ज्योति का सदियों से वास है, जन्म से ग़ैर पारसी को जाने की इजाज़त नहीं होती। यदि किसी पारसी ने किसी अन्य धर्म में विवाह किया है, तो वह पारसी रहेगा, उसके बच्चे पारसी हो सकते हैं, लेकिन उसके जीवन साथी को पारसी होने की न तो इजाज़त है, व न ही वह पारसी परम्परा का हिस्सा हो सकता है, न ही उसे अगियार मंदिर में प्रवेश मिलेगा। यह स्त्री व पुरुष दोनों पर ही समान रूप से लागू है। इसलिये पारसियों का अंतरजातीय विवाह भले ही असंभव नहीं हो लेकिन कठिन अवश्य है।

जब ईरान में पारसियों का धर्म परिवर्तन कर उन्हें मुसलमान बनाया जा रहा था तो कुछ पारसी अपना धर्म बचाने के लिए भारत आ गए। उन्हें यह पता था कि ऋषि जरथ्रुष्ट का सिद्धांत भी वैदिक धर्म की एक समानान्तर शाखा है। पारसी अग्नि उपासक हैं तो विश्व के प्रथम ग्रंथ ऋग्वेद जो भारतीयों का आधार ग्रंथ है में प्रथम मंडल के प्रथम सूक्त की प्रथम ऋचा "ऊँ अग्निमीले पुरोहितं यज्ञस्य देवमृत्विजम्। होतारं रत्नधातमम्" में अग्निदेव की स्तुति की गई है। अपने धर्म को बचाने के लिए संघर्ष कर रहे पारसियों का विश्वास था कि आर्यावर्त में आर्यान (ईरान) के यह पारसी व उनका जरथ्रुष्ट धर्म सुरक्षित रहेगा। यह वह दौर था जब आर्याक (ईराक) और आर्याब (अरब) परास्त होकर अपनी मूल संस्कृति को इस्लाम मे लगभग सम्पूर्ण रूप से बदल चुके थे। भारत ने अपने मूल स्वभाव के अनुसार पारसियों को सुरक्षित स्थान दिया व उन्हें अभय दान

दिया। दुनिया मे विलुप्त होते पारसियों की सर्वाधिक संख्या भारत में सुरक्षित थी। वे तीन नावों पर सवार हो सागर से जूझते हुए अपनी पवित्र अग्नि लेकर भारत के छोटे से टापू दीव पर आए थे। कुछ समय बाद एक और समूह फारस से गुजरात आकर उतरा। लेकिन पंद्रहवी सदी में आए पुर्तगालियों ने उनकी बस्ती दीव में धर्म परिवर्तन का दबाव डालकर उन्हें वहां भी चैन से नहीं रहने दिया। आख़िर वे गुजरात के नवसारी चले गए। वहां के हिन्दु राजा ने उन्हें आश्रय दिया। जब बम्बई का विकास शुरू हुआ व उसमें उद्योग लगे तो पारसी बम्बई आकर भारत के विकास में अपना योगदान देने लगे। पारसियों की अस्सी प्रतिशत आबादी भारत में रही। श्रीलंका में ये पांच प्रतिशत, शेष पंद्रह प्रतिशत ब्रिटेन व अन्य जगहों पर भी गए। भारत में सर्वाधिक पारसी बम्बई में थे उसके बाद कराची में थे।

गाथा का आख़िरी दिवस था। पेटिट परिवार सुबह साढ़े तीन बजे गिरगांव के अगियारी मंदिर में पहुंच गया था। जहां वे पवित्र अग्नि की पूजा कर अपने पूर्वजों को श्रद्धा से याद कर रहे थे। मंदिर में काफ़ी भीड़-भाड़ थी। दीप-माला की अनगिनत श्रृंखलाओं से अगियारी मंदिर को रोशन किया गया था। पारसी पुजारी अत्यंत व्यस्त थे। सोलहवें वर्ष की देहरी पर खड़ी रुत्ती तरुणी होकर पहले से ही अद्‌भुत सौंदर्य की प्रतिमा की तरह थी। झिलमिल दीपकों की रोशनी में उसका रूप और सौंदर्य बिखरने के साथ अलौकिक आभा से दमक रहा था। वह सफ़ेद रंग की फ्रॉक पहने हुए थी। अगस्त माह की नम व फुहारों वाली वह अलसाई सी सुबह पारसियों के अध्यात्म की भोर थी। कुछ-कुछ उनींदी सी रुत्ती का रूप वहां आने वाले युवाओं के मन पर दस्तक देने से बाज नहीं आ रहा था। बम्बई के एक से बढ़कर एक धनाड्य पारसी युवा आज अगियारी में कनखिओं से रुत्ती के रूप का रस-पान कर रहे थे। अनेक तरूण व युवा तो इस लालसा से आए थे कि अगियारी में रुत्ती के दर्शन हो जाएंगे। रुत्ती भी उन सारी निगाहों को पढ़ रही थी लेकिन वह रत्तीभर भी उनकी ओर आकर्षित नहीं थी। यह उम्र बेहद नाज़ुक होती है। रुत्ती को पता था कि उसका रूप सजातीय हों य विजातीय सभी में जादू की तरह छाया हुआ है। वह जिसे चाहे एक इशारे में अपने क़दमों में बिछा सकती थी। लेकिन अभी वह अपने जादू को जिंदा रखने में ज़्यादा दिलचस्प थी न कि उसे किसी के नाम करने में।

बुआ मामाबाई की अभेद्य छत्रछाया और मार्ग दर्शन, रुत्ती रूपी खिलती हुई कली को तमाम भंवरों से सुरक्षित रखे हुए था। एक बड़ी मार्गदर्शक सरोजिनी आंटी उसके साथ थीं। उस समय भी पारसियों में विवाह की क़ानूनी उम्र अठ्ठारह वर्ष की थी जिसे पूरा करने में अभी रुत्ती को सवा दो साल का लम्बा वक़्त लगना था। उसकी दैहिक, मानसिक, सामाजिक तथा राजनैतिक समझ करवटें लेने लगी थी। सरोजिनी की बेटी

पद्‌मजा नायडू उसकी हमउम्र थी, उससे उसकी गहरी छनने लगी थी। पद्‌मजा की छोटी बहन लीलामणि से भी उसकी मित्रता घनिष्ठ हो गई थी तथा दोनों में पत्र-व्यवहार होता था।

पेटिट का दोस्त और कांग्रेस का सदस्य तथा सुप्रसिद्ध बैरिस्टर जिन्हा का भारतीय राजनीति में दबदबा और भाषणकला का जादू था। वह कांग्रेस का लोकप्रिय व्यक्तित्व माना जाने लगा था। गोपालकृष्ण गोखले व दादाभाई नौरोजी उसे प्यार करते थे। बालगंगाधर तिलक से विचारों की भिन्नता के बावजूद भी दोनों के रिश्ते अच्छे थे। रुत्ती उसकी वाक् कला से चमत्कृत थी। जब भी जिन्हा का कोई भाषण या प्रोग्राम होता और पद्‌मजा भी बम्बई में होती तो रुत्ती अपनी बुआ के साथ उस भाषण को सुनने का मौका नहीं छोड़ती थी। जिन्हा के भाषण में कही गई बातें दिलचस्प और प्रभावी होतीं थीं। वह वैसे भी रुत्ती के पिता दिनशॉ का मित्र होकर रुत्ती का मूछों वाला अंकल था।

14

उम्र का पंद्रहवां पड़ाव आते-आते रुत्ती का दिल भी रोमांटिक होने लगा था। अब उसकी कविताओं में प्रकृति के साथ, करवटें, तन्हाईयां, इंतिज़ार और एकांत के साथ ज़्यादा रोमांस छलकने लगा था। उसका मन सावन की फुहार की कल्पना में सिक्त होकर कुछ महसूस करने लगा। वह समुद्र के किनारे बैठी लहरों को उछलते देखकर उनके विभिन्न अर्थ तलाश, अपने मन में उतारने लगी थी। उसे सिर्फ़ कलियां या फूल ही नहीं, बल्कि उन पर मंडराते भंवरे व उनकी गुनगुन लुभाने लगी थी। वह स्वीट सिक्सटीन में प्रवेश कर रही थी। उसे सिगरेट पीना भी अच्छा लगने लगा था। वह महंगी अंग्रेजी सिगरेट संगमरमर और चाँदी के केस में रखने लगी थी। छल्ले बनाकर सिगरेट का धुआँ उड़ाना उसे अच्छा लगता। पहले वह किसी भी पुरुष की रोमांटिक बात पर कोई ध्यान दिए बिना अपने को केन्द्रित करने के प्रयास में रहती थी। अब सोसायटी में वह अपनी ख़ूबसूरती की बातों पर ख़ुश हो कर प्रतिक्रिया देने लगी थी।

रुत्ती के घर किताबों की लायब्रेरी थी। बेशुमार किताबें। उन किताबों में यूरोपियन, रशियन, अमेरिकी लेखकों की किताबें सजी हुई थीं। फारसी लेखकों की पुस्तकें उसके धर्म की शिक्षा और इतिहास के कारण उसकी लायब्रेरी में रखी गईं थी। रुत्ती और उसकी माँ, दोनों ही किताबें पढ़ने की शौक़ीन थीं। उसके जन्मदिन पर भी विदेशी लेखकों की पुस्तकें उपहार में मिलती थीं। रुत्ती की आदत थी वह हर पुस्तक पर उसके देने वाले का नाम और तारीख़ लिख देती थी। ये पुस्तकें या तो प्रेरणाप्रद होती थीं अथवा उसकी रुचि के अनुसार प्रकृति से सम्बंधित।

आयु परिवर्तन के मोड़ पर खड़ी रुत्ती की रुचि में बहुत बदलाव आने लगा। उस दिन वह चर्चगेट स्थित किताबों की दुकान पर खड़ी थी। उन दिनों रविंद्रनाथ टैगोर की 'चित्रा' नामक पुस्तक आई थी। अंग्रेजी में छपी यह पुस्तक लोगों में बहुत लोकप्रिय हो चुकी थी। इसकी विषयवस्तु महाभारत में चित्रांगदा और अर्जुन के प्रेम पर एकल नाटिका के रूप में है। रुत्ती ने भी इस पुस्तक और उसके कथानक के बारे में सुन-पढ़ रखा था। उसकी नज़र चित्रा पर पड़ी। उसने उस पुस्तक को देख उसके पृष्ठ पलटे। पुस्तक के शुरू में ही कामदेव मदन और यौवन के देवता वसंत से चित्रा की बातचीत पर वह अटक कर रह गई। उसे "उधार की सुंदरता" ने बरबस अपनी ओर खींच लिया। वह अपूर्व सुंदरी थी। उसकी सुंदरता उधार ली गई नहीं थी। चित्रांगदा की कहानी ने उसे इस क़दर प्रभावित किया कि वह लगातार उसके पन्ने पढ़ती जा रही थी। रविन्द्रनाथ जी ने शाश्वत प्रेम और समर्पण को इस पुस्तक में इतने महीन तरीक़े से उकेरा है कि रुत्ती उसके पृष्ठों में लिपट गई और वह पुस्तक ख़रीद ली। उस पर न तो उसने तारीख़ लिखी, न ही किसी देने वाले का नाम। बस पुस्तक लेकर सीधे अपने घर आ गई। उसकी लायब्रेरी में यह पहली पुस्तक थी जो किसी भारतीय लेखक की थी।

'चित्रा' पढ़ते हुए उसमें खो जाती थी वह। उसके हाथ में पेंसिल होती थी। वह पेंसिल से प्रेम की अभिव्यक्ति को अंडर लाइन करती जाती थी। अर्जुन और चित्रांगदा के प्रेम की परछाई रुत्ती पर पड़ने लगी थी। उसके विचारों में अर्जुन की परिकल्पना उठने लगी थी तथा वह स्वयं को चित्रांगदा की तरह महसूस करने लगी थी। बम्बई में न जाने ऐसे कितने पारसी और ग़ैर पारसी युवा थे जो रुत्ती के अर्जुन बनने के लिए तड़प रहे थे। समय के पंख पर बैठी यह चित्रांगदा अपने अर्जुन की कल्पना में खोने लगी थी। उसे नहीं पता था कि उसका अर्जुन उसके सामने किस वेश में आने वाला है। वह प्रकृति से प्रकृति की तरफ़ अग्रसर होने लगी थी। प्राकृतिक सौंदर्य से मन की प्रकृति की ओर। बाहर न जाने कितने लोग प्रतीक्षारत् थे उसके मन की प्रकृति में सिमटने की आशा में सांसें लेते हुए। लेकिन अभी भी वह केवल यहीं तक सीमित थी। वह जनती थी कि उसके संस्कार, संस्कृति और चलन के हिसाब से उसका सम्मोहन और अनछुआपन ही उसकी सबसे बड़ी पूंजी होकर सोसायटी में उसकी धाक व साख निर्धारित करने के लिए आवश्यक था।

बीसवीं सदी के इस शुरूआती वक़्त में सामाजिक एवं धार्मिक मूल्य अपना महत्व रखते थे। कोई कितना ही आधुनिक हो, लेकिन उसकी आधुनिकता उसकी नैतिकता को प्रभावित नहीं कर सकती थी। न तो विवाहेत्तर सम्बंधों को स्वीकार किया जाता था, न ही विवाह पूर्व के अंतरंग एकांत सम्बंधों को अच्छी दृष्टि से देखा जाता था। लेकिन फिर भी यह शास्वत सत्य है कि ऐसे सम्बंध सदी तो क्या युगों से समाज में किसी न किसी रूप में नैष्थय में पनपते ही रहे हैं। यह सम्बंध बम्बई की मालाबार पहाड़ी पर

बसे अभिजात वर्ग में हों य रत्नागिरी की किसी छोटी बस्ती में, सदा अंकुरित हुए हैं, पनपे हैं, पल्लवित भी हुए, फिर कुछ सामने आए कुछ दब-जल गए। ऐसे ही अपुष्ट सम्बंध तब की राजनीति के सितारे चालीस साल के अधेड़ मोहम्मद अली जिन्हा और देश की विख्यात महिला नेत्री के बीच भी कानाफूसी के मसाले बने जो लम्बे समय तक जारी भी रहे, उस ज़माने में वह सम्बंध मित्रता के पवित्र आवरण में इस तरह से तह किए गए थे कि केवल गॉसिप तक ही सीमित रहे उनका कोई पुख़्ता आधार किसी के हाथ नहीं लग सका था।

जिन्हा के साथ यह बात थी कि वह ऊपर से कितना ही कठोर दिखे, लेकिन रोमांस का तंतु उसे हमेशा झंकृत करता रहता था। उसके बारे में कितना ही कहा जाए कि वह महिलाओं से परहेज करता था, उनसे दूरी बनाकर रखता था, लेकिन उसके भीतर की करवटें उसे विचलित करती थीं। यह बात इसी से ज़ाहिर होती है कि लंदन का 35-रासेल रोड हो, अथवा मालाबार हिल्स का पेटिट बंगला। यौवन और सौंदर्य के प्रति उसका आकर्षण किसी भी पुरुष मानसिकता से परे नहीं था।

पूना में भी पेटिट का एक घर था। रुत्ती वहां भी जाती रहती थी। जिन्हा का भी पूना जाना होता था। जिन्हा रुत्ती के प्रति कुछ ज़्यादा ही आकर्षित होने लगा था। रुत्ती के भीतर की अंगड़ाइयां भी अब लहरों में तब्दील होने लगी थी। जिन्हा उसके लिए वैसे तो अब भी मूंछों वाले अंकल ही था। लेकिन वह जिन्हा की बोलने की सधी हुई भाषा और व्यक्तित्व से प्रभावित होने लगी थी। यद्यपि उम्र का इतना अधिक फ़ासिला, पिता का मित्र होना, तथा सबसे बड़ी बात जातीय व धार्मिक रूप से बिलकुल अलग, केवल आकर्षण के अतिरिक्त कुछ और हो ही नहीं सकता था। यह बात रुत्ती भी अपनी कोमल भावनाओं के वशीभूत जानती थी। वह जिन्हा के प्रति मन में कोई ऐसा विचार नहीं रखती थी, जो सामाजिक अथवा नैतिक दायरे से बाहर जाता हो। उसका आकर्षण केवल पिता के मित्र के कारण ही था। जिसमें केवल सामान्य बातचीत और कुछ शरारतें ही शामिल थीं। जबकि जिन्हा रुत्ती की निकटता चाहने लगा था। वह बहुत कम उम्र की रुत्ती को कुछ अजीब तरीक़े से अपनी सोच में रखता था। वह स्वयं नहीं समझ पाता था कि इस लड़की को उसे किस रूप में देखना व समझना चाहिए लेकिन वह किस रूप में देखता और महसूस करता है।

15

बीस फरवरी सन् उन्नीस सौ सोलह को रविवार था। यह रविवार बम्बई के धनाड्य और अभिजात वर्ग के लिए विशेष दिन था। शहर के बड़े उद्योगपति दिनशॉ पेटिट की बेहद ख़ूबसूरत बेटी रतनबाई अर्थात रुत्ती अपना सोलहवां जन्मदिन मनाकर इस रविवार से

स्वीट सिक्सटीन हो रही थी। शहर के चुनिंदा रईसों और अंग्रेज अफसरों को पेटिट ने आमंत्रित किया था। पेटिट का बिजनेस लॉयर, कांग्रेस और मुस्लिम-लीग जैसी दोनों पार्टियों का नेता देश का विख्यात बैरिस्टर मोहम्मद अली जिन्हा भी अपनी बहन फ़ातिमा के साथ इस आयोजन मे आमंत्रित था। यह आयोजन पेटिट के पुश्तैनी बंगले के लॉन में रखा गया था। उस दिन रुत्ती ने अपना सर्वाधिक मनपसंद रंग नीलाम्बर ही चुना था, वह इस रंग का शरारा पहने हुए बालों में उसी रंग के हेयर पिन लगाकर गले में मैचिंग स्कार्फ बांधे थी। उसका केश-विन्यास सलीके से फोर स्ट्रैंड फ्रैंच ब्रैड के रूप में तैयार किया गया था, जिसे बनाने के लिए विशेष रूप से पेरिस से प्रशिक्षित ब्यूटिशियन्स को महंगे दाम देकर बुलाया गया था। चेहरे का मेकअप ब्रिटिश पद्धति से एक अलग ब्यूटिशियन ने किया था। उसकी पलकें, अलकें, अधर, ललाट, कपोल, नासिका, जहां तक की नख तक का विशिष्ट श्रृंगार किया गया था। पेटिट हाउस के दूधिया रोशनी में नहाये लॉन में रुत्ती की गदराई हुई अप्रतिम देह खिले हुए नीलकमल जैसी लग रही थी, जो भी उसे देखता था वह एक बार अपलक हो जाता था। उसकी बुआ मामाबई उसके साथ हँसी ठिठोली कर रही थी। उसकी अंतरंग मित्र विशेष रूप से पद्मजा भी आई थी। बम्बई के मेयर, रेसीडेंसी, वरिष्ट न्यायाधीश, बैरिस्टर, डॉक्टर, राजनेता व उद्योगपति दंपति इस महत्वपूर्ण पार्टी में शामिल थे। जो सिंगल थे वे अपने अंदाज़ से आनंद ले रहे थे। वोद्का, वाईन, व्हिस्की, ब्रांडी, सेडर, जिसे जो पसंद था उपलब्ध था। सजे-धजे वेटर आगे-पीछे घूमते हुए मेहमानों की देखभाल कर उनके मुंह से निकले हर फ़रमान की तामील कर रहे थे। वेस्टर्न संगीत की धीमी-धीमी स्वरलहरियां कभी फ्रैंच संगीत में तो कभी पुर्तगाली धुनों में अतिथियों का मन बहला रहीं थीं, लेकिन हर शख़्स की हसरत थी कि वह स्वीट सिक्सटीन रुत्ती को एक बार भरपूर नज़र भरकर देख ले। उन नज़रों में अनेक नज़रें जहां उसका रूप निहारना चाह रहीं थीं, वहीं कई अंग्रेज और भारतीय ऐसे भी थे जो कल्पना के घोड़े पर सवार हो उसके आन्तरिक सौष्ठव तक अपनी गिद्ध दृष्टि गड़ाए हुए थे, कुछ तो नशे और बे-हयाई में चोरी से अंत:वस्त्रों के भीतर तक की कल्पना में डूब रहे थे। कुछ स्वप्न लोक में ही सही किन्तु एकांत मे उसके अपने साथ होने का अहसास कर खिंचे हुए थे। इन सबसे बे-ख़बर रुत्ती अपने जन्मदिन की पार्टी का आनंद ले रही थी। वह हाथ मिलाने की तमीज़ से ही भांप रही थी कि, उससे मिलाया गया हाथ कहां तक पहुंचना चाहता है।

मोहम्मद अली जिन्हा व उसकी बहन फ़ातिमा भी पार्टी में पहुंच चुके थे। जिन्हा ने रुत्ती को शैशव काल से देखा था। एक प्यारी सी नन्ही सी गुड़िया जैसा। उसने उसे कली से खिलते देखा था। उसके सौंदर्य को दिन प्रतिदिन लावण्यमयी होते देखा था। रुत्ती का रूप जैसे-जैसे खिल रहा था वैसे-वैसे जिन्हा की दृष्टि उस पर जाकर फिसलने लगी थी। उसके निखार और उभार पर जिन्हा ने कई बार कनखियां गड़ाईं थीं। पिछली

लंदन यात्रा में जहाज के डेक पर चाँदनी रातों में उसने रुत्ती से कविताएं सुनीं थीं। उसे चन्द्रमा की किरणों में डूबकर अपनी छटा बिखेरते हुए देखा था। उसने न जाने कितनी बार रुत्ती को दूधिया और मखमली अहसास के साथ निहारा था। वह जिन्हा के लिए एक पहेली बनती जा रही थी, जिसे वह जितना हल करने का सोचता वह उतना ही उसमें उलझता जाता था। सियासत की पायदान पर बेहद तेजी से चढ़ने वाला जिन्हा रुत्ती को लेकर अपने मन की तह को भी नहीं जान पा रहा था। वह उसके सामने कभी इमीबाई की तरह आती हुई प्रतीत होती तो कभी स्टेला की तरह लुभाती दिखाई देती। कभी वह उसके दिमाग़ पर छा जाती तो कभी मन को उद्वेलित करती हुई उसके कसाव में महसूस होती। एक अल्लहड़ तरुणी, एवं एक अधेड़ पुरुष, समय के चक्र पर बैठे अनजान भविष्य की तरफ़ लगातार सफ़र कर रहे थे। किसी को भी इस समय चक्र की अगली गति का कुछ पता नहीं था। पिछले कुछ वर्षों से रुत्ती को देखकर जिन्हा जिस अजीब सी बेचैनी में खुद को पाता तथा एक खिचाव सा उसे परेशान करने लगता, उसे वह ख़ुद भी नहीं समझ पा रहा था। एक तो पेटिट से मित्रता, दूसरा रुत्ती का उसकी बेटी की उम्र के बराबर होना व तीसरा उसकी उच्च सामाजिक प्रतिष्ठा तथा राजनैतिक रूप से अति प्रसिद्ध स्थान हमेशा कहीं न कहीं उसे रोक देता था। वरना रुत्ती को देखकर उसे हमेशा यही महसूस होता था कि, वह उसकी बाहों में जकड़ी हुई है, तथा उसकी वासना को शांत करने के लिए रुत्ती ही सर्वाधिक उपयुक्त उपाय है। आज जब उसने रुत्ती को सौन्दर्य की अनुपम प्रतिमा के रूप में देखा तो वह उसे बस निहारता ही रह गया। उसके हाथ में रुत्ती के लिये ले गए उपहार थे, जो हाथों में ही रह गए। उसे इस स्थिति में देख फ़ातिमा भी असहज हो गई थी। सरोजिनी नायडू ने यह दृश्य देखा तो वह भी सकपका गई थीं। तभी अचानक इठलाती बलखाती रुत्ती आई व अपनी पूरी शोख़ियाँ बिखेरते हुए बोली- "मूछों वाले अंकल, योअर मोस्ट वैलकम..., मैं आपका इंतिज़ार कर रही थी... बट आपकी मूंछें मुझे बिलकुल पसंद नहीं हैं...। अगर आप इन्हें साफ़ कर लें तो कितने यंग और स्मार्ट लगेंगे...। दिस इज रियल फैक्ट। "

फिर उसने आसपास खड़े सभी भद्रजनों की ओर देखते हुए कहा- "एम आई राईट...? एण्ड ऑल ऑफ यू एग्री विद मी...? और पूरी पार्टी में एक साथ "यस" का स्वर उठा व ज़ोर-दार हँसी का फव्वारा छूट गया।

"ओके बेबी स्वीट सिक्सटीन..., अगर तुम कहोगी तो मैं मेरी यह बेशकीमती मूंछें क्लीन कर दूंगा..."-जिन्हा ने एक दिलकश अदा के साथ रुत्ती से कहते हुए अपनी निगाहें उस पर इस तरह से गड़ा दीं कि रुत्ती सकपका गई। जिन्हा ने मन ही मन कहा- "स्वीट गर्ल मेरी इन बेशकीमती मूछों की क़ीमत तो तुम्हें ही चुकाना होगी। "

ऐसा लगा जैसे रुत्ती ने जिन्हा के मन की बात को सुन लिया हो। उसके शरीर में एक कंपन भरी हलचल हुई व माथे पर पसीने की बूंदें स्पष्ट छलक गईं, लेकिन अगले

ही क्षण अपने को संभालते हुए उसने कहा- "थैंक अंकल आप पार्टी एंज्वाय कीजिए, मैं बाकी मेहमानों को अटैंड करती हूँ"... और वह वहां से हट गई। किंतु जिन्हा को ऐसे लगा जैसे वह न जाने क्या खोज रहा है।

सरोजिनी नायडू जिन्हा की सहयोगी मित्र थीं, व फ़ातिमा उसकी बहन के साथ ही सम्पूर्ण केयरटेकर थी। जिन्हा को किसी लड़की के प्रति इस तरह से आकर्षित होते उन्होंने पहली बार महसूस किया था। महिला होने के नाते वे आज जिन्हा के भीतर उठे तूफ़ान की आहट को महसूस कर रही थीं। यह भद्रजनों की महफ़िल थी और इसके क़ायदे भी भद्र होते हैं। मेज़बान के घर पर ही आज जिन्हा के डगमगाते पांवों के कंपन का सभी को आभास हुआ था। लेकिन उसके व्यक्तित्व की आभा में वह सब केवल मनोरंजन बनकर समाप्त हो गया। सरोजिनी उसे भीतर तक ताड़ गई थीं। रुत्ती व पद्मजा की उम्र एक सी थी। सरोजिनी की चिंता रुत्ती के साथ-साथ पद्मजा की सुरक्षा भी थी। क्योंकि मित्रवत् पद्मजा का भी तो जिन्हा से हँसना बोलना व उसके घर आना जाना था।

पार्टी अपने निर्धारित समय आठ बजे समाप्त हो गई थी। रुत्ती ने सारे उपहार अपने शयन कक्ष में रखवा लिए थे। अब वह बुआ के साथ मिलकर उसे देखना चाहती थी। लेकिन बुआ ने उसे सुबहा पर टाल दिया था। अपने कमरे में आकर वह नीलोफर, नीलकमल या नीलाम्बर रुत्ती बहुत देर तक आइने के सामने खड़ी होकर ख़ुद को निहारती रही। वह देखना चाहती थी कि आख़िर उसमें ऐसा क्या है जो पुरुष वर्ग की निगाहें उसे भीतर तक भेद देती हैं। आज मूछों वाले अंकल उसे देखकर अजीब से नशे में क्यों आ गए थे? आज वह अपनी ख़ुद की मादकता को देखना चाहती थी, जिसे देखते ही लोग कुछ पल को अपनी पलक झपकना तक भूल जाते हैं। उसे आज अपने आप में एक गुदगुदाहट महसूस हो रही थी। आइने ने ही उसे बताया कि अब वह एक मासूम रुत्ती नहीं है, अल्हड़ और कमसिन स्वीट सिक्सटीन हो गई है। आज आइना बात करता हुआ महसूस हुआ उसे। उस निर्जीव आइने से जैसे स्वर फूट रहे हों और उसे बता रहे हों कि सावन की सिक्त फुहारों सी रुत्ती हो तुम, फागुन में पलाशी पराग हो गई रुत्ती हो तुम, तुम बौरे हुए आम की बासंती सुगंध हो अब, रुत्ती अब तुम पीताम्बर ओढ़े किसी अमलतास की लचकती डाल बन चुकी हो, और हाँ रुत्ती अब तुम वो अबोध बच्ची नहीं हो जिसे लोग बेबी डॉल कहते थे, अब तुम अपने किनारों पर चंदन और मधुकामिनी की मिश्रित गंध समेटे इठलाती हुई नदी की कलकल धारा बन गई हो। तुम अब बह रही हो शरद ऋृतु में झुरझुरी पैदा करती किसी पुरवाई की तरह, जिसे छूकर सूखे दरख़्त भी हरियाने का स्वपन देखने लगते हैं। आइने से उठती इन आवाज़ों को सुन उसने अपने उभारों को देखा, फिर उन्हें तौलते हुए मुस्कुरा दी, अब तक उसे इनकी अतुलनीयता का भान ही नहीं था। उसे अपने आप में से बासंती गंध आती हुई महसूस हो रही थी। उसे लग रहा

था जैसे यह गंध किसी मज़बूत पात्र में जाकर सिमट जाना चाहती है। लेकिन वह पात्र क्या है, वह समझ नहीं पा रही थी। उसके सामने अनेक चेहरे गड्डमगड्ड हो रहे थे। पिछले दिनों से उसने कई निगाहों को पढ़ा है। कुछ उसे चुभती हुई सी लगी हैं, कुछ भाले जैसी भीतर धंसती महसूस हुई हैं, कुछ तेज धार की तलवार सी उसे काटती हुई लगीं एवं कुछ निगाहों ने उसके रूप पर चहल क़दमी करते हुए उसे कुछ मधुर एहसास कराए हैं, लेकिन वह अनजान थी इस परिवर्तन के अर्थ से। वह जान ही नहीं सकी थी कि ये चेहरे उसे इस तरह से क्यों देखते हैं। आज जब उसने दर्पण के सामने खड़ी होकर ख़ुद के रूप लावण्य तथा सौन्दर्य को आवरण मुक्त हो एक टक निहार अपने ही भीतर तक झांका तो उसके यौवन की प्रस्फुटित पहली कोंपल ने एक हल्की सी दस्तक दी। यह दस्तक उसे स्पर्श करती हुई थपकी जैसी लगी। वह सिहर गई थी। उसे अपने भीतर कुछ बहता सा महसूस हुआ। यह क्या है जो उसे विचलित कर रहा है। उसे लग रहा था कि कोई नदी, जो अब तक किसी बांध में बंधी थी अचानक बंधान से टकरा-टकराकर उन्मुक्त हो निकल जाना चाहती है। इस बहाव में वह अपने आप को एक विशेष गंध से साराबोर सा पा रही थी। वह चाहकर भी नदी के बहाव को रोकने में स्वयं को असमर्थ थी। उसने नर्म गद्दे पर गिरते हुए अपनी आँखें बंद कर लीं। वह एक लहर में बहती हुई सी तर हो गई। उसने अपने आप में यह कशिश पहली बार महसूस की थी। अब उस पर एक जकड़न व अकड़न सी उतरी और वह गहरी साँस लेते हुए हांफने लगी थी। जब वह थोड़ा संभली तो वाशरूम में जाकर बाथ टब में लेट गई। उसे लग रहा था कि वह इस शीतल जल में मछली की तरह डूबी रहे। वह पानी की शीतलता से पूरी तरह संतुष्ट होकर बाहर आई। फिर तेज प्रेशर वाले शॉवर को चालू कर उसके नीचे खड़ी हो भीगने लगी। न जाने कब तक वह शॉवर की फुहार को अपने चेहरे सीने और पीठ पर झेलती रही। वह बार-बार मुंह पर शीतल जल को प्रवाहित कर रही थी। जब उसका मन भर गया, व अंतस की अनल शांत हो गई तो उसने शॉवर बंद किया। नर्म तौलिए से पूरे बदन को सुखाया। फिर नाइट वियर पहन कर अपनी डायरी निकाल कुर्सी पर बैठ गई। उसने कोहनियां टेबल पर जमाईं व गालों को हथेलियों में रखकर कुछ सोचने लगी। आज वह अपने तन व मन की नदी के बहाव में सिगरेट का धुआं उड़ाना ही भूल गई थी। उसने अपने मार्बल केस से एक सिगरेट निकाली तथा उसे जलाकर आदत के अनुसार छल्ले बना उड़ाने लगी। चंद लम्हों बाद उसने दवात व होल्डर निकाले तथा कोरे पन्ने पर कुछ अक्षर बनाए। उन अक्षरों में आज न तो आसमान था न परियां थीं न कोई गुलाब या तितली थी। यह अक्षर चित्र थे बांध को तोड़कर बहने को उद्दत किसी नदी के बहाव के, जो पत्थरों के तमाम अवरोध के बाद भी लगातार दौड़ी चली जा रही है मीठे से खारी होने को किसी समंदर की तलाश में।

16

जिन्हा कुछ अनमना सा था। पिछले 10 साल का वक़्त उसके दिमाग़ में चक्रवाती तूफ़ान की तरह घूम रहा था। वह सोच रहा था कि वक़्त उससे क्या करवाना चाहता है। वह है कुछ और, लेकिन हो कुछ और रहा है। वह आचार-विचार से, ख़ान-पान से कभी भी कट्टर मुसलमान नहीं रहा, लेकिन वह विधान परिषद में मुस्लिम सदस्य के रूप में चुना गया है। आज वह अपना ख़ुद का आकलन नहीं कर पा रहा, जबकि वह पूरे भारत का एक अत्यंत शक्तिशाली नेता होकर स्थापित हो चुका है। कांग्रेस व मुस्लिम-लीग में उसकी समान हैसियत है। वह 1906 में मुस्लिम-लीग के गठन के समय अकेला प्रभावशाली मुसलमान था जो मुस्लिम-लीग और उसके निर्माता आगाख़ान के विरोध में था। वह दादाभाई नौरेजी व गोपाल कृष्ण गोखले के साथ कांग्रेस के उदारवादी धड़े की तिकड़ी के रूप में विख्यात था। सरोजिनी नायडू से कलकत्ता में उसकी पहली मुलाक़ात हुई थी। सरोजिनी उसके विचारों से प्रभावित थीं। वह उसके अकर्षक व्यक्तित्व की प्रशंसक थीं। यह प्रशंसक होना क्या था, वह जान नहीं पा रहा था। आज चुपके से ईमीबाई उसके मानस पटल पर बाहें फैलाए उसे बुला रही थी। इंग्लैंड जाने के बाद शायद ही उसने कभी ईमी को दिल की गहराइयों में तैरते पाया हो। वह पहली रात की दुल्हन के रूप में उसके सामने आकर खिलखिलाती सी प्रतीत हो रही थी। उसका एक धुंधला सा चेहरा ही उसकी स्मृतियों में बचा था। यह क्या हो रहा है, स्टेला का अक्स भी उसे परेशान करने लगा है। परंतु रुत्ती ने उस पर सबसे ज़्यादा असर डाला है। वह बला का सौंदर्य उसे खींच रहा है। लेकिन रुत्ती के प्रति उभरी उसकी कामना को साकार बनाना कैसे सम्भव है? उसने अपना ध्यान बदलने के लिए कुछ यादों का अलग ही सफ़र तय करना शुरू कर दिया। उसे याद आया 1908 का वह महत्वपूर्ण साल, जब उसने अपने वैचारिक धुर विरोधी बाल गंगाधर तिलक पर लगाए गए देशद्रोह का मुक़दमा एक बैरिस्टर के रूप में अपने हाथ में लिया व अपनी योग्यता को सिद्ध कर दिया। गोपालकृष्ण गोखले व फिरोज शाह मेहता दोनों का देहान्त हुए कुछ ही महीने बीते हैं। दादाभाई नौरोजी काफ़ी वृद्ध हो चुके हैं। कांग्रेस में एक धड़ा अपना अलग ही रास्ता बना चुका है। जिसमें बाल गंगाधर तिलक, बंगाल से विपिनचंद्र पाल व पंजाब से लाला लाजपत राय प्रमुख हैं। ये लोग भारत से अंग्रेजों को बाहर करना चाहते हैं, जबकि कांग्रेस की स्थापना प्रशासनिक सुधारों के लिए की गई थी। यूरोप में जंग छिड़ी हुई थी। हिन्दुस्तानी जवानों को जंग में जाने के लिए पंद्रह रुपए महीने की अच्छी पगार पर रखा जा रहा था। जिन्हा आज के हालात पर बहुत कुछ सोच रहा था। उसका मानना था कि दादाभाई के बाद कांग्रेस में नेतृत्व हेतु उसके अलावा कोई नहीं था। सरोजिनी नायडू भी उससे जूनियर ही थी। इस बात की सम्भावना तो लगभग नहीं ही थी कि सरोजिनी को

कांग्रेस की बागडोर सौंपी जाएगी। मदनमोहन मालवीय, रासबिहारी बोस, नवाब सैयद मोहम्मद, अम्बिकाचरण मजूमदार, एनिबेसेंट किसी अधिवेशन की अध्यक्षता तो कर सकते थे, पर उसका रास्ता नहीं रोक सकते थे।

किंतु जिन्हा की चिंता के रूप में उसका एक प्रतियोगी सक्रीय हो रहा था। वह पिछले साल ही दक्षिण अफ़्रीका से वापस आकर लंदन में उसे मिला था, वह था मोहनदास गाँधी। उसके गांव पनेली के पास ही पोरबंदर का गाँधी। लंदन की पहली मुलाक़ात में ही मोहनदास ने उसे मुसलमान नेता बताकर ख़ुशी व्यक्त की थी। कितनी पीड़ा हुई थी तब उसे। उसे उसी दिन से मोहनदास से नफ़रत हो गई थी। आख़िर उसे मुसलमान नेता क्यों कहा गया। वह मुस्लिम सीट से चुना गया है, लेकिन वह भारत का सर्वमान्य नेता मानता हे स्वयं को, न कि किसी एक समुदाय का।

दक्षिण अफ़्रीका में जिस तरह मोहनदास गाँधी ने रंगभेद के ख़िलाफ़ अपना आंदोलन खड़ा किया था, वह दुनिया में छा गया था। उसका हर अंदाज़ निराला था। वह किसी से न तो झगड़ा करता था, न आक्रोशित होता था। बस अहिंसा के दम पर अन्याय के ख़िलाफ़ खड़ा हो जाता तो जैसे उसका जादू चल जाता। लोग मंत्रमुग्ध होकर उसको सुनते और उसके पीछे-पीछे चलने लगते। वह किसी चमकते सितारे की तरह भारतीय नभ-मण्डल में आ रहा था। लोग उसे मोहनदास करमचंद गाँधी के नाम से जानने लगे थे। मोहनदास गाँधी ने भी लंदन में बैरिस्टर की पढ़ाई की थी, लेकिन वह दक्षिण अफ़्रीका चला गया था। वहां उसने लोगों में अपनी एक अलग ही जगह बनाई थी। नौ जनवरी को पिछले साल ही तो वह आया था। लेकिन गोखले जी पर उसने न जाने क्या जादू किया कि वे उसके दीवाने हो गए थे। गाँधी भारत क्यों आ गया, यह विचार उसे परेशान करने लगा था। एक तरफ़ उसने मुस्लिम-लीग में जाकर भी उसे अपने हाथ में ले लिया था। मुस्लिम-लीग में मौलाना हसरत मोहानी लीग व कांग्रेस के किसी भी उदारवादी साथ के सख़्त ख़िलाफ़ था। उसे एक तीखी चुभन के साथ लीग का दो महीने से भी पहले हुआ सालाना जलसा याद आ गया, जिसमें मोहानी ने किस तरह उत्पात मचाया था। सदर मज़हर-उल-हक़ की पोशाक पर ही एतराज कर दिया और कहने लगे अगर तुम मुसलमान हो तो तुम्हें मुसलमान दिखना भी चाहिए। यह भी भला कोई बात हुई? जिन्हा को विधान परिषद का इसी साल चुनाव लड़ना था जिससे वह दूसरी बार सदन में जा सके। वह इस बार भी मुस्लिम सीट से ही लड़ने वाला है यह सभी जानते हैं। वह किसी भी क़ीमत पर लीग के लोगों के नाराज़ नहीं कर सकता।

अचानक उसके मानस पटल पर उसके दादा की तस्वीर उभर आई। प्रेमजी मेधजी भाई ठाकोर। एक वैष्णव गुजराती हिन्दु। जनेऊधारी हिन्दु। माथे पर तिलक लगाने वाला हिन्दु। बस एक ही तो बात थी कि उन्होंने मछली का व्यापार किया था। क्या यह इतना बड़ा अपराध था, कि उन्हें अपना धर्म तक त्यागना पड़ा। उसके पिता पुंजालाल का

ज़िद्दी चेहरा उसके सामने आकर खड़ा था। जीणाभाई पोंजा के नाम से। जो उसे कह रहा था कि अब तुम हिन्दु नहीं हो, मैंने तुम्हें इस्लाम दिया है अब तुम मुसलमान हो। तुम क्या पहनते हो क्या खाते हो इससे कोई लेनादेना नहीं है। लेकिन तुम्हारी पहचान अब मुसलमान है। हिन्दुओं ने मछली के धंधे पर आपत्ति की, मुसलमानों ने ब्याज के धंधे पर एतराज जताया। लेकिन मुझे जो करना था मैंने किया। तुम्हें भी जो करना है करो। वही करो जिसमें तुम्हें अपना भला दिखे।

राजनीति की गलियों से निकलकर वह फिर अपने दिली ख्यालों में आ गया। उसके सामने ईमीबाई का उदास चेहरा आकर खड़ा था। बिलकुल वैसी उदासी जो उसने पहली बार इंग्लैंड जाते समय अपनी नव-विवाहिता ईमीबाई को कराची में छोड़ते समय देखी थी, जैसे वह कह रही हो अभी तो हमारी शैया पर चांद का एक चक्र भी पूरा नहीं हुआ है। वह उलाहना दे रही हो जैसे कहते हुए कि अभी तो हमारी हसरतों ने एक वंसत तक नहीं देखा और आप मुझे छोड़कर जा रहे हो। मामद जो उस समय सत्रह बरस का था उसका कोई जवाब नहीं दे पाया। ईमी ने जब धीरे से उसका हाथ अपने हाथ से मुक्त किया तो शायद उसे भी नहीं पता था कि यह हाथ वह हमेशा के लिए छोड़ रही है। वह तो मामद के वापस आने का भी इंतिज़ार नहीं कर सकी थी।

माँ...माँ भी तो चली गई थी। वह माँ जो अपने मामद को एक पल भी अपने से दूर नहीं सह सकती थी, सात समंदर पार भेजकर कैसे जी सकती थी। जिन्हा के सामने कई चेहरे आपस में मिलकर किसी टूटे हुए दर्पण की भांति एक-दूसरे में समा रहे थे। राजनीति, क़ानून, व्यवसाय, बचपन, ईमीबाई, मीठीबाई, पुंजा भाई, स्टेला, सरोजिनी, दादाभाई नौरोजी, गोखले, तिलक, गाँधी, हसरत मोहानी, मोतीलाल नेहरू, लार्ड हार्डिंग, अंग्रेज, पारसी, मुसलमान, हिन्दु, पेटिट, और उन सबमें से उभरकर एक चेहरा रुत्ती का..., रुत्ती का वह शैशव सा गुलाबी फ्रॉक वाला सामने के दो दांत वाला चेहरा, रुत्ती का वह लॉन में फूलों से खेलता हुआ चेहरा, या फिर रुत्ती का आज स्वीट सिक्सटीन में गदराया और मन को झरने की सी गति देने वाला चेहरा। उसे रुत्ती अपने बाहुपाश में बंधी हुई सी महसूस हो रही थी। न जाने इन्हीं विचारों में उसे कब नींद आ गई और वह गहरी बेहोशी में चला गया। रुत्ती को अपने साथ लेकर, सपनों की वांछनीय-अवांछनीय दुनिया में।

17

फ़ातिमा अपने कमरे में कुछ उधेड़-बुन में लगी हुई थी। वह रुत्ती की जन्मदिन पार्टी में अपने भाई के व्यवहार को लेकर अनुमान लगा रही थी। आख़िर क्या कारण है कि मामद भाई इस तरह से असहज हो गए। वह तो कभी भी अपना आत्म नियंत्रण नहीं

खोते। उनकी हर बात नपी-तुली होती है। जहां तक की वह अगर क़दम भी रखेंगे तो बहुत ही सलीके से रखेंगे। फ़ातिमा ने एक हलचल देखी है। उसकी नज़रें धोखा नहीं खा सकतीं। कुछ तो ऐसा है जो आगे आने वाले दिनों की आहट दे रहा है, निश्चित ही अगर यह आशंका सही है तो वो दिन भारी उथल-पुथल के होंगे।

जिन्हा आज सुबह से ही बाहर चला गया था। उसके पूर्व निर्धारित अनेक कार्यक्रम थे। आने वाले चुनाव में वह व्यस्त हो जाएगा। उसे दोबारा विधान मण्डल में जाना है। इन दिनों वह मुस्लिम-लीग और कांग्रेस में बराबर की दखलअंदाजी रखता है। फ़ातिमा का दिन बहुत कुछ सोचते और विचारते बीता था। वह थकी हुई भी महसूस कर रही थी। उसने विचार किया की रात के डिनर में वह भाई से बात कर उसके मन की थाह लेना चाहेगी। उसकी नज़र में बम्बई की कई मुस्लिम लड़कियां थीं, जिन्हें वह अपनी भाभी बना सकती थी। लेकिन भाई से इस सम्बंध में उसने कभी बात नहीं की थी। आज वह स्वयं को तैयार कर चुकी थी, बात करने के लिए भी और कुछ जानने के लिए भी।

जिन्हा अपने समय पर घर वापस आ गया था। टेबल पर खाना लग चुका था।

"भाई मैंने आपके लिए एक लड़की देखी है। आप इस बार टालना नहीं"- फ़ातिमा ने डायनिंग टेबल पर डिनर को फिनिश करते हुए अर्थ भरी नज़रों से जिन्हा की तरफ़ देखा। वह शादी के बारे में अपने भाई के मिज़ाज को परखना चाहती थी। उसे पता था कि भाई का उत्तर क्या होगा। ईमीबाई के साथ जिन्हा का वैवाहिक सम्बंध सिर्फ़ दो हफ़्ते का ही रहा था। स्टेला के मामले को फ़ातिमा कभी मानने को तैयार नहीं होती थी कि उसके भाई और स्टेला के बीच कुछ आकर्षण रहा है। । लेकिन कल शाम को उसने दिनशॉ पेटिट की बेटी के जन्मदिन की पार्टी में देखा था, वह उसे सोचने को मजबूर कर रहा था।

"फ़ाति, तुम समझती क्यों नहीं, अब यह वक़्त नहीं है। मेरी लिस्ट में शादी से भी ज़्यादा दूसरे ज़रूरी काम हैं। हिन्दुस्तान की सियासत में मेरे क़दम जैसे बढ़ रहे हैं, मैं उन्हें रोक नहीं सकता। ... नो कम बैक फ़ाति..."- जिन्हा ने फुसफुसाते हुए कहा।

"हाँ मैं जानती हूँ, आज आप जिस मक़ाम पर हैं आपके बिना हिन्दुस्तान के भविष्य का कोई पत्ता भी नहीं हिल सकता। मुझे मालूम है कि लीग हो या कांग्रेस, हिन्दु हो या मुसलमान, आप सबको अपने दिमाग़ से चलाने में माहिर हैं और कोई भी आपको अनदेखा कर आगे नहीं बढ़ सकता"- फ़ातिमा ने जिन्हा की तारीफ़ में कशीदे कढ़ते हुए कहा।

"तो फिर मुझसे अचानक यह शादी की बात क्यों करने लगीं?"- जिन्हा ने प्रश्न किया।

फ़ातिमा कुछ देर चुप रहकर सोचती रही कि बात का सिलसिला कैसे शुरू करे। फिर उसने गहरी सांस भरकर छोडी।

"भाई, कल दिनशॉ पेटिट के घर पार्टी में सबका ध्यान आपकी तरफ़ चला गया था। क्या वज़ह थी कि आप वहां अपने को सम्हाल नहीं सके थे"– फ़ातिमा ने अपने भाई की आँखों में आँखें डाल कुछ सहमते हुए कहा।

"आपने शायद महसूस किया होगा, सरोजिनी भी आपके मन की धड़कन को पढ़ रही थीं। आप किसी की तरफ़ देख ही नहीं रहे थे, मैंने पहली बार आपको इतना खोया हुआ देखा है"- फ़ातिमा ने जैसे सचेत करते हुए कहा।

"नहीं फ़ातिमा ऐसी कोई बात नहीं है,"- अचकचाते हुए जिन्हा ने कहा।

"लेकिन है वह बला की ख़ूबसूरत और अक्लमंद"- एक मुस्कान सी उसके ओठों पर तैर गई थी। जिन्हा ने तो उसे दूध के दांतों के आगमन से देखा था। वह इन दोनों शब्दों पर सौ फीसदी खरी थी। ख़ूबसूरत भी और अक्लमंद भी।

फ़ातिमा ने उस मुस्कान को स्पष्ट देखा था। वह जानती थी कि उसके भाई जैसा ज़िद्दी शख़्स कोई नहीं है। अगर यह मुस्कान केवल रुत्ती के नाम लेने भर से आई है, तो आगामी दिनों में इस बात को लेकर बम्बई ही क्या पूरे हिन्दुस्तान में भूचाल आने वाला है। क्योंकि न तो मामद ही बम्बई की गलियों तक सीमित है और न ही रुत्ती कुलाबा या मेरीन के समुद्र तट की रेत की तरह सिक्त है। दोनों की ख़ुशबू मुल्क के सारे अभिजात वर्ग में फैली हुई है, और यदि इनके बीच कोई बात हुई तो फिर वह महकने से बचेगी नहीं। सबसे बड़ी बात तो दोनों की उम्र में बहुत ज़्यादा अंतर है। रुत्ती के पिता न केवल भाई के हमउम्र दोस्त हैं बल्कि वे पारसी समुदाय की धार्मिक वैवाहिक व अन्य व्यवस्थाओं के नियंता भी हैं। रुत्ती भी तो मामद की बेटी की उम्र की है। अगर दोनों में कुछ घट गया तो सोसायटी में इसकी क्या प्रतिक्रिया होगी? फ़ातिमा बहुत दूर से उठने वाले एक अंधड़ को देख रही थी जो हवा के निर्वात में गोल-गोल घूम रहा था।

फ़ातिमा को सोच में डूबी देखकर जिन्हा ने कहा- "क्या हुआ माय डियर सिस्टर, इतना गहरे कहां उतर गई हो, मेरी चिंता छोड़ो आप, मैंने कभी यह सोचा ही नहीं कि कल मेरे साथ क्या होगा और मैं उसे कैसे हैंडल करूंगा, लेकिन फिर भी मेरी हर कहानी में बहुत लम्बी सोच काम करती है, तथा कामयाबी की तहरीर मैं ही लिखता हूँ, इसलिए मेरी फ़िक्र मत करो, कहो तो मैं आपके निकाह की तैयारी करूं"- कहकर जिन्हा शरारती मुस्कान बिखेरते हुए फ़ातिमा की तरफ़ देखने लगा।

"नो ब्रदर, फ़ातिमा की ज़िंदगी तो अपने भाई के सदके है। मेरी हर साँस मेरे भाई के साथ ही चलेगी बहन के रूप में, सेक्रेटरी के रूप में, गाइड के रूप में और साए के रूप में। मैं दुनिया के उस किसी भी रिवाज़ के बारे में सोच भी नहीं सकती जो मेरे भाई से एक पल के लिए भी मुझे जुदा कर दे। अल्लाह से यही दुआ है कि मौत भी आए तो तेरे हाथों में ही आए'- भावुक होते हुए फ़ातिमा ने कहा।

मामद ने अपनी हथेलियों में फ़ातिमा के गाल भर लिए और बड़े ही प्यार से उसका माथा चूम लिया। फ़ातिमा की आँखों से दो बूंद आँसू निकलकर भाई के हाथों पर ठहर गए। फ़ातिमा मामद के लिए सबसे प्यारी बहन थी। कराची से बम्बई आने के बाद एम. ए. जिन्हा का न तो अपने पिता से कोई लगाव रहा था न किसी भाई से। व्यापार ठप्प होने के बाद जीणाभाई पोंजा भी बम्बई आ गए थे और खोजा इस्माइली बस्ती में गुमनामी की ज़िंदगी जी रहे थे। लेकिन जिन्हा ने मुसीबत में घिरे समय की मार झेल रहे तंगहाल अपने पिता को कभी महत्व नहीं दिया, परंतु फ़ातिमा के लिए वह सब कुछ कर सकता था। स्कूल कॉलेज से लेकर उसे पढ़ाने-लिखाने में सबसे महत्वपूर्ण ज़िम्मेदारी जिन्हा ने ही निभाई थी।

फ़ातिमा तो जैसे अपने भाई के लिए ही बनी थी। भाई के मन की हर बात उसे पता होती थी। यही कारण था कि रुत्ती की जन्मदिन पार्टी में जिन्हा के मन को सबसे पहले और सबसे सही फ़ातिमा ने पढ़ लिया था। वह आने वाले कल के भूचाल को भांप चुकी थी। रुत्ती पारसी धर्म की अनुयायी है। पारसी अपने धार्मिक मामलों में बहुत ही अंतर्मुखी होते हैं। वह समझ गई थी कि यह केवल एक युवती के सौंदर्य के प्रति पुरुष का महज़ आकर्षण भर नहीं है। यह अपने मन को भा गई विशिष्टता और उसे पा लेने के लिए उठती हुई बेचैनी है। यह बेचैनी बिना तूफ़ान के शांत नहीं हो सकेगी। अब देखना यह होगा कि यह तूफ़ान कैसे आएगा और कितनी लहरों के साथ किनारे पर टकराकर न जाने कितने दरख़्तों, आशियानों और फूलों को बदरंग कर गुज़रेगा। अथवा एक झोंके के साथ बिना कोई शोर किए निकल जाएगा। फ़ातिमा ने गहरी साँस ली तथा डायनिंग टेबल से उठ गई।

18

गर्मी से झुलसे दिन की कुछ ठंडी हो रही रविवार की शाम थी, सूरज ढल रहा था, सेरो, पॉम और दूसरे घने पेड़ों से घिरे पेटिट हॉल के लॉन में जिन्हा अपने दोस्त दिनशॉ पेटिट के साथ बैठकर चाय पी रहा था। मिसेज पेटिट उनका साथ दे रही थी। जिन्हा को अपने क्लाइंट मिस्टर पेटिट के साथ किसी मामले में महत्वपूर्ण चर्चा करना थी। लेकिन वे अभी शाम का आनंद लेने के मूड में थे।

"मिस्टर जिन्हा, आगे क्या शेड्यूल्स हैं तुम्हारे"-दिनशॉ पेटिट ने उसकी तरफ़ मुख़ातिब हो पूछा।

"मोतीलाल जी ने इलाहाबाद में बुलाया है, वे अभी तैयार किए गए नए विचारों के ड्राफ्ट पर कांग्रेस और लीग के लोगों को बैठाकर चर्चा करना चाह रहे हैं। यह ड्राफ्ट लंदन में पेश किया जाना है"- जिन्हा ने बिस्कुट मुंह में दबाते हुए कहा।

"कब जाना है"- पेटिट ने चाय की चुस्की ली।

"सेकेन्ड वीक में है मीटिंग"- जिन्हा ने बताया

"लेकिन तुम तो काफ़ी थके लग रहे हो, साथ ही तुम्हारी तबियत भी कुछ ठीक नहीं चल रही। मेरी मानो ते यह मीटिंग छोड़ दो"–पेटिट नें जिन्हा के स्वास्थ को लेकर चिंता जताई।

"नहीं मिस्टर पेटिट, यह बहुत ही ज़रूरी मीटिंग है, और मेरा वहां होना बहुत ज़रूरी है, लीग और कांग्रेस को मिलकर यह ड्राफ्ट पेश करना है, लीग के हितों के बारे में भी इसे देखना होगा, इसमें कोई कमी न रह जाए, इसलिए मुझे वहां जाना ही होगा। वैसे तुम फ़िक्र मत करो सरोजिनी भी वहां रहेगी"- जिन्हा ने अपना कीमती सिगार खींचकर धुआँ छोड़ते हुए कहा।

उसी समय मामाबाई की कार बंगले के पोर्च में आकर रुकी। कार में से मामाबाई और रुत्ती उतरीं। रुत्ती पीले मनभावन रंग की लांग टॉप पहने हुए थी। गले में पीला स्कार्फ था। उसके बाल आकर्षक डिजायन में बंधे होकर उनमे पीला ही हेयर बैंड लगा था। वह हमेशा की तरह चहकती हुई आई व दिनशॉ से लिपट कर लाड़ जताने लगी। उसके बाद उसने अपनी माँ को चूमा। फिर वहीं कुर्सी पर बैठ गई। एक कप में उसने चाय बनाई, बड़ी ही नज़ाकत से बिस्कुट उठाया और बेपरवाह अंदाज़ में चाय पीने लगी।

वह जानबूझ कर जिन्हा को अनदेखा कर रही थी, किन्तु रुत्ती के आते ही जिन्हा का मन किसी गहरे भंवर में गोते लगाने लगा था। वह सबकी नज़रें चुरा कर रुत्ती की तरफ़ देख लेता, कभी वह उसके उभारों पर नज़र फेरता कभी अधरों पर, कभी उसकी आँखों की बनावट देखने लगता, तो कभी उसके बालों पर उसकी नज़र टिक जाती, वह कुछ ही क्षणों में मानसिक रूप से रुत्ती की पूरी देह की कल्पना कर ठहर जाता, फिर अचकचा कर सिगार खींचने लगता। वह अपने भीतर के चोर को छुपाना चाह रहा था मगर रुत्ती जैसे उसके मन को पढ़ रही थी। जन्मदिन की पार्टी में उसने जिन्हा का आकर्षण महसूस किया था। वह जिन्हा के भाषण की प्रशंसक थी। साथ ही उसे राजनीति में दिलचस्पी भी हो चुकी थी। इकतालीस साल का जिन्हा व सोलह बरस की रुत्ती भारतीय राजनीति में गुरु शिष्या की भूमिका निभा सकते थे। लेकिन ऐसी कोई भी भूमिका दोनों के बीच अब तक दिखाई नहीं दी थी। बल्कि रुत्ती को देखते ही जिन्हा के दिल की धड़कनें कुछ ज़्यादा ही धक-धक करने लगती थीं।

"हैलो मूंछों वाले अंकल, कहां खोए हैं?" -रुत्ती ने जिन्हा की ओर देखते हुए पूछा।

"कहीं नहीं, बस यूं ही आने वाले वक़्त की पहेली की तरह उलझी एक तरहरीर पढ़ने की कोशिश कर रहा हूँ"- जिन्हा ने दो अर्थों में अपनी बात कही जो वहां बैठे

सभी लोगों को सामान्यत: राजनीति से सम्बंधित लगी, लेकिन वह तो किसी और ही पृष्ठ पर जाकर अपने कल को आंक रहा था।

चाय के ख़ाली प्याले नौकर ले जा चुका था। रुत्ती को मामाबाई ने कोई बात साझा करने के लिए बुला लिया था। मिसेज पेटिट भी चली गई थीं, जिन्हा व मिस्टर दिनशॉ पेटिट अपने बैरिस्टर और मुवक्किल के तौर पर मामलों को लेकर बातचीत कर रहे थे। तभी अचानक जिन्हा ने अपना सिर पकड़ लिया उसे चक्कर आए थे।

"ओह, क्या हुआ मिस्टर जिन्हा"- थोड़ा बेचैन होते हुए दिनशॉ पेटिट ने पूछा।

"कुछ नहीं, बस यूं ही सिर में थोड़ा भारीपन लग रहा है। कितनी गर्मी होने लगी है न मार्च में भी यहां पर"- जिन्हा ने कुछ असहज होते हुए कहा।

"हाँ, बम्बई का मौसम भी अब लगातार बदल रहा है। लगता है समुद्र की लहरें तक गर्मी से हारने लगी हैं"- पेटिट ने उत्तर दिया।

जिन्हा कुछ बोले उसके पहले ही दिनशॉ ने सवाल किया- "अच्छा यह बताओ इलाहाबाद के बाद क्या प्रोग्राम है?"

"बस और तो कोई शेड्यूल नहीं है अभी अप्रैल का। इलाहाबाद से वापस बम्बई आना है, यहां कई लोगों से मिलना है। असेम्बली के चुनाव हैं, सो अपनी सम्भावनाओं को ज़िंदा रखते हुए इस बार भी जीतना है। वैसे मुस्लिम सीट पर और कोई दावेदार तो है नहीं, इसलिए मैं ज़्यादा फ़िक्रमंद नहीं हूँ इस मुद्दे पर"- पूर्ण आश्वस्त होकर जिन्हा ने बताया।

"मेरी राय में तुम ऐसा करो, इलाहाबाद से बम्बई आने की बजाए दार्जिलिंग चले जाओ, वहां ख़ूबसूरत पहाड़ी पर मेरा ख़ूबसूरत बंगला है और मौसम भी ठंडा है। कुदरत के आग़ोश में कुछ दिन रहोगे तो तुम्हारी थकान भी मिट जाएगी साथ ही तबियत भी ठीक हो जाएगी, क्या ख़्याल है"– पेटिट ने अपने दोस्त को सलाह देकर प्रतिक्रिया जानने के लिए उत्सुकता पूर्वक उसकी ओर देखा।

"गुड एडवाइज, यह तो बहुत अच्छी सलाह है। मैं इस बारे में सोचूंगा"– जिन्हा ने तत्काल अपना निर्णय न देते हुए सोचने का वक़्त ले लिया।

"रुत्ती भी सेकेन्ड वीक में दार्जिलिंग जाने वाली है। यहां की गर्मी उसे परेशान कर देती है। वह हर साल अप्रैल सेकेन्ड वीक में दर्जीलिंग जाती है और फिर जून तक वहीं रहती है"-पेटिट ने बताया

"ओह, इट्स गुड"- जिन्हा ने कहा।

लेकिन अब उसका सोचने वाला वाक्य पूर्ण निर्णय में बदल गया था। यहां पर वह बैरिस्टर उसे व्यक्त नहीं कर सकता था। क्योंकि अभी-अभी उसने सोचने के लिए कहा था, रुत्ती के प्रवास की बात सुनकर वह अगर तत्काल हाँ कहता है तो शायद उचित

नहीं होगा। इसलिए उसने अपना इरादा ज़ाहिर नहीं किया, लेकिन उसने तय कर लिया था कि इलाहाबाद से वह बम्बई न आकर दार्जिलिंग ही जाएगा। पेटिट के इस ऑफर को वह स्वीकार कर चुका था। अब इलाहाबाद जाते समय ही वह उसे दार्जिलिंग जाने का निर्णय सूचित करेगा।

जिन्हा के परममित्र और क्लाइंट दिनशॉ पेटिट के पास बम्बई के शानदार आवास के साथ ही भारत के कई शहरों में और भी कई बंगले थे। जिनमें दार्जिलिंग का उनका बंगला अति विशिष्ट था। यह बंगला हिमालय में सात हजार फुट की ऊँचाई पर पर्वतों की रानी शिवालिक और कंचनजंगा की पहाड़ियों में स्थित था। महानंदा नदी इसकी रंगत को आकर्षक रूप देती थी, जिसके आस-पास ख़ूबसूरती ने अपना जाल बुना हुआ था व शीतलता ने स्थाई डेरा डाला हुआ था। बंगले से कंचनजंगा का शिखर देखना अपने आप में रोमांच पैदा करता था। यहां घूमती और खेलती तितलियां यूं लगतीं जैसे वे अपने साथ खेलने के लिए आमंत्रित कर रही हों। गर्मी का यहां नामोनिशान तक नहीं था। कलकल करते झरनों की मधुरिम आवाज़, चारों तरफ़ ओक, मैपल, ऑल्डर, रोडोडेन्ड्रान, और आर्च के वृक्ष व खेतों में ख़ूबसूरत चाय के बागान किसी भी व्यक्ति को थकान से रोमांस की तरफ़ ले जाने के लिए पर्याप्त हैं। पहाड़ियों के उभरे हुए उरोज और लहराते हुए दुपट्टे ऐसे लगते थे मानों कई नव-परिणित षोडषी युवतियां प्रणय रात्रि के चुम्बनों से सराबोर हो उषा की बेला में मदिर अवस्था की अवचेतन मुस्कान के साथ अपनी सुध-बुध खो विश्राम कर रहीं हों, व विश्राम के इन क्षणों में सुवासित समीर के स्पर्श पाकर उल्लासित हो स्वप्निल नृत्य करने लगीं हों। नज़र को थोड़ा सा घुमाते ही यहां प्रकृति के कई रूप दृष्टि को भेद देते, कहीं वह सामने निहारती हुई प्रतीत होती व आँखों में कोई मादक कटि-नितम्ब की अनगढ़ कृति उतारकर मन को बाँध लेती, तो कहीं खुले केश को हवा में लहराती नीली-पीली घाटियां हरित कंगन पहने बुलाने लगतीं। ऐसा लगता दोपहरी का सूरज अपनी सारी तेजस्विता को किसी रेगिस्तान के जिम्मे कर यहां आ अपनी सखा के साथ प्रेमालाप कर अनुनय करता हुआ रेंगने लगा हो। सांझ ढलते ही व्योम में खिला हुआ चन्द्रमा अपनी धवल रश्मियों को कांधे पर डाले हुए मदहोश सा धरती पर उतर आया हो। यह वो जगह है जहां पत्थर भी आपस में बतियाते और लुभाते हुए से प्रतीत होते हैं। जल की पतली-पतली धाराएं जब नीचे की तरफ़ दौड़ती हुई जाती हैं तो ऐसा लगता है जैसे कोई प्रेयसी गीत गाती, कुलाचें भरती अपने नायक को आमंत्रित कर कह रही हो, कि आओ मुझे छू लो, और जब छू लो तो अपना आलिंगन देकर चूम लो मुझे।

इस सौंदर्य की पूर्ण विकसित और गदराई परत पर बना दिनशॉ का यह बंगला भी कुदरत की अनमोल सौगात ही था। बड़े-बड़े हॉल और उनकी खिड़कियों से झांकता

हुआ सौंदर्य...खिड़कियों पर महंगे रेशमी पर्दे और हर खिड़की के सामने फूलों का रंग-बिरंगा अपनी छटा बिखेरता बाग़ीचा। जिधर का पर्दा हटाओ उधर ही प्राकृति के हुस्न से अपनी निगाहों को लबालब कर लो।

19

अप्रैल सन् उन्नीस सौ सोलह का समय था। संगम का शहर इलाहाबाद तब भी हिन्दुस्तान के लिए उतना ही पवित्र था जितना वह सदियों पहले प्रयागराज के नाम से था। प्रयागराज को स्वयं ब्रह्मा ने बसाया था। सृष्टि की संरचना के बाद उन्होंने प्रथम यज्ञ यहीं पर किया इसलिए इसका नाम प्र और याग से मिलकर प्रयाग हुआ था। मुग़ल बादशाह अकबर ने अपने दीन-ए-इलाही की नींव भी यहीं रखी थी, उसने गंगा और यमुना के संगम पर किला बनाया। इस स्थान का नाम उसने मनु की पुत्री इला के नाम पर इलावास रखा था। इलावास नाम अकबर ने इसलिए भी रखा था कि ऋगवेद की ऋचाओं में इला, भारती और सरस्वती का उल्लेख है। इला अन्न की देवी मानी गई है। गंगा, यमुना और सरस्वती के संगम का यह क्षेत्र अन्न के भंडार भरता रहा है। यही वह स्थान है जहां इला का वास मुख्य रूप से चरितार्थ होता था। मनु की पुत्री के रूप में इला का जन्म भी यहीं हुआ था। मित्रवरुण यज्ञ में जब मनु ने पुत्र की कामना की थी तो उसे इला के रूप में पुत्री प्राप्त हुई थी। प्रखर मेधा की धनी यही इला वैवस्वत मनु की मार्गदर्शक रही और बाद में यह सद्युम्न के नाम से पुत्र के रूप में भी प्रसिद्ध हुई, इलाही शब्द जुड़ा होने से इसका नाम इलावास और फिर बाद मे इलाहाबाद हो गया। यह शहर धर्म, राजनीति, क्रांति, क़ानून, न्याय और साहित्य सभी के लिए अपना विशेष प्रभाव रखता था। दुनिया का सबसे बड़ा जन समागम कुम्भ मेला, दो साल बाद संगम पर आयोजित होना था, जिसमे करीब तीन लाख लोगों के आने का अनुमान था। अंग्रेज सरकार इस पौराणिक और अनादि मेले को रोकने अथवा सीमित करने की योजना बनाना शुरू कर चुकी थी। यह वो वक़्त था जब महामना मदनमोहन मालवीय काशी हिन्दु विश्वविद्यालय की स्थापना कर रहे थे। जिन्हा ने लीग-कांग्रेस के संयुक्त प्रस्ताव का ड्राफ्ट तैयार कराया था। इसे लंदन में पेश किया जाना था। इस कमेटी के अध्यक्ष पंडित मोतीलाल नेहरू थे। मोतीलाल जी ने कांग्रेस कमेटी के सदस्यों को लीग के नेताओं से चर्चा करने के लिए अपने निवास आनंद भवन पर आमंत्रित किया था। जिन्हा भी उस बैठक में शामिल होने गया था। मोतीलाल नेहरू ने जिन्हा का परिचय कराते हुए उसे हिन्दु और मुसलमानों के बीच का मज़बूत सेतु बताया था।

पूर्व निर्धारित कार्यक्रम के अनुसार जिन्हा इस बैठक के बाद बम्बई जाने वाला था। दिनशॉ पेटिट ने उसे सलाह दी थी कि वह बम्बई की गर्मी में झुलसने के बजाए, उसके दार्जिलिंग के बंगले पर जाकर शीतलता भरे पहाड़ी मौसम में रहकर कुछ दिन आराम करे ताकि उसकी तबियत ठीक हो सके। यह सलाह देते समय पेटिट ने सोचा भी नहीं था कि वक़्त की कलम क्या लिखने वाली है, एवं उस कलम की स्याही में उसके लिए कितने स्याह दिन भरे हुए हैं।

मीटिंग में इलाहाबाद पहुंचते ही जिन्हा ने तार द्वारा दिनशॉ पेटिट को सूचना दी कि वह दार्जिलिंग जा रहा है। ताकि वहां उसके रहने के दौरान उचित प्रबंध हो सके। दो दिन बाद जवाबी तार से पेटिट ने संदेश भेज दिया कि, वह दार्जिलिंग पहुंचे, वहां सारी आरामदायक व्यवस्थाएं मौजूद मिलेंगी। तार में यह भी लिखा था कि "माय डॉटर रुत्ती आलसो रीचिंग दिस वीक"

यह सूचना लिखते समय पेटिट के मन में एक बार यह विचार ज़रूर आया होगा कि अपने पिता तुल्य मेरे मित्र के सानिध्य में रुत्ती वहां प्रसन्न और सुरक्षित ही रहेगी।

इलाहाबाद से रेल के पहले दर्जे का टिकिट लेकर जिन्हा सियालदाह स्टेशन पहुंचा। जहां से उसे सिलीगुड़ी पहुंचकर हिमालयन रेलवे द्वारा दार्जिलिंग पहुंचना था। कलकत्ता में एक दिन विश्राम कर वह दार्जिलिंग के लिए रवाना हो गया। सियालदाह से सिलीगुड़ी और फिर वहां से छोटी सी खिलौना रेल से दार्जिलिंग के पहाड़ों और सुरंगों से गुज़रता हुआ रेल का लम्बा सफ़र, थकान भरा किंतु बेहद मनमोहक था। एक तो शीतल स्थान होने, दूसरा चाय के बागान का बड़ा इलाका होने से अंग्रेजों ने इस पर विशेष ध्यान दिया था। सन् अठ्ठारह सौ पैंतीस ईस्वी से ही दार्जिलिंग को हिल स्टेशन के रूप में विकसित करने के विचार का लेफ्टीनेंट नेपियर ने सूत्रपात कर दिया था। उन्हें यहां यूरोपियन के लिए गर्मी से बचकर रहने और पर्यटन की काफ़ी सम्भावनाएं दिखाई दी थीं। सन अठ्ठारह सौ उनचालीस में यहां पहला सेनिटोरियम खोला गया और इसी साल यहां के पहाड़ी इलाकों को मैदानों से जोड़ने के लिए सड़क बनाई गई थी। सेनिटोरियम के सुपरिन्डेंट डॉक्टर कैंपबेल ने सन् अठ्ठारह सौ इकतालीस में अपने घर के आसपास चाय के बीज बोकर एक प्रयेग किया था। उन्हें देखकर अन्य अंग्रेज निवासियों ने भी अपने आवासीय परिसरों में चाय के पौधे उगाना शुरू कर दिए। मौसम व वातावरण की अनुकूलता से यह प्रयोग इतना सफल हुआ कि बीते पचहत्तर साल से यह इलाका चाय का सबसे बड़ा उत्पादक हो गया था। चाय के इन्हीं बागानों से गुज़रते हुए जिन्हा रेल की खिड़की से पीछे भागती हुई प्रकृति की सुंदरता को देख रहा था।

दार्जिलिंग के रेलवे स्टेशन पर पेटिट बंगले से आई नई पेकर्ड कार आकर खड़ी हुई थी। कार को वहां आने-जाने वाले लोग बड़े ग़ौर से निहार रहे थे। यह कोई साधारण

कार नहीं थी इसी साल यह लांच हुई थी और किसी रईस के पोर्च की शान थी। इस तरह की कार का स्टेशन पर खड़ा होना इस बात की सूचना थी कि कोई बड़ा अंग्रेज अफसर आ रहा है, या हिन्दुस्तान के किसी बड़े रईस के घर से कोई यहां छुट्टियां बिताने रेल से उतरने वाला है। साधारणत: तो अंग्रेज भी यहां पर घोड़ा बग्घी में ही घूमते थे।

सफ़ेद सूट पहने हुए हसन अली ड्रायवर हाथ में अंग्रेजी में लिखी मिस्टर एम.ए. जिन्हा की तख़्ती लिए स्टेशन के निकास द्वार पर खड़ा था, ताकि जिन्हा जान सके कि उसे रिसीव करने कौन आया है। लगभग पचास साल का अधेड़ हसन अली क्लीनशेव किए हुए बेहद क़रीने से कपड़े पहने हुए था। उसने सर पर सफ़ेद रंग का ही अंग्रेजी टोपा लगा रखा था। उसके पास ही बंगाली धोती कुर्ता पहने सिर पर सफ़ेद ही साफ़ा बांधे हुए एक और अधेड़ व्यक्ति सोमित सरकार खड़ा था। उसकी मूंछें नुकीली थीं। वह हसन अली का सहायक था। दोनों को देखकर सहज ही अंदाज़ लगाया जा सकता था कि ये किसी अभिजात घराने में काम करने वाले बेहद सलीकेदार सेवक हैं।

स्टेशन पर रेल आकर रुकी तो ये दोनों सतर्क हो गए। कुछ ही देर बाद जिन्हा स्टेशन से बाहर आया। उसके साथ एक कुली था, जो जिन्हा की महंगी विदेशी अटैची लिए हुए था। जिन्हा ने अपने नाम की तख़्ती देखी तो वह हसन अली के पास आ गया।

आय एम जिन्हा- उसने हसन अली को अपना परिचय दिया

"सलाम जनाब, मेरा नाम हसन अली है और मैं आपकी ख़िदमत में मोटरकार लेकर आया हूँ, यह सोमित सरकार है"- हसन ने अदब से अपना व सोमित का परिचय दिया। अपना परिचय होने पर सोमित ने भी झुककर हाथ जोड़ते हुए जिन्हा का अभिवादन किया।

कुली को उसने बंगाली भाषा में बोलते हुए मोटरकार के बारे में बताया और जिन्हा को कार के पास ले गया, उसने झुकते हुए बड़े ही अदब से कार का दरवाज़ा खोला और जिन्हा से उसमें बैठने का निवेदन किया। कुली के पास मौजूद सामान पीछे रखवा लिया। ड्रायविंग सीट पर बैठकर उसने पहले एक बार साइड में लगा भोंपू बजाया। सोमित सरकार भी आकर हसन अली के बगल में बैठ गया। सूरज पश्चिम की पहाड़ियों की ओट लेकर आँख-मिचौली खेल रहा था। कार सुरम्य घाटियों में सरक रही थी। आसपास का अनुपम सौंदर्य देखते ही बनता था। कुछ ही देर में हसन अली ने कार पेटिट बंगले के पोर्च में खड़ी की, व फुर्ती से उतर कर दरवाज़ा खोला, उसी अदब से उसने कहा- "आइए जनाब"।

जिन्हा कार से उतरकर अंगड़ाई लेने लगा, सोमित सरकार ने सामान उठा लिया। हसन अली दालान पार कर मेहमान को एक कमरे में ले गया। यह बड़ा सा कमरा था। पूरी तरह अभिजात वर्ग की शान के अनुसार। उसमें गुलदस्ते रखे थे तथा क़रीने से

सारी वस्तुएं सजी हुई थीं। छत पर एक बिजली का पंखा लगा हुआ था। यद्यपि तापमान काफ़ी ठंडा व मनभावन था लेकिन यदि ज़रूरी लगे तो आगंतुक की सुविधा के लिए पंखा मौजूद था, जो अपनी विशिष्टता को दर्शा रहा था। शाम को ढलते हुए सूरज की लालिमा सीधी खिड़की पर आ रही थी, उसने पर्दा हटा दिया। लालिमा ने कमरे में प्रवेश किया। वह आराम कुर्सी पर बैठ गया। तभी सुसज्जित वेशभूषा में एक व्यक्ति आया, जो अपनी क़द-काठी से नेपाली गोरखा लग रहा था। उसने अपना नाम शेर सिंह बताया और पूछा- "जनाब चाय लेंगे क्या"?

"हाँ ज़रूर, और कुछ स्नेक्स हो तो वह भी लेते आना"- जिन्हा ने कहा

"जी जनाब, स्नेक्स में क्या बना लें?" -शेर सिंह ने जानना चाहा

"रोस्ट फिश य सॉसेज़ पोर्क"-जिन्हा ने सपाट लहजे में कहा

सॉसेज पोर्क! शेर सिंह को आश्चर्य हुआ। वह जानता था कि उनका यह अति विशिष्ट मेहमान मुसलमान है। फिर सॉसेज पोर्क? लेकिन मर्यादा का पालन करते हुए उसने कोई प्रश्न नहीं किया।

"जी दोनों तैयार हो जाएंगे, मिक्स कर लाता हूँ"-कहकर शेर सिंह चला गया। जिन्हा ने बाथरूम का रुख़ किया, कुछ देर बाद वह तर-ओ-ताज़ा होकर बाहर आया। तब तक उसके टेबल पर भुनी हुई मछली और तले हुए सुअर के पीस के साथ चाय का प्याला रखा था। जिन्हा बड़े इत्मिनान से उन्हें अपने पेट के हवाले करते हुए थकावट उतार रहा था।

यह जगह उसके लिए हालात के अनुसार एकदम ठीक थी। जब बम्बई के तापमान ने पच्चीस डिग्री सेल्सियस के पार हो उमस व तपन से सबको बेहाल कर रहा था, वहीं दार्जिलिंग में सात हजार फिट की ऊँचाई पर बने इस बंगले में लगे थर्मामीटर पर तापमान दस डिग्री सेल्सियस होकर शाम को बेहद सुहानी व शीतल बना रहा था।

जिन्हा ने पहले अपनी कुछ फाइलें देखीं। जिनमें ज़्यादातर उर्दू में थीं, यह मुस्लिम-लीग से सम्बंधित थी। उन्हें उलट-पलटकर उसने कुछ नोट्स लिखे, फिर एक अंग्रेजी की फाइल निकाली यह अंग्रेजों व कांग्रेस से सम्बंधित थी। इन्हें पढ़ने के बाद उसने एक लिफ़ाफ़ा खोला। यह लिफ़ाफ़ा इलाहाबाद में मेमूनाबाद के राजा ने उसे दिया था। जिसे जिन्हा ने पढ़ा और उसे पढ़ते वक़्त उसकी माथे की त्योरियों में हो रहे बदलाव साफ़ झलक रहे थे। जिन्हा उन्नीस सौ तेरह में विधिवत् रूप से मुस्लिम-लीग में शामिल हुआ था, अपनी नेतृत्व क्षमता के चलते वह लीग का मुख्य स्तंभ हो गया था, साथ ही कांग्रेस में भी अपनी हैसियत को निरंतर मज़बूत कर रहा था। वह दोहरी सदस्यता की राजनीति कर रहा था और इस पर किसी को कोई आपत्ति भी नहीं थी। अभी बम्बई अधिवेशन के दौरान मौलाना हसरत मोहानी से उसके मतभेद उभरकर सामने आ गए

थे। वह जानता था कि मौलाना का धड़ा उसके किसी भी प्रयास का हर स्तर पर विरोध करेगा। वे लोग कांग्रेस के साथ लीग के किसी भी समझौते को आसानी से लागू नहीं होने देंगे। शायद पत्र में इसी मुद्दे पर कुछ गहराई से लिखा गया था।

वह थका देने वाला लम्बा सफ़र पूरा कर दार्जिलिंग पहुंचा था। अब ज़्यादा जागना उसके बस की बात नहीं थी। उसने रात का भोजन किया और कुछ ही देर में बत्ती बंद करके गहरी नींद में चला गया।

20

दार्जिलिंग में जिन्हा की सुबहा जल्दी हो जाती थी। वैसे भी बम्बई और दार्जिलिंग में सूर्योदय के समय में एक घंटे से कुछ मिनट ज़्यादा का अंतर होता है। आगामी दो महीने जिन्हा को यहां बिताना थे। टेलीग्राम और टेलीफोन की सुविधा मौजूद होने से आवश्यक सम्पर्कों से जुड़े रहने में समस्या नहीं थी, लेकिन उसके बेहद क़रीबी लोगों को ही इसकी जानकारी थी। ख़ासतौर से लीग के चुनिंदा लोग, व्यक्तिगत दो चार मित्र व कुछ महत्वपूर्ण क्लाइंट ही जानते थे कि बेहद आवश्यक होने पर उससे कहां सम्पर्क किया जा सकता है।

दार्जिलिंग की पहली सुबह ने ही उसका मन मोह लिया। सुबह के सूरज का आभास और महीन प्राकृतिक दृश्य आँखों में आनंद के साथ मन को प्रफुल्लित कर रहे थे। सामने की पहाड़ियों पर दूर तक रोडोडेंड्रोन फूल खिले होकर एक सुर्ख़ चादर बिछा रहे थे। सोमित सरकार ने उसे बताया कि स्थानीय भाषा में इसे लालीगुरन कहते हैं। साथ ही मैगनोलिया और माइकलिया के बड़े-बड़े फूल आँखों को तर-ओ-ताज़ा कर रहे थे। बीच-बीच में आड़ू और नाशपाती के सफ़ेद फूल व चेरी के खुलते हुए मुंह भी दिखाई दे रहे थे। वहीं सदाबहार देवदार अपनी छटा बिखेरकर मन मोहित कर रहे थे। शेर सिंह ने उसे बताया कि यहां पर इसे धूपी कहते हैं। साल के लम्बे-लम्बे पेड़ इन पहाड़ियो की तरफ़ उसे आकर्षित करते हुए कह रहे थे, कि बरख़ुरदार राजनीति के गलियारों से फ़ुर्सत पाकर कभी हमारे आग़ोश में भी आ जाया करो। हम भी आपका स्वागत करने को तत्पर हैं। उसने लॉन में बैठकर सुबह की चाय ली थी। फिर दिनभर आराम किया था। बम्बई में तो ज़िंदगी बेचैन हो दौड़ती हुई सी लगती है, यहां पर कितनी शांति है। लगता था यहां आकर जीवन साकार हो गया हो।

शांत होने के बाद भी जिन्हा के मन में एक इंतिज़ार उथल-पुथल कर रहा था। वह अनेक बार अकेले में महसूस कर रहा था कि उसके साथ यहां कोई और होना चाहिए, जो अब तक नहीं है। इस बात से तो वह निश्चिंत था कि उसे जिसका इंतिज़ार

है उसका आना तो लगभग पक्का ही है। क्योंकि बम्बई में ही उसे सूचना मिल चुकी थी कि उसे यहां आना है। दार्जिलिंग आने के निर्णय को उसने अंतिम रूप भी तब ही दिया था जब उसे पता चला था कि यहां कोई और भी पहुंचने वाला है। वह शख़्स उसके लिए बेहद अहम क्यों है, यह वह भी नहीं जानता था। लेकिन उसके प्रति वह सदैव एक खिंचाव महसूस करता था। दिनशॉ पेटिट ने जब कहा था कि अगले सप्ताह उसकी बेटी रुत्ती भी दार्जिलिंग जाने वाली है, तो जिन्हा का हृदय ठहर सा गया था। इसलिए उसे रुत्ती का इंतिज़ार था। लेकिन न तो वह किसी से इस विषय में पूछ सकता था, और न ही कोई बात करना वह उचित समझता था। न मालूम रुत्ती को लेकर उसके मन में कौन सा चोर बैठा था। अन्यथा नैतिक रूप से उसके लिए अपने मित्र की बेटी तो स्वयं की बेटी की तरह ही थी।

उसे यहां क़रीब एक सप्ताह बीत गया था। यह एक सप्ताह उसके लिए तनाव रहित तथा गहन विचार मंथन का था। उसने अपने आप को पहले से ज़्यादा स्फूर्त महसूस किया था। उसकी दिनचर्या सुबह उठकर बाहर टहलने से शुरू होती, फिर वह हल्का व्यायाम करता। बाद में चाय लेता। सुबह के नाश्ते में उसकी मनपसंद फिश और हैम सैंडविच होती। हल्का भोजन उसकी टेबल पर दोपहर में होता। इस बीच वह कुछ पढ़ता या अपने दस्तावेजों को अपडेट करता। दोपहर को आराम करता, फिर उठकर चाय के साथ बिस्कुट वग़ैरह लेकर प्रकृति का नज़ारा देखता और पता ही नहीं चलता कि सूरज दिनभर अपनी रोशनी बंटते हुए शाम को उसे समेट कब पहाड़ों के पीछे जाने के लिए चमकदार से केसरी होने लगता। इस बीच ट्रंककॉल से उसकी बात दो बार दिनशॉ पेटिट से हो चुकी थी। बम्बई के किसी क्लाइंट का कॉल भी उसके पास आया था। लीग की भूमिका पर बात करने के लिए वह मौलाना हसरत मोहानी से बात करना चाह रहा था। लेकिन दिन भर ट्रंककॉल बुक रहने के बाद भी मौलाना से उसकी बात नहीं हो पा रही थी। सो उसने फिर यह विचार छोड़ दिया था। महमूदाबाद राजा से उसका सम्पर्क लगातार बना हुआ था।

उस दिन जब जिन्हा शाम की चाय लेने के लिए सेवक को बुला रहा था, तो उसे लगा जैसे पूरा बंगला चहक रहा हो। ख़ुशी से लबालब उत्साहित चहल-पहल बंगले में स्पष्ट महसूस हो रही थी। यूं लग रहा था जैसे बंगले का कोई जाना-पहचाना और ख़ास मेहमान यहां पर आया हो। मुख्य-द्वार को फूलों से सजाया गया था। अंदर तक गुलाब की पंखुरियां बिखरी हुई थीं। पूरे बंगले में महक घुली हुई थी। शानदार स्वागत किया गया था आने वाले मेहमान का।

कुछ ही देर में भारुल चाय का प्याला व साथ में वी.एस. बिस्कुट जो विशेष रूप से कलकत्ता से मंगाए जाते थे, लाया। इस एक सप्ताह में जिन्हा यहां के सभी सेवकों, ड्राइवरों व प्रबंधकों से परिचित हो चुका था। भारुल ने ही उसे बड़े उत्साह से

बताया कि आज बम्बई से रतन बेबी आई है। वह दो महीने यहां रहेगी। वह रतन बेबी के आने से इतना ज़्यादा उत्साहित था, कि लगातार बोलता ही जा रहा था। रतन बेबी बहुत अच्छी है। रतन बेबी बहुत ख़ूबसूरत है। रतन बेबी ख़ूब हंसाती है। रतन बेबी न हो गई कोई आसमान की परी जी आ गई हों वहाँ।

रतन बेबी अर्थात रुत्ती, जिन्हा का दिल एक बार ज़ोर से धड़का। उसने भारुल से प्रश्न किया- "क्या रुत्ती आ गई?"

"हाँ जनाब, हम उन्हें ही रतन बेबी बोलते हैं। वो बहुत ख़ूबसूरत हैं, और हम लोगों को बहुत मोहब्बत करती हैं। बहुत प्यारी हैं रतन बेबी"- उसने चहकते हुए कहा।

"ओह! गुड"-जिन्हा ने कहा।

फिर वह बिस्कुट के साथ चाय की चुस्कियां लेने लगा।

"क्या प्रोग्राम है आपकी रतन बेबी का आज"-जिन्हा ने पूछा

"अभी तो वे थकी हुई हैं, लंच लेकर आराम कर रही हैं और सबको बता दिया है कि कोई भी उन्हें डिस्टर्ब न करे, वे जब उठेंगी तो बता देंगी डिनर के लिए"- उसने बताया।

"ठीक है"- जिन्हा ने कहा

भारुल वहां से चला गया था। जिन्हा के हाथ में अभी भी चाय का प्याला था। उस प्याले की तलहटी में थोड़ी सी चाय बची थी जिसे जिन्हा शायद जल्दी ख़त्म नहीं करना चाहता था। वह प्याले को हाथ में लिए हुए खिड़की से बाहर के नज़ारों को आँखों में उतार रहा था। अप्रैल में दार्जिलिंग की पहाड़ियों पर उतरी हुई हरियाली में उसे एक अक्स दिखाई दे रहा था। वह पिछले सोलह साल से एक ख़ूबसूरती को जवान होते देख रहा था। उस ख़ूबसूरती को, जो उसके सामने लड़खड़ाते हुए चलना फिर दौड़ना सीखी है। जिसके हर बदलते रंग को उसने अपनी आँखों से देखा है। जिसमें उसने हर उभार और संकुचन को अपने आकर्षण की परिभाषा में सिमटते हुए देखा है। वह उठकर खिड़की के पास आ गया। एक गहरी साँस भरकर उसने सामने देखा,जहां उसे इस साफ़ मौसम में आकाश को छूती हुई कंचनजंगा की चोटी दिखाई दी। उसे लगा कितना पास होकर भी वह कंचनजंगा से कितनी दूर है। उसके मन ने चाहा कि वह अभी खिड़की से हाथ निकाले और धवल वस्त्रों में सुस्जित कंचनजंगा को छूकर देखे कि उसके स्पर्श का क्या अहसास होता है। लेकिन यह संभव नहीं था। भले ही कंचनजंगा उसे कितनी ही क़रीब महसूस क्यों न हो, वह उसकी पहुंच से बहुत दूर थी। वह सोचने लगा कंचनजंगा की प्रतिलिपि यहीं कहीं उसके आसपास इसी बंगले में मौजूद हो और वह दौड़कर उसे बाहों में समेट ले। वह अभी अपने इस विचार की कली को चटखने की स्थिति में ला भी नहीं पाया था, उसे महसूस हुआ एक हल्की सी आहट के साथ उसके कमरे में कोई

आया है। उसने अपने को एक सौ अस्सी डिग्री के एंगल पर मोड़ा तो वह अवाक था। सामने सफ़ेद गाउन पहने साक्षात कंचनजंगा सी अलमस्त ख़ूबसूरत रुत्ती मौजूद थी, उसके हाथ में ताज़े आर्किड के फूल थे।

"मूंछों वाले अंकल"- रुत्ती ने अपने चिर परिचित अंदाज़ में कहा। उसने अपना बायां हाथ दाहिने घुटने पर रखकर दाहिने हाथ की तर्जनी और कनिष्ठा अंगुली को सामने कर गर्दन तिरछी रख आँखों को नचाते हुए अपना पूरा अबोध सौंदर्य बिखेर दिया था। वह अभी भी अनभिज्ञ थी अपने उस कोण से जो किसी तीर की नोक पर होता है। यह तीर भले ही स्वयं की घातकता न जानता हो लेकिन इसके सामने पड़ने वाला तो सुध-बुध खो ही देता है। इस स्थिति में आर्किड के फूलों का गुच्छा उसके हाथ में रखा हुआ उसकी ख़ूबसूरती को और मादक बना रहा था।

आज जिन्हा को रुत्ती का यह 'मूछों वाले अंकल' कहना शायद पहली बार कुछ अटपटा सा लगा। वह अपलक उसे निहार रहा था। वह कभी कंचनजंगा को देखता, कभी रुत्ती को देखता। कभी सामने दूर तक खिले हुए लालीगुरन को देखकर फिर रुत्ती की ओर देखने लगता।

फिर उसने धीरे से मुस्कुराते हुए कहा- "वेलकम स्वीट सिक्सटीन, मुझे पता चल गया था कि तुम आ चुकी हो। लेकिन यह भी पता चला कि बेहद थकी होने से आराम कर रही हो। लेकिन बहुत जल्दी उठ गई? कैसा महसूस कर रही हो? क्या अकेली ही आई हो?" अपनी चिर-परिचित गम्भीर मुद्रा में जिन्हा ने प्रश्न किए।

"प्लीज़ टेक चेयर"- शिष्टाचार से जिन्हा ने आग्रह किया

रुत्ती कुर्सी पर बैठ गई। वह अभी भी थकी हुई महसूस कर रही थी। उसके चेहरे से झलकती हुई थकान उसे और भी ख़ूबसूरत बना रही थी।

"जी अंकल लम्बे सफ़र की थकान तो है। साथ में मेरी केयरटेकर शांता भी आई है। अकेले इतना सफ़र करने में तो मैं बोर हो जाती साथ में माइटी और रेंडी भी आई हैं"- रुत्ती ने कहा।

"माइटी और रेंडी? यह कौन हैं"- जिन्हा ने पूछा

बहुत ज़ोर से हँस दी रुत्ती

"अरे अंकल, मेरी प्यारी बिल्लियां, मैं रोज़ी और सेंडो को बहुत मिस करूंगी वे नहीं आ सके, वो भी तो मुझे मिस कर उदास हो जाएंगे"- रुत्ती ने बताया।

फिर उनके बीच कुछ औपचारिक बातें हुईं इसके बाद वह अपने कमरे में चली गई।

सूर्यास्त हुए एक घंटा बीत चुका था। बंगले में लगी घड़ी ने सात घंटे बजाकर समय का इशारा किया। किचिन में डिनर तैयार था। भारुल ने यह सूचना रुत्ती और जिन्हा को जाकर दी।

डायनिंग हॉल पहुंचकर दोनो ने पहले चिकन सूप लिया। फिर अपनी-अपनी पसंद से चावल, फिश, पोर्क और चपाती ली। जिन्हा ने जैसे ही पोर्क अपनी प्लेट में लिया तो रुत्ती चौंक गई।

"अंकल, आप भी पोर्क!"- उसने आश्चर्य से पूछा

"हाँ, क्यों नहीं"- बेहद सहज तरीक़े से जिन्हा ने जवाब दिया।

"यू आर मुस्लिम, और जहां तक मैं जानती हूँ मुस्लिम पोर्क नहीं लेते बट आप..." रुत्ती ने अपनी आँखें सिकोड़ते हुए कहा।

"मैं नहीं मानता यह सब। मुझे जो अच्छा लगता है मैं खाता हूँ, और जो अच्छा लगता है करता हूँ। यह मेरा निजी मामला है और रहेगा"- जिन्हा ने थोड़ा गम्भीर लहजे में कहा।

"ओह! ग्रेट, आप तो एकदम बोल्ड हैं अंकल"- रुत्ती ने जवाब दिया

दोनों के बीच यह औपचारिक बातचीत थी। लेकिन जिन्हा रुत्ती को देखते ही अपने भीतर जिस तरह असहजता तथा बेचैनी महसूस करने लगता था, आज भी यही हो रहा था। वह सामने बैठी यौवन की देहरी पर दस्तक देती, अप्रतिम सौन्दर्य की स्वामिनी उस तरुणी को आँखें चुराकर निहार रहा था। रुत्ती की सुनहरापन लिए हल्की काली लट थोड़ी घुंघराली होकर उसके गाल पर बे-रुख़ी से पड़ी हुई थी। जब वह किसी बात पर थोड़ा सा भी मुस्कुराती तो उसके दोने गालों पर पड़ने वाले डिम्पल व नाक पर आने वाले महीन बल भीतर ही भीतर जिन्हा को झकझोर देते। उसकी नज़रें बार-बार रुत्ती की साँस के साथ उठते-गिरते उसके उभारों को तौलने की कोशिश कर रही थीं, जब रुत्ती को इसका अहसास होता तो वह हडबड़ाकर इधर-उधर देखने लगता था। खाना स्वादिष्ट बना था। रुत्ती को यहां के रसोइए हलदार बिजित और थॉमस तिरोती के हाथों के स्वाद का जादू पहले से पता था। जिन्हा ने यहां आने के बाद बंगाली, नेपाली व भूटानी मिश्रण के लज़ीज भोजन का स्वाद लिया था। उसने रुत्ती से यहां के रसोइयों की तारीफ़ की। जिन्हा जैसा व्यक्तिव जो राजनीति की बिसात पर अपने दिमाग़ की चालों से सारे खेल बानाने और बिगाड़ने की कला जानता था, अपने से आधी से भी कम उम्र की तरुणी के समक्ष उलझा हुआ महसूस कर रहा था। मुस्लिम-लीग और कांग्रेस जैसे दो संस्थानों को अपने इशारों पर नचाने वाले जिन्हा को समझ में ही नहीं आ रहा था, कि रुत्ती के रूप में यह कौनसी शतरंज उसके सामने बिछी हुई है, जिसकी शह भी रुत्ती है और मात भी रुत्ती। इस शतरंज पर प्यादे से लेकर वज़ीर तक ख़ुद रुत्ती है, तथा जिन्हा उसके चौंसठ खानों की तरह काठ पर किया गया केवल काला व सफ़ेद रंग मात्र बना जा रहा है। इन खानों की अहमियत तभी है जब शतरंज पर मोहरे बिछे हों। मगर मोहरे तो सारे रुत्ती के पास हैं। पक्ष के भी विपक्ष के भी। जिन्हा की कल्पना में वे मोहरे अभी सिर्फ़ कुलाचें भरते घोड़े प्रतीत हो रहे थे।

यौवन की देहरी से ही स्त्री अपनी देह और दृष्टि के प्रति संवेदनशील हो जाती है। रुत्ती ने जिन्हा की दृष्टि में कुछ अलग सा महसूस किया था। जिन्हा उसे कंचनजंगा की धवल चोटी सा देख रहा था। बादल के एक टुकड़े की तरह वह उस चोटी पर विश्राम करते हुए घुल जाना चाहता था। लेकिन बादल तो हवा के रुख़ के साथ ही चल पाता है। उसे अभी यह समझ नहीं आ रहा था कि हवा का रुख़ क्या है। दार्जिलिंग की हरियाली में रुत्ती भी अपने भीतर के पर्वत और झरनों को महसूस करने लगी थी। उसे अपने रोम-रोम पर विस्तरित हो रही सुगंधित वल्लरियों की छुअन रोमांचित करने लगी थी। उसे लगने लगा था कि उसकी धमनियों में बह रहा रक्त मात्र कोई द्रव नहीं है, वह किसी ग्लेशियर के पिघलने से बहने वाली बारहमासी धारा है। उसे अपने भीतर एक बाग़ीचा फैलता हुआ सा अनुभव हुआ था, जिसकी टहनियां झूमती हुईं कुछ गाने लगी थीं व तरह-तरह के रंगीन पक्षी उल्लास व उमंग से कलरव करते उन पर फुदकने लगे थे। वह अभिजात वर्ग की बालिका थी, कोई साधारण सी लड़की नहीं थी जिसे किसी पनघट की बाट में अपने भीगे तन पर चिपके वस्त्रों से उम्र के बसंत का ज्ञान होता। उसे बम्बई के जलसों और उत्सवों में अपनी ओर उठती आँखों से पता चलना शुरू हो गया था कि वह लोगों का सबसे ख़ूबसूरत आकर्षण है। उसे अपने पीछे आती पदचाप से पता चलने लगा था कि कौन सी दृष्टि उसके किस अंग को छूकर धन्य होना चाहती है। वह कनखियों के आशय और उनकी भाषा को पढ़ना सीखने लगी थी। स्कॉच या वोदका पीते किसी पुरुष की नज़रिया ढिठाई की चुभन उसे भेदने लगी थी। सिगार पीकर धुआं छोड़ते अधेड़ अधरों की आकृतियों के मंतव्य बांचना उसे आ गया था। अब वह धड़कनें और महकने लगी थी। उसकी सांसें बांसुरी की तरह आरोह-अवरोह का रिदम बनाने लगी थीं। उसे अपने ही भीतर अपना सा-रे-गा-मा सुनाई देने लगा था। आज जिन्हा की कनखियां उसने पढ़ी थीं। डायनिंग हॉल के वॉश बेसिन पर दोनों ने हाथ धोकर अलग-अलग टॉवेल से पोंछे तथा बरामदे में आकर टहलने लगे। जिन्हा ने अपना सिगार सुलगा लिया था। उसने रुत्ती से पूछा कि 'क्या वह सिगार पीना पसंद करेगी?' तो रुत्ती ने 'नो थैंक्स' कह कर इंकार कर दिया। दरअसल वह सिगरेट पीती थी।

"तो स्वीट सिक्सटीन तुम गर्मियों में यहाँ हर बार आती हो"- जिन्हा ने पूछा

"थैंक्स अंकल यू कॉल मी स्वीट सिक्सटीन, एंड यू आर आलसो मूंछों वाले सोर अंकल"-रुत्ती ने कहा और दोने ठहाका लगाकर हँस पड़े।

"यस अंकल मैं गर्मियों में यहां आ जाती हूँ, अब मानसून आने पर ही जाऊंगी, बम्बई तो गर्मियों में रहने के लायक ही नहीं बचता, कितनी गर्मी हो जाती है. स्किन बर्न होने लगती है. वैसे बुआ को भी आना था, किंतु पहले से ही कुछ ज़रूरी सोशल प्रोग्राम फिक्स होने से नहीं आ पाई, बेचारी झुलस जाएगी वहां"- रुत्ती ने कहा।

"हूँ, यह तो है। मैंने मिस्टर पेटिट से कहा था कि वह भी इस गर्मी यहां आ जाएं, लेकिन वह अपने कुछ शिड्यूल के कारण बिजी हैं"- जिन्हा ने बात को आगे बढ़ाते हुए कहा।

"ओह! उन्होंने मुझे बताया नहीं"- रुत्ती ने कहा

इसके बाद टहलते हुए दोनों के बीच कुछ सामान्य बातें होती रहीं, जिन्हा का सिगार ख़त्म हो गया था। टहलते-टहलते दोनों जिन्हा के कमरे तक आ गए थे।

रुत्ती के दार्जिलिंग में अकेले आने से जिन्हा कुछ अच्छा अनुभव कर रहा था। जबकि वह ख़ुद नहीं जान पा रहा था कि यह क्या घटित हो रहा है व क्या होने वाला है। वह अपने दोस्त, आश्रयदाता, क्लाइंट व मददगार की सोलह साल की बेटी के प्रति मानसिक ईमानदार नहीं रह पा रहा था।

रुत्ती जिन्हा के कमरे में कुछ देर बैठी, उसने अंग्रेजी की कुछ किताबें उलट-पलटकर देखीं व फिर उठ कर जाने लगी।

जिन्हा रोक तो सकता नहीं था, सो उसने भी गुड-नाइट कहा और कुर्सी से उठकर खड़ा हो गया। रुत्ती ने अपने क़दम दरवाज़े की तरफ़ बढ़ा दिए थे।

दरवाज़े से बाहर निकलते समय पीछा करती नज़रों की पदचाप भी उसने जानी थी। इसीलिए उसने जब अचानक पीछे मुड़कर देखा, तो जिन्हा अचकचा गया और वह मुस्कुराती हुई निकल गई। अपने कमरे में जाकर वह कुर्सी पर बैठ गई। संगमरमर के केस में रखी महंगी अंग्रेजी सोब्रानी की पिंक सिगरेट के कश खींचने लगी। उसने आइने में ख़ुद को देखते हुए अपनी आदत के मुताबिक सिगरेट के धुएं से छल्ले बनाकर छोड़े। अत्यंत धनाड्य परिवार की बिंदास लड़की अकेले बैठी सोच रही थी कि 'मूंछों वाले अंकल' का रवैया उसके प्रति अंकल जैसा न होकर किसी हमउम्र जैसा क्यों है। वह इतना तो जानने लगी थी कि वह जवान हो रही है, ईश्वर ने उसे सौंदर्य भी भरपूर दिया है। उसे अपनी देहयष्टि का भान भी था। उच्च वर्ग के धनाड्य परिवारों की इक्का-दुक्का लड़कियों का बिंदास होना मतलब फैशनेबल होना होता है। उनका हँसना-बोलना, पार्टियों में जाना, वोदका अथवा रम पीना, सिगरेट के कश खींचना सामान्य बात थी। लेकिन वर्जिनिटी के प्रश्न पर किसी भी परिवार में कोई समझौता सम्भव नहीं था। शादी-ब्याह में कुछ अपवाद छोड़ दिए जाएं तो सामाजिक और जातीय परम्पराओं को मानने की बाध्यता ही थी। किंतु रुत्ती के पारसी नाना ने फ्रैंच कैथलिक से शादी की थी। उन दिनों धनाड्य पारसियों में यूरोपियन, ख़ासतौर से फ्रैंच लड़कियों से शादी करना अपवाद स्वरूप सामने आया था। रतन जी दादाभाई टाटा ने भी फ्रैंच सुज़ैन ब्रीरे नामक महिला से विवाह किया था। लेकिन पारसी महिलाओं द्वारा उनके समाज से बाहर विवाह का कोई उदाहरण सामने नहीं आया था। जब भारत में लड़कियों के विवाह हेतु

उम्र का कोई प्रतिबंध नहीं था एवं सामान्यत: तेरह-चौदह साल की लड़कियों की शादी आम बात थी, तब भी पारसी क़ानून में लड़की की शादी अठ्ठारह वर्ष से कम की आयु में नहीं हो सकती थी। यह समुदाय ईरान से उखड़ कर भारत में पनपा था, तथा अपनी परम्पराओं, धार्मिक आस्थाओं व नियामों के प्रति अत्यंत संवेदनशील था। रुत्ती उन्हीं परम्पराओं और आस्थाओं में जीने वाले पारसी समुदाय की बिंदास लड़की ही तो थी।

दार्जिलिंग की रात ठंडी हो रही थी, जो अब पाँच डिग्री के तापमान पर आ गई थी। रुत्ती इस तेज सर्दी का अहसास किए बिना, विचारों के गहरे समुद्र में गोते लगा रही थी। उसने पश्वीना की सफ़ेद शॉल ओढ़ रखी थी। बम्बई में रहते हुए सामान्य दिनों में भी वह नौ बजे से पहले नहीं सोती थी। अभी तो सवा आठ ही बजे थे। यह बात अलग है कि दार्जिलिंग में सूर्य बम्बई की अपेक्षा जल्दी अस्त हो जाता है, तब भी सोने का समय तो दिमाग़ में स्थिर ही था। उसने एक के बाद एक तीन सिगरेट फूंक डाली थीं। अपने को कुछ स्फूर्त करने के लिए उसने अलमारी से वोदका निकाला और गिलास भरकर उसकी चुस्कियां लेने लगी। साथ ही उसने चौथी सिगरेट सुलगा ली थी। वोदका ख़त्म कर वह पलकें मूंदे हुए कुर्सी पर बैठी थी। उसने जबसे होश सम्भाला है, वह तब से दार्जिलिंग के अपने इस बंगले में आ रही है। कभी परिवार के साथ, कभी बुआ के साथ, कभी अकेली। पिछले साल से वह अकेली ही यहां आ रही है। आते ही उसकी जीवटता सारे सेवक देखने लगते हैं। वह कभी भी कुछ अधिक सोचने के लिए ख़ुद को बंधक नहीं बनाती। कंचनजंगा की चोटियों पर जमी बर्फ़ से लेकर कलकल करती महानंदा नदी के पानी तक उसे केवल 'वह ही वह' दिखाई देती। कभी गुरास की लालीगुरन के बीच, तो कभी आड़ू और नाशपाती के सफ़ेद फूलों में। कभी धूपी की टहनियों के बीच उड़ती हुई तो कभी लम्बे-लम्बे सालवृक्षों की पत्तियों से बतियाती हुई। लेकिन इस बार उसे अपने में बदलाव महसूस क्यों हो रहा है? उसे ऐसा क्यों लग रहा है, कि कोई ऐसे हाथ उसके समीप हों, जो उसकी हथेलियों को सहला सकें। कोई ऐसी बाहें हों, जो उसे थाम सकें। कोई ऐसा साया हो, जो उसका हमसाया बनकर महानंदा की घाटी तक उसके साथ घुड़सवारी कर सके। कोई तो ऐसा हो, जो उसे एकाकार कर ले ख़ुद में समेट कर। उसने उठकर खिड़की के पर्दे हटा दिए। दूर पहाड़ी की तलहटी में गिरता हुआ महानंदा का जल उसे चाँदनी रात में टेरता सा लगा। वह बहुत देर तक उसे देखती रही। नौ बजने वाले थे, अब उसकी आँखें बोझिल होने लगी थीं। उसने शॉल हटाई, नाइट वियर पहने और पलंग पर अस्त-व्यस्त सी औंधी लेट गई। दरवाज़ा और खिड़कियां बंद होने के बाद भी उसे न जाने क्यों ऐसा लग रहा था कि कोई नज़र उसका पीछा कर रही है।

21

जिन्हा सिगार सुलगा कुर्सी पर जम गया। टेबल-लैम्प का बल्व ऑन था। कांग्रेस में उच्च शिखर पर बैठे जिन्हा के सामने राजनीतिक रूप से नई चुनौती के रूप में मोहनदास करमचंद गाँधी ठहाका लगा रहा था। पिछले साल ही तो वह दक्षिण अफ्रीका से भारत आया था। उसकी निर्बाध स्वीकार्यता पर एक वर्ष में ही गाँधी किसी चमत्कार की तरह छा गया था। उधर मुस्लिम-लीग में मौलाना हसरत मोहानी जिन्हा से बहुत पिछड़ गया था। जिन्हा बम्बई की मुस्लिम सीट से दुबारा जीतकर असेम्बली में पहुंच गया था। भारतीय राजनीति का यह चमकता सितारा दो महीने तक इसी बंगले में शांति तलाशता हुआ रहने वाला था। किंतु इसी बंगले में एक सोलह साल की बेहद ख़ूबसूरत लड़की भी मौजूद थी, जो उसके लिए एक पहेली से कम नहीं थी। भले ही दोनों के कमरे अलग-अलग थे, दोनों के मजहब अलग-अलग थे, दोनों की उम्र में ज़मीन-आसमान का अंतर था। सामाजिक दृष्टि से दोनों के बीच पिता-पुत्री सा रिश्ता था, लेकिन दोनों के ही अंतस में कहीं न कहीं कोई अहसास पनप रहे थे। यह अहसास भीतरी तपिश से थे। यह तपिश दिख तो नहीं रही थी, लेकिन बिना आधार के सुलग रही थी। दोनों ही उस चिंगारी को न तो समझ पा रहे थे, न जला पा रहे थे, न बुझा पा रहे थे और न ही उसमें से किसी धुएं की लकीर रोक पा रहे थे। यही चिन्गारी थी, जो कहीं न कहीं अपना अस्तित्व बना रही थी। जिन्हा कुर्सी पर बैठ कुछ फाइलें उलटने-पलटने की कोशिश कर रहा था, परन्तु उसका मन और मस्तिष्क दोनो ही स्थिर नहीं थे। एक संजीदा और गहन गम्भीर इंसान कभी भयभीत होता, तो कभी उत्सुक होकर सिगार खींचने लगता था। वह कभी बम्बई कॉन्फ्रेंस में अपने द्वारा दिए भाषण पर मनन करने लगता, तो कभी आगामी अवसरों पर अपनी बात कहने की रणनीति बनाने लगता। वह बम्बई में कथित एकता का स्वयंभू पैरोकार बनकर स्वीकार्यता चाहता था, उसने हिन्दुओं से मुस्लिमों के प्रति दरियादिली दिखाने की अपील की थी। मौलाना हसरत मोहानी के विरोध की एक-एक घटना उसे याद आ रही थी। कभी वह इलाहाबाद के मसौदे पर विचार करने लगता, तो कभी उसकी सफलता पर शंकित होने लगता। मोतीलाल नेहरू से उसे परहेज तो नहीं था, लेकिन उनका नेतृत्व भी उसको स्वीकार नहीं था। सिगार पीते हुए दार्जिलिंग की इस शीतल रात में वह यही सोच रहा था कि कांग्रेस के नेतृत्व पर केवल उसका अधिकार है, यह अधिकार उसे सुरक्षित रखना ही होगा। उसे दादाभाई नौरोजी, गोपालकृष्ण गोखले और फिरोज़शाह मेहता की विरासत अपने नाम करनी थी, अन्यथा पिछले सोलह वर्ष की उसकी सारी योजनाएं ख़त्म हो जाएंगी। सोलह साल दिमाग़ में आते ही फिर रुत्ती उसके सामने आकर खड़ी हो गई। दस महीने की दो दाँत निकालती

हुई रुत्ती से लेकर अभी एक घंटा पहले तक उसके साथ खिलखिलाती अप्सरा जैसी बिंदास रुत्ती। कभी उसकी मूंछें देखकर डरती नन्ही सी रुत्ती, और कभी उसे 'मूंछों वाले अंकल' कहकर उपहास करती शरारती रुत्ती। जीवन में कभी न हँसने वाले जिन्हा को मुस्कुराने के लिए मजबूर कर देने वाली रुत्ती, तो कभी पिंक, कभी नीले, कभी पीले तो कभी सफ़ेद लिबास में इतराती रुत्ती।

जिन्हा को आए एक सप्ताह बीत गया था। रुत्ती आज ही आई थी। पिछले हफ़्तेभर में उसने केवल आराम किया था, आने वाले एक-दो फोन कॉल पर बात करने के सिवाय। कोई ख़त-ओ-किताबत तक नहीं की थी। उसने कंचनजंगा को निहारा था और महानंदा के जल तक पगडंडी से चलकर गया था। घुड़सवारी का शौक़ीन होने से घोड़े दौड़ाए थे। धूपी और साल के वृक्षों में ख़ुद को टहलाया था। इन दिनों लालीगुरन की छटा को वह बहुत नज़दीक से देखता रहा था। दार्जिलिंग उसके मन को भा गया था। वह छुट्टियों का पूरा उपयोग अपनी सेहत को दुरुस्त करने में लगा रहा था। अक्सर दस बजे सोने वाला जिन्हा यहां पर आठ बजे ही ख़र्राटे लेने लगता था। परन्तु रुत्ती के आते ही आज क्या हो गया है उसे। उसकी रिस्ट वॉच दस बजे को भी पार कर गई है, लेकिन उसकी आँखों में नींद ही नहीं है। उसने एक काग़ज़ लिया और अंग्रेजी में मेमूनाबाद के नवाब को पत्र में अपनी कुशलता और दार्जिलिंग की सुंदरता का वर्णन लिखने लगा। पत्र के आख़िर में उसने रुत्ती का हवाला देते हुए लिख दिया कि बंगले के मालिक और उसके दोस्त दिनशॉ की बेटी रुत्ती भी अगले दो महीने यहीं रहने वाली है, इसलिए अकेलेपन की बोरियत से राहत मिलेगी। फिर एक ख़त उसने दिनशॉ को भी लिखा, जिसमें उसका धन्यवाद किया तथा एक बेहतरीन जगह पर आलीशान बंगला बनाने की उसे बधाई भी दी। इस पत्र में उसने रुत्ती के आने व साथ में डिनर लेने की बात भी लिखी। यह सब करते हुए रात के ग्यारह बजने को आ गए थे, लेकिन जिन्हा की नींद तो जैसे कंचनजंगा की चोटी पर सैर करने निकल गई थी। उसकी आँखों में रह-रहकर रुत्ती आ रही थी, शायद यही तरंगें रुत्ती के कमरे में जाकर उसे अहसास करा रहीं थी कि उसके आसपास कोई चहलक़दमी कर रहा है।

वह रुत्ती को लेकर भटकाव और निर्णय के दोराहे पर खड़ा था। वह जानता था कि रुत्ती के प्रति उसका यह आकर्षण अनैतिक व सामाजिक दृष्टिकोण से अस्वीकार है। उन दोनों के बीच कुछ भी ग़लत होना बहुत बड़े बवाल का कारण होगा, जो पूरे हिन्दुस्तान में ही नहीं ब्रितानी ज़मीन पर भी चर्चा का विषय बनेगा। वह कांग्रेस और मुस्लिम-लीग जैसी दो नावों पर सवार था व उन्हें एकसाथ चलाने का ख्वाब देख रहा था। यदि रुत्ती के साथ उसके किसी भी तरह के ऐसे सम्बंध विकसित होते हैं, जो अनैतिक करार दिए जाएंगे तो यह सीधी-सीधी उसकी चरित्रहीनता का मुद्दा बनेगा।

स्टेला से उसने अपनी ओर से कोई स्थाई रिश्ता नहीं रखा था। वह लंदन में उसके मनोरंजन तक ही सीमित रिश्ता था। लेकिन रुत्ती को लेकर वह यह समझ ही नहीं पा रहा था कि कुदरत उसके साथ क्या करने जा रही है। कांग्रेस में जहां मोहनदास गाँधी उसके रास्ते का सबसे बड़ा अवरोध बनकर आ गए थे, तो लीग में मौलाना हसरत मोहानी को वह फूटी आँख नहीं सुहाता था। मौलाना को तो वह किनारे करने में किसी तरह की दिक्कत में नहीं था लेकिन मोहनदास गाँधी तो तूफ़ान की तरह थे तथा वह उस तूफ़ान के सामने एक सूखे पत्ते से ज़्यादा कोई अस्तित्व महसूस नहीं कर पा रहा था। इधर रतनबाई का मसला जो केवल और केवल उसके दिल का मामला था उसे डगमगा रहा था। ज़रा सी भी चूक दोनों दलों में उसकी नाव डुबाने वालों के लिए बेहतरीन हथियार साबित हो सकती थी। रुत्ती और जिन्हा केवल स्त्री-पुरुष अथवा सौन्दर्य-उपासक या तितली-भंवरे जैसे साधारण विषय नहीं थे। दोनों ही भारत के राजनैतिक, व्यावसायिक, न्यायायिक व संभ्रांत गलियारों के अभिजात स्तंभ थे। जिन्हा जानता था कि इनके बीच का एक भी ऐसा क़दम जो सही नहीं हुआ सारी व्यवस्थाओं की चूलें हिलाकर रख देगा। फिर सबसे महत्वपूर्ण तो दिनशॉ पेटिट और उसके विश्वास का चूर-चूर होना था। उसने कितने भरोसे से अपनी बेटी को अकेले दार्जिलिंग भेज दिया था, जब जिन्हा भी उसी बंगले रुका हुआ था। उसने जिन्हा को अपना ही रूप तो माना था, अर्थात रुत्ती का पिता। लेकिन यहां तो बिलकुल उलट हो रहा था। कोई संभ्रांत समाज यह सब कैसे स्वीकार करेगा? वह किसी भी दशा में अपने व्यक्तिव पर रंगीन मिज़ाज का ठप्पा नहीं लगने देना चाहता था। इसके लिए उसे स्वंय को रोकना ही पड़ेगा। चाहे जैसे भी हो, वह इस भटकाव को रोकेगा। लेकिन निर्णय तो अभी बहुत दूर था। जिन्हा को पता ही नहीं चला कि वह कब पलंग पर पहुंच गया और कब उसकी नींद लग गई।

22

सूरज का उगना पहाड़ों पर अद्‌भुत मनोहर दृश्य का विस्तार कर रहा था। कंचनजंगा की धवल चोटी अलसुबह एकदम सुनहरी हो जाती है। यूं लगता है जैसे सूरज उस पर आकर बैठ गया हो। कठफोड़वे देवदार और साल के बड़े पेड़ों की शाखाएं खोदने के लिए अपनी चोंच की ताक़त परख रहे होते, तो नीले सिर वाले रॉबिन बच्चों के साथ टहनियों पर पर्यटन कर रहे होते। शाही कबूतर गुटर गु कर अपनी अलग ही मींटिग में लगे रहते, तो चित्तीदार बब्बलर व रूफस बब्बलर की उड़ाने मन को अपने साथ हवा में लेकर चली जातीं। महानंदा की तरफ़ दोनों ओर से झुकी हुई पहाड़ियां उसकी जलधार का अभिनंदन करती प्रतीत होतीं। तरह-तरह के छोटे घास के साथ फूलों से लदे

रेडोडेंड्रोन और गुरास की दूर तक फैली लालिमा, तो रात को अपनी सोलह कलाओं में बढ़ते-बढ़ते पूर्णिमा के चन्द्रमा की धवल किरणों के बीच झूमते आड़ू के सफ़ेद फूल और अधिक चमकदार हो जाते, तथा ये धवल लम्बवत् किरणें एक तरफ़ कंचनजंगा की सफ़ेद चोटियों पर गिरकर पेटिट हाउस की खिड़कियों से होती हुई भीतर ताक-झांककर निश्चिन्त हो पसर जातीं, तो कभी महानंदा के पानी पर तैरतीं, फिर उछल-कूद करती देवदारों पर झूला झूलने लगतीं। ये किरणें ठंडी हो रही दूब और उस पर चिपकी ओस की बूंदों पर आ जातीं तथा लॉन में दो कुर्सियों पर बैठे भीतर ही भीतर खदबदा रहे, किंतु ज़ुबान से ख़ामोश जिन्हा और रुत्ती के अंतस की टोह लेकर शरारत से दोनों के चेहरे को चूमते हुए भागती हुईं बादल के किसी टुकड़े की ओट में छिप जातीं। इस वर्ष मई के ठीक मध्य में पूर्णिमा आई थी। जब बम्बई अपनी बेतरतीब गर्मी से बेहाल हो रहा था, जिन्हा और रुत्ती मई के दूसरे व तीसरे सप्ताह के संधि दिनों में चाँदनी रात के तले डिनर लेने के बाद साथ-साथ टहल रहे होते थे। भले ही वे अपने भीतर की अभिव्यक्ति को अधरों तक न ला पाएं, लेकिन उन पर गिरती हुई चंद्र किरणें सारे ज्वार-भाटे को बखूबी पढ़ रही थीं।

जैसे-जैसे इस महीने का तीसरा सप्ताह खिसक रहा था, चाँद भी धरती की ओट में देर तक छिपने के बाद निकल रहा था। शायद वह भी छिप-छिपकर किसी कहानी की पटकथा पढ़ता साक्षी बनना चाह रहा होगा। इन ख़ूबसूरत दिनों और रातों में बेहद लुभावनी रुत्ती और उसकी ख़ूबसूरती में खोए जिन्हा के दिन बेहतर से बेहतर कट रहे थे।

जिन्हा ने स्वयं पर कृतिम नियंत्रण रखते हुए रुत्ती से कुछ आवश्यक दूरी बना ली थी। कभी-कभी तो उसे अपने द्वारा ही बनाई यह दूरी परेशान करने लगती थी। वह कई बार सोचता कि, क्यों न खुलकर अपने इरादे रुत्ती को बता दे। लेकिन यह अकेले में अपने-आप से बातें करने तक ही सीमित था। यह कोई मुस्लिम-लीग या कांग्रेस की राजनीति नहीं थी, जहां वह किसी भी भावना, निर्णय अथवा विचार को बिना लाग-लपेट सबके बीच कह दिया करता था। सिर्फ़ कह ही नहीं दिया करता था, बल्कि क्रियान्वयन करवा लेता था, क्योंकि उसे अपना विरोध सहन करने की आदत नहीं थी। दोनों दलों में लगभग यही स्थिति थी कि जिन्हा का विरोध दूर-दूर तक दिखाई नहीं देता था। लेकिन रुत्ती के सामने जाते ही उसका मन डर जाता था, वह कहना कुछ चाहता लेकिन बात को दबाकर पूरी संजीदगी और अनुभव के साथ कुछ और विषय पर आ जाता।

दोनों के बीच ज़्यादातर बातें राजनीति की हो रही थीं। रुत्ती को रोमांटिक कविता का शौक़ होने से वह कविता लिखती तथा जिन्हा को सुनाती। जिन्हा को इसमें ज़रा भी रुचि नहीं थी। रुत्ती की कविताएं उसे बेहद बोझिल लगतीं, लेकिन वह उसका मन रखने के लिए निर्बाध सुनता। लंच व डिनर दोनों साथ ही ले रहे थे। दोनों की पसंद भी लगभग

एक सी थी, ख़ासतौर से पोर्क और फिश। इस स्वाद के साथ दोनों ने अनेक बार नगा भोजन भी किया जो ख़ास तौर से फार्मनटेशन कर चावल के साथ चिकन अथवा सूअर के माँस के साथ परोसा जाता है। हलदार बिजित के हाथ में स्वाद का खजाना था। वह जानता था कि उसके ख़ास मेहमानों के लिए कैसा भोजन बनाना है। बीच-बीच में दोनों ने ही कभी याक के दूध से बनी चुरपी का मज़ा लिया तो कभी बंगाली आलू दम भी खाया। फार्मेंटेशन किए खमीर और बाजरे से बना टोंगबा भी पिया। टोंगबा तो जिन्हा को इतना पसंद आया कि वह हर दूसरे तीसरे दिन हलदार बिजित को इसे बनाने के लिए कह ही देता था। तिब्बती शाफले जो रुत्ती को भी बहुत पसंद थी, दोनों ने ख़ूब खाई थी। एक सी पसंद होने के बावजूद मुस्लिम होने के नाते पोर्क जिन्हा के लिए वर्जित ही नहीं बल्कि उसके मुस्लिम होने पर ही प्रश्नचिन्ह था। पेटिट हाउस में ये दोनों ऐसी हस्तियों के रूप में रुके थे, जिन्हें पोर्क से कोई परहेज नहीं था। जिन्हा बीफ़ भी पसंद करता था, किंतु रुत्ती पारसी समुदाय में बीफ़ से परहेज करने के कारण बीफ़ नहीं लेती थी। जब कोई अंग्रेज मेहमान आते तो वे पोर्क और बीफ़ दोनों ही पसंद करते थे। परन्तु इस हाउस की रसोई में काम करने वालों में ज़रूर यह लकीर थी कि गुल अहमद पोर्क बनाने में कोई योगदान नहीं देता था तथा शेर सिंह बीफ़ के मामले में कोसों दूर रहता था। हलदार बिजित ऐसा रसोइया था जिसे पोर्क की एक से एक डिश बनाना आती थी, लेकिन बीफ़ की बारी आते ही वह किचिन से बाहर हो जाता था। थॉमस तिरोती को न तो बीफ़ बनाने में कोई दिक्कत थी, न पोर्क फ्राई करने में। भारुल और शम्सु ख़ान को कुछ भी परोसने से परहेज नहीं था। डायनिंग हॉल में खाना सजाने का काम भारुल और शम्सु का ही था। अकेले में बैठे गुल अहमद, शेर सिंह, हलदार बिजित, हसन अली, सोमित सरकार, थॉमस तिरोती, शम्सु, और भारुल के बीच बातचीत और आश्चर्य का मुद्दा पोर्क और बीफ़ ही होता था। जो अपनी-अपनी मान्यता के अनुसार गुनाह और पाप की श्रेणी में आता था। लेकिन अंतहीन बहस का स्थगन इसी बात पर होता था कि- "ऊपरवाला जानता है हम इस गुनाह और पाप में भागीदार नहीं हैं। हम तो नौकर हैं और मालिक की मर्ज़ी से काम करना हमारी मजबूरी है इसलिए वह हमें माफ़ कर देगा"

थॉमस तिरोती इनकी बातें सुनकर हँसता और मज़ाक़ करता हुआ कहता मुझे तो प्रभु यीशु ने इन सब पाप और गुनाह से पहले ही माफ़ कर रखा है। इसलिए मुझे कोई चिंता नहीं। बरसों से यहाँ काम करते हुए इन्हें पर्याप्त आराम और सुविधाएं मिली हुई थीं, जिन्हें ये छोटी-छोटी बातों के पचड़े में पड़कर छोड़ना नहीं चाहते थे। यहां पर पेटिट या उसके परिवार के लोग ही आते थे वह भी साल में दो महीने के लिए। यदा-कदा उनके अंग्रेज दोस्त अपने परिवारों के साथ मेहमान बन आ जाते थे। बाकी का समय तो ये सेवक ही यहाँ के मालिक थे।

23

मई का अंतिम सप्ताह समाप्त होने को था। यह सप्ताह स्याह रात की पूरी कालिमा लिए हुए था। शाम सूर्यास्त तक ही सुहानी बची थी। उसके बाद घुप्प अंधेरी रात में यदा-कदा चमकती बिजली हिमालय की चोटियों से टकराकर कुछ होने का प्रमाण दे देती थी। पूर्वी हवाओं के आगमन से दार्जिलिंग में बरसात शुरू हो गई थी। शाम को बनने वाली घटाएं मादक हो चली थीं व दिन का मौसम ठंडा होने के साथ-साथ सुहाना हो गया था। घटाओं की यात्राएं मन को और ज़्यादा लुभाने लगी थीं। पहाड़ों पर तो ऐसा लगता था कि यह नज़दीक आकर गालों को चूमकर भाग जाती हों। बम्बई में मानसून के पहले पानी गिरने के बाद चमकने वाला सूरज अधिक उमस पैदा कर देता है, किंतु दार्जिलिंग में वातावरण की नमी हवाओं को और अधिक सुखद बना देती थी। बम्बई में अभी भी गर्मी काफ़ी तीखी थी। जुलाई के शुरूआती दिनों तक रुत्ती को यहां रहना था लेकिन जिन्हा का प्रोग्राम जून के अंतिम सप्ताह में बम्बई पहुंचने का था। इस तरह अभी भी दोनों के पास क़रीब एक महीने का समय साथ गुजारने के लिए था। सवा महीने से अधिक का समय 'मूंछों वाले अंकल' और 'स्वीट सिक्सटीन' के बीच कैसे गुज़रा, पता ही नहीं चला था। दोनों ने कई बार साथ-साथ घुड़सवारी की थी। रुत्ती जितना चहकती थी, जिन्हा उतना अन्तर्मुखी होकर रह रहा था। वह भीतर की खदबदाहट को भीतर ही दबा देना चाहता था। वह कई बार स्वयं को पढ़ने बैठ जाता था। उसकी आयु का यह इकतालीसवां वर्ष था। राजनीति में उसके चरित्र का बहुत अधिक महत्व था। उधर रुत्ती उम्र के उस पड़ाव पर थी जहां मन से बुद्धि का नियंत्रण समाप्त होने का पता ही नहीं चलता। कब कौन सा क़दम कहां पड़े और लम्बी फिसलन से होते हुए किसी गहरी खाई में जा गिरने का अहसास ही न हो। रुत्ती की उमंगे तरंगों में बदलने लगी थीं, लेकिन उसे इनके साहिल के रूप में जिन्हा का तो ख़्याल बिलकुल भी नहीं था। उसकी सारी शरारतें केवल "मूंछों वाले अंकल" के साथ थीं। फिर भी न जाने जिन्हा को देखकर उसके भीतर कुछ उमड़ने-घुमड़ने लगता था। यदा-कदा किसी अवरोध को लांघने में जिन्हा का हाथ उसने थामा था। उस हाथ में उसे कुछ जादू सा लगने लगता और उसका मन करता कि वह इस हाथ की गर्माहट को अपनी मुट्ठियों में बाँध ले। उधर जिन्हा को रुत्ती का हाथ कंचनजंगा की चोटी पर रुई सा एकदम धवल व नर्म बर्फ़ की तरह लगता था। रुत्ती जब भी उसकी तरफ़ हाथ बढ़ाती वह सिहर जाता। वह समझ नहीं पाता था कि यह रुत्ती के यौवन का उसे आमंत्रण है अथवा उसके भीतर का भय है। वह रुत्ती की आँखों में झांकना चाहता था, परन्तु उसकी आँखों का साहस कमज़ोर हो जाता था। दोनों तरफ़ से प्रकृति प्रदत्त स्त्री और पुरुष के मनोभावों का सागर उठता, हिलौरे लेता और फिर उम्र, समाज, धर्म तथा प्रतिष्ठा के पाषाणों से टकरा कर छलनी-छलनी हो बह

जाता। रात्रि में नींद आने के पहले के पलों में यह महासागर आर्त क्रंदन सा करने लगता था। लेकिन बिना किसी किनारे पर पहुंची लहरों की तरह उसी महासागर की परत पर समाप्त हो जाता था। पिछले सवा महीने से ज़्यादा का वक़्त बीत गया था दोनों के बीच उठती गिरती लहरों के क्षार-क्षार होते। फिर पता ही नहीं चलता था कि कब किसे नींद ने अपने आग़ोश में खींच लिया और अगले दिन का सूरज खिड़की से झांकने लगा।

जिन्हा मानसिक रूप से अधिक सशक्त था। उसे दुनियादारी का भान कुछ ज़्यादा ही था। वह जिस मक़ाम तक पहुंचा था वहां तक आने में उसने अनेक मोड़ देखे थे। लंदन के खुले माहौल में उसे स्टेला की धड़कनों के स्पर्श और साँसों के सामिप्य की सुगंध का अनुभव था, तो अपने बेहद छोटे से वैवाहिक जीवन की शुरूआती रातों का अहसास उसे पुरुष बना कर खदबदाता रहता था। जबकि रुत्ती को अभी किसी भी तरह से स्त्री की अनुभूति नहीं हुई थी। वह अल्लहड़ थी और उन्मुक्त थी। वह कंचनजंगा की चोटी पर उस धवल बर्फ़ की तरह थी जिसने धरती पर होने वाली पदचाप तो सुनी थी, लेकिन उसे यह पता नहीं था कि चहलक़दमी क्या होती है। वह निष्प्राण चोटियों पर अपने कुदरती आकार में बिना किसी गुंठन-बंधन के सुगंधित आकर्षण का विस्तार थी। महानंदा नदी के पानी की बहती धार की तरह वह स्वच्छ व निर्मल थी। वह किसी गौरैया की तरह फुदकना जानती थी, तो आड़ू की टहनियों की तरह लचकना चाहती थी। वह देवदार के पत्तों की किनोर की तरह कलाकृति थी, तो साल के पेड़ की हरियाली सी सदाबहार थी।

जून का पहला दिन था, दोनों महानंदा नदी के किनारे पर बैठे थे। शाम के समय सूरज के ढलते ही पश्चिमी आकाश में एक बारीक सी धारी की तरह धागे जैसा चाँद कुछ समय के लिए प्रकट हुआ था जो संकेत कर रहा था कि कल अमावस गई है और अब धीरे-धीरे उसकी चाँदनी अपनी छटा बढ़ाती जाएगी। आने वाले दिनों में वह बदलियों के आगे-पीछे दौड़ लगा कर धरती को चिढ़ायेगा।

"अंकल वो देखो कितना बारीक चाँद दिख रहा है, बिलकुल किसी मटमैले धागे जैसा"- रुत्ती ने जिन्हा का ध्यान आकर्षित करते हुए कहा।

"हूँ"- किसी गहरी सोच में पड़े ख़लल के बीच जिन्हा ने कहा।

"आप मुस्लिम में ऐसा ही तो होता है ईद का चाँद"- रुत्ती ने उत्सुकता जताते हुए कहा।

"पता नहीं"- जिन्हा ने सपाट सा उत्तर दिया

"अंकल यू आर ए मुस्लिम, और आपको नहीं पता ईद का चाँद कैसा होता है?"-रुत्ती ने आश्चर्य से पूछा।

"बेबी, आई एम ए मुस्लिम ओनली इन नेम। मुझे किसी भी धार्मिक कल्चर में कोई दिलचस्पी नहीं है। यू नो, आई डोन्ट माइंड इटिंग पोर्क, जबकि तुम दाकियानूसी

दिमाग़ से बीफ़ नहीं लेती हो, क्योंकि पारसी इससे परहेज करते हैं"– जिन्हा ने अपनी बात पर ज़ोर देते हुए कहा।

वह शायद पारसी लड़की को बताना चाह रहा था कि उसके मुस्लिम होने से वह कुछ ज़्यादा न सोचे। वह आधुनिक विचारों वाला खुले दिमाग़ का पुरुष है। तथा उसके नज़दीक आने से रुत्ती को कोई दिक्कत नहीं होना चाहिए।

"मैं बिलकुल क्लीयर हूँ। हमें जो अच्छा लगे उसे हासिल कर लो। हासिल कैसे करना है यह हमारा प्लान होना चाहिए। ज़िंदगी और उसे जीने का रास्ता हमारा जाति मामला है। इसे हमें कैसे मोड़ देना है यह हम डिसाइड करेंगे, कोई दूसरा नहीं। हमारे और हमारे हासिल के बीच में कोई नहीं आ सकता। मज़हब, उम्र, पॉलीटिक्स, सब हम तय करते हैं। जब हम तय करते हैं, तो उसे मोड़ना भी हमें आना चाहिए"-जिन्हा ने रुत्ती की तरफ़ देखते हुए दार्शनिक अंदाज़ में कहा।

रुत्ती मंत्रमुग्ध सी होकर जिन्हा को सुन रही थी।

उसने आगे कहा- "हमारा रास्ता कठिन हो सकता है, लेकिन असम्भव नहीं। अपना लक्ष्य हमेशा स्वयं हासिल किया जाता है। वह समाज के लिए उचित हो, अथवा अनुचित, उससे हमारी सोच पर कोई फ़र्क़ नहीं पड़ना चाहिए। हमारा निर्णय हमारे मुताबिक होगा, दूसरे उसके बारे में क्या सोचते हैं यह जानना हमारा काम नहीं है। राजनीति में आप वही पाते हैं जो अपने जीवन में आप करते हैं। यदि आप डर और भ्रम में आगे बढ़ रहे हैं तो आपको गिरना ही पड़ेगा। इसलिए जो करना है उसे बिना डर और भ्रम के पूरा कर लो"

रुत्ती एकटक जिन्हा की तरफ़ देखते हुए उसकी बातों में खोई हुई थी।

"तुम रोमांटिक कविता लिखती हो। इसलिए बिंदास हो। मुझे अच्छा लगता है तुम्हें देखकर। तुम्हारी ख़ूबसूरती और ख़ूबसूरत अंदाज़ मुझे बहुत कुछ सोचने के लिए मजबूर करते हैं। अगर मैं यूं कहूं कि, यू आर ए वैरी रोमांटिक गर्ल विद फ्री-स्पीरीटेड थॉट। तुम्हारा व्यक्तित्व तुम्हें दूसरों से बहुत कुछ अलग करता है। यू हैव ए ब्यूटिफुल पर्सनाल्टी विच अट्रेक्ट एवरीवन हू कम इन कांटेक्ट विद यू। लवली स्वीट सिक्सटीन, अगर मैं यह भी कहूं कि आई फील दैट वी आर वैरी क्लोज़ टू ईच अदर एण्ड देयर इज सम स्पीरीचुअल कनेक्शन बिटविन अस, तो कोई ग़लत नहीं होगा"- बहुत ही सीधे लहज़े में जिन्हा ने रुत्ती की ओर अपना जादू उछाला और उसकी आँखों में देखने लगा।

रुत्ती उसके जादुई मोहपाश में मदहोश सी होने लगी थी। उस पर जैसे जिन्हा का वशीकरण चल गया था। वह अपलक जिन्हा की तरफ़ देखे जा रही थी। उसे अपने रक्त की गति में कुछ तेजी तथा साँसों में ठहराव सा महसूस होने लगा। जिन्हा उसे ज़्यादा से ज़्यादा अपने जादुई आग़ोश में खींचना चाहता था ताकि वह उस मैस्मेरिज्म

से बाहर न आ सके जिसमें फंस कर भावनाओं और संवेदनाओं का भंवर उठने लगता है, तथा उसके पास से गुज़रने वाला कोई कितना भी वज़नदार क्यों न हो तिनके की तरह उसमें समा जाता है।

थोड़ी देर के लिए दोनों के बीच ख़ामोशी छा गई। दोनों एक-दूसरे की तरफ़ देख रहे थे। रुत्ती के मन में हूक उठी और वह कुछ बोलना चाहकर भी बोल नहीं सकी। वह अपनी नज़रें जिन्हा से हटाकर ज़मीन पर ले जाती या आसमान में देखने लगती। जिन्हा को लगा कि उसके जादू का प्रभाव कम न हो जाए। उसने एक बार फिर अपने शब्दों के बाण चलाए- "मिस पेटिट, इट इज टू दैट आई एम टॉकिंग टू एन इंटैलीजेंट एण्ड सेंसेटिव गर्ल एबाउट एन इम्पॉरटेंट सब्जेक्ट। पिछले कई दिन से कुछ ऐसा है जो हमारे भीतर से बाहर आना चाहता है, एण्ड यू टू मस्ट अंडरस्टैंड व्हाट आई वांट" उसने अपने मंतव्य को थोड़ा सा स्पष्ट किया, जिसका असर रुत्ती की आँखों में साफ़-साफ़ दिखाई दे रहा था।

रुत्ती के लिए जिन्हा कोई रहस्य नहीं रहा था। पिछले एक माह से अधिक समय में वह बहुत भीतर तक उसे समझ चुकी थी। भारतीय राजनीति का यह महाबली, पुरुष के रूप में उसे एक आदर्श प्रतीत होने लगा था। अभी उसकी उम्र कच्ची थी। वह भावनात्मक रूप से सुकोमल तरुणी की तरह सोचती थी। कठिन परिस्थितियां और जीवन की असलियत का उसे कोई पता नहीं था। वह बिंदास थी, स्वतन्त्र थी। धनाड्य से भी धनाड्य माता-पिता की संतान थी। भारत के सबसे बड़े शहर की अभिजात थी। उसके लिए यही काफ़ी था। दार्जिलिंग आकर उसने हर क़दम पर जिन्हा को अपने नज़दीक पाया था। वह उसके क्लोज होना चाहता है, यह उसने अपनी ज़ुबान से स्पष्ट कह दिया था। उसे लगा जिन्हा एक पुरुष ही नहीं बल्कि स्पष्टवादी और जीनियस भी है। उसकी बातें सुनकर रुत्ती के मन की झील का जल कंपित हो गया था।

"एम आई राइट"- जिन्हा ने रुत्ती को कुरेदते हुए कहा।

"ओह अंकल! यू आर रियली ग्रेट, इसीलिए तो आप मुझे अच्छे लगते हैं, आई लाइक यू एण्ड..."- रुत्ती के अवचेतन का आकर्षण जादुई शब्द बनकर निकल गया था। ज़ुबान से निकला यह शब्द आँखों से भी कुछ कह गया था। एण्ड... के बाद एक अनंत को उसने सामने रख दिया था।

'एण्ड...,' रुत्ती ने यह कहते हुए जब जिन्हा की तरफ़ देखा था, तो वह सामान्य देखना नहीं था। बरसों से ठहरा हुआ सा कुछ हलचल कर गया था। वह दो आँखों का किसी की ओर निहारना मात्र नहीं था, उनमें एक उत्तेजक आमंत्रण स्पष्ट झलक रहा था। उसकी आँखें एकदम लिपट सी गई थीं जिन्हा की आँखों के संग। उसके शब्द से ज़्यादा उसकी निगाहें जिन्हा के भीतर उतर रही थीं।

जिन्हा सतर्क था रुत्ती की प्रतिक्रिया को लेकर, उसने रुत्ती की आँखों में आँखें डाल दीं। वह पिछले कितने समय से उसके मुंह से कुछ ऐसा ही सुनना चाह रहा था। आज अनायास ही उसे यह अवसर मिल गया था। वह रुत्ती द्वारा कहे 'अच्छे लगने' को केवल एक शाब्दिक अर्थ के दायरे में नहीं रखना चाहता था, बल्कि उसे महासागर की लहरों के बीच रखी किसी काग़ज़ की नाव की तरह थामकर किनारे ले आना चाहता था। उस भीगी हुई नाव को अपनी हथेली पर रख वह उस पर सवार हो जाना चाहता था। यह 'अच्छे लगने' का उद्‌बोधन उसे आमंत्रण देता हुआ सा प्रतीत हुआ। राजनीति का यह धुरंधर खिलाड़ी उस लड़की के मन की थाह को जान चुका था। वह समझ गया था कि जो उत्तर वह चाहता है रुत्ती की तरफ़ से भले ही स्पष्ट स्वीकृति के साथ उसे न मिला हो, लेकिन उसका रुख़ अपने अनुकूल करने में उसे कोई समस्या नहीं आएगी। उसे लगा उसके जीवन का सहज ही उपजा एक सपना पूरा होने में है। यह आमंत्रण आसमान में मुस्कुराते हुए धागे जैसे चाँद की गवाही में धरती पर उतर गया था।

जब कोई किसी बात के इंतिज़ार में दिन गिन रहा हो, तथा सामने से कोई छोटा सा भी सूराख़ उसमें प्रवेश के लिए मिल जाए तो व्यक्ति उसमें धंसता चला जाता है। जिन्हा भी यहां 'अच्छे लगते हो' के सूराख़ में ख़ुद को आर-पार कर लेना चाहता था। वह न जाने कब से इसकी तलाश में था।

"रियली, डू यू लाइक मी? केन यू कम्पलीट योर एंड...?"- जिन्हा ने एक रहस्यमयी नज़र रुत्ती के चेहरे पर गड़ाते हुए कहा। इन निगाहों के स्पर्श करते ही रुत्ती के बदन में झुरझुरी दौड़ गई। उसके कंठ में जैसे कुछ अटक गया था।

"अंकल"-कहकर रुत्ती ने अपनी नज़रें जिन्हा की आँखों से बचाते हुए ज़मीन पर टिका लीं।

"इधर देखो, मेरी तरफ़"- जिन्हा ने धड़कनों पर क़ाबू रखते हुए कहा।

"नहीं, मुझे अजीब सा डर लग रहा है"- रुत्ती ने सहमते हुए कहा

"ओह नो, बेबी मुझसे डर कैसा"- जिन्हा ने रुत्ती के अजीब डर को पकड़ते हुए कहा।

बिलकुल ख़ामोश रह गई थी रुत्ती उस वक़्त। एक भीषण आँधी सी उठ रही थी उसके अंतस में। जिन्हा की रहस्यमयी नज़रें अभी भी रुत्ती के चेहरे पर जमी हुई थीं। वह भीतर ही भीतर सूखे पत्ते जैसी काँपने लगी थी। जिन्हा को उसने बचपन से देखा था और उसकी निगाहों को अपने साथ चहलक़दमी करते बम्बई में भी कई बार महसूस किया था, लेकिन तब वह न तो उनका रहस्य समझी थी और न ही उसने कभी उन निगाहों के साए को महसूस किया था, उसे यह सब सामान्य व्यवहार ही लगता था। परन्तु यहाँ पिछले डेढ़ महीने में अगर जिन्हा की निगाहों ने उसका पीछा किया है, तो मन के किसी कोने में वह भी ठहरी है उन निगाहों को समेटने के लिए। यह उसकी उम्र

के रास्ते पर जमी हुई काई में से गुज़रने जैसा वक़्त था। उसके प्रति जिन्हा का व्यवहार और आकर्षण उसकी समझ में आने लगा था। पिछले दस दिन तो वह ख़ुद मानसिक रूप से जिन्हा के साथ इतनी बंधती चली गई थी कि वह उसे अपने पास ख़ुशबू जैसा महसूस करने लगी थी। ऐसी ख़ुशबू जो मदहोश तो कर रही है मगर उठ कहां से रही है यह पता नहीं। वह जो बोल गई थी यही प्रतिध्वनि वह सुनना चाह रही थी। जिन्हा ने जब कहा कि 'मुझसे डर कैसा' तो रुत्ती को लगा कि यही तो अहसास है उसका भी। उसे सामने बैठे हुए पुरुष से डर कैसा? लेकिन डर भले न हो, असमंजस तो था ही उसके हृदय में अपने बहाव को लेकर। वह यह नहीं समझ पाई थी कि तटबंध तोड़कर बहने वाली नदी कहां जाकर ठहरेगी, यह मीठी नदी अपने अस्तित्व के मीठेपन को कैसे बचाकर रखेगी।

जिन्हा अभी भी एकटक उसे देख रहा था और वह धरती में धंसती जा रही थी। उसे आज पहली बार लग रहा था कि वह किसी पुरुष के साथ सुरम्य व निर्जन स्थान पर करोड़ों बिजलियों की कौध के बीच घिरी है। शायद उसे इन बिजलियों के आवेश से बचाने के लिए पानी से भरे मेघ की ज़रूरत है और वह मेघ उसके सामने जिन्हा के रूप में है। कुछ विचित्र अहसास के साथ उसका कलेजा गले को आने लगा था। ओंठ सूखने लगे थे। वह ज़ुबान फेर कर उन्हें तर कर रही थी। उसकी नज़रें स्थिर नहीं हो पा रही थीं। वह न बोल पा रही थी न उठ पा रही थी। उसका कंठ बार-बार कुछ गटक रहा था। दोनों ओर से दिल ज़ोर-ज़ोर से धड़कनें लगे थे।

मटमैले रंग का वह धुंधला सा धागे जैसा चाँद इतनी सी देर में ही छू-मंतर हो गया था। जिन्हा ने रुत्ती को बंगले में चलने के लिए कहा। रुत्ती खड़ी हुई लेकिन उसके तन की ताक़त भी शायद वह मटमैला सा चाँद अपने धागे जैसे आकार में बांधकर ले गया था। उठते ही वह लहराकर गिरने लगी तो जिन्हा ने उसे अपनी बाहों में समेटते हुए संभाल लिया। दोनों को ही यह स्पर्श सतही अथवा आकस्मिक न होकर आकाशगंगा से उतरते हुए सितारों के करोड़ों तंतुओं के छू जाने जैसा लगा था। कंपन सा हुआ दोनों के भीतर। दोनों को लगा जैसे हजारों वोल्ट की बिजली उनके क़रीब से जा रही है। लेकिन फिर सम्भलते हुए दोनों ने क़दम आगे बढ़ाए व बंगले पर आ गए।

किचिन में हलदार बिजित और थॉमस तिरोती डिनर बनाने में व्यस्त थे। गुल अहमद सहायता कर रहा था। भारुल और शम्सु डायनिंग टेबल तैयार कर रहे थे। जबकि जिन्हा और रुत्ती दोनों सीधे अपने-अपने कमरों में जाकर कुर्सी पर बैठे मटमैले चाँद की गवाही में हुई कुछ पलों की जंग के बारे में सोच रहे थे। रुत्ती अभी भी कंचनजंगा की धवल बर्फ़ सी जस की तस थी। उधर अपने कमरे में जिन्हा स्वयं को महानंदा के तट पर पड़ी किसी आधी भीगी सी चट्टान सा महसूस कर रहा था। अमावस के घोर अंधेरे के बाद आज मटमैले चाँद के परदे से बाहर आने की पहली शाम अब रात में बदलकर

डायनिंग टेबल पर आ गई थी जिसे वहां पर जलता हुआ बिजली का बल्व उस चाँद को तलाश रहा था, ताकि वह कुछ पल और ठहर जाए।

शम्सु और भारुल महसूस कर रहे थे कि रतन बेबी और साहब जी रोज की तरह नहीं हैं। यद्यपि पिछले कई दिन से वह शाम के समय दोनों में ही तिल-तिल परिवर्तन देख रहे थे। हर रोज उन दोनों के बीच आपसी व्यवहार, बोलचाल, आकर्षण, दिए जाने वाले समय, फ़िक्र, रूठना-मनाना और अंदाज़ सब परिवर्तित हो रहे थे। शांता भी इस परिवर्तन को ख़ामोशी से देख रही थी। कई बार ऐसे भी दृश्य सामने आए जब दालान में बैठे रुत्ती और जिन्हा यह भी भूलने लगे थे कि यहां कोई और लोग भी मौजूद हैं। अनेक बार कर्मचारियों ने देखा था कि कभी रुत्ती जिन्हा का सिगार पी रही है व जिन्हा रुत्ती के सिगरेट में से कश खींच रहा है। यहां काम करने वालों को अच्छा खासा अनुभव था। पेटिट परिवार के लोगों के अलावा उनके क़रीबी दोस्त अक्सर यहाँ आते रहते थे। ख़ासतौर से अंग्रेजों का आना कोई नया नहीं होता था। यहाँ आने वाले अंग्रेज ज़्यादातर अपने परिवार के साथ आया करते, वे भरपूर मनोरंजन करते। कभी-कभी जब किसी दंपति के बीच कुछ तनाव हो जाता था तो उनका व्यवहार अजीब सा हो जाता। वे सामान्य से असामान्य हो जाते थे। आज साहबजी और रतन बेबी दोनों को ही ये लोग असामान्य देख रहे थे। यह बात सोमित सरकार, हलदार बिजित और थॉमस तिरोती तक पहुंच गई थी। लेकिन तनाव क्या हो सकता है यह कोई नहीं जान पाया था। शांता स्त्री होने के कारण कुछ अनहोनी शंका से सिहर रही थी।

गम्भीर जिन्हा ने चुलबुली रुत्ती की ओर देखते हुए कहा- "स्वीट सिक्सटीन आज इतनी टफ़ क्यों हो रही हो"

"नहीं तो"- रुत्ती ने कुछ सम्भलते हुए कहा

"मैं तुम्हें तब से जानता हूँ जब तुम्हारे दूध के दाँत निकल रहे थे, अब तुम स्वीट सिक्सटीन हो गई हो, बहुत क़रीब से देखा है मैंने तुम्हें, तुम और सीरियस! नेवर, कभी नहीं। लेकिन आज तुम कुछ परेशान हो गई हो, शायद शाम से"- जिन्हा ने रुत्ती को अपने साथ टेबल पर इनवाल्व करने के लिए बात की।

"मैं कुछ भी नहीं सोच पा रही"- रुत्ती ने चिकन का एक पीस अपनी प्लेट में रखते हुए कहा।

"ठीक है, डिनर के बाद अपने रूम में जाओ और सोचो लाइफ के बारे में, फ्युचर के बारे में व अपनी आइडियोलॉजी के बारे में"-जिन्हा ने कहा।

वह अपनी लोक छवि को बचाए हुए रुत्ती को सलाह दे रहा था। साथ ही वह जानता था कि रुत्ती की उम्र के बांध में समाने वाले झरने के पानी का आगमन आज बहुत बढ़ गया है। इस बाँध पर उसका असर अवश्य ही होना है। उसकी दार्शनिकता से अधिक उसके भीतर का पुरुष कुलबुलाने लगा था।

इसके बाद दोनों ने खाना खाया। हलदार बिजित ने रोजाना की तरह आकर पूछा- "साहबजी खाना कैसा बना"

"अच्छा बना है, हमेशा की तरह लज़ीज"- जिन्हा ने कहा

"रतन बेबी आपको शायद टेस्टी नहीं लगा आज का खाना"- कुछ समझने के प्रयास में हलदार बिजित ने रुत्ती से कहा।

"नहीं ऐसी तो कोई बात नहीं है, खाना तो टेस्टी बना है"- रुत्ती ने कहा, लेकिन हर रोज जैसी खनक महसूस नहीं हुई रुत्ती की आवाज़ में।

खाना समाप्त कर दोनों बिना किसी बातचीत के अपने-अपने कमरे में चले गए।

रात गहराती जा रही थी। लेकिन रुत्ती की आँखों से नींद पूरी तरह गायब थी। अपने कमरे में जाने के बाद न जाने कब तक वह जागती रही थी, कुछ अधपके ख्यालों के पलकों पर बोझिल होने तक। पलके बोझिल होतीं फिर वह आसमान में तैरने लगती। जिन्हा का स्पर्श आज उसे अपने भीतर आग और बर्फ़ का मिश्रण सा लग रहा था। वह कभी कंपने लगती, तो कभी उसका तन तपने लगता। वह बार-बार ख़ुद को कहीं भीगा हुआ सा महसूस करती, तो फिर अपने अधरों पर शुष्कता क़ी परत अनुभव करती।

उधर जिन्हा भी स्वयं को नींद से कोसो दूर पा रहा था। दशकों पहले की ईमीबाई उसके ज़ेहन में घूम रही थी। एक सप्ताह की रातें उसे ताज़ा सी लगने लगी थीं। लंदन में 35 राफेल रोड की स्टेला उसे अपने साथ महसूस हो रही थी। कई बार उसने चाहा कि वह रुत्ती के कमरे का द्वार खटखटा दे। लेकिन उसके क़दम साथ नहीं दे रहे थे। अपने भीतर उठ रहे तूफ़ान के बावजूद उसका मस्तिष्क नियंत्रण में था। वह जानता था कि उसका एक क़दम दुनियाभर में उसके अस्तित्व को समाप्त करने के लिए पर्याप्त था। रुत्ती के मन की थाह उसे पता नहीं थी। उसने जवानी की देहलीज पर खड़ी एक लड़की के मन का केवल एक तार भर छेड़ा था, उसका संगीत क्या है उसे पता नहीं था अभी। इसलिए वह बार-बार अपने तनाव से मुक्ति पाने की कोशिश कर रहा था। सुखद मीठी ठंडी रात में भी वह सिगार पीते हुए बार-बार पसीने से तरबतर हो रहा था। दीवारों और दरवाजों की ज़द में बेचैन जिन्हा और रुत्ती की वह रात बहुत लम्बी हो गई थी।

24

जून का एक दिन बीत चुका था। दूसरे दिन सुबह जिन्हा व रुत्ती ब्रेकफास्ट के लिए एक साथ डायनिंग हॉल में नहीं गए। दोनों ने ही नाश्ता अपने-अपने कमरों में बुलवा लिया था। इतने दिन में यह पहली बार हुआ था। भारुल व शम्सु को इस बात पर आश्चर्य हुआ। लेकिन वे मालिक और नौकर के अनुशासन में बंधे थे। जैसा कहा गया, वैसा उन्होंने

कर दिया। नाश्ते में भी आज जहां रुत्ती ने बेहद हल्के रूप से दही और दो रोस्टेड ब्रेड पसंद किए थे, तो जिन्हा ने फिश फ्राई मंगाई थी। उसके बाद दोनों ने ही चाय ली थी, लेकिन अपने ही कमरों में। रुत्ती की रात जितनी काली हुई थी, उसकी आँखों में उतनी ही लाली आ गई थी। वह सोच रही थी कि उसके मुंह से अनायास ही निकले एक शब्द ने कितनी उथल-पुथल मचा दी है। जिस बात को वह पिछले कई दिन से महसूस कर रही थी वह सत्य बनकर उसके सामने थी। वह समझ नहीं पा रही थी कि यह केवल उम्र की फिसलन है अथवा समय का फ़ैसला। उसे जिन्हा आकर्षित करने लगा था। वह मूंछों वाले अंकल से एक पुरुष की तरह नज़दीक आता जा रहा था। वह सोच रही थी, उसने यह ग़लत तो नहीं कहा है कि वह उसे पसंद करती है। यही तो सच है, जिन्हा उसे अच्छा लगने लगा है। दार्जिलिंग की वादियों में उसका मन चहकने लगा था। उसने कई बार ग़ौर से देखा था अपने उभारों को, तो उसे लगने लगा कि कहीं इस नदी के बहाव का बांध यही तो नहीं है। रात में उसने जब भी ख़ुद को बहते हुए महसूस किया, तो जिन्हा उसे अपने साथ एक बांध की तरह बांधता सा लगा था।

यही स्थिति जिन्हा की भी थी। भले ही वह इस वक़्त हिन्दुस्तान और ब्रितानिया का एक जाना-माना शख़्स होकर राजनीति के बहुत ऊँचे पायदान पर था, किन्तु पिछले दिनों जवानी की दहलीज़ पर खड़ी उस लड़की के साथ प्रकृति के साए में था, जिसने उसे बरसों से आकर्षित किया हुआ था। यहां पर उसे लगता था कि दोनों की उम्र बेमानी है। दोनों के बीच कहीं न कहीं स्त्री और पुरुष का आकर्षण आकार ले रहा है। रुत्ती के चेहरे को अपने अंतस में समेटकर वह भूल जाता था कि यहाँ वह उसके पिता का मेहमान है। उसे बिलकुल भान नहीं रहता था, कि जिस लड़की की तरफ़ उसका आकर्षण पा लेने की हद तक बढ़ता जा रहा है वह उसके पिता का मित्र है। कल शाम को चाँद की एक लकीर के तले उस लड़की के एक शब्द ने उसमें उथल-पुथल मचा दी थी। जब रुत्ती ख़ुद को नहीं संभाल सकी और उसकी बाहों में झूल गई थी तो वह उसे अपने दोस्त की बेटी प्रतीत नहीं हुई थी, बल्कि उसे अपने अधरों की प्यास का मीठा जल महसूस हुई थी। वह उसे पी लेना चाहता था।

सूरज आसमान में आधी दूरी नाप चुका था लेकिन दोनों आज सुबह की सैर पर नहीं गए थे। रोज सुबह ये दोनों पहाड़ी पर कंचनजंगा की दिशा में जाते व दो घंटे बाद लौटकर आते थे। इस तरह दोनों की ख़ामोशी बंगले को खलने लगी थी। भारुल और शम्सु ने दो बार दरवाज़ा खुलने का इंतिज़ार किया था। लेकिन न तो जिन्हा का दरवाज़ा खुला था न ही रुत्ती का। दोपहर के खाने का समय जब नज़दीक आने लगा तो हलदार बिजित ने शम्सु को लंच में मेहमानों की पसंद जानने के लिए भेजा। उसने पहले जिन्हा का दरवाज़ा खटखटाया। जिन्हा तहमत बाँधे हुए दरवाज़ा खोलकर बाहर आया तो शम्सु ने उससे पूछा- "साहब आज खाने में क्या लेंगे"

"रतन बेबी ने क्या बताया है"- जिन्हा ने पूछा

"उनसे अभी नहीं पूछा है, आप बता दीजिए फिर उनसे पूछ लेता हूँ"- शम्सु ने कहा

"आज जो आपकी रतन बेबी कहेंगी हम वही खाएंगे"- जिन्हा ने मुस्कुराते हुए कहा।

"जी अच्छा साहब"- कहकर शम्सु रुत्ती के कमरे की तरफ़ चला गया।

जिन्हा ने अपना सिगार सुलगाया और बरामदे में पड़ी कुर्सी पर बैठकर कश खींचने का मज़ा लेने लगा। सामने फूलों की क्यारी में कुछ तितलियां उड़ती हुई उसे बेहद अच्छी लग रही थीं। उनमें से एक रंगीन तितली पर उसकी निगाहें जाकर जम गईं।

रुत्ती ने आज एक तो नहाने में देर कर दी थी फिर वह देर तक नहाती रही थी। उसे शीतल पानी अपने शरीर पर बेहद सुकुन दे रहा था। वह बस भीगना चाहती थी। अंग-अंग पर पानी की बौछार कर वह शीतल हो रही थी। जब उसका मन भर गया तो वह गीले बदन को दर्पण में निहारने लगी। सामने आदमक़द दर्पण में एक भीगी हुई अप्सरा दिखाई दे रही थी। जिसकी देहयष्टि पर उसे विश्वास नहीं हो रहा था। वह उससे बातें करने लगी। उसने दर्पण में यूं तो अनेक बार ख़ुद को निहारा था। लेकिन आज स्वयं को वह कुछ अधिक ही आकर्षक लग रही थी। अचानक सांझ का वह लकीरनुमा चाँद उसे याद आ गया। फिर दो आँखें दिखाई दीं, जो उसकी देह पर गड़ी हुई थीं। कुछ पल के लिए उसने अपनी आँखें मूंद लीं। उसे लगा कि उसकी भीगी देह पर कुछ सरसराहट सी हो रही है। दो बांहे महसूस हुई उसे समेटे हुए। अपने ही ओठों पर जलते हुए अंगारों की छुअन महसूस हो रही थी कामिनी-मोहिनी उस षोड़षी को। जैसे कोई अपने में समेट कर बहा ले जाना चाहता है उसे। उसने आँखें खोल लीं थीं। इन नितांत निजी पलों में वह अपनी ही भीगी हुई देह को देखकर खो गई थी। 'मूंछों वाला अंकल' एक सशक्त पुरुष के रूप में कसता हुआ सा महसूस हुआ। उसके भीगे बदन ने इस कसाव से बाहर आना ही नहीं चाहा, बल्कि उसका मन हुआ कि वह इस कसावट में एक लता की तरह लिपट जाए किसी अवलम्बन के साथ। और वह बहने लगी थी।

दरवाज़ा बजने की आवाज़ से उसकी तंद्रा टूटी। तब उसने जाना की नहाने के बाद पूरा भीगा बदन लिए वह एक आदमक़द दर्पण के सामने खड़ी अपनी ही प्रतिकृति से बतिया रही है। उसने चौंक कर कहा- "हाँ रुको"

आवाज़ बाहर तक नहीं गई थी। उसने तौलिए से बदन पोंछा। गाउन पहना तब तक एक बार और दरवाज़ा बज गया।

"हाँ, हाँ आ रही हूँ"- कहती हुई वह स्नानागार से कमरे में आई। उसके बाल गीले थे। उनमें से पानी की बूंदें टपक रही थीं। कुछ बूंदें उसके चेहरे पर आकर रुक

गई थीं, जो किसी अल-सुबह पत्तियों पर रुकी शबनम की तरह प्रतीत हो रही थीं। उसने दरवाज़ा खोल दिया। सामने शम्सु खड़ा था।

"सलाम बेबी जी"- उसने अभिवादन किया।

"सलाम"- रुत्ती ने उसके अभिवादन का उत्तर मुस्कुराते हुए दिया।

"बेबी साहब दोपहर के खाने में आज क्या बनाना है"- उसने रुत्ती की पसंद पूछी।

"अंकल से पूछ लो वे क्या पसंद करेंगे"- अंकल का उच्चारण पहली बार उसे अपने आप में ही बेकार सा लगा था।

"उन्होंने आपकी पसंद की डिश बोली हैं"- शम्सु ने कहा

"ठीक है फिश तैयार कर लो चावल पका लेना तथा मैं बैंगन का बंगाली भुर्ता लूंगी। बाकी तुम जो बनाना चाहो बना लेना"- रुत्ती ने एकदम सामान्य लहजे में कहा।

शम्सु वहाँ से चला गया था।

आज बिना कहीं बाहर गए दोनों ने दोपहर का समय निकाल लिया था। खाना बनने में अभी क़रीब चालीस से पैंतालीस मिनट का समय लगना था। रुत्ती तैयार हो गई। उसने आज गोल्डन ब्रिटिश पतलून और ग्रे कलर की बुशर्ट पहनी। अपने बालों को सुखाने के लिए वह बाहर आ गई। दालान में जिन्हा किसी गहरी सोच में डूबा आरामकुर्सी पर बैठा सिगार पी रहा था। रुत्ती ने अपने मार्बल केस से एक सिगरेट निकाली और जिन्हा के पास रखी कुर्सी पर जाकर निःशब्द बैठ गई।

रुत्ती को देखकर जिन्हा चौंका, "अरे बेबी तुम तैयार हो गईं? खाने में क्या लेना है? मैंने शम्सु को तुम्हारे पास भेज दिया था कि आज तुम अपनी पसंद का खाना बताओगी"- सामान्य होते हुए वह बोला।

"हाँ मैंने बता दिया है"- रुत्ती ने सिगरेट का कश खींचा और आदत के मुताबिक उसके छल्ले उड़ाते हुए कहा।

"आज घुड़सवारी पर नहीं चलोगी?"- जिन्हा ने रुत्ती की तरफ़ मुख़ातिब होते हुए कहा।

"बिलकुल चलेंगे, मैं घुड़सवारी के लिए ही तैयार हुई हूँ, क्या आपका मूड नहीं है चलने का"- रुत्ती ने तंज़ भरे लहजे में कहा।

"नहीं... नहीं ...ऐसी बात नहीं है। मुझे लगा तुम्हारा मूड सही नहीं है कुछ, सुबह ब्रेकफास्ट के वक़्त मैंने महसूस किया था"- जिन्हा ने परखने के अंदाज़ में पूछा

रुत्ती ज़ोर से हँस दी।

"मेरा मूड तो बिलकुल ताज़ा-तरीन है, देख ही रहे हो आप, मैं तो यह देख रही थी कि आप ही कुछ अनइज़ी लग रहे थे"- अपनी आँखें जिन्हा के चेहरे पर गड़ाते हुए उसने कहा।

अब जिन्हा के हकलाने की बारी थी।

"नहीं...नहीं...ऐसी बात नहीं है। हम चलेंगे घुड़सवारी पर और आज ज़्यादा दूर तक चलेंगे"- उसने ख़ुद को सम्हालते हुए कहा।

"कब चलोगे? अभी तो आप तहमत बाँधे बैठे हैं"- रुत्ती ज़ोर से हँस दी। वह पिछले पंद्रह-सोलह घंटे से चल रहे अपने अन्तर्द्वन्द्व को पराजित करने का प्रयास कर रही थी।

"चलो ठीक है, मैं तैयार होकर आता हूँ। खाना खाने के बाद हम बैठकर प्लान करेंगे कैसे और किधर चलना है"- कहकर जिन्हा अपने कमरे में चला गया।

सामने फैली हुई फूलों की क्यारियों में केवल खिले हुए फूल और उन पर आती हुई रंगीन तितलीयां ही नहीं थीं, उन क्यारियों में अधखिली कलियां भी थी। उन कलियों पर लगातार भंवरे आकर मंडरा रहे थे। रुत्ती की नज़र एक कली पर गुनगुनाते भंवरे पर अटक गई। वह भंवरा रुत्ती को बेहद आकर्षक लग रहा था।

25

भारुल ने रुत्ती से अनुरोध पूर्वक कहा कि खाना तैयार है। रुत्ती ने पलटकर देखा तो जिन्हा भी अपने कमरे से बाहर आ रहा था। उसने भारुल को खाना लगाने का कहा। दोनों डायनिंग हॉल में पहुंच गए। आज खाना सादा और स्वादिष्ट बना था। बैंगन का बंगाली भुर्ता रुत्ती ने अपनी प्लेट में लेकर चपाती लीं और चावल पर मछली का शोरबा उड़ेल लिया। खाने की टेबल पर आज वह बम्बई की अभिजात रुत्ती के स्थान पर ठेठ बंगाली बाला लग रही थी। चपाती ख़त्म करने के बाद उसे न जाने क्या सूझा कि उसने छुरी-कांटा व चम्मच एक तरफ़ रखकर हाथ से चावल खाना शुरू कर दिया। यह देखकर शम्सु और भारुल को तेज हँसी आ गई। जिन्हा ने भी दो बंगाली शब्द बोल दिए 'भालो आशे' उधर रुत्ती उन्मुक्त भाव से मछली-भात खाती रही। उसके दोनों हाथों में भात चिपक गए थे वह उसे चाट-चाटकर हँसने लगी। सुबह नाश्ते के समय बेहद गम्भीर रुत्ती इस वक़्त उतनी ही चुलबुली लग रही थी। इस चुलबुलेपन में उसका रूप और अधिक निखर गया था।

खाना समाप्त कर दोनों दालान में आकर बैठ गए। बाहर धूप तेज थी। दार्जिलिंग में जून के महीने में दिन भले मैदानों से ठंडे हों लेकिन धूप सहन नहीं होती। सामने कंचनजंगा सदा की तरह सफ़ेद बर्फ़ से ढंकी दिखाई दे रही थी, उससे टकराकर आने वाली शीतल हवा ने जून के तीखेपन को मात दे रखी थी। दोनों दालान में बैठकर घुड़सवारी पर जाने का प्लान करने लगे। तय हुआ कि चार बजे की चाय लेकर वे

अपने जाने-पहचाने काले व सफ़ेद रंग के दोनों ईरानी घोड़े लेकर पहले पहाड़ी की तरफ़ जाएंगे। वहां से चाय के बागानों में होते हुए महानंदा को पार कर साल और देवदार के जंगल में घुड़दौड़ करेंगे, फिर नदी के किनारे-किनारे वापस आएंगे। इस पूरे सफ़र में दो से ढाई घंटे का समय लगने वाला था। दार्जिलिंग में इन दिनों साढ़े छः बजे सूर्यास्त होता है। उसके बाद क़रीब आधा घंटा संध्या का उजाला रहता है। इस तरह घुड़सवारी और मनोरंजन के लिए उनके पास तीन घंटे का पर्याप्त समय था। कुछ हल्का सा नाश्ता और शर्बत तैयार कर साथ ले जाना भी तय हुआ। हसन अली को बुलवाकर अस्तबल से दोनों ईरानी घोड़ों को तैयार करने का बोल वे अपने-अपने कमरे में चले गए। अब तक रुत्ती बिलकुल सामान्य हो चुकी थी।

जिन्हा को याद आया कि क़रीब दस दिन से उसने न तो फ़ातिमा को कोई पत्र लिखा है, न उनसे ट्रंककॉल पर कोई बात की है। सबसे पहले उसने फ़ातिमा से बात करने के लिए बम्बई एक अर्जेंट ट्रंककॉल बुक किया, फिर कुछ और लोगों से ख़त-ओ-किताबत की। क़रीब दो घंटे बाद फोन की घंटी बजी तो ऑपरेटर ने बताया- "आपका बम्बई कॉल मिला है बात कीजिए" जब उसने लाइन मिलाई तो पता चला बम्बई में फ़ातिमा फोन लाइन पर नहीं थी, सेवक ने बताया कि बीबी जी किसी काम से चर्चगेट गई हुई हैं। जिन्हा का यह कॉल व्यर्थ गया। उसने फ़ातिमा को यह जताने के लिए कि वह उससे बात करना चाहता था तथा उसने फोनकॉल भी मिलाया था, मगर बात नहीं हो सकी, एक ख़त फ़ातिमा को भी लिखा। भारुल को चार लिफाफों पर डाक टिकिट लगाकर उसे डाक के डब्बे में डालने के लिए दे दिए।

रुत्ती को हल्की सी झपकी लगी हुई थी, तभी उसे दरवाज़े पर ठक-ठक की धीमी सी आवाज़ सुनाई दी। उसने उठकर दरवाज़ा खोला तो हसन अली सामने था। उसने झुककर सलाम किया और बताया कि चार बजने वाले हैं तथा दोनों घोड़े तैयार हैं। रुत्ती ने अपनी रिस्ट वॉच देखी तो वह भी चार बजने में दस मिनट बाकी रहने की पुष्टि कर रही थी। वह वाशरूम में गई। तैयार हुई व घुड़सवारी की पोशाक में बाहर आई। आज उसने झक सफ़ेद पतलून व शर्ट पहनी थी तथा सफ़ेद टोप लगाया हुआ था। दालान में जिन्हा तैयार होकर उसका इंतिज़ार कर रहा था। उसने स्लेटी कलर का अंग्रेजी टोप लगा रखा था।

रुत्ती को काला घोड़ा शेबुल पसंद था। वह भी रुत्ती को पहचानने लगा था। उसकी आवाज़ सुनकर वह कान खड़े कर लेता था। शेबुल बेहद समझदार घोड़ा था। घुड़सवारी के दौरान उसने कई बार अपनी समझदारी का सबूत दिया था। उधर दूसरा भूरे रंग का ब्रेकेट घोड़ा जिन्हा से दोस्ती कर चुका था। जिन्हा के ब्रेकेट कहते ही वह अपनी गरदन को झटकार कर तैयार हो जाता था।

घुड़सवारी के दौरान रुत्ती का व्यवहार बेहद चुलबुला रहता था। वह शेबुल को ऐसी-ऐसी जगह लेकर चली जाती थी जहां घातक ख़तरा हो सकता था। इस दौरान वह कविताएं गुनगुनाती। उसकी कविताएं रोमांटिक होती थीं और दार्जिलिंग की प्राकृतिक छटा में वे और अधिक ताज़ा प्रतीत होती थीं। वह मैदान में दौड़ रहे शेबुल की पीठ पर बैठे-बैठे ज़मीन तक झुककर करतब करती और खिलखिला कर हँसने लगती थी। जबकी जिन्हा अपनी गम्भीर मुद्रा में ही घुड़सवारी करता। वह ब्रेकेट की गति को हवा बनाना जानता था तथा रुत्ती से ज़्यादा कला बाजियां उसे आती थीं। जिन्हा का बचपन ही घुड़सवारी करते हुए बिगड़े रईस-ज़ादे की तरह बीता था। घुड़सवारी के पूरे आनंद के समय उसके चेहरे की गम्भीरता पर कोई असर नहीं होता था। रुत्ती उसे हँसने के लिए उकसाती लेकिन उसके चेहरे पर केवल मुस्कान भर आती थी। ब्रेकेट जिन्हा के हुनर को जानता था तथा उसकी ऐड़ और लगाम के इशारे पर आँधी हो जाता था। उसे पता था कि उसका सवार कोई अनाड़ी नहीं बल्कि बहुत ही ज़्यादा सिद्ध घुड़सवार है।

उधर रुत्ती भी कोई कम नहीं थी। वह भी होश संभालने की उम्र से घोड़े की काठी पर बैठना सीख गई थी। शेबुल उसका तब का दोस्त था जब से वह पेटिट बंगले में आया था। वह जब भी दार्जिलिंग आती थी तो घुड़सवारी में शेबुल ही उसकी पहली पसंद था। यद्यपि वह ब्रेकेट, ग्लोब, मिशी, ओशन, की सवारी भी करती रहती थी। शेबुल के बाद उसकी पसंद मिशी थी। वह अक्सर अस्तबल में चली जाती और वहां के सभी घोड़ों पर हाथ फेर कर उन्हें दुलार आती थी, ताकि वे सब उसे पहचानते रहें। पेटिट बंगले में घोड़े के अलावा विदेशी नस्ल के कुत्ते भी थे। प्लूटो, गप्पा, टाइगर, चीना, जेम वग़ैरह सभी रुत्ती को पहचानते थे व रुत्ती के आते ही उसके इर्द-गिर्द मंडराने लगते थे। चीना और जेम के पप्स होने पर बंगले में काम करने वालों की अतिरिक्त कमाई का साधन तैयार हो जाता था। कभी-कभार साल में एक-दो पप्स रखकर ये बाकी के पप्स बेच देते थे।

अभी चार बजे थे। दोनों ने अपने-अपने घोड़ों पर बैठ कर ऐड़ लगा दी थी। रेसकोर्स में पहुंचने से पहले दोनों प्रकृति का आनंद लेने के लिए ऊपर की दिशा में चल दिए थे। दोनों के भीतर कल की अभिव्यक्ति को लेकर गहरा मानसिक द्वन्द्व छिड़ा हुआ था। दोनों ही अपने अंतस से बातें कर रहे थे। लेकिन ज़ुबान से ख़ामोश थे। न रुत्ती ने कोई बात की थी न जिन्हा ने। बात भी हुई तो बिलकुल सामान्य, जैसे कल कुछ हुआ ही नहीं। ऊपर से उतर कर दोनों महानंदा के किनारे पर आ गए। आज शेबुल और ब्रेकेट भी सुस्त चाल से उकता से रहे थे। उन्हें महसूस ही नहीं हो रहा था की उनकी पीठ पर घुड़सवारी के खिलाड़ी बैठे हैं। एक घंटा हो गया था दोनों को घोड़ों की पीठ पर बैठकर केवल प्रकृति में टहलते हुए। महानंदा के किनारे-किनारे दोनों चले जा रहे थे। आसमान में सूरज पश्चिम की तरफ़ सरकता ज़ा रहा था। रेसकोर्स अब नज़दीक था। दोनों ने

अपने घोड़े रेसकोर्स की तरफ़ मोड़ दिए। थोड़ी देर घोड़ों के साथ करतब-बाजी की। लेकिन दोनों का ही मन नहीं लगा। दिमाग़ में तूफ़ानी मंथन जो चल रहा था। दोनों के मस्तिष्क में एक-एक तुला झूल रही थी। जिसके पलड़े यह तौल रहे थे कि सही क्या है व ग़लत क्या है। लेकिन तुला समतुल्य हो ही नहीं रही थी। कभी पूरी तरह सही की तरफ़ झुककर इशारा कर देती कि अगर चाहत है तो फिर कोई भी पहाड़ उसके बीच नहीं आ सकता। उम्र, मजहब, विचार, स्टेटस, प्रसिद्धि सब से ऊपर चाहत है। लेकिन फिर तुला पूरी झुककर अपने तर्क के साथ इसे ग़लत ठहरा देती थी। दोनों के बीच बहुत सी ऐसी बातें हैं जो दोनों के लिए अनुचित हैं। उम्र और मजहब तो दोनों के बीच किसी एवरेस्ट से कम नहीं थे। कुछ क्षण के लिए तुला समतौल होती तो ऐसा लगता कि सही ग़लत की परिभाषा से बाहर यह केवल आकर्षण मात्र है। उम्र और भावनाओं की आवश्यकता है यह नज़दीकी। लेकिन ऐसी आवश्यकता जिसे पूरा करना चटक जाना होगा। इसका कोई भी जवाब नहीं होगा दोनों के पास। इन्हीं कुछ विचारों के साथ दोनों की मानसिक तुलाएं तेज आँधी के थपेड़ों में झूल रही थीं। उनका मन रेसकोर्स में नहीं लगा तो दोनों ने घोड़ों को बाहर निकाला और फिर महानंदा के किनारे पर आ गए। दोनों ख़ामोश थे। कभी-कभार हल्की-फुल्की बात होती जो महज़ मुस्कान में ही सिमट कर रह जा रही थी।

आसमान में आज चाँद कुछ पूर्व की तरफ़ सरका हुआ था, तथा धागे की लकीर की बजाए खरबूजे की फाँक की तरह दिखाई दे रहा था। अभी सूरज की तेज किरणों नें उसकी रोशनी को बंधक बनाया हुआ था। सूरज जैसे-जैसे पश्चिम की तरफ़ जा रहा था चाँद चमकीला होता जा रहा था। । कलकल करती महानंदा के किनारे-किनारे चलते दोनों के घोड़े उसी जगह पर पहुंच गए जहां धागे जैसे चाँद ने उथल-पुथल मचा दी थी। जिन्हा ने रुत्ती की तरफ़ देखा, रुत्ती जिन्हा की तरफ़ ही देख रही थी। घोड़े ठहर गए थे। किंतु दो दिलों की धड़कनें तेज आवाज़ के साथ दौड़ने लगीं थीं। चाँद ने अपना दायरा बढ़ा लिया था सूरज भी पश्चिम के आकाश में जाते हुए अलविदा कह रहा था। रुत्ती की आँखों में आमंत्रण था तथा चेहरे पर लालिमा उतर आई थी। इस तरह देखते हुए उसके तन में कुछ झुरझुरी सी हुई थी। जिन्हा ने देखा तो वह धीरे से एक शरारती मुस्कान बिखेर कर रुत्ती के चेहरे पर ठहर गया था। रुत्ती जब तक कुछ भाव प्रकट करती तभी अचानक जिन्हा ने अपना घोड़ा आगे बढ़ा लिया। वह राजनीति का माहिर खिलाड़ी था। यहां सोलह बरस की एक कच्ची कली के साथ वह राजनीति का खेल खेल गया था। रुत्ती पर धाक ज़माने के लिए वह उसे यह अहसास कराना चाहता था कि शायद उसे रुत्ती की अदा में कोई ख़ास दिलचस्पी नहीं है। जिन्हा को आगे बढ़ते देख रुत्ती ने भी अपने शेबुल को ऐड़ लगा दी और वह भी उसके पीछे-पीछे चल दी। धीरे-धीरे घोड़ों ने बंगले तक की दूरी तय की। अभी छः बजने वाले थे। सूरज का प्रवास

भी पूरा हो चुका था। हसन अली ने दोनों घोड़ों को सम्भाला और अस्तबल में ले गया। जिन्हा व रुत्ती बाहर लॉन की आराम कुर्सियों पर पसर गए थे। कल उठा हुआ तूफ़ान दोनों को ही भीतर-भीतर झकझोर रहा था, लेकिन वे उसे अंदर ही दबाकर रखने का प्रयास कर रहे थे।

26

बिंदास दिन जब गम्भीर होकर सरकने लगें तो वह असामान्य महसूस होने लगते हैं। पेटिट बंगले ने रुत्ती के रहते, दिनों को इतना गम्भीर कभी नहीं देखा था। वह आती और जब तक चली नहीं जाती उसके ठहाके, शरारतें, अदाएं और चुहलबाजियां बंगले में यत्र-तत्र बिखरे रहते थे। किचिन हो या डाइनिंग हॉल, बाग़ीचा हो या दालान, उसका बिंदासपन सब जगह छाया रहता था। लेकिन एक सप्ताह होने आया उसकी सारी अठखेलियां कहीं चली गईं थीं, उसके सारे रंग अब केवल जिन्हा के ही आस-पास निखर और बिखर रहे थे। बंगले के सभी कर्मचारी इसे महसूस कर रहे थे। वे यह स्पष्ट समझ रहे थे कि 'मूंछों वाले अंकल' और 'स्वीट सिक्सटीन' के बीच कुछ चल रहा है, जिसका प्रभाव पूरे पेटिट बंगले पर ही नहीं बल्कि इनके परिवार पर भी पड़ने वाला है। लालीगुरन और माइकलिया के फूलों की तरह खिली हुई रुत्ती की महक तो बरकरार है, लेकिन वह अपनी पांखुरियां समेटकर गुपचुप सी सिमट गई है, उन सिमटी पंखुरियों पर कोई भंवरा उड़ता हुआ परागकण उठाकर ले जाने के लिए गुनगुना रहा है। गुल अहमद, शेर सिंह, हलदार बिजित, हसन अली, सोमित सरकार, थॉमस तिरोती, शम्सु, और भारुल सभी का अपना-अपना अंदाज़ था लेकिन ज़ुबान पर कोई भी कोई शब्द नहीं लाना चाहता था। एक तो मर्यादा, फिर पता नहीं वे जो सोच रहे हैं अगर ग़लत हुआ तो उनकी नौकरी भी जा सकती है। सभी को तूफ़ान से पहले की खदबदाहट का अहसास ज़रूर था। शांता भी यह सब ख़ामोशी से देख रही थी। उसकी आँखें अनुभवी थीं।

जून का पहला सप्ताह समाप्त हो गया। दूसरे सप्ताह की प्रथम शाम थी। आसमान में चाँद भी लकीर से बढ़ता हुआ आधा हो चुका था। विगत दिनों से चाँदनी ज़्यादा आकर्षक हो रही थी। दिनों-दिन उसकी आभा बढ़ती जा रही थी। इन दिनों आड़ू के फूल कुछ ज़्यादा चमकदार हो जाते हैं। सामने कंचनजंगा की चोटी चाँद की संगत पाकर और अधिक धवल हो गई थी। महानंदा का जल अपने आग़ोश में चाँद को उतारकर हिंडोले में बैठा उसे आहिस्ता-आहिस्ता झुलाता सा प्रतीत हो रहा था। राजपूताना में अपनी तपन से धरती को जला देने वाला सूरज दार्जिलिंग में सौम्य और शीतल होकर, व्यवहार में प्यार बरसाता, अपना पथ पूरा कर रहा था। सफ़ेद उड़ते बादल, चाहे वे सूरज के साथ

खेल रहे हों, या चन्दा के साथ झूम रहे हों, बल खाते हुए गुनगुनाते से आना-जाना कर रहे थे। कभी वे झक्क सफ़ेद दिखते तो कभी कुछ सांवले होकर गड़गड़ करते बतियाने लगते, कभी अपनी बूंदों से धरती को महका देते।

सन् उन्नीस सौ सोलह के आठ जून की शाम को सूरज ढल चुका था। वातावरण में नमी थी। हवा के झोंके कभी तेज हो रहे थे, कभी ठहर कर विश्राम करने लगते थे। सूरज के जाने के बाद की लालिमा पश्चिम दिशा में रूपहले पर्दे की तरह दिखाई दे रही थी। उस तरफ़ के बादल यूं लग रहे थे जैसे कोई चित्रकार बैठ कर पेंटिंग कर अपने फ्रेम बेतरतीब से रख रहा हो। बाकी के बादल पूरे आसमान में सभ्य और बहुत ही विरल होकर घूम रहे थे। चाँद आधा होकर भी आकर्षक था। सूरज के ढलने के बाद उसकी आभा सजीव होने लगी थी। आज का चाँद किसी की प्रेम कहानी के आधे मार्ग का साक्षी होते-होते आधा हो चुका था तथा अब उसका आकार पूर्णता की तरफ़ बढ़ रहा था। कभी-कभार कोई छोटा सा बादल का टुकड़ा उसको पर्दानशीं कर निकल जाता था। लगता था वह बादल कह गया हो आज दार्जिलिंग में महानंदा के किनारे जो घटने वाला है वह कई युगों तक इसी चंद्रमा की किरणों का दस्तावेज होगा।

जिन्हा और रुत्ती पैदल-पैदल सैर पर निकले थे। पिछले एक सप्ताह से उनकी आँखें एक-दूसरे की आँखों में झाकने की अभ्यस्त हो गई थीं। इन अंखिओं की शरारतें भी दोनों छोर पर बुलबुले बनाकर पलकों के नीचे फैली झील में मिल जातीं थीं। रुत्ती का चुलबुलापन कुछ अधिक मुखर होने लगा था, तो वहीं जिन्हा की गम्भीरता में कुछ चंचलता झलकने लगी थी। यद्यपि पेटिट बंगले में दोनों इस बात का पूरा ख़्याल रख रहे थे कि वहां काम करने वालों को होने वाले परिवर्तन समझ न आएं। लेकिन ये परिवर्तन न तो कभी छिपे हैं, न यहां छिप पा रहे थे। कर्मचारियों की आँखें व अधर बिना कहे बिना देखे एक दूसरे को सब बयानी कर रहे थे।

बंगले से निचले हिस्से में काफ़ी घने-घने झुरमुट थे। इन झुरमुटों में बैठना हमेशा से मन को सुकून देने वाला रहा है। आड़ू और नाशपाती के साथ कुछ आम, अमरूद तो थे ही देवदार एवं साल के वृक्षों के साथ दूर तक पुष्प और पल्लव इन झुरमुटों को रंगीन भी कर देते थे। इनमें बैठकर आराम से प्रणय संगम को साकार किया जा सकता था। मेहमान के रूप में आने वाले कई युवा जोड़ों ने इन झुरमुटों में अपने प्यार के निशन अंकित किए हुए थे। इनकी चट्टानों और पेड़ों ने अनेक बार शर्माकर प्रणय दृश्य देखे थे। इन्हीं झुरमुटों में एक स्थान पर महानंदा के पानी को चूमती हुई एक चट्टान बाहर निकली थी। यह लगभग बीस मीटर तक धरती पर चली गई थी। इसका पानी वाला सिरा एकदम नुकीला था और दूसरा सिरा काफ़ी चौड़ा होकर धरती पर घेरा बनाता था। इस भूरे रंग की चट्टान में सफ़ेद चकमक के पत्थर प्राकृतिक रूप से कुछ ऐसे जड़े

थे जैसे बड़े-बड़े हीरे टांक दिए गए हों। इनकी चमक दूधिया चाँदनी में और बढ़ जाती थी। इस चट्टान को आड़ू के पेड़ों और लालीगुरन ने खिलकर और भी मोहक बना रखा था। सूरज ढलने के समय से ही रुत्ती इस चट्टान पर बैठी अपने पाँव महानंदा के पानी में भिगोती कुछ रोमांटिक कविताएं गुनगुना रही थी। कुछ रंगीन मछलियां धारा के ऊपर की तरफ़ जा रही थीं, वे कहां तक जा पाती थीं यह देखने के लिए रुत्ती की आँखें उनका पीछा करतीं, जब वे मछलियां ओझल हो जातीं तो वह फिर दूसरे झुंड पर अपनी नज़र जमा देती। इस प्रकार वह कई मछलियों को अपनी आँखों से ऊपर की तरफ़ छोड़ चुकी थी।

चट्टान के दूसरी तरफ़ जिन्हा बैठा सिगार पी रहा था। उसकी नज़र कभी आड़ू के फूलों पर कभी लालीगुरन पर तो कभी पानी में पैर पसारे रुत्ती पर जाकर टिक जाती थी। आज संयोग ही था कि रुत्ती घुटनों तक की सफ़ेद फ्रॉक पहने थी। उस फ्रॉक का निचला घेर बहुत फैला था व नाभी के नीचे से वह बेहद कसा हुआ था। उसके सुडौल वक्ष उस फ्रॉक में सिमटे हुए बाहर साँसों की आवाजाही की गति को स्पष्ट कर रहे थे। वहीं पानी में भीगते हुए निचला घेर घुटनों के ऊपर तक मुड़ गया था। उसका रंग और रूप दोनों निखार पर थे। बड़ी-बड़ी आँखें तथा कमनीय चेहरा आधे चन्द्रमा की धीरे-धीरे धवल होती किरणों के परावर्तन से उसे साक्षात रति बना रहा था। रतनबाई पानी के किनारे पर बैठी हुई मेनका, रम्भा, उर्वशी, तिलोत्तमा एवं वर्चा सहित ग्यारह अप्सराओं के संयुक्त सौंदर्य का एक रूप लग रही थी। उसकी देहयष्टि और देहभाषा दोनों हीं अलौकिक प्रतीत हो रहीं थी। कंधे तक झूलते केश और कानों के कुंडल उसे और अधिक कमसिन बना रहे थे। उसकी यह स्थिति काम-निमंत्रण का प्राकृतिक पत्र प्रतीत हो रहा था। सोलह साल की मासूम सी पारसी लावण्यमयी रुत्ती पर देश की मुस्लिम सियासत के सिरमौर बनने की तरफ़ बढ़ रहे इकतालीस वर्षीय मोहम्मद अली जिन्हा की एकटक दृष्टि थी। रुत्ती इस सबसे बे-ख़बर धारा में चढ़ती हुई मछलियों में मगन थी। उसे स्वयं यह भान नहीं था कि वह बे-ख़बर है अथवा जानते हुए भी बस बे-ख़बर बनी रहना चाहती है। प्रणय की हूक उतनी ही अधिक घनीभूत होती है, जिसमें ख़बर होते हुए भी बे-ख़बर बने रहने का स्वांग हो। अपनी देह में होने वाले परिवर्तनों ने रुत्ती को शायद यह सब स्वत: ही सिखा दिया था। उसका बांया भाग जिन्हा की आँखों के सामने था। भीगे हुए घुटने और उठता गिरता वक्ष, दमकता हुआ चंद्रमुख, घुटनों से पैरों तक के कोमल और कमनीय दृश्यमान मांसल सुडौल पैर। तथा फ्रॉक की कसावट में उत्तेजित करता कटि प्रदेश। उसका यह सौन्दर्य रूप जिन्हा के भीतर बेचैनी भर रहा था। विगत सप्ताह में हुआ घटनाक्रम और सांकेतिक चर्चाओं ने उसका हौसला बढ़ा दिया था। वह रुत्ती की देह के भीतर तक धंसा जा रहा था। उसके मन में तूफ़ान हिलौरे

लेने लगा था। विगत आठ दिन ऊहा-पोह में बीते थे। वह बरसों से रुत्ती पर आसक्त था, लेकिन यह उसे स्वयं पता नहीं था कि रुत्ती और उसके बीच ऐसा क्या है जो उसे एक परिपक्व राजनेता, दक्ष बैरिस्टर और ज़िम्मेदार दोस्त के वृत को भेद सिर्फ़ पुरुष जिन्हा के रूप में झकझोर देता है। उसकी नसें फूलने लगीं थी, धड़कनों पर से अपना नियंत्रण समाप्त होता सा लगा उसे। वह रुत्ती को अक्सर बेबी कहता था। जब वह अपने को ज़्यादा रोमांटिक पाता तो उसे स्वीट सिक्सटीन कहकर पुकारता था। लेकिन आज उसकी ज़ुबान रुक सी गई थी। वह रुत्ती पर अपना सबकुछ वार देना चाहता था। वह उसकी धरती पर अपना आकाश बिछा देने को आतुर होने लगा था। उस चट्टान पर वह एक पुरुष था जिसका अस्तित्व सिर्फ़ मोहम्मद अली जिन्हा था एवं उसके सामने जलक्रीड़ा में मग्न एक नव-यौवना अपने सम्पूर्ण रूप को बिखेरे हुए बैठी प्रणयधारा मात्र थी। जिसकी देह की एक-एक हलचल उसे पागल बना रही थी।

रुत्ती, जो जिन्हा में अब केवल 'मूंछों वाले अंकल' के अलावा भी कुछ और महसूस करने लगी थी। बीता एक सप्ताह चाँद की कला के बढ़ने के साथ उसके मन-सागर में उथल-पुथल मचाकर ज्वार-भाटे सा गुज़रा था। उसकी कल्पनाओं में पुरुष की पुष्ट बाजुओं का कसाव और बहाव करवटें ले रहा था। इन कल्पनाओं में उसे जिन्हा अपने सबसे नज़दीक आकर सटा हुआ सा महसूस होने लगा था। उसकी मासूम अठखेलियां अब स्त्रियोचित्त क्रीड़ा की डगर पर चलने लगी थीं। उसे लगने लगा था कि उम्र, धर्म, रिश्ते, सम्बोधन सब व्यर्थ हैं। सच केवल यही है कि वह अब एक यौवना है और जिस पुरुष को वह अपने लिए चुनना चाहती है, वह केवल एक पुरुष है। समाज, नियम, उम्र, बंधन सारी बातें बेमानी हैं इन दोनों के बीच। नर-नारी का आदिम अर्थ तो केवल यही है, और हर युग में बाहरी आवरण के भीतर यही रहेगा। वह स्वयं को जिन्हा की तरफ़ बढ़ता हुआ अनुभव करने लगी थी। उसका एकांत उसे जिन्हा के आग़ोश में सिमटता सा महसूस होने लगा था।

एक दीवार बाकी थी तो वह केवल स्पष्ट स्वीरोक्ति की थी। यद्यपि भाव और भाषा दोनों से ही सांकेतिक रूप से सप्ताह भर पहले ही दोनों के बीच आदान-प्रदान हो चुका था। किंतु वह कठिन स्वीकारोक्ति, मानसिक द्वन्द्व में फँसी हुई थी। क्या कहूं? कैसे कहूं? एक भंवर में कुछ शब्द घूमते से लग रहे थे दोनों तरफ़। चाँद के धागे जैसा दिखने से उसके आधा होने तक के इन आठ दिनों ने मथकर रख दिया था दोनों को। साथ-साथ आते-जाते, कभी जिन्हा की ज़ुबान पर आते हुए, कुछ ठहर गया था, तो कभी रुत्ती के ओंठ बुदबुदा कर ख़ामोश हो गए थे।

रुत्ती पानी में पैर डाले उसकी परत पर जिन्हा के टेढ़े-मेढ़े होते चेहरे की कल्पना में खोई हुई थी। उस परत पर उसे जिन्हा 'मूंछों वाले अंकल' की जगह क्लीन-शेव सपाट चेहरे वाले मनमोहक मर्द की तरह झिलमिलाता सा लग रहा था। उसे अहसास

हो रहा था कि पानी में गडमड होता यह चेहरा कहीं बहुत नज़दीक आकर उसे लगातार देख रहा है। उसकी सांसें कुछ ज़्यादा ही तेजी से चल रही थीं।

स्त्री और पुरुष के नज़दीक होने का अर्थ ही उनका संयुक्त होना है। यह सिर्फ़ किताबी बातें हो सकती हैं कि प्रेम पवित्र होता है और उसमें वासना का कोई स्थान नहीं होता, जबकि सत्य तो यही है कि प्रेम का आधार ही आकर्षण है। यह आकर्षण वह चुम्बक है जिसके विपरीत ध्रुवों का साथ होना सैद्धांतिक रूप से एक-दूसरे में सिमट जाना है। इसी तरह देह भी तो चुम्बक है। उसके विपरीत होने पर यही आकर्षण तो होता है दोनों के बीच। यदि उनके बीच की दूरी के संकोच को समाप्त कर दिया जाए तो फिर दोनों का धर्म ही वासना है। स्त्री और पुरुष के प्रेम की पूर्णता दोनों देहों का आदान-प्रदान है। उसमें मानव समाज द्वारा स्थापित किसी तरह की मर्यादा का अक्षय होना सम्भव नहीं है। इस तरह की विपरीत देह को एकांत मिलते ही उनकी दग्धता चरम पर होती है तथा वे किसी भी हालत में पिघलकर बरस जाना चाहते हैं। फिर वे कितने ही चेतनावान हों, उनकी चेतना शून्य हो जाती है। महानंदा के तट की चट्टान पर आज एक अक्षत यौवना और यौवन का रसास्वादन किए हुए एक सिद्ध खिलाड़ी का एकांत भट्टी की तरह तप रहा था।

"रतन"- एक धड़कती सी आवाज़ रुत्ती के कानों में पड़ी। यह आवाज़ उसके बाईं तरफ़ से आई थी।

आवाज़ सुनकर उसकी तंद्रा टूटी।

उसने चेहरे का रुख़ उस आवाज़ की तरफ़ किया।

जिन्हा ने आज न तो 'बेबी' कहा था न 'स्वीट सिक्सटीन'

जिन्हा के मुंह से उसने पहली बार 'रतन' सुना था।

उसे शायद इंतिज़ार था कि यह चेहरा उसे आवाज़ दे, इस आवाज़ पर वह थिरक उठे और फिर उसका सारा अस्तित्व उसी आवाज़ में घुलकर तरल हो जाए।

"क्या कहा आपने?"- रुत्ती नें अपनी नज़रों को एक अदा के साथ तिरछा कर हल्की सी गर्दन जिन्हा की तरफ़ मोड़ दी।

"रतन"

कहते हुए जिन्हा के पूरे बदन पर आसमान की सारी बिजलियां सी गिर गईं थीं। वह काँपने लगा था और उसके दाँत किटकिटाने लगे थे।

"सच में"- रुत्ती जिन्हा की थरथराहट और उसके आशय को समझकर बोली

"यस"- जिन्हा बोला।

"आय एम नो बेबी?"- रुत्ती ने निचले ओंठ को दांतों से दबातें हुए कहा

"नो, रतन"- जिन्हा ने अपनी आँखें मूंदे हुए कहा

रुत्ती में एक कंपन हुआ

"आय एम स्वीट सिक्सटीन?"- फिर हुमसते हुए रुत्ती ने कहा

"यस, बट नाउ यू आर रतन"- शब्दों को निगलते हुए जिन्हा का गला भरभराने लगा

"लवली... गर्ल... रतन"

इस शब्द को बोलते ही तीव्र भूकम्प सा महसूस किया जिन्हा ने अपने भीतर। उसे दसों दिशाएं हिलती सी लगीं। आज वह सचेत था और अपने अवचेतन के ज्वालामुखी को निकाल बाहर करना चाहता था। उसकी ज़ुबान से असामान्य रूप से "रतन" का शब्दनाद रुत्ती को उठा कर ब्रह्मांड के सबसे ऊपरी अदृश्य सिरे तक ले गया, जहां वह सूर्य के ताप से झुलसकर बीच में गिरी व आधा चाँद ओढ़कर बादलों में दौड़ने लगी। उसे लगा कि वह उसी चाँद को ओढ़े हुए सागर की गहराइयों में डूबती चली जा रही है और उसे 'रतन' की आवाज़ देता जिन्हा गोद में उठाकर किनारे की सिक्त रेत पर ले आया है।

"रियली"- रुत्ती रोमांचित होते हुए बोली।

"यस, मा... य...र...त...न"- जिन्हा ने समुद्र के किनारे पर बिछी रुत्ती पर टकराती हुई लहरों की तरह कहा।

यह शब्द रुत्ती के रंग-रूप पर किसी स्निग्ध लेप सा महसूस हुआ। वह थरथराती सी जिन्हा को देखती रही। फिर उसने अपनी अंजुलि में महानंदा का कंचन जल लेकर जिन्हा की तरफ़ उछाल दिया। जिन्हा तक वह छींटे रुत्ती की मादक गंध लिए यात्रा कर गए।

जिन्हा ने यंत्रवत अपनी दोनों बाहें रुत्ती की तरफ़ खोल दीं

"रतन"- बस इतना ही शब्द फिर फूटा जिन्हा की ज़ुबान से

रुत्ती जड़वत देख रही थी जिन्हा को

"आओ रतन"-जिन्हा का स्वर कांपा

"नहीं"- रुत्ती ने कांपते हुए कहा। उसका 'नहीं' लज्जा की लक्ष्मण रेखा सा था।

"आओ रतन"- एक बार फिर जिन्हा का थरथराता शब्द आया।

"नहीं मुझे डर लग रहा है"- रुत्ती ने अपनी धड़कनों के नाद में डूबते हुए कहा, उसकी देह निष्प्राण सी होती हुई लगी उसे।

"इस डर को दूर करो रतन, आओ हम एक वादा करें"- जिन्हा बुदबुदाया।

रुत्ती न बोली न डोली, वह जिन्हा को एकटक देखती रही। जिन्हा की बाहें उसे आमंत्रित कर रहीं थीं। उसका यौवन सजल होने लगा था। स्वर अवरुद्ध हो गए थे।

"हाँ रतन, हम बहुत समय से यही चाहते हैं। मैं भी, और तुम भी। शायद आज वो वक़्त आ गया है"- जिन्हा ने आत्मविश्वास को वापस लाते हुए कहा और उठकर रुत्ती की नर्म हथेलियों को थाम लिया।

जिन्हा के हाथ का स्पर्श पाते ही एक विस्फोट हुआ उसके भीतर। उसने अपना चेहरा रख दिया उन हाथों की तह पर।

कुछ ही पल बाद...

हवा का एक मंद झोंका महानंदा नदी के पानी से उठा और चट्टान में समा गया।

आड़ू के सफ़ेद फूल कुछ गुनगुनाए।

लालीगुरन कुछ और लाल हो गई।

मैगनोलिया और माइकलिया की शाखाओं की आपस में कुछ बात हुई।

कंचनजंगा की चोटी की बर्फ़ मुस्कुराती सी प्रतीत हुई।

आसमान में आधा चंद्रमा एक धागा और बढ़कर कुछ ज़्यादा चमकीला हो गया।

हवा के उस झोंके से चट्टान तर हो गई।

उम्र की सीमा, धर्म की दीवार, सम्बोधनों के अर्थ, भविष्य के भय सभी भरभरा कर गिर गए।

एक झरना फूटा और एक नदी की धारा में बहता चला गया।

एक नदी ने उस फूटते झरने के ताप को अपनी दग्धता में घोलकर शांत कर दिया।

झुरमुट ने शर्माते हुए एक और दृश्य देखा, जो अब तक के किसी भी दृश्य से अलग और मादक था।

भारत की मुस्लिम राजनीति का शिखर और हिन्दुस्तानी उद्योग जगत का आधार एक सपाट समतल और सिक्त धरातल हो गए।

जिन्हा और रुत्ती एक-दूसरे में गोते लगाते हुए भीग चुके थे। तन से भी मन से भी। इस बात के गवाह धरती, आसमान, आड़ू, देवदार, लालीगुरन, महानंदा, कंचनजंगा, आधा चाँद, टहलती हुई बदलियां और एक चट्टान के साथ वो मछलियां थीं, जो उछल-उछलकर दोनों को एक होते देख चुहलबाजी करती महानंदा की धारा में चढ़-उतर रहीं थी। लेकिन चट्टान और हवा का नर्म झोंका यह तय नहीं कर पा रहे थे कि झोंके ने चट्टान को तोड़ दिया है अथवा चट्टान ने झोंके को बिखेर दिया है।

जिन्हा हाँफ रहा था, रुत्ती सिसक रही थी।

बाकी सब यथावत् गतिमान था।

प्रकृति का सत्य यही है।

स्त्री और पुरुष का यथार्थ यही है।

यही प्रेम है, यही आकर्षण है, यही प्रारम्भ और अंत है।

यही दैहिक चुम्बक के ध्रुवों का 'एन' और 'एस' है।

जो घटित हुआ वह घटना मात्र नहीं थी, सृजन और विध्वंस के पृष्ठ पर समय के लेख का पहला अक्षर था।

27

आधा चाँद पश्चिम की तरफ़ झुक गया था। उसकी किरणें अब एक देवदार के वृक्ष से छनकर उस चट्टान पर पड़ रही थीं। रुत्ती अब तक सिसक रही थी। आज वह किसी पहाड़ की तरह भरभराकर ढह गई थी। उसे लगा जैसे उसके भीतर एक बंधी हुई नदी अपने आवेग से सब कुछ तोड़कर बह गई है। अब इस नदी का वापस अपने दायरे में आना कभी सम्भव नहीं होगा। पारसी मंदिर के उत्सवों व बम्बई की रंगीन शामों में उसने अपने हमउम्र लड़कों को अपनी तरफ़ आकृष्ट होते महसूस किया था। अभिजात वर्ग की इस कली पर बहुत से कुलीन भंवरे डोलते रहे थे। लेकिन रुत्ती सबसे अनभिज्ञ अपनी बिंदास अदाओं में ही खोई रही थी। उसे पुरुष और स्त्री के बीच प्रणय एवं सम्मोहन का भान होना अभी प्रारम्भ ही हुआ था। अपने भीतर हो रहे परिवर्तन उसकी उत्सुकता का विषय ही बन रहे थे अभी। पिछले दिनों जिन्हा के साथ पेटिट बंगले में रहते हुए उसे अपनी ताल पर पुरुष की संगत का संगीत महसूस हुआ था। लेकिन वह इतना जानती थी कि एक काँच की दीवार है, जिसे चटकने में देर नहीं लगती। यह चटकती तो धीरे से है लेकिन इसकी आवाज़ बहुत ज़ोर की होती है। यह आवाज़ किसी लड़की के लिए जीवनभर कानों में शोर मचाती है। आज बेहद आसानी से उसकी यह दीवार चटक गई थी। अब इसका परिणाम क्या होगा वह स्वयं नहीं जानती थी। इस दीवार के चटकने के बाद उसकी किरांचे उसके मन और मस्तिष्क में धंसी हुई थीं। उसके भीतर की नदी लगातार रिस रही थी और उस रिसन पर एक पहाड़ बार-बार टूटकर गिर रहा था। उसकी नाभी के नीचे एक दर्द की लहर उठ रही थी। वह दर्द कुछ अजीब सा लग रहा था उसे। जो दर्द होकर भी उसे पूर्ण कर रहा था। वह महानंदा के जल में पैर भिगोते-भिगोते एक लड़की से स्त्री बन गई थी। उसे अभी लड़की ही रहना चाहिए था। वह नहीं समझ पा रही थी कि उसे स्त्री बनाने का अधिकार किसका था। जिन्हा ने उस अधिकार का अतिक्रमण किया है अथवा आने वाले समय में यह अधिकार वह सदा के लिए अपने पास सहेज कर रखेगा। यदि यह अधिकार रुत्ती उम्र भर के लिए जिन्हा को दे भी देती तो कम-से-कम अभी इस दीवार को नहीं चटकना चाहिए था। लेकिन नदी बह गई थी, दीवार चटक गई थी, पहाड़ भरभरा चुका था। रुत्ती की सिसकन और

उसके कारण बहते आँसू अब उसे बिंदास रुत्ती नहीं बना सकते थे। वह हवा के एक झोंके की तरह उड़कर जिन्हा के वक्ष में समा चुकी थी, अब वह 'स्वीट सिक्सटीन' जिन्हा की जुबानी 'माय रतन' हो गई थी।

जिन्हा ख़ामोश था। वह पुरुष था। उसे पुरुष बने बरसों बीत चुके थे। ईमीबाई के साथ उसने अपनी प्रणय बेला बिताई थी। उसके साथ निकाह किया था। वे दंपति थे। भले ही वह दाम्पत्य बहुत छोटा रहा हो। स्टेला की गंध उसके नथूनों में अब तक थी। उसने अपना आवेग स्टेला के आग़ोश में भरकर अनेक बार उतारा था। भले ही क्रिसमस के दिन मिसलटो के नीचे स्टेला द्वारा उसे चूमने के अनुरोध को स्वीकार न किया हो, किंतु अपने एकांत में स्टेला की देह पर अपने अधरों को रखा था।

लेकिन रुत्ती! रुत्ती न तो ईमीबाई थी और न ही स्टेला। रुत्ती भारत के अभिजात वर्ग की राजकुमारी थी। जिन्हा के मित्र की बेटी। वह बेटी जिसे पिंक फ्रॉक में उसने दो दांत निकलने की उम्र में देखा था। अगर ईमीबाई के साथ उसका दाम्पत्य जीवित होता तो निश्चित रूप से ईमीबाई की कोख से जन्मी उसकी बेटी रुत्ती की उम्र से लगभग एक दशक ज़्यादा बड़ी ही होती। लेकिन यह तूफ़ान जो पिछले कई सालों से जिन्हा को मथ रहा था, आज बरस गया। रुत्ती का आकर्षण अब उसके अस्तित्व में समा गया था। भविष्य में वह रुत्ती को क्या कहेगा? उसे कैसे स्वीकार करेगा? उसका सामना कैसे करेगा? यह सब इतनी जल्दी समझना मुश्किल था। लेकिन वह जानता था कि एक कच्ची उम्र की लड़की का स्त्री बनना, वह भी अधिकार विहीन पुरुष के माध्यम से, अवसाद, क्लेश तथा विचलन का कारण होता है। रुत्ती की सोच इस घटना के बाद क्या होगी अभी इसका अंदाज़ भी वह नहीं लगा पा रहा था।

"रतन"- उसने सिसकती हुई रुत्ती के कंधे पर हाथ रखकर धीरे से कहा।

"हूँ"- रुत्ती ने नज़रें नीचे गड़ाए हुए कहा।

"इधर देखो, मेरी तरफ़"- जिन्हा फुसफुसाया

"नहीं"- रुत्ती ने वैसे ही सिसकते हुए कहा

"देखो रतन, मेरी तरफ़ देखो स्वीट रतन"- जिन्हा ने थोड़ा सम्भलते हुए कहा

"नहीं, मैं नहीं मिला सकूंगी अपनी नज़रें आपसे। यह नहीं होना था। दिस इज़ वन बिग मिस्ट्रेक ऑफ माय लाइफ"- रुत्ती की सिसकी और बढ़ गई।

"हो सकता है यह हमारी ग़लती हो, लेकिन इसे रोकना न तुम चाहती थीं न मैं, एम आई राइट?"- जिन्हा ने अपनी परिपक्वता को रुत्ती के कच्चेपन पर लपेटते हुए इस घटना में उसे बराबर का हिस्सेदार सिद्ध करते हुए कहा।

रुत्ती ख़ामोश थी। उसकी सिसकिया उसके वक्ष की गति से स्पष्ट हो रही थीं।

"आओ रुत्ती मेरे पास आओ"- जिन्हा ने अपनी बाहें फिर रुत्ती की तरफ़ बढ़ा दीं

रुत्ती लहराकर उन बाहों में सिमट जिन्हा के सीने से लग गई। उसकी सिसकी अब हिचकियों भरी रुलाई में बदल गई। जिन्हा ने उसे भींच लिया था। उसके वक्ष जिन्हा के सीने में धंस गए थे। कुछ समय तक दोनों इसी अवस्था में चट्टान पर बैठे रहे। चाँद के पास कुछ सितारे अधिक चमक रहे थे। चाँद कुछ और पश्चिम में ढलक गया था। एक साल वृक्ष के पीछे से वह इस बेमेल प्रणय को देखकर शायद खिन्न हो गया था। कंचनजंगा की चोटी से उसकी किरणें अभी भी बर्फ़ की धवलता बढ़ा रही थीं। महानंदा का पानी उस चट्टान के नुकीलेपन से कटकर आगे बढ़ रहा था। रुत्ती की सिसकियां रुकने का नाम नहीं ले रहीं थी। भारतीय राजनीति का धुरंधर खिलाड़ी जिन्हा, उसे अपने में समेटे भविषय की सतह पर आने वाली धुंधली सी तस्वीर से रुत्ती नामक कोहरे की धुंध हटाने का प्रयास कर रहा था। वह समझ गया था कि आज जो भी हुआ है वह भविष्य में उसे डंसेगा अवश्य। अब यह खिलाडी राजनीति, मजहब, और रुत्ती को अपने अनुकूल कैसे बनाता है यह समय की धारा की बहुत नीचली तह में बह रहा है।

तभी अचानक आसमान में एक बड़ी सी घटा आ गई। उसने चाँद और उसके आसपास के तारों को ढांप लिया। आड़ू के सफ़ेद फूल मद्धिम हो गए। लालीगुरन का रंग दब गया। जिन्हा उस घटा को देखकर सिहर गया। उसे लगा कि यह घटा उसके चमकते सितारों को निगलने का संकेत दे रही है। लगता है रुत्ती की ये सिसकियां आने वाले समय में भाप बनकर आसमान में उड़ जाएंगी और एक ऐसी ही काली घटा के रूप में घिरकर उसके सारे सितारों को निगल लेंगी। उसके सामने अजीब सा अंधेरा छाने लगा था। इसके बाद कुछ बूंदा-बांदी शुरू हो गई।

"रतन उठो"- जिन्हा ने उसकी पीठ थपथपाते हुए कहा

"मैं गिर चुकी हूँ, अब कैसे उठूं यहां से"- रुत्ती ने उदासी भरी आवाज़ में सिसकते हुए कहा।

"हम यहाँ ज़्यादा नहीं रुक सकते अब, बंगले पर हमारा इंतिज़ार हो रहा है"- जिन्हा ने उसे समझाते हुए कहा।

रुत्ती उठने लगी, लेकिन उठ नहीं सकी। जिन्हा ने उसका हाथ थामकर खड़ा किया। इस हाथ में न तो रुत्ती को कोई गरमाहट महसूस हुई और न ही जिन्हा को उसमें कंचनजंगा की बर्फ़ का अहसास हुआ। दोनों धीरे-धीरे क़दम बढ़ाते हुए बंगले में पहुंचे। उनके क़दमों की गति चुगली कर रही थी कि कुछ अप्रत्याशित घटित हुआ है। हसन अली और भारुल ने एक-दूसरे की तरफ़ देखा और बिना कहे ही सबकुछ कह-समझकर एक तरफ़ चले गए। शांता ने रुत्ती की बिल्लियों को सहलाया। वह रुत्ती के क़दमों की भाषा को बेहतर तरीक़े से पढ़ चुकी थी।

28

जून का तीसरा सप्ताह प्रारम्भ हुआ था। पेटिट बंगले की हवा बदल चुकी थी। किचन, घुड़साल, बरामदा, बाग़ीचा सभी असमंजस में थे। जिन्हा और रुत्ती अधिक मुखर हो रहे थे, वहीं बंगले में ख़ामोशी ज़्यादा पसर रही थी। सारे कर्मचारी जितना अधिक देख और समझ रहे थे, उस पर चर्चा करने में उतना ही डर रहे थे। उन दोनों की दिनचर्या में काफ़ी परिवर्तन आ गया था। उनकी राते देर तक जागने और दिन की शुरआत सुबह उतनी ही देर से उठकर हो रही थी। दोनों का समय अधिकतर साथ ही बीत रहा था। बाग़ीचे में बैठ सिगार पीता जिन्हा और सिगरेट पीती रुत्ती की आँखों में अब कोई मलाल नहीं रहा था। वे बेमेल उम्र के बिंदास प्रेमी होते जा रहे थे। कंचनजंगा की तलहटी से महानंदा की जलधार तक दोनों हाथों में हाथ दिए घूमते थे। बंगले के कर्मचारियों के लिए यह एक अजीब स्थिति थी। लेकिन दोनों को इससे कोई फ़र्क़ नहीं पड़ रहा था। वे समय को अपने हिसाब से जीना चाह रहे थे। यह रास्ता उन्हें किस मोड़ पर ले जाकर छोड़ेगा, तथा इसकी परिणिति किस स्थिति में होगी, इसकी चिंता का लेशमात्र भी समय उनके पास नहीं था। दोनों की शाम महानंदा नदी की उसी चट्टान पर बीतती जहां उन्होंने अपने बीच की सभी सीमाओं और बंधनों को तोड़कर एक-दूसरे की सुगंध को महसूस किया था। उसी चट्टान पर हाथ में हाथ दिए ये दोनों क्षितिज की तरफ़ उड़ान भरते थे। लेकिन क्षितिज तो उनकी पहुंच से बहुत दूर होता था। थके हारे वापस आकर एक-दूसरे में खोए विश्राम करने लगते थे। वे प्रकृति और लोक, दोनों के भय से मुक्त होकर हर पल अतल सागर में डूबे रहना चाहते थे।

जिन्हा के जाने का समय आ रहा था। पिछले सप्ताह में दो दिन तेज बारिश होने से महानंदा की धारा में पानी बढ़ गया था, तथा वह कुछ मटमैला हो फिर साफ़ होकर अपने रंग में भी आ गया था। शायद वह जिन्हा और रुत्ती के मन को पढ़ कर रंग बदल रहा था। इन दोनों के भी दो दिन बहुत मैले बीते, फिर इसी तरह अपने रंग में आ चुके थे। वृक्षों, फूलों और मिट्टी में बारिश का असर आ चुका था। पहाड़ों पर से फूटे झरनों के सुर चारों ओर फैलकर अपना अहसास करा रहे थे। पिछले तीन-चार दिन से शाम के समय तेज आँधी आने का सिलसिला जारी था।

आँधी पेटिट बंगले में भी थी। जिन्हा और रुत्ती के बीच जो घटित हुआ था वह दोनों के भीतर उथल-पुथल मचा रहा था। मानसिक द्वन्द्ध से दोनों गुज़र रहे थे। दोनों ही यह नहीं समझ पा रहे थे, कि इस तरह से मुस्कुराते और उन्मुक्त ठहाका लगा रहे इस वक़्त को वे कैसे सहेज सकेंगे। यह वक़्त उनके लिए विष होगा अथवा अमृत यह सिर्फ़ समय के गर्भ में था। लेकिन अब वे एक-दूसरे के इतना नज़दीक आ गए थे कि दूर होना ही उनके लिए असहनीय था।

वह सन् उन्नीस सौ सोलह के जून की पंद्रह तरीख थी। रुत्ती बहुत खिली-खिली सी थी। उसने नीली फ्रॉक पहनी थी जो उसे सबसे ज़्यादा पसंद थी। बालों को सामने से घुमाकर उसने बेहद आकर्षक तरीक़े से पीछे समेटा था। साथ ही नीला मखमली हेयर बैंड लगाया हुआ था। वह नीलोत्तमा सी लग रही थी। एक ऐसी नीलोत्तमा अप्सरा जो अभी-अभी स्वर्ग से उतर कर कंचनजंगा से महानंदा में जल-विहार करती प्रणय मग्न हो जाना चाहती है। सूरज दिवस समाप्त करने के लिए धीरे-धीरे पश्चिमी पहाड़ों के पीछे जा रहा था। हिमालय की घाटी में आने वाले विदेशी पक्षी और स्थानीय कठफोड़वे अपने-अपने नीड़ की ओर जाते हुए मोहक दृश्य बना रहे थे। सारसों की कतारें पेट भरकर अनुशासित तरीक़े से लौट रही थीं। बहुत से रंगीन पक्षियों के जोड़े देवदार और साल की ऊँचाइयों पर बैठे अपनी चोंच लड़ा रहे थे। रुत्ती और जिन्हा नदी के किनारे-किनारे टहलते हुए रोमांटिक हुए जा रहे थे। वे सारे संसार से अलग अपनी प्रणय-वार्ता में मग्न थे।

दोनों आकर उसी चट्टान पर बैठ गए। रुत्ती एकटक जिन्हा की आँखों में झांक रही थी। उसने अपनी एक रोमांटिक कविता जिन्हा को सुनाई। जिन्हा ने अपने भाव ऐसे व्यक्त किए जैसे वह बेहद तन्मयता से कविता सुन रहा है उसे रुत्ती की कविताओं में ज़रा भी रुचि नहीं थी। उसका ध्यान आने वाले दिनों की सियासत पर था। उसके शिड्यूल में अहमदाबाद और लखनऊ थे। आने वाले दिन उसके सियासी तेवरों की परीक्षा के थे। मुस्लिम-लीग धीरे-धीरे कट्टरवाद की ओर गति पकड़ रही थी तथा कांग्रेस एक सुधारवादी आंदोलन से बदलकर जन आंदोलन का रूप ले रही थी। दक्षिण अफ्रीका से मोहनदास करमचंद गाँधी का भारत में आना एक चमत्कार के रूप में सामने आ रहा था। लोग गाँधी की एक आवाज़ पर मंत्र-मुग्ध हो उसके पीछे चल रहे थे। मुस्लिम लीग और कांग्रेस की लीडरशिप पर अपना नैसर्गिक हक़ मान रहे मोहम्मद अली जिन्हां की दोनो नावें उसके पैरों से दूर खिसक रहीं थीं। लगता नहीं था कि वह कांग्रेस में गाँधी की आँधी के सामने टिक सकेगा। वहीं मोतीलाल नेहरू का बेटा जवाहरलाल भी सक्रीय हो चुका था। मुस्लिम-लीग में मौलाना हसरत मोहानी का धड़ा कट्टरवाद के दम पर मुस्लिम सोसायटी में जगह बना रहा था। मुस्लिम-लीग व कांग्रेस को अपनी ही छड़ी से चलाने की उसकी चाह सामने अवरोधों के बीच भूल-भुलैया में खो रही थी। यही उसके सामने सबसे बड़ी चुनौती थी। वह मोहनदास करमचंद गाँधी के भारतीय राजनीति में प्रवेश के अर्थ खोज रहा था। लेकिन उसका मन यहां महानंदा की चट्टान पर उसकी आँखों में आखें डाले प्रेमालाप को आतुर रुत्ती के जिस्म और उसके नशे में डूबा हुआ था।

"जे"-रुत्ती ने धीरे से कहा

"व्हाट"- जिन्हा प्रश्नात्मक रूप से रुत्ती की तरफ़ देखते हुए बोला

"में आई एड्रेस यू एज "जे"? तो आपको कैसा लगेगा"- रुत्ती ने जिन्हा की आँखों में आँखें डालते हुए कामुक अदा के साथ कहा

"मुझे कोई दिक्कत नहीं है"- जिन्हा ने सहजता से कहा

कुछ देर के लिए दोनों के बीच ख़ामोशी पसर गई। रुत्ती जिन्हा को ऐसे निहार रही थी जैसे शकुंतला अपने दुष्यंत को एकटक देख रही हो।

"पर तुम मुझे 'जे' क्यों पुकारना चाहती हो"- जिन्हा ने पूछा

रुत्ती ख़ामोश उसकी तरफ़ देखती रही।

"एम भी कह सकती हो या कुछ और भी"- जिन्हा ने फिर पूछा

रुत्ती बिना कुछ बोले जिन्हा की आँखों में देख रही थी। जवानी की देहरी पर पैर रखती अपने समय की मेनका सी युवती को अपने सामने इस कामुक अदा से देखते पा कर जिन्हा के भीतर का विश्वामित्र थरथराने लगा था।

"मुझे 'जे' कहना ज़्यादा अच्छा लगा, मिस्टर जिन्हा का निकनेम जे"- रुत्ती ने प्रेमपगी अदा से कहा।

"ओके, अगर तुम्हें यही अच्छा लगता है तो तुम मुझे 'जे' कह सकती हो"- जिन्हा बोला।

"लेकिन सोसायटी में यह कुछ अटपटा नहीं लगेगा?"- उसने प्रश्न किया।

"अगर किसी को लगेगा तो इसका जवाब मैं दूंगी"- आत्मविश्वास के साथ रुत्ती ने कहा और वह जिन्हा की गोद में सिर रखकर लेट गई

जिन्हा एकटक रुत्ती के चेहरे को निहार रहा था। वह समझ नहीं पा रहा था कि यह चेहरा उसकी मंज़िल है अथवा भटकाव, परंतु इतना तो तय था कि जिन्हा और रुत्ती की कहानी हिन्दुस्तान के पृष्ठों पर कुछ अमिट लिखने वाली थी। यह सफल हुई तब भी, असफल हुई तब भी। ये दोनों मिलकर केवल बम्बई में ही नहीं पूरे भारत सहित ब्रितानिया में भी भूचाल लाने वाले थे। इसके क्या निहितार्थ निकलेंगे दोनों ही इससे अनभिज्ञ थे। अपने को हर परिस्थिति में नियंत्रित करने वाला जिन्हा रुत्ती के प्रति आकर्षण व वासना की गिरफ़्त से निकलने में स्वयं को असमर्थ पा रहा था। वह लगातार रुत्ती में डूबता जा रहा था। उसकी नज़रें अपनी जंघाओं पर सिर रखे, आँखें मूंदे, रुत्ती के उठते-गिरते उरोजों से टकराकर उस देह की अतल गहराइयों में डूबती जा रही थीं। उसने रुत्ती के चेहरे को किसी नाज़ुक गुलाब की तरह दोनों हाथों में समेट लिया।

अपने गालों पर स्पर्श पाकर रुत्ती ने आँखें नहीं खोलीं, बल्कि दोनों बाहों को उठा कर जिन्हा के गले में डाल कर मदहोश हो गई।

कंचनजंगा की चोटी दार्जिलिंग के हर कोने में बिखरे नज़ारों को निहार रही थी। महानंदा के किनारे की इस चट्टान पर मानो उसकी विशेष नज़र थी। जब बम्बई में

भीषण उमस और गर्मी अपने चरम पर थी कंचनजंगा की धवल बर्फ़ यहां पर तन और मन को शीतल करने के लिए गीत गा रही थी। वह धवल शिखर पिछले दो महीने से देख रहा था कि मनुष्य का मन किस तरह से उसकी चोटियों पर जमी बर्फ़ पर टकराई हवा से भी ज़्यादा तेजी से फिसलता है। उसने इकतालीस साल के अधेड़ और सोलह साल की नाज़ुक कली के बीच बनते प्रणय चित्रों को देखा था।

सूरज पश्चिम में जाकर छिप गया। अब उसकी लालिमा भी धीरे-धीरे सुरमई हो चुकी थी। तमाम पक्षी अपने घरों को जा चुके थे। हवा पत्तों के साथ खेलती सी बह रही थी। पूरब से चाँद आज भी निकल कर पूरी गोलाई से आसमान पर आ रहा था। वह पूरे पखवाड़े भर इस चट्टान पर से गुज़रा है। यह पूर्णिमा का दिन था और आज उसका सफ़र आसमान में सबसे सुंदर एवं सबसे लम्बा था। चाँदनी चटक चुकी थी। नीली फ्रॉक में दूधिया रुत्ती का सौंदर्य चारुचंद्र की इन चंचल किरणों से बरसते सोम में नहाया हुआ पवन को सुगंधित कर रहा था। जिन्हा ने रुत्ती को भींचकर अपनी बाहों में भरा। रुत्ती उन बाहों में झूल गई। धागे जैसे चाँद से शुरू हुआ सफ़र चंद्रमा के पूर्ण होते-होते दो दिलों के अनेक बार एकाकार होने का साक्षी बन चुका था। रुत्ती की देह जिन्हा की देह में समा चुकी थी।

"अब हम अलग नहीं हो सकेंगे जे"- रुत्ती ने मंद स्वर में कहा

"कभी नहीं"- जिन्हा ने आश्वासन दिया

"हमारी सोसायटी कैसे एक्सेप्ट करेगी"- अबकी बार रुत्ती ने एक आशंका भरा सवाल किया

"तुम्हारा 'जे' दुनिया को अपनी तरह चलाना जानता है"- जिन्हा ने अपनी दृढ़ता का वज़न रखते हुए रुत्ती को आश्वस्त किया।

रुत्ती दुविधा में थी। उसकी उम्र अभी कच्ची थी। उसके निर्णय अपरिपक्व व सामाजिक दृष्टि से अमान्य थे, पारसियों में विवाह की क़ानूनन आयु से अभी वह क़रीब दो साल की लम्बी दूरी पर थी। वह जानती थी कि उस पर पारसी क़ानून लागू होते थे। उसे अपने पिता की सहृदयता और खुले विचारों पर भरोसा था। लेकिन जिन्हा और उसकी उम्र, जिन्हा का मुस्लिम होना, उसके पिता के विचार को क्या आकार देगा वह समझ नहीं पा रही थी। जिन्हा, जो आज उसके जीवन का सबकुछ हो चुका था। वह उसके पिता की उम्र का और पिता का घनिष्ठ मित्र था। इसका प्रभाव क्या होगा, उसे इसका आकलन नहीं था। इसलिए वह कभी स्वयं को बेहद परिपक्व और दुनिया से टकराने के क़ाबिल समझकर बात करने लगती थी, तो कभी डरी-सहमी अपनी पारिवारिक स्थिति के वशीभूत अपने इस क़दम के प्रति भयभीत भी हो जाती थी। इस उम्र में किसी लड़की का अपने पिता की उम्र के व्यक्ति के साथ एकाकार होना न तो

समाज स्वीकार कर सकता था न परिवार, यह बात उसे समझ आ रही थी। किंतु उसके क़दम बहक चुके थे और वे बहके ही नहीं फिसल कर बहुत दूर तक ले गए थे उसे।

"माय फादर"- रुत्ती ने बाहों में से छिटककर जिन्हा की आँखों में आँखें डालकर सवाल किया

"मिस्टर पेटिट से वक़्त आने पर मैं बात करूंग, मुझे उम्मीद है मैं कामयाब रहूंगा"- जिन्हा ने आत्मविश्वास से कहा।

"अगर न माने तो"- फिर एक आशंका रुत्ती ने रखी

"तब तुम्हें भी मेरे साथ उनसे लड़ना होगा"- जिन्हा ने रुत्ती को भावी अंदेशे में उसे सशक्त करने हेतु कहा।

फिर कुछ मिनिटों बाद रुत्ती की सिसकी उभरी, जिन्हा हाँफ उठा।

पूर्णिमा का चंद्रमा धीरे-धीरे आसमान में ऊपर सरक रहा था।

29

"जे"-रुत्ती ने जिन्हा की तरफ़ देखते हुए कहा

"हां बोलो"- जिन्हा ने भी बेहद सामान्य ढंग से जवाब दे अपना सिगार निकाल लिया।

रात को हल्की बारिश हुई थी। दार्जिलिंग का मौसम सुहाना था। पेटिट बंगले का नज़ारा सुबहा से ही अतिरिक्त सुंदरता से दमक रहा था। आसमान में घटाएं थीं तथा सामने फूल खिले थे।

"आपकी यह मूंछें और हेयर स्टाइल मुझे पसंद नहीं है"-रुत्ती ने एक प्रेयसी की तरह अपनी अदा बिखेरते हुए कहा।

"तो"-जिन्हा मुस्कुरा दिया।

फिर धीरे से बोला- "क्या चाहती हो तुम"

"आप इन्हें साफ़ क्यों नहीं कर देते, और बाल भी थोड़ा मॉर्डन स्टाइल में होना चाहिए ना"- एक गुलाब के फूल को अपने गालों पर छुआते हुए रुत्ती ने कहा

जिन्हा सोच में पड़ गया

"क्या सोच रहे हो"- रुत्ती ने फिर से कहा

"सिगरेट नहीं लोगी तुम"- जिन्हा ने बात को मोड़ने के लिए कहा।

रुत्ती ने केस में से सिगरेट निकाली व उसका कश लेते हुए कहा- "जे, सच्ची में तुम अगर क्लीनशेव कर थोड़ा सा हेयर लुक चेंज कर लो तो मज़ा आ जाएगा"

"अब तुम कह रही हो तो मुझे सोचना पड़ेगा"- जिन्हा ने धैर्य पूर्वक कहा।

"मैं चाहती हूँ आप स्मार्ट दिखें, अभी आप सच में अंकल ही लगते हो"- रुत्ती ने अंकल शब्द पर ज़ोर देते हुए कहा।

"रतन, आर यू लव मी रियली?"- जिन्हा ने थोड़ा गम्भीरता से कहा

"जे! आप यह क्या कह रहे हैं, क्या आपको मुझ पर यक़ीन नहीं है? मैं मेरा सबकुछ तुम्हारे हवाले कर चुकी हूँ। मैं इंडियन गर्ल हूँ कोई विलायती नहीं। हमारी लाइफ स्टाइल कितनी भी मॉर्डन हो मगर कल्चर में हम हमेशा हिन्दुस्तानी हैं। पिछले एक महीने से हमारे बीच जो हुआ है, वह अच्छा हुआ है या बुरा मुझे नहीं पता, मगर उसके बाद अब मैं आपके सिवा किसी के बारे में सोच भी नहीं सकती। मेरा मुस्तक़बिल आपके हाथ में है। रतन सिर्फ़ और सिर्फ़ 'जे' की ही रहेगी वरना मर जाएगी"-रुत्ती ने अपने ग़ुस्से का इज़हार करते हुए कहा।

"तुम नाराज़ मत हो, मैं एक सियासतदार आदमी हूँ। मेरी मशरूफ़ियत से तुम वाकिफ ही हो। आगे आने वाले वक़्त में मैं बिजी भी बहुत रहूँगा। मेरी प्लानिंग बहुत बड़ी है। उसमें तुम कभी अपने को अकेला समझकर अपने फ़ैसले पर पछताना नहीं। फिर पेटिट क्या रिएक्शन करेंगे यह भी हमें देखना होगा। मेरा मतबल यही है कि हमें एक-दूसरे को समझना होगा आगे चलकर"- जिन्हा ने थोड़ा भारी होते हुए कहा

"आगे चलकर समझना होगा? अब समझने को कुछ बाकी है क्या? अब तो जो भी हो उसे झेलना ही होगा"- रुत्ती ने जिन्हा का प्रतिवाद करते हुए कहा।

वह कुछ पल ख़ामोश रही, फिर बोली।

"मुझे पता है 'जे' लेकिन मैं अब क्या कर सकती हूँ, अब तो रतन 'जे' की हो चुकी है, यह सब तो हमें पहले सोचना था। अब तो मैं, सिर्फ़ आपके बारे में ही सोच सकती हूँ। आप मशरूफ़ हों या फुर्सती कोई फ़र्क़ नहीं पड़ता"- रुत्ती ने अपने दिल की गहराइयों से कहा।

"कल मुझे जाना है, तुम अपना ख़्याल रखना। हम बम्बई में मिलेंगे"-जिन्हा ने कुछ इस तरह से कहा जैसे उसे रुत्ती की बेहद चिंता है।

इसके आगे वे अपनी निजी बातें करते, इतने में भारुल शाम की चाय लेकर आ गया।

रुत्ती ने चाय तैयार कर एक प्याला जिन्हा के हाथ में दिया, फिर चुस्कियां लेने के लिए अपना प्याला तैयार किया।

चाय समाप्त कर दोनों बंगले के आसपास ही टहलने के लिए निकल गए।

भारुल ने टेबल साफ़ की। तब तक वहां हसन अली और शेर सिंह भी आ गए थे।

पिछले एक महीने से बंगले की दीवारें, दरवाज़े, परदे और सेवक जो देख रहे थे वह सभी के लिए असहज होता जा रहा था। न तो यह बेमेल इश्क़ अब किसी से छुप रहा था और न ही इसकी मुश्क दब पा रही थी। बाकी चीजें तो बोल नहीं सकती थीं लेकिन सेवक अब धीरे-धीरे खुसुर-फुसुर करने लगे थे। पहले वे रुत्ती के साथ जितने सहज होते थे, अब उसे देखकर उतनी ही आँख चुराने लगे थे। रुत्ती अगर उनके साथ कुछ हँस-बोल लेती तो भी वे लोग अपने सेवक भाव तक ही सीमित होकर उत्तर देते थे। अपनापन, विश्वास तथा निश्छलता जैसे खो सी गई थी कहीं।

जिन्हा ने जाने के लिए अपनी सारी तैयारी कर ली थी। रुत्ती ने उसे मूंछों की मंशा बता दी थी। एक प्रेमी कैसा, जो अपनी प्रेयसी की बात न माने। जिन्हा उहापोह की स्थिति में था। बिना मूंछों के उसका चेहरा कैसा लगेगा?, वह अपना आत्मविश्वास किस तरह बरकरार रख सकेगा?, वग़ैरह बातें उसके दिल में चल रही थीं। वह जोड़ा हाथों में हाथ दिए आज इस बंगले में आख़िरी बार महानंदा तक पहुंच गया था। आज रुत्ती कुछ अनमनी सी थी। जिन्हा का जाना उसे अच्छा नहीं लग रहा था। उसकी शारीरिक स्थिति भी बहुत साथ नहीं दे रही थी। कुछ देर टहलने के बाद वे दोनों वापस बंगले आ गए।

उस रात बंगले का बरामदा रात के दूसरे पहर तक दो प्रेमियों की प्रणयवार्ता में डूबा रहा।

सुबह नाश्ते के लिए जिन्हा अपने कमरे से बाहर आया। उसी समय रुत्ती भी बाहर आई। जैसे ही उसने जिन्हा के चेहरे की तरफ़ देखा वह ताली बजा कर ज़ोर से खिलखिला कर हँस दी।

"जे...! रियली, यू आर लुकिंग स्मार्ट एंड सो यंग"- उसने उछलते हुए कहा।

जिन्हा ने मुस्कुराते हुए अपनी क्लीनशेव मूंछों पर हाथ फेरते हुए कुछ असहजता महसूस की।

रुत्ती डायनिंग हॉल तक ज़ोर-ज़ोर से हँसते हुए गई। इतनी बिंदास हँसी सुनकर बंगले के सारे सेवक डायनिंग हॉल में आ गए।

जिन्हा को देखकर सबकी हँसी छूट गई।

"साहब यह क्या"- हँसते हुए भारुल ने पूछा

"साहब जी सफाचट"- आश्चर्य से हसन अली ने कहा

"शाब जी मूंच अच्छा लगता था"- अपनी मूंछों पर हाथ फेरते हुए शेर सिंह बोला

जिन्हा रुत्ती की तरफ़ देख रहा था और मंद-मंद मुस्कुराकर जैसे कह रहा हो आज एक आशिक़ ने माशुका की मर्ज़ी पर अपनी मूंछें क़ुर्बान कर दीं।

30

सुबह के आठ बजकर बीस मिनट हुए थे। जिन्हा का सामान कार में रखा जा चुका था। सामान ज़्यादा नहीं था, तो कम भी नहीं था। जिन्हा यहां लम्बे समय रहने के हिसाब से आया था। हसन अली सफ़ेद सूट पहने कुल्ला-पगड़ी बांधे तैयार था, सहायता हेतु सोमित सरकार भी तैयार था। उनके हाव-भाव से लग रहा था कि उनके मन में जिन्हा के लिए वह सम्मान शेष नहीं था, जो उसके आने के समय था। वे ज़ुबान बंद भले किए हुए थे लेकिन उनकी आँखें ज़रूर खुली हुई थीं। पिछले दो महीने से बंगले के सारे सेवक अपनी रतन बेबी के जीवन को लेकर चिंतित थे। उन्होंने भी रतन बेबी को शनैःशनैः बड़े होते देखा है। बंगले के सेवकों में अपनी रतन बेबी के प्रति अगाध स्नेह और वात्सल्य रहा है। वे पेटिट परिवार के नौकर से अधिक, शुभचिंतक एवं वफ़ादार रहे हैं। अपनी रतन बेबी की स्थिति उनसे छुपी नहीं रह सकती थी। लेकिन मजबूरी वश वे कुछ भी कह कर उनका कोप-भाजन नहीं बनना चाहते थे। इस स्थिति में हमेशा फजीहत कुछ कहने वाले की ही होती है। शेर सिंह, भारुल, थॉमस तिमोती, शम्सु सभी चाह रहे थे जिन्हा जल्दी यहाँ से चला जाए। शांता रुत्ती की बिल्लियों को संभाल रही थी।

पोर्च में कार जिन्हा का इंतिज़ार कर रही थी। सिलीगुड़ी जाने वाली छोटी रेल में उसे सवार होना था। सिलीगुड़ी से सियालदाह की यात्रा के बाद कलकत्ता में विश्राम करना था। फिर इम्पीरियल लेजिस्लेटिव असेम्बली के सदस्यों व ब्रिटिशि अधिकारियों से भी मुलाक़ात करना थी। उसने लीग के अपने अनुयायियों को कलकत्ता पहुंचने की सूचना दे दी थी। दो दिन बाद दिल्ली के लिए उसकी यात्रा रेल से शुरू हो रही थी। वह अपने को तर-ओ-ताज़ा महसूस कर रहा था। उसका वक़्त पेटिट बंगले में आराम करते हुए जाया नहीं हुआ था। यहां से उसने अपने जीवन के लिए अनमोल पल समेटे थे। यहां उसने ऐसी दौलत पाई थी जो उसने केवल ख्वाब में ही कभी सोची होगी।

बरसात का मौसम शुरू हो चुका था। बम्बई में भी बारिश की बौछारों ने ठंडक पैदा कर दी थी। लेकिन जिन्हा को कलकत्ता रुकते हुए दिल्ली जाना था। लगभग दो हजार किलोमीटर की लम्बी यात्रा थी। उसके बाद अक्टूबर में अहमदाबाद में होने वाली बम्बई प्रोविंशियल कॉन्फ्रेंस की अध्यक्षता करना थी। फिर दिसम्बर में लखनऊ अधिवेशन था। इस बीच वह अनेक छुट-पुट कार्यक्रमों में व्यस्त था। कलकत्ता में रुक कर वह इम्पीरियल लेजिस्लेटिव कौंसिल के शरदकालीन अधिवेशन में अपनी भूमिका समझना चाहता था। दिल्ली में उसे कितना समय रुकना है यह अभी निर्धारित नहीं था। लेकिन इतना तो तय था कि बम्बई पहुंचने में उसे कम-से-कम पंद्रह दिन और लग सकते थे। लगभग इतना समय ही रुत्ती को भी बम्बई पहुंचने में लगना था। पिछले दो

महीने दार्जिलिंग में रहते हुए वह देश की राजनीति पर पल-पल नज़र रखे था। राजा महमूदाबाद, मुस्लिम-लीग व कांग्रेस के कुछ बेहद ख़ास लोगों के अलावा वह अपनी बहन फ़ातिमा के सम्पर्क में रहा था। ज़्यादातर चिट्ठी और बहुत ज़रूरी होने पर ट्रंककॉल से बात कर वह हालात की जानकारी लेता रहता था। कंचनजंगा की चोटियों की सफ़ेद बर्फ़ के साए तथा महानंदा की धारा की गवाही में लालीगुरन और मैगनोलिया के फूलों ने उसकी ज़िंदगी के कुछ ऐसे पृष्ठ लिख दिए थे जो महक भी रहे थे और चिंता में भी डाल रहे थे। लेकिन जिन्हा की आदत परिस्थितियों को निर्मित करने और फिर उनके साथ खेलने की रही थी। यह परिस्थितियां भी उसने स्वयं ही निर्मित की थीं, अब आगे यह देखना था कि वह इनके साथ कौन सा खेल खेलता है।

जिन्हा और रुत्ती एकसाथ कमरे से बाहर निकले। जिन्हा सिगार पी रहा था। अपनी घनी मूंछों के साथ वह यहां आया था और अब क्लीनशेव चेहरा लिए नए रूप-रंग के साथ वापस जा रहा था। सलीके से पहने हुए कपड़े और अंगुलियों में दबा सिगार क्लीनशेव चेहरे पर पहले से ज़्यादा आकर्षक लग रहा था। उसकी मुख-मुद्रा और गम्भीरता में कोई परिवर्तन प्रतीत नहीं हो रहा था। ऐसा लग रहा था कि वह अपने सियासी मिशन पर उसी तेवर के साथ पुनः उतर रहा था। दार्जिलिंग ने उसे रुत्ती के प्रेम के साथ नवीन आत्मविश्वास भी दिया था।

रुत्ती उदास थी। उसने गाउन पहन रखा था। बाल उलझे हुए थे। उसकी आँखें बता रही थीं कि वह लगातार आँसू बहाती रही हैं। वह अभी नाज़ुक सी कली की तरह थी। एक भंवरा उसे निचोड़कर जा रहा था। वह भंवरे की गुंजन में खोई हुई थी। उसे अपने अस्तित्व का ख़्याल ही नहीं था। वह तो पूरी तरह भंवरे के मायाजाल से सम्मोहित थी। एक मासूम सी उम्र की रुत्ती और परिपक्व अधेड़ जिन्हा के बीच पेटिट बंगले ने जो रिश्ता बना दिया था, वह दोनों को सुलगा रहा था। कभी चुलबुली सी दिखने वाली रुत्ती आज एक ख़ामोश लड़की के रूप में जिन्हा को निहार रही थी। उसे महानंदा की धारा में बहते हुए किसी पंखुरी पर रखे अपने सपने सामने दिख रहे थे। बीते दो महीने उसे कभी गुदगुदा रहे थे तो कभी लजा रहे थे। जिन्हा के रूप में उसे पूर्णता मिली थी, जिसे वह सहेजे हुई थी। भारत के सर्वाधिक धनाढ्य एवं प्रभावी परिवारों में से एक बारनेट दिनशॉ पेटिट परिवार की खिलखिलाती बिंदास हँसी की मालिक, सौंदर्य और दौलत की अपार मालकिन, इस पारसी बच्ची ने सोचा भी नहीं था कि वह कभी इस तरह मायूस भी होगी। लेकिन वक़्त अपने हाथ में कलम थामें. इतिहास के कुछ ऐसे पन्ने लिखने में व्यस्त था जिसे न तो रुत्ती समझ सकती थी न जिन्हा। वह सिगार पीते जिन्हा को एकटक देख रही थी और अपने मन में उठती हुई हूक को दबाकर धड़कनों की रफ्तार पर अंकुश लगाने का प्रयास कर रही थी। सामने फैला हुआ विशाल पेटिट बंगला और

मुस्कुराते हुए हिमालय के सर्वोच्च शिखर उसके रक्तचाप को नापने का प्रयास कर रहे थे। शुभ्र बर्फ़ से ढंकी कंचनजंगा रुत्ती को देखकर मंद-मंद मुस्कुरा रही थी।

हसन अली ने कार का दरवाज़ा खोला। वहां मौजूद सारे सेवकों ने औपचारिक अभिवादन किया। जिन्हा ने उनका अभिवादन स्वीकार कर उनसे हाथ मिलाया। फिर एक बार रुत्ती की तरफ़ देखा। रुत्ती को निहारते समय उसमें वो सहजता एवं सात्विकता नहीं थी। उससे नज़रें मिलाने के लिए उसे बाकी सब से नज़रें चुराना पड़ रही थी। रुत्ती ने भी उसे कातर निगाहों से देखा। दोनों का दैहिक प्यार अब मानसिक प्यार में तब्दील हो चुका था। हाथ हिलाता हुआ वह कार में बैठ गया। इस समय वह सोच रहा था कि दुनिया की नामचीन शख़्सियत मोहम्मद अली जिन्हा काश रुत्ती के आग़ोश की वस्तु बनकर ही रह जाता तो ज़्यादा बेहतर होता। लेकिन उसकी महत्वाकांक्षाएं, उसके लक्ष्य और उसकी सियासत कुछ और ही कह रही थी। सोमित सरकार भी हसन अली के बगल की सीट पर बैठ गया। कुछ मिनट बाद कार पेटिट बंगले के घुमाव से उतरती हुई दार्जिलंग रेलवे स्टेशन की तरफ़ जा रही थी।

स्टेशन पर ज़्यादा भीड़ नहीं थी। कुछ अंग्रेज और कुछ रईस, जिनके बंगले यहां पर छुट्टियां बिताने के लिए बने थे आते-जाते रहते थे। बहुत छोटी सी रेल जो एक खिलौने की तरह थी, यहां से चलती थी। सिलीगुड़ी तक साढ़े चौपन मील से कुछ ज़्यादा की दूरी तय करने में यह ट्रेन क़रीब आठ घंटे का समय लेती थी। हिमालय की घुमावदार पहाड़ियों और सुरंगों के बीच धीमी गति से चलने वाली रेल अपने आप में एक अजूबा थी।

जब यह रेल सिलीगुड़ी पहुंची तब तक सूरज अपना रास्ता तय कर चुका था। सिलीगुड़ी से सियालदाह जाने वाली रेल रात को आठ बजे छूटना थी। जिन्हा सीधे स्टेशन मास्टर के पास गया। वह एक अंग्रेज था। उसे अपना परिचय दिया। अपना असेम्बली मेंबर होना बताया। स्टेशन मास्टर ने बड़े सम्मान से उसे अंग्रेजों के लिए बने पहले दर्जे के विशिष्ट यात्री के रूप में वेटिंगरूम में जगह दी। जिन्हा अति विशिष्ट प्रतीक्षालय में आराम से बैठा था।

एकांत पाते ही उसके दिमाग़ में रुत्ती के साथ बिताए दिन घूमने लगे। वह एक-एक पल को चलचित्र की तरह देख रहा था। वह रुत्ती के वैचारिक व्यूह से कब बाहर निकल गया उसे पता ही नहीं चला। वह अहमदाबाद व लखनऊ के कार्यक्रम, और अपने गांव पनेली के बारे में सोचने लगा। अभी वह इस पर एकाग्र हो भी नहीं पाया था कि उसका हमउम्र दुबला-पतला सा शख़्स काठियावाड़ी वेशभूषा पहने चट्टान के हौंसले सा आकर घूमने लगा। उसे मोहनदास करमचंद गाँधी से अनजाना सा भय लगने लगा था। उसे लगता था कि यह व्यक्ति उसकी राजनैतिक महत्वाकांक्षाओं के मार्ग में

सबसे बड़ा बाधक बनकर खड़ा हो रहा है। वह देख रहा था कि उसे भारत में आए अभी क़रीब डेड़ वर्ष ही हुआ है और वह भारत का पर्याय बनता जा रहा है। उसके पीछे जनता दीवानी होकर दौड़ रही है। कांग्रेस में वह जिन्हा को दोयम दर्जे का बना देगा। जिन्हा का ध्यान गाँधी और उससे निपटने की रणनीति पर मंथन कर ही रहा था कि फिर उसके मस्तिष्क में मुस्लिम-लीग आ गई। उसके सामने पिछले साल का ही बम्बई अधिवेशन घूमने लगा। मौलाना हसरत मोहानी के धड़े के लीगी उसे उद्दण्ड और बेहद उथले से लग रहे थे। वह जानता था कि इनकी हैसियत को वह अपनी गम्भीरता और बैद्धिक क्षमता से समाप्त कर मुस्लिम-लीग को अपने अनुसार चला लेगा। उसे लगने लगा था कि उसका स्थान अब सुधारवादी सेक्युलर कांग्रेस में सुरक्षित नहीं है। उसे अपना स्थान मुस्लिम-लीग में ही बनाना होगा। लेकिन वैचारिक तौर और भारत की नब्ज के अनुसार मुस्लिम-लीग केवल एक समुदाय का दल था। वह समग्र भारत का प्रतिनिधित्व कभी नहीं कर सकता था। इस स्थिति में केवल कांग्रेस ही पूरे भारतीय समाज का प्रतिनिधित्व करने वाली संस्था थी। जिन्हा किसी भी क़ीमत पर, आख़िरी कोशिश तक, कांग्रेस को अपने हाथ में रखना चाहता था। उसका दिमाग़ इसी उधेड़-बुन में लगा हुआ था, तभी कुली ने आकर उसे बताया कि रेल स्टेशन पर लग चुकी है। कुली ने पहले दर्जे की उसकी सीट के नीचे सामान जमा दिया था। जिन्हा को आराम करना था। उसने कुली को एक आने का भुगतान किया और धीरे से गहरी नींद में सो गया। वह रुत्ती की देह से परे किंतु उसके विचार के संग-संग फ़िलहाल बहुत दूर जा रहा था। भविष्य में क्या होगा यह न उसे पता था न रुत्ती को। लेकिन यह तो पक्का था कि जुनून की हद्द तक ज़िद्दी जिन्हा वही करेगा जो उसके विचार में जगह बना चुका है।

31

रुत्ती दरवाज़ा बंदकर अनमनी सी अपने पलंग पर लेटी थी। उसने नाश्ता भी ठीक तरह से नहीं किया था। वह स्वयं को किसी मुरझाई सी कली की तरह महसूस कर रही थी। आँखों से ढलती हुई बूंदें तकिए पर एकत्र होकर उसे नम कर रही थीं। उसकी बाल सुलभ चंचलता गुम हो चुकी थी। वह जब भी इस बंगले में आई, हमेशा खिली-खिली सी यहां से गई थी। इस बार वह अपनी चंचलता को इतिहास बनाकर शायद यहीं दफ़्न न कर जाए। वह रुत्ती, जो यहां आई थी आज यहां होकर भी नहीं थी। रुत्ती जो दार्जिलिंग के बंगले की हर ईंट, हर दीवार, हर दरवाज़े, हर पौधे की प्यारी सी दोस्त थी, आज ख़ुद में सिमटी होकर सबको उदास कर कमरे में बंद थी। आँसू जिनसे रुत्ती का कभी परिचय ही नहीं हुआ था, आज उसका साथ छोड़ने को तैयार ही नहीं थे। वह दिनों के पीछे-पीछे चलने लगी थी।

रुत्ती ने बचपन से अपने पिता के मित्र के रूप में जिन्हा को देखा था। छोटी सी बच्ची के रूप में उसने जब से पहचानना और बोलना सीखा था, यह शख़्स उसे अपने घर पर आता-जाता दिखा था। उसके पिता के साथ घंटों बैठा चर्चा करता, शतरंज खेलता, मुस्कुराता, सलाह देता और कई बार डिनर व लंच करता। ताज होटल में कितनी बार पेटिट परिवार के साथ यह शख़्स अपनी शामों का सहभागी हुआ। अपने 'मूंछों वाले अंकल' के प्रति रुत्ती के मन में कब से उत्कंठा थी उसे ही नहीं पता था। वह अंकल की वाक् पटुता और भाषण कला पर मुग्ध थी। उसके तर्क उसे बहुत भाते थे। बिंदास और निडर अंकल उसे प्रभावित करते थे। लेकिन न जाने क्यों वह उनके नज़दीक कुछ असहज महसूस करती थी। जैसे-जैसे वह उम्र की सीढ़ीयां चढ़ रही थी 'मूंछों वाले अंकल' की भाव-भंगिमा को वह पहचानने लगी थी। उनकी आँखों के आमंत्रण उसे सम्मोहित करने लगे थे। लेकिन वह उस सम्मोहन में समर्पण का तो कभी सोच भी नहीं पाई थी। उसकी आदत अपने हमउम्र लोगों की बजाए बड़ों के बीच अधिक ख़ुश रहने की थी।

उसकी सरोजिनी आंटी तो जैसे सबसे प्यारी दोस्त थीं। पद्मजा और लीलामणि से उसकी दोस्ती ज़रूर थी लेकिन सरोजिनी आंटी उसे सबसे ज़्यादा प्रिय थी। अपनी बुआ भी उसे अपनी दोस्त ही प्रतीत होती थी। कांजी द्वाराका दास अबतक उसके परिचय में आ चुका था, लेकिन उसके प्रति उसका कोई आकर्षण नहीं था। जबकि वह उसके रूप-रस का पान करने का कोई अवसर छोड़ना नहीं चाहता था। पारसी अगियार में न जाने कितनी जोड़ी आँखें उसका पीछा करती उसने महसूस की थीं, लेकिन वह उसके लिए महज़ मुस्कुराने का बहाना मात्र थीं। किंतु जिन्हा अंकल में उसे धीरे-धीरे जादुई असर सा लगने लगा था। वह उसकी निग़ाहों के भंवर में ख़ुद को थामने की कोशिश करती रही थी। यहां पर एकांत पाते ही उस भंवर ने उसे जकड़ लिया था और वह जिन्हा के तूफ़ान में एक लहर की तरह गतिमान हो गई थी। वह उसकी सुनामी में बह गई थी। उसका जीवन अब उथल-पुथल से भरे हिचकौले खाते जहाज की तरह लग रहा था। वह जानती थी पारसी परम्परा और समय की धारा को। एक बवंडर भले ही अभी मीलों दूर हो, बहुत तेजी से क़रीब आने वाला था जो न जाने कितनों की मुस्कान को आँसू देकर जाएगा। वक़्त तो यह जानता था, लेकिन रुत्ती और उसकी भावनाएं इस बात से अनभिज्ञ थीं।

उसके और जिन्हा के बीच यहां जो कुछ हुआ है क्या वह स्थाई रूप ले सकेगा? क्या जिन्हा के साथ उसका जीवन एक साथी के रूप में मूर्त रूप पा सकेगा? क्या समाज इसे स्वीकार करेगा? क्या जिन्हा अपनी सामाजिक और राजनैतिक हैसियत दाव पर लगाकर उसे थामने का दुस्साहस कर सकेगा? यहां उसने जिन्हा के समक्ष समर्पण किया है या महज़ भटकाव था यह? क्या वह जिन्हा के अलावा किसी और को स्वीकार कर सकेगी? उसने तो जिन्हा को अपना सबकुछ सौंप दिया है, उस जिन्हा को जो उसके

पिता के समान है। यह सब क्या हो गया। अब उसके जीवन का मकसद क्या रहेगा? क्या यह बोझ वह जीवनभर ढो सकेगी? ऐसे हजारों अनुत्तरित प्रश्न उसकी आँखों से बहकर तकिए पर गिर रहे थे। वह न तो सो पा रही थी न रो पा रही थी। बस सिसकियां ही उसकी साथी थीं।

उसका हाथ अचानक अपने पेट पर चला गया। एक विचार ने उसके भीतर कोहराम मचा दिया। वह भयभीत हो गई। उसे अपनी आँखों के सामने सुनामी से भी बड़ा तूफ़ान दिखाई देने लगा। वह जितना सोचती उतना ही कांपती। अगर ऐसा कुछ हो गया तो वह दुनिया को क्या जवाब देगी। उसके मुंह से अहुरा मज़्दा निकला। उसने प्रार्थना की कि उसके भीतर कुछ भी ऐसा-वैसा न हो जो समाज और परिवार के लिए कलंक के रूप में सामने आए। आने वाले आठ-दस दिन उसके लिए कठिनतम् थे। उसकी प्रार्थना थी कि शारीरिक रूप से सबकुछ नियमित हो। अन्यथा वह पेटिट परिवार के लिए नई मुसीबत होगी।

धीरे से दरवाज़े पर थाप लगी।

"कौन"- अपने को संयत करते हुए उसने कहा

"मैं भारुल बेबी जी"- भारुल ने आहिस्ता से जवाब दिया

"क्या बात है"- रूखेपन से रुत्ती ने कहा

"बेबी साहब दोपहर के खाने का समय हो गया है"- उसने कहा

"मेरी तबियत ठीक नहीं है। अभी नहीं खाना मुझे। शांता ने खाना खा लिया क्या?"- रुत्ती ने लेटे-लेटे कहा।

"जी बेबी साहब, जब आपको भूख लगे तब खा लीजिएगा, थॉमस गरम खाना तैयार कर लेगा, शांता ने अभी खाना नहीं खाया है"-कहकर भारुल वहां से जाने लगा।

"उसे बोलो वह खाना खा ले"- रुत्ती ने आदेशात्मक रूप से कहा

"जी बेबी जी"- कहकर भारुल चला गया

रुत्ती फिर अपने विचारों की बाढ़ में बहती रही। लेकिन जल्दी ही उसे विचार आया कि यदि उसने आज यह विचित्र व्यवहार सेवकों के सामने रखा तो वे लोग समझ जाएंगे कि वह जिन्हा के जाने से परेशान है व उन्हें कुछ शक हो सकता है। वह यह नहीं जानती थी कि पूरे बंगले में यह प्रेम कहानी आम हो चुकी है। वह तत्काल उठी और नहाने के लिए बाथरूम में चली गई।

किचिन में खुसुर-फुसुर शुरू हो चुकी थी। सबकी ज़ुबान पर जिन्हा के लिए धिक्कार थी। शेर सिंह तो काफ़ी नाराज़ था। हसन अली उसे समझाने का प्रयास कर रहा था। थॉमस का अपना ही विचार था। वह कह रहा था कि एक पत्र बड़े साहब को लिखकर उनके दोस्त की करतूत बयान कर दी जाए। लेकिन बाकी सब लोग उससे

सहमत नहीं थे। हसन अली वैसे भी उसके सूअर खाने से नाराज़ था और उसे 'दीन का दुश्मन' मान रहा था। शांता बिलकुल ख़ामोश थी।

क़रीब एक घंटे तक ये लोग आपस में इसी विषय को लेकर उलझे रहे। तभी अचानक सभी अवाक रह गए। किचिन में हँसती-खिलखिलाती रुत्ती ने प्रवेश किया।

"थॉमस क्या खिलाओगे आज अपनी रतन बेबी को"- उसने चहकते हुए कहा।

"बेबी साहब, आप जो कहें गरम तैयार कर देता हूँ"-थॉमस ने मुस्कुराते हुए कहा। लेकिन उसकी मुस्कुराहट में फीकापन था।

"चलो आज मैं तुम्हारे साथ फिश-चावल तैयार करती हूँ"- रुत्ती ने सभी में उत्साह भरने की नियत से कहा।

"अरे नहीं बेबी आप क्यों परेशान होंगी, हम खाना बनाते हैं ना"- शेर सिंह ने अपने नेपाली लहजे में कहा।

"चलो-चलो सब आज हम मिलकर खाना बनाते हैं, वैसे भी देर हो गई है। आप लोगों ने खाना खाया क्या?"- रुत्ती ने प्रश्न किया।

सभी ख़ामोश थे इस प्रश्न पर। वे बुझे हुए ज़रूर थे लेकिन उनका ताप बहुत बढ़ा हुआ था। वे सभी जीवन के अनुभव से गुज़र चुके थे। पेटिट बंगले में आने वाले मेहमानों की रूमानियत और गतिविधियां उनके लिए कोई नई नहीं थी। लेकिन अपनी ही बच्ची को किसी का शिकार बनते देखना उनकी कल्पना के परे था।

"बेबी आइए हम आपकी पसंद का खाना आपके साथ बनाते हैं"- थॉमस ने कहा

वे सब एक साथ खाना बनाने में जुट गए। रुत्ती का यह असफल प्रयास था अपने को छिपाने का। उसके अधरों पर तो मुस्कान थी, लेकिन सभी जानते थे कि वह मुस्कान रुत्ती की असली बिंदास मुस्कान नहीं है।

अपने को संयत करते हुए उसने किचिन में ही सबके साथ खाना खाया। वह सभी लोगों को अहसास कराना चाह रही थी कि वह दुःखी नहीं है। वह वही रुत्ती है, जो बचपन से इन सबके बीच हँसती-खिलखिलाती बड़ी हुई है। लेकिन न तो इस प्रयास में वह स्वयं को सफल महसूस कर रही थी, एवं न ही हसन अली सहित पेटिट बंगले के बाकी लोग आश्वस्त थे। वह खाना खा कर अपने कमरे में चली गई। कमरे में पहुंचते ही फिर उसके सामने जिन्हा आकर खड़ा हो गया। महानंदा की वह चट्टान, उस दिन का धागे जैसा चाँद, फिर उस चाँद का धीरे-धीरे बढ़ना तथा रुत्ती का जिन्हा में समाते चले जाना, उसके सामने चलचित्र की भांति आने लगा। उसका घुड़सवारी के दौरान जिन्हा का हाथ थामकर बराबरी से घोड़े दौड़ाना, लालीगुरन के फूलों और आड़ू के पेड़ों के बीच में आ जाने से ख़तरनाक तरीक़े से अपना हाथ छोड़ना याद आने लगा। उसे जिन्हा और स्वयं के बीच की उम्र का बिलकुल भी भान नहीं था। इस दौरान उसने

बहुत कोशिश की कि वह जिन्हा की अनुभूति को अपने ज़ेहन से हटा सके, लेकिन वह असफल रही थी।

अंततः वह उठी और सिगरेट निकालकर कश खींचना शुरू कर दिया। वह सिगरेट ख़त्म हुई तो दूसरी सिगरेट जला ली। वह ख़त्म हुई तो तीसरी जला ली। पता ही नहीं लगा वह सात सिगरेट फूंक गई। इतनी सिगरेट के बाद अब उसका मुंह धुएं से कसैला हो गया था, परन्तु मन अब भी हल्का नहीं हुआ तो बोदका निकालकर पीने लगी। लेकिन अचानक उसे लगा कि वह नियंत्रित नहीं हुई तो दोपहर को किचिन में किया गया उसका अभिनय बेकार हो जाएगा। वह उठी और बरामदे में आ गई। तब तक चार बज चुके थे। उसने शेर सिंह को बुलाया और शाम की चाय के लिए कहा। आराम कुर्सी पर बैठी हुई रुत्ती एकटक सामने की तरफ़ देख रही थी। उसके दाहिनी तरफ़ महानंदा के झरने की आवाज़ आ रही थी तथा दूर तक रोडोडेंड्रोन, मैगनोलिया और माइकलिया के फूल खिले हुए थे। बंगले के लॉन में सलीके से लगाए गए लाल, पीले, सफ़ेद और नारंगी गुलाबों के साथ अनेक क़िस्म के फूल उसे लुभाने लगे। वह इस नज़ारे को जिन्हा से मुक्त होकर निहार रही थी। तभी शेर सिंह चाय और बिस्कुट लेकर आ गया। उसने बड़े इत्मीनान से चुस्कियां लेकर चाय पी।

उसका मन अब घुड़सवारी का हुआ। फिर एक बार शेर सिंह को बुलाकर उसने शेबुल को तैयार करने के लिए कहा। शेर सिंह शेबुल को लेने चला गया और रुत्ती उठकर घुड़सवारी की पोशाक हेतु तैयार होने कमरे में चली गई।

कुछ ही देर बाद वह शेबुल पर सवार हो उसे दौड़ा रही थी। उसे अकेले घुड़सवारी में मज़ा नहीं आ रहा था, लेकिन वह स्वयं को व्यस्त रखने के लिए इसमें खोई हुई थी। वह रेसकोर्स चली गई, वहां उसने कुछ करतब किए। जानबूझकर वह महानंदा के किनारे की तरफ़ नहीं गई थी। इसके बाद उसका मन नहीं लगा तो वह वापस आ गई। वहां पर शम्सु मौजूद था, उसने शेबुल को सम्हाला और वह अपने कमरे में चली गई।

रात को उसने हल्का दाल-चावल ही बनाने के लिए थॉमस को बोला था। लेकिन शेर सिंह ने आज स्पेशल नेपाली जुजू धाउ और ढ़ांडो बनाने का विशेष आग्रह किया। रुत्ती शेर सिंह के आग्रह को टाल नहीं सकी। शेर सिंह यद्यपि थॉमस तिरोती का सहायक ही था लेकिन जब नेपाली और पहाड़ी डिश बनाने की बात आती थी तो वह अधिक सक्रीय हो जाता था। रुत्ती जानती थी कि शेर सिंह ढ़ांडो बहुत ही स्वादिष्ट बनाता है। जब तक रुत्ती घुड़सवारी का पसीना अपने तन से धोकर बाहर आती तब तक खाना बन चुका था। वह खाना खा कर अपने कमरे में चली गई। आज उसके साथ समय बिताने के लिए जिन्हा नहीं था। कमरे में उसने काग़ज़-कलम उठाकर एक कविता लिखी। फिर उसे बार-बार पढ़ा। लेकिन उसे लगा कविता पूर्ण नहीं है तथा वह आज कविता की पूर्णता की ओर जा भी नहीं सकेगी। उसने वह काग़ज़ फाड़कर डस्टबीन में डाल दिया।

उसका मन कहीं भी नहीं लग रहा था। अभी उसे एक सप्ताह यहां रहना था। परंतु वह अब जल्दी बम्बई जाना चाहती थी। उसने निर्णय किया कि सुबह हसन अली से कहेगी कि वह उसे सियालदह तक छोड़कर आए। लेकिन यह भी तो सम्भव नहीं था। उसे पहले दर्जे से जाना था तथा सिलीगुड़ी से सियालदाह और फिर वहां से बम्बई के लिए कूपे में टिकिट मिल पाएगा या नहीं यह पक्का नहीं था। लेकिन उसने निश्चय कर लिया था कि वह कल हसन अली को टिकिट बुक करने का फार्म लाने के लिए बताएगी और फिर दो-तीन दिन बाद का जब भी टिकिट मिलेगा वह बम्बई चली जाएगी। दार्जिलिंग में अंग्रेजों के और देश के अभिजात वर्ग के आने-जाने के कारण यहीं पर बुकिंग रजिस्टर की व्यवस्था थी, ख़ासतौर से सियालदाह, दिल्ली और बम्बई की टिकिट की बुकिंग के रजिस्टर यहां रखे गए थे। यह विचार कर वह अपने पलंग पर चली गई।

उसे फिर से विचारों ने घेर लिया था। सरोजिनी आंटी ने एक-दो बार उसे उम्र के परिवर्तन का संकेत कर सावधान रहने का इशारा किया था। बुआ भी उसके प्रति कुछ अधिक सतर्क रहने लगी थी। यद्यपि मॉम को कोई फ़र्क़ नहीं पड़ा था। पिता का व्यवहार उसके प्रति बेहद स्नेहिल था। वह उसके भाई से ज़्यादा उसे प्यार करते थे। दूसरे भाई-बहनों में रुत्ती का रुतबा अलग ही था। पद्मजा से उसकी दोस्ती ज़रूर थी वह हमउम्र होते हुए भी अबतक उससे अंतरंग नहीं हो सकी थी। किंतु हमउम्र लड़कियों के बीच होने वाली रोमांटिक बातों का सिलसिला उनके बीच शुरू हो चुका था। उन दोनों के अपने-अपने रहस्य थे, जो एक-दूसरे के साथ साझा नहीं हुए थे।

रुत्ती भविष्य में जिन्हा को लेकर बहुत सी बातें अपने पलड़ों पर तौल रही थी। उसका आकर्षण अब और ज़्यादा बढ़ गया था। पिता की नाराज़गी का उसे अंदाजा नहीं था। वह मानकर चल रही थी कि पिता उसे अगाध स्नेह करते हैं तथा जिन्हा रूपी खिलौना उसे दिलाने में उन्हें कोई दिक्कत नहीं होगी। समाज, सोसायटी, संस्कार, रूढ़ी सब उसके सामने एक-एक कर घूमने लगे थे। लेकिन मन और मस्तिष्क जिन्हा तथा अपने पिता दिनशॉ पेटिट के बीच घड़ी के पेंडुलम की तरह झूल रहा था। उसकी पलकें बोझिल होने लगी थीं फिर उसे पता ही नहीं चला कब वह नींद के आग़ोश में चली गई।

32

रुत्ती को दार्जिलिंग से बम्बई आए एक महीना होने को आया था। उसके व्यवहार व दिनचर्या में अजीब सा परिवर्तन आ रहा था। वह स्वयं को पहले की भांति ही दिखाना चाहती थी। लेकिन यह आवरण वह सही तरीक़े से ओढ़ नहीं पा रही थी। उसका चुलबुलापन बनावटी हो गया था। वह अकेले रहना ज़्यादा पसंद कर रही थी। शांता

को भी वह बार-बार नहीं बुला रही थी। ज़रूरी होने पर ही उसे अपने कमरे में बुलाती। अपने कुत्ते और बिल्लियों के साथ समय बिताना उसे अच्छा लगता था। वह एकांत में खिड़की से झांककर बारिश की बूंदों का नृत्य देखने में खोई रहती थी। दिनशॉ पेटिट ने इस ओर कोई ध्यान नहीं दिया था। वे अपने काम में ज़्यादा व्यस्त थे। दीना इस विषय पर कुछ विचार रखती ही नहीं थी। इस परिवर्तन को मामाबाई सबसे ज़्यादा महसूस कर रही थी। पहले तो सबने यह समझा था कि थकान और मौसम परिवर्तन के कारण रुत्ती थोड़ी अनमनी है। लेकिन मामाबाई ने इसपर ग़ौर करना शुरू किया। उसने एक-दो बार रुत्ती से बातचीत भी की, लेकिन रुत्ती ने सामान्य तरीक़े से कोई बात न होना समझा दिया था। शांता ने दार्जिलिंग में सबकुछ देखा समझा था, लेकिन वह जानती थी कि बड़े लोगों के बीच चुप रहना ही ज़्यादा बेहतर होता है, वर्ना उसकी नौकरी जाने में पलभर का समय भी नहीं लगेगा। बीच में एक बार सरोजिनी नायडू भी आई थीं, उन्होंने रुत्ती को अनमना देखकर पूछा था कि उसकी तबियत तो ठीक है। रुत्ती ने उन्हें अपनी ओर से संतुष्ट कर दिया था कि सफ़र की थकान और दार्जिलिंग तथा बम्बई के मौसम के मिज़ाज में बहुत फ़र्क़ है। सरोजिनी ने भी यही मान लिया था। जिन्हा इन दिनों बम्बई से बाहर था। वह कब तक वापस बम्बई आएगा रुत्ती को पता नहीं था। वह बड़ी बेसब्री से उसका इंतिज़ार कर रही थी। वह इतना तो निश्चित जानती थी कि वह जब भी बम्बई आएगा पेटिट हॉल ज़रूर आएगा।

रुत्ती ने इन दिनों पद्मजा को कुछ चिठ्ठियां लिखी थीं। उन चिठ्ठियों में उसका बदलाव साफ़ झलक रहा था। उसने कुछ कविताएं भी लिखीं, जिसमें प्रेम पगे शब्द जादू की तरह उसे सम्मोहित कर रहे थे। बरसात होने पर उसका मन रोमांचित हो उठता था।

पिछले दो दिन से बम्बई में भारी बारिश हो रही थी। मालाबार हिल्स से समुद्र बादलों से ढंका हुआ दिखाई दे रहा था। बम्बई की बारिश होती ही ऐसी है। जब होना शुरू हो तो लगता है जैसे समुद्र इस धरती पर अठखेलियां करने उतर आया है। नॉरीमन से चर्चगेट तक, या गिरगांव से कुलाबा तक पानी ही पानी होता है। दूर-दूर की बस्तियां जैसे- थाणे, माहिम, दादर, वर्ली, वग़ैरह तो बम्बई से पूरी तरह कट जाती हैं। इस शहर के सात टापू बरसात में प्राकृतिक रूप से दमक उठते हैं। मालाबार की पहाड़ी से लुढ़कता हुआ पानी मन को मोह लेता है। इतनी घनघोर बारिश में बाहर निकलना सम्भव नहीं हो पाता। शाम को बारिश जैसे ही कुछ थमी तो एक मोटरकार पेटिट हॉल में आकर रुकी। उससे उतरने वाला शख़्स जिन्हा था। सम्भवत: वह एक दो दिन पहले ही बम्बई आया था। लेकिन बारिश ने उसका रास्ता रोक रखा था। आज शाम को पानी के ठहरते ही उसके क़दम चल पड़े थे। वह इस बंगले के चप्पे-चप्पे से वाकिफ था। अब तो वह इसकी आबरू और हुस्न का भी अघोषित मालिक हो चुका था। सम्भवत: उसने

टेलीफोन के ज़रिए दिनशॉ पेटिट से बातकर अपने आने की सूचना दे दी थी। पेटिट उसे लेने के लिए बाहर तक आए थे।

"अरे मिस्टर जिन्हा, आपने अपना लुक चेंज कर लिया! तुम्हारी मूंछें कहां गायब हो गईं"- आश्चर्य से पेटिट ने कहा।

"मिस्टर पेटिट मेरी मूछें अब मेरे लुक की हिस्ट्री हो गई हैं। उन्हें हमेशा के लिए हटा दिया है मैने"- जिन्हा ने रहस्यमयी दृष्टि पेटिट के चेहरे पर गड़ाते हुए कहा।

"लेकिन क्यों? तुम्हारा रौब था मूंछों से"-पेटिट ने जोर देकर कहा।

"मूंछों को जुदा करना जरूरी हो गया था पेटिट साहब वरना जिंदगी में एक खूबसूरत वक्त से हाथ धोना पड़ सकता था"- जिन्हा ने पहेलीनुमा जवाब दिया था।

"अब रुत्ती तुम्हें मूंछ वाले अंकल नहीं कह सकेगी"- एक ठहाका लगाया पेटिट ने।

जिन्हा सिर्फ मुस्कुरा दिया था

"मिस्टर जिन्हा, मुझे याद है जब रुत्ती बहुत छोटी थी तुम्हारी मूंछों से कितना डरती थी तथा हम तुम्हे मजाक में कहते थे यह मूंछे साफ कर लो जो बच्चों को डराती हैं"- फिर एक ठहाका लगाते हुए पेटिट ने कहा।

जिन्हा मन ही मन सोच रहा था मिस्टर पेटिट तुम्हे शायद नहीं पता कि यह मूंछे तुम्हारी बेटी की मुहब्बत में ही मैने साफ कराई हैं। अब इन मूछों की कीमत तुम्हें ही देनी होगी।

बातें करते हुए दोनों ड्राईंग रूम में चले गए थे। इस दौरान दोनों के बीच व्यावसायिक तौर पर कोर्ट के पेंडिंग मामलो पर चर्चा हुई थी। दिनशॉ पेटिट ने जिन्हा से रात के खाने का आग्रह किया तो जिन्हा ने बिना बिना किसी ना-नुकर किए स्वीकार कर लिया।

रुत्ती अपने कमरे में थी। मामाबाई को उसकी बहुत फ़िक्र थी। रुत्ती का अनमनापन उसे बिलकुल अच्छा नहीं लग रहा था। वह उसे खाना खाने के लिए ख़ुद बुलाने गई थी। किसी सेवक को रुत्ती मना कर सकती थी। मामाबाई ने उसे बताया आज जिन्हा ब्रदर भी आए हैं, वे भी हमारे साथ ही खाना खायेंगे। जिन्हा का अपने घर पर होना जानते ही रुत्ती उछल गई। उसका सारा अनमनापन गायब हो गया था। उसने बुआ से पूछा वो कब आए। मामाबाई ने बताया कि क़रीब एक घंटा हो गया है उन्हें यहां आए।

"ओह! मैं अभी तैयार होकर आई"- चहकते हुए रुत्ती ने कहा।

मामाबाई ने रुत्ती में आए इस परिवर्तन को उसका सामान्य होना ही समझा। उसे लगा उसकी थकान दूर हो गई है।

थोडी देर बाद रुत्ती सफ़ेद कट फ्रॉक पहने और सफ़ेद ही हेयर बैंड लगाए चहकती हुई ड्राईंग रूम में थी। आज उसका चुलबुलापन, खनकदार हँसी, और खिला हुआ चेहरा देखकर सभी ख़ुश थे।

"आपने बताया नहीं, आप बम्बई कब आए"- जिन्हा की तरफ़ मुख़ातिब होते हुए उसने कहा। अब उसने अंकल शब्द का उपयोग बंद कर दिया था।

"तीन दिन हो गए"- जिन्हा ने सधा हुआ जवाब दिया।

कुछ ज़रूरी बातें करने के बाद सभी डायनिंग टेबल पर चले गए। रुत्ती दर्जिलिंग में बिताए दिनों का वर्णन उत्साह से कर रही थी। लेकिन वह सतर्क भी थी कि कोई ऐसी बात न निकल जाए जो जिन्हा और उसके बीच के बेहद नाज़ुक रहस्य को खोल दे अथवा शंका उत्पन्न कर दे। वह घुड़सवारी और कंचनजंघा की बातें करते हुए रोमांचित हो रही थी। भारुल और शेर सिंह के साथ की गई शरारतों की चर्चा कर आनंद ले रही थी। उसने अपने द्वारा किचिन में जाकर खाना बनाने का भी सभी को बताया था। जिन्हा की अब मूंछें नहीं थीं।

रुत्ती ने एक द्विअर्थी वाक्य का प्रयोग अचानक कर दिया- "अब ये महाशय मेरे 'मूंछोंवाले अंकल' नहीं रहे, क्यों सही कह रही हूँ ना" उसने जिन्हा की तरफ़ एक गहरी दृष्टि से देखा। जिन्हा सकपका गया और मुस्कुरा दिया। बाकी लोग इसके गूढ़ अर्थ के बारे में सोच ही नहीं सकते थे, इसलिए वे सभी जिन्हा की क्लीनशेव मूंछों को देखकर ठहाका लगा कर हँस दिए।

बाहर बारिश शुरू हो गई थी तथा रात भी हो चुकी थी। जिन्हा को जाना था। रुत्ती उसे मोटरकार तक छोड़ने साथ आई थी। रास्ते में जिन्हा अपने मित्र की बेटी को लेकर गहरे विचारों और भावी ज़िंदगी की कहानी में खोया हुआ था। मानसिक उधेड़-बुन में पता ही नहीं चला कब घर आ गया। घर पर फ़ातिमा मौजूद थी। जिन्हा ने नॉक किया तो फ़ातिमा ने उनींदी सी आकर दरवाज़ा खोला। वह बिना बोले अपने कमरे में चला गया। अपना कीमती सूट बदला और पलंग पर जा गिरा। उसके सामने अंधेरा कमरा और उसमें रुत्ती का अक्स था। कुछ देर वह उसी में खोया रहा और फिर पता नहीं उसे कब नींद आ गई।

उधर पेटिट बंगले में रुत्ती भी अपने भविष्य और जिन्हा को लेकर सोचते-सोचते गहरी नींद में समा चुकी थी। आसमान पर बादलों के पीछे छिपा चाँद कभी-कभी बाहर आकर मालाबार हिल्स और चर्नी रोड के दो कमरों में झांकने की कोशिश कर फिर बादलों के पीछे चला गया था। वह दार्जिलिंग से निकलकर ही तो बम्बई के आसमान पर आया था। सब जानता था वह कि उसकी गवाही में महानंदा की चट्टान पर इन दोनों के बीच क्या-क्या घटित हुआ है।

33

बरसात थम चुकी थी। बम्बई का मौसम कुछ उमस भरा होकर राते ठंडी होना शुरू हो गई थीं। उस दिन विलिंगडन क्लब में उत्सव का माहौल था। हर बार की तरह आज भी इस क्लब में जश्न मनाया जा रहा था। यह क्लब बम्बई की शान था। इसकी हर शाम चकाचौंध से भरी होती थी। इस क्लब में होने वाले कार्यक्रमों में शहर के रईस, अंग्रेज और बड़े व्यापारियों के परिवार शामिल होते थे। यहां न महिलाओं के शराब पीने पर प्रतिबंध था, न उनके सिगरेट पीने पर कोई आपत्ति थी। इस उत्सव में जिन्हा शामिल था। रुत्ती अपनी बुआ के साथ मौजूद थी। रुत्ती को मन ही मन प्यार करने वाला कांजी द्वारकादास भीड़ में शामिल था। बम्बई के तमाम कुलीन घरानों के वे लड़के-लड़कियां शामिल थे, जिनके अधरों पर स्कॉच और वाईन का हल्का सुरूर था। ये नई उमर की पौध आधुनिक थी। इनके कपड़े नए परिवेश और फ़ैशन के अनुरूप थे। युवा महिलाएं साड़ी पहने थीं, लेकिन उनके आधुनिक ब्लाउज़ लो कट और स्लीवलेस थे जो विदेशी साटन के थे, कपड़ों में से उत्तेजना बाहर झांक रही थी।

मामाबाई अपने ग्रुप में मनोरंजन करते हुए केसिनो में व्यसत थी। रुत्ती वोदका और अपनी सिगरेट अंगुली में दबाए खिलखिला रही थी। आज उसकी खिलखिलाहट का साथी उसका प्रेमी मोहम्मद अली जिन्हा था। दोनों भीड़ से थोड़ा हटकर बातों में उलझे हुए थे। जिन्हा जो अक्सर ख़ामोश रहकर एकांत तलाशता था, आज रुत्ती के साथ रोमांस में डूबा हुआ था। कांजी द्वारकादास की नज़रें हमेशा रुत्ती के इर्द-गिर्द ही रहा करती थीं। उसने रुत्ती को देखने और फिर उससे मिलने के बाद बहुत बार अपने मन की बात उसके सामने रखने की कोशिश की थी, लेकिन वह कभी भी बोल नहीं सका था। वह उसका ऐसा प्रेम पुजारी था जो पूजा तो पूरे भक्तिभाव से करता था, लेकिन प्रार्थना मानसिक ही कर पाता था।

जिन्हा और रुत्ती को इस तरह घुल-मिल कर बातें करते और उनके हाव-भाव देख वह चकरा गया था। वह जानता था कि रुत्ती और जिन्हा में तो पिता-पुत्री की उम्र का अंतर है और वह पेटिट का मित्र है। उनके बीच यह केवल औपचारिक एवं सामान्य बातचीत ही हो सकती है, इसमें कोई दूसरा पहलू हो ही नहीं सकता। लेकिन उसकी नज़र उनके चेहरों पर खेलने वाले मनोभावों को बारीकी से पढ़ रही थी। यह नज़र धोखा नहीं खा सकती थी। इसमें जो दिखाई दे रहा था वह औपचारिक नहीं बल्कि कुछ अलग ही दिखाई दे रहा था। द्वारकादास सोचने लगा कि काश वह जो देख रहा है वह सत्य न हो।

विलिंगडन क्लब में अब सबकी नज़रें रुत्ती और जिन्हा पर लगी थीं। लोग इतने भी अनजान नहीं थे जो इनके बीच उठते हुए धुएं को समझ न सकें। धीरे-धीरे कोहनियों

से कोहनियां टकराई और नज़रें तिरछी होने लगीं। तिरछी नज़रो के साथ ही लोगों के ओंठ सिकुड़ने लगे और मुस्कान फैलती हुई हवा में तैरने लगी थी। ऐसा नहीं था कि केवल रुत्ती और जिन्हा के बीच ही यह धुआँ उठा हुआ था। वहां और भी दो चार जोड़े थे जो दुनिया से बे-ख़बर अपने आप में खोए हुए थे। लेकिन वे जोड़े सोलह-बयालीस के नहीं थे। बल्कि सोलह-बीस तक के थे, अथवा बयालीस-चालीस के थे इसलिए वे इस आधुनिक क्लब में कोई अजूबा अथवा लोगों का आकर्षण नहीं थे। किंतु यह जोड़ा अकल्पनीय रूप से सामने आया था जो सबकी निगाहों में चढ़कर मन में खटक रहा था।

समाज में जो सम्मानित और धनाड्य होते हैं, वे लोगों की आँखों में भी रहते हैं। उनका हर क़दम लोगों की नज़र में रहता है। जिन्हा और रुत्ती की सामाजिक स्थिति बहुत मज़बूत थी ही, वे शहरभर के लिए जाने-पहचाने नाम थे। फिर रुत्ती के तो कई दीवाने इसी क्लब में मौजूद थे, यह दृश्य देखकर जिनके दिल पर साँप लोटने लगे थे। मामाबाई अपने केसिनो में मस्त थी। उसे न तो इस प्रसंग का पता था न ही क्लब के लोगों की आँखों तक वह पहुंच सकी थी।

इस शाम के रात में बदलने तक बम्बई के अभिजात वर्ग में यह बात कुछ अतिरिक्त मसाले लगाकर खुसुर-फुसुर में चल निकली थी कि एक पारसी षोडषी और मुस्लिम अधेड़ आपस में नैन-मट्टका कर कुछ जाल बुन रहे हैं।

रुत्ती और जिन्हा की रंगीनियां कुछ दिन तक तो गॉसिप के रूप में सभ्रांत टेबलों पर घूमती फिरती रहीं। फिर धीरे-धीरे आम होकर जिन्हा और पेटिट के क़रीबी परिवारों के ड्राईंग रूम में चिंता का विषय होने लगीं। वे लोग जो पेटिट परिवार के हितैषी थे, तथा रुत्ती के इस व्यवहार को बचकाना और अमर्यादित मान रहे थे, किसी तरह पेटिट परिवार तक इस रोमांस को पहुंचाना चाहते थे, लेकिन सम्बंध ख़राब होने के भय से कोई भी उनके सामने मुंह खोलने की स्थिति में नहीं था। लोग जानते थे कि जिन्हा और रुत्ती दोनों ज़िद्दी हैं तथा इनके बीच का यह रोमांस केवल मनोरंजन भर नहीं है तो यह भविष्य की बेहद दर्दीली घटनाओं में से एक होनो वाला है। जिन्हा का तो पता नहीं लेकिन रुत्ती इस ख़तरे से अनजान थी।

सरोजिनी नायडू यह सब देखकर बहुत व्यथित थीं। वे दोनों को काफ़ी गहरई से जानती थीं। जिन्हा के प्रति उनकी भावनाएं कुछ अलग स्थान रखती थीं। रुत्ती के साथ जिन्हा के इन रिश्तों को बढ़ता देख वे आश्चर्यचकित थीं। पद्मजा और लीलामणि उनकी दो बेटिया थीं और जिन्हा से अब उन्हें अपनी बेटियों की सुरक्षा का भी ख़्याल आने लगा था। यह बात कहीं से कहीं तक पचने वाली नहीं थी कि एक मुसलमान अधेड़ व्यक्ति के नासमझ पारसी बच्ची जो उसकी गोदी में खेली-पली और बड़ी हुई के बीच इस तरह के सम्बंध विकसित हों।

सरोजिनी के बेटे सूर्यकुमार को जब यह बात पता चली, तो वह उबल ही पड़ा था। उसे जिन्हा से नफ़रत होने लगी थी। उसने अपनी बहनों को साफ़ बोल दिया था कि वे कभी भी जिन्हा के सामने न जाएं। एक रात खाना खाते समय सरोजिनी, सूर्या, पद्मजा और लीलामणि टेबल पर थे।

"अम्मा. आजकल जिन्हा साहब और मिस्टर पेटिट की बेटी रुत्ती को लेकर बहुत गॉसिप चल रहा है। आप तो दोनों को जानती हैं, क्या सच्चाई है इसमें"- सूर्यकुमार ने पूछा

"बेटा मैं भी चिंतित हूँ इन चर्चाओं से"-एक गहरी साँस भरते हुए सरोजिनी ने कहा

"मुझे तो समझ नहीं आता, कहां वह जिन्हा पेटिट का दोस्त, जो रुत्ती के पिता की उम्र का है, और कहां रुत्ती, एक नाज़ुक सी बच्ची, आख़िर यह सब कैसे बर्दाश्त किया जा सकता है"- चावल को अपने हाथों से मुंह में धकेलते हुए सूर्यकुमार ने कहा।

"हाँ सूर्य रुत्ती बेहद ख़ूबसूरत और नाज़ुक लड़की है। जिन्हा एक ज़िद्दी इंसान है। अगर उसने रुत्ती के बारे में कुछ गलत सोच रखा है तो फिर चाहे कुछ भी हो जाए, वह मानेगा नहीं"- सरोजिनी के माथे पर चिंता की रेखाएं उभर आई थीं।

"यह तो सरासर अनैतिकता है। क्या इस आदमी में बिलकुल भी मॉरल नहीं है? उसे अपनी सोशल लाइफ और सियासी हैसियत का भी ख़्याल नहीं है? दो-दो पॉलिटीकल पार्टियों का नेशनल लीडर है वह। सेंट्रल असेंबली का दो बार का इलेक्टेड सिटिंग पर्सन है। थियो सोसाइटी का एक्टिव मेम्बर है। टॉप का बैरिस्टर है। उसे यह भी समझ में नहीं आ रहा कि एक पारसी लड़की और मुसलमान के बीच इस तरह के रोमांस को लोग कैसे सहन कर सकेंगे। फिर दोनों में बाप-बेटी जैसा रिश्ता। आख़िर पेटिट का दोस्त होने के नाते वह रुत्ती का चाचा भी तो कहा जाता है। अम्मा, मुझे तो यही लगता है कि पेटिट अंकल, रुत्ती और जिन्हा के बीच इसी रिश्ते को समझते होंगे। उन्हें यह पता ही नहीं होगा कि उनका अपना ही दोस्त उनके घर में ग़द्दारी पर उतारू है। मुझे तो उससे नफ़रत हो गई है। वह भले ही आपका भी दोस्त है, लेकिन माँ, मैं यह भी कहूंगा कि आप भी उससे बचकर रहना, कहीं ऐसा न हो कि..."-आक्रोशित होकर कहते-कहते सूर्यकुमार के चेहरे पर नफ़रत साफ़ झलकने लगी थी।

"सूर्य तुम कुछ ज़्यादा ही इमोशनल हो रहे हो"-स्थिति को भांपते हुए सरोजिनी सकपका गई थीं।

"नहीं माँ, मेरी चिंता आप नहीं समझ पा रही हो। समाज के ज़िम्मेदार लोग जब समाज की मर्यादा को नष्ट करने लगें तो चिंतित होना स्वाभाविक ही है। और तुम दोनों बिलकुल स्पष्ट समझ लो, मिस्टर मोहम्मद अली जिन्हा से तुम्हें दूर रहना है। कभी अगर वह सामने भी आ जाए तो बिना विश किए तुम वहां से हट जाओगी। मैं नहीं चाहता कि उसकी गंदी निगाह तुम पर पड़ सके"- आदेशात्मक रूप से सूर्य ने अपनी बहनों को कहा।

परिस्थितियां और समय को देखते हुए सरोजिनी और दोनों बच्चियां निरुत्तर थीं। उसके बाद टेबल पर ख़ामोशी पसर गई।

सिर्फ़ दो-तीन महीनों में ही बम्बई से होती हुई यह हवा पूना, हैदराबाद, दिल्ली, लखनऊ, कराची, कलकत्ता, जैसे शहरों में भी पहुंच चुकी थी कि जिन्हा और रुत्ती में बहुत गहरा रोमांस चल रहा है। इस आँधी से केवल मालाबार हिल्स का आलीशान बंगला पेटिट हाउस ही अब तक अनजान था।

अपने नियम का पालन ही समाज में प्रतिष्ठा माना जाता है। इस बेमेल बढ़ती नज़दीकी से लोग असमंजस की स्थिति में थे। यह सब बम्बई के अभिजात वर्ग से लगाकर सामान्य लोगों तक के लिए न उगलते बन रहा था न निगलते।

रुत्ती का हर उस जगह होना आम हो गया था जहां जिन्हा है, और जिन्हा का हर उस जगह पर पहुंचना विशेष था जहां रुत्ती है। रुत्ती जिन्हा के भाषण सुनने, उसकी सभा में जाने और शहर के राजनैतिक वातावरण में शामिल होकर जिन्हा की नज़दीकी का कोई अवसर नहीं छोड़ती, तो जिन्हा किसी भी क्लब में होने वाले कार्यक्रम तथा मनोरंजन के स्थानों में रुत्ती से सम्पर्क करने को बेताब रहता था। देश का प्रख्यात बैरिस्टर, कांग्रेस और मुस्लिम-लीग की शीर्ष पंक्ति का नेता इन दिनों किसी बेहद अपरिपक्व प्रेमी होने के प्रदर्शन से नहीं बच पा रहा था। उसके शुभ चिंतक तक यह नहीं समझ पा रहे थे कि आख़िर वह अपना भविष्य क्या देख रहा है।

अक्टूबर में वह अहमदाबाद में बम्बई प्रोविंशियल कॉन्फ्रेंस की अध्यक्षता करने चला गया। दिसम्बर में उसे कांग्रेस और मुस्लिम-लीग के संयुक्त अधिवेशन में भाग लेने लखनऊ जाना था। यह समय दो बेमेल प्रेमियों के लिए बेहद नाज़ुक था। सारा भारत इस अधिवेशन का उत्सुकता से इंतिज़ार कर रहा था। चार दिन के अधिवेशन में देशभर के लोग जाने का मन बना चुके थे। यह अधिवेशन राजनैतिक रूप से तो मील का पत्थर था ही, साथ में लोगों के लिए चार दिन की पिकनिक की तरह भी था। कांग्रेस के अधिवेशनों में राजनैतिक लोगों के साथ पैसा ख़र्च करने में सक्षम आम जनता भी भाग लेती थी। वहां का वातावरण मेले जैसा होता था। लोग मनोरंजन के साथ नई-नई मुलाकातें करते, दोस्ती बढ़ाते फिर उनके बीच पत्र-व्यवहार होता। सम्बंध स्थाई बनाने के लिए ऐसे अधिवेशन सकारात्मक भूमिका निभाते थे।

भारतीय राजनीति में यह साल बहुत ही विशेष था। मुस्लिम-लीग के अध्यक्ष के रूप में जिन्हा और कांग्रेस के गरमदल के हिन्दुत्ववादी नेता लोकमान्य बालगंगाधर तिलक की कोशिशों से लखनऊ में यह संयुक्त अधिवेशन रखा गया था। लोकमान्य तिलक पर लगे राजद्रोह के मुक़द्दमे को बैरिस्टर जिन्हा ने कुछ ही दिन पहले जीतकर उन्हें अकल्पनीय उपहार दिया था। वैचारिक रूप से दोनों विपरीत ध्रुव थे, लेकिन दोस्त

के रूप में एक-साथ आ गए थे। तिलक का उद्देश्य इस अधिवेशन द्वारा धार्मिक विवादों को निपटाकर नए भारत की कल्पना करना था। यह विचार प्रदर्शित करना जिन्हा के के लिये उसके रुत्ती के साथ हो रहे रोमांस की वज़ह से ज़्यादा ज़रूरी भी था। लोकमान्य तिलक का साथ उसे सुविधाजनक लग रहा था। इस अधिवेशन में जिन्हा चाहता था कि रुत्ती लखनऊ चले। लेकिन उसके मन का चोर दिनशॉ पेटिट से सीधे बात करने में सक्षम नहीं था। यद्यपि वह पेटिट से कहता तो वे अपने दोस्त के साथ बेटी को भेजने में बिलकुल भी नहीं सुकचाते।

उस दिन फिर विलिंगडन क्लब में एक कार्यक्रम था। जिन्हा जानता था कि वहां मामाबाई और रुत्ती ज़रूर पहुंचेंगी। अपनी व्यस्तता में से समय निकालकर वह भी वहां पहुंच गया था। एक जोड़ी आँखें जो हमेशा दिल ही दिल में रुत्ती के रूप-रस को पीने की कल्पना में प्यासी रहती थीं वहां मौजूद थीं। बेचारा द्वारकादास कांजीभाई ख़ुद को रोक ही नहीं पाता था।

जिन्हा और रुत्ती वोदका लेकर एक कोने में मस्त हो गए। क्लब की सारी नज़रें उस कोने में जाकर भीड़ लगा चुकी थीं। इन भीड़भरी नज़रों के ओठों पर व्यंग्यात्मक मुस्कान बिखरने लगी थी। लेकिन जिन्हें कोई अंतर नहीं पड़ना था, नहीं पड़ा।

"जे, यह वक़्त कैसे निकलेगा, मैं तुम्हारे बिना नहीं रह सकती"- रुत्ती ने रुआंसे होकर एक सामान्य प्रेमिका के रटे-रटाए और बेहद आसान शब्दों में कहा

"तुम थोड़ा वेट करो, बहुत जल्दी मैं कोई अच्छा डिसीजन लूंगा"- जिन्हा ने निश्चिंत होकर अपने सिगार का धुआँ छोड़ते हुए सदियों पहले से प्रेमी द्वारा दिए जाने वाले आश्वासन को दोहरा दिया।

"मगर कब तक"- रुत्ती ने प्रश्नवाचक नज़रों से जिन्हा को देखा

"लखनऊ के बाद"- जिन्हा ने जवाब दिया।

"प्रॉमिस"-रुत्ती ने कहा

"हाँ डार्लिंग पक्का"-जिन्हा ने वोदका का घूंट निगलते हुए कहा।

"रुत्ती ने सिगरेट का कश खींचकर जिन्हा के चेहरे पर छल्ला छोड़ दिया। यह छल्ला पूरे हॉल में गूंज गया था।

"अच्छा तुम किसी तरह लखनऊ अधिवेशन में जाने का प्लान बना लो। हमें वहां कुछ वक़्त मिल जाएगा"- राजनीति का परिपक्व स्थापित नेता एक नासमझ कच्ची उम्र की नाज़ुक लड़की से अपने सर्वोच्च आयोजन में समय मिलने की बात कह रहा था।

"मैं लख़नऊ ज़रूर जाऊंगी"- रुत्ती ने स्पष्ट कर दिया था।

34

दिसम्बर का महीना और उत्तर भारत की सर्दी। यह केवल सर्दी ही नहीं होती हड्डियों को बजा देने वाली ऋतु होती है। शीत लहर की तीखी धार तापमान को एक-दो डिग्री के निचले स्तर तक ले आती है। गर्मी में पैंतीस डिग्री के झुलसा देने वाले तापमान के बाद शून्य या एक डिग्री का तापमान सहन करना मौसम के दोनों पहलूओं को दर्शाता है। इस कड़ाकेदार सर्दी में छब्बीस दिसम्बर से तीस दिसम्बर तक कांग्रेस अधिवेशन, व इकतीस दिसम्बर को मुस्लिम-लीग के अधिवेशन के कारण पाँच दिन लखनऊ में चहल-पहल होने वाली थी। रेलवे स्टेशन, बस अड्डे, तांगा स्टैंड पर कितनी भीड़ होगी कोई अनुमान नहीं था। रिक्शेवाले और स्थानीय चाट और खोमचे वालों की इन चार दिनों में होने वाली कमाई उन्हें सालभर का सुख देने वाली होगी। चारबाग में पंडाल सज रहे थे। चौक बजार के कारीगर कपड़े पर चिकन की कारीगरी करने में दिन-रात व्यस्त थे। इस बार उनके कपड़े सन् अठ्ठारह सौ निन्यानवे के अधिवेशन से ज़्यादा बिकने की उम्मीद लगए बैठे थे। लखनऊ की मिठाइयों की सुगंध हवा में कुछ ज़्यादा ही घुल कर लोगों की जीभ से पानी टपका रही थी। अमीनाबाद के दुकानदारों ने अपनी दुकानों को आकर्षक तरीक़ों से सजाया था, हिंदी, उर्दू, अंग्रेजी सहित पंजाबी, बंगाली और भारत की विभिन्न भाषाओं के नए रिसालों, पत्रिकाओं और किताबों के बंडल तांगों और रिक्शों पर लगातार आकर दुकानों में जगह बना रहे थे। अधिवेशन में आने वाली महिलाओं के लिए ख़ासतौर पर यह बाज़ार आकर्षण का केंद्र बन रहा था। हज़रतगंज में भी चहल-पहल ज़्यादा होने लगी थी। केसरबाग, सदरबाज़ार, नरही वग़ैरह की रौनकें बढ़ गई थीं। लखनऊ में सारा हिन्दुस्तान आने वाला था। अब्बास अली हो या गोपाल यादव सब अपने-अपने काम में लगे हुए थे। ग्राहकों को ज़्यादा से ज़्यादा अपनी तरफ़ आकर्षित करने के लिए क्या दुकानदार, क्या सेवादार सबने नए लख़नवी कुरते कलफ़ लगा कर तैयार कर रखे थे।

रुत्ती की माँ दीनाबाई को राजनीति में कोई दिलचस्पी नहीं थी। उसे इन्हीं दिनों में आगरा जाना था। रुत्ती किसी तरह लखनऊ जाने की योजना बना रही थी। जब मन में कुछ काला हो तो सामान्य बात कहने में भी भय लगता है। वही रुत्ती जो अभी कुछ महीने पहले दार्जिलिंग अकेली चली जाती थी, पिता से लखनऊ जाने का पूछने के लिए संकोच कर रही थी। अब तक पेटिट दिनशॉ तो वैसे भी अनजान ही थे उसके और जिन्हा के बीच पक रही खिचड़ी से, इसलिए उन्हें उसे लखनऊ भेजने में कोई आपत्ति ही नहीं होती। लेकिन रुत्ती के मन में तो चोर बैठ चुका था।

सरोजिनी नायडू ताज होटल में ठहरी हुई थीं। इस बार वे न तो जिन्हा के घर गई थीं न पेटिट बंगले पहुंची थीं। वह भी इस अधिवेशन में जाने वाली एक प्रमुख हस्ती थीं।

कांग्रेस की वरिष्ठ नेत्री के नाते उन्हें जाना ही था। रुत्ती उनसे मिली व उन्हें लखनऊ अधिवेशन में जाने की इच्छा बताई। सरोजिनी को रुत्ती-जिन्हा प्रसंग का पता था। वे किसी तरह की बदनामी अपने नाम नहीं करना चाहती थीं। सूर्या के साथ इस विषय पर हुई चर्चा ने उन्हें पारिवारिक रूप से सतर्क कर ही दिया था।

"रुत्ती बेटा लखनऊ इस समय बेहद ठंडा होगा। फिर तुम वहां की भीड़-भाड़ में जाकर क्या करोगी"- सरोजिनी ने बचने का प्रयास करते हुए कहा।

"आंटी प्लीज़ मुझे ले चलिए, मुझे पॉलिटीकल बहस सुननी है वहां। कितने सारे लोग अपनी बात कहेंगे। मैं सब जानना चाहती हूँ वहां जाकर"- रुत्ती ने मासूमियत से कहा।

"लेकिन तुम्हारे पप्पा इज़ाजत दे देंगे क्या?" - सरोजिनी ने आशंका व्यक्त करते हुए कहा। आशंका तो सरोजिनी को भी थी कि जिन्हा और रुत्ती के संबंधों की जानकारी पेटिट को लग गई होगी।

"आप कहेंगी तो वे ज़रूर हाँ कह देंगे"-आत्मविश्वास के साथ रुत्ती ने कहा।

"मैं बात करूंगी"- कहकर सरोजिनी ने रुत्ती को आश्वस्त कर दिया।

सरोजिनी रुत्ती की रिस्क लेना नहीं चाहती थी। लेकिन वह रुत्ती को अपनी पद्मजा जैसा दर्जा देती थी, अत: उसे निराश भी नहीं कर सकती थी। उन्होंने मामाबाई से बात कर उसे लखनऊ जाने के लिए तैयार कर लिया। मामाबाई के जाने से रुत्ती की ज़िम्मेदारी उसकी बुआ पर हो गई थी। सरोजिनी इस ओर से कुछ निश्चिंत हो सकती थी।

पेटिट से रुत्ती और मामाबाई ने ही बात की। एक अच्छा पिता जो जान न्यौछावर करने की हद तक अपनी बेटी से प्रेम करता था, भला कैसे मना करता। उन्होंने दोनों को लखनऊ जाने की इजाज़त दे दी। लेकिन समस्या यह थी कि बम्बई के अभिजात वर्ग की दो लड़कियां लखनऊ की उस भीड़-भाड़ में रुकेगीं कहां और शहर में उनके आने-जाने के लिए मोटरकार की व्यवस्था कैसे होगी। बारनेट दिनशॉ परिवार की लड़कियां क्या रिक्शे और अनजान तांगों पर वहां मारी-मारी फिरेंगी?

दिनशॉ को पता चला कि जिन्हा के दोस्त और सीनियर बैरिस्टर डी.एन. बहादुरजी भी लखनऊ जा रहे हैं, वे पारसी थे। पेटिट ने उनसे सम्पर्क किया। बहादुरजी का लखनऊ में बड़ा सा बंगला था जिससे दोनों के रुकने की चिंता समाप्त हो जाती, तथा वहां उनके पास एक आधुनिक मोटरकार भी थी। आख़िर रुत्ती बम्बई से लखनऊ के लिए अपनी बुआ मामाबाई और बहादुर जी के साथ रेल के फर्स्ट क्लास के डिब्बे में विक्टोरिया टर्मीनल से सवार होकर चल दीं। रुत्ती के मन को न तो मामाबाई जान पाई थी न ही बहादुरजी। रुत्ती का मन अधिवेशन से ज़्यादा जिन्हा से मिलकर अपना जीवन तय करना था।

गुलामी में था भारत। श्वेत रंग के अंग्रेजों की गुलामी में। रंग, नस्ल, बुद्धी, शिक्षा, इतिहास, विरासत और जीवन पद्धति में स्वयं को भारतीयों से अति श्रेष्ठ समझने वाले अंग्रेज भारतीयों को उतना ही मानते थे जितना उनके मतलब के लिए उचित होता था। फर्स्ट क्लास के डिब्बे में यात्रा करना आम भारतीय के लिए न तो सम्भव था और न ही उन्हें अनुमति थी। अभिजात वर्ग के कुछ गिने-चुने लोग जिन्हें अंग्रेजों द्वारा अनुमति दी जाती थी इस विलासिता वाले डब्बे में यात्रा कर सकते थे। दिनशॉ पेटिट बारनेट थे इसलिए उनके परिवार को इस श्रेणी में यात्रा करने की अनुमति थी। वरना होता तो यह था कि स्टेशन पर भारतीयों को एक कमरे में बैठा दिया जाता था, जब अंग्रेज रेल में बैठ जाते थे तब उन्हें टिकिट दिलाकर जानवरों की तरह हांकते हुए तीसरे-चौथे दर्जे में बैठाया जाता था। भारतीय अपमान का यह दंश झेलने को मजबूर थे। इन्हीं सुधारों की बात को लेकर मोहनदास करमचंद गाँधी का भारतीय राजनीति में उदय हो रहा था जिसने अफ्रीका में इन गोरों को सीधी चुनौती दे दी थी। सरोजिनी नायडू, बहादुरजी, बैरिस्टर भूलाभाई देसाई उस गाँधी को देखने के लिए कांग्रेस अधिवेशन में लखनऊ जा रहे थे। उस वक़्त चारबाग रेलवे स्टेशन बनने का काम जोरों से चल रहा था। दो साल में वह अभी अपना आकार भी सही तरीक़े से नहीं ले सका था।

एक विद्यार्थी, जिसे पता चला कि रुत्ती लखनऊ के अधिवेशन में जा रही है, अपने को नहीं रोक सका व भूलाभाई देसाई को मनाने में सफलता प्राप्त कर उनके परिवार के साथ रेल में सवार हो गया। वह विद्यार्थी और कोई नहीं रुत्ती का मौन प्रेम पुजारी कांजी द्वारकादास था।

रेल बम्बई से लखनऊ के लिए चल दी। लम्बी यात्रा का थका देने वाला सफ़र शुरू हो चुका था। रुत्ती इस यात्रा का पूरा मज़ा ले रही थी। रेल जिस भी स्टेशन पर रुकती, वह वहां उतर जाती तथा वहां के आचार-विचार और व्यावहार को देखती। उसे बहुत आश्चर्य होता कि मध्यभारत और संयुक्तप्रांत में छुआ-छूत का बोलबाला था। खानपान के मामले में भी लोग धार्मिक रूप से हिन्दु और मुसलमान में बंटे हुए थे। जहां तक की प्लेटफॉर्म पर हिन्दुओं और मुसलमानों के लिए चाय वाले तक अलग होते थे। स्टेशन पर आने-जाने वालों की भीड़ में लोग एक दूसरे के स्पर्श से बचने का प्रयास करते थे। पूरी यात्रा में कांजी द्वारकादास रुत्ती को रेल में से उतरते-चढ़ते देखता रहा। उसका मन किया कि वह रुत्ती के पास जाकर उससे दो मीठी बातें कर ले, लेकिन उस बेचारे की हिम्मत ही नहीं हुई। वह एक प्रेमी था न कि चतुर भोगी।

रुत्ती के ख़्याल में जिन्हा ही बसा हुआ था। अपने पिता का मित्र जिन्हा, लेकिन उसकी दृष्टि में उसका भविष्य जिन्हा। वह जल्द से जल्द उससे मिल लेना चाहती थी। महानंदा के तट पर लेटी चट्टान उसे गुदगुदा रही थी। दार्जिलिंग के लालीगुरन और आड़ू

के फूल उसे रोमांचित कर रहे थे। कंचनजंगा की चोटी की धवल बर्फ़ उसको दग्ध कर रही थी। उसके शरीर में धागे जैसे चाँद वाली वह शाम झुरझुरी पैदा कर देती थी। वह कंपने लगती थी। मामाबाई को लगता वह उत्तर भारत के चार-पांच डिग्री तापमान और कोहरे की घनी चादर से उत्पन्न ठिठुरन से कंप रही है, जबकि उसका कंपन उसकी देह में होने वाले अंतरंग अहसास के कारण बाहर तरंगित हो रहा था।

अंततः रेल लखनऊ पहुंच गई। बहादुरजी की मोटरकार स्टेशन पर उन्हें लेने के लिए आ गई थी। उफ! इतना लम्बा और कठिन सफ़र मामाबाई के लिए ज़्यादा मुश्किल था। रुत्ती को उसकी प्रेमिल भावनाओं के कारण थकान महसूस नहीं हो रही थी। वैसे भी वह दार्जिलिंग से बम्बई का सफ़र करती रही थी। लखनऊ शहर उसे केवल जिन्हा की उपस्थिति तक ही लुभा सका था। अगले दिन जिन्हा लखनऊ आने वाला था इसके अतिरिक्त शहर में उसकी कोई रुचि नहीं थी। बहादुर जी की कोठी पर पहुंच कर उन लोगों ने आराम किया। उसकी रात पूरी तरह बेहोशी जैसी नींद में गुज़री थी।

शाम को ही उसने बहादुर जी को इस बात के लिए मना लिया कि वह जिन्हा की अगवानी में स्टेशन जाएगी। बहादुरजी पहले तो इसके लिए तैयार नहीं थे। वे जानते थे कि मुस्लिम-लीग के नेता जिन्हा की अगवानी में लखनऊ ने पलक-पांवड़े बिछा रखे हैं। स्टेशन पर नाक में दम कर देने वाली इत्र लपेटे भीड़ नारे लगाती हुई किसी सामान्य व्यक्ति के लिए अत्यंत दुष्कर होगी। लेकिन रुत्ती की ज़िद और अनुरोध को बहादुरजी टाल नहीं सके। वे अगली सुबह अपनी मोटरकार से रुत्ती को लेकर स्टेशन की तरफ़ चले गए।

जिन्हा सुबह एक विशेष रेलगाड़ी से लखनऊ पहुंचा था। उसके स्वागत के लिए लखनऊ में भारी भीड़ एकत्र थी। एक तो अवध सहित संयुक्तप्रांत में लीग का अधिक प्रभाव दूसरा दोनों अधिवेशन। ग्रामीण क्षेत्र के मुसलमान तक लीग अधिवेशन देखने लखनऊ आ चुके थे, उनमें दर्शक के रूप में हिन्दु और क्रिश्चियन भी थे। चूंकी यह अधिवेशन कांग्रेस और मुस्लिम-लीग का संयुक्त अधिवेशन था सो कांग्रेस की स्वागत समिति के अध्यक्ष पंडित जगत नारायण भी जिन्हा के स्वागत के लिए स्टेशन पर मौजूद थे।

रुत्ती अपने आशिक़ के लिए इतनी भीड़ देखकर रोमांचित हो रही थी। वह स्वयं पर गर्व कर रही थी कि वह अपना जीवन उस शख़्स को समर्पित कर रही है, जिसे हिन्दुस्तान में इतना मान मिला हुआ है। वह बेहद ख़ुश थी। अचानक उसकी ज़ोर से हँसी छूट गई। उसे इस तरह हँसता देखकर आस-पास के लोगों का ध्यान उसकी तरफ़ गया। लोगों ने देखा कि एक बेहद ख़ूबसूरत मोहतरमा पेट पकड़ कर हँस रही है जबकि उस जगह पर हँसने का तो कोई कारण ही नहीं था। यह लड़की न नक़ाब पहने है न

ही सिर पर दुपट्टा लपेटे है। जाहिर था कि वह मुसलमान नहीं है। लोगों की उत्सुकता भरी निगाहें उसकी तरफ़ घेरा बनाने लगीं। हुआ यूं था कि रुत्ती की नज़र जिन्हा के एक पोस्टर पर चली गई थी। जिसमें जिन्हा का फोटो तुर्की इस्लामिक टोपी पहने लगा था व नीचे लिखा था 'मौलाना मोहम्मद अली जिन्हा' रुत्ती ने न तो कभी जिन्हा में कोई मौलानियत देखी थी और न ही कभी उसे तुर्की इस्लामिक टोपी पहने देखा था। रुत्ती का जिन्हा तो शौक़ से पोर्क खाने वाला, रोजे-नमाज़ से कोसों दूर एम. ए. जिन्हा था जिसे वह प्यार से 'जे' कहती थी।

रेल आई और एक रेला उसकी तरफ़ बढ़ चला। जिन्हा रेल से उतर रहा था। रुत्ती की हँसी का फिर ठिकाना न रहा। उसने देखा उसकी ख़ातिर अपनी मूंछों को साफ़ करने वाला जिन्हा तुर्की इस्लामिक टोपी पहने हुए मौलाना मोहम्मद अली जिन्हा के रूप में उतर रहा है। वह भीड़ में कोशिश कर रही थी कि जैसे-तैसे वह उसके क़रीब पहुंच सके लेकिन उस सस्ते इत्र से गंधाती भीड़ में वह जिन्हा तक नहीं पहुंच पा रही थी। आख़िर जिन्हा की नज़र उस पर पड़ गई। जिन्हा ठिठक गया। वह जानता था कि रुत्ती उन दिनों बीमार थी। लखनऊ की इस ठंडी सुबह में भी वह उसके लिए भीड़ में खड़ी उसका इंतिज़ार कर रही थी। जिन्हा ने उसे अपने पास बुलवा लिया। जो नज़रे उसके आस-पास घेरा बनाकर तीर जैसी धंस रहीं थी अब सकपका गई थीं। बहादुरजी भी उसके साथ थे।

इसके बाद जिन्हा को केसरबाग स्थित महमूदाबाद के राजा के महल में जाना था। राजा महमूदाबाद मुस्लिम-लीग में जिन्हा का सबसे विश्वसनीय साथी था। उसी के घर जिन्हा को रुकना था। आने वाले पांच दिन जिन्हा के लिए बहुत ज़्यादा व्यस्त दिन थे। वह केसरबाग तक जिन्हा के साथ गई। लेकिन फिर उसे वापस बहादुरजी की कोठी तक आना पड़ा। सरोजिनी नायडू रुत्ती और जिन्हा की हर गतिविधि पर नज़र रख रही थी।

वह हर दिन अधिवेशन में जाती थी। उसकी रुचि अपने "जे" को सुनने और उसे देखने तक सीमित थी। लेकिन सरोजिनी आंटी को सुनना उसे उत्साहित करता था। इस अधिवेशन में जिन्हा की भूमिका बहुत महत्वपूर्ण थी। वह आने के बाद से ही धार्मिक समझौते और उनके दस्तावेजों को तैयार करने में व्यस्त था। रुत्ती से उसका मिलना सम्भव नहीं हो रही था। रुत्ती के लिए यह बेहद नीरस समय होता जा रहा था। आख़िर एक दिन उसने जिन्हा को आकृष्ट कर अपने लिए समय ले लिया। उस दिन ड्राफ्ट पर कांग्रेस और लीग के नेताओं के हस्ताक्षर हो चुके थे तथा जिन्हा अपनी सफलता पर फूला नहीं समा रहा था। शाम को वह कुछ समय के लिए मामाबाई और रुत्ती के साथ बहादुर जी की कोठी पर गया। बहादुर जी ने भी उसकी आवभगत की थी। कोठी के ड्राइग हॉल में रुत्ती और जिन्हा को थोड़ा सा एकांत मिल गया था।

"तुम्हारी तबियत कैसी है अब"- जिन्हा ने धीरे से रुत्ती से पूछा।

"बिलकुल ठीक है"- रुत्ती ने उत्साह से कहा।

"कैसा लगा यहां"- जिन्हा का सवाल था।

जी "मौलाना मोहम्मद अली जिन्हा साहब"- रुत्ती ने मज़ाक़ करते हुए मौलाना पर विशेष ज़ोर देते हुए कहा और ज़ोर से हँस दी।

जिन्हा भी मुस्कुरा दिया।

"यह मौलाना छाप टोपी लगाकर आप अब रोजे-नमाज़ वाले पक्के मुस्लिम बन गए हो खां साहब, फिर तो हम पोर्क के टेस्ट को मिस करेंगे आगे से"- रुत्ती ने फिर जिन्हा का उपहास उड़ाते हुए कहा।

"रतन, छोड़ो यह सब, सियासत में कभी-कभी वह भी हो जाता है जिसे आप बिलकुल पसंद नहीं करते"- जिन्हा ने अरुचि प्रदर्शित करते हुए कहा।

"मुस्लिम सियासत में लीडरशिप ज़माने के लिए कहीं यह परमानेंट तो नहीं कर लोगे मौलाना साहब"- रुत्ती ने फिर उपहास उड़ाया।

"नहीं रतन फिर कभी इसकी वज़ह और इत्तिफ़ाक़ तुम्हें बताउंगा, अब छोड़ो इस बेमतलब की बात को"- जिन्हा ने अपनी आदत के विपरित फिर मुस्कुराते हुए कहा।

"मुबारक हो आपको इस अधिवेशन में आपके प्लान के मुताबिक कामयाबी मिल गई"- रुत्ती ने औपचारिक होते हुए कहा।

"शुक्रिया"- जिन्हा ने फिर धीरे से कहा।

"जे"- रुत्ती एकदम भावुक होते हुए बोली। उसका गला कुछ भारी हो गया था व आँखों में स्त्री सुलभ कुछ भाव तैर गए थे।

"बोलो"- जिन्हा ने उसकी आँखों में झांकते हुए कहा।

"अब मैं तुम्हारे फ़ैसले का इंतिज़ार कर रही हूँ"- रुत्ती ने ज़मीन की तरफ़ देखते हुए कहा।

"कैसा फ़ैसला"- जिन्हा बोला, वह जानता था कि रुत्ती क्या कहना चाहती है।

"हमारे बीच अब दूरी ख़त्म हो जानी चाहिए"- रुत्ती ने आहिस्ता से कहा

"रतन, मैं भी जानता हूँ यह बात। मैं मानता हूँ कि हमें शादी कर लेना चाहिए"- अत्यंत कम समय होने के बावजूद भी जिन्हा ने ज़िंदगी के एक अहम फ़ैसले से रुत्ती को आवगत करा दिया।

"जे... आई लव यू एंड विद यू"- रुत्ती ने गहरी साँस भरते हुए कहा- "मैं तैयार हूँ"

"तुम्हारे पिता से समय आने पर हम इसकी इजाज़त ले लेंगे"- जिन्हा ने आत्मविश्वास से कहा।

उसके सिर पर सफलता का नशा सवार हो चुका था। हिन्दुस्तान के बहुत बड़े मसले पर स्वयं को सफल किरदार मानकर वह यह समझ रहा था कि जीवन में सबकुछ बेहद आसान तरीक़े से वह हल कर लेगा।

"हालात कुछ भी हों मैं तुम्हारे साथ हूँ जे"- रुत्ती ने दृढ़ता दिखाते हुए कहा। लेकिन वह अपने पिता द्वारा आसानी से जिन्हा के हाथ में उसका हाथ दे देने के प्रति आशावान तो बिलकुल ही नहीं थी।

इतने में ड्राइंग हॉल में आने की कुछ आहट हुई। दोनों सामान्य होकर बैठ गए। मामाबाई का हॉल में आना हुआ था।

स्वागत में परोसी गई कुछ लखनवी मिठाइयां चबा और फिर चाय की चुस्की लेकर जिन्हा वापस चला गया।

रुत्ती के लिए अपनी उम्र के सोलहवें साल का दसवां महीना एक बड़े फ़ैसले और भविष्य के निर्धारण के लिए मील का पत्थर बन गया था। इसके आगे की राह बेहद कांटों भरी और ऊबड़-खाबड़ होगी, एक प्रेमिका के रूप में वह इससे पूरी तरह बे-ख़बर थी।

35

रुत्ती का सत्रहवां जन्मदिन था। वह सुबह से ही बेहद ख़ुश थी। पेटिट परिवार के लिए पिछले सत्रह सालों से रुत्ती का जन्म और जन्मदिन किसी महोत्सव से कम नहीं था। उसका पहला जन्मदिन बम्बई के अभिजात वर्ग में अब तक एक यादगार दिन की तरह क़ायम है। यह जन्मदिन दिनशॉ पेटिट ने अपने बंगले पर ही आयोजित किया था। ऐसा लगता था जैसे स्वर्ग धरती पर उतर आया हो। विलासिता और भव्यता की कोई कमी यहां दिखाई नहीं देती थी। इस अवसर पर रात्रि भोज के लिए शहर की अति विशिष्ट नामचीन हस्तियों को आमंत्रित किया गया था।

पेटिट हॉल के बड़े से लॉन में बिजली के बल्वों की कतारें रोशनी बिखेरने लगी थीं। मामाबाई अपनी प्यारी भतीजी के जन्मदिन पर उसे हर वर्ष यादगार उपहार दिया करती थी। रुत्ती उस उपहार का बेसब्री से इंतिज़ार करती थी। धीरे-धीरे आमंत्रित अतिथियों का आगमन शुरू होने लगा था। रुत्ती ने आज पिंक साड़ी और कट स्लीव का ब्लाउज़ पहना हुआ था। आदत के अनुसार उसने उसी से मैच करता हेयरबैंड लगाया हुआ था। वह गुलाबी परी जैसी लग रही थी। मंच भी गुलाबी गुब्बारों से सजा हुआ था। रुत्ती उपहार स्वीकार कर उसी मंच पर रख रही थी। लेकिन उसकी बेचैनी बता रही थी कि अभी उसे किसी विशेष व्यक्ति का इंतिज़ार है। वह हर आने वाले मेहमान में किसी एक शख़्स को तलाश रही थी। मामाबाई ने जब उसे उपहार दिया तो उसकी ख़ुशी जैसी

व्यक्त होनी चाहिए थी, वैसी दिखाई नहीं दी। उसकी ख़ुशी अपनी बुआ से छिटक लॉन के प्रवेश द्वार पर चली गई थी। उसी समय वहां जिन्हा का आगमन हुआ था। रुत्ती का इंतिज़ार ख़त्म हो गया था। जिन्हा के आते ही कुछ महत्वपूर्ण लोगों नें उसे घेर लिया। अधिकतर लोग उसे लखनऊ समझौते की सफलता पर बधाई दे रहे थे। वह धीरे-धीरे मंच की तरफ़ बढ़ रहा था। जैसे-जैसे उसके और मंच के बीच की दूरी कम हो रही थी रुत्ती की धड़कनों की गति भी बढ़ रही थी।

मंच पर जिन्हा ने जब रुत्ती को उपहार दिया तो वह अपने को रोक नहीं पाई। उसने अपनी आँखों को मटकाते हुए उलाहना दे ही दिया-"जे, इतना देरी से क्यों आए"

"कुछ ज़रूरी काम थे"-जिन्हा ने भी बड़ी ख़ामोशी से उत्तर दिया

"मुझसे और आज के इस अवसर से भी ज़्यादा"- कुछ रूठने के अंदाज़ में रुत्ती ने कहा

"नहीं रतन, तुमसे ज़्यादा ज़रूरी तो कुछ हो ही नहीं सकता, वैसे मुझे आज ही दिल्ली जाना था लेकिन देखो मैं नहीं गया"- जिन्हा ने उसकी आँखों में आँखें डालते हुए कहा।

रुत्ती कुछ बोलती उसके पहले ही एक आवाज़ उसके कान में पड़ी।

"देखो रुत्ती कौन आया"- रुत्ती की माँ दीनाबाई ने उसका ध्यान आकर्षित करते हुए कहा।

रुत्ती की माँ के साथ देश के सर्वाधिक धनी व्यक्ति रतन दादाभाई टाटा, उनकी फ्रांसीसी पत्नी सुज़ेन टाटा और उनका बेटा जहांगीर टाटा मौजूद थे। रुत्ती ने उनका अभिवादन किया व उनके उपहार स्वीकार किए। दोनों ने पारसी पद्धति से रुत्ती को आशीर्वाद दिया।

रतन दादाभाई टाटा ने जिन्हा से हाथ मिलाया और जिन्हा उनके साथ ही वहां से चला गया।

जन्मदिन की रस्म का केक काटा गया। रुत्ती और जिन्हा की नज़दीकीयां शहरभर में किस्से बनकर तैर रही थीं। इस जन्मदिन पार्टी में भी कुछ और नए किस्से हवा में तैरने लगे। दो बेमेल प्रेमियों के बीच जो घट रहा था वह सिर्फ़ पेटिट परिवार को छोड़ सभी लोगों की मुस्कान का कारण बन रहा था। पूरी पार्टी में रुत्ती ने कोई ऐसा अवसर नहीं छोड़ा था, जब वह जिन्हा की साँसों के अत्यंत क़रीब हो सकती थी। खाने की कई टेबिलों पर लोगों की निगाह अपनी प्लेट्स से ज़्यादा रुत्ती और जिन्हा के क्रिया-कलापों पर टिकी हुई थी। अनेक दंपति एक दूसरे को आँखों का इशारा कर आपस में पैर टकरा रहे थे।

इस पार्टी में एक और नौजवान मौजूद था। चुपचाप एक कोने में खड़ा रुत्ती को निहारता हुआ। उसे रुत्ती किसी गुलाबी चाँद की तरह दिखाई दे रही थी। लेकिन रुत्ती का इस युवक की तरफ़ न तो पहले कभी ध्यान गया था और न ही अब।

पार्टी ख़त्म हो चुकी थी। कीमती उपहारों को सम्भाला जा चुका था। ये सारे उपहार पेटिट परिवार की प्रतिष्ठा के अनुसार दिए गए थे। दिए गए उपहारों पर धनाड्य वर्ग का प्रभाव स्पष्ट दिखाई दे रहा था। लेकिन रुत्ती के लिए तो सबसे बड़ा उपहार था देश का सर्वाधिक प्रभावशाली मुस्लिम लीडर जो रुत्ती के लिए केवल "जे" था के साथ अपने इस उत्सव को मनाना।

जिन्हा की व्यस्तता बढ़ती जा रही थी। अपनी प्रेयसी का जन्मदिन मनाकर वह अगले दिन सुबह ही दिल्ली चला गया था। वहां बहुत से छोटे-बड़े काम उसका इंतजार कर रहे थे। वह नेशनल असेम्बली के लिए बम्बई की मुस्लिम सीट से दो बार चुना गया मौजूदा सदस्य था। इस मान से वह मुस्लिमों में अपना गहरा प्रभाव रखता था। किंतु इस समय वह हिन्दु और मुसलमानों का सर्वमान्य नेता बनने का सपना देखते हुए अपनी रणनीति तय कर रहा था। मुस्लिम-लीग जैसी कट्टर संस्था में उसने अपनी भूमिका मज़बूत कर ली थी, तो कांग्रेस में अपनी स्वीकार्यता को नया आयाम दिया था। लेकिन उसके दिमाग़ में बार-बार एक लावा खदबदा उठता था। वह लावा अफ्रीका से आए मोहनदास करमचंद गाँधी का था।

वह गाँधी को लेकर विचारों में खो गया। आख़िर क्या है इस आदमी में कि लोगों में इसका जादू चलने लगा है। लोग उसमें किसी पथ-प्रदर्शक महात्मा की छवि देखने लगे थे। अभी कुछ दिन ही तो हुए हैं उसे भारत आए और लोग उसे महात्मा कहने लगे। आख़िर राजवैद्य जीवराम कालीदास ने क्या सोचकर उसे महात्मा कहना शुरू किया। स्वामी श्रद्धानंद भी उन्हें महात्मा कहते थे। वह सोचने लगा कि उसे कितना बुरा लगता है लोगों का मोहनदास करमचंद गाँधी को महात्मा कहना। उसे लगता था कि कांग्रेस में उसकी स्वीकार्यता और क़द में यदि कोई बाधक हो सकता है तो यह बेहद दुबला पतला पोरबंदरिया गुजराती मोहनदास ही हो सकता है। लखनऊ अधिवेशन के दस्तावेजों पर सहमति बनाते हुए कांग्रेस और मुस्लिम-लीग के हस्तक्षर करवा कर वह सफलता और लोकप्रियता की मंज़िल के ऊँचे पायदान पर खड़ा हो गया था। उसका सम्मान दोनों दलों में बढ़ा था।

पारसी रुत्ती के वशीभूत जिन्हा को यह लगने लगा था कि इस समय वह भारत में विभिन्न धर्मों के बीच भेद-भाव को मिटाने वाला फ़रिश्ता बन गया है। थियोसोफिकल सोसायटी के सदस्य के रूप में भी वह कार्य करते हुए धर्मों के बीच दूरियों को कम करने की बात करने लगा था। वह ऐसे कोई सेमीनार या आयोजन में जाना नहीं छोड़ता

था जिनमें धार्मिक विषय और उनमें भेदभाव हटाने की बात कही जाने वाली हो। इसे वह रुत्ती के साथ साझा करता था। उसके इस व्यवहार के पीछे सबसे मज़बूत कारण रुत्ती थी। पारसी और मुस्लिम के बीच वह होना सम्भव नहीं था जिसे ये दोनों मिलकर पूरा करना चाहते थे। यही कारण था कि जिन्हा अपनी छवि कुछ इस तरह की बनाने की ओर प्रयत्नशील था जिससे लोग उसके प्रति धारणा बना लें कि वह धार्मिक भेद-भाव के विरुद्ध है। लेकिन सबसे बड़ी समस्या तो रुत्ती की उम्र और जिन्हा का उसके पिता तुल्य होना था। अत: उसके सारे स्वांग लोगों में संदेश देते थे कि जिन्हा व रुत्ती में जो चल रहा है वह सभ्य समाज के लिए अनुचित आचरण है।

अब तो कई अवसरों पर वे दोनों बम्बई के बड़ो होटलों में अकेले भी देखे जाने लगे थे। डिनर टेबल पर दोनों के बीच ख़ूब बातचीत होती थी। कई बार उनके परिचित भी उस जगह मौजूद होते थे। पद्मजा और लीलामणि को सूर्यकुमार की जिन्हा से दूर रहने की हिदायत थी। सरोजिनी चिंतित थीं। वे जानती थीं कि जिन्हा जिस मार्ग पर चल रहा है रुत्ती को पाना उसके लिए कठिन नहीं है। लेकिन उसके लिए वह अपना पूरा सम्मान और करियर दाव पर तो नहीं लगा देगा। कई महत्वपूर्ण पदों पर विराजित ब्रिटिशर्स दंपति भी गम्भीर होकर आपस में इस प्रेम-प्रसंग पर चर्चा करते थे। अभिजात वर्ग में इनके विभिन्न धर्मों पर तो उतना एतराज नहीं होता था, किंतु उनकी उम्र को देखते हुए जिन्हा का एक परिपक्व पुरुष, व रुत्ती का बेहद भोली नासमझ कच्ची उम्र की लड़की होना चिंता का कारण था। लेकिन कुछ भी हो कोई भी पेटिट परिवार को इस प्रसंग पर कोई बात कहकर कलह नहीं चाहता था। लोगों को लगता था कि हो सकता है आगे चलकर रुत्ती सम्भल जाए तथा इनकी प्रेम कहानी केवल इतिहास का असफल क़िस्सा बनकर रह जाए।

कांजी द्वारकादास भी एनी बेसेंट की थियोसोफिकल सोसायटी से जुड़ा हुआ था। मामाबाई व रुत्ती के इस सोसायटी के साथ जुड़े होने से वहां के कार्यक्रमों में उनका आना जाना होता था। जिन्हा सोसाइटी की बम्बई शाखा का अध्यक्ष था। कांजी द्वारकादासइस सोसाइटी का सचिव बन गया था। अब उसके पास रुत्ती की नज़दीकी तथा उस पर अपना प्रेम प्रकट करने का सुलभ अवसर था। लेकिन कुछ ही दिन में उसे समझ आ गया कि वह जिस लड़की पर मोहित है, वह तो कोई बड़ा गुल खिलाने की तैयारी में है। यहां पर वह जिन्हा के व्यक्तित्व और रुत्ती के मन को बहुत अच्छी तरह से समझ चुका था।

वक़्त का परिंदा उड़ा जा रहा था। उसके सामने अनंत आसमान था। लेकिन नीड़ नहीं था। यह परिंदा कभी भी किसी नीड़ में नहीं रुकता। बिना थके बिना विश्राम केवल गतिमान रहता है। उसे इस बात से कोई फ़र्क़ नहीं पड़ता कि वह किसी सुगंधित उपवन के ऊपर से उड़ रहा है अथवा किसी बदबूदार दलदल उसके नीचें बिछी है।

न तो उसकी घ्राण शक्ति होती है और न ही उसकी नज़र में कुछ अच्छा-बुरा होता है। इसका कार्य तो बस अनवरत उड़ना है।

रुत्ती और जिन्हा भी इसी परिंदे के पंखों पर सवार होकर उड़ रहे थे। दोनों की अपनी-अपनी योजनाएं थीं। सोच थी अपनी प्रतिष्ठा, स्थिति और मंज़िल के शिखर तक पहुंचने की। जिन्हा की कई मंजिले थीं उसके कई रास्ते थे। लेकिन रुत्ती की अब एक ही मंज़िल थी, केवल जिन्हा। उसे पाना ही उसका लक्ष्य बन चुका था। इस विषय पर वह जिन्हा से अनेक बार बात कर चुकी थी कि लखनऊ में हुई चर्चा के अनुसार अब वह इस बात को आगे बढ़ाए और उसके पिता से सदा-सदा के लिए उसका हाथ माँग ले। जिन्हा उसे हर बार समझाता था कि वक़्त आने पर वह उसका हाथ ज़रूर माँग लेगा। रुत्ती की हिम्मत अपने पिता से यह कहने की नहीं थी कि वह जिन्हा के हाथ में उसका हाथ सौंप दे। क्योंकि वह इसके परिणाम से भली-भांति परिचित थी।

जिन्हा दिल्ली से लौटा ही था। एक सभा में उसका भाषण होना था। रुत्ती वहां मौजूद थी। सभा ख़त्म होने पर वह जिन्हा से मिली। वह बेहद भावुक थी उस समय।

"आप पेटिट हॉल नहीं आए"- उसने पूछा

"हाँ, मैं आने वाला था, मगर थोड़ा ज़रूरी कामों में उलझा हुआ था"-जिन्हा ने कहा

"कल आओ और पप्पा से बात करो हमारे बारे में"- रुत्ती ने जिन्हा का हाथ अपने हाथ में लेते हुए कहा।

"मेरा प्रोग्राम कल दिनशॉ से मिलने का है। मैं कल ही उनसे टेलीफोन पर वक़्त लेने वाला हूँ"- जिन्हा ने रुत्ती को बताया

"सच"- चहक सी गई थी रुत्ती। उसे भरोसा था कि जिन्हा उसके पिता से विवाह हेतु प्रस्ताव रखेगा व पेटिट इसे सहर्ष मान लेंगे। उसने जिन्हा का हाथ चूम लिया था।

अगले दिन शाम को पेटिट और जिन्हा की मुलाक़ात निर्धारित हुई थी। कुछ ज़रूरी कोर्ट केस के बारे में दोनों ने सलाह-मशविरा करना था। वह निर्धारित समय पर पेटिट हॉल पहुंच गया था। रुत्ती ने उसे देखा तो वह ख़ुशी से उछल गई थी। उसने जिन्हा की तरफ़ देखकर अपनी मुस्कान बिखेर दी, लेकिन वह जानबूझ कर उन दोनों के बीच नहीं गई थी। उसकी माँ घर पर नहीं थी। मामाबाई ने रुत्ती को एक आयोजन में अपने साथ चलने के लिए कहा था, लेकिन उसने आज मन न होने का कहकर जाने से इंकार कर दिया था। वह अपने जीवन के सबसे निर्णायक पल को देखना चाहती थी। उसे विश्वास था कि जिन्हा आज उसका हाथ उसके पिता से माँग लेगा।

पेटिट और जिन्हा ने साथ-साथ चाय पी, कुछ बिस्कुट लिए। मुक़द्दमे की चर्चा से चलकर उनकी चर्चा राजनीति और देश की व्यवस्था तक हुई। इस बीच जिन्हा ने

अनेक बार अपने ओठों पर ज़ुबान फेरी। लेकिन उसकी कांपती हुई सूखी ज़ुबान से रुत्ती के बारे में एक शब्द भी नहीं निकल पा रहा था। उसने आज महसूस किया था कि वह रुत्ती को लेकर दिनशॉ पेटिट से बात करना जितना आसान समझता था, दरअसल वह बेहद कठिन है।

उसे लगा शादी के प्रस्ताव के लिए यह समय ठीक नहीं है। इस हेतु उसे पहले भूमिका बनाना होगी, तब सही समय देखकर दिनशॉ पेटिट को अचानक रुत्ती के विवाह के बारे में बताना होगा, ताकि वे इंकार न कर सकें। वह जानता था कि उम्र में पिता-पुत्री का अंतर होना पति-पत्नि के रूप में बहुत बड़ी बाधा होती है। यह बात स्वीकार करने में समाज, परिवार और संस्कार को सबसे अधिक असुविधा होती है। जहां तक धर्म की बात है, तो जिन्हा उसे कोई बहुत बड़ी समस्या नहीं मानता था। लेकिन उसने तो ठान लिया था कि वह अपनी दृष्टि में उपलब्ध सर्वाधिक सुंदर और दिलेर लड़की जो कच्ची कली की तरह है अपने जीवन में उसके रूप-रस पर एकाधिकार करके मानेगा। अभी वक़्त सुविधाजनक न होने के कारण उसने रुत्ती को लेकर दिनशॉ पेटिट से बात नहीं की। रुत्ती की नज़र पेटिट और जिन्हा की चर्चा पर ही लगी थी। वह उन दोनों के हाव-भाव पढ़ रही थी। जिन्हा जब आराम से उठकर जाने लगा तो वह समझ गई कि उसे लेकर उसने कोई चर्चा नहीं की है।

वह निकलते हुए जिन्हा के सामने आई और आँखों-ही-आँखों में उसके समक्ष प्रश्न किया। जिन्हा ने भी आँखों से ही उत्तर में उसे धैर्य रखने की बात कह दी। रुत्ती थोड़ी असहज हो गई थी। वह चुपचाप अपने कमरे में चली गई।

उसने काग़ज़ कलम उठाया और जिन्हा को एक पत्र लिखने लगी। इस पत्र में उसने प्रेम और भावनाओं के शब्दजाल बुने। उसने महानंदा की चट्टान पर गुजरे वो लम्हे लिखते हुए उन्हें सदा जीने की बात कही। उसने अपने तन की अगन और मन की बेचैनी को बेहद कोमल और काव्यात्मक अंदाज़ में उकेरा। उसने आशंका व्यक्त करते हुए जिन्हा के बदल जाने का भय भी लिखा और साथ ही यह भी लिखा कि उसके जीवन का अंतिम सार केवल वही है और उसके बिना उसका अब एक पल भी मुश्किल हो रहा है। उसे शहर में चल रही बातों का अहसास हो रहा है यह भी उसने उल्लेखित किया। अंत में उसने बेहद भावुक होते हुए लिखा कि वह नहीं चाहती कि वह और उसका प्रेमी एक गली-कूचे के आशिक़-माशुका की तरह बदनाम हों। पत्र के अंत में उसने अपनी एक कविता भी लिखी। यह पत्र अगले ही दिन उसने डाक में डाल दिया।

ब्रिटिश भारत की नेशनल असेम्बली का मुस्लिम सदस्य, सुप्रसिद्ध बैरिस्टर, राजनीति का आकर्षक चेहरा इस समय एक नासमझ और अपरिपक्व लड़की के प्रेम में उलझकर बेचैन हो रहा था। वह अपने तर्कों से अच्छे से अच्छे जज को अपने अनुकूल

करने की क्षमता रखता था। वह सफलता के शिखर पर था। लेकिन वह यह नहीं समझ पा रहा था कि अपने ही जीवन के इस महत्वपूर्ण फ़ैसले की जिरह कर बाजी अपने पक्ष में करे, जिसमें रुत्ती सदा के लिए उसकी अंकशयनी बन जाए।

कुलाबा में उसने थियोसोफिकल सोसायटी की सभा को सम्बोधित किया था। सरोजिनी उस सभा में मौजूद थीं। साथ ही मामाबाई और रुत्ती पहली पंक्ति में विराजित थीं। वह आत्मविश्वास से भरा हुआ था। उसका विषय था विभिन्न धर्मों की मान्यताओं और संस्कृति को कैसे समरस किया जाना चाहिए। हर महत्वपूर्ण बात बोलते समय वह भरपूर नज़रों से रुत्ती को देखता और रुत्ती उसकी बात का समर्थन करते हुए ताली बजाती। मामाबाई को भी जिन्हा की बातें पसंद आ रही थीं। जब जिन्हा का भाषण समाप्त हुआ तो पूरा हॉल तालियों की गड़गड़ाहट से गूंज उठा। बम्बई शहर के अपने अध्यक्ष के विचारों को सुनकर थियो सोसायटी के सभी सदस्य जोश से भर गए थे।

सभा समाप्त होने के बाद सरोजिनी, मामाबाई व रुत्ती हॉल के ग्रीन रूम में जिन्हा के साथ बैठे चाय पी रहे थे। जिन्हा के भाषण की तारीफ़ सरोजिनी ने की।

"मोहम्मद आपने बात तो बिलकुल सही कही है, लेकिन क्या यह वास्तव में हमारी कम्युनिटी में सम्भव है"- सरोजिनी ने कहा तो जिन्हा से, लेकिन उसका इशारा रुत्ती की तरफ़ था।

"क्यों सम्भव नहीं है, बस थोड़ा सकारात्मक सोच होना चाहिए और अपने दायरे से बाहर आने की क्षमता होना चाहिए, फिर यह कोई कठिन काम नहीं है"- जिन्हा ने चाय की चुस्की लेते हुए जवाब दिया। मामाबाई को किसी अन्य कार्यक्रम में भी जाना था। उसने विनम्रता से आज्ञा माँगी तथा रुत्ती को लेकर चली गई। उनके जाने के बाद सरोजिनी ने गम्भीर होते हुए कहा- "जिन्हा साहब मैं जो देख रही हूँ यह सब क्या है? आप रुत्ती को लेकर क्या जाल बुन रहे हैं? मुझे लगता है उस बेवक़ूफ़ लड़की के साथ यह एक छल-कपट है"

जिन्हा चौंक गया। रुत्ती और उसके सम्बंधों को लेकर किसी ने यह पहला सवाल किया था उससे।

"सरोजिनी, क्या आपको लगता है कि मैं कभी किसी मुद्दे पर गम्भीर हुए बिना आगे बढ़ सकता हूँ"- जिन्हा ने प्रतिप्रश्न किया।

"इसका मतलब मैं यह मानकर चलूं कि तुम्हारा दिल इस कोमल से नीले फूल पर आ गया है और तुम उसे तोड़कर अपनी शेरवानी पर लगाने के लिए सारे करम करने को तैयार हो"- कुछ इशारों में बात को उलझाकर सरोजिनी बोली।

"बेशक, मैं गम्भीर हूँ इस नीले फूल के लिए"- जिन्हा ने सरोजिनी को उत्तर दिया।

"लेकिन आप दोनों के बीच धर्म"- सरोजिनी ने प्रश्न किया

"तो इस सभा में आप इस विषय में मेरा नज़रिया सुन ही चुकी हैं"-जिन्हा का उत्तर था।

"उम्र का इतना बड़ा अंतर?"- सरोजिनी ने फिर प्रश्न किया

"मेरी नज़र में यह भी कोई बड़ा मुद्दा नहीं है"- इस प्रश्न पर अचकचाते हुए उसने कहा

"क्या पेटिट परिवार तैयार होगा?"- आशंका व्यक्त की सरोजिनी ने

"उन्हें तैयार होना ही होगा, यदि नहीं होंगे तो यह उनकी समस्या है मेरी नहीं"- जिन्हा ने अपने इरादे बताते हुए कहा।

"लेकिन आप तो रुत्ती के पिता की उम्र के हैं, समाज इसे कैसे स्वीकार करेगा"- सरोजिनी ने फिर कहा।

"मैंने पहले ही कहा ना, क्या फ़र्क़ पड़ता है इससे। हाँ यह एक बड़ा मुद्दा तो है लेकिन मुझे पता है सोसाइटी को कैसे हैंडल करना है"- जिन्हा ने अपने आत्मविश्वास से कहा।

"लेकिन तुम्हारी पोजिशन और इज़्ज़त पर इसका विपरीत प्रभाव नहीं पड़ेगा?"- प्रश्न किया सरोजिनी ने।

"हो सकता है पड़े, लेकिन मैं इस सब के बारे में सोच चुका हूँ। आप जानती ही हैं कि कोई भूकम्प आता है तो धरती हिलती है, लेकिन फिर सब ठीक हो जाता है। मुझे अपना डैमेज़ कंट्रोल करने के लिए कुछ प्लान बनाना है बस, इसीलिए मैं अभी दिनशॉ से बात नहीं कर रहा"- जिन्हा ने सरोजिनी को समझाया।

"लेकिन मैं तुम्हें जितना जानती हूँ, तुम भीतर से बहुत बंटे हुए हो मोहम्मद"- सरोजिनी ने अपनी आँखें ज़मीन में गड़ाते हुए कहा।

"नहीं ऐसा नहीं है, तुम मुझे बंटा हुआ बिलकुल मत जानों"-जिन्हा ने सामान्य लहजे में कहा।

सरोजिनी ख़ामोश हो गई थी। उसे अपने भीतर कुछ चुभता हुआ सा लगा। यह चुभन रुत्ती के साथ हो रहे खेल की नहीं थी। उसे अपना ही कुछ पिघलता हुआ महसूस हुआ। फिर वह बिना कुछ बोले वहां से चली गई।

जिन्हा भी चुपचाप वहां से निकलकर अपने घर चला गया।

36

वह सफल हो गया था। एक नई तहरीर लिख दी थी उसने इतिहास के पन्नों पर। लखनऊ में कांग्रेस और मुस्लिम-लीग के बीच समझौते पर हस्ताक्षर करवाकर जिन्हा को लगने लगा था कि वह भारत के लोगों के बीच सबसे लोकप्रिय नेता हो गया है। रुत्ती के

साथ उसके सम्बंध होने के बाद वह दोहरे मानदंड अपनाकर जी रहा था। वह बम्बई से नेशनल असेम्बली की मुस्लिम सीट से जीता हुआ सदस्य था। वहीं एक ग़ैर मुस्लिम बच्ची को अपने जाल में फंसाए उसके साथ गुलाबी-नीले सपने बुन रहा था। एक तरफ़ वह देश की राजनीति की दिशा तय कर अपना सर्वोच्च अस्तित्व निर्मित करना चाहता था, तो दूसरी तरफ़ एक सामान्य सी सोच रखने वाले से भी कम इंसान की तरह अपने ही मित्र की बेटी के साथ सम्बंध विकसित कर इश्क़ का खेल खेल रहा था। उसका दिमाग़ अपने लखनऊ समझौते के दस्तावेजों पर रुत्ती और अपने बीच चल रहे इश्क़ की प्रयोगशाला में लिटमस टेस्ट की तैयारियों में लगा था।

मार्च का महीना फिर आ गया। बासंती मार्च था यह दो बेमेल प्रेमियों के लिए। इस महीने का एक सप्ताह बीत चुका था। दार्जिलिंग की मधुर यादों को लगभग एक साल होने वाला था। इस दौरान जिन्हा को अनेक बार महानंदा की उस चट्टान और धागे जैसे चँद्रमा की याद आई थी। वह उस अहसास के ज़ेहन में आते ही बेचैन होने लगता था। उसके सामने रुत्ती एक चलचित्र की तरह घूमने लगती थी। उसे रात भर नींद नहीं आती थी। वह रुत्ती को अपने आग़ोश में महसूस करता रहा था। उसे लगता कि दिनशॉ पेटिट उसकी बात को मान लेगा और उसे अपनी कल्पना का नीलकमल सौंप देगा। दिनशॉ पेटिट के व्यवसाय में अनेक ऐसे मुकद्दमें थे जिन्हें जीतकर उसने अपने दोस्त का रुतबा बढ़ाया था। उसने निर्णय कर लिया कि सुबह का सूर्य तो सामान्य ही उदय होगा लेकिन उसके अस्त होने से पूर्व वह रुत्ती और अपने सम्बंधों को मंज़िल दे चुका होगा।

सुगंधित पलाशी महीने की यह शाम पेटिट हॉल में मन भावन और सुहाने रूप में उतरी हुई थी। बीच में लगे हुए आम के बाग़ीचे में बिछी हुई महंगी दूब पर झड़े हुए बौर और आसपास खिले फुटबाल लिली के फूलों के साथ गुलाबों की ख़ुशबू महक रही थी। यह वही जगह थी, जहां जिन्हा और पेटिट पिछले सत्रह सालों से अपनी बैठक जमाकर शतरंज खेलते रहे हैं व अदालती मुक़दमों पर बातचीत कर रणनीति बनाते रहे हैं। दीना पेटिट ने शांत होकर इन मित्रों को भविष्य की योजनाएं बनाते देखा है। यही वह जगह थी जहां सामने के दो दांत निकलने पर एक बेहद प्यारी सी बच्ची रुत्ती, जिन्हा की मूँछों को देखकर डर जाया करती थी और अपनी माँ की छाती से चिपक जाती थी। ढलते हुए सूरज की परछाई बहुत लम्बी हो चुकी थी। जिन्हा और उसका मित्र दिनशॉ पेटिट आमने-सामने बैठे हुए थे। उनके बीच पहले तो अपनी व्यावसायिक चर्चा हुई। कुछ मामलों की कोर्ट में स्थिति और अपनी जीत की सम्भावनाओं पर बातचीत की गई। फिर चर्चा गरमी और पिछले वर्ष की दार्जिलिंग की यात्रा पर आ गई। जिन्हा अवसर तलाश रहा था कि कब वह रुत्ती को लेकर अपनी बात रखे। आज वह पूरी तरह से इस विषय के पटाक्षेप का मन बनाकर ही आया था।

"लखनऊ अधिवेशन के बाद तो मुल्क में तुम्हारी पोजीशन बहुत मज़बूत हुई है मिस्टर जिन्हा, रियली यू आर ग्रेट पर्सन"- दिनशॉ पेटिट ने कहा।

"हाँ, उस कठिन विषय पर मुस्लिम-लीग और कांग्रेस को एक साथ लाना बहुत मुश्किल काम था, लेकिन हो गया, यह मेरे लिए बेहद ख़ुशी की बात है"- जिन्हा ने उत्साहित होकर कहा।

"आने वाले समय में इसका देश की सामाजिक व्यवस्था और राजनीति पर बहुत गहरा प्रभाव पड़ेगा, यह बड़ी कामयाबी है तुम्हारी"- पेटिट ने जिन्हा की तारीफ़ करते हुए कहा।

तब तक चाय आ चुकी थी। नौकर ने उसे प्यालियों में डाल दिया। दो प्याली-प्लेट चाय और कुछ उच्च क़िस्म के बिस्कुट सामने टेबल पर रखे हुए थे।

जिन्हा को लगा कि लखनऊ में कागजों पर लिखे धार्मिक समझौते को यहां परखने का सबसे अच्छा मौका है। बहुत बड़ी खाई थी जिन्हा और रुत्ती के बीच, पारसी और मुस्लिम होने की। उसे लगता था कि उम्र का इतना अंतर कोई मायने नहीं रखता, जितना अलग धर्म होना रखता है। वह राजनीति को स्वयं पर ही लागू कर बैठा था। उसे लगा कि रुत्ती को पाने के लिए धर्मों के बीच की बड़ी खाई को वह मिटा सकता है। वह सपने देख रहा था कि इस बेमेल रिश्ते के स्थाई हो जाने से पारसी और मुस्लिमों के बीच सहिष्णुता का माहौल बन जाएगा। यह रिश्ता क़ायम कर वह पूरी दुनिया को बता देगा कि मोहम्मद अली जिन्हा वह शख़्सियत है जो अपने मिशन में पूरी तरह सफल है। चाहे थियोसोफिकल सोसायटी की विचारधारा हो अथवा लखनऊ अधिवेशन की कांग्रेस-मुस्लिम-लीग संधि। यह उसकी सबसे बड़ी सिद्धि होगी।

"मिस्टर पेटिट मैं तुम्हारा एक विचार जानना चाहता हूँ"- अपनी बात का आधार खोजते हुए जिन्हा ने कहा।

"ज़रूर...ज़रूर, मैं अपनी राय बेबाक दूंगा तुम पूछो"- पेटिट ने प्लेट में से एक बिस्कुट उठाकर मुंह में रखते हुए कहा।

"शादी ब्याह में पुरुष और महिला के विचार से आपकी क्या राय है"- जिन्हा ने पूछा

"मैं समझा नहीं"- दिनशॉ ने जिन्हा की तरफ़ देखते हुए कहा।

"मतलब उनकी अपनी मर्ज़ी को क्या अहमियत दी जाना चाहिए"- जिन्हा ने थोड़ा और अपनी बात के नज़दीक आते हुए कहा।

"मेरा तो यही मानना है कि दोनों को इस मामले में स्वतंत्रता होना चाहिए अपनी मर्ज़ी के साथी से शादी करने की"- पेटिट ने सहजता से कहा

"हमारे यहां पुरुष के मामले में तो लोग इसे मान लेते हैं, लेकिन लड़कियों को बहुत दिक्कत होती है इस मामले में, क्योंकि उनके गार्जियन बवाल करते ही हैं"- जिन्हा ने दिनशॉ को तौलते हुए कहा।

"मुझे लगता है इसमें गार्जियंस को खुले दिमाग़ का होना चाहिए"- दिनशॉ ने चाय की चुस्की लेते हुए कहा

जिन्हा को अपना रास्ता दिनशॉ के उत्तर से और आसान लगा। दिनशॉ का यह विचार जिन्हा की आशा के अनुरूप ही तो था।

उसका एक दाव और ठीक लगा था।

"मैं भी यही सोचता हूँ मिस्टर पेटिट, लेकिन कई बार होता है कि दोनों के बीच उम्र में कुछ फ़र्क़ होता है तब कैसे हल किया जाना चाहिए"- जिन्हा अपने मकड़जाल में पेटिट को फंसा रहा था।

"अगर दोनों के बीच आपसी सहमति और समझ बहुत अच्छी है तो फिर कोई दिक्कत नहीं होना चाहिए"- दिनशॉ जिन्हा के मन की साज़िश जाने बिना उसकी हर बात का समर्थन कर रहा था।

कुछ पल के लिए वहां ख़ामोशी छा गई। यह वह पल थे जो किसी बड़े धमाके के लिए विस्फोटक की बत्ती में अंगारा लगाने के बाद होते हैं।

"अच्छा यह बताओ कि यदि भारत में दो विभिन्न धर्मों के बीच विवाह सम्बंध स्थापित हों तो कैसा रहेगा, और इससे भविष्य के भारत और समाज पर क्या प्रभाव होगा"- जिन्हा ने अपने लखनऊ मसौदे के लिटमस टेस्ट हेतु विषय सामने रखा।

"यह तो बहुत अच्छा विचार है तुम्हारा मिस्टर जिन्हा। अगर ऐसा होता है तो निश्चित ही दोनों धर्मों के बीच एक तो दूरी कम होगी तथा दोनों एक दूसरे को अच्छे से समझ सकेंगे। इससे सांस्कृतिक और सामाजिक एकता के रास्ते साफ़ होकर मुल्क मज़बूत होगा"- असावधान से पेटिट ने सामान्य बातचीत समझते हुए जवाब दिया।

जिन्हा को भी उम्मीद नहीं थी कि पेटिट उसके प्रश्न का इतना अनुकूल जवाब देंगे। वह खिल गया था। अब वह निश्चित मान चुका था कि पेटिट के यह विचार उसके बहुत अनुकूल हैं।

वह बिना एक भी पल गंवाए बोला- "पेटिट, मैं तुम्हारे विचारों से पूरी तरह सहमत हूँ, और इसे वास्तविक रूप में हिन्दुस्तानी समाज में लागू करना चाहता हूँ"

"क्या प्लान है तुम्हारा इसे लागू करने के लिए? आगामी समय में कोई बड़ा कार्यक्रम करने वाले हो क्या इस विषय पर"- दिनशॉ पेटिट ने सहजभाव से कहा।

"माय बेस्ट फ्रैंड एंड माय वैलविशर मिस्टर दिनशॉ पेटिट इसे लागू करने के लिए मैं शादी के वास्ते रुत्ती का हाथ तुमसे माँग रहा हूँ, मुझे विश्वास है कि तुम हमें शादी की इजाज़त देकर देश और समाज में समरसता का संदेश देने जा रहे हो। निश्चित रूप से पारसी और मुस्लिम के बीच विवाह का यह निर्णय दो धर्मों को समझने और एक दूसरे की संस्कृति के क़रीब आने का बड़ा प्लेटफॉर्म बनेगा। हमारी दोस्ती के रिश्ते और ज़्यादा मज़बूत होंगे"- वह पेटिट की आँखों में झांकते हुए बोलता चला गया और पेटिट हॉल में एक भयंकर विस्फोट हो गया।

पेटिट का पूरा शरीर काँप गया। उसके हाथ में प्याली और प्लेट थरथराने लगे। उसे लगा सारी धरती और आकाश उसके सामने घूम रहा है। उसके कानों में ज़ोर-ज़ोर की घंटियां बजने लगीं। उसे ऐसा प्रतीत हुआ जैसे कानों में कोई शब्द नहीं, पिघला हुआ गर्म सीसा भर दिया गया हो तथा वह आँखों तक जाकर उन्हें जला रहा है। उसकी आँखों में उस पिघले सीसे का ज्वालामुखी फटकर उसके पूरे बदन को झुलसा रहा है। उसे लगा समुद्र बहुत तेज वेग से सुनामी तूफ़ान लिए उसकी तरफ़ बढ़ रहा है। पलभर में ही चाय से भरे प्याली-प्लेट ज़मीन पर गिर गए। उसके सफ़ेद कपड़ों पर गरम चाय के बड़े-बड़े दाग बन गए थे। उसकी ज़ुबान लड़खड़ा गई।

पेटिट ने पूरा ज़ोर लगाकर लगभग चीखते हुए कहा- "ग़द्दार..., इतना बड़ा ग़द्दार, मैं अपने ही घर में पाले बैठा हूँ बरसों से, और मुझे पता ही नहीं है"

उसने अपना माथा पकड़ लिया। फिर वह गरजकर बोला- "तेरी हिम्मत कैसे हो गई यह बात कहने की। तूने सोचा भी कैसे कि मैं रुत्ती की शादी तुझसे कर दूँगा। मैं तो तुझे उसके पिता के समान मानता रहा हूँ। कुछ तो खौफ़ खाया होता रुत्ती से शादी करने का सोचने से पहले कि वह तेरी बेटी के बराबर है। तू यहां पारसी और मुसलमान की बात कर रहा है और वह भी मुझसे। तूने मेरे घर को लखनऊ कांग्रेस और मुस्लिम-लीग का मंच समझ लिया है क्या?"

दांत पीसते हुये बौखलाए पेटिट ने फिर कहा- "अगर अभी मेरे पास यहां रिवाल्वर होती तो मैं उसकी पूरी गोलियां तेरे सीने में उतार देता मिस्टर जिन्हा। यू गेट आउट फ्राम हियर। और दुबारा न तो कभी मेरे घर आना और न मेरी बेटी से मिलने की कोशिश करना"

स्थूलकाय पेटिट ने एक ज़ोर का धक्का जिन्हा को दिया। वह ज़मीन पर गिर गया था।

दिनशॉ के इस तरह चीखने और क्रोधित होने की आवाज़ें सुनकर उनकी पत्नी दीना, बहन मामाबाई, रुत्ती और बंगले के सभी नौकर वहां आ गए थे।

"लिस्टेन... लिस्टेन... दीना, यह बैरिस्टर क्या कह रहा है। बोलता है इसे रुत्ती से शादी करना है। ऐसा कहते हुए इसे थोड़ी भी शर्म नहीं आई"-पेटिट ने रोते हुए कहा।

तभी रुत्ती ने जिन्हा का हाथ पकड़ कर उसे खड़ा किया और उसके सूट पर लगे तिनकों को पोंछने लगी।

"हाँ पप्पा, इन्होंने कोई ग़लत नहीं कहा। मैं भी इस शादी के लिए तैयार हूँ और हम दोनों यह शादी करना चाहते हैं. कितना अच्छा हो कि आप भी इसके लिए तैयार हो जाएं 'जे' के इस फ़ैसले में मैं पूरी तरह शामिल हूँ"

"र...त...न ..."- एक चीख सी निकल गई वहां पर दीना, मामाबाई और पेटिट की।

"नेवर...नेवर...कभी नहीं, हम कभी इसके लिए तैयार नहीं हो सकते। पारसियों की इज़्ज़त को हम नहीं रौंद सकते। हम बम्बई ही नहीं पूरी दुनिया के एक शानदार परिवार के पारसी हैं। हम जरथ्रुष्ट के पुजारी हैं, अग्नि-मंदिर हमारे लिए सर्वोच्च है। और जिन्हा एक मुसलमान है, बिलकुल अलग। फिर यह बेहूदा फ़ैसला कैसे हो सकता है कि एक बेटी की उम्र की नाज़ुक और न समझ बच्ची को उसके पिता की उम्र के शातिर सियासतदार के सुपुर्द कर उसकी ज़िंदगी तबाह कर दी जाए। रतन, तुम हमारी बेटी हो कोई ग़ैर नहीं हो जो हम यह फ़ैसला लेकर तुम्हें इस आदमी के सुपुर्द कर दें। आइंदा से भूलकर भी यह मत सोचना। आहुरा... मज़्दा... "- दिनशॉ पेटिट ने हिचकियां लेते हुए कहा।

रुत्ती का समर्थन पाकर जिन्हा का हौसला बढ़ गया।

"मिस्टर पेटिट, मैं रुत्ती से शादी करना चाहता हूँ और रुत्ती इसके लिए तैयार है, जैसा कि उसने तुम्हें कहा है। अब भला तुम क्यों इसमें बाधा डाल रहे हो। तुम और तुम्हारा परिवार दाकियानूसी नहीं है मैं यह जानता हूँ। तुम ख़ुद ज़िम्मेदार और खुले दिमाग़ के व्यक्ति हो। मगर आज देख रहा हूँ तुम्हारा दिमाग़ तो किसी जाहिल की तरह बंद हो गया है। शादी करना और जीवन किसके साथ गुजारना है यह फ़ैसला आप रुत्ती पर ही छोड़ दें तो बेहतर होगा"- अपमानित होकर खड़े हुए जिन्हा ने एक ज़िद्दी लहजे में कहा।

"बैरिस्टर जिन्हा... तुम यहां से जितनी जल्दी हो सके बाहर चले जाओ। यह मेरा घर है, कोई मुस्लिम-लीग का जलसा नहीं। यह दिनशॉ पेटिट का परिवार है, किसी कांग्रेस की मीटिंग कम्युनिटी नहीं। तुम जाते हो या फिर मैं धक्के मारकर तुम्हें यहां से बाहर करूं"- दिनशॉ पेटिट ने माथा ठोकते हुए कहा।

"पप्पा, मैं और 'जे' शादी करके रहेंगे, आप तो क्या हमें दुनिया की कोई ताक़त नहीं रोक सकती, आप 'जे' की इस तरह से बे'इज़्ज़ती नहीं कर सकते"- रुत्ती ने पेटिट को झकझोरते हुए कहा।

"हू इज जे"- पेटिट ने रुत्ती को डांटते हुए कहा।

"सो यू आलसो लिस्टेन पप्पा, 'जे'... इज... मिस्टर... मोहम्मद... अली... जिन्हा, ...एण्ड... 'जे'... इज... माय... फ्यूचर... लाइफ,... नाऊ... आय... एम...

विद... माय... 'जे'... आल... द... टाइम,... दिस... इज... क्लीय...र... एंड... केन... ने...व...र... चेंज नाऊ"- रुत्ती ने अपनी बात को ऊँचे स्वर में 'जे' के साथ हर शब्द और अक्षर पर ज़ोर देते हुए घोषणा कर दी।

तड़ाक...तड़ाक...दो चांटे दिनशॉ की अंगुलियों के साथ रुत्ती के गाल पर उछले और दिनशॉ रोने लगे।

दीना और मामाबाई ने जिन्हा की ओर देखते हुए कहा- "अब आप तुरंत यहां से चले जाए बैरिस्टर साहब"

जिन्हा ने रुत्ती की तरफ़ देखा जो अपने गाल को सहला रही थी। जिन्हा के लिए यह सर्वाधिक महत्वपूर्ण था कि कच्ची उम्र की उसकी यह प्रेमिका अपने माँ-बाप के ख़िलाफ़ होकर उसके साथ थी। जिन्हा को पूरा विश्वास हो गया कि वह इस खूबसूरत फूल को तोड़कर अपने सूट के बटन में ज़रूर लगा लेगा। अब दिनशॉ पेटिट से किसी तरह की बहस करने का कोई औचित्य नहीं था। उसने अपने जीवन में पहली बार इतना अपमान सहा था कि किसी ने उसे धक्का देकर ज़मीन पर गिरा दिया हो। अन्यथा उसने अपनी चतुराई के हथियार से दुनिया के अच्छे-अच्छे दमदार लोगों को ज़मीन दिखा दी थी। वह यूं ही नहीं अंग्रेजों और भारतीयों को अपनी अंगुलियों पर नचाने का माद्दा रखता था। उसकी ज़िद, अकड़ और वक़्त को समझकर अपनी चाल चलने की कला ही उसे जिन्हा बनाती थी। ऐसा हो ही नहीं सकता था कि वह जो चाह ले उसे पा न सके। फिर बुद्धि में जिन्हा के आगे धेला-आना भर से भी कम लेकिन स्थूलकाय व्यक्ति दिनशॉ पेटिट भला उसे रुत्ती को उड़ाने से कैसे रोक सकेगा। अब रुत्ती से ज़्यादा उसे अपने अपमान का बदला लेना था। रुत्ती तो उसके साथ खड़ी ही थी। उसे बीवी बनाकर सारे समाज में वह अपनी प्रतिष्ठा को स्थापित करना चाहता था। क्या सही था, क्या ग़लत इससे उसे कोई मतलब नहीं था। अपनी सियासत में उसने किसी भी सही या ग़लत की तरफ़ कब ध्यान दिया था जो अब देगा। भारतीय राजनीति में चमकते हुए इस सितारे के सामने अब दो चुनौतियां स्पष्ट खड़ी थीं। एक तो सियासत में अपनी पोजीशन को बिना कोई नुकसान पहुंचाए आगे बढ़ना, तथा रुत्ती के साथ हनीमून मनाकर भारत के बड़े और पारसी उद्योगपति अपने बरसों पुराने मित्र से अपने अपमान का बदला लेना।

उसने अपना रुख़ पेटिट हाउस से बाहर की ओर कर लिया। उसके क़दम दरवाज़े की तरफ़ बढ़ रहे थे। फ़िलहाल तो उसके लखनऊ पेक्ट का मसौदा चिंदियों की तरह पेटिट हॉल में उड़ चुका था। वह किसी घायल सांप की तरह भीतर ही भीतर फुंफकार रहा था। उसका बस चलता तो वह अभी, इसी वक़्त पेटिट को डंस कर अपना पूरा ज़हर उसके शरीर में उतार देता और रुत्ती का हाथ पकड़कर उसे ले जाता। लेकिन यह करना अभी न तो उसकी प्रतिष्ठा के अनुरूप था और न ही उसके वश में। उसके दिमाग़

में अब पेटिट एक विलेन था तथा रुत्ती के साथ मिलकर उसे अपना नया मोहब्बत-नामा लिखना था, जिसके हर पृष्ठ पर उसका अपना दोस्त और रुत्ती का पिता केवल बिलखता, रोता और टूटा हुआ कातर बाप अंकित किया जा सके। इस मोहब्बतनामें के पहले सफ़े पर तो रुत्ती थी, लेकिन आख़िरी सफ़ा केवल और केवल जिन्हा को पूरा करने की आज़ादी चाहिए थी।

पेटिट बंगले के लॉन में कोहराम मचा हुआ था। रुत्ती फूट-फूटकर रो रही थी। पेटिट उस पर हाथ उठाने की कोशिश करते तो दीना हाथ पकड़ लेती थी। अपनी थुलथुल काया के साथ दिनशॉ पेटिट कभी इधर दौड़ते, कभी उधर भागते। वे ग़ुस्से में कुर्सियां फैंक रहे थे। दीना उन्हें यह सब करने से रोकने का असफल प्रयास कर रही थी। सारे नौकर-चाकर डरे सहमे थे। दार्जिलिंग के पेटिट बंगले से शुरू हुई यह प्रेम कहानी बम्बई के पेटिट हॉल में एक डरावना उपन्यास बन गई थी। भारुल और हसन अली जो जान-समझ रहे थे यहां के गुन्नु और सेफिल आज देख रहे थे। मामाबाई को अब समझ में आ गया था कि पिछले दस महीने से बम्बई के क्लबों में लोग चटख़ारे लेकर क्या चर्चा कर रहे होते थे, जो उसके आते ही बात का रुख़ बदल लेते थे। आज दार्जिलिंग के सारे लालीगुरन मुरझाए से महसूस हो रहे थे। आड़ू के फूल सूखने लगे थे। महानंदा की वह चट्टान कुछ ज़्यादा ही खुरदुरी हो गई थी। धागे जैसा चंद्रमा सुप्त हो गया था। कंचनजंगा की धवल चोटी अपनी जगह पर अविचल खड़ी समय को पढ़कर थोड़ी सी विचलित हुई थी। बंगले के पीछे उठती समुद्र की लहरों पर बूंदें तो वैसे ही उछल रही थीं, लेकिन एक लड़की जिसका नाम रुत्ती है और जो पूरे बम्बई के अभिजात वर्ग के युवाओं की धड़कन बन चुकी है, इस समय सिसक रही थी अपने "जे" के लिए। यह शाम इस बंगले के लिए सबसे मनहूस होकर जा रही थी, जिसने भरे-पूरे खिले हुए बसंत को एक ही झोंके से पतझड़ में बदल दिया था।

37

"भाई, क्या हो गया है पिछले दो दिन से तुम्हें"- फ़ातिमा ने जिन्हा से पूछा।

"कुछ नहीं हुआ"- जिन्हा ने बुझा-बुझा सा जवाब दिया।

जिन्हा के चेतन तथा अवचेतन में सिर्फ़ पिछले दो दिन घूम रहे थे। उसका गला लगातार सूख रहा था। दिशशॉ पेटिट का वह लॉन, वहां लखनऊ मसौदे की सफलता पर मिस्टर पेटिट का बधाई देना, साथ-साथ चाय पीना, फिर दो समुदायों के वैवाहिक सम्बंधों पर पेटिट की बेबाक टिप्पणी तथा रुत्ती का प्रस्ताव रखते ही पेटिट का बिफरना और फिर जिन्हा को धक्का देना। एक घंटे से भी कम समय में वह ख़ुशनुमा शाम कैसे

भयानक याद में बदल गई थी। जिन्हा को अपना गुज़रा वक़्त अपने पास खड़ा महसूस हो रहा था। ईमीबाई का छोटा सा साथ, स्टेला का मन और रुत्ती की छुअन उसे झकझोर रही थीं। वह अपनी सियासत और नितांत व्यक्तिगत ज़िंदगी के बीच झूलता सा पा रहा था ख़ुद को। वह कभी हिन्दुस्तान के जलसों में अपने भाषणों पर बजती तालियों की गूंज सुनने लगता, तो कभी कोर्ट में अपनी तेज-तर्रार बहस में गुम हो जाता। वह कभी लायब्रेरी में रखी किताबों के पन्नों पर ख़ुद को पाता तो कभी सिसायत के जटिल ड्राफ्ट तैयार करवाने में अपने को डूबा हुआ पाता। वह इस उहा-पोह में दार्जिलिंग की वादियों में पहुंच जाता जहां कंचनजंगा की धवल बर्फ़ की तलहटी में खिले फूलों और महानंदा की कल-कल करती धारा के बीच एक अविस्मरणीय चट्टान पर महसूस किए कोमल स्पर्श में खो जाता। उसे रह-रह कर दार्जिलिंग में रुत्ती के साथ बिताए दिन याद आ जाते। उसका मन मुस्कुराने लगता उन यादों को ताज़ा कर। लेकिन दो दिन पहले की शाम को पेटिट हाउस में जो कुछ हुआ वह उसको जलाकर ख़ाक कर रहा था। उसके सामने दिनशॉ पेटिट की थुलथुल काया में चीखता-चिल्लाता हुआ बौखलाकर इधर-उधर भागता एक शख़्स घूम जाता। उसके चेतन मन में एक चिंगारी उठती और धधकने लगती थी। वह अपने सामने फिर उस दिनशॉ को पाता जो उसे धक्का भी दे सकता है। यह तो जिन्हा की कल्पना से परे की बात थी, लेकिन उसने इसे सच होते देखा था। हिन्दुस्तान में कांग्रेस, मुस्लिम-लीग और अंग्रेजों की शतरंज पर हर वक़्त अपने मोहरे अपने हिसाब से बिठाने वाला यह बैरिस्टर पिछले दो दिनों से खदबदा रहा था। उसके अबतक के जीवन में किसी की हिम्मत नहीं हुई थी, कि उसे अमर्यादित तरीक़े से छू भी सके। केवल सन् उन्नीस सौ पंद्रह में मौलाना हज़रत मोहानी और उनके कट्टरपंथी समर्थकों द्वारा लीग के जलसे में जब उत्पात किया गया तो पुलिस ने उसे ग़लती से छुआ भर था एक तरफ़ हटाने के लिए। वह छुअन भी उसे नागवार गुज़री थी। लेकिन पेटिट ने तो उसे धक्का देकर गेट आउट कह दिया। यह बात वह कैसे सह सकता है। वह अभी तक स्वयं को पेटिट हॉल के लॉन में ज़मीन पर गिरा हुआ ही महसूस कर रहा था। यह आंतरिक पीड़ा उसे खा रही थी। वह चाह कर भी सामान्य नहीं हो पा रहा था। इसका बदला केवल तभी पूरा हो सकता था जब वह दिशशॉ पेटिट को तमाचा मारते हुए रुत्ती को अपने साथ हनीमून पर ले जाए। और यह तो वह निश्चित ही मान रहा था कि अब दुनिया की कोई भी रुकावट उसके और रुत्ती के बीच ज़्यादा दिन खड़ी नहीं रह सकती।

फ़ातिमा अपने भाई के अंतर्मन को पढ़ने का प्रयास कर रही थी। भाई के मन में उठने वाले तूफ़ान को वह महसूस कर रही थी। उसने अपने भाई को जितना समझा है उतना और कोई नहीं जान सकता। स्वयं जिन्हा भी। उसने अपना पल-पल अपने बड़े भाई पर वार दिया है। फिर भला वह केवल 'कुछ नहीं' जैसे जवाब से कैसे ख़ामोश हो सकती थी।

"ऐसा तो हो ही नहीं सकता कि मेरा भाई परेशान हो और मैं इतना भी न समझ सकूं। दो दिन से आप न तो कहीं गए हैं और न ही किसी से कोई बात की है"- फ़ातिमा बोली।

"फ़ाति, मैं ज़िंदगी के एक बेहद नाज़ुक मोड़ पर आकर खड़ा हो गया हूँ। यहां पर मैं जो भी पाना चाहता हूँ उनमें से मुझें एक मंज़िल की तरफ़ ही जाना पड़ सकता है, जबकि मैं दोनों को नहीं छोड़ना चाहता"- जिन्हा ने गम्भीर होते हुए फ़ातिमा से कहा।

"ऐसा भी भला क्या हो गया भाई, जो आपको दोराहे पर खड़ा कर दे। मैं तो इतना जानती हूँ कि मेरा भाई चाहे जितने भी मोड़ पर खड़ा हो उसके लिए कोई बात मुश्किल नहीं है। वह जो चाहता है वह शै ख़ुद उसके पास आ जाती है"- फ़ातिमा ने जिन्हा का विश्वास बढ़ाते हुए कहा।

"नहीं इस बार हालात कुछ और हैं। अगर एक को चुनता हूँ तो दूसरे पर उसका बुरा असर ज़रूर हो सकता है"- कुछ मायूस होते हुए जिन्हा ने कहा।

जिन्हा की यह हालत देखकर फ़ातिमा चिंतित हो गई। वह महसूस कर रही थी कि उसका भाई जबसे दार्जिलिंग से वापस आया है उसमें कुछ परिवर्तन आया है। बम्बई में रुत्ती के साथ उसके रोमांस के किस्से भी फ़ातिमा के कान में पड़ रहे थे, लेकिन वह उन पर यक़ीन नहीं कर रही थी, तथा इस बारे में भाई से भी उसने किसी प्रकार की बात नहीं की थी। यद्यपि वह भी अपने भाई की गृहस्थी को लेकर हमेशा ही परेशान रहती थी और सोचती थी कि वह किसी तरह शादी के लिए तैयार हो जाए। लेकिन रुत्ती के बारे में तो उसे भी कभी कोई ख़्याल नहीं आया था।

"भाई तुम मुझे कुछ बताओगे या यूं ही मन को जलाते रहोगे। आख़िर क्या बात है, और मैं उसमें क्या कर सकती हूं। आप अपने मन की गर्दिश साफ़ करो। आप एक पूरी क़ौम का मुस्तक़बिल तय करने वाली शख़्सियत हो। इस तरह ख़ुद के ही बारे में तंग हो रहे हो तो कैसे काम चलेगा"- फ़ातिमा ने बेहद स्नेहिल तौर पर कहा।

"तुम सही कह रही हो मेरी प्यारी बहन, मैं क़ौम, मुल्क और सियासत के मुस्तक़बिल का सोचते-सोचते ख़ुद अपने को ही भूल गया हूँ। मेरी अपनी ज़िंदगी भी तो है। मेरी भी कुछ ज़रूरतें हैं, जो इंसानी तौर पर मुझे बेचैन करती हैं। लेकिन मेरा नाम और मेरा मक़ाम मुझे निजी ज़िंदगी से दूर कर रहा है। अब देखो न कितने-कितने दिन तो मैं मेरी बहन से भी बात नहीं कर पाता"- जिन्हा ने कहा।

"भाई, मैं जानती हूँ आपको, आप कभी भी हार मानने वाले इंसान नहीं हैं। इस तरह से मायूस होकर मेरा भाई कभी नहीं रहा। आप अच्छे नहीं लगते इतने डिप्रेशन में"- फ़ातिमा ने कहा।

कमरे में ख़ामोशी छा गई थी। जिन्हा लगातार ज़मीन की तरफ़ देख रहा था। फ़ातिमा उसके चेहरे को पढ़ने की कोशिश कर रही थी। उसने अबतक के जीवन में

पहली बार अपने भाई को इस तरह उदास और परेशान देखा था। उसके भाई की विशेषता थी कि वह हर मोर्चे पर बेहद संजीदा रहता था। दो-दो बार नेशनल असेम्बली के चुनाव में तमाम दिक्कतों के होते हुए भी उसके माथे पर कभी सल नहीं आए थे। लेकिन आज ऐसी क्या बात है, फ़ातिमा अनुमान नहीं लगा पा रही थी।

"भाई आप आसमान की तरफ़ देखने वाले इंसान हैं, ज़मीन में नज़रें गड़ाकर कैसे जीत सकोगे। मुश्किल भले कितनी भी हो आपको ही जीतना होगा। प्लीज़ आप मुझे बताएं क्या उलझन है जो आपको घेरकर खड़ी हो गई है"- फ़ातिमा नें अपने भाई को कुरेदा।

"फ़ाति, परसों की शाम मेरे लिए बेहद शर्मनाक और अपमानजनक रही है। मैं उसे कभी नहीं भूल सकता। यह अपमान मेरे लिए असहनीय है"- जिन्हा ने अपनी आँखें ऊपर उठाते हुए कहा।

"ऐसा क्या हो गया मेरे भाई के साथ, कोई इतनी बड़ी बात हो गई और आपने मुझे बताया ही नहीं। भाई इतना तो हक़ बनता है मेरा कि आपकी परेशानी आप मुझसे साझा करें"- फ़ातिमा ने अपना हक़ जताते हुए कहा।

"मैं शादी करना चाहता हूँ"- एक गहरी साँस भरकर जिन्हा ने कहा।

"भाई... सच में...यह मैं क्या सुन रही हूँ, यह परेशानी है या ख़ुशी, मेरे लिए तो आज रूहानी ख़ुशी का दिन है यह, मेरा भाई शादी करना चाह रहा है। मैं तो बरसों से यह आस लगाए बैठी हूँ कि कब यह दिन आए"- कहते हुए फ़ातिमा ने भाई को अपनी बाहों में भर लिया।

"यह इतना आसान नहीं है, जितना तुम समझ रही हो"- फिर गम्भीर होकर जिन्हा ने कहा।

"दुनिया में ऐसी कौनसी लड़की होगी जो तुमसे शादी करने में ज़रा भी सोच-विचार करेगी। क्या नहीं है मेरे भाई के पास, दौलत, शौहरत, नाम, रुतबा, सियासत, ख़ूबसूरती सबकुछ तो है आपके पास फिर भला एक औरत को इससे ज़्यादा क्या चाहिए अपने शौहर से"- चहकते हुए फ़ातिमा ने कहा

"वह सबकुछ अपनी जगह है। लेकिन यह मंज़िल बहुत मुश्किल है। इसे पाने में कहीं मेरी सियासत न ढह जाए यह भी एक ख़तरा है"- जिन्हा ने संजीदा होते हुए कह।

"आख़िर वह ख़ुश-नसीब है कौन, जिसे मेरा भाई पसंद कर रहा है, मुझे भी तो बताओ"- फ़ातिमा बोली।

"रुत्ती, दिनशॉ पेटिट की बेटी, रुत्ती"- जिन्हा सपाट लहजे में कह गया।

"रुत्ती? ...वह पारसी लड़की?"- चौंक पड़ी थी फ़ातिमा।

"हाँ, रुत्ती..."- जिन्हा ने उसी सपाट लहजे में कहा।

"लेकिन वह तो बहुत छोटी है तुमसे, बच्ची जैसी है आपकी वह तो"- फ़ातिमा अचकचा कर बोली।

"हाँ, बहुत छोटी है, अभी सत्रह साल की है"- जिन्हा ने कहा।

"यह कैसे मुमकिन हो सकेगा भाई, पूरी दुनिया में बवाल हो जाएगा इस बात पर तो। एक तो वह मुस्लिम नहीं है, दूसरा आपसे उम्र में बहुत छोटी है, सोसायटी उसे कैसे एक्सेप्ट करेगी?"- फ़ातिमा ने चिंतित होते हुए कहा।

"अब जो भी हो, रुत्ती से शादी करना इसलिए भी ज़रूरी हो गया है, क्योंकि मुझे मिस्टर पेटिट को उसकी औक़ात भी दिखाना है। मेरी ज़िंदगी का सबसे ख़राब दिन था जब मैंने पेटिट के सामने उसकी बेटी से मेरी शादी का प्रस्ताव रखा था। दो मुंही बात निकली उसकी। एक तरफ़ तो वह दो धर्मों के बीच विवाह को एक अच्छी शुरूआत बताता है फिर अपनी बेटी की शादी की बात आने पर बौखला जाता है, पारसी हो जाता है, ख़ानदानी ट्रेडिशनल पारसी"- जिन्हा ने कड़वेपन को अपने शब्दों में उड़ेलते हुए कहा।

"तो आपकी बात भी हुई है रुत्ती के पिता से इस मेटर को लेकर?"- फ़ातिमा ने कुछ आश्चर्य जताते हुए कहा।

"हाँ"- जिन्हा बोला

"क्या रवैया है उनका"- फ़ातिमा ने पूछा

"कहा ना कि दोगली बात करता है। बौखला गया वह। मुझे गेट आउट कहा उसने। धक्का दिया। रुत्ती को भी दो चांटे मारे हैं उसने। मेरे सम्मान को चोट पहुंचाई है उसने"- जिन्हा ने ग़ुस्से को क़ाबू में रखते हुए बताया

"ओह! नो, यह बिहेवियर तो बहुत ही ख़राब है। इज़्ज़तदार बारनेट दिनशॉ पेटटि को कोई हक़ नहीं है कि वह अपने घर आए किसी शौहरतमंद, औहदेदार और बुलंद शख़्सियत के साथ ऐसे पेश आए। मेटर भले ही कुछ भी हो। लेकिन मुझे त'अज्जुब है कि बात तो यहां तक पहुंच गई है, और मुझे पता भी नहीं। तभी तो पिछले दिनों से बम्बई के लोगों में इस विषय पर खुसर-फुसर हो रही थी। लेकिन यह मुझे कोरी अफ़वाह लगती थी, तथा मैंने कोई ध्यान भी नहीं दिया"- फ़ातिमा ने आगे कहा।

"अब चाहे जो भी हो, रुत्ती से मेरी शादी को कोई नहीं रोक सकता। पेटिट तो हरगिज़ नहीं"- जिन्हा ने आत्मविश्वास के साथ कहा।

"मगर उसके पेरेंट्स तैयार नहीं हुए तो फिर यह कैसे मुमकिन होगा भाई" -फ़ातिमा ने चिन्ता जताई

"होगा, ज़रूर होगा मिस रतन बाई पेटिट मिसेज जिन्हा बनकर रहेगी"- एक बार फिर आत्मविश्वास जताते हुए जिन्हा ने कहा।

"लेकिन एक अड़चन और भी तो है। आप इम्पीरियल लेजिस्लेटिव असेम्बली की मुस्लिम सीट से मेम्बर हैं। लॉ और रूल के मुताबिक आपकी फैमिली मुस्लिम होना चाहिए। आप सिविल मैरिज नहीं कर सकेंगे निकाह करना होगा आपको। वरना आपकी मेम्बरशिप ख़तरे में पड़ जाएगी। आपको इस्तिफ़ा भी देना पड़ सकता है। निकाह के लिए आपकी होने वाली बीवी का मुस्लिम होना भी तो ज़रूरी है"- फ़ातिमा ने कहा

जिन्हा हँस दिया

"मेरी प्यारी बहन फ़ाति, मैं बैरिस्टर हूँ, हिन्दुस्तान का आला दर्जे का क़ाबिल बैरिस्टर। मुझे लॉ और रूल सब पता हैं। उस पारसी लड़की को मेरी खातिर मुसलमान होना होगा वह हंसते हुए इस्लाम कुबूल करेगी। अब तुम तैयार हो जाओ दुनिया की सबसे ख़ूबसूरत लड़की रुत्ती को अपनी भाभी के रूप में देखने के लिए और उसका अपनी पसंद का मुस्लिम नाम भी सोच लो। यह कैसे मुमकिन होगा, मामद अली पुंजालाल जीणाभाई पोंजा अर्थात बैरिस्टर एम.ए. जिन्हा अच्छी तरह जानता है"- जिन्हा ने फ़ातिमा को अपना निर्णय सुनाया।

"भाई रब भला करे आपका और आपकी ख़ुशी आपकी झोली में हो"- फ़ातिमा ने विश्वास जताते हुए कहा।

फ़ातिमा ने एक गिलास ताज़ा शर्बत बनाकर जिन्हा को पिलाया। जिन्हा को अपनी बहन के इस स्नेह से ताक़त मिली। अब वह तर-ओ-ताज़ा सा महसूस कर रहा था। वह डिप्रेशन और अपमानित मन से बाहर आ गया था। उसके सामने अपने प्लान को सार्थक कर रुत्ती के साथ हनीमून मनाना था। साथ ही उसे यह भी देखना था कि उसकी इस नितांत निजी ज़िंदगी का सार्वजिनक ज़िंदगी पर कोई असर न हो। उसकी सियासत में उसके सबसे बड़े प्रतिद्वंद्वी मोहनदास करमचंद गाँधी को खुली जगह न मिले, और मौलाना हसरत मोहानी लीग में उसकी हैसियत को चुनौती न दे सके। वह उठ खड़ा हुआ था।

फ़ातिमा आने वाले वक़्त के तूफ़ान को आंककर उसकी बंदिशें बनाने के लिए ख़ुद को तैयार करने में लग गई थी। हिन्दुस्तानी समाज और बम्बई में समुद्री लहरों की आवाज़ें लगातार बढ़ रही थीं।

38

पिछले दो दिन से पेटिट बंगले की सारी चहल-पहल अवरुद्ध हो गई थी। सभी डरे-सहमे से इधर से उधर डोल रहे थे। नौकर केवल औपचारिक कार्य कर रहे थे। दिनशॉ पेटिट गुमसुम से पड़े थे। उनका सारा काम रुक गया था। वे न तो ऑफिस गए थे, और न

ही अपने व्यवसाय के बारे में किसी को कोई सलाह दी थी। दीना और मामाबाई बेचैन थीं। रुत्ती अपने कमरे में ख़ुद को बंद किए हुए थी। बिलकुल एकाकी। उसकी शरारतें, हँसी और बिंदासपन के लिए बंगले की सारी क्यारियां तरस रही थीं। सूर्य बस पूरब से उग रहा था और पश्चिम में अस्त हो रहा था। बिना किसी हलचल के।

जब से दिनशॉ पेटिट ने रुत्ती को दो चांटे मारे हैं, वे विचलित थे। उन्हें दुनिया में अगर सबसे ज़्यादा प्यार है, तो वह अपनी बेटी रुत्ती से। उन्होंने रुत्ती के जीवन में कभी भी किसी प्रश्न को शेष नहीं छोड़ा। उसकी परवरिश में उन्होंने अपना दिल और धन मुक्त कर रखा था। दुनिया में ऐसी कोई वस्तु नहीं थी, जो रुत्ती माँग ले तथा सूर्य की एक यात्रा पूरी होने से पहले उसके लिए हाज़िर न हो। पवित्र मन की बिंदास बेटी उनके जीवन की धारा थी। उसका निर्बाध बहना दिनशॉ पेटिट को अलौकिक आनंद देता था। लेकिन वही रुत्ती उनसे जिन्हा के लिए मुंह-ज़ोरी कर रही थी। अपने पिता को चुनौती दे रही थी। परिवार की मर्यादा और प्रतिष्ठा को तार-तार कर रही थी। दिनशॉ पेटिट इस तथ्य से उभर ही नहीं पा रहे थे कि जिन्हा तो उनका हमउम्र है। केवल तीन साल छोटा। वह उनका दामाद कैसे हो सकता है। वह तो हमेशा उनके छोटे भाई की हैसियत रखता रहा है। फिर एक मुस्लिम से पारसी लड़की की शादी कैसे होगी। सबकुछ तो अलग है। कल्चर, रहन-सहन, ख़ान-पान, प्रार्थना, सोसायटी सब कुछ अलग है। शर्मनाक रूप से एक मज़ाक़ बन जाएगी यह शादी। उम्र का इतना बड़ा अंतर, पूरा समाज हँसी उड़ायेगा। यह विचार डंसे जा रहे थे उन्हें। वे कभी रोते, कभी सिसकते कभी घंटों छत को देखते रहते थे। गहरे अवसाद में जाने लगे थे वे। उन्हें लग रहा था कि वे एक ज़िंदा लाश हो गए हैं इन दो दिनों में।

पिछले छत्तीस घंटे से डायनिंग टेबल सूनी थी। टेबल पर रुत्ती की फ़रमाइश गायब थीं। रसोइए मौन थे। क्या भोजन बनाना है इस हेतु किसी को कोई निर्देश नहीं थे। पूछने पर एक ही उत्तर मिलता, जो बनाना हो बना लो। जो खाना तैयार होता वह भी केवल डायनिंग टेबल तक आता। हाथों में थरथराता और गले में फंसता सा महसूस होता। थोड़ा सा पेट में जाता, वह भी मजबूरी वश, बाकी बरतनों में ही ठंडा हो जाता।

दिनशॉ पेटिट, दीना और मामाबाई चुपचाप अपने सामने परोसा भोजन ले रहे थे। रुत्ती की कुर्सी ख़ाली पड़ी थी। उसे तीन-चार बार बुलाया जा चुका था। लेकिन उसने आने से मना कर दिया था। वह अपने कमरे में ही खाना बुलवा रही थी। दिनशॉ उसकी ज़िद के आगे क़तई झुकने को तैयार नहीं थे।

चुप्पी का अर्थ ही मातम होता है। यही मातम फैला हुआ था, समुद्र की लहरों से बे-ख़बर लेकिन उनकी आहट सुनते इस पेटिट बंगले में।

अपनी प्यारी बेटी पर उन्होंने कभी अविश्वास का सोचा भी नहीं था। उसके पंखों को उन्होंने हमेशा उड़ान दी थी, पूरा आसमान उन्होंने अपनी इस लाड़ली बेटी के

नाम कर रखा था। लेकिन रुत्ती और जिन्हा का सम्बंध, जिसके बारे में वे सोच भी नहीं सकते थे, पता चलने पर उन्होंने रुत्ती पर पाबंदियां लगा दी थीं। उनकी सख़्त हिदायत थी कि वह जिन्हा से नहीं मिलेगी। बाहर जब भी जाएगी तो मामाबाई या परिवार के किसी अन्य सदस्य के साथ ही जा सकेगी।

"आख़िर यह सब कब तक चलेगा"- मामाबाई ने अपने भाई से कहा

"मामा तुम जानती हो रुत्ती क्या कर रही है। क्या तुम उसकी इस हरकत का समर्थन करती हो"- बहुत ही मायूस हो खीजते हुए दिनशॉ ने पूछा

"भाई मैं ख़ुद हैरान हूँ उसके इस तरह के व्यवहार से, लेकिन एक बात सोचती हूँ, वह तो चलो बच्ची है। अभी उसकी उम्र कम है, वह अपना भला-बुरा नहीं सोच सकती, लेकिन वह बूढ़ा-खूसट जिन्हा तो समझता है। मुल्क की सियासत का बड़ा लीडर, बैरिस्टर और पकी हुई उम्र का आदमी एक मासूम बच्ची को अपनी हवस की गिरफ़्त में कैसे ले सकता है। उसे अपनी इज़्ज़त की भी परवाह नहीं है"- मामा ने आक्रोश के साथ कहा।

दीना इस चर्चा में ख़ामोश थी और अपने आँसू पोंछ रही थी।

दिनशॉ पेटिट की आँखों में ख़ून उतरा हुआ था। अगर उसका बस चलता तो वह जिन्हा की जान ले लेते। उसे कटारी से गोद-गोद कर मार डालते। लेकिन वे किसी अपराध की कल्पना से भी कोसों दूर थे। पारसी परम्परा में किसी भी तरह का अपराध करना अपने सबसे पवित्र जेंद अवेस्ता का अपमान करना होता है। दिनशॉ पेटिट जैसा सामाजिक और धार्मिक व्यक्ति तो कम-से-कम यह काम नहीं कर सकता था। लेकिन अपनी आँखों में उतरते हुए ख़ून को वह कैसे पीए।

"भाई आप सब्र करें। वक़्त के साथ सब ठीक हो जाएगा। रुत्ती अभी इमोशनल हो रही है। ज़िंदगी में आगे आने वाली हक़ीक़त और इस बेमेल जोड़ी की बात समझ में आने पर वह सही रास्ते पर आ जाएगी"- मामाबाई ने भाई को दिलासा देते हुए कहा।

"आहुरा मज़्दा"- कहकर दिनशॉ ने एक गहरी साँस ली व उठकर चले गए।

मामाबाई भी तो अपनी भतीजी रुत्ती से बे-इंतहा प्रेम करती थी। पिछले कई सालों से वह शहर के किसी भी प्रोग्राम में उसके बिना नहीं गई थी। उसका इस तरह से निष्प्राण सा होना उसे बहुत दुःखी कर रहा था। वह उसके कमरे में गई। चुपचाप लेटी हुई थी रुत्ती छत को निहारती हुई।

"रुत्ती!"- उसने आवाज़ दी।

रुत्ती ने करवट बदली और फिर मुंह फेर कर लेट गई।

"बेटा इस तरह कबतक चलेगा. यह सब ठीक नहीं है। भाई और भाभी बहुत परेशान हैं तुम्हें लेकर"- उसने रुत्ती का सिर सहलाते हुए कहा।

"तो मैं क्या करूँ"-रूखा सा जवाब दिया उसने

"वे तुम्हारे मॉम-पप्पा हैं, तुम समझ क्यों नहीं रहीं"- मामाबाई ने फिर उसे पुचकारते हुए कहा।

"और यह ही मैं भी कहूं कि आप लोग समझ क्यों नहीं रहे, मेरा फ़ैसला है, मैं केवल "जे" से ही शादी करूंगी, और ज़रूर करूंगी, चाहे कुछ भी हो"- रुत्ती ने उत्तेजित होते हुए कहा।

मामाबाई समझ गई थी कि अभी इस विषय पर बात करना उसे और ज़्यादा ज़िद्दी बनाना ही होगा।

"अच्छा कल हम घुड़दौड़ के लिए रेसकोर्स चलेंगे, तुम तैयार रहना"- बात को बदलते हुए मामाबाई ने कहा।

"नहीं जाना मुझे रेसकोर्स"- रुत्ती ने फीका सा जवाब दिया।

"तुम अभी आराम करो कल बात करते हैं"- कह कर मामाबाई कमरे से बाहर चली गई।

मामाबाई रुत्ती को मना लेने के जिस विश्वास के साथ आई थी उसकी किरांचे लेकर गई थी। वह जान गई थी कि रुत्ती अंधे प्रेम के अंधेरे कुएं में गिर चुकी है। उसे बाहर निकालना आसान काम नहीं है।

रेसकोर्स जाने की बात पर रुत्ती थोड़ी चंचल हुई थी। उसे लगा यदि वह बाहर जाती है तो हो सकता है 'जे' से उसकी मुलाक़ात हो जाए। यूं घर के भीतर क़ैद होकर वह जिन्हा से कैसे बात कर सकेगी। काफ़ी सोच विचार के बाद उसने निर्णय किया कि यदि बुआ उसे फिर से रेसकोर्स अथवा किसी क्लब में चलने के लिए कहेगी तो वह इंकार नहीं करेगी। लेकिन वह ख़ुद ऐसा नहीं कहेगी।

अगले दिन जब मामाबाई ने उसे घुड़दौड़ में शामिल होने के लिए रेसकोर्स चलने को कहा तो रुत्ती तत्काल तैयार हो गई। उसे लगा शायद किसी अज्ञात टेलीपैथी के चलते 'जे' भी रेसकोर्स ज़रूर आएगा। हालाकिं इस चमत्कार के होने के बहुत ही कम अवसर थे, लेकिन ऐसा असम्भव भी नहीं था। जिन्हा भी तो घुड़सवारी का शौक़ीन था, और अक्सर रेसकोर्स जाया करता था।

मामाबाई के लिए घोड़े का नम्बर लग गया था। रुत्ती को अभी इंतिज़ार करना था। वह पवेलियन में बैठी रेस देख रही थी। तभी उसने देखा कुछ दूरी पर जिन्हा भी बैठा है। शायद उसके घोड़े का नम्बर वेटिंग में था। वह उत्साहित होकर जिन्हा के पास पहुंच गई।

"जे"- उसने बेहद कसक भरी आवाज़ से कहा।

"ओह रतन तुम"- जिन्हा अचकचा गया।

दोनों वहां से उठे और एकांत में चले गए। परिवार पर उनके इश्क़ के ख़ुलासे के बाद उनकी यह पहली मुलाक़ात थी। रुत्ती को लगा जैसे वास्तव में चमत्कार हो गया है। जिन्हा इस पल के लिए बिलकुल भी तैयार नहीं था।

"आई लव यू 'जे' मैं ज़िंदा नहीं रह सकती अब तुम्हारे बिना"-रुत्ती ने दिल की गहराइयों से कहा

"लेकिन मिस्टर पेटिट को कौन समझाए, देखा तो था तुमने उसका रवैया"- जिन्हा ने रुत्ती के मन की बात जानने के लिए कहा। वह भांपना चाहता था कि क्या कठिनतम् और विपरीत परिस्थितियों में रुत्ती अपनी बात पर अड़िग रह सकती है? कहीं ऐसा न हो कि पिता के दबाव में आकर वह अपनी बात से पीछे हट जाए और सोसायटी में जिन्हा की बदनामी होने से उसका करियर ही ख़त्म हो जाए।

"तुम क्या समझते हो कि पप्पा मुझे रोक सकते हैं? क्या मैं उनके दबाव में आकर तुम्हें छोड़ सकती हूँ? हरगिज़ नहीं "जे', मैंने तुम्हें अपना सबकुछ सौंप दिया है। मेरा तन भी मन भी। मेरा कल भी आज भी और कल भी। मेरा दिल और दिमाग़ पूरी तरह तुम्हारे साथ है। उस धागे जैसे चाँद की गवाही में मैं तुम्हारी हो चुकी हूँ। कंचनजंगा की चोटियों और महानंदा के पानी ने हमें एक होते देखा है। लालीगुरन की डालियों ने हमारा मिलन अपने फूलों पर लिखा है। मैं कितनी भी मॉर्डन क्यों न हो जाऊं, मैं एक इंडियन लेडी हूँ, हिन्दुस्तानी औरत। वह औरत जो एक की हो जाए तो मरते दम किसी दूसरे की नहीं हो सकती। अब मैं केवल तुम्हारे साथ ही पवित्र हूँ। किसी और के बारे में तो मैं सोच ही नहीं सकती। मैं ज़िंदगीभर शादी नहीं करूंगी, अगर तुम्हारे साथ मेरी शादी न हो सकी तो"- भावुक और निश्चछल रूप से पूरे आत्मविश्वास के साथ रुत्ती ने कहा।

जिन्हा के सामने दिनशॉ पेटिट द्वारा दिए गए धक्के का दृश्य घूम गया। उसे अपना घोर अपमान याद आ गया। इधर उसे विश्वास हो गया था कि केवल सोलह बसंत देखी दुनिया की सबसे सुंदर और दृढ़-निश्चयी यह लड़की अब उसे छोड़कर कहीं नहीं जा सकती। यह हर स्तर पर विद्रोह कर उसके साथ पूरी ताक़त से खड़ी रहेगी। जिन्हा का शातिर दिमाग़ रुत्ती को पढ़ चुका था।

उसने रुत्ती की हथेलियों को अपने हाथों में जकड़ लिया।

इतने में रेसकोर्स के केबिन से आवाज़ सुनाई दी- "रतन बाई पेटिट कम एंड टेक योर हॉर्स"

मामाबाई अपनी भतीजी की इश्क़ लीला से बे-ख़बर अभी अपने घोड़े की पीठ पर जमी हुई उसकी गति में आनंद ले रही थी।

प्रेमी जोड़ा किसी बंधन में से सूराख़ तलाश ही लेता है। रेसकोर्स की मुलाक़ात भी दोनों के मिलन का एक सूराख़ था। क़रीब पंद्रह दिन तक रुत्ती और जिन्हा का यह

मिलन रेसकोर्स में और बम्बई के क्लबों में निर्बाध होता रहा। इसमें उनके भविष्य के प्लान बनते रहे। मामाबाई के साथ रुत्ती बाहर जाती। मामाबाई अपने में मस्त हो जाती और जिन्हा व रुत्ती का रोमांस किसी कोने में परवान चढ़ता रहता। बम्बई के अभिजात वर्ग को इनकी हर हरकत का पता रहता, सिर्फ़ मामाबाई और दिनशॉ पेटिट को छोड़कर। रुत्ती चाहती थी कि 'जे' और वह सिविल मैरिज कर लें। वह घर से भागने को भी तैयार थी। लेकिन जिन्हा के सामने और भी कई प्रश्न मौजूद थे जो रुत्ती से भी ज्याद महत्वपूर्ण थे।

उस दिन रेसकोर्स में रुत्ती और जिन्हा पवेलियन की आख़िरी कुर्सियों पर बैठे अपने इश्क़ में खोए हुए थे। दोनों के घोड़े वेटिंग में थे। मामाबाई मैदान में थी। वैसे तो दोनों की नज़र मामाबाई पर रहती थी। चोरी के इश्क़ में पकड़े जाने का ख़तरा कोई भी मोल नहीं लेना चाहता। भले ही समाज में यह सबके लिए चटख़ारे का विषय क्यों न बन गया हो। दोनों अपनी प्यार की पींगों में इतने खोए हुए थे कि उन्हें पता ही नहीं चला कब वहां मामाबाई पहुंच गई। बस फिर क्या था हंगामा हुआ और मामाबाई की समझ में आ गया कि रुत्ती उसकी आड़ में छुपकर कैसे जिन्हा से मिल रही है।

दिनशॉ पेटिट को जब पता चला कि मामाबाई की लापरवाही का लाभ उठाकर रुत्ती जिन्हा के साथ प्रेम के झूले झूल रही है तो वे फिर उबल गए। कोहराम मच गया था पेटिट हॉल में। मामाबाई के दो दिन इस विश्वासघात के कारण रोते हुए बीते थे। उसके बाद रुत्ती का घर से बाहर निकलना फिर से प्रतिबंधित हो गया।

कैसे रोकूं इस अनर्थ को? क्या करूं मैं? मेरी फूल सी बेटी क्यों अपना और हमारा जीवन बर्बाद करने पर क्यों तुली है? आख़िर क्या देखा है उसने जिन्हा में जो उसके सिवाय किसी को कुछ मानती ही नहीं? जैसे हज़ारों सवाल दिनशॉ के मस्तिष्क को मथ रहे थे।

दिनशॉ पेटिट को कोर्ट और क़ानूनी कार्यवाही पर अटूट विश्वास था। अबतक जिन्हा ही उनका बैरिस्टर होता था। लेकिन अब जिन्हा सबसे बड़ा दुश्मन था। उन्होंने सारे केस जिन्हा से लेकर दूसरे बैरिस्टर्स को दे दिए थे। जब उन्हें पता चला कि जिन्हा अब भी रुत्ती से मिलता है, इश्क़ लड़ाता है और उसके साथ भविष्य की योजनाएं बनाता है, तो वे तिलमिला गए थे। अब उन्हें अपने मान-सम्मान से अधिक चिन्ता अपनी बेटी के भविष्य को लेकर होने लगी थी। पारसी क़ानून के अंतर्गत अठ्ठारह वर्ष तक किसी भी बच्चे के अभिभावक उसके पालक होते हैं। क़ानूनन वह रुत्ती पर जिन्हा से न मिलने हेतु कोर्ट से पाबंदी लगवा सकतो थो। दिनशॉ को विश्वास था कि वह रुत्ती के जिन्हा से न मिलने का आदेश कोर्ट से लेकर बाद में रुत्ती को अपनी ओर मोड़कर इस शादी को रुकवा लेगो। वे जानते थे कि कोर्ट में मामला ले जाने से उनकी बहुत बदनामी होगी। लेकिन इसकी अब कोई परवाह नहीं थी। अपनी बदनामी के साथ जिन्हा की हक़ीक़त

भी समाज के सामने आ रही थी। मामला कोर्ट में ले जाने से पूरी सोसायटी इस तथ्य से परिचित हो जाती कि किस तरह देश की राजनीति का स्तंभ और दो बड़े दलों का लीडर कितना अनैतिक कार्य कर रहा है। वह एक अधेड़ मुस्लिम होकर मासूम और बहुत छोटी पारसी लड़की को अपने जाल में फांस रहा है। मुस्लिम-लीग और मुस्लिम समाज में जिन्हा के विरोधियों को उसकी यह करतूत पता चलते ही एक बड़ा मुद्दा मिल रहा था। जिसका वे भरपूर लाभ उठायेंगे तथा दिनशॉ पेटिट का काम अपने आप आसान हो जाएगा। सोसायटी के सामने सबसे ज़्यादा आपत्तिजनक बात तो यह लाना चाहते थे कि जिन्हा और रुत्ती की उम्र में चौबीस साल का फ़र्क़ है। वह उसका बरसों दोस्त रहा है इस तरह वह रुत्ती के पितातुल्य है, जबकि इस मान्य रिश्ते को तोड़ कर वह उसके साथ शादी करने की बात कर समाज के सामने अनैतिकता प्रस्तुत कर रहा है। वह जिन्हा को नमकहराम और ग़द्दार के रूप में सामने लाना चाहते थे। वह चीख रहे थे कि मोहम्मद अली जिन्हा वो शख़्स है, जो जिस थाली में खाता है उसमें छेद करता है। दिनशॉ पेटिट का सोचना था कि कोर्ट में बहस के दौरान उन्हें समाज और कोर्ट दोनों की सहानुभूति मिलेगी।

अगले ही दिन दिनशॉ पेटिट ने अपने नए बैरिस्टर को नियुक्त कर कोर्ट का दरवाज़ा खटखटा दिया। अपनी प्रार्थना में उन्होंने पारसी क़ानून का हवाला देते हुए दरख़्वास्त की थी कि उसकी बेटी रुत्ती, जो अभी अठ्ठारह साल की नहीं है, और पारसी क़ानून के अनुसार वे उसके अभिभावक हैं, जो उसके हर अच्छे-बुरे को समझते हैं। उन्होंने अपनी बेटी का लालन-पालन अभिजात वर्ग की परम्पराओं और स्वतंत्रता के साथ खुले दिमाग़ के पिता के रूप में किया है व उसकी किसी भी गतिविधि को प्रतिबंधित नहीं किया है। इसी बात का लाभ उठाकर उनकी बेटी रुत्ती को उसकी उम्र से दुगने व्यक्ति मोहम्मद अली जिन्हा ने बहला-फुसला कर तथा उसके कोमल मन में ग़लत तरीक़े से परिवार के प्रति घृणा भर अपने वश में कर लिया है। वह ग़ैरक़ानूनी तरीक़े से उससे लगातार मिलता है। जिन्हा का रुत्ती से इस तरह मिलना उसकी सुरक्षा और आगामी सुखी जीवन के लिए ख़तरा हो सकता है। अतः उनका पिता होने, तथा अपनी बेटी का प्रथम शुभचिंतक होने के कारण उसकी दरख़्वास्त पर विचार करते हुए रुत्ती और उसकी सुरक्षा हेतु पारसी समुदाय के मान्य क़ानून के तहत मोहम्मद अली जिन्हा को उससे मिलने से रोका जाए। जिन्हा को आदेशित किया जाए कि वह रुत्ती से किसी भी प्रकार का सम्बंध न रखे।

जिन्हा ने समानता और स्वतंत्रता का वास्ता दिया। रुत्ती पर लगाए जाने वाले प्रतिबंध का ज़ोर-दार विरोध किया। उसने तर्क दिया कि वे एक आधुनिक समाज का हिस्सा हैं। धर्म के नाम पर अथवा परम्पराओं को लेकर किसी की स्वतंत्रता का हनन नहीं किया जा सकता। रुत्ती को उसका पिता अपने घर में बंधक बनाकर रखना चाहता है,

जो किसी भी मान्य क़ानून के तहत उचित नहीं है। उसे डिटेन किया गया है और टार्चर किया जा रहा है। उसने अपने तर्क में न्यायालय को बताया कि भारत में लड़कियों की शादी चौदह साल की उम्र में किया जाना परम्परा है। रुत्ती पूरी तरह से विवाह के योग्य है और वह रुत्ती से विवाह करना चाहता है तथा रुत्ती भी इसके लिए तैयार है। वह कोई ज़ोर-ज़बरदस्ती नहीं कर रहा, हम दोनों की सहमति है इस विवाह हेतु। यदि रुत्ती को उससे मिलने से रोका गया तो यह रुत्ती के साथ अन्याय होगा। यह भी हो सकता है कि उसे और अधिक टार्चर किया जाए जिससे उसकी मानसिक स्थिति ख़राब हो जाए। यदि ऐसा होता है तो उसके जीवन पर ख़तरा होगा वह मर भी सकती है।

लेकिन कोर्ट ने अपना फ़ैसला सुनाते हुए जिन्हा को सख़्त हिदायत दी कि वह पारसी क़ानून के अनुसार रुत्ती से तब तक नहीं मिलेगा जब तक वह अठ्ठारह वर्ष की नहीं हो जाती। कोर्ट ने जिन्हा और रुत्ती की उम्र के अंतर को लेकर बेमेल विवाह पर आश्चर्य भी जताया।

यह दूसरी चोट थी जिन्हा पर। उसे रुत्ती के कारण कोर्ट में पहली बार हार के अपमान का स्वाद पता चला। वह घायल सांप की तरह भीतर-ही-भीतर फुंकार उठा। अब रुत्ती उसके लिए केवल मोहबब्त न होकर अपनी प्रतिष्ठा का प्रश्न हो गई थी। मामला कोर्ट में आने से यह प्रसंग पूरे देश में आम हो गया। लोगों में विस्मय था कि मोहम्मद अली जिन्हा अपने से आधी से भी कम उम्र की पारसी लड़की के इश्क़ में क़ैद होकर कोर्ट कचेहरी कर रहा है। भारतीय समाज में इसे बहुत ही शर्मनाक और नीच हरकत माना जाता था। व्यक्ति कितना भी धनाड्य और अधिकार सम्मपन्न क्यों न हो यदि वह समाज द्वारा मान्य चरित्र के दायरे में नहीं आता तो उसका कोई सम्मान नहीं होता। दिशशॉ पेटिट ने एक नज़र उसकी तरफ़ देखा और विजेता के भाव लिए कोर्ट से बाहर चले गए।

जिन्हा के लिए यह सार्वजिनक अपमान बर्दाश्त के बाहर था। अब रुत्ती से ज़्यादा उसका दिमाग़ दिनशॉ पेटिट से बदला लेने की चाले सोचने लगा था। पेटिट बंगले में उसने पिछले सत्रह साल में सैंकड़ो बार दिनशॉ को शतरंज की बिसात पर मात दी थी। अब असल ज़िंदगी में दिनशॉ पेटिट ने उसकी बादशाहत को घेरकर शह दी है। जिन्हा पेटिट के मोहरे से ही पेटिट को मात देकर अपनी बे'इज़्ज़ती का बदला लेना चाहता था और इसका सबसे आसान तरीक़ा था कि कोर्ट की हिदायत की समय सीमा समाप्त होने पर रुत्ती के अठ्ठारह साल की होते ही वह उसे अपनी बीवी बनाकर बग्घी में बम्बई की सड़कों पर घुमाए और उसके साथ हनीमून मनाने पहाड़ों पर चला जाए। दिनशॉ के लिए इससे बड़ी हार कोई और नहीं हो सकती थी। इस लड़ाई में दिनशॉ की बेटी एक मोहरे की तरह उसके के नियंत्रण में थी। वह अपनी जीत के प्रति निश्चिंत था।

39

सदियों से प्रेम में जैसा होता आया है वैसा ही हुआ। यह भी सही है कि जब-जब प्यार पर पहरा हुआ है, प्यार और गहरा हुआ है। रुत्ती पर भी पहरे बैठा दिए गए थे, यह पहरे उसके मन को जिन्हा के लिए और ज़्यादा गहरा कर रहे थे। उसके बाहर आने-जाने पर पूर्ण प्रतिबंध लग गया। वह अपने घर में क़ैद होकर रह गई। उसकी हर गतिविधि पर दिनशॉ ने कड़ी नज़र रखने का इंतिज़ाम कर रखा था। लेकिन इश्क़ वालों को कोई न कोई मददगार अपने आसपास मिल ही जाता है। रुत्ती की सेविका फ्रेजिम उसकी मददगार बन गई थी। रुत्ती पत्र लिखकर उसे दे देती, और वह पोस्ट कर देती थी। जिन्हा को उसने कह रखा था कि वह जो भी संदेश भेजना चाहे फ्रेजिम के पते पर भेजे जो उसे मिल जाएगा। रुत्ती के अठ्ठारह साल की होने में अभी दस महीने बाकी थे। यह दस महीने उसके लिए हर प्रेमिका की तरह दस युग जैसे बीतने वाले थे।

रुत्ती ने पिछले एक सप्ताह में जिन्हा को दो पत्र लिख दिए थे, लेकिन उनका कोई उत्तर नहीं आया था। फ्रेजिम के आते ही वह जिन्हा के संदेश की आशा में उत्साहित हो जाती थी, परन्तु निराशा ही उसके हाथ लगती। जिन्हा, रुत्ती की गंध अपने में समेट चुका था। वह गंध उसे आकर्षित करती तो वह बेचैन हो जाता। उसके शरीर का ताप बढ़ जाता तथा एक खिंचाव उसकी नसों को पागल कर देता था। उसे रुत्ती के पत्र मिल रहे थे लेकिन वह जानबूझकर कोई उत्तर नहीं दे रहा था। अपने अपमान के प्रति अधिक सचेत वह कोई साधारण सड़क छाप मजनूँ नहीं था। ब्रितानिया और भारत की राजनीति में हस्ताक्षेप रखने वाला रसूखदार बैरिस्टर था। उसकी व्यस्तता और जिम्मेदारियां अपनी जगह पर थीं। वह लगातार अपने विरोधियों से संघर्ष कर रहा था। केवल संघर्ष ही नहीं कर रहा था उन्हें छकाते हुए आगे भी बढ़ रहा था। रुत्ती उसके लिए प्रेम की भूमिका में थी। वह उसे उतना ही प्रेम कर सकता था, जितना कोई मर्द औरत को अपनी ज़रूरत के अनुसार करता है। वह उसके लिए सबकुछ छोड़कर दीवाना नहीं हो सकता था। न वह रुत्ती की तरह पागल प्रेमी था और न ही सोलह साल का विवेकहीन टीन एज़र। वह विवेकवान, पूरी तरह परिपक्व अधेड़ पुरुष था। रुत्ती उसके लिए प्रेमिका तो थी, लेकिन सबकुछ नहीं। उसका व्यवहार भी इसी तरह का था। अत: वह रुत्ती को अवसर देना चाहता था। वह जानता था कि वह हमेशा ऐसा ही रहेगा। इसलिए उसने बिना भावनात्मक हुए स्वयं को स्थिर रखा था। वह जीवन की गति को भावनाओं के आधार पर नहीं अपने गणित से तय करता था। रुत्ती को वह सम्मोहित कर चुका था। उसे विश्वसा था कि वह उसके सम्मोहन से बाहर निकलने वाली नहीं है। वह उदासीनता और प्रेम, दोनों के भंवरजाल में उसे रखे हुए था। लेकिन रुत्ती केवल अपनी भावनाओं के वशीभूत थी। वह पल-पल उसके पत्र का इंतिज़ार करती, उसके ख्यालों में खोई

रहती। अपने पिता को वह अपना शत्रु मान रही थी। वह पूरे समाज से कट चुकी थी। अब तो लोग खुलकर उसके विषय में चर्चा करने लगे थे। कटते हुए केक या खुलती हुई स्कॉच के उत्सव हों, किसी कार्यक्रम में एकत्र भीड़ अथवा किसी ऑडिटोरियम में सेमीनार हो। लोगों की ज़ुबान पर बम्बई के इस प्रेमी जोड़े की चर्चा आम थी। अब तक रुत्ती के सात-आठ पत्र उसके पते पर आ चुके थे जिनमें उसके आँसू और बेबसी लिखी थी। लेकिन अंत वह एक रोमांटिक कविता से कर अपने उज्जवल भविष्य और प्यार को पा लेने के पूर्ण विश्वास से करती थी।

आख़िर जिन्हा ने उसे पत्र लिखने का निर्णय लिया। रात में उसने एक संक्षिप्त सा पत्र लिखा और सुबह फ्रेजिम के पते पर पोस्ट कर दिया। अगले दिन वह पत्र फ्रेजिम को मिल गया था। सुबह जब वह अपने काम पर पेटिट हॉल गई तो रुत्ती के लिए उसके पास एक बड़ी ख़ुशी थी। उसने सबसे पहले वह पत्र रुत्ती को सौंप दिया। रुत्ती ने अभी यह पत्र खोला ही था कि दिनशॉ अचानक रुत्ती के कमरे में आ गए। उसके हाथ में पत्र देखकर उन्हें शंका हो गई कि यह पत्र जिन्हा का ही हो सकता है।

"किसका पत्र है यह"- दिनशॉ ने पूछा।

"अब आप मेरे पत्रों को भी सेंसर करेंगे क्या"- रुत्ती ने तल्ख़ होते हुए कहा।

"कोर्ट के आदेश के मुताबिक जिन्हा तुमसे कोई सम्बंध नहीं रख सकता"- दिनशॉ ने गरजते हुए कहा।

"हाँ, लेकिन कोर्ट ने यह नहीं कहा कि हम पत्र-व्यवहार भी नहीं कर सकते"- बुरी तरह उखड़ते हुए रुत्ती बोली।

"लाओ यह पत्र मुझे दो"- आदेशात्मक लहजे में दिनशॉ बोले।

"नो... यह मैं आपको नहीं दे सकती। यह मेरा निजी पत्र है और इसे पढ़ने का अधिकार सिर्फ़ मुझे है"- रुत्ती ने फिर उसी लहजे में कहा।

"तुम अपने सारे अधिकार खो चुकी हो इस पेटिट हॉल में। तुमने हमारा विश्वास तोड़ा है"- चीखते हुए दिनशॉ बोले।

"लाओ यह पत्र मुझे दो"- कहते हुए उन्होंने वह पत्र छीनने की कोशिश की।

रुत्ती वह पत्र लेकर भागने लगी तो वे भी उसके पीछे भागे। दिनशॉ बहुत भारी शरीर के थे। वे उसके पीछे चीखते-चिल्लाते भाग रहे थे। रुत्ती उनके आगे-आगे रोती हुई भाग रही थी। पिता-पुत्री की यह चीख-पुकार सुनकर मामाबाई वहां आ गई। साथ ही सारे नौकर-चाकर एकत्र हो गए। फ्रेजिम किसी कोने में छुप गई थी। रुत्ती ने पत्र फाड़ दिया और उसे चबा गई।

मामाबाई ने दिनशॉ को सम्भाला दीना ने रुत्ती को सम्भाला।

पेटिट हॉल की ख़ुशियां अब मनहूसियत में बदल चुकी थीं।

40

सरोजिनी नायडू बम्बई आई हुई थीं। रुत्ती और जिन्हा की बढ़ती अंतरंगता और रोमांस की उन्हें जानकारी तो थी ही। उनकी चिंता यही थी कि जब रुत्ती के पिता को इस प्रेमकथा का पता चलेगा तो वे कैसे रिएक्ट करेंगे। उनका मन रुत्ती से मिलने को था। वे सीधी पेटिट हॉल चली गईं। पेटिट हॉल जो हमेशा खिलखिलाता रहता था, मातम में डूबा मनहूस और भुतहा सा घर लग रहा था। सभी सेवक डरे-सहमें से थे। मामाबाई ने ख़ामोशी से हाथ जोड़कर अभिवादन किया। फिर वे घर के ड्रेसिंग रूम में ले गई। मामाबाई उठकर चली गई थी। सरोजिनी अकेली बैठी थीं। जब कोई व्यक्ति अकेला बैठा होता है तो उसका मस्तिष्क विचारों की जुगाली करना शुरू कर देता है। सरोजिनी के दिमाग़ में भी तरह-तरह के ख़्याल आ और जा रहे थे। उन्हें यह तो समझ में आ गया था कि पेटिट हॉल में कोई बहुत बड़ा भूचाल आया है। वह भूचाल उन्हें रुत्ती और जिन्हा को लेकर ही आना प्रतीत हो रहा था। कुछ ही समय में दीना और दिनशॉ पेटिट भी वहां आ गए। दिनशॉ बिलकुल अस्त-व्यस्त थे। उन्होंने शेविंग भी नहीं की हुई थी। सरोजिनी को देखते ही वे फफकने लगे। सरोजिनी ने उन्हो सम्हालते हुए दिलासा दी।

"रुत्ती ने हमें मार दिया है सरोजिनी"- अपनी हिचकी को रोकते हुए दिनशॉ ने कहा।

"आप निराश न हों पेटिट, ईश्वर सब अच्छा करेगा"- सरोजिनी अब पूरा माज़रा समझ गई थी।

"आपको तो पहले से पता होगा उस ग़द्दार जिन्हा और रुत्ती के बीच क्या चल रहा है, आपने क्यों नहीं समझाया उसे"- शिकायती लहजे में दिनशॉ बोले।

"मिस्टर पेटिट दिस इज़ वैरी टफ पोजीशन, मुझे डायरेक्ट तो नहीं, हाँ अहसास ज़रूर था कि इनके बीच कुछ ग़लत चल रहा है"- अपने को आधा बचाते हुए सरोजिनी बोलीं।

"रुत्ती आपकी बहुत इज्ज़त करती है तथा आपको अपना दोस्त भी मानती है। आप ही उससे बात करें, शायद वह ज़िंदगी के सच और सही रास्ते को समझ सके"- एक आशा भरी दृष्टि से दिनशॉ ने सरोजिनी से कहा।

सरोजिनी जानती थीं कि रुत्ती को सही रास्ते पर लाना असम्भव है। वह जिन्हा के लिए दीवानी हो चुकी है। जिन्हा जैसे ज़िद्दी और खिलाड़ी पुरुष ने उसे पूरी तरह अपने चक्रव्यूह में खींच लिया है, जहां से वापसी का कोई प्रयास सफल होता नहीं दिखता, लेकिन फिर भी दिनशॉ को दिलासा देने के लिए उन्होंने रुत्ती से बात करने का आश्वसान दे दिया।

सरोजिनी बैठक से उठकर रुत्ती के कमरे में गई। रुत्ती इस समय अपनी डायरी में कुछ लिख रही थी। आहट सुनकर उसने अपनी निगाह उठाई। सामने सरोजिनी को पाकर उसने कोई ख़ास प्रतिक्रिया नहीं दी। केवल "हैलो आंटी" कहकर वह पुनः अपनी डायरी में झुक गई।

"हैलो रुत्ती, मैं तुमसे मिलने ही स्पेशल आई हूँ"- सरोजिनी ने कहा

"पप्पा ने भेजा होगा"- रुत्ती उसी उदासीनता से बोली

"क्यों ऐसा क्यों सोचती हो?"- सरोजिनी ने प्रश्न किया

"जबसे 'जे' ने शादी का प्रपोजल रखा है तब से मेरे पिता पागल हो गए हैं, उन्हें सोचने के लिए बस यही एक काम बचा है कि मैं 'जे' को कैसे छोड़ दूं"- रुत्ती ने अपनी डायरी बंद करते हुए कहा।

"रुत्ती, मेरी प्यारी बच्ची, वो तुम्हारे पिता हैं। वे जानते हैं कि तुम्हारे लिए क्या अच्छा हो सकता है और क्या बुरा। तुम उन्हें समझने की कोशिश करो"-प्यार से सरोजिनी ने रुत्ती को दुलारते हुए कहा।

"क्या समझूं उन्हें? और कैसे समझाऊं आप ही बताएं"- रुत्ती ने सरोजिनी की आँखों में झांकते हुए कहा।

"देखो बेटा, मुझे पहले से अहसास था कि जिन्हा तुम्हें अपनी गिरफ़्त में ले रहा है। वह पुरुष है। पुरुष मानसिकता बहुत अलग होती है। तुम उसकी बेटी के बराबर हो। तुम्हारा और उसका जीवन सफल होगा यह संदेह है। फिर सोशल सोसायटी इसे बिलकुल भी एक्सेप्ट नहीं करेगी, तुम इसपर भी तो विचार करो"- सरोजिनी ने अपनी तरफ़ से रुत्ती को समझाते हुए कहा।

वह सरोजिनी की तरफ़ देख रही थी, दाँत पीस रही थी और अपनी मुठ्ठियों में अपने ग़ुस्से को दबा रही थी। उसे आज सरोजिनी अपनी विश्वसनीय आंटी की बजाए दुश्मन प्रतीत होने लगी थी, जो उसके पिता की तरफ़ से वकालत करने आ गई हो।

सरोजिनी ने रुत्ती को चुप देखकर अपनी बात फिर कही- "देखो बेटा, जिन्हा मुस्लिम है तुम पारसी हो। यह भी एक कारण है तुम्हारे पिता की परेशानी का। लेकिन दूसरी जो सबसे महत्वपूर्ण बात है वह तुम ख़ुद जानती हो। जिन्हा और तुम्हारी उम्र के बीच चौबीस साल का फ़र्क़। तुम्हारी और उसकी जोड़ी कभी आइडियल नहीं हो सकती। वह केवल तुम्हारी सुंदरता को भोगना चाहता है। जीवन में बहुत जल्दी वह समय आ जाएगा जब वह तुम्हें वो सुख नहीं दे सकेगा जो एक पत्नी अपने पति से चाहती है। वह उकता जाएगा तुमसे"- सरोजिनी ने स्त्री-पुरुष सम्बंधों को लेकर रुत्ती को समझाया।

"आंटी, बंद करो आपका यह लेक्चर। मुझे कोई फ़र्क़ नहीं पड़ेगा आपकी इस स्टोरी से"- रुत्ती ने खीजते हुए कहा।

"ज़िंदगी को समझो, तुम्हारी ज़िंदगी जिन्हा नहीं हो सकता..."-अभी अपनी बात पूरी भी नहीं की थी सरोजिनी ने और रुत्ती एकदम बिफर गई।

"आंटी, सच बताना, आपका 'जे' से क्या रिश्ता है? सोसायटी में तो इस बात के भी चर्चे हैं। और फिर यह प्रेक्टीकल नॉलेज आप पद्मजा और लीलामणि को देना, उन्हें संभाल कर रखना कि कहीं वे भी न भटक जाएं। मैं जो कर रही हूँ सही कर रही हूँ, मुझे किसी के उपदेश की ज़रूरत नहीं है"- रुत्ती ग़ुस्से में लाल होती हुई बोली।

सरोजिनी को रुत्ती से इस तरह के व्यवहार की तनिक भी अपेक्षा नहीं थी। उसने तो उन पर ही लांछन लगा दिया था। पद्मजा और लीलामणि को बीच में ले लिया था। वे हतप्रभ रह गईं। एक समझदार लड़की इश्क़ में पड़कर इतनी मूर्ख और उद्दंड भी हो सकती है उनके लिए दुःखद था।

"आंटी, अगर आप मेरे पिता की वकालत करने मेरे पास आई हो तो मेरा कहना है कि आप जा सकती हो, मुझे इस विषय पर कोई बात नहीं करना"- रुत्ती ने बहुत ही निम्न स्तर के लहजे में कहा।

सरोजिनी ने एक ठंडी साँस ली और वह पेटिट हॉल से बाहर चली गई।

सरोजिनी के जाने के बाद रुत्ती को अहसास हुआ कि उसे आंटी से इस तरह व्यवहार नहीं करना चाहिए था।

दो-तीन दिन तक वह अपने इस व्यवहार पर पश्चाताप करती रही थी। वह जानती थी कि यदि सरोजिनी आंटी को वह अपने पक्ष में कर लेगी तो उसे अपना प्रेम पाने में कुछ मदद ही मिलेगी। काफ़ी सोच-विचार कर उसने उन्हें एक पत्र लिखा जिसमें अपने द्वारा किए व्यावहार पर क्षमा माँगते हुए ग़लती स्वीकार कर दुःख व्यक्त किया। लेकिन साथ ही उसने यह भी लिख दिया कि वह अब जिन्हा वाले मेटर पर वापस नहीं हो सकती, क्योंकि वह एक स्त्री के रूप में अपना सबकुछ जिन्हा के हवाले कर चुकी है।

पत्र जब सरोजिनी को मिला तो वह उदास हो गई थी। वह जिन्हा की अच्छी मित्र थी। उसकी शख़्सियत और आकर्षण को वह बेहतर जानती थी। जिन्हा ऊपर से जितना चरित्रवान दिखता था, भीतर से स्त्रियों के प्रति उतना ही प्रबल आसक्त था। वह अच्छी तरह जान चुकी थी कि जिन्हा ने इस मासूम को किस हद तक अपनी ओर मिला लिया है। उसे अपने स्पर्श से गूंथकर पका दिया है। उनके भीतर भी जिन्हा का आकर्षण तो था ही। लेकिन यह केवल भीतरी अहसास था। स्त्री के लिए अहसास ही तो किसी के प्रति अधिकार की भावना का विकास करता है। अंतर्मन से वे जिन्हा पर अपना अधिकार मानती थीं। अनेक बार दोनों ने एक-दूसरे के प्रति चुम्बकीय प्रभाव को महसूस किया था। लेकिन यह चुम्बक कितना असरकारी हो सका वह कभी बाहरी पैमाने पर स्पष्ट नहीं हो सका था, यह उन दोनों के अलावा किसी तीसरे को पता नहीं था। रुत्ती का

इस तरह जिन्हा की ज़िंदगी में आना उन्हें विचलित कर गया था। शायद कोई काँटा सा चुभा था उनके मन में। बस यही उदासी सरोजिनी के मन में घुसपैठ कर रही थी। उन्हें जिन्हा की फ़ितरत और अपेक्षाओं की जानकारी बहुत अच्छी थी। वह यह भी जानती थीं कि फ़ातिमा अपने भाई के साथ किसी भी स्त्री की नज़दीकियां बर्दाश्त नहीं करती है। सरोजिनी स्वयं भी यह महसूस कर चुकी थी। वह पत्र सरोजिनी के हाथ में फड़फड़ा रहा था। उनके मानसपटल पर रुत्ती के चेहरे में शामिल होकर उनका व्यक्तित्व आकृति ले रहा था। लेकिन जब उस पटल पर पद्मजा और लीलामणि का चेहरा गड्डमगड्ड हो गया तो वह एकदम काँप गई। जिन्हा, दिनशॉ का भी तो मित्र था। फिर यदि रुत्ती उसके लिए बेटी समान होकर भी प्रेमिका हो सकती है तो क्या कभी उसकी निगाहें पद्मजा अथवा लीलामणि को नहीं बेंधेंगी। उन्होंने पत्र बंद कर एक संदूक की सबसे निचली तह में रख दिया। वह निर्णय नहीं कर पा रही थी कि रुत्ती के व्यवहार के कारण उसे माफ़ करे भी या नहीं।

दिन बीत रहे थे। रुत्ती के अठ्ठारह साल की होने का समय क़रीब आता जा रहा था। पेटिट समझ रहे थे कि उन्होंने रुत्ती पर पाबंदी लगाकर उसका मन बदल दिया है। वे रुत्ती से बात करना पूरी तरह बंद कर चुके थे। उनकी नाराज़गी और दुःख उनके मानस पटल पर साफ़ दिखता था। वे चाहते थे कि रुत्ती किसी तरह जिन्हा को पाने की हठ छोड़ दे। इसलिए वे ऊपरी तौर पर कुछ सामान्य होने का प्रयास कर रहे थे। पिछले एक महीने से अपने परिवार के प्रति रुत्ती के व्यवहार में कुछ परिवर्तन दिखाई दे रहा था। वह सबसे बात-चीत कर रही थी। कभी-कभी खाना खाने भी सबके साथ डायनिंग टेबल पर आ जाती थी। पेटिट भी अपने काम पर जा रहे थे। मामाबाई अपने जनसेवा के काम में लग गई थी व थियोसोफिकल सोसायटी के कार्यक्रमों में जाने लगी थी। दीना के टूर फिर शुरू हो चुके थे। लेकिन पेटिट हॉल में फ्रेजिम और शामी दो लड़कियां और थीं, जो रुत्ती के वश में कठपुतली की तरह थीं। आने वाला समय पेटिट हॉल के लिए कुछ अलग ही कहानी लिख रहा था।

41

धीरे-धीरे रेंगता हुआ बीस फरवरी सन् उन्नीस सौ अठ्ठारह का दिन आ गया। रुत्ती अठ्ठारह साल की हो गई। उसका जन्मदिन पेटिट हॉल में ही सादे तरीक़े से मनाया गया। उसका यह पहला जन्मदिन था जो इतना फीका रहा था। अन्यथा बम्बई के अभिजात वर्ग और ब्रिटिश अधिकारियों का उसमें शामिल होना पिछले अठ्ठारह साल से लगातार जारी था। रुत्ती के जन्म के कुछ दिन बाद पारसी रस्में पूरी कर दिनशॉ ने शानदार पार्टी का आयोजन किया था।

इस अठ्ठारहवें जन्मदिन को मनाने में रुत्ती की भी कोई ख़ास दिलचस्पी नहीं थी। लेकिन वह स्वयं को संयत करते हुए तैयार हो गई थी। बहुत दिनों बाद उसने अपनी नीली साड़ी पहनी थी। नीले हेयरबैंड और नीले ही सैंडिल के साथ वह नीलमणी सी दिख रही थी। किंतु हर बार की तरह उसके चेहरे पर न तो ताज़गी थी न ही उसका सौंदर्य दमक रहा था। वह एक बुझी हुई सी उदास तस्वीर की तरह यंत्रवत मुस्कुरा रही थी।

पिछले दस महीने से पिंजरे में क़ैद बुलबुल की तरह अपने दिन काट रही थी वह। अब उसकी आज़ादी का समय आ गया था। उसका मन कर रहा था कि वह आज ही यह पिंज़रा तोड़कर उड़ती हुई अपने 'जे' के पास पहुंच उसके बदन से लिपटकर एकाकार हो जाए। उसके लिए पेटिट हॉल में अब एक पल बिताना सदियों की तरह था। उधर पेटिट भी तो पिछले ग्यारह महीने से केवल ज़िंदा लाश जैसे बचे थे। दीना पेटिट उन्हें जितना संभालने की कोशिश करती, वे उतना ही अवसाद ग्रस्त हो जाते थे। रुत्ती को वे अपनी रूह से भी ज़्यादा प्यार करते थे। उसका इस तरह विमुख होना उन्हें भीतर ही भीतर खोखला कर रहा था। जिन्हा निर्विकार और निश्चिंत होकर अपनी योजना पर कार्य कर रहा था। उसने रुत्ती से सम्पर्क हेतु पत्र का सहारा लिया था। फ्रेजिम के माध्यम से वह रुत्ती से लगातार सम्पर्क में था। उसके सामने रुत्ती को लेकर दो लक्ष्य थे। एक तो वह इस कमसिन और बेहद ख़ूबसूरत लड़की को अपनी पत्नी बनाकर पुरुष के रूप में विजयी होना चाहता था। इस हेतु उसके सामने कोई बाधा नहीं थी। रुत्ती स्वयं उसे प्रेम करती थी तथा किसी भी हद तक जाकर उसे पाना चाहती थी। दिनशॉ द्वारा स्थापित हर अवरोध इन दोनों के सामने कहीं नहीं टिक सकते थे। कोर्ट की बाधा का समय अब पूरा हो चुका था। इस बीच दिनशॉ ने अनेक धनाड्य पारसी लड़कों के प्रस्ताव रुत्ती के लिए रखे थे, लेकिन रुत्ती टस से मस नहीं हुई थी। दिनशॉ का विचार था कि देर-सबेर रुत्ती अपनी यह बे-सिरपैर की बेहूदा ज़िद छोड़ देगी और जिन्हा से अपना रास्ता अलग कर लेगी। वह आश्वस्त थे कि पिछले कई महीनों से रुत्ती और जिन्हा के बीच न तो कोई संवाद हुआ है और न वे मिले हैं। लेकिन दिनशॉ ही नहीं पूरे पेटिट हॉल का यह भ्रम था। केवल फ्रेजिम और शामी को छोड़कर।

रुत्ती के अठ्ठारह साल की होती ही तिरतालीस साल का जिन्हा सक्रीय हो गया था। विवाह कैसे और कहां किया जाए यह सबसे बड़ा प्रश्न था। इसके लिए उसने अपने साउथ कोर्ट बंगले को चुना। एक सप्ताह से उस बंगले में साफ़-सफाई चल रही थी। उसका रंग-रोगन किया जा रहा था। जितना अधिक हो सकता था, उसे सुसज्जित किया जा रहा था। लगभग अड़सठ साल पुराना और अठ्ठारह साल से ताला लगा कभी-कभार खुलने वाला साउथ कोर्ट किसी भूत-बंगले से कम नहीं दिखता था। जैसे-तैसे उसे नया रूप देने का प्रयास हो रहा था। यदा-कदा उधर से गुज़रने वाले लोगों की

नजर उस बंगले में होते परिवर्तन पर पड़ती तो वे सोचते शायद कोई यहां रहने आने वाला है। साउथ कोर्ट और पेटिट हाउस की दूरी ब मुश्किल सौ मीटर है लेकिन दिनशॉ तक को यह नहीं पता था कि जिन्हा का एक बंगला उसके घर के बिलकुल बाजू में है। और यही बंगला उसे जीवनभर के लिए आँसू देने वाला है।

जिन्हा बम्बई की मुस्लिम सीट से इम्पीरियल लेजिस्लेटिव असेम्बली का तीसरी बार चुना हुआ वरिष्ठ सदस्य था। अतः यदि वह सिविल मैरिज करता तो उसका यह पद जाने का ख़तरा था, जिसे वह किसी भी दशा में नहीं छोड़ सकता था। इस हेतु उसे अपना विवाह मुस्लिम पद्धति से करना था। मुस्लिम तरीक़े से निकाह करने के लिए यह ज़रूरी था कि उसकी पत्नी भी मुस्लिम हो। जबकि रुत्ती तो पारसी थी। पारसी और मुस्लिम के बीच निकाह न तो हो सकता था न ही कोई अन्य तरीक़ा मान्य था। अब सबसे बड़ा प्रश्न था रुत्ती का धर्मान्तरण।

जिन्हा उस वक़्त की तलाश में था जब दिनशॉ और उनकी पत्नी दीना बम्बई से बाहर हों, मामाबाई व्यस्त हो, तो वह रुत्ती से मिले तथा भविष्य की योजना पर बात करे। यह सब बातें न तो पत्र से हो सकती थीं, न किसी के माध्यम से।

फ्रेजिम के द्वारा ही उसे पता चला कि अगले सप्ताह दिनशॉ पूना जाने वाले हैं, व दीना इसी दौरान आगरा जाएगी। रही बात मामाबाई की तो वह अपने कार्यक्रमों में व्यस्त ही रहती है। जिन्हा ने रुत्ती से मिलने हेतु यही समय उचित समझा।

मार्च समापन की तरफ़ जा रहा था। पेटिट हॉल में केवल रुत्ती थी। दिनशॉ पूना गए हुए थे। फ्रेजिम के द्वारा जिन्हा ने रुत्ती से मिलने की ख़बर भेजी। मुलाक़ात जिन्हा के घर साउथ कोर्ट में निर्धारित की गई। पेटिट हॉल से साउथ कोर्ट की दूरी ज़्यादा नहीं थी। किसी भी बग्घी में आराम से वहां तक पहुंचा जा सकता था। ताकि मोटरकार ले जाते समय दिनशॉ के किसी ख़ास जासूस की नज़र से भी बचा जा सके। अवसर मिलते ही रुत्ती जिन्हा की योजना के अनुसार साउथ कोर्ट पहुंच गई थी। जिन्हा वहां उसका इंतिज़ार कर रहा था। अपने 'जे' को सामने पाते ही वह भावुक होकर उससे लिपट गई। उसके आँसू नहीं थम रहे थे। एक बिंदास और ज़िंदादिल लड़की बेमेल इश्क में फंसकर कितनी बेबस हो गई थी। कई महीने बाद उसने जिन्हा को देखा था। उसके आँसुओं से जिन्हा का कंधा भीग गया था। इसी दौरान वहां फ़ातिमा को आते हुए उसने देखा। वह अचकचा गई व उसे छोड़कर अलग हो गई। फ़ातिमा भी ख़ुश थी अपने भाई की गृहस्थी बसते देखकर।

वहां उसकी बहुत आव-भगत हुई। जिन्हा और फ़ातिमा के साथ उसकी लम्बी बातचीत हुई। दोनों भाई-बहन इस असमंजस में थे कि असली मुद्दे की बात कैसे की जाए, क्योंकि सबसे कठिन था रुत्ती को धर्मांतरण के लिए तैयार करना। वह धार्मिक

पारसी परिवार में पली-बढ़ी आहुरा मज़्दा में विश्वास रखने वाली अग्नि उपासक थी। पारसी जीवन-पद्धति तथा मुस्लिम तौर-तरीक़ में बहुत अंतर था। जहां तक की ख़ान-पान भी अलग था।

"आप मेरी भाभी बनने को तैयार हुई हैं, यह सोचकर ही मैं ख़ुशी से फूली नहीं समा रही"- फ़ातिमा ने कहा।

"जी, मैं 'जे' के बिना नहीं रह सकती"- रुत्ती ने कहा

"तुम एकबार और अच्छे से सोच लो। हम ज़िंदगी साथ शुरू करने का विचार कर रहे हैं, तो बहुत सी मुसीबतें सामने खड़ी होंगी"- जिन्हा ने रुत्ती से कहा, वह सारी ज़िम्मेदारी रुत्ती पर ही थोपना चाहता था।

"आप यह क्या कह रहे हैं 'जे'!" - आश्चर्य से रुत्ती ने कहा

उसने अपनी बात को जारी रखते हुए कहा-"जे, आप यह बहुत अच्छी तरह जानते हैं कि बात बहुत आगे बढ़ चुकी है। अब पीछे हटने का तो कोई सवाल ही नहीं उठता। मेरे पिता हों, या कोई और, मेरे इरादे को नहीं बदल सकते। फिर मुसीबत कैसी? हम एक जान होंगे तो हर अच्छे-बुरे के साझेदार होंगे। अठ्ठारह साल वाला बंधन भी अब नहीं बचा है। तुम जितना जल्दी हो सके इस शादी का इंतिज़ाम कर मुझे उस पिंजरे से आज़ाद कराओ"

फ़ातिमा ने जिन्हा की तरफ़ देखा।

"रतन अब हमारी शादी में कोई रुकावट की सम्भावना नहीं है। और हम जितनी जल्दी हो सकेगा सादे तरीक़े से यह शादी करेंगे। बस मैं यही चाहता हूँ कि दिनशॉ हमारी शादी को मंजूरकर इसे पेटिट हॉल में ही करें। तुम्हारा क्या ख़्याल है"- जिन्हा ने यह जानते हुए भी कि दिनशॉ का मानना सम्भव नहीं है, रुत्ती का मन टटोलने के लिए कहा।

"नो ...नो ...नो ... ऐसा तो तुम भूलकर भी मत सोचना। मेरे पिता न तो इस बात के लिए तैयार होंगे, और न ही वह तुम्हें मेरे शौहर के रूप में स्वीकार करेंगे। बल्कि उन्हें यह पता चल गया कि हम अभी भी शादी करना चाहते हैं तो वे और कोई चाल शुरू कर देंगे। उन्होंने मेरे लिए पारसी लड़कों की तलाश शुरू भी कर दी है"- रुत्ती ने जिन्हा को वास्तविकता से परिचित कराया।

"ओके, यदि दिनशॉ का यही रवैया है तो फिर हमें शादी के तरीक़े पर विचार करना चाहिए"- जिन्हा ने कहते हुए रुत्ती की भाव-भंगिमा को पढ़ने की कोशिश की।

"मुझे लगता है कि हमें कोर्ट में जाकर सिविल मैरिज रजिस्टर्ड कराना होगी। और आप यह बताओ कि यह हमे कब करना है"- रुत्ती ने अपनी राय रखी।

जिन्हा ख़ामोश था, वह कुछ बोल नहीं पा रहा था। रुत्ती का धर्मांतरण कराने की बात से उसके खुले विचारों की छवि पर विपरीत प्रभाव पड़ना निश्चित था। फिर यह भी

हो सकता था कि रुत्ती धर्मांतरण से इंकार करते हुए सिविल मैरिज पर अड़ जाए। यदि ऐसा होता तो जिन्हा के लिए बड़े संकट का विषय था। वह सिविल मैरिज कर मुस्लिम जगत में ही अविश्वसनीय हो जाता। फिर वह मुस्लिम सीट से चुना हुआ प्रतिनिधि था। सिविल मैरिज उसे पद से अलग कर सकती थी।

उसकी ख़ामोशी पर रुत्ती विचलित होते हुए बोली- "जे, आप चुप क्यों हैं? हमारे पास वक़्त नहीं है। वहां किस हालत में जी रही हूँ यह मैं ही जानती हूँ। बहुत टार्चर किया जा रहा है मुझे। आज मेरे यहां आने, और तुमसे मिलने की बात कहीं पेटिट हॉल की दीवारों को भी पता चल गई तो शायद मेरे जीवन का यह आख़िरी दिन होंगा"- रुत्ती ने उदास होते हुए कहा।

"देखो, असल में भाई की एक दुविधा है। वह भी लीगल है। उसे कैसे हल किया जाए पहले हम सब उस पर सोचें"- फ़ातिमा ने रुत्ती को बताया

"ऐसी कौन सी लीगल दुविधा है, जिसका समाधान हिन्दुस्तान के सबसे बड़े बैरिस्टर मेरे 'जे' के पास नहीं होगा"- रुत्ती झल्ला गई।

"रतन तुम ठंडे दिमाग़ से सोचो, हमारी शादी के हर पहलू पर हमें ग़ौर करना है, ताकि किसी भी तरह से कोई हमें न तो अलग कर सके, न हम कभी अलग हो सकें"- जिन्हा ने रुत्ती की भावनाओं को झंकृत करते हुए कहा।

"कोई भी दुविधा हो आप मुझे बताएं, मैं हर तरह से उसे दूर करने के लिए तुम्हारे साथ हूँ"- रुत्ती ने विश्वास दिलाते हुए अपनी बात रखी।

"दरअसल मेरी मुस्लिम सियासत और बम्बई की मुस्लिम सीट से इम्पीरियल लेजिस्लेटिव असेम्बली का मेंबर होने के कारण हमें सिविल मैरिज करने में समस्या आ सकती है। इस परेशानी से बचने के लिए हमें निकाह करना होगा"- जिन्हा ने कहा।

"अगर ऐसा है तो ठीक है, मुझे निकाह से कोई दिक्कत नहीं है"- रुत्ती ने बात को सामान्य मानते हुए कहा।

"लेकिन निकाह करने के लिए इस्लाम में रूल है कि शौहर और बीवी दोनों मुस्लिम हों"- जिन्हा ने कहा।

रुत्ती का दिल धक्क से रह गया- "जे... क्या आप किसी मुस्लिम लड़की से निकाह करने जा रहे हो?"- उत्तेजित होते हुए रुत्ती ने कहा

"नहीं रतन, मैं तुमसे ही निकाह करूंगा। लेकिन इसके लिए तुम्हें पारसी से मुस्लिम होना होगा, यह तभी सम्भव है"- जिन्हा ने बड़ी मुश्किल से रुत्ती को बताया।

"क्या... यह क्या कह रहे हैं आप? आप बहुत ओपन माइंड हैं जे, फिर यह कन्वर्शन क्यों"- रुत्ती हतप्रभ रह गई थी।

"यह एक टेक्निकल मुद्दा है। बाकी तुम बहुत अच्छी तरह जानती हो, भाई कभी भी किसी तरह के मज़हबी क़ायदों को नहीं मानता। मेरे भाई से अपनी ज़िंदगी में क्या तुम यह उम्मीद करती हो कि वह अपनी बीवी को मुसलमानों की तरह ऩकाब पहनाकर सिर्फ़ चाहर दिवारी में रहने को कहेगा?"- फ़ातिमा ने बीच में बोलते हुए रुत्ती को समझाने के लिए कहा।

रुत्ती के दिमाग़ और दिल में करंट सा दौड़ गया था। पल भर में उसके भीतर सैंकड़ो चित्र खिंच गए थे। भायखल और चरनीरोड के मुस्लिम मोहल्लों की औरतों की सामाजिक ज़िंदगी उसकी आँखों के सामने दौड़ गई। धागे जैसे चाँद को जब उसने ईद के चाँद की तरह कहा था, तो जिन्हा ने कैसे उसे कह दिया था कि वह इस बारे में नहीं जानता। पोर्क खाने वाला यह व्यक्ति आज उसे अपना धर्म छोड़कर इस्लाम अपनाने को कह रहा है। वह अपनी दोनों हथेलियां अपने गालों पर रखकर कोहनियां टेबल पर टिकाए सुन्न सी हो गई थी।

"मैं तुमसे वादा करता हूँ कि तुम्हें इस तरफ़ से कोई शिकायत नहीं मिलेगी। लेकिन यह गम्भीर टेक्निकल इश्यू है, जो बिना तुम्हारी मर्ज़ी के साल्व नहीं हो सकता। निकाह के लिए तुम्हारा मुसलमान होना ज़रूरी है"- जिन्हा ने समझाया

"आपका इम्पीरियल लेजिस्लेटिव असेम्बली का सदस्य होना अपनी जगह है। क्या यह सम्भव नहीं है कि यह कन्वर्शन न हो और हमारी सिविल मैरिज हो जाए, क्योंकि कन्वर्शन से हमारी सोसायटी में ख़ासकर तुम पर दाकियानूसी मुसलमान होने की तोहमत लगेगी"- रुत्ती ने कहा।

"यह बहुत पेचीदा मसला है, तुम समझो हमारी प्राब्लमस् को"- जिन्हा ने झल्लाते हुए कहा

"क्या पेचीदगी है इसमें? हम सिविल मैरिज क्यों नहीं कर सकते? सिविल मैरिज से आपकी असेम्बली मेंबरशिप पर ख़तरा कैसे है"– रुत्ती ने पूछा

"तुम्हारे सवाल का जवाब भी बहुत पेचीदा है रुत्ती, सिविल मैरिज एक्ट के मुताबिक अब तुम पर शादी को लेकर उम्र की कोई बंदिश नहीं है। इस एक्ट में चौदह साल की कोई लड़की शादी कर सकती है। इसके मुताबिक लड़की अगर इक्कीस साल की नहीं हो तो उसकी सिविल मैरिज के लिए उसके पिता की रज़ामंदी के साथ उनका कोर्ट में रजिस्ट्रार के सामने हाज़िर होना ज़रूरी है। क्या तुम इस रज़ामंदी के साथ अपने पिता को कोर्ट में हाज़िर कर सकोगी?"-जिन्हा ने बताया

यह सुनते ही रुत्ती को पसीना आ गया। उसके पिता को कोर्ट में हाज़िर करना तो दूर, वह इस विषय पर उनसे बात भी नहीं कर सकती थी। उसने एक गहरी साँस भरी।

"और दूसरा यह कि इस क़ानून के मुताबिक हमें अपना मज़हब छोड़ कर यह शादी करना होगी। हमे कोर्ट को शपथ-पत्र देना होगा कि हम हमारे मूल धर्म को छोड़कर यह शादी कर रहे हैं, और हिन्दु धर्म स्वीकार कर रहे हैं। कन्वर्शन तो करना ही होगा। फिर न मैं मुसलमान रहूंगा, न तुम पारसी, हमें हिन्दु होना पड़ेगा, क्योंकि यह एक्ट हिन्दुओं के लिए है। इस तरह अगर मैं मुसलमान नहीं रहता तो मुझे मेरा असेम्बली का पद छोड़ना होगा, इसके लिए हमें निकाह करना होगा जिसमें मैं मुस्लिम हूँ और तुम्हें कनवर्ट होकर मुसलमान होना है। "- जिन्हा ने क़ानूनी पेंच समझाए

रुत्ती अब भी ख़ामोश थी। धर्मान्तरण के नाम पर वह असहज हो गई थी। इस बारे में उसने न तो कभी सोचा था न वह तैयार थी। पारसी नियमों के अनुसार जिन्हा पारसी नहीं हो सकता था। लेकिन समस्या तो यही थी कि यदि वह मुस्लिम धर्म त्यागता है तो उसकी सियासत समाप्त हो जाती है, जिसके लिए वह तैयार ही नहीं थी। उसे याद आया कि पारसी धर्म का सामान्य सा होने वाला नवजोत संस्कार जिसमें सात से नौ साल के बच्चे को पारसी दस्तूर में शामिल किया जाता है, एक बड़े जश्न के रूप में दिनशॉ ने आयोजित किया था अपनी इस लाड़ली बेटी के लिए। यह जश्न सिर्फ़ पारसी समुदाय तक ही सीमित नहीं रहा था। उसमें तमाम ग़ैर पारसी भी आए थे। और आज रुत्ती के सामने अपने उस पारसी धर्म की आस्था को समाप्त करने का दुर्भाग्य खड़ा है। उसके आँसू निकल गए।

"देखिए रतन, हम दोनों का शादी करना भी ज़रूरी है, क्योंकि हम उस स्टेज पर आकर खड़े हैं जहां दूसरा ऑप्शन है ही नहीं। लेकिन तुम्हारी बेहतरी, स्टेटस और रुतबे के लिए यह भी तो ज़रूरी है कि मेरी सियासत और पोजीशन में कोई कमी न आए। यदि मुझे अपने पद से इस्तिफ़ा देना पड़े तो क्या तुम्हें यह अच्छा लगेगा?"- जिन्हा ने एक और भावनात्मक वार किया

रुत्ती ख़ामोश थी, वह न तो हाँ कह पा रही थी, न ही जिन्हा को छोड़ सकती थी। अग्नि-मंदिर और जेंद अवेस्ता तथा नवरोज को वह कैसे छोड़ सकेगी। आहुरा-मज़्दा की पवित्र धारणा से वह कैसे मुक्त हो सकेगी। फिर उसकी संतान का क्या होगा। वह भी तो मुस्लिम ही मानी जाएगी। उसके पूर्वज ईरान से केवल इसीलिए तो अपना सबकुछ छोड़कर यहां आ गए थे कि वे अपनी अग्नि को ज़िंदा रख सकें। वे भी तो मुसलमान हो सकते थे। लेकिन उन्होंने अपना धर्म नहीं छोड़ा था। अब उसी समुदाय की यह लड़की किस जाल में फंस गई है। यदि उसे जिन्हा से शादी करना है तो उसे मुसलमान होना पड़ेगा। उसके दिल और दिमाग़ में एक जंग शुरू हो गई। समय तो इतना भी नहीं था कि वह कुछ ठहरकर इस विषय पर निर्णय ले सके। बल्कि निर्णय तो हो चुका था। सारी बम्बई को पता था। पेटिट हॉल में हंगामा बरपा हुआ था। वह हर तरह से जिन्हा

की गिरफ़्त में थी। जिन्हा को पाने के लिए उसे अपना सबकुछ छोड़ना पड़ रहा था। उसे ख़ामोश देखकर जिन्हा ने उसे इसपर विचार करने की सलाह दी।

रुत्ती ने एक ठंडी साँस ली- "अब आप जो कहें, मुझे मंजूर है। मुसलमान कैसे होना है आप बताएं और तैयारी करें। हम अधिक समय तक नहीं रुक सकते"

रुत्ती साउथ कोर्ट से निकलकर एक बग्घी से वापस पेटिट हॉल पहुंच चुकी थी। फ्रेजिम ने उसे सबकुछ ठीक होने की सूचना देकर आश्वस्त कर दिया था।

42

गुरूवार अठ्ठारह अप्रैल उन्नीस सौ अठ्ठारह का दिन था वह। उस दिन पारसी त्यौहार अबान जसन था। कल ही पारसियों का सबसे पवित्र दिन अदर जसन गुज़रा था। ये दो दिन हर धर्मप्राण पारसी के लिए अत्यंत पवित्र धार्मिक दिन होते हैं, इन दिनों सारे पारसी अग्नि-मंदिर जाते हैं। अगले दिन अर्थात शुक्रवार को हिन्दुओं का बड़ा त्यौहार रामनवमी था। इन तीन दिनों में कोर्ट की छुट्टियां थीं।

पेटिट हॉल रोजमर्रा की तरह शांत दिख रहा था। सभी अपने-अपने काम में व्यस्त थे। दिनशॉ, दीनाबाई के साथ ऑफिस जा चुके थे, वहां से वे सीधे अग्नि-मंदिर जाने वाले थे। मामाबाई विलिंगडन क्लब होती हुई मंदिर जाने वाली थी, तथा उसने रुत्ती को सीधे मंदिर आने के लिए कहा था। लेकिन रुत्ती आज कुछ परेशान और दुविधाग्रस्त थी। आज वह अपने जीवन का सबसे बड़ा और चुनौती भरा महत्वपूर्ण क़दम उठाने जा रही थी। वह कभी अपना माथा पकड़ कर बैठ जाती, कभी कमरे में टहलने लगती, तो कभी सिगरेट जलाती और सोफे पर धंस जाती। पिछले एक घंटे में उसने पाँच सिगरेट फूंक डाली थीं। तभी फ्रेजिम ने उसे हॉल के बाहर बग्घी आने की सूचना दी। वह पूरी सावधानी रखते हुए घर से निकल गई। इसके बाद के दो घंटे उसके जीवन की धारा को बदलने वाले थे। उसने इधर-उधर देखा। जब वह निश्चिंत हो गई कि उसे कोई नहीं देख रहा है, तो वह पर्देदार बग्घी में आराम से बैठ गई। यह बग्घी उसे जिन्हा के घर ले गई। जिन्हा उसका इंतिज़ार कर रहा था। उनके पास व्यर्थ गंवाने के लिए समय बिलकुल भी नहीं था। वहां रुत्ती को नक़ाब पहनने के लिए दिया गया। उसे देखते ही वह ग़ुस्सा हो गई।

"यह क्या है जे"- उसने अपनी नाक सिकोड़ते हुए कहा।

"कलमा शाहदा पढ़ने के लिए यह ज़रूरी है। तुम जो अभी पहने हो इन कपड़ों में मौलवी तुम्हें शाहदा नहीं पढ़वाएगा"- जिन्हा ने बताया।

"ओह, तो यह सब भी करना होगा मुझे"- रुत्ती ने परेशान होते हुए कहा।

"नहीं रतन यह तो केवल तुम्हारे कन्वर्शन के टाइम के लिए है, उसके बाद तुम यह सब नहीं पहनोगी"- जिन्हा ने आश्वासन देते हुए कहा।

"चलो ठीक है, तुम्हारे ख़ातिर जब मुसलमान बन रही हूँ तो यह सब क्या मायने रखता है"- व्यंग्य करते हुए रुत्ती ने कहा।

वह भीतर जाकर नक़ाब पहन आई। उसने अपना चेहरा नहीं ढंका था। फ़ातिमा ने आगे बढ़कर उसका चेहरा ढंका। वहां से लेफ्टिनेंट उमर सोभानी के साथ वह जामिया मस्जिद गई। जामिया में पूरी तैयारी थी। रुत्ती जान गई थी कि सारे इंतिज़ाम पहले से किए जा चुके हैं। आज एक पारसी लड़की का धर्मांतरण कर मुसलमान बनाया जाना था। वहां मौजूद हर शख़्स के लिए यह गर्व का अवसर था। मौलवी पूरी तैयारी से मौजूद था। समय कम था। क्योंकि रुत्ती समय चुराकर व छुपकर आई थी। ज़रा सी आहट अथवा शंका उसकी सारी योजना पर पानी फेर सकती थी। आज वह अपनी पारसी पहचान को मुस्लिम पहचान में बदल रही थी। पिता, माँ, बुआ, घर, अग्नि मंदिर, ज़रथ्रुष्ट, जेंदा अवेस्ता, आहुरा मज़्दा की पवित्र अवधारणा, पेटिट हॉल में बिताई हुई सुबह और शामें, उसकी शोख़ियाँ सब बीते समय की बातें बनकर रहने वाली थीं। जिन्हा ख़ामोश खड़ा था। वह पेटिट हॉल में मिले बरसों के असीमित सम्मान को भूलकर स्वयं की उद्दण्ता से हुए एक मात्र कथित अपमान का बदला लेने की मज़बूत कड़ी अपने वश में करने जा रहा था। रुत्ती का मुसलमान होना दिनशॉ पेटिट के लिए किसी वज्र प्रहार से कम नहीं होगा। उसे महसूस हुआ कि मामद अली के पिता पुंजालाल ने एक छोटी सी ज़िद के कारण अपनी ठाकोर वैष्णव पहचान को बदल कर मुसलमान किया था। आज पुंजालाल का बेटा एक पारसी लड़की को मुसलमान बनवाकर इस्लाम के लिए अपना फ़र्ज़ अदा कर रहा था।

रुत्ती नक़ाब में ढंकी-छुपी किसी मुसलमान ख़ातून की तरह लग रही थी। मस्जिद में औरतों का प्रवेश वर्जित था। बाहर के आहाते में मौलाना नाज़िर अहमद खौजंडी ने उसे बैठने के लिए कहा और वह उसके सामने बैठ गया।

"आपका नाम क्या है?"- मौलाना ने पूछा।

"रतनबाई"- रुत्ती ने कहा।

"आपके पिता कौन हैं?"- मौलवी का प्रशन था।

"बारनेट दिनशॉ पेटिट"- रुत्ती ने उत्तर दिया।

"कहां रहती हैं?"- मौलाना ने पूछा।

"पेटिट हॉल मलाबर हिल बम्बई"- रुत्ती ने बताया।

"अभी आप किस मज़हब को मानती हो?" – अगला प्रश्न था।

"पारसी"- संक्षिप्त उत्तर दिया रुत्ती ने।

"क्या आप इस्लाम में यक़ीन लाना चाहती हैं?"- मौलवी ने पूछा।

"जी"- रुत्ती बोली।

"कोई दबाव तो नहीं है आप पर?"- मौलवी ने औपचारिकता पूरी की।

"नहीं"-रुत्ती ने बताया।

"आप इस्लाम के सभी क़ायदे, हुक्म और उसूलों को दिल से मानेंगी, एवं कभी भी कोई ऐसा क़दम नहीं उठाएंगी जो अल्लाह और रसूल की शान के ख़िलाफ़ हो"- मौलवी ने सख़्त होते हुए कहा।

"जी मैं ऐसा कुछ भी नहीं करूंगी जो इस्लाम के ख़िलाफ़ हो"- रुत्ती कहते हुए मन में मुस्कुरा दी। वह जानती थी कि जो मोहम्मद अली जिन्हा उसे मुसलमान बनने पर मजबूर कर रहा है, वह स्वयं तो कभी भी इस्लाम के नियम, क़ायदे और उसूल नहीं मानता। सबसे आपत्तिजनक तो वह सुअर के गोश्त से बने सैंडविच खाता है जो इस्लाम में हराम है।

"आपको इस्लाम का शाहदा पढ़ना है और एक अल्लाह में यक़ीन लाना है। इसके बाद आप मुसलमान बनकर और ईमान लाने के बाद सिर्फ़ अल्लाह में यक़ीन रखेंगी और किसी भी बुत या दुनियावी शै की इबादत नहीं करेंगी, नमाज़ अता करेंगी, रोज़ा रखेंगी, हज़ करेंगी और ज़कात देंगी। आपके पुराने इबादतगाह, तरीक़ा-ए-इबादत, आपके मज़हबी निशानात, उसकी किताबें, उसके क़ायदे और उसूल से आपका कोई वास्ता नहीं होगा"- मौलवी ने समझाया

"जी"- रुत्ती ने कहा

"कलमा शाहदा के लिए तैयार हैं आप?"- एक बार फिर मौलवी ने पूछा

"जी तैयार हूँ"- रुत्ती ने कहा

"बोलिए, अशहदु अन ला इलाहा इल्लल्लाह वदहु ला सारिका लहु वा अशहदु अन्ना मुहम्मदन अब्दुहु वा रसूलुहु"-मौलवी एक-एक शब्द बोलता गया रुत्ती उसे दोहराती गई।

"जानती हो यह क्या कहा गया है? और मतलब क्या होता है?"- मौलवी ने पूछा

"नहीं जानती आप बताएं"- रुत्ती ने कहा

"यह कहा गया है कि, मैं गवाही देती हूँ कि अल्लाह के सिवाय कोई क़ाबिल-ए-इबादत नहीं है, वह एक है, उसका कोई साझीदार नहीं है, और मैं गवाही देती हूँ कि मुहम्मद उसका पैग़म्बर है। और इसका मतलब है इसके ख़िलाफ़ जाना अल्लाह के ख़िलाफ़ होकर कुफ्र है। लो आब-ए-ज़मज़म पी लो"- मौलवी ने शाहदा पढ़वा कर रुत्ती को आब-ए-ज़मज़म दे दिया।

"आज से तुम मुसलमान हो गई हो और तुम्हारा नाम 'रतनबाई' की जगह 'मरियम बी' रखा जाता है। तुम अब क़ानूनी, घरेलू और दुनियावी तौर पर मरियम बी के नाम से जानी जाओगी। मुबारक हो आपको इस्लाम में दाख़िला, अब यह बिरयानी खा लो"- मौलवी ने रुत्ती को मरियम बनने की बधाई दी और उसे बीफ़-बिरयानी खिलाकर मुस्लिम होने का प्रमाण प्राप्त कर लिया।

रुत्ती को चेहरा ढंके हुए मुसलमानी पहनावे में घुटन हो रही थी। वह एक बिंदास लड़की थी और किसी भी दाकियानूसी बंधनों से वह हमेशा मुक्त रही थी। उसने बेचैनी से जिन्हा की तरफ़ देखा और वहां से जल्दी उठने का इशारा किया। जिन्हा समझ गया था कि रुत्ती वहां सहज नहीं है। उसे यह भी डर लग रहा था कि वह कहीं यहां के माहौल को देखकर कुछ विरोधात्मक बात न कर दे। यदि ऐसा कुछ होता तो निकाह होने में समस्या खड़ी हो सकती थी।

रुत्ती वहां से उठी और जिन्हा के साथ साउथ कोर्ट पहुंची। जहां फ़ातिमा इंतिज़ार कर रही थी। रुत्ती का मूड उखड़ा हुआ था। वहां पहुंचते ही उसने सबसे पहले उस मुस्लिम परिधान को उतारकर फेंका और अपने कपड़े पहने। फिर वह बाहर आई।

"मरियम बधाई हो तुम्हें"- फ़ातिमा ने कहा

"किस बात की? मुसलमान बनने की?"- रुत्ती ने व्यंग्य करते हुए कहा

रुत्ती के हाव-भाव और बात करने के तरीक़े से फ़ातिमा के शरीर में सुइयां चुभ गईं। उसे लगा कि यह लड़की उसके घर आकर किसी भी तरह से सामान्य नहीं रहेगी। वह उसके लिए एक चुनौती होगी। लेकिन अभी उसके चुप रहने का समय था।

उसने अपना पैंतरा बदलते हुए कहा- "अभी तुम नॉर्मल नहीं हो मरियम। जब कोई अपना कल्चर और धर्म बदलता है तो नए कल्चर में ढलने में वक़्त तो लगता है। तुम भी धीरे-धीरे मुस्लिम रीति-रिवाज सीख जाओगी।

एक कंटीली सी मुस्कान रुत्ती के अधरों पर आकर चली गई।

"जे मुझे जल्दी घर जाना होगा। ऐसा न हो कि वहां कोई बवाल हो जाए"- रुत्ती उर्फ़ मरियम बी ने अपनी घबराहट व्यक्त करते हुए कहा।

परदे वाली वह बग्घी साउथ कोर्ट के बाहर ही प्रतीक्षा कर रही थी। रुत्ती उस बग्घी में बैठकर जैसे आई थी वापिस पेटिट हॉल चली गई। अब वह पारसी धर्मावलम्बी रतनबाई पेटिट नहीं, एक मुस्लिम लड़की मरियम बी थी।

दिनशॉ शाम को जब घर आए तो पेटिट हॉल हर रोज की तरह सामान्य ही था। परदे हवा में झूल रहे थे। बाग़ीचे के फूल खिले हुए थे। सब अपनी-अपनी जगह पर वैसे ही थे जैसे वे रोज़ाना दफ़्तर से आकर देखते थे। ऊपरी तौर पर कुछ भी ते नहीं बदला था। वे इस बात से अनभिज्ञ थे कि उनके घर में जो परिवर्तन हुआ है वह उनकी

ज़िंदगी को अवसाद, अकेलापन और बीमारियां देकर मौत की तरफ़ ले जाने वाला है। दीना को इस बात का एहसास ही नहीं हुआ कि उसकी बेटी अब पारसी रुत्ती नहीं रही, वह मुसलमान मरियम बी हो गई है।

रुत्ती अपने कमरे में ख़ामोश लेटी हुई थी। अपना बीता हुआ एक-एक दिन उसके सामने किसी नाटक के उठते-गिरते परदों की तरह चल रहा था। उसने जब से बात और चीज़ों को समझकर तुतलाना शुरू किया था, उसे इस घर ने भरपूर प्यार दिया था। हर घटना में वह एक विजेता की तरह रही थी। उसे लग रहा था कि विजेता तो वह अब भी होगी, लेकिन यह विजय उसके पिता की पराजय होगी। उस पिता की हार जिसने उसे जीतना सिखाया है, जीना सिखाया है और अटूट विश्वास की परिभाषा बताई है। उसकी जीत तो हो रही है लेकिन यह उसकी बुआ की हार होगी। उस बुआ की हार जिसने उसे अंगुली पकड़कर डग भरना सिखाया और सभ्य समाज के बीच कैसे आत्मविश्वास हासिल किया जाता है का गुरुमंत्र दिया है। वह भले ही जीत रही है, लेकिन हार तो उसकी माँ दीना भी रही है। वह माँ जिसने कभी उसे उदास नहीं होने दिया। जिसने अपना प्रेम निःस्वार्थ उस पर लुटा दिया है। वह समझ नहीं पा रही थी कि रुत्ती से मरियम होने से उसमें क्या बदलाव आया है। वह तो पहले जैसी ही है। बल्कि अब उसे यह ज़रूर महसूस हो रहा है कि, जिन्हा, जिसके साथ उसने अपनी ज़िंदगी शुरू करने की ज़िद की है, उसका पहला क़दम उसके इम्पीरियल असेम्बली के मेंबर के प्रति ज़्यादा गम्भीर है, रुत्ती की भावनाओं के प्रति नहीं। उसे मूंछों वाले अंकल से क्लीन-शेव अपना 'जे' सामने खड़ा हुआ दिखा। यह 'जे' तो कभी यह कहता था कि मुझे मज़हबी बेवक़ूफ़ियों में यक़ीन नहीं है। मेरी जो मर्ज़ी होती है, मैं वह करता हूँ। मैं पोर्क खाता हूँ और आधुनिक रहता हूँ। इसी खुले-पन पर ही तो वह लट्टू हो गई थी। तब यह भी भूल गई थी, कि यह आदमी उसके पिता की उम्र का है और उसका अंकल है। उसने तो अपने 'जे' में एक पूर्ण पुरुष को पाया था, जिसकी बाहें बलिष्ठ थीं और सूरत आकर्षक। जो उसकी अभिलाषाओं के समुद्र की लहरों को अपने किनारों में समेट सकता था। उसने तो एक प्रेमी चुना था, लेकिन आज यह प्रेमी अपनी इम्पीरियल असेम्बली की मेंबरशिप के लिए ही पहले मुसलमान निकला। प्रेमी है भी या नहीं, इसे वह कैसे समझ पाएगी। किंतु वह बहुत आगे बढ़ चुकी थी, जहां से लौटना किसी भी दशा में सम्भव नहीं था।

उसके मुंह से निकला- "आहुरा मज़्दा...".

उसे लगा अब इसकी जगह " या अल्लाह" कहना होगा

उसने अटकते हुए कहा-"या अल्लाह"

43

चर्चाएं तो चर्चाएं होती हैं। चटख़ारे के साथ भी चिंता के साथ भी। अभी तो धनवानों और सभ्य लोगों के बीच एक ही चर्चा थी। इस बेमेल प्रेम की दास्तान। कुछ लोग जिन्हा की क़िस्मत से ईर्ष्या करते, तो कुछ रुत्ती की बेवक़ूफ़ी पर माथा धुनते थे। इन सबसे अलग, एक पारसी नौजवान बेहद उदास था। वह दिनशॉ पेटिट की तरह धनाढ्य तो नहीं था, लेकिन पारसी समुदाय में उसकी मान-प्रतिष्ठा बहुत थी। रुत्ती के प्रति उसका इक-तरफ़ा प्रेम था। उसकी आशा थी कि, रुत्ती उसकी जीवन-संगिनी बन जाए तो यह उसके लिए जीवन का अमूल्य उपहार होगा। वह उदास सा बैठा अपने कमरे में खिड़की निहार रहा था। उसे विश्वास ही नहीं था, कि रुत्ती किसी की हो सकती है। कुछ अधलिखे पत्र उसकी टेबल पर बिखरे पड़े थे, जो "प्रिय रुत्ती" से शुरू तो थे, लेकिन उनके अंत में वह "तुम्हारा" नहीं लिख सका था।

इधर कई दिन से रुत्ती घर से बाहर ही नहीं निकली थी। जिसे किसी का इंतिज़ार हो उसके लिए ये घड़ियां मुश्किल होती हैं। वह नौजवान अनेक बार इस आशा से अग्नि-मंदिर गया था कि शायद रुत्ती उसे मिल जाए। इस बार नौरोज के उत्सव पर भी उसे रुत्ती दिखाई नहीं दी थी। वह इस बात को लेकर बेचैन था। रुत्ती और जिन्हा के सम्बंधों को लेकर उसे क़तई विश्वास नहीं था। वह इसे कोरी अफ़वाह मानता था। ऐसा होता भी क्यों न, मन में जिसके लिए प्रेम हो वह किसी और के साथ कभी स्वीकार नहीं किया जाता। लेकिन बीस अप्रैल उन्नीस सौ अठ्ठारह को बॉम्बे क्रॉनिकल अख़बार के पेज नम्बर आठ पर उसकी नज़र जब पड़ी तो उसका दिल धक्क से रह गया। उस छोटी सी ख़बर को वह पाँच-सात बर पढ़ गया। वह अपने सामने रखे अख़बार के अक्षरों पर यक़ीन करने को क़तई तैयार नहीं था कि यह जो लिखा है वह सही है। अब भी इस छपी हुई ख़बर को वह केवल अफ़वाह ही मान रहा था। वह नौजवान था कांजी द्वारकादास।

44

बीस अप्रैल का दिन था वह। अपनी आदत के मुताबिक दिनशॉ पेटिट नाश्ते की टेबल पर आने वाले थे। उनके सेवकों को पता था कि आते ही वे अख़बार पढ़ते हैं। टेबल पर नाश्ता लगाने की तैयारी चल रही थी। पिछले दस महीने से रुत्ती ने टेबल पर यदा-कदा ही नाश्ता या खाना लिया था। इसलिए किसी का ध्यान उसकी तरफ़ ज़्यादा नहीं था। वह अपने कमरे में ही खाना बुलवा लेती थी। पिता से उसकी बातचीत बंद थी। दिनशॉ वैसे ही बहुत टूटे हुए थे। घर के लोग उन्हें और नर्वस नहीं करना चाहते थे। बॉम्बे क्रॉनिकल की एक प्रति टेबल पर रखी जा चुकी थी। पेटिट ने अख़बार पढ़ना शुरू किया।

वे उसके आठवें पन्ने पर थे। उनकी नज़र एक ख़बर पर गई। ख़बर देखकर उनकी धड़कन बढ़ गई। ख़बर पूरी होते-होते अख़बार उनके हाथ से छूटकर वैसे ही नीचे गिर गया, जैसे एक दिन जिन्हा द्वारा रुत्ती से शादी के प्रस्ताव की बात सुनकर उनके हाथ से चाय का प्याला गिरा था। वे दहाड़ मारकर रोने लगे और अपना सिर मेज़ पर पटक दिया। दीना, मामाबाई और घर के सारे सेवक दौड़कर मेज़ के पास आ गए थे। दिनशॉ का ज़ोर-ज़ोर से रोना जारी था।

मामाबाई ने उन्हें संभालते हुए पूछा "भाई क्या हो गया, कुछ बताओ तो" वे कुछ बोल ही नहीं पा रहे थे। तभी सेवक ने बताया कि वे अख़बार में कोई ख़बर पढ़कर विचलित हुए हैं। दीना ने अख़बार उठाया। उसके पन्ने पलटने लगीं। तभी दिनशॉ ने अख़बार लेकर आठवाँ पन्ना निकालकर दीना को देते हुए उस ख़बर की तरफ़ इशारा किया। अख़बार में छपा था- "कल बम्बई के रईस बारनेट दिनशॉ पेटिट की बेटी रतनबाई ने इस्लाम क़ुबूल कर मुस्लिम-लीग के नेता बैरिस्टर मोहम्मद अली जिन्हा से विवाह कर लिया है" ख़बर पढ़ते ही दीना का मुंह खुला का खुला रह गया। मामाबाई ने उसके हाथ से अख़बार लेकर ख़बर पढ़ी। वे सीधी रुत्ती के कमरे की तरफ़ दौड़ी। लेकिन रुत्ती अपने कमरे में मौजूद नहीं थी। उसका सारा सामान व्यवस्थित रखा था केवल उसकी छतरी और बिल्लियों को छोड़ कर। पूरी तरह सुरक्षित दिनशॉ हॉल में पूरी निगरानी के बीच से रुत्ती जा चुकी थी। उसने अपने पिता दिनशॉ पेटिट की आँखों में धूल झौंक दी थी। वह चली गई थी मिस रतनबाई से मिसेज मरियम मोहम्मद अली जिन्हा बनकर अपने प्रेमी के बाहुपाश में।

दिनशॉ ने दीना के हाथ से अख़बार लिया। उसके आठवें पन्ने को फाड़कर चिंदे-चिंदे कर दिया। वे सिसक रहे थे। यह ख़बर टाइम्स ऑफ इंडिया, पायनियर, स्टेट्समैन आदि अख़बारों में भी छपी थी। पूरे भारत को पता चल गया था कि बम्बई के रईस, पारसी समाज के बड़े व्यक्तित्व बारनेट दिनशॉ पेटिट की बेटी रतनबाई ने इस्लाम क़ुबूल कर मोहम्मद अली जिन्हा से निकाह कर लिया है।

"एवरी थिंग इज़ ओव्हर। शी इज़ डेड टू मी फ्रॉम टुडे ऑनवर्डस्"- उन्होंने एक गहरी साँस भरते हुए कहा, और अपना सिर उसी मेज़ पर रखकर ज़ोर-ज़ोर से रोने लगे।

फिर जीवन भर दिनशॉ के ये आँसू कभी बंद नहीं हो सके।

45

उन्नीस अप्रैल सन् उन्नीस सौ अठ्ठारह को शुक्रवार, अर्थात् जुम्मे का दिन था। जिन्हा के घर साउथ कोर्ट में कुछ गहमा-गहमी थी। ख़ुशी भी थी, और सतर्कता भी। घर को

साधारण तरीक़े से सजाया गया था। ऐसा संकेत था कि कुछ बहुत अहम होने वाला है। महमूदाबाद के राजा आमिर मोहम्मद अली ख़ान, लेफ़्टिनेंट उमर सोभान, फ़ातिमा जिन्हा, के साथ कुछ चुनिंदा लोग मौजूद थे। जिन्हा के बहुत ही क़रीबी दोस्त थे ये लोग। आज जिन्हा के जीवन का मधुर उत्सव था। कुछ देर में रुत्ती वहां आ गई।

"लो, मरियम आ गई"-आमिर मोहम्मद ने कहा।

सभी का ध्यान रुत्ती की तरफ़ चला गया।

आओ मरियम हम तुम्हारा इस्तिक़बाल करते हैं- गर्मजोशी से लेफ़्टिनेंट उमर सोभान ने कहा।

जिन्हा ने मुस्कुरा कर उसकी तरफ़ देखा।

फ़ातिमा उसे भीतर ले गई।

उसे दुल्हन की तरह साधारण तरीक़े से सजाया गया। फिर काज़ी द्वारा मोहम्मद अली जिन्हा और रुत्ती का निकाह पढ़ा गया। मेहर की रकम एक हजार एक रुपए निर्धारित की गई।

काज़ी ने रुत्ती से पूछा- "क्या आपको निकाह क़ुबूल है?"

रुत्ती ने कहा- "क़ुबूल है"।

ज़ोर-दार तालियां बजीं और सबने एक-दूसरे को बधाई दी। क़ुरआन की तीन आयतें पढ़ीं गईं। फिर रजिस्टर पर दस्तख़त हुए। रुत्ती और जिन्हा धार्मिक, क़ानूनी और सामाजिक रूप से अब पति-पत्नी थे। महमूदाबाद के राजा ने हीरे की एक अंगूठी जिन्हा को दी, जो दूल्हा बने जिन्हा ने तोहफ़े के रूप में अपनी नई दुल्हन को पहना दी।

बेमेल मोहब्बत-नामे के सफ़र का एक पड़ाव पूरा हो गया। धागे जैसा चाँद बढ़ते-बढ़ते निखर गया। एक कमसिन लड़की और एक अधेड़ पुरुष ने अपनी मंज़िल पा ली थी। यह शादी तो खामोशी से बहुत साधारण तरीके से हो गई, लेकिन इसका शोर बाकी शादियों से कई गुना ज़्यादा होना था सो हो गया। इस शोर के कारण बम्बई और पूरे देश में खलबली मचना ही थी। दुनिया से बे-ख़बर एक ख़ूबसूरत जोड़ा अपनी ज़िंदगी की रूमानी उड़ान भरने को तैयार था। दोनों ने एक-दूसरे का इंतिज़ार किया था। ताने सुने थे। तमाम दीवारें उनके सामने थीं, जिन्हें लांघकर आज दोनों का सपना पूरा हुआ था। भले ही सारी दुनिया को इनसे ईर्ष्या थी, उनकी उम्र के बड़े अंतर को लेकर आपत्ति थी। उनके बेमेल होने पर मज़ाक़ बनाया गया था, लेकिन ये दोनों तो ख़ुश थे। आज सारे अवरोध इन्होंने दूर कर दिए थे। आज से दोनों समाज की नजर में पति-पत्नी थे, भले ही सारा समाज मुंह छुपा-छुपाकर इन पर हँस रहा था। अब दोनों के तन और मन एकाकार होने के बीच कोई व्यवधान नहीं था। कोई स्वीकार करे अथवा स्वयं को इनसे विच्छेद करे, उन्हें इसकी कोई परवाह नहीं थी। मधुर-मिलन की घड़ियां इंतिज़ार

कर रहीं थीं। अब दार्जिलिंग में किसी तिरोती अथवा हसन अली की शंकालु निगाहों का कोई मूल्य नहीं था। महानंदा की चट्टान और लालीगुरन से कोई गुरेज नहीं था। वे पूरी तरह से एक-दूसरे के थे।

पारसियों पर यह गहरी चोट थी। सभी जानते थे कि शांतिप्रिय पारसी इस चोट से तिलमिलाएंगे ज़रूर। उनकी प्रतिक्रिया हिंसक तो नहीं हो सकती लेकिन सामाजिक तो होगी ही। उनकी सभाएं होंगी और रुत्ती तथा जिन्हा को उसमें कोसा जाएगा। पेटिट के आँसू बहेंगे और सहानुभूति उसके साथ होगी। इस दौरान दोनों को निर्विघ्न एक-दूसरे की सुगंध में सराबोर होने के लिए किसी तनाव से दूर होना था। एक ऐसी जगह जहां दोनों हों, उनका मन हो, उनका तन हो और उनकी भावनाएं हों, उनके बीच कोई ख़लल न हो, वहां उन्हें किसी व्यवधान की परछाई भी न देख सके।

राजा महमूदाबाद उन्हें पहले अपने घर लखनऊ लेकर गया, वहां एक दिन रुकने के बाद दोनों हनीमून के लिए नैनीताल चले गए। राजा का एक महल था नैनीताल में, जहां सारी व्यवस्थाएं पहले से ही कर रखी थीं। महल उनके स्वागत के लिए तैयार था। चीड़ और चिनार के ऊँचे पेड़ उन दोनों पर अपनी लम्बी-लम्बी परछाई से मन को रोमांटिक बना रहे थे।

दो प्रेमी एकाकार हो गए थे। जिन्हा और रुत्ती के मोहब्बत-नामे को अपनी मंज़िल मिल चुकी थी। दोनों को ही इस बात से कोई मतलब नहीं था कि पेटिट हॉल में इस समय क्या मातम हो रहा होगा। रुत्ती अब मिस रतनबाई पेटिट से श्रीमती मरियम मोहम्मद अली जिन्हा बन चुकी थी। दिनशॉ ने उसके इस क़दम को उसकी मृत्यु मानकर रोना-धोना कर लिया था। जहां नैनीताल के महल में रोमांस और मिलन के रंगीन दिन एक अधेड़ और कमसिन के हनीमून से प्रफुल्लित थे, वहीं मालाबर हिल्स पर सदा खिलखिलाते पेटिट हॉल में वीरानी और उदासी पसरी हुई थी।

जिन्हा अपनी सारी व्यस्तता ताले में रखकर इस समय केवल रुत्ती के सौंदर्य का रसपान कर रहा था। वह उसके अंग-अंग को पी जाना चाहता था। रुत्ती भी हरपल उसमें समाकर लगातार बहते रहना चाहती थी। दोनों का मिलन दार्जिलिंग के बाद अब हो रहा था। पिछले दो साल दोनों ने विरह की आग में जलकर निकाले थे। उस सारी दग्धता पर मिलन की शीतल बौछारें कर आनंद की अनुभूति से तृप्त हो जाना चाहते थे वे। रुत्ती एकपल भी अपने 'जे' को दूर नहीं होने दे रही थी। नैनीताल में दार्जिलिंग जैसी सुविधाएं और वैभव तो नहीं था, किंतु वह उसकी कमी भी पूरी कर लेता था। दिनशॉ का दार्जिलिंग का बंगला, मेहमूदाबाद के राजा के इस महल से कई गुना ज़्यादा सुविधा सम्पन्न था। उसकी बनावट आधुनिक थी जबकि यह महल पुराना था। दिनशॉ पेटिट के वैभव के सामने ऐसे कई राजा फीके थे। बारनेट दिनशॉ पेटिट का दुर्भाग्य ही

था कि उनका सारा वैभव उनकी ही बेटी ने भद्दा कर दिया था। वह लात मारकर आ गई थी अपने पिता के प्रेम, मन और दुलार को, तो फिर धन और वैभव का क्या अर्थ था। निकाह के दिन नवमी का चंद्रमा धीरे-धीरे अपनी कलाएं बढ़ा रहा था। इन बढ़ती कलाओं में जिन्हा और रुत्ती का रोमांस भी अधिक चमकीला होता गया। पूनम की तरफ़ बढ़ते चाँद की तरह।

46

तो उसने आख़िर अपनी पसंद का नीलकमल तोड़ लिया, इसका वह बेशक हक़दार हो सकता है। लेकिन रुत्ती को नहीं पता कि उसने कितना बड़ा त्याग किया है।

सरोजिनी नायडू ने अपने दोस्त सैयद महमूद को पत्र में लिखा।

नीला फूल ही तो थी रुत्ती और वह उसे तोड़ लेना चाहता था, पाँखुरी के खिलने से पहले ही। यह उसकी सफलता थी अथवा रुत्ती की बेबसी, समय ने अभी किसी को नहीं बताया था। समय तो अपनी गति से चलायमान था। पढ़े-लिखे और धनाड्य लोगों की दुनिया कुछ अलग ही होती है। वे ऊपर से स्वयं को खुले विचारों का सिद्ध करते हैं, लेकिन कोई खुली और धारा के विपरीत बात घटित हो जाती है तो सबसे ज्याद विचलित वे ही होते हैं। बम्बई में तहलका मच गया था। जितने लोग उतनी बातें। फिर बातों का क्या, किसी का न तो मुंह पकड़ा जा सकता था, न ही उनके उलाहने और तानों को क़ाबू में किया जा सकता था। क्लबों में, राजनैतिक या सामजिक आयोजनों में, जहां चार लोग मिले ज़ुबान पर केवल जिन्हा और रुत्ती के किस्से। खुले मन के लोग बहुत बंद-बंद से हो गए थे। वे इस बेमेल विवाह को पचा नहीं पा रहे थे। ब्रिटिश अधिकारी और उनका अभिजात वर्ग भी तब सामान्य तौर पर बेमेल विवाह से परे ही था। सारे रेशमी कपड़े इसे रुत्ती की मूर्खता मानकर चर्चारत थे।

पारसी समाज ग़ुस्से से आग-बबूला था। शांत और सौम्य पारसी तिलमिलाकर रह गए। अगियार में प्रार्थना के बाद लोगों की बातों में ताप बढ़ गया था। दिनशॉ पेटिट पारसियों की शान थे, और जिन्हा ने उनकी शान को धूल-धुसरित कर दिया था। उनका बाहर निकलना बंद हो गया था। वे किसी भी पारसी उत्सव में शामिल नहीं हो रहे थे। वक़्त बीता जा रहा था। उनसे कोई मिलने भी आता तो वह सहानुभूति दर्शाते हुए रुत्ती की चर्चा छेड़ देता। इस चर्चा से उन्हें ऐसा लगता, जैसे कोई उनके शरीर पर काँटे चुभोकर मुट्ठीभर नमक रगड़ रहा है। इसका दर्द वे ही समझते थे। दर्द उनका था, और हकीम लोग बनते थे, लेकिन किसी भी हकीम को पता नहीं था कि इस दर्द की न तो कोई दवा होती है, और न ही इसे ज़िंदगी रहते कभी ख़त्म किया जा सकता है। यह तो केवल

एक बेटी का बाप ही जानता है जिसकी बेटी उसके सारे प्यार, विश्वास, संस्कार और परिवार को ठोकर मारकर अपनी मर्ज़ी से सारी ख़ुशियों के फूलदान तोड़कर चली जाए।

रुत्ती की सहेलियां भौचक्की थीं। वे रुत्ती के रोमांस को सिर्फ़ टाइम पास मान रहीं थीं। उनका मानना था कि यह उम्र का तकाज़ा है। उसे जब समझ में आएगा तो वह जिन्हा से दूर हो जाएगी। लेकिन जब उसने जिन्हा से शादी कर ली, और वह भी पारसी धर्म त्याग मुसलमान होकर तो उनकी चर्चा का एक ही विषय था- "बेवक़ूफ़ लड़की"

उस दिन ताज होटल की लॉबी में कुछ लड़कियां बैठी थीं। किसी समय इन लड़कियों की महफ़िल में रुत्ती का होना ज़रूरी होता था। इनके बीच सिगरेट के धुएं के उड़ते छल्ले दूर से इशारा कर देते थे कि मिस रुत्ती पेटिट आज यहां मौजूद है। बैठीं तो ये आज भी हैं, किंतु इनकी ज़ुबान पर क़िस्सा-ए-रुत्ती ही था।

"आख़िर अपने से दुगनी से भी ज़्यादा उम्र के बुढ्ढे से उस सयानी ने शादी कर ही ली। ऐसे कोई शादी करता है क्या?"- रोज़िना ने मुंह बिचकाते हुए कहा

"थोड़े दिन बाद देखना बुढ्ढा हाँफने लगेगा और रुत्ती सिसकीयां भरती हुई करवट बदलकर उससे चिपकने की कोशिश करेगी"- ज़ीनत ने कुछ अधिक बिंदास होते हुए कहा

सारी लड़कियां अपने मुंहपर रुमाल रखकर ज़ोर से हँस दीं

कैमिला ने हल्की सी चपत लगाते हुए कहा- "बेशर्म लड़की"

"इसमें बेशर्म जैसी क्या बात है, रुत्ती जब तीस की उम्र में धधकती आग होगी, वह पचपन की दहलीज़ पर बुझकर राख बना कोयला होगा, क्या तो वह रोमांस करेगा और क्या उसकी आग ठंडी कर पाएगा"- हेलाबाई ने कहा

"तो रुत्ती की आग उस कोयले को सुलगाकर आग बना लेगी"- हुमा के हाथ पर ताली मारते हुए ज़ेना ने कहा और दोनो खिलखिला कर हंस पड़ीं।

क्या खाक सुलगाएगी उस राख हुए कोयले को, उसकी तो राख भी उड़ जायेगी तब तक- शिनी ने सिगरेट का कश खींचते हुए ज़ेना की नाक को पकड़कर कहा।

"अरी पचपन में बचपन वापस आता है नहीं जानती क्या"- सुनयना मुस्कुराई

"तुझे यह अनुभव है क्या? अगर ऐसा ही है तो तू भी तलाश कर ले अब पचपन वाले बचपन को, और उसके साथ बैठकर कैरम खेलना"- हेला ने आँखें मटकाते हुए कहा।

तभी सुरेखा चहकते हुए बोली- "कैरम क्यों खेलेगी यह? एक स्ट्राइकर और बीस गोटियां नहीं चलेंगी। यह तो सोलो कुश्ती खेलेगी, क्यों सुनयना"- और उसने एक आँख दबाकर हेला के हाथ पर ताली मारी।

"माय डियर सुरेखा एण्ड हेला, मैं अभी सत्रह की हूँ, उन्नीस से ज़्यादा का बिलकुल नहीं चलेगा, आख़िर जलना-बुझना भी तो बराबर का होना चाहिए। फिर मैं जो खेलूंगी वह गेम तुम थोड़ी डिसाइड करोगी। वह तो हम दोनों ही तय करेंगे"- सुनयना ने कहते हुए आँख मारी।

"लेकिन यह भी तो हो सकता है रुत्ती ने जिन्हा साहब को एक्सपीरियंस के कारण चुन लिया, अब कोई नया-नवेला होता तो पहले उसे ट्रेंड करने में ही वक़्त ख़राब हो जाता"- मोहिनी अट्टा ने ठहाका लगाते हुए कहा।

"ऐ तुम लोग बहुत बकवास करती हो"- अब तक चुप बैठी राधिका बोली

"क्या बकवास कर रही हैं हम, बेचारी हमारी ही सहेली तो है, उसके फ्यूचर पर हम नहीं सोचेंगे तो कौन सोचेगा"- अलका धीर ने कहा

"क्या फ्यूचर और कैसा पास्ट, अब तो जो होना था हो गया, कौन जाने आगे क्या होना है, लेकिन मुझे लगता है आपको पारसी लड़की के किसी मुस्लिम से शादी करने पर सख़्त एतराज है"- सक़ीना बोली

"हम लोग किसी डी-ग्रेड के मोहल्ले में रहने वाले लोग नहीं हैं डियर सक़ीना। हमें जो तालीम मिली है वह हाई सोसायटी की मिली है। इसलिए यह बात होकर भी नहीं है, कि कोई मुस्लिम है या पारसी। सबसे बड़ा मुद्दा है दोनों की उम्र का, इतना बड़ा फ़र्क़, यह उन अंग्रेजों के बीच हम हिन्दुस्तानी लड़कियों को बेवक़ूफ़ सिद्ध करता है जो अपने आप को विलायती कल्चर की मानती हैं, भला विलायत में कभी इतने गेप में शादी की बात हो सकती है?"- आक्रोशित होते हुए सुनयना ने कहा।

"ख़ैर अभी तो वह नैनीताल में अपने बुढ्ढे के साथ रातें रंगीन कर रही है। जब बम्बई आएगी तब देखेंगे उसके रंग-ढंग क्या हैं"- कैमिना ने कहा

लड़कियों की टोली ने वाइन, वोदका और बीयर की बोतलें ख़त्म की और पर्स संभाल कर अपने घरों की तरफ़ चल दीं।

"यह तो बर्दाश्त के बाहर है यार"- फोज़िल की ज़ुबान पर अंगारे की तरह आया

"क्या हो गया फोज़िल"- जहांगीर बोला

"हमारी पारसी लड़की, वह भी अठ्ठारह साल की, एक बयालीस साल का मुसलमान उड़ाकर ले गया"- फोज़िल ने अपने ग़ुस्से को ज़ाहिर करते हुए कहा।

"हुआ तो बहुत ग़लत है। मैंने तो पिछले तीन साल से रुत्ती को ताका हुआ था। वक़्त का इंतिज़ार कर रहा था, घर में इस विषय पर बात करने के लिए"- साशा होमी ने निराशा भरे स्वर में कहा।

"कितने पारसी जवान लड़के रुत्ती के पैरों में गुलाब बिछाने के लिए तैयार थे, सबके पास धन भी था और रुत्ती के लायक जवानी भी, मगर वह फँसी भी तो जाकर

उस मुसलमान बुढ्ढे की आँखों में, मेरी तो समझ में यह बात बिलकुल भी नहीं आई"- फिरदोस ने आह भरी।

"अबे अब क्या करोगे, वह चिड़िया तो उड़ गई पारसियों का दिल कुचलकर"- होरीमन ने चुहल की

"वैसे हमें पारसी लड़कियों की इस हरकत को आगे नहीं होने देना है। हमारे बुजुर्ग पारस छोड़ कर इसलिए मारे-मारे नहीं फिरे कि आगे चलकर उनके बच्चे उनकी सारी क़ुर्बानियों को भूलकर मुसलमान हो जाएं। अगर ऐसा ही करना होता तो फारस क्यों छोड़ते"- दार्शनिक अंदाज़ में रूढ़ीवाद समर्थक पारसी लड़का रुस्तम बोला

"मॉर्डन होना अच्छी बात है, रोमांटिक होने में भी कोई बुराई नहीं है। परंतु रुत्ती ने जो किया है, वह न तो मॉर्डन ही है, और न ही रोमांटिक। उसे अपनी और जिन्हा की उम्र का फ़र्क़ तो देखना चाहिए था। बेचारे दिनशॉ पेटिट की हालत कितनी ख़राब हो रही है। मगर उस लड़की पर कोई असर ही नहीं है"- फिरोज ने अपनी राय रखी।

"कुछ दिन ही यह रोमांस चलेगा तुम लोग देखना। जिन्हा रुत्ती के न तो लायक है, और न ही वह रुत्ती को वह सब दे सकेगा, जो उसे चाहिए। ख़ास तौर पर वक़्त, फिर दोनों के नेचर में बहुत फ़र्क़ है"- पेटिट परिवार के नज़दीकी रोहन ने गहराई से कहा।

इन दिनों जहां भी पारसी लड़कों का जमघट होता वे इसी तरह की बातें करने लगते थे।

पारसी समाज में दिनशॉ के प्रति सहानुभूति भी थी व ग़ुस्सा भी। वे यह मानते थे कि दिनशॉ ने वक़्त रहते रुत्ती की गतिविधियों पर नियंत्रण नहीं किया। समाज में पारसी-मुस्लिम के बीच अभी तक कोई शादी नहीं हुई थी। कुछ पारसी फ्रैंच अथवा ब्रितानी लड़कियों से शादी कर लाए ज़रूर थे। लेकिन नियमानुसार वे पारसी धर्म में शामिल नहीं हो सकतीं थीं। रुत्ती ने तो इस्लाम कबूल कर लिया है। अब उसकी पारसी समाज में क्या भूमिका होगी यह कोई नहीं जानता। पारसी समाज विचारों और रहन-सहन को लेकर कितना ही आधुनिक हो लेकिन अपनी धार्मिक मान्यताओं तथा उनके पालन में वह परम्परावादी रहा है। कोई ग़ैर पारसी अग्नि-मंदिर में प्रवेश नहीं कर सकता और न ही कोई अन्य धर्मावलम्बी पारसी धर्म में दीक्षित हो सकता है। इस घटना के बाद पारसी परिवारों की लड़कियों पर ख़ास नज़र रखी जाने लगी थी। साथ ही अठ्ठारह साल पूरा करने वाली लड़कियों की झटपट शादियां कर दी गईं, ताकि किसी और पारसी बंगले को पेटिट हॉल जैसी स्थिति का सामना न करना पड़े।

दिनशॉ के परिवार ने किसी भी तरह के और किसी भी अवसर पर आयोजित किए जाने वाले कार्यक्रमों में जाना छोड़ दिया था। तीनो सदस्य गहरे अवसाद की स्थिति में थे। सबसे ज़्यादा रुत्ती की बुआ मामाबाई परेशान थी। उसकी ज़िंदगी एकदम नीरस

हो गई थी। वह रुत्ती को प्यार भी करती थी, और उसे संवारती भी थी। उसे लगता था कि उसने रुत्ती की फ़िक्र नहीं की। कभी रतन भाई टाटा, तो कभी जहांगीर टाटा आकर दिनशॉ का हौसला बढ़ाते थे। साथ ही परिवार के दूसरे लोग कोशिश कर रहे थे कि जितनी जल्दी हो, दिनशॉ इस ग़म को भूलकर अपनी ज़िंदगी में वापस आ जाएं। लेकिन दिनशॉ न तो रुत्ती को भूल पा रहे थे, न जिन्हा की ग़द्दारी को। उनके आँसू रातभर उनका तकिया भिगोते रहते थे।

आख़िर कब तक। कितना ही दु:ख हो, कितना ही अवसाद हो, कितना ही दर्द दिल में बैठा हो, वक़्त हर घाव की मरहम होता है। ऐसे दर्द आसानी से तो नहीं मिटते, लेकिन उनकी टीस धीरे-धीरे कम तो होने लगती है। ज़िंदगी को चलने के लिए आख़िर रास्ता तो चाहिए, और रास्ता हमेशा किसी भी दर्द और घाव के ऊपर से अपने पहिए घुमाता हुआ निकलता है। घाव तो होते ही भरने के लिए है। यदि वे न भरें तो व्यक्ति का मरना अवश्यंभावी होता है। यह भी सत्य है कि उन भरे हुए घावों पर निशान तो रहते हैं, लेकिन वे शरीर का अनदेखा अस्तित्व भर रहते हैं, जो भरकर भी नहीं मिटते।

पेटिट हॉल भी धीरे-धीरे अपनी पटरी पर आने लगा था। हँसने और तंज़ कसने वाले लोग भी अब इस घटना को लेकर मुखर नहीं रहे थे। दिनशॉ का व्यापार और कारोबार में मन लगाना ज़रूरी था, सो वे भी उसमें व्यस्त हो गए। दीना अपने काम में व्यस्त हो, एवं मामाबाई अपने जूड़े में फूल लगाकर पुनः बम्बई की सोसायटी में सक्रीय हो गई। लेकिन इस हॉल में अब न तो रुत्ती की चहक-महक थी न उसका कोई नाम। दिनशॉ ने साफ़ कह दिया था कि वे रुत्ती की अंत्येष्टि कर चुके हैं, और अब कोई भी उसका नाम उनके सामने नहीं लेगा। उनकी भीगी आँखें बंगले की दीवारों को भी दहला देतीं थीं। पेटिट हॉल ने अपनी साँसों की बुलबुल रुत्ती के बिना धड़कना सीख लिया था। । सबकुछ गतिमान होंने के बावजूद भी पेटिट हॉल में जो सन्नाटा पसरा था वह और गहरा ही होता गया।

47

समुद्र ने नदी को अपने में समाहित कर लिया। उसकी सारी मिठास अपने में समेट उसे भी खारा बनाता चला गया। लेकिन नदी अपना मीठापन लिए अनवरत समुद्र की तरफ़ बह रही थी। उसके झरने पहले से ज़्यादा खुल गए थे। पत्थरों पर गिरते-गिरते न जाने कितने पत्थर रेत होकर उसके साथ समुद्र तक बह आए। लेकिन समुद्र न तो कभी मीठा हुआ, न वह नदी की रेत से कभी भरा। वह हमेशा अपनी जगह पर ही उठता-गिरता रहा है। नदी में बहने वाला जल, कल-कल करता बहता आता और समुद्र की लहरों को

आमंत्रित करता। यह सिलसिला सदियों से निरंतर रहा है। एक नदी न तो समुद्र में पूरी तरह समा सकी है, न समाप्त हुई है। समुद्र की अपनी सीमाएं होती हैं। उसकी लहरें होती हैं। नदी की धार होती है। उसके किनारे होते हैं। वह अकड़कर किनारों को तोड़ती है, लेकिन फिर उनमें ही जकड़कर बहती रहती है। स्त्री-पुरुष भी तो वही समुद्र और नदी हैं। जो न रुके हैं, न समाप्त हुए हैं। दोनों की अपनी हठ है, दोनों का अपना प्रेम है।

नैनीताल के पहाड़ और झरने, रुत्ती और जिन्हा के रोमांस को देख मुस्कुराए थे। एक तरुणी और अधेड़ के प्रणय दृश्यों को देखकर चीड़ और चिनारों के पेड़ अपने पत्ते हिला-हिला कर खिलखिलाए थे। हिमालय की नैना पीक ने निहारा था इस जोड़े को अठखेलियां करते। उधर त्रि-ऋषि सरोवर के जल ने भी उछल-उछल कर इन्हें देखने की कोशिश की थी। अपने प्रिय शगल घुड़सवारी में खोते हुए, इन्हें देखा था वहां की घुमावदार पगडंडियों ने। ऐसा कौन सा एडवेंचर था, जो इन दोनों से अछूता रहा हो पहाड़ों की रानी की गोद में हनीमून मनाते हुए। साढ़े बाइस हजार वर्ग मीटर में फैला महल और उसका परिसर, हर रोज नए लिबास में एक-दूसरे में खोए इस जोड़े की प्रणयलीला का गवाह बना था। महल के कर्मचारियों ने भी अपने जीवन में पहली बार देखा था कि कैसे एक आधुनिक लड़की और पश्चिमी रंग में रंगा अधेड़ हनीमून मनाते हैं। यद्यपि इन कर्मचारियों ने कई अंग्रेज जोड़ों के रोमांस की रंगीनियां अपनी आँखों से देखी थीं, लेकिन इन दोनों की तो बात ही कुछ अलग थी।

मीठा चाँद, अर्थात हनीमून, यानी शहद में घुली ज़िंदगी। यह शब्द एक गुदगुदी पैदा कर देता है। उनके मन में भी जिन्होने इसका आनंद लिया है, और उनके मन में भी जिन्होनें अभी इसे नहीं भोगा। लगता है दुनिया में केवल हम दोनों ही हों। पूरी धरती, सारा आसमान, नदी, झरने, सुगंध, फूल, सूरज, चाँद, सितारे, पंख, चहक, रंग, सब हमारे। किसी दूसरे का इसपर कोई अधिकार नहीं हो। जिधर जाएं, दो दिल जाएं। जहां बैठें, दो आत्माएं बैठें। जहां लेट जाएं, दो जिस्म लेट जाएं। खो जाएं एक दूसरे में। न लोक हो, न लाज हो। साँस भी चले तो एक गति में चले। गंध भी उड़े तो एकात्म होकर उड़े। न वह पुरुष रहे, न वह स्त्री रहे। रहे तो केवल अहसास रहे समा जाने का, अर्धनारीश्वर का। सपनों की एक लम्बी श्रृंखला है हनीमून। न जाने यह किसके दिल और दिमाग़ की उपज है। जीवन में पति-पत्नी को संघर्ष करना है। उनका मार्ग आगे कैसा होगा पता नहीं, लेकिन कुछ दिन तो बिलकुल निर्विघ्न तथा केवल एक दूसरे के लिए बीत जाएं तो ज़िंदगी के पल इन रंगीनियों में सुखद हो जाते हैं। लेकिन यह हर एक की क़िस्मत में कहां। बड़े लोग और बड़े लोगों की ख़्वाहिश है हनीमून। मालाबार हिल्स या चाँदनी चौक के ऊँचे लोग ही इन ऊँची पहाड़ियों पर चाँद के तले शहद घोल सकते हैं, वरना आम हिन्दुस्तानी तो दो रोटी की जुगत में अपनी टूटी खाट को बुन-बनाकर जीवन गुलज़ार कर लेता है।

जीवन चाँदनी रात में केवल शहद का मिश्रण भर नहीं होता। इसका अपना मसाला होता है। इसकी तरलता होती है। यह बहता धारा है। इसके दो किनारे हैं। फूल और कांटे हैं। नमी और शुष्कता है। गीत और शोर है। संगीत और गर्जना है। हँसी और रुदन है। गति और अवरोध है। बहाव और ठहराव है। यह जीवन बहुरंगी है, बहु आयामी है। प्रणय है तो परिणय है, तभी तो हनीमून है। लेकिन यह सपनीले से कुछ दिन बिताकर फिर जोड़े को अपने सासांरिक कृत्यों की तरफ़ लौटना ही पड़ता है।

एक सप्ताह जिन्हा के लिए बहुत था प्रेमलीला हेतु। उसके लिए प्रेम से भी ज़्यादा ज़रूरी राजनीति थी। यह समय देश और दुनिया के लिए बहुत ही महत्वपूर्ण था। विश्वयुद्ध अपने अंतिम चरण में था। वाइसरॉय ने दिल्ली में युद्ध कॉन्फ्रेंस आयोजित की थी। जिसमें मोहनदास गाँधी, जिन्हा और देश के अनेक राजाओं को आमंत्रित किया गया था। जिन्हा भला ऐसे अवसर कैसे जाने देता। वह भी रोमांस की भेंट चढ़कर। उसने अपनी बात हनीमून पर जाने से पहले ही ड्राफ्ट बनाकर होमरूल आंदोलन के सदस्यों के माध्यम से चेम्सफोर्ड के पास भेज दी थी। उसके लिए इस कॉन्फ्रेंस को छोड़ना किसी भी हालत में सम्भव नहीं था। उसके भविष्य का सबसे बड़ा ख़तरा मोहनदास गाँधी उस कॉन्फ्रेंस में शामिल हो रहा था। रुत्ती का मन अभी नैनीताल की वादियों और जिन्हा के आलिंगन से तृप्त होकर भरा नहीं था। वह अभी दिल्ली जाना नहीं चाहती थी, किंतु जिन्हा की प्राथमिकता रोमांस से प्रथम राजनीति थी। रुत्ती समझ गई थी कि उसे "जे' की राजनीति पर अपने हनीमून की भेंट चढ़ाकर अधूरे मन से दिल्ली जाना होगा। आख़िर उसने जिन्हा की प्राथमिकता का मान रखते हुए पहाड़ों से उतर दिल्ली जाना स्वीकार कर लिया। वे दोनों सड़क मार्ग से दिल्ली आ गए। रुत्ती अपने रोमांस की रंगीनियों में खोई हुई थी, तो जिन्हा भविष्य की राजनीति की उधेड-बुन में दिमाग़ खपा रहा था। किंतु दोनों ही अपनी शादी के पहले ही हफ़्ते में कोई ऐसी बात नहीं होने देना चाहते थे जो आगे के वैवाहिक जीवन में फाँस बने।

चाँदनी चौक दिल्ली का दिल है। लालकिले से सटा हुआ यह बाज़ार अपने आप में अनोखा ही है। बादशाहों के लिए कोई भी बात असम्भव नहीं होती, अब देखिए ना शाहजहां की बेटी जहांआरा को ख़रीदारी करने का शौक़ था। शहज़ादी दिल्ली में हर जगह से जाकर अपनी मर्ज़ी का सामान ख़रीदती थी। उसे दिल्ली की वीथियों में भटकना पड़ता था। बादशाह को लगा कि उसकी नाज़ुक सी शहज़ादी थक जाती होगी। सो अपनी शहज़ादी का ख़्याल करते हुए उसने लालकिले के पास ही एक शानदार चौकोर बाज़ार बनवा दिया। बीच में यमुना से जोड़कर नहर बनवा दी, जो हर समय लबालब भरी रहती थी। उस नहर के पानी पर जब चाँद की रोशनी पड़ती तो वह ऐसी चमकती जैसे चाँद इस चौक पर उतर आया हो। इस बाज़ार का नाम रखा गया चाँदनी चौक। वही चाँदनी

चौक, जिसने दिल्ली के क़रीब दो सौ अठहत्तर साल बनते-बिगड़ते देखे। जीतते-हारते देखे। इसी चाँदनी चौक ने बहादुरशाह का पतन और ब्रितानी सत्ता के उत्थान को देखा। मुग़ल शहज़ादियों की सवारी और अंग्रेज मेमों की बग्घियां देखीं। पौने तीन सौ साल पहले बने इस बाज़ार की ख़ूबसूरती उस समय जहांआरा की तस्वीर पेश करती थी तो अब वह रुत्ती के सौंदर्य को प्रतिबिंम्बित कर रही थी। दिल्ली उन दिनों राजधानी बनने के लिए निर्माणाधीन थी। विलायतिओं का दिल्ली में आना और रुकना शुरू हो चुका था। इन बड़े अंग्रेजों को रुकने के लिए वैभवशाली व्यवस्था की ज़रूरत थी। इसलिए अंग्रेजों के आने और रुकने के लिए एक शानदार होटल इसी चाँदनी चौक के पास बनाया गया था। जिसका नाम मेडेंस होटल रखा गया था। यह होटल ख़ासतौर पर चाँदनी चौक में बनाया गया था। एक तो यह दिल्ली का अभिजात इलाका था। लालकिला और मुग़ल आवास इसी क्षेत्र में थे। दूसरा कारण यह भी था कि अंग्रेज महिलाओं को यदि कोई ख़रीदारी करना हो तो वे चाँदनी चौक बाज़ार में आसानी से कर लें, व बाज़ार का आनंद भी लें। एकदम सफ़ेद झक्क यह होटल अपने वैभव की एक मिसाल था। होटल क्या यह एक महल था। इसका मुग़ल शैली का बाग़ीचा, स्फटिक के झूमर, छोटे-छोटे तालाब और फ़व्वारे मन को मोह लेने वाले थे। चाँदनी चौक की यमुना नहर और इस होटल की सफ़ेदी जब प्रतिबिम्बित होकर एक दूसरे से मिलती थीं तो वह दृश्य किसी स्वर्ग से भी सुंदर प्रतीत होता था।

हनीमून अधूरा छोड़ दिल्ली आकर जिन्हा और रुत्ती इसी होटल में ठहरे थे। एक तो सौंदर्य की रानी रुत्ती, दूसरे सुंदरतम् स्थान चाँदनी चौक व सुंदरता का वैभव होटल मेडिंस, ऐसा लगता था कि ब्रह्मांड की सारी सुंदरता उतरकर एक जगह पर आ गई है। नव-परिणीता रुत्ती अपने लम्बे बालों को खुला रखकर उनमें ताज़े फूल लगाती। उसका पहनावा तो सदा आकर्षक ही होता था। कभी गुलाबी, कभी नीले, कभी लाल और कभी सुनहरे झीने वस्त्र, एवं उसी रंग के रिबिन, हेयरबैंड व सेंडिल पहनकर वह किसी जहांआरा को टक्कर देकर जीतने की क्षमता रखती थी। जिन्हा भी अपने आधुनिक कपड़ों में किसी अंग्रेज प्रिंस से कम प्रतीत नहीं होता था। लोग इस जोड़े को एकसाथ देखते तो आह भर लेते। होटल के डायनिंग हॉल तथा रेस्त्रां में यही दोनों चर्चा का विषय होते। लोग इस जोड़े की तारीफ़ के पुल बांध रहे होते तो, कुछ बतियाते होते कि एक अप्सरा एक उम्रदराज़ के साथ अपना बाकी जीवन कैसे बिता पाएगी। उसकी जिस्मानी और रूहानी ज़रूरतें आख़िर एक दिन उसे तोड़ देंगी। लेकिन जिन्हा उन दिनों रुत्ती के रस में ऐसा डूबा था कि उसे दीन-दुनिया का कोई ख़्याल नहीं था। सिगार पीता जिन्हा और चाँदी तथा संगमरमर के केस में सजी सिगरेट का धुआँ उड़ाती अनिद्य सुंदरी रुत्ती बाग़ीचे में बैठे अपनी प्रणय-लीला में डूबे होते। कभी गुलाबों की लम्बी कतारों के बीच दूब पर एक-दूसरे की बातों में खोए होते, तो कभी लताओं के घने झुरमुट में आँखों ही

आँखों से डोरे बांध रहे होते, अथवा कभी किसी फ़व्वारे के पास कमर में हाथ डाले भीग रहे होते। वे कभी किसी शिला पर लेटे महानंदा के किनारे को याद कर रहे होते, तो कभी किसी प्रस्तर पर बैठे कंचनजंगा की कल्पना में सिमट रहे होते। लोग उनकी तरफ़ देखते, आह भरते और फिर स्वयं सपनों में खो जाते। मेंडिंस होटल की झक्क दीवारें तथा संगमरमर भी दोनों की प्रणय-साधना देखकर लजा जाते थे।

नव-परिणय के ये दिन प्रेम की अमरगाथा लिख रहे थे। जिन्हा को यह होटल इतना ज़्यादा पसंद आया था कि उसने दिल्ली में इसी को अपना स्थाई ठिकाना बना लिया था। आख़िर इसी होटल में ही तो उसके हनीमून के शेष दिनों की मिठास घुली हुई थी। प्रेम की एक अमर निशानी इस होटल के मुख्य-द्वार से लेकर हर वातायन पर अंकित हो रही थी। वक़्त आगे बढ़ता जा रहा था। यादें एकत्र हो रहीं थीं। हनीमून और प्रणय-लीला का कथानक तो कुछ दिन तक ही परदे पर रहता है। आख़िर इस पर यवनिका का गिरना आवश्यक हो जाता है। इसके बाद ही जीवन के रास्ते शुरू होते हैं, जो कभी सुखद सुगंधित सपाट तो कभी हिचकौले लेते ऊबड़-खाबड़ सरकते हुए। जिन्हा और रुत्ती के जीवन के रास्ते भी यहां से भविष्य की उड़ान की तरफ़ आगे बढ़ रहे थे, जिन्हें न जिन्हा जानता था, न रुत्ती। जानता था तो केवल समय, लेकिन समय निगोड़ा कभी किसी को कुछ बताता ही नहीं है।

48

हनीमून अधूरा रह गया था। प्रेम पर राजनीति भारी पड़ गई थी। न तो जिन्हा साधारण पुरुष था, न रुत्ती साधारण युवती। दोनों के अपने समाज थे। हिंदी, अंग्रेजी, पारसी और उर्दू अख़बारों ने दोनों को लेकर अखाड़ा बनाया हुआ था। पारसियों में आग धधक रही थी, तथा मुसलमानों की प्रतिक्रिया उसमें घी डाल रही थी। इन सबसे रुत्ती डर गई थी। उसे अब अपनी बदनामी का अहसास हो रहा था, तथा पिता की जग-हंसाई पर सुबक रही थी। जिन्हा के पास यह सब सोचने के लिए कोई समय नहीं था। उसे पता था कि लोगों से कैसे पेश आना है, व क्या प्रतिक्रिया देना है। उसे पता था अपने विवाह को कैसे उचित सिद्ध करना है। दिल्ली में उसके राजनीतिक काम निपट गए थे। वह अभी बम्बई नहीं जाना चहता था। कुछ दिन दिल्ली में ही रुककर बम्बई को ठंडा करना चाहता था। लेकिन नई-नवेली दुल्हन दिल्ली में रुकने को तैयार नहीं थी। अभी उसका प्रणय-मन नहीं भरा था। वह अपना हनीमून अधूरा छोड़कर आई थी। उसे लगा था कि प्रणय की अनिद्य और मदहोश अवस्था में किसी ने कोई तिनका बजाकर व्यवधान उत्पन्न कर दिया है और उसका सर्वोच्च आनंद फिसलकर चूर-चूर हो गया है। वह फिर से अपने हनीमून के दिन सहेजना चाहती थी, ताकि यह यादें उसके जीवन में मधुर रस घोलकर

हमेशा स्थाई बनी रहें। वह आनंद के सर्वोच्च शिखर को छू सकें। मई का महीना वैसे भी दिल्ली और बम्बई के लिए काफ़ी ज़्यादा बेचैनी भरा होता है। दोनों फिर से लखनऊ चले गए। रुत्ती की ख़ूबसूरती फिर से खिल उठी। अधूरा हनीमून अब निश्चिंत होकर जब तक चाहते तब तक पूरा कर सकते थे। महमूदाबाद राजा ने फिर से नैनीताल में अपना महल दे दिया। कुछ दिन की घुटन के बाद फिर से प्यार की हवा बहने लगी। हनीमून पार्ट-दो फिर से शहदीले चाँद के उतर आने से आबाद हो गया था। रुत्ती फिर अपने 'जे' में अपनी पूर्णता खोजने लगी।

ग्यारह मई की शाम को हल्के धुंधलके में दोनों बाहर लॉन में बैठे थे। तभी रुत्ती ने आसमान में देखा, पश्चिम दिशा में वही धागे जैसा चाँद दिखाई दिया। उसने जिन्हा के गले में बाहें डालते हुए उसका सिर चाँद की तरफ़ घुमाते हुए कहा- "ओह! 'जे' देखो यह धागे जैसा चाँद दार्जिलिंग में महानंदा की चट्टान से आज यहां भी आ गया है हमारी मोहब्बत की गवाही देने"

जिन्हा ने चाँद की तरफ़ देखा तथा अपनी आदत के अनुसार एक मुस्कुराहट देकर रुत्ती को देखते हुए सिर्फ़ "हूँ" कहा।

रुत्ती ने और रोमांटिक हो जिन्हा के गाल अपनी हथेलीयों में लेते हुए बड़े ही आशिक़ाना अंदाज़ में कहा- "आसमान का चाँद तो धागे जैसा है, लेकिन थाली जैसा जगमगाता चाँद इस समय मेरी हथेलियों में है"

जिन्हा फिर मुस्कुराया, रुत्ती ने अपनी आँखें मूंद लीं। फिर दोनों उठकर कमरे में चले गए। चाँद रोशनदान में से बिस्तर पर झांककर लजाता हुआ धीरे से नीचे खिसक गया।

रुत्ती चुलबुली बुलबुल की तरह थी, तो जिन्हा उतना आसमान में घात लगाए स्थिर बाज़ की तरह। रुत्ती किसी ऊंचाई से गिरते कलकल करते, बल खाते झरने की तरह थी, तो जिन्हा बरसों से ठहरी झील सा। रुत्ती सावन की फुहार की तरह ख़ुशनुमा थी, तो जिन्हा सूखे जेठ माह की तरह शुष्क। रुत्ती किसी गुलाब की पंखुरियों को छूकर आती सुरभित सुगंध लिए हवा का झौंका थी, तो जिन्हा आषाढ़ की उमस की तरह सुप्त शाम सा। रुत्ती कोमल हृदय कुसुमिल कवयित्री थी, तो जिन्हा निष्ठुर राजनीतिज्ञ। रुत्ती रोमांस का दरिया थी, तो जिन्हा अपने आप में ही तना हुआ ऊबड़-खाबड़ पहाड़। दोनों के बीच व्यवहार और प्रकृति के विपरीत ध्रुव स्पष्ट होने लगे थे। जिन्हा अख़बारों में राजनीति की दैनिक उथल-पुथल के प्रति ज़्यादा खोया रहता, तो रुत्ती उसे नैनीताल की पहाड़ियों में घुड़सवारी और घुमावदार सड़कों पर मोटरगाड़ी दौड़ाते हुए प्रेम जताने को विवश करती। रुत्ती उसे अपनी नई लिखी रोमांटिक शब्दावली से रिझाती, तो जिन्हा अपने भावी राजनैतिक किरदार की स्क्रिप्ट के प्रति वाक्य तलाशता रहता। अबतक जिन्हा की मोहब्बत रुत्ती के जिस्म की हर ख़ुशबू को पा चुकी थी। रुत्ती ने सपना देखा था एक

जोशीली मोहब्बत का, जो उसको ताउम्र जकड़कर अपने में समेटे रहे, वह ताने-बाने बुनती रही थी, उस प्रेम चदरिया के जो सिर्फ़ उसके जिस्म से लिपटी रहे, लेकिन जिन्हा न तो प्रेम में उफनते दरिया की तरह ख़ुद को पा रहा था, एवं न ही वह रुत्ती के दिल को हथेलियों में सहेजकर प्रेम के गीत गाने में समय व्यर्थ करना चाहता था। वह एक सुंदरतम् लड़की को पाना चाहता था तथा उसका उद्देश्य पूरा हो गया था। वह दिनशॉ पेटिट से अपने अपमान का बदला लेना चाहता था, जो उसने ले लिया था। रुत्ती अब श्रीमती मरियम जिन्हा थी न कि मिस रतन पेटिट। मित्र और शुभचिंतक उसे शादी की बधाई के पत्र भेजते तो इन पत्रों तक का उत्तर देने में जिन्हा की कोई रुचि नहीं थी। यह काम भी रुत्ती ही कर रही थी। वह आख़िर में अपना नाम श्रीमती आर. जिन्हा लिखती थी जिससे उसके स्वयं के मरियम होने की अस्वीकृति थी। जिन्हा का मन नैनीताल की इस लव-स्टोरी में बिलकुल नहीं लग रहा था। एक महीने में ही उसकी जिस्मानी ज़रूरत लगभग पूरी हो चुकी थी। वह रोमांस से ज्याद इस बात के लिए गम्भीर था कि हिन्दुस्तान की राजनीति में एक अधनंगा फकीर उभरकर उसे दरकिनार करने की राह पर तेजी से बढ़ रहा है।

यह तो शाश्वत सत्य है कि चंद्रमा पूर्ण होने के बाद अगले पखवाड़े में समापन की ओर जाता ही है। यही अनवरत है, बिना रुके। दोनों के निकाह के एक सप्ताह में ही चंद्रमा अपनी गोलाई और चमक पूरी कर क्षरण की ओर अग्रसर होने लगा था। सो प्रणय का यह चंद्रमा भी उसी रास्ते पर था। धीरे-धीरे क्षरण होता हुआ। मई के दसवें दिन अमावस आते-आते चाँद पूरी तरह सूर्य के तेज में सिमट गया था। रुत्ती और जिन्हा भी एक-दूसरे के रस में सराबोर हो चुके थे। ग्यारहवें दिन के धागे जैसे चाँद से रुत्ती फिर किसी चमत्कार की उम्मीद कर रही थी। लेकिन चमत्कार तो हो चुका था। दोनों के लिए एक-दूसरे को पाना किसी चमत्कार से कम नहीं था, तो समाज में इन दोनों का विवाह भी किसी चमत्कार की तरह ही था। इसी खट्टे-मीठे होते हनीमून पार्ट-दो के दिन नैनीताल में बीत गए। जून का महीना सामने था। जिन्हा की राजनैतिक गतिविधियां उसका इंतिज़ार कर रही थीं। हनीमून के दृश्य पर यवनिका गिर गई थी तथा दोनों प्रेमपट के अगले दृश्य के लिए वापस बम्बई लौट गए। बम्बई परिहास, विश्वास और उपहास के साथ इस चमत्कारी जोड़े का इंतिज़ार कर रही थी।

49

कच्ची उम्र में बुने सपने रंगीन और रेशमी होने का कितना भी आभास दें, लेकिन होते तो कच्चे ही हैं। वे कृतिम रंग से भीगे होते हैं। रुत्ती के सपने भी उसी कच्चे रंग के थे। सिर्फ़

सवा महीने में ही उनका रंग उतरना शुरू हो गया था, जिसे रुत्ती अभी समझ नहीं सकी थी। वह तो अपने प्यार के हर रंग को पक्का कर ज़िंदगी भर के लिए अमिट बनाने के लिए अपनी शोख़ियाँ घोलने का प्रयास कर रही थी। कच्ची कली सी रुत्ती अपने रूप और यौवन के बल से जिन्हा पर पूरा अधिकार ज़माने के लिए उतावली थी। वह खो गई थी अपने इश्क़ के समुंदर में जलबिंदु बनकर। उसके पैर मचलती लहरों पर थिरक रहे थे, वह पंख लगाकर नील गगन में अनंत तक केवल प्यार ही प्यार पाना चाह रही थी। लेकिन धरातल तो कुछ और ही होता है।

बम्बई के गलियारे इस दास्तान-ए-आशिक़ी के मज़े लेने हेतु उतावले थे। अभिजात वर्ग के इस शहर में चर्चा का केंद्र तो यही था कि पारसियों के इज़्ज़तदार और धनी-मानी दिनशॉ पेटिट की ख़ूबसूरत बेटी एक बुड्ढे के साथ भागकर मुसलमान बन गई है। दिनशॉ के लिए हर तरफ़ मृत्यु जैसा ख़ौफ़ पैदा हो गया था। उनके दोस्त, क्लाइंट, रिश्तेदार सभी उन्हें खाने को दौड़ते प्रतीत होते थे।

सबके एक से प्रश्न थे- "मिस्टर पेटिट यह सब कैसे हो गया? क्या आपको पहले पता नहीं चला? बच्चों पर कुछ बंदिश होना भी ज़रूरी है। आप विश्वास में धोखा खा गए"

"मिस्टर जिन्हा को ऐसा नहीं करना था" का मरहम लगाने के बहाने सभी आख़िर में दिनशॉ के ज़ख़्म पर नमक ही छिड़क रहे थे। पारसियों में तो जैसे तूफ़ान आ गया था। उन लोगों की सभाएं, मीटिंग, चर्चाएं इसी बात पर केंद्रित हो गई थीं कि दिनशॉ की मूर्खता के कारण पारसी समाज को नीचा देखना पड़ रहा है। दिनशॉ के विरोधी तो सक्रीय थे ही, लेकिन कल तक जो दिनशॉ पारसियों के चहेते होते थे, आज पूरे समाज के लिए उपहास और उपेक्षा का पात्र हो गए थे। पारसियों के पुजारीयों (ओस्तो, हविस्ता, एरवाद, दस्तूर) ने अपना आक्रोश व्यक्त करते हुए घोषणा कर दी थी कि जिस पारसी परिवार की लड़की ग़ैर पारसियों के साथ शादी करेगी, यदि उसके माता-पिता अथवा रिश्तेदार उस लड़की से कोई भी सम्बंध रखेंगे, तो उन्हें समाज से बाहिष्कृत किया जाएगा। उनका अगियारी में प्रवेश वर्जित रहेगा, तथा कोई भी पुजारी उनके घर कोई अनुष्ठान नहीं करेगा। उनके लिए दख़्मा में विधान पूरा नहीं किया जाएगा। पारसी समाज इस घटना पर इतना आक्रोशित था कि उनके पुजारियों ने एकमत होकर यहां तक घोषित कर दिया था, कि यदि कोई पारसी पुजारी किसी ऐसे घर में अनुष्ठान करते पाया गया तो उसे भी सामाजिक रूप से दंडित किया जाएगा। उन्होंने कठोर निर्णय लिया कि जो पारसी लड़की अपने पूर्वजों के बलिदान को अनदेखा कर अपनी ज़िद के कारण किसी अन्य धर्म के पुरुष से शादी कर धर्म परिवर्तित करती है, तो वह दख़्मा में अपने पिता की अंत्येष्टि में प्रार्थना करने की अधिकारी नहीं होगी, अब से इस परम्परा का पूरी तरह से पालन किया जाएगा। बेटी के इस क़दम से आहत दिनशॉ किसी भी तरह के राजनैतिक,

व्यापारिक एवं सामाजिक समारोह में जाने से कतराने लगे थे। दीना और मामाबाई, जो बम्बई की साजाजिक हस्तियों में प्रमुख महिलाएं मानी जाती थीं, बेबस थीं। समाज की कंटीली नज़रों का सामना करने की उनकी हिम्मत जवाब दे चुकी थी। दिनशॉ पारसियों और बाकी संभ्रांत समाज में यह सिद्ध करने की कोशिश कर रहे थे कि वे अपनी बेटी के इस कृत्य से बहुत दु:खी हैं। उन्होंने कोर्ट में जिन्हा के ख़िलाफ़ अपनी बेटी के अपहरण का केस भी दायर कर दिया था। लेकिन कोई भी इस दु:ख में उनके साथ खड़ा नहीं हो रहा था, बल्कि उन्हें हर वक़्त आहत और ज़लील ही होना पड़ रहा था।

एक का किया सभी को भुगतना पड़ता है। रुत्ती क्या गई पारसी समाज की बेटियों पर कहर टूट पड़ा। रुत्ती के कृत्य के कारण उनकी स्थिति बहुत बुरी होने लगी थी। आधुनिक और धनाड्य वर्ग होने के बावजूद उन पर परिवार द्वारा कई प्रतिबंध लगा दिए गए थे और उनकी हर बातचीत को शंका की दृष्टि से देखा जाने लगा था। बेचारी निर्दोष पारसी लड़कियां रुत्ती को कोसने के सिवाय कुछ नहीं कर सकती थीं। उनकी सारी आधुनिकता अपनी देहरी के भीतर क़ैद होकर रह गई थी। कई लोगों ने तो अपनी बेटियों को स्कूल-कॉलेज से निकलवाकर घर बैठा लिया था। उनके पहनावे, शौक़, दोस्ती सब एक दायरे में सिमट गए थे। वे सभी रुत्ती की मानसिक दुश्मन बन गई थीं।

रुत्ती को बम्बई वापस आकर महसूस हुआ कि उसने जीवन में कितना कंटीला पथ चुना है। जिन्हा का व्यवहार तो वह पाँच सप्ताह में ही जान गई थी। वह जान चुकी थी कि एक प्रेमिका और पत्नी में क्या अंतर होता है। जब तक जिन्हा ने उसका निर्बाध भोग नहीं किया था, तब तक वह उसके लिए खुले विचारों और हर तरह से उसका ध्यान रखने वाला नि:स्वार्थ प्रेमी था, जो उसके लिए किसी भी तूफ़ान से टकरा सकता था। उसके लिए वह दुनिया का सारा चमत्कारी वैभव लाकर उसकी झोली में डाल सकता था। उसे चकोर और चाँदनी के क़िस्सों की तरह प्यार करता था। धरती के सारे प्रेम-सागर केवल उसी के सीने में रक्त की जगह हिलौरे ले रहे थे। उसकी जान केवल अपनी प्रेमिका में बसती थी। उसका रुत्ती से मिलन, दुनिया का सबसे सौभाग्यशाली मिलन था। पूरी सृष्टि में प्रेमिका के रूप में वही सर्वाधिक सुंदर और समर्पित प्रेमिका थी, तथा वह सबसे अधिक ख़ुशक़िस्मत है उसका प्रेमी होकर। किंतु पत्नी के रूप में उसकी सारी सुगंध और रस का अनुभव लेकर पाँच सप्ताह में वह केवल पति बचा था, सिर्फ़ एक स्त्री का पति, एक औरत का मालिक, जिसके लिए स्त्री बन चुकी उसकी प्रेमिका केवल ज़रूरत का एक सामान मात्र है। अब उसके लिए रुत्ती से ज़्यादा अपना राजनैतिक करियर, समाजिक प्रतिष्ठा तथा व्यावसायिक कार्य अधिक महत्वपूर्ण हो चुके थे। वहीं रोमांस की चाहत लिए रुत्ती अभी किसी तितली की तरह स्वयं को महसूस कर जिन्हा के इर्द-गिर्द मंडराती, मुस्कुराती और उसे रिझाती रहती। लेकिन बम्बई ने उसे

यह तो अहसास करवा ही दिया था कि एक लड़की के लिए उसपर हाथ रखने हेतु माता-पिता का होना कितना ज़रूरी है। माता-पिता का सम्मान अपनी बेटी के सम्मान के साथ किस तरह से जुड़ा हुआ है। उसे अहसास हो गया था कि माता-पिता बेटी के लिए अभेद्य कवच होते हैं। इस कवच की अवहेलना किसी भी लड़की के लिए हर पल घातक होती है।

लेकिन कुछ ऐसी परिस्थितियां बन जाती थीं जब दिनशॉ पेटिट और दीना को अपने खोल से बाहर आकर कहीं तो जाना ही पड़ता था। वे बम्बई शहर की चुभती आँखों का सामना करने की स्थिति में नहीं थे। इसलिए किसी सार्वजनिक कार्यक्रम में जाते भी तो सबसे नज़रें बचाकर जल्दी ही वहां से निकलने का प्रयास करते। वे नहीं चाहते थे कि वे लोगों के बीच उपहास का पात्र बनें व उनके ग़ैर ज़रूरी प्रश्नों का उत्तर देने के लिए निरीह बन सहानूभूती लें। इसके बजाए वे अपने आँसू पोंछकर चुपचाप एक तरफ़ हट जाते।

उस दिन टाउन हॉल में प्रोविंशियल वार कॉन्फ्रेंस का आयोजन गवर्नर विलिंगडन ने किया था। बम्बई की सारी मशहूर हस्तियों को उसने बुलाया था। उस कॉन्फ्रेंस में जिन्हा और रुत्ती को भी बुलाया गया था। होमरूल आंदोलन वाले विलिंगडन के विरोध में थे। विलिंगडन ने अपने समर्थन के लिए कुछ ऐसे विश्वसनीय लोगों को आमंत्रित किया था जो उसके समर्थन में बोल सकें। दिनशॉ पेटिट और दीना विलिंगडन के सबसे भरोसेमंद लोगों में से थे। इसलिए उन्हें विशेष रूप से आमंत्रित किया गया था। दिनशॉ रुत्ती के जाने के बाद से कहीं भी जाने से कतराते तो थे ही। लेकिन यह कॉन्फ्रेंस उनके लिए बहुत मायने रखती थी। इसे छोड़ा नहीं जा सकता था। वे बहुत सोच-विचार में पड़ गए थे। न जाकर वे गवर्नर की विश्वसनीयता खो सकते थे, जो इस समय उनके लिए बहुत ज़्यादा ज़रूरी थी। किंतु जाने पर उनका सामना जिन्हा और रुत्ती से हो सकता था, जिसके लिए वे हरगिज़ तैयार नहीं थे। फिर वे किसी तरह के स्पष्ट वक्तव्य के लिए भी मानसिक रूप से स्वस्थ नहीं थे। सारे पहलुओं पर विचार करने के बाद उन्होंने विलिंगडन के लिए अपना एक छोटा सा उद्बोधन तैयार किया तथा दीना के साथ टाउन हॉल जाने का मन बनाया।

उधर रुत्ती को यह अहसास था कि विलिंगडन द्वारा बुलाई गई इस कॉन्फ्रेंस में उसके माता-पिता ज़रूर आएंगे। जिन्हा के साथ कॉन्फ्रेंस में उनसे मिलने का यह सुअवसर हो सकता है, वह उन्हें देख भी लेगी कि वे किस हाल में हैं। उसे आशा थी कि वह उसे अपनाने के लिए मना लेगी। वह समझा लेगी अपने प्यारे पप्पा को कि वे ग़ुस्सा त्यागकर जिन्हा एवं उसकी शादी को स्वीकार कर लें। वह जिन्हा के साथ टाउन हॉल जाने के लिए कुछ ज़्यादा ही उत्सुक थी। वह जानती थी कि यदि उसके सर पर

उसके माता-पिता का हाथ आ गया तो पाँच सप्ताह में उसके 'जे' का जो व्यवहार रहा है, आगे चलकर ऐसी परिस्थिति निर्मित होने पर उसका प्रतिकार करने में वह सक्षम होगी। यह पूर्ण सत्य है कि किसी लड़की की सुरक्षा, उसके सुखी होने और सफल वैवाहिक जीवन के लिए सबसे बड़ी गारंटी उसके माता-पिता का उसके साथ होना है। अपरिपक्व प्रेम भले ही कितने सब्ज़-बाग़ दिखा दे लेकिन वह जीवन के लिए एक नासूर बनकर ही सामने आता है। फिर जब माता-पिता की परी सी बेटी अपना पीहर खो देती है तो बहुत जल्दी ही वह उपेक्षा तथा असुरक्षा के घेरे में आ जाती है।

रुत्ती नीले रंग की साड़ी और स्लीवलेस ब्लाउज़ पहनकर टाउन हॉल गई। वह नीलकमल सी कोमल और नाज़ुक तथा खिली हुई दिख रही थी। मन ही मन वह भयभीत भी थी कि पता नहीं पप्पा और मॉम आते भी हैं या नहीं। यदि आते हैं तो वह उनसे कैसे मिलेगी? उनसे किस तरह बात करेगी? वे उसे क्या कहेंगे? उनका ग़ुस्सा किस तरह शांत होगा? कहीं ऐसा न हो कि वहां कोई ऐसी घटना हो जाए जो हंगामा खड़ा कर दे व सब लोगों की किरकिरी हो जाए? लेकिन ये तो सारे प्रश्न थे, इनके उत्तर आमना-सामना होने पर ही मिल सकते थे।

जिन्हा और रुत्ती टाउन हॉल पहुंचे एवं प्रथम पंक्ति में अपनी निर्धारित कुर्सियों पर बैठ गए। कुछ देर बाद दिनशॉ तथा दीना का हॉल में प्रवेश हुआ। उनकी कुर्सियां भी प्रथम पंक्ति में थीं लेकिन दोनों के बीच पर्याप्त अंतर था। रुत्ती ने अपने प्यारे पप्पा को बैठते देखा। उसके मन में एक हूक उठी। उसे लगा कि वह तुरंत पिता से लिपटकर सारा लाड़-प्यार समेट ले। वह अपनी मॉम से गले लग कर ख़ूब रोए। वह अपनी विदाई की कमी यहां पूरी कर ले। लेकिन इस जगह यह सम्भव ही नहीं था। वह अपने पैरों की अंगुलियों से फ़र्श खोदने का प्रयास करती रही। कुर्सी के हत्थे को उसने कई बार ज़ोर से कसा और छोड़ा। अपनी मुठ्ठियां भींचकर उन हत्थों पर ठोकीं। जिन्हा का हाथ पकड़ कर जकड़ा। उसने कुछ ही पलों में न जाने कितने विचार निगले और उगले।

पेटिट जब अपने वक्तव्य के लिए मंच पर जा रहे थे तो रुत्ती ने देखा कि उसके पिता पिछले पाँच सप्ताह में अपनी उम्र के कितना आगे निकल गए हैं। बेटी की बे-वफ़ाई उनके बालों, आँखों, चेहरे और लड़खड़ाते पैरों में छपी हुई थी। वे बहुत बूढ़े हो गए थे इन पाँच सप्ताह में। उनकी गर्दन झुक गई थी, कंधे लटक गए थे। वे अत्यंत कमज़ोर और निस्तेज व्यक्ति हो चुके थे। ऐसा प्रतीत हो रहा था कि वे मंच पर नहीं बल्कि दख़्मा में अपनी ही अंत्येष्टि के लिए स्वयं चलकर जा रहे हैं। रुत्ती सुबक पड़ी। जिन्हा ने उसे संभालने की कोशिश की, लेकिन न तो उसके आँसू रुके और न ही उसका मन उस कॉन्फ्रेंस में लगा। वह बाहर चली गई। दिनशॉ ने संक्षिप्त रूप में लड़खड़ाती ज़ुबान से विलिंगडन के विचार के समर्थन में अपना वक्तव्य पढ़ा और चुपचाप अपनी सीट पर

बैठ गए। दीना ने रुत्ती को बाहर जाते देख लिया था। उसे देखकर वह सिहर गई। उसे स्पष्ट अंदेशा हो गया था कि सामना होने पर कोई अनहोनी ज़रूर होगी।

जिन्हा और होमरूल आंदोलन के लोग विलिंगडन के विरुद्ध थे। उन्होंने पहले विरोधी रुख अपनाया लेकिन बाद में बाहिष्कार कर बाहर आ गए। जिन्हा जब बाहर आया तो रुत्ती एक कोने में खड़ी सुबक रही थी। उसने रुत्ती के कंधे पर हाथ रखा। वह अपने पिता से मिलना चाहती थी। जिन्हा भी चाहता था कि सामाजिक तथा व्यावसायिक दृष्टि से पेटिट उसे व रुत्ती को स्वीकार कर इस कड़वाहट को समाप्त करें। रुत्ती ने देखा कि दिनशॉ और दीना बरामदे में आ रहे हैं। वह चहकती हुई किंतु डरी हुई जिन्हा का हाथ थामे उनके समीप पहुंच गई। पेटिट ने उसे देखकर भी अनदेखा कर दिया था।

"पप्पा"- रुत्ती ने रुंधे गले से कहा।

दिनशॉ ने उसकी तरफ़ नहीं देखा और दीना का हाथ पकड़ कर बाहर चलने के लिए बोला।

"पप्पा आय एम सॉरी"- रुत्ती ने फिर कहा।

"मिस्टर पेटिट, वी लव यू, प्लीज़ डोंट एवाइड अस"- जिन्हा ने भावना का पुट देते हुए कहा।

अब पेटिट ख़ुद को नहीं रोक सके। रुत्ती के बात करने पर वे एक नाराज़ पिता की तरह व्यवहार कर रहे थे, लेकिन जिन्हा के बोलते ही उनके भीतर का बेबस और अपमानित पिता जाग उठा जो अपने ही मित्र की असहनीय हरकत से टूट चुका था।

"मिस्टर मोहम्मद अली, तुमने मेरी बेटी को अगवा किया है और मैंने कोर्ट में केस दायर किया है, बेहतर हो हम कोर्ट में ही इस विषय पर बात करें"- पेटिट ने अपने दांत पीसते हुए कहा।

"नो पप्पा 'जे' मेरे हस्बैंड हैं अब, उन्होंने मुझे किडनेप नहीं किया। हमने शादी की है। आप मेरे प्यारे पप्पा हैं, मैं आज भी आपसे प्यार की उम्मीद करती हूँ"- रुत्ती ने सुबकते हुए कहा।

"नो बेबी, मैं तुम्हें नहीं पहचानता कि तुम कौन हो। जिन्हा अगर तुम्हारा हसबैंड है, तो दिनशॉ तुम्हारा पिता नहीं हो सकता, दीना तुम्हारी माँ नहीं हो सकती। अगर अपने पप्पा से प्यार है तो जिन्हा को हमेशा के लिए छोड़कर पेटिट हॉल चली आओ, अन्यथा तुम्हारे मरने का मैं इंतिज़ार करता रहूँगा, मेरे ज़ख़्मों को छील-छीलकर"- अपनी पूरी नफ़रत उड़ेलते हुए दिनशॉ ने कहा।

"पप्पा! यह आप क्या कह रहे हैं"- सुबक पड़ी थी रुत्ती अपने पिता की इस कठोरता को देखकर।

दीना नि:शब्द खड़ी थी।

"नो लेडी मरियम जिन्हा, यू आर नॉट माय डॉटर दिस टाइम। बेहतर होगा आप या तो इस मनहूस शख़्स को छोड़कर अपने घर आ जाएं, अथवा कोर्ट में मेरे सवालों का जवाब दें"- पेटिट ने उसी कठोर लहज़े में अपने शब्द दोहराते हुए कहा और दीना का हाथ पकड़कर मोटरकार में बैठ वहां से चले गए।

रुत्ती को उम्मीद नहीं थी कि उसके पिता इतने कठोर हो सकते हैं। टाउन हॉल की सैंकड़ों जोडी आँखें इस घटना को देख रही थीं। उन आँखों में जिन्हा और रुत्ती के साथ ही दिनशॉ के लिए भी केवल उपहास के भाव थे। धीरे से रुत्ती ने भी जिन्हा का हाथ थामा और वहां से निकलकर अपनी मोटरकार में बैठ गई। कुछ देर बाद वह कार कोलाबा के फ्लैट की तरफ़ जा रही थी। जिसमें एक टूटी-फूटी सी लड़की धंसी हुई थी। जिसने पिछले पाँच हफ़्ते में जीवन के सारे पहलू देख लिए थे। उसने चाँद को धागे से थाल तक, और थाल से फिर धागे तक होते देखा था। उसने प्यार की ख़ुशबू के साथ पंखुरी की नियति समझ ली थी। उस टूटी-फूटी लड़की ने एक पिता के आर्तनाद को सुना था, एक माँ की बेबसी को देखा था। एक पुरुष की ज़िंदगी में नारी शरीर और उसकी नश्वर उपयोगिता को महसूस किया था। उसने धर्म, समुदाय और समाज की वर्जनाओं का पैमाना तथा उनकी प्राथमिकताओं को स्पर्श किया था। उस टूटी-फूटी लड़की का इतना सारा अनुभव उसे एक परिपक्व स्त्री बनने देगा या नहीं, यह तो वह ख़ुद भी नहीं समझ पा रही थी। उसकी नज़र सागर के किनारे दौड़ रही मोटरकार में से उन लहरों को समेटने की कोशिश कर रही थी जो बहुत तेजी से उठकर किनारे पर आ रहीं थीं एवं किनारे से टकरा कर समाप्त हो रहीं थीं। उसे लगा वह ख़ुद भी तो एक लहर है, जो अचानक उठकर किनारा तलाशने निकली थी और अब उस किनारे से टकराकर रेत पर से फिसलते हुए वापस सागर की तरफ़ जाते पा रही है स्वयं को। उसे यह पता ही नहीं कि उसका किनारा क्या होगा। वह टूटी-फूटी लड़की ख़ुद को जोड़ने की ख़्वाहिश में उन लहरों को ताक रही थी जो ख़ुद चीत्कार भर रहीं थीं समुद्र के सीने से उठ कर किनारा पाने की हसरत में।

50

"विलिंगडन ने आज गवर्नर हाउस में हमें लंच पर बुलाया है"- जिन्हा ने रुत्ती को बताया

"मुझे नहीं जाना वहां"-रुत्ती ने बे-रुख़ी से कहा।

"क्यों"-जिन्हा ने प्रश्न किया।

"इन अंग्रेजों से मुझे नफ़रत है, गुलाम बनाया हुआ है इन्होंने हिन्दुस्तान को"- सपाट लहजे में उसने जवाब दिया।

"तुम भी तिलक की ज़ुबान बोलने लगी हो"- हँसते हुए जिन्हा ने कहा

"तिलक अगर सच कहते हैं, तो सच को स्वीकार करने में क्या दिक्कत है"- रुत्ती ने अपनी बात का वज़न बढ़ाते हुए कहा।

"चलो इस पर हम बाद में बहस कर लेंगे, अभी हमारा वहां जाना बहुत ज़रूरी है"-जिन्हा ने कहा

"वैसे भी गवर्नर के विचार हमारे विचारों के बिलकुल ख़िलाफ़ हैं। वर्ल्डवार के मुद्दे पर भी वह ग़लत है, फिर हम उसके घर क्यों जाएं"- रुत्ती ने बात को आगे बढ़ाया

"तुम्हारी हर बात सही है मोहतरमा, लेकिन सियासत के उसूल कुछ अलग होते हैं। विलिंगडन गवर्नर है और मैं लेजिस्लेटिव असेम्बली का मेम्बर, इस नाते हमारा वहां जाना ज़रूरी है। हम अगर विरोधी हैं, तो वह हमारी लड़ाई है"- जिन्हा ने राजनैतिक आवश्यकता को बताते हुए कहा।

"ठीक है, अगर आप कहते हैं तो मैं चलती हूँ, लेकिन मन तो मेरा बिलकुल नहीं है वहां जाने का"- रुत्ती ने अपने मन की बात रखी।

जिन्हा की राजनैतिक मजबूरी को देखते हुए रुत्ती गवर्नर के आवास पर रात्रि भोज हेतु जाने के लिए तैयार हो गई। उसने डीप नेक का सफ़ेद झीना पारसी गाउन पहना था। इस गाउन में वह किसी अप्सरा से कम नहीं लग रही थी। दोनों निर्धारित समय पर गवर्नर हाउस पहुंच गए थे। शहर के कुछ और चुनिंदा सभ्रांत नागरिकों को भी आमंत्रित किया गया था। आमंत्रित तो दिनशॉ भी थे, लेकिन वे जानते थे कि इस आयोजन में जिन्हा और रुत्ती भी होंगे जिन्हें देखकर वे असहज भी होंगे और दु:खी भी। इसलिए उन्होंने विनम्रता से इस आमंत्रण को अस्वीकार कर दिया था।

बम्बई की गर्मी में एक ठंडी शाम थी। उस दिन तेज बारिश हुई थी। ठंडी हवाएं चल रही थीं तथा समुद्र की नमी के साथ मिलकर मौसम और ठंडक पैदा कर रहा था। विलिंगडन और जिन्हा दंपति साथ-साथ बैठे बात कर रहे थे।

"आज तो मौसम काफ़ी ठंडा हो रहा है"- बातों-बातों में विलिंगडन की पत्नी ने रुत्ती से कहा

"यस, कुछ ठंडक है मौसम में, लेकिन बहुत सुहाना मौसम है यह"-रुत्ती बोली

"इस ठंडे मौसम में आप बहुत ही कम और झीने कपड़े पहने हैं, आपको सर्दी लग जाएगी"- श्रीमती विलिंगडन को रुत्ती के कपड़े अपनी मेहमान और गवर्नर हाउस के प्रोटोकॉल के तौर पर कुछ ठीक नहीं लगे थे, उन्होंने अपने नौकर से मिसेज जिन्हा के लिए एक शॉल लाने के लिए कहा। नौकर शॉल लेने भीतर चला गया।

जिन्हा और विलिंगडन के बीच राजनैतिक खटास तो थी ही, लेकिन यहां मिसेज विलिंगडन का रुत्ती के लिए शॉल मंगाना उसके कपड़ों पर व्यंग्य करना प्रतीत हुआ।

जिन्हा खड़ा हो गया और तमतमाते हुए श्रीमती विलिंगडन से बोला- "मिसेज जिन्हा को यदि शॉल की ज़रूरत होगी तो वे स्वयं माँग लेंगी" तथा रुत्ती को लेकर डायनिंग रूम से बाहर चला गया। विलिंगडन और उनकी पत्नी ने इसे जिन्हा का अहंकार और अपना अपमान माना। इसके बाद दोनों में कभी कोई समझौता नहीं हो सका।

अभी रुत्ती और जिन्हा की शादी को क़रीब एक महीना ही बीता था। शिमला में कांग्रेस का अधिवेशन था। दोनों शिमला गए हुए थे। अधिवेशन के बाद वहां भारत के वाइसरॉय लार्ड चेम्सफोर्ड के आवास पर ख़ास कार्यक्रम रखा गया था। वाइसरॉय ने कुछ चुनिंदा अंग्रेज उच्च अधिकारी और भारतीय गणमान्य लोगों को आमंत्रित किया था। इस आमंत्रण में मोहम्मद अली जिन्हा और उनकी पत्नी मरियम जिन्हा उर्फ रुत्ती भी आमंत्रित थी। रुत्ती का पहनावा हमेशा ही लोगों के बीच आकर्षण और चर्चा का विषय होता था। वह जानबूझकर लोगों को चिढ़ाने के लिए कुछ इस तरह के कपड़े पहनती थी जो सबकी निगाह में उस स्थान पर उचित नहीं माने जाते थे। उसके कपड़ों में से उसका सौंदर्य बाहर झांकता हुआ सा प्रतीत होता था। वाइसरॉय के आवास पर जाने के लिए प्रोटोकॉल होता है। जिसमे कपड़े पहनने का सलीका और उनकी मर्यादा का ड्रेसकोड होता था। रुत्ती को भारत में अंग्रेजों की उपस्थिति फूटी आँख नहीं सुहाती थी। अंग्रेजों की गुलामी और चापलूसी की जगह उसमें भारतीय अस्मिता कूट-कूट कर भरी हुई थी। अपनी शादी के एक महीने के भीतर ही जिन्हा और उसमें अंग्रेजी हुकूमत को लेकर वैचारिक मतभेद सामने आने लगे थे। रुत्ती जब वाइसरॉय लार्ड चेम्सफोर्ट के आवास पर पहुंची तो वह पारदर्शी साड़ी पहने थी, तथा उसका ब्लाउज़ बहुत गहरे गले के कट का स्वीवलेस चोलीनुमा था। जैसे ही रुत्ती पहुंची, वहां मौजूद लोगों की निगाह उस पर गई तथा लोगों में खुसुर-पुसुर शुरू हो गई। किसी को उम्मीद नहीं थी कि एक भारतीय महिला वाइसरॉय हाउस में इस तरह ड्रेस कोड की परवाह किए बिना भी आ सकती है। लेकिन रुत्ती ने किसी की परवाह नहीं की, और बड़े ही सहज ढंग से सबसे मिली। वाइसरॉय से मिलते समय अभिवादन करने का ब्रिटिश तरीक़ा निर्धारित था। उनसे मिलते समय सभी को घुटनों के बल झुककर उन्हें सम्मान देते हुए अभिवादन करना होता था। रुत्ती जब वाइसरॉय से मिली तो वह बिलकुल नहीं झुकी। तनकर खड़ी रही और दोनों हाथ जोड़कर नमस्ते के रूप में अभिवादन किया। वहां मौजूद हर व्यक्ति इस अवमानना भरे व्यवहार से स्तब्ध रह गया था। वाइसरॉय चेम्सफोर्ड भी इसे बर्दाश्त नहीं कर सका था। उसने इसे अपनी मर्याद की अवहेलना तथा ब्रिटिश अभिमान पर चोट माना था। वह बुरी तरह तिलमिला गया।

डिनर शुरू हो गया। सभी लोग खाने में व्यस्त थे। रुत्ती पूरे आत्मविश्वास के साथ उस भोजन का आनंद ले रही थी। तभी वाइसरॉय के एडीसी ने उसे बताया कि वे भोजन के बाद वाइसरॉय से मिलें, वे कुछ बात करना चाहते हैं।

रुत्ती जब वाइसरॉय के पास गई, तो वह अपने अहंकार के साथ रौबीली व ग़ुस्सैल आवाज़ में उससे बोला- "मिसेज जिन्हा, हमारी हुकूमत में मिस्टर जिन्हा का भविष्य बहुत उज्जवल है। इसलिए आप जहां मौजूद हैं, उसी के अनुरूप व्यवहार करें। अन्यथा आप मिस्टर जिन्हा के लिए मुसीबत पैदा कर देंगी" वाइसरॉय नें चेतावनी के लहजे में फिर कहा- "इन रोम यू मस्ट डू एज़ रोमन डू"

रुत्ती इस बातचीत के लिए मानसिक रूप से पहले ही तैयार थी। अभिवादन के समय उसने वाइसरॉय की खीज को समझ लिया था। जब एडीसी ने उसे बताया कि वाइसरॉय को उससे कुछ बात करना है, तो उसने वाइसरॉय की बौखलाहट, और उसकी बात का स्क्रिप्ट अपने ज़ेहन में बनाकर उसका उत्तर तैयार कर लिया था।

जैसे ही वाइसरॉय ने कहा- "इन रोम यू मस्ट डू एज़ रोमन डू"

उसने भी पलट कर बेहद विनम्रता और सम्मान के साथ किंतु सख़्त जवाब दिया- "मैंने ठीक वही तो किया है, योर एक्सीलेंसी। हिन्दुस्तान में मैंने आपका अभिवादन हिन्दुस्तानी तरीक़े से ही तो किया है" फिर उसने मुस्कुराते हुए व्यंग्यात्मक रूप से कहा- "हम रोम या लंदन में नहीं, हिन्दुस्तान के बेहद ख़ूबसूरत शहर शिमला में हैं योर एक्सीलेंसी"

रुत्ती का उत्तर सुनकर चेम्सफोर्ड तिमिमिला गया, लेकिन उसके तर्क का जवाब ढूंढे से भी नहीं मिला था उसे।

विश्व युद्ध समाप्त हो चुका था। गवर्नर के रूप में विलिंगडन का कार्यकाल पूरा हो गया था। जिन्हा की पटरी उससे कभी नहीं बैठी थी। वह जिन्हा और रुत्ती की शादी को उचित नहीं मानता था। विलिंगडन ही क्या, कोई भी समझदार व्यक्ति इस शादी के पक्ष में नहीं था। पारसियों के बीच विलिंगडन बहुत लोकप्रिय था। उसकी भारत से विदाई का समय आया तो पारसियों ने टाउन हॉल में ग्यारह दिसम्बर की शाम को एक विदाई समारोह का आयोजन किया था। जिन्हा ज़िद्दी था। समय के साथ रुत्ती को धीरे-धीरे उसके स्वभाव और ईगो का पता चलने लगा था। लेकिन वह हर सम्भव उसके साथ कंधे से कंधा मिलाकर राजनैतिक और सामाजिक सफ़र में उसका हौसला बढ़ा रही थी। होमरूल आंदोलन में जिन्हा का क़द बढ़ता जा रहा था। उसके पास एक बड़ी टीम थी, जो कुछ भी करने के लिए तैयार रहती थी। वह इस समारोह के रंग में भंग डालकर अपनी साख जमाना चाहता था। इसलिए उसने होमरूल के अपने साथियों को ख़बर की, तथा रात में ही अपने समर्थकों को टाउन हाल की सीढ़ियों पर बैठा दिया। वहां पुलिस को काफ़ी खींच-तान करना पड़ी, लेकिन जैसे ही सुबह दस बजे हॉल खुला, जिन्हा और उसके साथियों ने आगे की सीटों पर कब्जा कर लिया। दोपहर से पहले ही उन्होंने सारी सीटें समेट ली थीं। रुत्ती को भीतर जाने से रोक दिया गया था। अवसर पाकर रुत्ती ने बाहर एकत्र भीड़ के बीच जो भाषण दिया, वह लोगों को उत्तेजित कर

गया था। एक ख़ूबसूरत महिला बिना किसी झिझक के, बड़ी भीड़ के बीच बोल रही थी। वह कह रही थी कि हम गुलाम नहीं हैं। पुलिस कमिश्नर विन्सेंट ने उसे जब भाषण देने से रोकना चाहा, तो उसने स्पष्ट कह दिया कि वह बम्बई की नागरिक है, तथा उसे बोलने से नहीं रोका जा सकता। उसने विन्सेंट को यहां तक कह दिया कि आप जो कर सकते हैं कर लें, लेकिन हम बोलेंगे।

जिन्हा जब से गया था उसने कुछ खाया नहीं था, इस बात को लेकर रुत्ती चिंतित थी। वह दोपहर में सैंडविच बनाकर जिन्हा के लिए ले गई और उसे खिलाया। जिन्हा अपनी जगह पर डटा हुआ था। पारसियों की प्रमुख हस्ती जमशेद जी जीजाभॉय समारोह की अध्यक्षता कर रहे थे। लेकिन जिन्हा और उनके साथियों ने शोर मचा कर जमशेद जी को बोलने नहीं दिया था। रुत्ती यह सब देख रही थी। वैसे तो जिन्हा अंग्रेजों के लिए सुरक्षा कवच के रूप में काम करता था। विलिंगडन से उसका व्यक्तिगत विरोध था जिसकी आँच पारसियों तक जा पहुंची थी। जिन्हा की इस हरकत के बाद पारसी और ज़्यादा नाराज़ हो गए जो रुत्ती के लिए दु:खदायी स्थिति थी। जिन्हा को जब यह जानकारी मिली कि रुत्ती ने सभा में भाषण दिया है तो वह उसे अच्छा नहीं लगा। वह राजनीति में स्वयं के वर्चस्व को रुत्ती की चुनौती के रूप में ले बैठा। जहां एक तरफ़ वह ख़ुद को स्त्रियों के लिए बराबरी का पैरोकार सिद्ध करने में बड़ी-बड़ी बातें करता था, अपनी पत्नी के एक भाषण ने ही उसे हिला कर रख दिया। रुत्ती की जादुई और सम्मोहित करने वाली भाषण कला के चर्चे बिजली की तरह बम्बई में चमक उठे।

शाम को जब दोनों घर पहुंचे तो पति महोदय का मूड कुछ उखड़ा हुआ था। रुत्ती ने चाय बनाई और जिन्हा की सफलता पर उसे बधाई दी। लेकिन जिन्हा ने कोई प्रतिक्रिया व्यक्त नहीं की।

"क्या हुआ 'जे' आज तो तुम्हें बेहद ख़ुश होना चाहिए, विलिंगडन का इससे ज़्यादा अपमान कभी नहीं हुआ होगा। ये गोरे न जाने क्या समझते हैं ख़ुद को"- रुत्ती ने जिन्हा के कंधे पर हाथ रखते हुए कहा।

जिन्हा ने बे-रुख़ी से रुत्ती का हाथ अपने कंधे से झटक दिया। उसे जिन्हा से इस तरह के व्यवहार की आशा नहीं थी।

उसने आश्चर्य से कहा- "जे!"

"आपको आज भाषण नहीं देना चाहिए था"- जिन्हा ने भावना शून्य होते हुए कहा।

"क्यों? मैंने कुछ ग़लत कहा क्या? मैंने तो आपके सपोर्ट में ही बोला था"- रुत्ती की समझ में नहीं आया, कि ऐसा क्या था जो उसके पति को ठीक नहीं लगा।

"देखिए मिसेज मरियम जिन्हा, तक़रीर, भाषण, स्पीच जो भी समझो, यह देना हमारा काम है, और इसे हम तक ही रहने दो आप। इसमें इंक्रोंचमेंट मत करो। आप

स्टेज पर बैठती हैं, बस वहीं तक सीमित रहें, पॉलिटिशियन बनने की तरफ़ न ही जाएं तो बेहतर होगा"- कड़वा होते हुए रूखेपन से जिन्हा ने कहा।

रुत्ती के आंसू आ गए, वह उठी और भीतर चली गई।

रात को शांताराम चाल के बाहर विलिंगडन की इज़्ज़त का कचरा करने में जिन्हा की सफलता के लिए उसके साथियों द्वारा एक सभा आयोजित की गई थी। दस हजार से अधिक लोग उस सभा में मौजूद थे। शादी के बाद जिन्हा के साथ हमेशा मंच पर रहने वाली रुत्ती उस समय वहां नहीं थी लोग यह देखकर समझे शायद वह थक गई है। इसके बाद घाटकोपर में जिन्हा और रुत्ती के सम्मान के लिए एक कार्यक्रम रखा गया था। जहां रुत्ती मौजूद तो थी, लेकिन वह कुछ भी नहीं बोली। जहां तक की अपने सम्मान हेतु धन्यवाद देने के लिए भी वह खड़ी नहीं हुई, उसके पति साहब ने ही अपने भाषण में उसकी तरफ़ से धन्यवाद देकर औपचारिकता पूरी कर ली। रुत्ती मन मसोस कर रह गई थी, अपने प्रेमी को पति बनते ही बदलते देख। अपनी नाज़ुक सी पत्नी की सार्वजिनक सक्रीयता तक जिन्हा को पसंद नहीं आ रही थी।

51

नव-परिणीता के रूप में रुत्ती का रोमांस शिखर पर था। उसकी उम्र अभी किसी रंगीन तितली के पंखों सी तो थी। उसकी अदाओं में शोख़ियाँ थीं। अभी यौवन की दहलीज़ पर खड़ी आइने में स्वयं के अंग विस्तार देख मुग्ध हो रही थी। पुरुष की सशक्त जकड़ में वह चूर-चूर होना चाहती थी। उसके सपने अपने पति को अपने ही घेरे से बाहर नहीं जाने देना चाहते थे। बहुत बड़े पेटिट हॉल से वह जिन्हा के अविकसित और पुराने खंडहर जैसे साउथ कोर्ट में आ गई थी, लेकिन वह अपने भाग्य में लिखे प्रेम के चुनाव पर ख़ुश थी। जिन्हा की राजनैतिक यात्रा में वह उसके साथ रहती थी। विलिंगडन का विरोध कर जिन्हा ने स्वयं को परेशानी में तो डाल ही लिया था। चेम्सफोर्ड से भी उसके सम्बंध सामान्य नहीं रहे थे। उधर लंदन में भारत सचिव मांटेग्यू जिन्हा का सबसे भरोसेमंद मित्र था, किंतु ब्रिटिश हुकूमत में उसकी स्थिति कमज़ोर होती जा रही थी। अब जिन्हा के लिए सत्ता के गलियारों में जगह कम पड़ने लगी थी। चेम्सफोर्ट को कड़वा पत्र लिखकर उसने युद्ध परिषद से भी इस्तिफ़ा दे दिया था। बम्बई में विलिंगडन की जगह आए नए गवर्नर जॉर्ज लॉयड ने तो जिन्हा के बारे में ब्रिटिश प्रमुखों को यहां तक लिख दिया था कि यह व्यक्ति "सफ़ेद जुबान किंतु काले दिल वाला है" इस पर यक़ीन नहीं किया जा सकता। यह कहता कुछ है, और करता कुछ है। जिन्हा अंग्रेजों के बीच अपनी पुरानी स्थिति फिर से पाने के लिए चालें चल रहा था। इसका सबसे बेहतर तरीक़ा उसे गाँधी

का विरोध लगा। अब वह गाँधी के हर आंदोलन से असहमत होने लगा था। गाँधी जो कहते वह उसके ठीक उलट कहता। लेकिन अंग्रेजों पर उसकी इस नीति का कोई असर नहीं हो रहा था। इश्क़, राजनीति और अपनी महत्वाकाक्षाओं के चक्रव्यूह में फंसकर वह छटपटाने लगा। आख़िर अपने ही दोस्त की आत्मा को असहनीय दर्द देने का पाप उस पर अपना असर दिखाना शुरू कर चुका था।

रुत्ती उसे हर तरह से संभालने का प्रयास कर रही थी। भारतीय राजनीति में सितारे की तरह चमकने वाला, और भीड़ को अपने भाषण से सम्मोहित करने वाला जिन्हा, निजी तौर पर बेहद एकाकी था। वह बिना किसी काम के न तो किसी से मिलता था, न किसी के प्रति उसकी संवेदनाएं थीं। अपने घर वह किसी को कभी नहीं बुलाता था। पत्थर दिल इतना, कि यदि कोई मरने वाला हो तब भी वह उसका हाल-चाल पूछना तक ज़रूरी नहीं समझता था। क्लब और चैम्बर ही उससे मिलने के स्थान थे तथा राजनैतिक चर्चा ही उसका प्रिय विषय था। इसके अलावा वह अपने बैरिस्टर होने में ही खोया रहता था। रुत्ती जिन्हा में एक ज़िंदादिल और रोमांटिक पुरुष तलाश रही थी। उसने अपने घर पर जिन्हा के कुछ दोस्तों को आमंत्रित कर खाना खिलाना भी शुरू किया था। वह अपने कुछ दोस्तों को भी इन भोजन पार्टियों में बुलाने लगी थी। रुत्ती और जिन्हा के दोस्तों के उनके घर पार्टी में आने से कुछ चहल-पहल शुरू हुई थी। जिन्हा को नाच-गाने व शोर-शराबे से नफ़रत थी। रुत्ती इस बात का पूरा ख़्याल रखती थी। इन पार्टियों में आने वाले लोग रुत्ती की सुंदरता और उसकी मादकता से मुग्ध हो उसके बुलावे पर ज़रूर आते थे। लेकिन रुत्ती का एक ही मकसद होता था, जिन्हा के प्रति समर्पण और उसकी रोमांटिक सक्रीयता को बरकरार रखना। वह ज़रूरी काम कर रहे जिन्हा के पास जाकर पैर हिलाते हुए उसे तंग करती, कोर्ट में उसके चैम्बर में जाकर बैठती, व उसके साथ घर आती। प्रेम की जितनी भी अदाएं वह प्रदर्शित कर सकती थी करती। लेकिन जिन्हा अब उसके बजाए अपने काम, अख़बारों के ढेर और राजनीति में व्यस्त रहता। बेचारी रुत्ती मन मसोस कर रह जाती थी। वह जिन्हा में अपना बसंत तलाशती रही और जिन्हा शीत की तरह सिकुड़ता चला गया। वह इंतिज़ार करती एक सुहानी रोमांटिक शाम का, परन्तु उसे मिलती उलझी हुई सिर्फ़ ठंडी रात।

52

नवम्बर का महीना था। दिल्ली में असेम्बली का अधिवेशन चल रहा था। जिन्हा के साथ रुत्ती भी वहीं थी। जिन्हा को बिलकुल भी फुर्सत नहीं थी। कई बार तो वह आधी रात के बाद आता था। वह उसका इंतिज़ार करती रहती। नव-परिणीता और कमसिन नव-यौवना

के लिए यह इंतिज़ार युगों जैसा होता था। वह कभी खिड़की में खड़ी होकर चाँद को देखती, तो कभी होटल के लॉन में टहलती। कभी बैठ कर रोमांटिक कविताएं लिखती। अकेलेपन से तंग आकर वह सिगरेट और शराब का सहारा लेती। कुछ पुस्तकें पढ़कर अपना समय बिताती, तो कभी उसे पेटिट हॉल में अपने पिता की याद आने लगती। यह समय उसके लिए बहुत बोरियत भरा घटिया क़िस्म का था। अकेलापन उसे खाने लगा था, वह केवल अपने में ही खोई रहने लगी थी।

दिल्ली में पारा काफ़ी नीचे उतर आया था, ठंडक बढने लगी थी। दिन में सूरज की धार कुंद हो चुकी थी। धूप का गुनगुनापन शरीर को राहत देने वाला हो गया था, वरना रात में तो दांत बजने लगते थे। उत्तर भारत में तेज सर्दी का मौसम शुरू हो चुका था, कश्मीर की वादियों में बर्फ़बारी होने लगी थी, जिसका असर दिल्ली सहित मध्य भारत में हो रहा था। मेडिंस होटल के लॉन में पिटोनिया, गेंदा, गुलाब, सेवंती, कैमेलिया, हेलेबोरस, डैफोडिल, वग़ैरह के फूल अपने अनुकूल तापमान पाकर खिल उठे थे। दो दिन बाद जिन्हा और रुत्ती को बम्बई जाना था। सुनहरी धूप खिली हुई थी। रुत्ती होटल के लॉन में नर्म दूब पर सैर कर रही थी। ओस की बूंदें अभी मौजूद थीं। जिन्हा कुर्सी पर बैठा अपनी ही उधेड़-बुन में खोया हुआ था। उस दिन रुत्ती कुछ अनमनी थी। अचानक उसे लगा कि उसका सिर कुछ घूम रहा है, तथा मन मचल रहा है। स्त्री के लिए यह संकेत उसे तरंगित करने वाला होता है। रुत्ती लॉन की दूब पर बैठ गई। उसे अपने भीतर कुछ अजीब सा महसूस हो रहा था। उसे महसूस हुआ कि उसके भीतर उसके प्रतिरूप में कोई आकार ले रहा है।

उसने एक आवाज़ लगाई- "जे"

जिन्हा ने आँख उठाकर उसकी तरफ़ देखा, तो उसे रुत्ती कुछ असहज लगी।

"क्या हुआ"- उसने नज़दीक जाकर पूछा

"चक्कर आ रहे हैं"- अनमनी सी रुत्ती बोली

"ओह! चलो अभी डॉक्टर के पास चलते हैं"- जिन्हा ने रुत्ती का हाथ थामकर उसे उठाते हुए कहा।

दोनों ने तत्काल मोटरकार ली, और दिल्ली के सबसे आधुनिक डफ़रिन अस्पताल चले गए। यह अस्पताल इलाज और जांच के मामले में काफ़ी नामी-गिरामी, विश्वसनीय तथा प्रसिद्ध था। दिल्ली और उसकी शीघ्र पहुंच में रह रहे अंग्रेजों का इलाज यहीं होता था। डॉक्टर ने चैक किया और मुस्कुराते हुए रुत्ती को ख़ुश-ख़बरी दी कि, वह माँ बनने वाली है। रुत्ती के लिए यह पल अपने आप में सम्पूर्णता लिए आया था। वह जिन्हा से लिपट गई। उसकी आँखों से नमी बह निकली थी। वह सम्पूर्ण नारी बनने के पायदान पर पहुंच गई थी। लेकिन उसके पति जिन्हा के लिए यह ख़बर किसी तरह के उत्साह एवं ख़ुशी लिए नहीं थी। उसने इसे एक आवश्यक परिणाम के रूप में ही लिया।

दिल्ली में बिताए ये दिन रुत्ती के लिए अपने पति को लेकर भले ही बोरियत भरे थे, लेकिन वह अपने भीतर एक नए सृजन को लेकर बम्बई लौटी थी। इधर उसके भीतर उसका साया आकार लेकर बढ़ रहा था, तो उधर जिन्हा की राजनैतिक स्थितियां विपरीत होती जा रही थीं। गाँधी का प्रभाव पूरे देश में जादू की तरह छाने लगा था।

शादीशुदा आदमी की यात्राएं कठिन हो जाती हैं। पत्नी साथ हो तब भी, और न हो तब भी। साथ हो तो उसके सामान की प्राथमिकता, और न हो तो घर पर प्रतीक्षा। जिन्हा के साथ यही स्थिति बन रही थी। वह हमेशा से सियासी भाग-दौड़ का व्यक्ति रहा था। शादी के बाद उसे अपनी ख़ूबसूरत पत्नी को साथ लेकर जाना पड़ता था। रुत्ती जब साथ जाती तो उसकी नौकरानी, कुत्ता, बिल्ली और उनका सामान तक साथ होता था। परिणाम स्वरूप जिन्हा को भारी दिक्कत होने लगी थी। लेकिन रुत्ती नहीं मानती थी। वह बम्बई में अकेली रहकर बोर होना नहीं चाहती थी। यद्यपि जब वह जिन्हा के साथ होती थी तब भी उसके दिन तो बोरियत से ही बीतते थे, क्योंकि जिन्हा रात को देर से वापस लौटता और रुत्ती उसके इंतिज़ार में जागती रहती।

कोमल सी कच्ची रुत्ती ने पके हुए जिन्हा से प्रेम कर यह तो सोचा ही नहीं था कि उम्र की सोच और ज़रूरतों का फ़र्क़ जीवन में कितना महत्वपूर्ण होता है। विवाह संस्थान में उम्र का बराबर होना इसलिए भी ज़रूरी है कि एक-दूसरे की सोच समान हो, तथा अपेक्षाएं भी अपने समय के अनुकूल ही हों, जिन्हें पूरी करने में दोनों ही मानसिक, शारीरिक तथा भावनात्मक रूप से सक्षम हों। लेकिन इन दोनों के बीच उम्र, रूप, समय, जीवन शैली, धर्म, संस्कृति, अपेक्षा, और ऊर्जा सबकुछ ही तो भिन्न था। रुत्ती का गर्भवती होना भी जिन्हा के लिए एक आफ़त ही था। अब उसे न चाहकर भी अपनी पत्नी का कुछ अधिक ख़्याल रखना पड़ता था। वह नहीं चाहता था कि इस समय वह किसी ऐसे बंधन में जकड़े जो उसकी गिरती हुई राजनैतिक स्थिति को संभालने में बाधा बने।

रुत्ती का आनेवाला बच्चा जिन्हा के लिए कठिन स्थिति लेकर आ रहा था। यह समय उसकी राजनीति के लिए उलझन भरा समय था। जैसे-जैसे रुत्ती के गर्भ का समय बढ़ता गया, उसकी अतिरिक्त देखभाल के लिए जिन्हा को अपने अनेक कार्यक्रम छोड़ना पड़ रहे थे। इस दौरान रुत्ती को साथ लेकर जाना उसके लिए उचित नहीं था।

शादी के बाद रुत्ती का पहला जन्मदिन आ रहा था। जिन्हा सियासत की सीढ़ियों पर चढ़ने के लिए दिल्ली में था, रुत्ती बम्बई में थी। रॉलेट एक्ट एक ऐसा मुद्दा था, जिसमें अनुपस्थिति उसकी राजनैतिक साख को और गिरा सकती थी। शादी के बाद पहला जन्मदिन अभिजात वर्ग में बड़े जश्न के रूप में आता है। अब तक रुत्ती का हर जन्मदिन पूर्ण भव्यता से मनाया गया था। अपने विवाहोपरांत पहले जन्मदिन के लिए उसके मन में बहुत सी आशाएं और उल्लास था। उसने अनेक योजनाएं बना रखी थीं।

लेकिन जिन्हा दिल्ली में ऐसा खोया कि वह बीस फरवरी को बम्बई नहीं लौटा। रुत्ती की आँखों में अनवरत जलधार बह रही थी। उसके सारे सपने झरने की तरह आँखों से बहकर तकिया गीला कर रहे थे। साउथ कोर्ट से पेटिट हॉल की दूरी ज़्यादा नहीं थी। उसका मन हुआ कि वह सबकुछ छोड़कर वापस पेटिट हॉल पहुंच जाए तथा अपने पिता की गोद में समाकर अपना जन्मदिन मनाए, लेकिन रुत्ती के जीवन की रेल पेटिट हॉल से बहुत दूर निकल चुकी थी, उसका पीछे लौटना कदापि सम्भव नहीं था। अब तो जिन्हा के प्रेम का अंकुर भी उसकी कोख में बढ़ रहा था। उसने ट्रंककॉल बुक कर जिन्हा से बात करने का प्रयास किया, किंतु यह भी सम्भव नहीं हो सका। अभी तो दोनों के विवाह की प्रथम वर्षगांठ भी नहीं आई थी और बंधन उधड़ने लगे थे। जिन्हा तो अपने भविष्य का हीरा तराशने के लिए रुत्ती से आठ सौ इकसठ मील दूर था। रुत्ती को टूटन महसूस होने लगी थी। उधर जिन्हा यह अपेक्षा कर रहा था कि उसकी पत्नी को यह समझना चाहिए कि उसके लिए जन्मदिन से ज़्यादा ज़रूरी राजनैतिक पथ है, जिस पर उसे आगे बढ़ना है।

रोमांटिक, भावनात्मक, शोख़ तथा चुलबुली रुत्ती समझदार भी तो थी। जीवन में जो रास्ता उसने चुना था, वह जानती थी कि यही उसकी मंज़िल तक जाता है, तथा यही उसका सुख-दुःख है। उसने अपने पति की इच्छाओं का सम्मान करते हुए उसकी व्यस्तता में बाधा बनना छोड़ दिया था। उसे अपनी सेहत और अपने होने वाले बच्चे की कुशलता के साथ अपने पति की अपेक्षाओं पर भी खरा उतरना पड़ रहा था। ऐसे कठिन दौर में एक खामोश सा पारसी लड़का उसका सम्बल बनकर सामने आ रहा था। यह वही लड़का था, जिसने क़रीब चार साल पहले अनजान सी रुत्ती को सड़क पर बग्घी में जाते देख स्वयं को सम्मोहित सा पाया था। वह रुत्ती के प्रति अपने आकर्षण को मन में दबाए बैठा था। रुत्ती के प्रति उसके मन की संवेदनाएं तथा सहानुभूति जिंदा थी। अपनी पगडंडियां नापता हुआ वह जिन्हा के भी निकट आ गया था, लेकिन रुत्ती को अपने दिल से नहीं निकाल पा रहा था। तरंगे तो तरंगे होती हैं। भले ही अव्यक्त हों, अदृश्य हों, अस्पष्ठ हों वे अपने आवेशित बिंदुओं की ओर भागती ही हैं। शायद यही कारण था कि उस लड़के के बिंदु से निकले आवेश रुत्ती के तारों को छूने लगे थे। वह उस हमउम्र लड़के को अपने हमदर्द के रूप में क़रीब आते तो महसूस कर रही थी, लेकिन वह सिर्फ़ जिन्हा के लिए ही समर्पित थी, सो जिन्हा की ही बनी रहकर दुनिया से जाना चाहती थी। वह अपनी गृहस्थी में ढलना चाहती थी। इसके लिए वह मानसिक रूप से तैयार भी होती जा रही थी। राजनीति और भ्रमित प्रेम के दोराहे पर खड़ा जिन्हा, वक्त के थपेड़ो के साथ अपने आप को डूबता सितारा महसूस करने लगा था। वह किसी भी स्थिति में अपनी चमक बरकरार रख राजनीति के आभामंडल में पथ सुरक्षित रखना चाहता था। दिल्ली से वापस आने पर भी वह बम्बई के चमकदार गलियारों में

व्यस्त ही रहा था। उसके पास समय नहीं था कि वह रातरानी सी महकती और गुलाब सी दमकती सुवासित रुत्ती के साथ रोमांस के पल बिता सके। गर्भवती रुत्ती ख़ुद को अकेला महसूस करने लगी थी, लेकिन वह अपनी भावनाएं कहां समझ नहीं पा रही थी। लेकिन अपनी इस दुविधा का जिन्हा को कोई अहसास नहीं होने देती थी। इस नाजुक समय में एक सहारे और मार्गदर्शिका के रूप में सरोजिनी नायडू थीं, जो उसे पुचकार लेती थीं। बम्बई अब सरोजिनी की राजनैतिक सक्रियता का केंद्र बन गया था। ज़रूरत को देखते हुए उन्होंने ताज होटल में स्थाई रूप से कमरे लेकर वहां रहने लगी थीं। अपनी शादी के एक साल पूरा होने के पहले ही रुत्ती बिखरने लगी थी। वह एक टूटी-फूटी सी लड़की की तरह उदास थी, जो अकेलेपन से पीड़ित थी। इस दौरान वह रोज़ाना ही सरोजिनी के कमरे में पहुंच जाती, दिनभर वहीं रहती और अपने को संयत करने की कोशिश करती। इस टुकडे-टुकड़े हो रही लड़की को अब कोई फ़र्क़ नहीं पड़ता था कि जिन्हा उसे कितना समय दे रहा है। वह वैसी ही शोख़ और चुलबुली हरकतें करती, ख़ुश रहने का असफल ड्रामा करती। कभी भी उसने यह अहसास ही नहीं होने दिया कि वह अपने भीतर कितनी टूटन लिए हुए है। सरोजिनी जानती थीं कि वह अपने माता-पिता से बहुत दूर हो गई है, इसलिए उनमें वह अपनी सहोली, माँ और बहन को देख रही है। बाहर से हँसती हुई रुत्ती भीतर-भीतर चुपके से लगातार रो रही थी। वह एक टूटी-फूटी लड़की जो थी।

उसने अपनी शादी के बाद का पहला जन्मदिन अपने हमसफ़र की बे-रुख़ी को ओढ़कर कसमसाते हुए अकेले ही बिताया था, इसका दर्द उसके मन में बार-बार उठता था। लेकिन उसने सोचा, जो बीत रहा है वह तो बीत जाएगा। कुछ दिन बाद उसकी शादी की प्रथम वर्षगांठ आने वाली थी। यह दिन पेटिट हॉल के लिए कितना ही मनहूस और कड़वा हो, लेकिन साउथ कोर्ट और उसकी मालकिन मिसेज मरियम एम.ए. जिन्हा उर्फ़ रुत्ती के लिए तो वह सुनहरे सपनों से भरा दिन था। यही दिन उसकी ज़िंदगी का निर्णायक दिन था, जब उसने अपने रक्त में रचे-बसे पारसी संस्कारों को तिलांजलि देकर रतन बाई पेटिट से मिसेज मरियम मोहम्मद अली जिन्हा बनना भी स्वीकार कर लिया था। वह अपनी शादी की इस पहली वर्षगांठ को एक यादगार दिन के रूप में मनाना चाहती थी। इसके लिए उसने एक पोर्टेट बनवाया था। परंतु यह क्या! जब अपने पति को उसने इसके बारे में बताया तो उसकी प्रतिक्रिया समान्य से भी गई-बीती निरुत्साहित और रूखी सी मिली बिलकुल ठंडी, एक मुस्कान तक नहीं आई थी महानंदा की चट्टान पर बड़े-बड़े वादे करने वाले उसके प्रेमी से बम्बई की जामिया मस्जिद में मरियम बनाकर निकाह करने वाले शौहर के चेहरे पर। टूटी-फूटी लड़की और उदास हो गई थी।

उस दिन वह सरोजिनी नायडू के कमरे में उनसे मिलने अचानक पहुंच गई थी। उसकी शादी की पहली वर्षगांठ कैसी होगी इसका आभास उसे होने लगा था। जिस तरह वह जिन्हा पर एकाधिकार के साथ पूरा समय चाहती थी, जिन्हा के पास उसके लिए चौबीस घंटे तो छोड़ो चौबीस मिनट का समय भी नहीं बचा था। सरोजिनी के कमरे में वह अपनी पूरी चंचलता और प्रसन्नता को सहेजे हुए गई थी, ताकि वे यह न समझ सकें कि नीले फूल के रूप में स्वयं को जिन्हा को सौंप कहीं उसकी सुगंध में कोई फ़र्क़ पड़ने लगा है।

सरोजिनी की एक आयरिश दोस्त थी। मिजेज हार्कर। हार्कर एक सिद्ध मनोवैज्ञानिक थीं। वे चेहरा देखकर व्यक्ति के मनोभाव पढ़ लेती थीं। वह सामने बैठे व्यक्ति की हलचल से सारा हलचाल समझ लेती थी। हार्कर ने बहुत से लोगों की मनोदशा को जानकर उनके बारे में ऐसा आकलन किया था जो वे सात परतों में छिपाये बैठे थे। रुत्ती ऊपरी तौर पर बेहद ख़ुश और बिंदास चहकती हुई दिख रही थी उसने भी तो अपने आंसू आँखों की तलहटी में लेजाकर छिपा रखे थे। बाहरी रूप से उसका व्यवहार ऐसा था, जैसे वह दुनिया की सबसे प्रसन्न महिला है। सुंदरता और अभिजात परिवेश में उसका कोई सानी था ही नहीं। उसका कपड़े पहनने का शौक़ आधुनिक से भी नया होता था। इस आधुनिक वेशभूषा में वह और अधिक सुंदर हो उठती थी। वह लगातार सरोजिनी से बातें कर रही थी। अपनी आदत के अनुसार वह अपने प्रिय लोगों के बीच बातों में अपने मन को खोलकर रख देती थी। सरोजिनी उसकी शरारत भरी बातों के मज़े लेकर बहुत बड़ी होने के बावजूद उसकी हमउम्र सहेली की तरह पेश आ रही थीं। लेकिन हार्कर तो रुत्ती के मनोविज्ञान को पढ़ रही थीं। वह उसके मन व आँखों की गहराई में गोते लगाकर रेत छान रही थी। वे उसकी हर बात और व्यवहार का आकलन कर अपना गणित हल कर रही थीं। एक सुंदर सी और चुलबुली रुत्ती की मनोदशा उनके सामने किसी एक्स-रे स्क्रीन की तरह गुज़र रही थी तिनका-तिनवा बिखर रही इस लड़की के चकनाचूर भीतर को वे साफ समझ रही थीं। वे देख रही थीं कि ऊपर से प्रसन्न और चपलता भरी चहकती यह लड़की, किसी आने वाले तूफ़ान में घिरने वाली है। यह उस तूफ़ान के ब्लैकहोल में जाकर फंस जाएगी जिसकी तरफ़ इसके क़दम कुछ समय पहले बढ़े थे। उसकी सुंदरता में दबी उसकी हताशा को उन्होंने समझ लिया था।

रुत्ती जब वापस चली गई तो हार्कर ने सरोजिनी से बात करते हुए एक गहरी साँस ली थी-"ओ माय गॉड"

"आप अचानक इतनी परेशान क्यों हो गईं मिसेज हार्कर"- सरोजिनी ने उन्हें चिंतित देखकर पूछा।

"यह बच्ची जो अभी आई थी, इससे आपका क्या रिश्ता है"- मिसेज हार्कर ने जानना चाहा।

"रुत्ती नाम है उसका। बहुत प्यारी बच्ची है। मेरे लिए पद्मजा और लीलामणि की तरह है। लेकिन मेरे बहुत क़रीबी दोस्त मोहम्मद अली जिन्हा की पत्नी है, पारसी कम्युनिटी से है, किंतु इस्लाम स्वीकार कर लिया है उसने। मिसेज मरियम मोहम्मद अली जिन्हा बनने के बाद इसके माता पिता ने इसे त्याग दिया है। वह मेरी बेटी जैसी होकर भी मेरी बहुत प्यारी दोस्त है"- सरोजिनी ने कहा।

"लेकिन मिस्टर जिन्हा के साथ वह बहुत ख़ुश है, और देखा नहीं आपने, कितनी चंचल है यह बच्ची, दोनों एक-दूसरे को बहुत प्यार करते हैं"- सरोजिनी ने कहा

"नहीं माय डियर मिसेज नायडू, इस टूटी-फूटी सी लड़की के भीतर मैं एक बेहद डरावना दृश्य देख रही हूँ, आप इसकी बाहरी चंचलता को तो देख पा रही हैं, लेकिन मुझे यह बच्ची भीतर से खोखली होती दिख रही है। मैं इस बात से बेहद चिंतित हूँ कि इस सुंदर सी बच्ची को मैं अपनी आँखों के सामने मरता हुआ देख रही हूँ, उफ! मेरा आकलन ग़लत हो, लेकिन यह उतना ही सही है जितना सूर्य का सुबह पूरब दिशा से निकलना और पश्चिम दिशा में अस्त होना। इस लड़की की ज़िंदगी ज़्यादा लम्बी नहीं है"- कहते हुए मिसेज हार्कर ख़ामोश हो गईं थी।

"नहीं मिसेज हार्कर आपको ज़रूर कोई ग़लत-फ़हमी हुई है। रुत्ती बेहद ख़ुश है और अपने जीवन में लिए गए फ़ैसले पर गर्व कर रही है। वह तो अपने पति के साथ दामपत्य जीवन का भरपूर आनंद उठा रही है"- सरोजिनी ने हार्कर की बातों पर विश्वास न कर उन्हें चुप करवा दिया था। किन्तु उन्हें नहीं पता था, कि महासागर की तलहटी में एक कंपन शुरू हो चुका है, और वह सुनामी की तरह उसकी परत और किनारों की तरफ़ बढ़ रहा है।

"काश! आपकी ग़लत-फ़हमी ऐसी ही बनी रहे, ताकि आप आने वाले दुःख से कुछ दिन और अपरिचित रहें"- एक ठंडी साँस लेते हुए मन ही मन में मिसेज हार्कर बुदबुदाकर चुप हो गईं।

53

उन्नीस अप्रैल, रुत्ती के लिए सिर्फ़ एक तारीख़ नहीं थी। उसके जीवन का सबसे महत्वपूर्ण अंक था। यही तो वह तारीख थी जब उसने अपना सबकुछ त्यागकर सिर्फ़ जिन्हा को चुना था, तथा ऊँची-ऊँची सारी दीवारें फांदकर उसे पाया था। यह उसके विवाह का दिन था। सूर्य की परिक्रमा करती धरती अपना एक चक्र पूरा कर रही थी। सूर्य ने छह ऋतुओं का मौसम धरा को सौंपकर फिर वापस ग्रीष्म पर अपनी किरणे केंद्रित कर दीं थी। धरती वसंत के बाद फिर तपने की तैयारी में थी। यह दिन रुत्ती से मिसेज मरियम

जिन्हा बनी दिनशॉ पेटिट की बेटी के विवाह की पहली वर्षगांठ थी। जन्मदिन पर अपने प्रियतम की दूरी तो वह भूल गई थी, परन्तु यहां भी जिन्हा के लिए रुत्ती की भावनाओं पर अपनी प्राथमिकताएं भारी पड़ रहीं थीं। बैरिस्टर साहब को हत्या के एक केस में पैरवी करने इसी दिन हैदराबाद जाना था। अपनी गर्भवती पत्नी को वह साथ लेकर नहीं जाना चाहता थे। लेकिन रुत्ती किसी भी तरह उस दिन जिन्हा से अलग नहीं रह सकती थी। उसने जिन्हा को यह कह कर मना लिया कि वह हैदराबाद में पद्मजा से मिल लेगी तथा शादी की सालगिरह भी शानदार तरीक़े से मना लेंगे। न चाहते हुए भी जिन्हा को हाँ कहना पड़ा, तथा रुत्ती का प्लान हैदराबाद अपने पिया के साथ जाने का बन गया। लेकिन क़िस्मत ने यहां भी गच्चा दे दिया। हैदराबाद की राजनैतिक परिस्थितियों ने ऐसा जकड़ा कि रुत्ती केवल पद्मजा के साथ ही रह सकी, जिन्हा फिर अपने आप में व्यस्त हो गया। इस टूटी-फूटी लड़की के विवाह की पहली वर्षगांठ भी उसके पति की व्यस्तता और बेरुख़ी की भेंट चढ़ गई।

इस बीच उसके लिए आशा की एक किरण सामने आई। एक राजनैतिक प्रतिनिधि मंडल लंदन जाने वाला था। एनी बेसेंट चाहती थीं कि जिन्हा भी उसमें शामिल हो। उन्होंने जिन्हा को तैयार कर लिया। उधर मुस्लिम-लीग ने राजनैतिक निर्णय लेते हुए जिन्हा को अपना प्रतिनिधि बनाकर लंदन भेजने का प्रस्ताव पास किया ताकि युद्ध के बाद मुसलमानों के हित के लिए वह प्रधानमंत्री लॉयड जॉर्ज से मिलकर पेरिस शांति सम्मेलन में एक मुस्लिम प्रतिनिधि नियुक्त करवा सके। मुस्लिम-लीग के सारे नेता समझते थे कि अंग्रेजों से यह काम केवल मोहम्मद अली जिन्हा ही करवा सकता है। बॉम्बे क्रॉनिकल का सम्पादक जिन्हा का स्कूली दोस्त हार्निमन था। इसे अपने अख़बार में सरकार के सम्बंध में कुछ आपत्तिजनक खबरें छापने के कारण ब्रिटिश सरकार ने भारत से निष्कासित कर वापस लंदन भेज दिया था। हार्निमन बॉम्बे क्रॉनिकल में जिन्हा के समर्थन में माहौल बनाने हेतु अक्सर खबरे छापकर स्कूली दोस्ती निभाता था, जो जिन्हा के लिए खाद-पानी की तरह था। जिन्हा चाहता था कि हार्निमन वापस भारत आ जाए ताकि उसे अख़बार में सुर्खियां मिलती रहें। लेकिन ब्रिटिश सरकार उसे वापस भेजने को तैयार नहीं थी। लंदन में जिन्हा का यह अपना भी एक निजी काम था। उसे लगा कि लंदन जाकर सरकारी अंग्रेजों को मना लेगा कि वे हार्निमन को वापस बम्बई भेज दें।

सरोजिनी नायडू भी इस प्रतिनिधि मंडल में लंदन जाने वाली थीं। उन दिनों वे कुछ बीमार चल रही थीं, तथा भारत में उनका इलाज नहीं हो पा रहा था। वे कुछ अच्छे डॉक्टर्स को दिखाकर अपना इलाज कराना चाह रही थीं। सबके अपने निजी और संस्थागत काम ब्रिटेन जाने का एक ज़रिया बन रहे थे।

रुत्ती के गर्भ में बच्चे की क्रीड़ाएं बढ़ रहीं थीं, जो तमाम दु:खों के होते हुए भी उसे असीम आनंद की अनुभूति कराती थीं। प्रसव का समय समीप आ रहा था। अपने

परिवार और समाज से पूरी तरह कटी हुई रुत्ती किसी भी दशा में पति के बिना नहीं रह सकती थी। उसकी आशा की किरण सरोजिनी आंटी भी तो उस दौरान नहीं होंगी। फिर जन्मदिन और पहली वैवाहिक वर्षगांठ के समय जिन्हा के बिना समय बिताने वाली रुत्ती इस बात को बर्दाश्त करने की स्थिति में बिलकुल नहीं थी कि उसके बच्चे के जन्म के समय बच्चे का पिता ही उसके पास नहीं हो। फ़ातिमा को इस सम्बंध में कोई अनुभव नहीं था कि एक गर्भवती स्त्री की देखभाल कैसे की जा सकती है। फ़ातिमा और रुत्ती के बीच सम्बंध कडवे नहीं थे, तो मीठे भी नहीं थे, दोनों के बीच दूध फाड़ने वाली खटास गिरी हुई थी। बच्चे के जन्म से पहले जिन्हा का वापस भारत आना सम्भव नहीं था। यहां जिन्हा के पति होने का इम्तिहान था। रुत्ती को अकेला छोड़ना सामाजिक दृष्टि से उसे स्वार्थी सिद्ध करता। वहीं लंदन जाकर अपने डूबते सितारे को चमक देने का यह एक अवसर उसके सामने था, जिसे वह छोड़ना नहीं चाहता था। रुत्ती हर हालत में बच्चे के जन्म के समय उसके पिता की मौज़ूदगी चाहती थी, भले ही इसके लिए कुछ कठोर ही क्यों न होना पड़े। समुद्री जहाज में भारत से ब्रिटेन का बीस दिन का सफ़र था। इस सफ़र में रुत्ती के स्वास्थ्य और सुरक्षा का पूरा प्रबंध करना भी चिंता का विषय था।

उन दोनों के लिए भी आपस में यह एक सुनहरा अवसर था, जब वे समुद्र की यात्रा और लंदन में साथ-साथ समय बिताकर फिर से अपने प्रेम में नयापन ला सकते थे। समुद्री यात्रा का अनुभव रुत्ती को कम ही था। छः वर्ष पूर्व उसने समुद्री यात्रा की थी, तब वह स्कूल में पढ़ती थी। उस समय जिन्हा भी उसी जहाज पर साथ गया था, लेकिन तब वह उसके मूंछों वाले अंकल से ज़्यादा कुछ नहीं था। उस समय उसने अपनी पसंद की कुछ कविताएं भी उसे सुनाई थीं। लेकिन अब जिन्हा उसका पति है, एवं उसके जीवन की हर कविता का कथानक है।

इस प्रतिनिधि मंडल में सरोजिनी नायडू के जाने की ख़बर रुत्ती के लिए शुभ सूचना थी। सारी विपरीत परिस्थितियों के बावजूद भी रुत्ती ने जिन्हा के सामने लंदन साथ चलने का निर्णय सुना दिया। सरोजिनी का साथ होना उसके आत्मविश्वास के लिए पर्याप्त था। जिन्हा के सामने उसकी ज़िद को स्वीकार करने के अलावा कोई रास्ता नहीं था। बल्कि वह एक बोझ से मुक्त हो गया था।

अपनी आदत के अनुसार कुत्ते, बिल्ली और नौकरानी को साथ ले रुत्ती जब यात्रा के लिए रवाना हो रही थी, तो उसे लगा था कि वह छः साल पहले समुद्री यात्रा में जहाज के डेक पर जैसे अपनी शामें मस्ती से गुजारती थी, अब भी उसे वैसे ही समय मिलेगा। उसके साथ उसकी सबसे बड़ी हमदर्द सरोजिनी आंटी होंगी। कविता सुनने के लिए अब मूंछों वाले अंकल नहीं उसका अपना पति वही जिन्हा होगा जिसने चाँदनी रात में जहाज के डेक पर उसकी कविताओं की तारीफ़ के पुल बांधे थे। परन्तु अब

ऐसा कुछ भी नहीं हुआ। तेरह साल की अल्लहड़ बच्ची रुत्ती, और ज़माने को ठुकराकर जिन्हा की पत्नी बन, अब गर्भवती मिसेज मरियम जिन्हा की यात्रा में बहुत फ़र्क़ था। गर्मी और शारीरिक समस्या के कारण वह अपने केबिन से ही बाहर नहीं निकल पाती थी। यदि कभी सुहानी रात में वह डेक पर जाने का विचार भी बनाती तो दोनों के बीच प्रेम से अधिक विवाद के भंवर उठते थे।

छः माह का गर्भ लिए, कठिन सफ़र पूरा कर अंततः मई में रुत्ती अपने 'जे' के साथ लंदन पहुंच गई। लंदन में लगभग चार-पाँच महीने रुकना था। जिन्हा हमेशा होटल में ही रहना पसंद करता था। लेकिन रुत्ती की स्थिति को देखते हुए होटल में रुकना उचित नहीं था, इसलिए ज़रूरी था कि किसी सुविधाजनक और निजी तौर पर शांत वातावरण की जगह चुनी जाए। अतः किराए पर रहने के लिए किसी घर की ज़रूरत थी। उन्होंने रीजेंट्स पार्क के पास एक सर्वसुविधा युक्त फ्लैट किराए पर ले लिया। जहां रुत्ती की आया और कुत्ते-बिल्ली भी साथ थे।

समय अपनी गति से आगे बढ़ रहा था। भारत का प्रभावशाली सियासतदार, और दो दलों को अपनी मुठ्ठी में रखने वाला मोहम्मद अली जिन्हा सत्ता के उन गलियारों में भटक रहा था जिसके सिंहासन का सूर्य कभी धरती पर नहीं डूबा करता था। लेकिन उसके सितारे को इस यात्रा से चमकने का कोई अवसर नहीं मिल रहा था। इधर उसकी प्रेमकथा की निशानी के रूप में बच्चा जन्म लेने वाला था, तो उधर राजनीति के आसमान पर उसकी आभा लगातार मद्धिम हो अस्तांचल की तरफ़ जा रही थी। मुस्लिम-लीग के प्रतिनिधि के रूप में अंग्रेज प्रधानमंत्री ने उस पर कोई विशेष तो क्या, साधारण ध्यान तक नहीं दिया। चेम्सफोर्ड, विलिंगडन और भारत के बारे में जानकार ब्रिटिश जिम्मेदारों के बीच उसकी छवि अविश्वसनीय व्यक्ति के रूप में बन चुकी थी। मांटेग्यू, जिस पर उसे सर्वाधिक विश्वास था उसकी ओर से भी बहुत फीका व्यवहार मिला। मांटेग्यू तो स्वयं ही अपनी हैसियत बचाने के लिए संघर्ष कर रहा था तो वह जिन्हा को सहारा कहां से देता। हार्निमन का ज़ब्त पासपोर्ट वापस दिलाने की सारी कोशिशें कर वह थक-हार गया, लेकिन उसकी एक न चली थी। वर्साय शांति सम्मेलन में तो उसे भारतीय प्रतिनिधि के रूप में जगह तक नहीं मिली थी। भारत के मुसलमान नेताओं का उसके प्रति पाला हुआ भ्रम भी टूट गया था। औपनिवेशिक सत्ता के गलियारों में जिन्हा को इस बार न तो सम्मान ही मिला था, न ही उसके प्रति कोई अच्छी भावना रखता था। उसके दिन-रात बस इसी उधेड़-बुन में निकल रहे थे कि लंदन में वह स्वयं को सत्ता की जमावट में कैसे फिट कर सके। युद्ध परिषद के सम्मानित सदस्य से उसने स्वयं ही इस्तिफ़ा दिया था, सो यह सम्मान अब उसके पास नहीं बचा था। अंग्रेजों की नज़र से बुरी तरह उतर गया था वह। इस समय अपनी पत्नी को समय दे, यह तो वह सोच भी नहीं सकता था।

हालात यहां तक आ गए थे कि अति महत्वपूर्ण व्यक्तियों से मिलते समय उसे बिना किसी आश्वासन के ही वापस आना पड़ता था। कोई यह तक नहीं कह रहा था कि "मिस्टर जिन्हा चलो हम कोशिश करेंगे, तुम्हारे बारे में कुछ करने की"। वह इधर-उधर घूम-फिर कर वापस अपने फ्लैट पर आ जाता। यहाँ पर उससे मिलने वाले भारत के कुछ मुस्लिम-लीगी तथा उसके व्यक्तिगत मित्र ही आते। अपने तनावों को संतुलित करने के लिए वह उनके बीच कुछ दबी-दबी मुस्कान लाकर समय व्यतीत कर लेता था।

रुत्ती यहां भी अकेली ही रह गई थी। उन दिनों इंग्लैंड बेहद तंगी से गुज़र रहा था। वहां के बाज़ार ख़ाली थे। युद्ध का असर जनजीवन पर स्पष्ट दिख रहा था। चूल्हे-चौके की सिगड़ी के ईंधन और खाने-पीने के सामान तक मुश्किल से मिल पा रहे थे। उसका कोई परिचित भी यहां नहीं था। कुछ पारसी परिवार थे, लेकिन वे उसके पिता और उनके परिवार के प्रति ज़्यादा समर्पित थे। पारसियों ने तो उसे बाहिष्कृत ही कर रखा था। केवल पैसों के दम पर खरीदी सुविधा के अलावा उसके पास कोई भी मानसिक संबल नहीं था। सरोजिनी से ही कुछ उम्मीद थी, लेकिन वे भी अपने कामों में इतनी व्यस्त थीं कि उन्हें उसके पास आने का समय ही नहीं था। उन्हें जो थोड़ा बहुत समय मिलता भी तो वे अपने स्वास्थ्य को देखते हुए एकांत में घूमने चली जाती थीं। रुत्ती को अब लगने लगा था कि दार्जिलिंग में चट्टान पर धागे जैसा चाँद उसके जीवन का सबसे बड़ा भ्रम था। वह बम्बई में एक स्कॉट के पुराने बंगले के कैदी से लंदन के दूसरे फ्लैट के कैदी के रूप में स्थानांतरित कर दी गई है। जिन्हा को सबसे ज़्यादा चिंता अपने इरादों को सफल करने तथा भारत में हो रही गतिविधियों की जानकारी लेने में थी। वह लंदन में उसके लिए बदली परिस्थितियों से परिचित ही नहीं था। वह जिन महकते फूलों की आशा में यहां आया था, वह सब मुरझा चुके थे। अब उसके रास्तों पर केवल काँटे ही थे। वह किसी तरह इन कांटों को अपने रास्ते से साफ़ कर फिर फूल बोने की कोशिश कर रहा था। इस प्रयास में वह यह भूल ही गया था कि यहां पर उसके साथ उसकी युवा पत्नी गर्भावस्था में आई हुई है, जिसे उसके कुछ समय की आवश्यकता है।

दोनों के बीच यह समय कांक्रीट कर ग़लतफहमियों को कम करने का अवसर भी था। रुत्ती, जिन्हा का प्यार लौटता देखना चाहती थी। वह परदेस में ही सही उसकी नज़दीकी पाकर फिर से खिलना चाहती थी। अपनी सारी तकलीफ़ों और गर्भावस्था के अवसादों को भूलकर केवल आने वाले सुनहरे भविष्य के ताने-बाने बुनने लगी थी। उसे अपने पति के साथ उन नितांत निजी पलों की ज़रूरत थी जिनमें वह बड़े प्यार से इठलाते हुए बच्चे के नाम, उसके भविष्य, उसके रंगरूप, चेहरे आदी पर स्त्री सुलभ बातें कर सके तथा जिन्हा भी उसे अत्यंत प्रेम से सम्हालता और और उसके साथ प्रेमालाप करता साथ हो। रुत्ती ने बम्बई से चलते समय शायद यही सोचा था कि

उसके जीवन के ये पल सबसे शुभ हों। वह यह मानकर चलने लगी थी कि आने वाला बच्चा उसके प्यार को अपनी तरफ़ खींचकर उसे पत्नी और माँ की पूर्णता देने के लिए इस धरती पर आ रहा है। लेकिन जिन्हा जैसे व्यक्ति के लिए इन भावनाओं की कोई अहमियत नहीं थी। वह एक तो लंदन में अवांछित और उपेक्षित सियासतदार के रूप में ख़ुद को पाकर हतप्रभ था, दूसरा उसे चिंता थी कि उसकी असफलता का असर भारत में जाकर वहां की राजनीति में स्पष्ट दिखाई देगा। गाँधी का साया उसे डरा रहा था, एवं उसका एक ही इलाज था कि लंदन का तख़्त उसके पुराने दिन लौटा दे, जो फ़िलहाल तो गहरे धुंधलके में ही थे। भावनात्मक प्रेम वास्तविक मरुस्थल की तपिश में लगातार शुष्क होता जा रहा था। इतना रूखा कि कभी-कभार पड़ने वाली बौछार उसे सिक्त करने में असमर्थ थी। यह बौछार गर्म रेत पर गिरकर तुरंत भाप बन उड़ जाती थी।

54

14 अगस्त, सन् 1919, समय अपनी चाल से चल रहा था। राजनीति, व्यापार, न्याय, प्रशासन, समस्याएं, ख़ुशियां, दु:ख, उत्सव, उल्लास, भूतकाल को पार कर वर्तमान से गुज़र, भविष्य की तरफ़ बढ़ रहे थे। कोई नहीं जानता था कि इतिहास की किस तारीख़ का, भविष्य की किस तारीख़ के साथ, क्या तालमेल और संयोग बैठने वाला है। धरती तो अपने परिक्रमा पथ पर लगातार गतिमान है, लेकिन उसकी सतह पर मानव सभ्यता और उन सभ्यताओं के प्रभुत्व चमकते हैं फिर धुंधले हो जाते है। न जाने कितनी सीमाएं बनी, बिगड़ीं, और नष्ट हो गईं। इसी तरह भविष्य के सिंहासनों की सीमाओं और प्रभुत्व में न जाने क्या बदलाव होंगे। ब्रिटिश क्राउन का सितारा इस समय दुनिया का सिरमौर है। वह जो चाहता है वही होता है। लेकिन विश्वयुद्ध के समाप्त होने के बाद, यह क्राउन भी अपने प्रभाव को क़ायम रखने का भरसक प्रयास कर रहा था। युद्ध के खर्चे से उसकी कमर टूट गई थी, उसके उद्योग संकट में आ गए थे। खाने-पीने की वस्तुओं की गंभीर परेशानी से वह जूझ ही रहा था। समय कुछ इशारे कर रहा था, जिसे अंग्रेज अच्छी तरह से समझ रहे थे। वे लंदन की धाक को क़ायम रखने के लिए कुछ भी करने को तैयार थे।

उस शाम अपने वज़ूद के लिए लंदन की ख़ाक छानता हुआ जिन्हा जल्दी घर वापस आ गया था। वह जो चाहता था, समय उसे देना नहीं चाहता था। अपनी ज़िद में वह अंग्रेजों से अंदरूनी विरोध मोल ले चुका था। अंग्रेज जानते थे कि बदली परिस्थितियों में भारत में अपनी मनमर्ज़ी करने के लिए जिन्हा की नकेल कसकर अपने

हाथ में रखना ज़रूरी था। इसलिए वे उसे उसकी हैसियत दिखाना भी चाहते थे। भारत की परिस्थितियां उनके लिए शांत नहीं थीं। गाँधी नामक आँधी अब ज़ोर पकड़ने लगी थी। आक्रोशित युवाओं में इंक़िलाब और सरफ़रोशी की तमन्ना उन्हें देश पर क़ुर्बान हो, स्वतंत्रता की चिंगारी को आग में बदलने की तरफ़ बढ़ चली थी। ब्रितानी सत्ता को भारत में अपना एक मोहरा चाहिए था, जो जिन्हा के रूप में तैयार हो सकता था, परन्तु वे इस मोहरे को पहले अच्छी तरह से घिस-पीटकर अपने अनुसार बना लेना चाहते थे। अंग्रेज जिन्हा जैसे महत्वाकांक्षी व्यक्ति को मुठ्ठी में कर भारत में अपना भविष्य देख रहे थे। वे उसे उपेक्षित और तिरस्कृत कर रहे थे, ताकि कुछ पाने के लिए जिन्हा उनके समक्ष घुटनों के बल आ जाए।

रुत्ती अनमनी सी लेटी हुई थी। जिन्हा के जल्दी आने से उसे आश्चर्य हुआ। उसने हमेशा की तरह मुस्कुराकर उसका स्वागत किया। तमाम अन्तर्विरोधों के होते हुए भी उसकी मुस्कुराहट क़ायम थी तथा जिन्हा के लिए अपनी मुस्कान को वह सहेजकर ही रखना चाहती थी। वह उसे देखते ही अपनी सारी पीड़ाएं भूलकर केवल अपने प्यार में खो जाती थी। उसका गर्भ अब लगभग पूरे समय का हो चुका था। उसकी आया अधिक सतर्क रहने लगी थी। वह उसे ख़ुश रखते हुए सेवा में कोई कोर-कसर नहीं छोड़ रही थी। कभी भी प्रसव बेला प्रारम्भ हो सकती थी। नए मेहमान के आगमन की प्रतीक्षा समाप्त होने को थी। पति का बदलता व्यवहार देख रुत्ती को बच्चे और स्वयं के भविष्य की चिंता होने लगी थी। पहले ही वह अपने माता-पिता और समाज से पूरी तरह अलग हो चुकी थी। आने वाला समय अपने हमसफ़र के साथ कैसा गुज़रने वाला है, यह रुत्ती के लिए एक पहेली बन चुका था। मन से वह कभी भी जिन्हा से पल भर को भी दूर होना नहीं चाहती थी। लेकिन वह अपनी आशंकाओं से मुक्त भी नहीं हो पा रही थी। कभी-कभी वह सोचती कि यह बच्चा दुनिया में आकर उपेक्षा का शिकार न हो जाए। उसे पेटिट हॉल में अपना बचपन याद आ जाता। वह प्रिंसेस थी अपने पप्पा-मॉम की। अपने पप्पा और माँ का प्रेम उसे गुदगुदाने लगता था। कितने निश्छल और निस्वार्थी थे उसके पिता अपनी बेटी के लिए। उसकी बुआ उसे कितना चाहती थी। उसे लगता कि तरुणाई में किसी दूसरे के आकर्षण को प्यार समझना, प्यार के दायरे में नहीं आता। लेकिन अपने बलिदान को याद कर वह यह मानने लगती थी कि उसका 'जे' इतना स्वार्थी नहीं हो सकता कि वह अपने बच्चे और पत्नी से दूर चला जाए। लेकिन वास्तविक परिस्थितियां उसके सपनों से मेल नहीं खाती थीं और वह शीघ्र ही वास्तविकता की रस्सी पर चलकर संतुलन बनाने लगती।

कभी-कभी तो अपने पेट पर हाथ फेरते हुए वह यहां तक कह देती- "बेबी तुम दुनिया में आने का इरादा छोड़ दो तो ज़्यादा ठीक होगा"

एक माँ के रूप में इस तरह सोचना उसके अवसाद का सूचक बनता जा रहा था। वह अपने में पुरानी और बिंदास रुत्ती को ज़िंदा रखना चाहती थी लेकिन यह रुत्ती तो जर्जर हो धीरे-धीरे ढहती जा रही थी।

"हैलो, कैसा महसूस कर रही हो"- जिन्हा ने रुत्ती के पास बैठते हुए कहा।

"आप आज जल्दी कैसे आ गए"- रुत्ती ने अपने अवसादग्रस्त स्वर में कहा।

"बस यूं ही"- जिन्हा के स्वर में निराशा थी।

"क्या हम साथ-साथ चाय पी सकते हैं आज"- रुत्ती ने कहा।

"श्योर"- जिन्हा ने कहा।

"शुक्रिया"- रुत्ती ने संक्षिप्त सा उत्तर दिया।

कुछ देर में ही आया ने मेज़ पर चाय और बिस्कुट रख दिए।

बहुत दिनों बाद दोनों ने शाम की चाय साथ ली थी।

"चलो आज थियेटर चलते हैं ड्रामा देखेंगे, तुम्हारा मन भी बहल जाएग"- जिन्हा ने कहा।

"मेरे मन की चिंता आपको है 'जे', जानकर मुझे अच्छा लगा"- ताना देते हुए रुत्ती ने कहा।

"तुम्हारी चिंता मुझे हमेशा रहती है, लेकिन तुम भी तो यह जानती हो कि मैं इस समय कितने संघर्षों से गुज़र रहा हूँ"- जिन्हा ने अपनी बात रखते हुए कहा।

"ख़ैर आज इस बहस में न पड़ा जाए तो ज़्यादा अच्छा है"- रुत्ती ने बात को समाप्त करते हुए कहा।

"तो क्या इरादा है थियेटर का"- जिन्हा ने पूछा।

"चलो चलते हैं, इस तरह से आपकी कुछ क़रीबी हासिल हो जाएगी मुझे"- रुत्ती ने मुस्कुराते हुए कहा।

रुत्ती की स्थिति ठीक नहीं थी। लेकिन वह मज़बूत इरादे की स्त्री थी। उम्र का बीसवां वर्ष पूरा होने से पहले उसने जीवन के अनेक उतार-चढ़ाव देख लिए थे। वह थियेटर जाने के लिए तैयार हो गई। नाटक रात आठ बजे शुरू होकर ग्यारह बजे समाप्त होना था। नाटक में नामी कलाकार भाग ले रहे थे। जिन्हा जब लंदन में पहली बार व्यापार सीखने आया था तब उसने लंदन की नाटक कम्पनी में काम किया था। वह बैरिस्टरी से पहले नाटक की तरफ़ आकृष्ट हो गया था। उन दिनों उसके पिता ने नाराज़ होकर उसका ख़र्च तक बंद कर दिया था। उसका शौक़ अब भी नाटक देखना था। आज समय मिलने के कारण वह इस मौके को हाथ से नहीं जाने देना चाहता था। उसने बग्घी बुलवाई तथा दोनों थियेटर पहुंच गए। थियेटर उनके फ्लैट से ज़्यादा दूर नहीं था। कोने की आराम दायक सीट पर बैठे वे शेक्सपियर के नाटक का आनंद ले

रहे थे। तभी रुत्ती को तकलीफ़ शुरू हो गई, वह कराहने लगी, उसे प्रसव वेदना प्रारम्भ हो चुकी थी। आख़िर थियेटर का वह शो छोड़कर दोनो वापस अपने फ्लैट पर आ गए। तब तक आधी रात बीत चुकी थी और अगस्त की पंद्रह तारीख़ शुरू हो चुकी थी। रुत्ती की देखभाल करने वाली आया की ही देखरेख में रुत्ती और जिन्हा के प्यार की निशानी के रूप में एक प्यारी सी बच्ची ने इस दुनिया में पहली साँस ली। रुत्ती ने उसे एकबार सर्वांग निहारा। जिन्हा ने उस बच्ची के आगमन का कोई विशेष स्वागत नहीं किया। बच्ची ने जन्म लेते ही रुदन किया था। वही रुदन जो हर बच्चा दुनिया में आकर इसे देखते हुए करता है। बच्ची बिलकुल रुत्ती की तरह ख़ूबसूरत थी। रुत्ती ने अपने आँचल का अमृत बच्ची को पिलाकर उसका स्वागत किया। अब वह स्वयं माँ बन गई थी। उसने अपनी बच्ची का माथा चूम लिया। उसकी आँखों में से आँसू टपक कर नवजात बच्ची को भिगोने लगे थे। जिन्हा को आवाज़ देकर उसने बुलाया और बच्ची उसकी गोदी में डालते हुए कहा- "दिस इज़ लिटिल रुत्ती" उसने आँखों में शरारत भर कमनीय मुस्कान अपने अधरों पर रखकर जिन्हा का हाथ चूम लिया।

बच्चे को जन्म देना माँ का पुनर्जन्म होता है। रुत्ती का तो शारीरिक और मानसिक रूप से यह पुनर्जन्म ही था। बच्ची के जन्म के साथ ही उसका अवसाद कुछ कम होना शुरू हो गया था। उसे लगने लगा था कि 'जे' इस बच्ची के कारण उसके निकट आ जाएगा। लेकिन जिन्हा को इतनी फुर्सत नहीं थी कि वह भावनात्मक रूप से अपनी पत्नी के साथ बैठकर उसकी संवेदनाओं को सहलाता और प्रणय में खो जाता। उसने लंदन में बेहतर दाई और सेवक नियुक्त कर दिए थे, जो बच्ची और रुत्ती की अच्छी देखभाल कर सकते थे। इसके लिए धन की कोई कमी नहीं थी। रुत्ती ने अब फिर से ख़ुद को संभालना शुरू कर दिया था। वहां नौकरों व आया के अतिरिक्त कोई और नहीं था, जिसका बच्ची के प्रति लगाव अथवा आकर्षण होता। इस अवसर पर दादी-नानी, बुआ-मौसी, मामी आदि की महत्वपूर्ण भूमिका होती है। वे अपने परिवार के बच्चे की सराहना करती हैं। उसके नयन-नक्श का मिलान करती हैं। उसे चूमती हैं तथा माँ को साहस प्रदान करती हैं। इस बच्ची के साथ तो कोई भी नहीं था। उसकी माँ ने नानी, मौसी, मामा सभी को उससे दूर कर केवल उसके पिता को चुना था। वे चाहकर भी तो उसके पास नहीं आ सकते थे। बुआ अपने भाई के लिए रास्ता तलाश करती रही थी। रुत्ती उसके लिए न तो मुस्लिम मर्यादाओं के अनुकूल थी, और न ही वह उसके प्रति अपनत्व की कोई भावना रखती थी। उसकी केवल एक ही चिंता थी, अपने भाई को सहारा मिल जाए। वह उसे रुत्ती के रूप में मिल गया था। बच्ची को वह कैसे स्वीकार करेगी यह तो उसके मिलने पर ही पता चलेगा। क्योंकि वह भारत में थी और भारत जाने के लिए इस बच्ची को अभी बहुत समय लगना था।

रुत्ती की सबसे बड़ी शुभ चिंतक उसकी आंटी, सरोजिनी नायडू तो ब्रिटेन में ही थीं। लेकिन वे उसकी कोई खोज-ख़बर क्यों नहीं ले रहीं, यह प्रश्न उसके मन में उठता था। वह सरोजिनी आंटी से नाराज़ होना चाहती थी। कुछ समय बाद रुत्ती के प्रसव चिन्ह और शारीरिक रिक्तियां अपने स्थान पर यथावत् आ गए थे। वह सामान्य होने लगी थी। उसने स्वयं को ख़ुश रखने का प्रयास करना शुरू कर दिया था। नियमित कसरत और पैदल चलने से वह और निखरने लगी थी। उसकी शारीरिक बुनावट और कसावट प्रसव के बाद और अधिक आकर्षक होने लगी थी। बच्ची को सेवकों की फ़ौज के जिम्मे छोड़ वह जिन्हा के साथ बाहर जाने लगी थी।

एक दिन अचानक सरोजिनी उसके फ्लैट पर आ गईं। रुत्ती को इस दिन का बेसब्री से इंतिज़ार था। सरोजिनी उसकी आंटी भर नहीं थी। वह उसकी दोस्त थी, माँ थी, बुआ थी और सबसे बड़ी बात वह उसकी आत्मिक शक्ति का केंद्र थी। वह सरोजिनी से लिपट गई थी। ख़ूब शिकायत की थी अब तक न आने की।

सरोजिनी स्वयं तीन बच्चों को जन्म दे चुकी थी। उसे नवजात बच्चों की ज़रूरतों, इस दौरान माँ की सावधानियां, और प्रसव पश्चात की समस्याओं का अनुभव था। उन्होंने रुत्ती को अनेक बातें बताईं और उससे पूछा कि वह क्या-क्या सावधानियां रख रही है। लेकिन रुत्ती के जवाब सुन उन्हें समझ में आ गया कि यह लड़की इस नाज़ुक अवसर पर भी लापरवाही कर रही है, जो भविष्य में उसके स्वास्थ्य के प्रति घातक हो सकती है। अनुभवी सरोजिनी समझ गई थी कि ऊपर से अपने सौंदर्य के प्रति सचेत यह सद्य प्रसूता भीतर से टूट रही है। वह जितनी खिली-खिली दिखाई दे रही है, उतनी ही मुरझाई हुई भी है। सरोजिनी इस स्थिति को भाँपकर चिंतित हो उठी थी। उन्होंने प्यार से झिड़की देते हुए उसे ज़रूरी हिदायतें दीं।

नवजात बच्ची के कारण जिन्हा लंदन में रहने हेतु मजबूर हो गया था। वहां उसके सारे राजनीतिक पांसे उलट पड़े थे। उसे डर लगने लगा था कि भारत में उसकी हैसियत ख़त्म न हो जाए। कांग्रेस में गाँधी का एकछत्र होना उसके लिए बड़ी चुनौती थी, तो मुस्लिम-लीग के लिए वह लंदन में कुछ ख़ास कर नहीं सका था। लीग के लोग भी उसकी क्षमताओं के प्रति आशंकित हो रहे थे। जिन्हा इस समय तीन नावों की सवारी एक साथ करना चाह रहा था। एक तरफ़ वह अंग्रेजों के साथ समझौता कर उनका विशेष कृपा पात्र बनने की जी तोड़ कोशिश कर रहा था। दूसरी ओर वह कांग्रेस में अपना नेतृत्व स्थापित कर गाँधी और बाकी नेताओं को दरकिनार करना चाह रहा था, तथा तीसरा मुस्लिम-लीग को अपनी मुट्ठी में रखकर मुस्लिम राजनीति का सिरमौर बनना चाहता था। लेकिन समय के थपेड़ों के कारण उसकी तीनो नावें हिचकोले खाकर डगमगा रही थीं। उधर जवान पत्नी इस अधेड़ पति से अपने लिए जो अपेक्षाएं लिए

बैठी थी, वह उसके रास्ते की सबसे बड़ी अड़चन बन रही थी। ऊपर से एक बच्ची और उसकी ज़िम्मेदारी उसके साए में आ गई थी। वह एक भंवर में फंसता जा रहा था। उसमें और उसकी पत्नी में पूरी एक पीढ़ी की सोच का फ़र्क़ था। दोनों के विचार अलग थे। रुत्ती पूरी तरह से अंग्रेजों के ख़िलाफ़ होकर देश को उनसे मुक्त कराने की पक्षधर थी। अपने पति से वह अपने द्वारा लिखी रोमांटिक कविताओं के किरदार की आशा करती थी। उसे जिन्हा में एक ऐसा पुरुष चाहिए था जिसकी प्राथमिकता अपनी सारी व्यस्तता को छोड़कर केवल उसकी कामनाओं की पूर्ति में एकाग्र हों। यह सब जिन्हा के लिए सम्भव नहीं था। दार्जिलिंग में महानंदा नदी के किनारे पनपा यह प्रेम अब केवल समय और जैविक आवश्यकता से अधिक कुछ नहीं बचा था। एक नवजात बच्ची अपनी अबोध मुस्कान के माध्यम से इन दोनों के बीच सेतु बनने आ गई थी। लेकिन सेतु भी तो दोनों किनारों को जोड़ने में असमर्थ ही प्रतीत हो रहा था। तीन महीने की बच्ची, बेहद सुंदर और सलोनी। वह अब देखकर पहचानने और मुस्कुराने लगी थी। बच्ची की आया उसका बहुत अच्छी तरह से ख़्याल रखती थी। उसे माँ के दूध के अलावा वह कुछ सूप और दाल का पानी आदि भी पिलाने लगी थी। बच्ची अपने पैरों को हाथ से पकड़ कर मुंह में दबाने की कोशिश करती, हाथों को चलाती, रोती तो पूरा घर सर पर उठा लेती। रुत्ती को अपनी बेटी की मुस्कान आनंदित कर देती थी, लेकिन जिन्हा को बच्ची का रोना और चीखना क़तई पसंद नहीं था। उसके घर होने पर बच्ची अगर रोती तो वह असहज हो जाता और इसे शोर समझकर झल्ला जाता था। इस बीच सरोजिनी दो बार उनके घर आ चुकी थी। वे रुत्ती को बच्ची के साथ ख़ुश देखकर आश्वस्त थीं। लेकिन रुत्ती के चेहरे को पढ़कर वे आशंकित भी थीं, यह सोचकर की कुछ तो गड़बड़ी है जो रुत्ती को परेशान किए हुए है। इस परेशानी का कारण जिन्हा हो सकता है, वह समझ नहीं पा रही थी।

जिन्हा लंदन के राजपथों पर अपने लिए आसन तलाशता ऐसे घूम रहा था जैसे बिना पतवार की कोई नाव लहरों पर सवार हो। उसे कोई भी ऐसा आश्वासन अथवा रास्ता नहीं मिला जिससे वह अपनी कमज़ोर होती राजनैतिक साख को फिर से मज़बूत कर सके। बच्ची के तीन महीने की होने पर नवम्बर के मध्य में यह परिवार वापस भारत आ गया।

55

जिन्हा के भारत वापस आने तक गंगा, यमुना, सिंधु, ब्रहमपुत्र, रावी, सतलुज, नर्मदा, गोदावरी और कावेरी में बहुत सा पानी बह चुका था। पिछले छः महीने भारत के लिए

बहुत जटिल बीते थे। जलियांवाला बाग की घटना के बाद देश में अंग्रेजों के प्रति बहुत ग़ुस्सा भरा हुआ था, इसमें घी का काम किया था ब्रिटश संसद द्वारा इसे जायज़ ठहराकर। ग़दर-पार्टी अपनी स्थापना के बाद युवाओं में काफ़ी लोकप्रिय हो रही थी। रासबिहारी बोस का क्रांतिकारियों को तैयार कर अंग्रेजों के विरुद्ध सशस्त्र आंदोलन गति पकड़ चुका था। पंजाब, सीमांत प्रदेश, संयुक्त प्रदेश, राजपूताना, बंगाल, मध्य प्रांत से लेकर दक्षिण में मैसूर, मद्रास और पश्चिम में बॉम्बे प्रोविंस के मराठवाड़ा, सौराष्ट्र और सिंध तक में उबाल आया हुआ था। उधर ख़िलाफ़त आंदोलन में अली बंधुओं और मौलाना हसरत मोहानी को महात्मा गाँधी ने समर्थन दे रखा था, तो असहयोग आंदोलन को ख़िलाफ़त कमेटी समर्थन दे रही थी।

भारत में चल रहे दो आंदोलन अपना रूप ग्रहण कर रहे थे। मुसलमानों में खिलाफत आंदोलन तथा गाँधी का असहयोग आंदोलन अब गांव-कस्बों तक पहुंच बना रहे थे। जिन्हा की राजनैतिक चाल सबसे अलग थी। वह किसी के साथ समन्वय कर उसमें स्वयं को समाहित करना नहीं चाहता था। वह न तो मुस्लिम-लीग की प्राथमिकता बन चुके ख़िलाफ़त आंदोलन को खुलकर समर्थन देना चाहता था, न कांग्रेस और गाँधी के असहयोग आंदोलन को सहयोग करना चाहता था। वह आंकलन कर रहा था कि ये दोनो आंदोलन अंग्रेजों के खुले विरोध में हैं। वह इनके समर्थन से दूर रहकर एक तो अंग्रेजों के प्रति आंतरिक रूप से वफ़ादारी जताना चाहता था तथा सबसे बड़ी बात वह जानता था कि इन आंदोलनों को समर्थन देने की स्थिति में उसकी सारी महत्वाकांक्षाएं ध्वस्त हो जाएंगी। इनकी सफलता के श्रेय में दूर-दूर तक उसका नाम नहीं होगा। पिछले दिनों अंग्रेजों से मिली उपेक्षा से वह आहत था इन दोनो आंदोलनो से दूरी अंग्रेजी सत्ता का ध्यान उसकी तरफ खींचने में कामयाब हो सकती थी। इन परिस्थितियों में उसका मन विचलित था तथा वह पहले की भांति अंग्रेजों की सहानुभूति की तरफ़ ताक रहा था। इसके अलावा वह किसी तरह राजनैतिक तिकड़म-तरीक़े से लंदन जाकर बस जाना भी चाहता था। पिछले साल महामारी के दौर में साठ लाख से ज़्यादा लोगों की जान चली गई थी। पंजाब में सशस्त्र क्रांति का दौर था। वह भारत को पारिवारिक रूप से असुरक्षित जगह मानने लगा था। भारत में पारसी समुदाय उससे नाराज़ था। रुत्ती के पिता तो किसी भी क़ीमत पर उसे स्वीकार करने को तैयार नहीं थे। रुत्ती और फ़ातिमा के बीच हमेशा अनबन रहती थी। फ़ातिमा से रुत्ती बेहद चिढ़ती थी। जिसका परिणाम यह हुआ कि वह कुलाबा वाले मकान में अलग रहती या अपनी बहन मरियम अथवा शिरीन के पास रहकर एक सप्ताह बिताती, केवल रविवार को ही अपने सबसे प्रिय भाई से मिलने आती थी। रुत्ती के लिए यह भी आपत्तिजनक था कि रविवार की छुट्टी का पूरा दिन फ़ातिमा उसके पति के साथ बिताकर उसे अकेली रहने पर मजबूर कर दे।

वैसे भी जिन्हा की वकालत और राजनीति का समय इतना अधिक व्यस्त था कि रुत्ती के लिए उसमें जगह ही नहीं थी। भारत में आए भी एक महीना बीत चुका था, किंतु बच्ची का नाम अभी तक नहीं रखा गया था। रुत्ती ने कई बार पति से बैठकर नाम रखने हेतु कहा, लेकिन उसे फुर्सत ही नहीं थी कि वह अपनी पत्नी की मनुहार सुन सके, अथवा अपनी बच्ची का नाम रख सके। जहां जिन्हा के पास पलभर का भी समय नहीं था, वहीं उसकी ख़ूबसूरत, नवयौवना, उत्तेजक, प्रेम में डूबने को तत्पर, शोख़-चंचल, और बिंदास बीवी के पास समय का इतना भंडार था कि वह उसे उपयोग ही नहीं कर पा रही थी। वह अपने घर में सुबकती, सिसकती, आह भरती, ख़ुद को कोसती और फिर अपनी बच्ची और बिल्लियों में खो जाती। बम्बई की रंगीनियों से सजी उसकी शामें सूनी होती जा रही थीं।

उधर जिन्हा गाँधी के ख़िलाफ़ होकर कांग्रेस में अपना स्थान सुरक्षित नहीं रख सकता था। अंग्रेजों को वह अंतिम प्रयास तक साधना चाहता था। उसकी निगाह अब मुस्लिम नेतृत्व की तरफ़ जा रही थी। इस बीच दिसम्बर में अमृतसर में जब लीग का सालाना जलसा हुआ तो वहां जिन्हा से ज़्यादा ख़िलाफ़त आंदोलन के कर्ता-धर्ता और गाँधी के चेले, अली बंधुओं का स्वागत किया गया। अली बंधुओं के आते ही पूरे पंडाल में "अल्लाह-ओ-अकबर" के ज़ोर-दार नारे लगे। जिन्हा वहां जो बोला उसकी ध्वनि में ब्रिटिश यात्रा की नाकामी साफ़ झलक रही थी। साथ ही उसने गाँधी के असहयोग आंदोलन की आवश्यकता को भी ग़ैर-ज़रूरी बता दिया। यहाँ इतना अवश्य हुआ कि इस जलसे में अगले वर्ष के लिए जिन्हा को मुस्लिम-लीग का अध्यक्ष चुना गया। जिन्हा को यह तो अहसास हो गया था कि अभी वह गाँधी से सीधी टक्कर नहीं ले सकेगा क्योंकि भारतीय राजनीति के आकाश पर सितारे के रूप में केवल गाँधी चमक रहा था, बाकी किसी का कोई अस्तित्व ही दिखाई नहीं दे रहा था। उसे यह भी पता था कि तीन साल पहले वह राजनीति के जिस सफल शिखर पर था, वहां से फिसलकर बहुत नीचे आ गया है। वह मुस्लिम-लीग को एक सीढ़ी के रूप में उपयोग करने की भरपूर कोशिश कर रहा था ताकि अपने हाथों से फिसलते वक़्त को थाम कर फिर से अपना रास्ता बना सके।

इस सम्मेलन में रुत्ती भी उसके साथ थी। वह जिन्हा की बदलती विचारधारा को देख रही थी। उसे लगा कि अगर जिन्हा अपनी विचारधारा बदलता है तो उसकी उज्जवल वकालत और दमदार राजनीति दोनों ही गठरी में बंधे हुए सोने जैसी रह जाएंगी जो किसी संदूकची के ताले में रखा होता है।

कलकत्ता में कांग्रेस का अधिवेशन था। जिन्हा ने वहां असहयोग आंदोलन के ख़िलाफ़ माहौल बनाने की कोशिश की। मोतीलाल नेहरू, एनी बेसेंट और बिपिन चंद्र पाल जैसे दिग्गजों ने यहां जिन्हा की बात सुन साथ देने का आश्वासन दिया, लेकिन गाँधी

की मज़बूत स्थिति देखकर ये नेता भी अंतिम समय में असहयोग आंदोलन के समर्थन में आ गए। जिन्हा के होमरूल के दो ख़ास वफ़ादार साथी भी गाँधी जी की तरफ़ चले गए। ख़िलाफ़त आंदोलन के समर्थकों ने असहयोग आंदोलन का समर्थन कर गाँधी को सफल बना दिया। जिन्हा यहां भी गाँधी से मात खाकर चुप हो गया था। इसके बाद तो होमरूल लीग के गाँधी जी सभापति थे। उन्होंने होमरूल लीग के संविधान को बदलकर सत्याग्रह के अनुरूप करने का प्रस्ताव रखा तो जिन्हा ने उसका विरोध किया तथा ब्रिटिश राष्ट्रमंडल के दायरे में ही स्व-शासन हासिल करने की बात कही, लेकिन यहां जिन्हा को केवल अठ्ठारह लोगों का समर्थन ही मिला और वह हारकर सभा छोड़कर चला गया। जिन्हा को लगता था कि उसकी सारी महत्वाकांक्षाओं को गाँधी नाम का यह प्राणी कुचलता हुआ दौड़ रहा है।

इधर जिन्हा की पत्नी रुत्ती ही गाँधी जी से प्रभावित थी तथा गाँधी के विचारों के समक्ष जिन्हा को बहुत कम आंकने लगी थी। दोनों के बीच अनेक अवसरों पर ऐसे मुद्दे विवाद का कारण बन जाते थे।

धीरे-धीरे रुत्ती का समय काटना तक मुश्किल होता जा रहा था। उसने जिन्हा से प्रेम किया था। भले ही वह प्रेम अपरिपक्व था। सोलह बरस की रुत्ती नहीं जानती थी कि अपने से दोगुनी से भी अधिक उम्र के पुरुष के साथ किया गया प्रेम उस पुरुष की तरफ़ से आत्मिक तो हो नहीं सकता, भले ही वह अपनी तरफ़ से कितनी भी भ्रमित होकर उसे सच्चा प्रेम मान ले। एक दिन सुबह जब जिन्हा तैयार हो रहा था तो रुत्ती ने किचिन में जाकर स्वयं चाय बनाई तथा जिन्हा के पास गई।

"जे"- रुत्ती ने अपना प्यार जताते हुए कहा

"हूँ"- जूते के बंध बांधते हुए जिन्हा ने उत्तर दिया

"आई लव यू"- रुत्ती ने मासूमियत से कहा। उसे उम्मीद थी जिन्हा भी उतना ही रोमांटिक होकर उसे उत्तर देगा। लेकिन युवा रुत्ती के प्रति अधेड़ जिन्हा का रुख़ अनुकूल नहीं रहा।

"मैंने कब इंकार किया इस बात से"- जिन्हा ने गरदन ऊपर उठाते हुए कहा

"लेकिन मुझे लगता है तुम्हारे और मेरे बीच वक़्त बहुत बड़ी दीवार खड़ी कर रहा है"- रुत्ती ने रुआंसे होते हुए कहा।

"नहीं ऐसी बात नहीं है, ज़िंदगी में अपना मक़ाम हासिल करने के लिए बहुत कुछ खोना पड़ता है"- जिन्हा ने कहा।

"हाँ, मैंने भी तो मेरे 'जे' को पाने के लिए बहुत कुछ खोया है"- रुत्ती ने उत्तर दिया

जिन्हा ने एक गहरी साँस ली। वह मन ही मन में सोच रहा था कि तुम्हें पाकर मैंने क्या खोया है, यह शायद तुम नहीं जानती। उसने अपना सिगार जलाया और एक कश खींचकर चाय का प्याला अपने हाथ में ले लिया।

"हमारी एक बच्ची है अब"- रुत्ती ने चाय का प्याला अपने हाथ में लेते हुए कहा।

"हाँ, मुझे भी पता है, आप मुझे यह याद क्यों दिला रही हैं"- जिन्हा ने सपाट उत्तर दिया।

"आपको नहीं लगता कि हम उसे किसी नाम से पुकारें?"- रुत्ती ने प्रश्न किया

"तो तुम उसका नाम रख लो"- जिन्हा ने जल्दी-जल्दी चाय समाप्त करते हुए कहा।

"क्या मैं अकेली बैठकर हमारी बच्ची का नाम डिसाइड कर लूं? आपके पास इतना भी वक़्त नहीं है कि आप उसका नाम साथ में बैठकर तय कर सकें?"- रुत्ती थोड़ी तल्ख़ हुई

"अभी मुझे बहुत ज़रूरी काम हैं, और तुम जानती हो मैं वक़्त का पाबंद हूँ, प्लीज़ मुझे लेट मत करो यह काम तुम भी कर सकती हो"- और जिन्हा कमरे से बाहर निकल गया।

बाहर उसकी लिमोज़िन कार तैयार खड़ी थी। ड्राइवर ने दरवाज़ा खोला, वह उसमें बैठ गया। साउथ कोर्ट के पोर्च में कार के स्टार्ट होने की आवाज़ आई और कुछ ही पलों में वह दूर जाती हुई खो गई।

रुत्ती अवाक रह गई। उसे ग़ुस्सा आ गया था। उसके बाद उसने लगातार चार सिगरेट फूंकीं और अपना तकिया फैंककर सो गई।

जिन्हा का सपना दुनिया का एक ऐसा शख़्स बनना था, जो युगों तक याद किया जा सके। रुत्ती उसके लिए एक आवश्यकता भर थी। वह उसे पत्नी के रूप में सिर्फ़ उसका ख़्याल रखने वाली औरत तक सीमित रखना चाहता था। वह व्यस्त होने लगा था अपनी राजनीति में, और रुत्ती उसकी राह ताकती रहती थी। रुत्ती रोमांटिक कविताएं लिखना चाहती थी, वहीं जिन्हा राजनीति के उत्तेजक भाषण तैयार करता। रुत्ती अपने प्रेमी पति के हर भाषण को सुनते हुए तालियां पीटती, परन्तु जब वह जिन्हा से अपनी कविता सुनने का अनुरोध करती तो वह चिढ़ जाता था। वह मन मसोसकर रह जाती। उसके शब्द उसकी डायरियों में छुप जाते थे। उसकी आँखें नम हो जाती थीं, अपनी डायरी के पन्नों को पलटते हुए।

कहाँ जाए रुत्ती, उसके पास कोई विकल्प ही नहीं था। पिता और माँ के घर के दरवाज़े उसके लिए बंद थे। छोटे भाई उससे नफ़रत करते थे। बुआ उसकी बे-वफ़ाई से दुःखी थी, जो मिलना ही नहीं चाहती थी। क्लबों में उसके कोई दोस्त नहीं बचे थे। पुराने बंगले के रूप में साउथ कोर्ट, रुत्ती और उसके पालतू कुत्ते, बिल्ली और नेवले के लिए एक चहारदीवारी था। उसकी कविताओं में रोमांस फीका पड़ गया था। प्रकृति के विषय बढ़ गए थे। टूटन और घुटन लिए उसकी कविताओं के शब्द काग़ज़ों पर

रिसने लगे थे। कभी-कभी जिन्हा को जब जिस्मानी आवश्यकता होती, तो वह कुछ रोमांटिक होता। रुत्ती इसे अपना भाग्य समझकर अपनी रोमांटिक कविता ही मान लेती।

एक शख़्स और था जो रुत्ती के दु:ख से परिचित था, तथा कभी-कभार उसके साथ बोल-बतिया लेता था। कांजी द्वारकादास। वही कांजी, जिसने पहली बार रुत्ती को बग्घी में जाते हुए देखा था तथा अपना दिल हार बैठा था। एक पवित्र आत्मा के रूप में वह रुत्ती का हितैषी था। अब वह जिन्हा का वफ़ादार साथी और सचिव था। रुत्ती की यह दयनीय स्थिति उसे परेशान कर देती थी। लेकिन वह तो ख़ामोशी से उसे चाहने और निहारने वाला प्रेमी भर था, जिसकी प्रेमिका उसके सामने ही अपनी मृदुलता और सहजता के कारण संघर्ष कर रही थी तथा वह उसे बता भी नहीं सकता था कि तुम्हारा अस्तित्व मेरी ज़िंदगी में क्या था, क्या है, और क्या रहेगा।

जिन्हा उस दिन शाम को जब वापस आया तो रुत्ती अपना सामान पैक कर रही थी।

"कुछ ट्रैवलिंग प्लान बना रही हो क्या"- जिन्हा ने पूछा।

"हाँ, हैदराबाद जा रही हूँ"- रुत्ती ने कहा

"मुझे बताया ही नहीं"- जिन्हा ने आश्चर्य से पूछा

"पहली बात तो आपके पास समय ही नहीं है, दूसरा मुझे लगा आपको बताने की ज़रूरत नहीं है"- रुत्ती ने रूखा सा जवाब दिया।

अगले दिन रुत्ती अपने साथ अपनी बिल्लियां, कुत्ते, और एक नौकर तथा बच्ची को सम्हालने वाली एक आया लेकर हैदराबाद चली गई। जाते-जाते जिन्हा से उसने इतना भर कहा था कि हो सकता है मुझे पंद्रह दिन लग जाएं। ज़्यादा भी लग सकते हैं।

दिल टूटे भले नहीं थे, लेकिन चटकने तो शुरू हो गए थे। रुत्ती चली गई थी। जिन्हा अपने कमरे में अकेला लेटा हुआ था। उसने बीते चार साल पर नज़र दौड़ाई। उसे लगा कि वह एक रास्ते पर बहुत आगे निकलकर दूसरे रास्ते पर बहुत पिछड़ गया है। उसने अपने सबसे अच्छे बिजनेस दोस्त दिनशॉ पेटिट को खो दिया है। बैरिस्टरी तो उसकी क़ाबिलियत और ज्ञान के कारण चल रही है। राजनीति में वह पुराना इंजन साबित हो रहा है। उसे वो दिन याद आने लगे जब वह पहली बार जहाज से लंदन गया था, और डेक पर चाँदनी रात में रुत्ती के दमकते हुए सुंदर चेहरे से उसकी नज़रें नहीं हटती थीं। उसे दार्जिलिंग की एक-एक घटना याद आ गई। उसे लगा रुत्ती ने उसके ख़ातिर अपना यौवन, परिवार और सम्मान सब कुछ खोया है। उसे रुत्ती से मरियम बनना और निकाह का एक-एक लम्हा याद आ गया। उसे लगा कि वह रुत्ती के साथ अन्याय कर रहा है। अपना सब कुछ सौंपकर वह उसका साथ ही तो चाह रही है। उसने रुत्ती को एक पत्र लिखा और उसे जल्दी वापस आने का आग्रह किया। उसे पोस्ट करते समय वह समझ रहा था कि इसे पढ़ते ही उसकी प्रेयसी तत्काल वापस आ जाएगी। लेकिन पत्र मिलने

पर रुत्ती ने एक सरसरी नज़र भर उस पर डाली थी। अगले सप्ताह उसने फिर रुत्ती को पत्र लिखा, लेकिन रुत्ती ने उस पर कोई ध्यान नहीं दिया। वह हैदराबाद में पद्मजा के साथ अपना समय बिता रही थी। अंततः बीस दिन बाद रुत्ती जब वापस आई तो उसके साथ एक और नया कुत्ता था। घर में पहले ही कुत्ते-बिल्लियों से जिन्हा परेशान था। एक और नया और वह भी झगड़ालू कुत्ता अपने घर में उसे बिलकुल पसंद नहीं आया। इसके साथ ही रुत्ती ने अंधाधुंध ख़र्च कर पुराने बंगले को अपने हिसाब से सजाने के लिए सामान ख़रीद लिया। जिन्हा को उसकी यह फिजूल खर्ची पसंद नहीं आई। बीस दिन के विरह में उसका मन जितना रुत्ती के पास आने की कोशिश कर रहा था, उसके आते ही फिर वह दूर होने लगा। इसी तरह दूर-पास का खेल चल रहा था दोनों के बीच।

फ़ातिमा और जिन्हा के बीच जितना लगाव था, रुत्ती और फ़ातिमा के बीच उतना ही अलगाव था। फ़ातिमा रविवार को आती तो रुत्ती का पारा आसमान पर होता। दोनों के बीच बहुत कम बात होती थी। हर कोशिश कर अपनी बच्ची को वह उससे दूर ही रखती थी। फ़ातिमा पढ़ी-लिखी थी। कोई साधारण लड़की नहीं थी। वह बोलती कम थी लेकिन समझती ज़्यादा थी। क़रीब छब्बीस साल की हो चुकी थी वह, लेकिन शादी नहीं की थी उसने। उसके तौर-तरीक़ों से लगता था कि उसकी शादी करने की इच्छा भी नहीं थी। वह अपना पूरा जीवन अपने भाई की सहयोगी के रूप में निकालना चाहती थी। इसलिए वह अघोषित रूप से अभी जिन्हा की सचिव ही थी।

रुत्ती उसके शादी न करने पर अक्सर व्यंग्य कर देती थी। फ़ातिमा इस्लाम के प्रति उतनी ही निष्ठावान और पाबंद थी, जिन्हा जितना लापरवाह था। क़ुरआन पढ़ना उसकी नियमित दिनचर्या में शामिल था। एक दिन रुत्ती ने उसके क़ुरआन पढ़ने पर कोई टिप्पणी की तो फ़तिमा ने तपाक से जवाब दिया- "जब तुमने इसे पढ़ा ही नहीं तो इसपर बात क्या करोगी"

रुत्ती ने प्रत्युत्तर में कहा-"क़ुरआन चर्चा करने की पुस्तक है, चुपचाप पढ़ने की नहीं, अगर आप चर्चा करना चाहें तो मैं तैयार हूँ"

फ़तिमा को यह बुरा लगा। इस पर जिन्हा ने अपनी बहन का पक्ष लेते हुए कहा- "फ़ाती तुम कहां इसके मुंह लग रही हो" तथा रुत्ती के प्रति नाराज़गी व्यक्त कर दी। रुत्ती को यह बात बहुत साल गई थी। उसे उम्मीद नहीं थी कि उसका 'जे' अपनी बहन का पक्ष लेकर उसे इस तरह उपेक्षित करेगा। इसके बाद घर में हमेशा के लिए तनाव ने डेरा डाल लिया। जिन्हा चाहता था कि यह तनाव समाप्त हो। इस बीच एक अवसर सामने दिखाई दिया। फ़ातिमा को कलकत्ता के डेंटल कॉलेज में एडमिशन मिल गया और वह दो साल के लिए वहां चली गई। रुत्ती ने इसे अपनी जीत माना और फ़ातिमा के प्रति अपने अहंकार को शांत किया। लेकिन उनके बीच उतार-चढ़ाव के दिन शुरू हो गए थे।

तल्ख़ियाँ तो तल्ख़ियाँ होती हैं, धीरे-धीरे बढ़ने लगती हैं तो फिर उनका रुकना मुश्किल होता है। इस दौर में एक-दूसरे की हर बात में खोट ही दिखाई देता है। प्रयास दोनों ही कर रहे थे कि किसी तरह बढ़ती हुई कड़वाहट थम जाए। लेकिन सोच, समय और संयोग कुछ ऐसे बन जाते थे कि कुछ अच्छा होने की बजाए पांसा उल्टा पड़ जाता, और फिर वही स्थिति निर्मित हो जाती।

अपने बीच बढ़ती दूरियां मिटाने के लिए दोनों केवल घूमने के उद्देश्य से दक्षिण भारत की यात्रा पर चले गए। लेकिन यह दौर गाँधी का था। यहां भी गाँधी उनका पीछा करते रहे। रुत्ती गाँधी की प्रशंसक थी। अपनी पत्नी के मुंह से अपने चिर-प्रतिद्वंद्वी की तारीफ़ सुनना जिन्हा के कान में सीसा घोलने की तरह था। गाँधी जी रुत्ती को भी चर्ख़ा सिखाना चाहते थे, व जिन्हा इस समय ख़ुद चर्ख़ा बना हुआ था।

56

"क्या आप नागपुर चलेंगी"- जिन्हा ने रुत्ती से पूछा।

"इससे अच्छी बात और क्या हो सकती है कि हम साथ-साथ चलें। हाँ आपके साथ मैं ज़रूर जाना चाहूँगी"- रुत्ती ने उत्तर दिया।

कांग्रेस ने अपना वार्षिक अधिवेशन, और मुस्लिम-लीग ने सालाना जलसा, दिसम्बर उन्नीस सौ बीस के आख़िरी तीन दिन नागपुर में रखा था। यह अधिवेशन और जलसा भारतीय राजनीति में बेहद महत्वपूर्ण थे। जहां जिन्हा अपने विचारों और हैसियत को लेकर पेंडुलम हो रहा था, तो वहीं अंग्रेजी सूट-बूट धारी मोहनदास करमचंद गाँधी भारत में महात्मा गाँधी बन चुके थे। इस अधिवेशन में भारत भर से साढ़े चौदह हजार प्रतिनिधि भाग लेने के लिए नागपुर पहुंचे थे।

यह जिन्हा के लिए बहुत ही अशुभ काल था। रुत्ती और उसके सम्बंध दरक रहे थे, तो राजनैतिक दृष्टि से वह लगातार फिसल रहा था। अपने दोस्त दिनशॉ के साथ शतरंज खेलते हुए कभी न हारने वाला उसका दोस्त अनैतिक रूप से दामाद बनने के बाद अपने ऊँट, वज़ीर, घोड़े पिटवाकर बेहाल हो रहा था। उसकी हर कोशिश उसे और नीचे लेकर जा रही थी। सितम्बर में अमृतसर में हुए मुस्लिम-लीग के अधिवेशन में भी ख़िलाफ़त आंदोलन के समर्थकों के बीच उसकी स्थिति काफ़ी ख़राब हुई थी। रुत्ती ने भी वहां मंच पर बैठकर उसके वक्तव्य को सुना था और वह हैरान थी कि 'जे' कौन से रास्ते पर जा रहा है। वह गाँधी के असहयोग आंदोलन को लेकर भी उलझन में था। यदि वह उसे समर्थन देता है तो ख़िलाफ़त आंदोलन का भी उसे समर्थन करना होता, जो अंग्रेजों के विरोध में तथा उसकी अपनी लाइन से हटकर होता। रुत्ती को लगता था

कि जिन्हा के रवैये से उसकी राजनीति तो ठीक, अच्छी ख़ासी वकालत तक समाप्त होने की कगार पर पहुंच जाएगी।

अठ्ठाईस दिसम्बर उन्नीस सौ बीस को महात्मा गाँधी ने कांग्रेस अधिवेशन की विषय समिति की बैठक में अपना प्रस्ताव रखा कि "कांग्रेस को अब सभी वैध और शांतिपूर्ण तरीक़ों का सहारा लेकर भारत की जनता के लिए स्वराज प्राप्त करना चाहिए" इस प्रस्ताव के ड्राफ्ट से जिन्हा सशंकित हो गया। उसे इसकी स्वीकृति से अपनी ज़मीन खिसकती नजर आई। उसने फ़ौरन इस पर अपना विरोध दर्ज़ कराते हुए कह दिया कि "बिना पूर्व तैयारी के अंग्रेजों से अपने सारे सम्पर्क सूत्र तोड़ना ख़तरनाक हो सकता है" इस पर काफ़ी बहस हुई। जिन्हा इसे सावधानी बरतना बता रहा था, जबकि कांग्रेस ने इसे जिन्हा के साहस की कमी करार दे दिया। वह सोच में पड़ गया कि साहस की कमी उसमें कैसे हो सकती है।

शाम को वह अपने होटल आ गया।

"यह मोहनदास गाँधी पूरे मुल्क को अपनी मुठ्ठी में रखना चाहता है। अजीब ज़िद्दी आदमी है यह"- सिगार का कश खींचते हुए जिन्हा बड़बड़ाया।

"ऐसा क्या हुआ आज, जो आप गाँधी से इतना नाराज़ हैं"- रुत्ती ने अपनी सिगरेट का कश छोड़ स्कॉच का घूंट निगलते हुए पूछा।

"वह चाहता है कि अंग्रेजों से सारे सम्पर्क समाप्त कर भारत में, वो क्या शब्द है 'स्वराज' लागू किया जाना चाहिए। मेरी तो समझ में ही नहीं आ रहा कि यह आदमी कैसा स्वराज चाहता है"- खीजते हुए जिन्हा बोला।

"डिटेल क्या है स्वराज की गाँधी जी के मुताबिक"- रुत्ती ने स्वराज में दिलचस्पी लेते हुए कहा।

"इंडिपेंडेंट चाहता है वह. अंग्रेजों से हिन्दुस्तान को आज़ाद कराना, अब भला बिना कोई प्लान के यह नया शिगूफ़ा कोई काम का है क्या?"- जिन्हा ने स्कॉच का गिलास मुंह से लगाते हुए कहा।

"अरे वाह! यह तो बहुत अच्छा आइडिया है। भला अंग्रेजों का क्या हक़ है कि वे हिन्दुस्तान पर अपने क्राउन का शासन चलाएं। हिन्दुस्तानियों को अपने वतन में अपना फ़ैसला ख़ुद करना चाहिए। मैं तो गाँधी के इस आइडिये का समर्थन करती हूँ, और उम्मीद करती हूँ कि आप भी इसमें गाँधी के साथ शामिल हों"- रुत्ती ने उत्साह से कहा।

"क्या? तुम यहाँ गाँधी का समर्थन करती हो? यानी मुझे उसके नॉन-कोऑपरेशन मूवमेंट का हिस्सा हो जाना चाहिए? मोहतरमा यह आइडिया कितना ख़तरनाक हो सकता है, इसका किसी को कोई अहसास भी है?" - जिन्हा ने उत्तेजित होते हुए कहा।

"इसमें ग़लत क्या है? आख़िर हिन्दुस्तान कब तक इन अंग्रेजों के फ़ैसलों का गुलाम होकर जिएगा? रही बात स्वराज की, तो वह जितनी जल्दी हो सके हमें मिलना ही चाहिए"- रुत्ती ने बेबाक होकर कहा

"ओह! नो मरियम, मुझे यक़ीन नहीं हो रहा कि तुम मेरे साथ न होकर उसकी बात का समर्थन कर रही हो जिसे मैं देखना भी पसंद नहीं करता"- जिन्हा ने पैर पटकते हुए कहा।

"जे, पता नहीं तुम आजकल सच्चाई स्वीकारने की जगह ख़ुद को दूसरों पर क्यों लादने लगे हो। बेहद कन्फ्यूज़ हो रहे हैं आप। मुस्लिम-लीग में लोगों के इमोशन के बजाए अपनी ज़िद मनवाने की कोशिश करते हो, तो कांग्रेस में गाँधी से डरे हुए लगते हो। इधर मुझे भी लगता है कि तुम अपनी बेटी और बीवी के लिए भी ईमानदारी से अपना फ़र्ज़ नहीं निभा रहे हो"- रुत्ती ने कुछ तल्ख़ लहजे में जिन्हा को आइना दिखाने की कोशिश की तथा अपनी बेटी के सिर पर हाथ फेरा।

जिन्हा अधिवेशन में अपनी बात को वज़न न दिए जाने से वैसे ही परेशान था, वहीं उसकी पत्नी उसके विरोधियों के विचारों का समर्थन कर रही थी। यह स्थिति उसके लिए मानसिक रूप से अत्यंत तनावपूर्ण हो गई थी। अगले दिन इस मुद्दे पर वोटिंग होना थी। जिन्हा को लगता था कि वह वोटिंग के माध्यम से गाँधी के विचार को ख़ारिज करवा लेगा। लेकिन यह भी सम्भव नहीं हुआ। विषय समिति की मीटिंग में उसे बहुत कमज़ोर आदमी सिद्ध करते हुए हूट कर दिया गया, तथा वोटिंग में गाँधी जी के प्रस्ताव का पूर्ण समर्थन कर मंजूरी दे दी गई। उसके लिए यह पहली बड़ी हार थी। वह फिर उदास सा वापस होटल आ गया था। रुत्ती ने उसे फिर समझाने की कोशिश की थी कि वह गाँधी को अपना प्रतिद्वंदी मानने के स्थान पर साथी माने, तथा अंग्रेजों के विरुद्ध लड़ाई में अपनी निर्णायक भूमिका में आ जाए। यदि वह ऐसा करता है तो हिन्दुस्तान की सियासत में उसे हर वर्ग में सम्मान मिलेगा। लेकिन जिन्हा तो 'नम्बर वन' रहना चाहता था। वह गाँधी के साथ 'नम्बर टू' या उससे भी बाद की स्थिति में जाने को तैयार नहीं था। नागपुर में यह भी साफ़ होने लगा था कि शादी के दो साल पूरे होने से पहले ही उसकी ख़ूबसूरत और जवान पत्नी के विचार, उसके एकदम उलट हो चुके थे, वे चाहे गृहस्थी को लेकर हों, अथवा राजनीति को लेकर।

तीस दिसम्बर उन्नीस सौ बीस का वह ऐतिहासिक दिन था, जो एक तरफ़ तो भारत के लिए नए संकल्प और उत्साह से भरपूर था, वहीं दूसरी तरफ़ जिन्हा के कारण उसका रास्ता एक कंटीली पतली सी पगडंडी पर मुड़ने वाला भी था। इस पगडंडी का आख़िरी हिस्सा किस जगह जाकर मिलेगा, तथा वह कितना भयानक होगा, कोई नहीं जानता था।

कांग्रेस का पंडाल ख़चाख़च भरा हुआ था। पिछले साल के अधिवेशन से दोगुने प्रतिनिधि इस पंडाल में मौजूद थे। नागपुर हिन्दु भावनाओं का गढ़ था। लेकिन गाँधी के क्रांतिकारी नेतृत्व में इस इलाके ने पूरा विश्वास जताया था। सी विजयराघव आचार्य इस अधिवेशन की अध्यक्षता कर रहे थे। कांग्रेस और हिन्दु महासभा में समान रूप से सम्मानित लाला लाजपत राय जैसे ओजस्वी और पंजाब में अपने बड़े जनाधार वाले नेता के साथ देश के सारे दिग्गज नेता मंच पर मौजूद थे। वहीं मुस्लिम-लीग का नेतृत्व कर रहे साथ ही कांग्रेस के सबसे पुराने और प्रभावी नेता मोहम्मद अली जिन्हा भी थे। इस अधिवेशन में जिन्हा के साथ रुत्ती भी मौजूद थी।

गाँधी जी ने उन चौदह हजार पाँच सौ प्रतिनिधियों के बीच अपना प्रस्ताव रखते हुए कहा कि- "अब समय आ गया है कि हमें अंग्रेजों की गुलामी से बाहर आकर स्वराज चाहिए। असहयोग आंदोलन एक साल में भारत को स्वराज दिला देगा"

साथ ही उन्होंने मुसलमानों को असहयोग आंदोलन में शामिल करने के लिए ख़िलाफ़त आंदोलन में कांग्रेस का समर्थन करने का भी प्रस्ताव रखा। स्वराज शब्द ने वहां ऐसा जादू किया कि बाकी बातें करतल ध्वनि के गर्जन में दबकर रह गईं। लाला लाजपत राय ने इस प्रस्ताव का अनुमोदन किया। यह बहुत ही बड़ी ऐतिहासिक घटना थी। अनुमोदन के साथ ही फिर गगनभेदी तालियों का नाद उस पंडाल में गूंज गया। प्रस्ताव पर कोई विरोध नहीं हुआ।

जिन्हा खड़ा हुआ। उसने समिति से प्रस्ताव के विरोध में अपनी बात कहने की अनुमति माँगी। उसे अनुमति दी गई। समिति का मत था कि प्रस्ताव के विरोध में अगर कोई बोलना चाहे तो उसे अपनी बात रखने का पूरा अधिकार है। जिन्हा ने रुत्ती की तरफ़ देखा तथा मुस्कुराया, फिर पूरे आत्मविश्वास के साथ मंच पर खड़ा हुआ। वह अपने को सहज और सामान्य दिखा रहा था, जबकि उसके भीतर गाँधी के प्रति दुराग्रह तथा पूरी प्रक्रिया के प्रति नाराज़गी भरी हुई थी।

"मिस्टर गाँधी और..."- उसने जैसे ही मिस्टर गाँधी कहा, सारे प्रतिनिधि भड़क गए।

"मिस्टर नहीं महात्मा कहो"- पंडाल में बैठे हजारों प्रतिनिधि चिल्लाने लगे।

"जिन्हा साहब, मिस्टर नहीं महात्मा गाँधी कहो"

शोर इतना हो गया कि किसी को कुछ सुनाई ही नहीं दे रहा था।

उसने फिर कहा- "मिस्टर गाँधी..."

फिर शोर का सैलाब उमड़ा- "बैठ जाओ, बैठ जाओ नहीं सुनना तुम्हें। तुम्हारा यहाँ कोई काम नहीं है। पहले महात्मा का सम्मान करना सीखो, फिर अपनी बात कहना"

"आप लोग मेरी बात सुनिये कृपया"- गाँधी जी ने खड़े होकर लोगों को शांत किया

वे बोले- "जनाब मोहम्मद अली जिन्हा कांग्रेस के सबसे पुराने, तजुर्बेदार, हैसियत रखने वाले विद्वान नेता हैं। वे मेरे दोस्त भी हैं। इन्हें कोई ज़रूरत नहीं है मुझे महात्मा बोलने की। वे भला मुझे महात्मा क्यों बोलें? मेरी आप लोगों से भी विनती है कि मैं कोई महात्मा नहीं हूँ, मुझे महात्मा न कहें। मैं केवल मोहनदास गाँधी हूँ। और आप मेरे दोस्त तथा साथी जिन्हा साहब को अपनी बात पूरी करने दें, उन्हें सुनें, और जो भी मसौदा हो उस पर हम विचार करें"

गाँधी जी के इतना कहते ही भीड़ शांत हो गई। अब जिन्हा समझ चुका था कि गाँधी का नाम लेना और उसमें महात्मा न जोड़ना जनता बर्दाशत नहीं करेगी, इसलिए बिना किसी सम्बोधन के अपनी बात कहना शुरू की।

उसने कहा- "इस समय देश का भाग्य दो लोगों के हाथ में है, एक ब्रिटिश क्राउन और दूसरे गाँधी"

उसने सधे हुए शब्दों का प्रयोग कर कहा कि- "आज बहुमत गाँधी के साथ है। मैं उनसे अपील करता हूँ कि इस प्रस्ताव पर रुककर विचार करें"

गाँधी ने इस पर कोई प्रतिक्रिया नहीं दी। जिन्हा ने अपने तर्क देते हुए इस प्रस्ताव को बदलने के लिए कहा। उसने जैसे ही प्रस्ताव का विरोध किया पंडाल में डरपोक, डरपोक, शर्म करो, शर्म करो की आवाज़ें आने लगीं और उसे हूट किया जाने लाग। उसे राजनैतिक ढोंगी तक कहा गया।

उसने फिर कुछ बोलना चाहा तो जनता फिर हूट करने लगी। सामने हो रहे शोर और छींटाकशी से परेशान जिन्हा मंच छोड़कर नीचे उतर गया। उसी अधिवेशन में विशिष्ट स्थान प्राप्त रुत्ती मंच पर लखनऊ अधिवेशन के महानायक, होमरूल और बॉम्बे कॉन्फ्रेंस के अध्यक्ष, सेंट्रल असेम्बली के मुस्लिम सीट से जीते हुए सदस्य, कांग्रेस के आधारभूत सबसे पुराने प्रभावशाली व्यक्तित्व तथा मुस्लिम-लीग के सर्वोच्च नेता की दुर्दशा देख रही थी। वह समझ नहीं पा रही थी कि वक़्त उसके साथ कौन सा खेल खेलने जा रहा है। उसे लगा कहीं यह सब उसके दुःखी पिता का श्राप तो नहीं है, जो दो साल पूरे होने के पहले ही अपना असर दिखाना शुरू कर चुका है।

अपने जीवन का सबसे बड़ा अपमान सहा था नागपुर में जिन्हा ने। उसने कभी सपने में भी नहीं सोचा होगा कि भारत की राजनीति के हर घटक में ड्राइविंग सीट पर बैठने वाले को आज कांग्रेस के अधिवेशन में बोलने तक नहीं दिया गया। इस घटना से वह इतना डर गया था कि उसने समानांतर चल रहे मुस्लिम-लीग के अधिवेशन में भी भाग नहीं लिया, जबकि तीन महीने पहले वह लीग की अध्यक्षता कर चुका था। यह दिन भारतीय राजनीति में मील का पत्थर बन चुका था। यहां से गाँधी शीर्ष के मार्ग पर अग्रसर हो गए थे, और जिन्हा का रास्ता रसातल की तरफ़ जा रहा था। रुत्ती और वह

दोनों ख़ामोश थे। रुत्ती को बहुत बुरा लगा था। वह अपने पति को इस क़दर अपमानित होते देख दु:खी थी। वे दोनों होटल आए और बिना एक भी शब्द बोले दोपहर की ट्रेन पकड़कर बम्बई निकल लिए।

57

साउथ कोर्ट में एक अपशगुनी सी चुप्पी छाई रहती। नन्ही बच्ची की किलकारी अथवा रुदन ही उस चुप्पी को तोड़ता। कभी-कभी कुत्तों के भौंकने या बिल्लियों के ग़ुर्राने की आवाज़ें दीवारों से टकरा जातीं। एक दंपति होते हुए भी इस भवन में कोई स्पंदन नहीं था। पिछले दो महीने इसी तरह बीते थे। नागपुर से लौटने के बाद जिन्हा लगभग टूट चुका था। वह भरे पंडाल में अपमानित हुआ था। सबसे दूर हो गया था वह इन दो महीनों में। मुस्लिम-लीग की सदस्यता तक छोड़ दी थी उसने, और कांग्रेस से मुंह मोड़ लिया था। वह राजनीति से दूर होकर अपनी वकालत की तरफ़ ध्यान देना चाहता था। उधर रुत्ती से उसके रिश्ते बिना किसी जोश के ख़ामोश बीत रहे थे। उनके शयनकक्ष तक में कोई हलचल नहीं होती थी, जो जिन्हा के लिए तो कोई मायने नहीं रखती थी, लेकिन रुत्ती की उम्र और उसकी इच्छाओं का पूरी तरह से दमन था।

उन्नीस फरवरी को गोपालकृष्ण गोखले जी की बरसी थी। गोखले, फिरोज़शाह मेहता, दादा भाई नौरोजी तथा मोहम्मद अली जिन्हा के गुरु थे। राजनीति का ककहरा इन्हीं से सीखा था उसने। गोखले जी ने पूना में सर्वेंट ऑफ इंडिया सोसायटी की स्थापना की थी। उनकी बरसी पर सोसायटी द्वारा उनके किसी विशेष साथी को बोलने के लिए पूना में आमंत्रित किया जाता था। इस बार सोसायटी ने जिन्हा को बुलाया था। उसने यहां भी गाँधी से सीधे टकराव का उल्लेख किया। उसने कहा था कि गाँधी का असहयोग आंदोलन भारत को ख़तरनाक रास्ते पर ले जा रहा है। वह गाँधी के भय को दिल से निकाल ही नहीं पा रहा था।

इस बीच जिन्हा के विरोधी वाइसरॉय चेम्सफोर्ड को वापस लंदन बुला लिया गया तथा उनका स्थान लिया रीडिंग ने। रीडिंग जिन्हा के ज़्यादा नज़दीक आना चाहता था। उसके भी राजनैतिक कारण थे, तथा उदारवादी दिखने वाला रीडिंग, गाँधी की टक्कर में जिन्हा को खड़ा कर भारत की राजनीति में अपनी पकड़ बनाना चाहता था। उसे इस समय घायल नाग की तरह पड़ा हुआ जिन्हा ही सबसे ज़्यादा उपयोगी लगा था। रीडिंग ने उसके घावों पर मरहम लगाना शुरू कर दिया। उसने जिन्हा दंपति को अपने निवास पर भोजन हेतु आमंत्रित किया।

उस दिन दोनों वाइसरॉय के आवास पर दिल्ली में थे। दोनों की आव-भगत करने में भारत स्थित सर्वोच्च ब्रिटिश शख़्सियत द्वारा कोई कोर-कसर नहीं छोड़ी गई थी। रुत्ती के मन में तो भारत के लिए स्वराज का सपना आकार ले चुका था तथा वह गाँधी की विचारधारा के प्रति श्रद्धावान् भी थी। अपने पति की अंग्रेजों के प्रति बढ़ती नज़दीकी से वह चिढ़ती ही थी।

वाइसरॉय रीडिंग और जिन्हा दंपति हाउस के लॉन में बैठे बातें कर रहे थे। वाइसरॉय को दुनिया घूमने का शौक़ था। वह यहूदी था, तथा ब्रिटेन का प्रधान न्यायाधीश रह चुका था।

"दुनिया कितनी ख़ूबसूरत है, लेकिन हम लोग अपने जीवन में उसका एक भाग भी नहीं देख पाते"- रीडिंग ने बातों के सिलसिले में कहा

"जी, बिलकुल सही कह रहे हैं योअर एक्सीलेंसी, धरती के हर कोने को देखने की मेरी भी इच्छा है"- रुत्ती ने कहा

"मिस्टर जिन्हा आपकी पत्नी को आप दुनिया का हर कोना जरूर घुमाएं, वैसे भी इनके साथ आपको देखकर बहुत लोगों को ईर्ष्या ही होती होगी"- रीडिंग ने परिहास करते हुए कहा।

"ऐसा क्यों"- जिन्हा ने मुस्कुराते हुए पूछा।

"आप बहुत क़िस्मत वाले हैं। आपकी पत्नी न केवल ख़ूबसूरत है, बल्कि टेलेंटेड भी है, और सच कहूं तो आपकी अपेक्षा बहुत ही जवान भी"- शरारत भरे शब्द बोलकर वाइसरॉय ने ठहाका लगाया।

"आप सच कह रहे हैं"- कहते हुए रुत्ती ने जिन्हा की तरफ़ देखकर अपने निचले होंठ को दाँतो में दबातें हुए उत्तेजक मुद्रा बनाई, जैसे जिन्हा को अहसास दिलाना चाहती हो कि देखिए लोग इस जोड़ी को किस तरह से देखते हैं। लेकिन तुम्हें ही मेरी कोई क़दर नहीं है।

"मिस्टर जिन्हा, आप मुस्लिम हैं और मिसेज जिन्हा शायद पारसी रही हैं, तो आप लोगों में इस बड़े गैप पर कोई असर नहीं होता?"- रीड़िंग ने पूछा।

"नहीं, यह हमारा निजी मामला है"- जिन्हा ने बेहद संक्षिप्त उत्तर देते हुए कहा। जैसे वह जताना चाह रहा हो कि यह प्रश्न रीडिंग के पद और मर्यादा के अनुसार नहीं है।

"मुझे हिन्दुस्तान बहुत अच्छा लगा है, कितनी वैराइटी है यहां"- रीडिंग ने भारत की तारीफ़ और उसकी प्रकृति के प्रति अपना आकर्षण व्यक्त करते हुए कहा।

"जी बिलकुल है, यहाँ आकर सबको रूहानी शांति मिलती है"- अबकी बार रुत्ती ने भारत के प्रति अपनी निष्ठा जताते हुए कहा।

"मैं जर्मनी देखना चाहता हूँ, मुझे वह बहुत आकर्षित करता है। लेकिन मैं वहां जा नहीं सकता"- जर्मनी के प्रति अपने प्रेम और वहां न जाने की मायूसी व्यक्त करते हुए रीडिंग ने कहा।

"क्यों नहीं जा सकते"- रुत्ती ने प्रश्न किया।

"वे लोग हम यहूदी अंग्रेजों को पसंद नहीं करते"- रीडिंग ने बताया।

रुत्ती ने तुरंत हाज़िर-जवाबी से उत्तर दिया- "फिर आप यहां क्यों हैं योअर एक्सीलेंसी"

रुत्ती के इस व्यंग्य-वाण ने वहां का माहौल भारी कर दिया। जिन्हा उसकी ओर ताकता रह गया। वाइसरॉय ख़ामोश हो गया। ऐसा लगा कि रुत्ती ने फिर कोई बड़ा धमाका कर अंग्रेजी सत्ता के सर्वोच्च पद को चुनौती दे दी है। पहले भी वह चेम्सफोर्ड के सामने शान से खड़ी होकर भारत की आबरू और रुतबे को व्यक्त कर चुकी थी। अब यह साफ़ हो चुका था कि जिन्हा जहां अंग्रेजों की कृपा पाकर अपना अस्तित्व भारतीय राजनीति में स्थापित करना चाहता था, वहीं रुत्ती गाँधी के स्वराज से प्रभावित होकर अंग्रेजों के ख़िलाफ़ स्वयं को अभिव्यक्त करने का कोई मौका नहीं छोड़ना चाहती थी।

फिर कुछ देर बाद ही सभी लोग डायनिंग टेबल पर बैठे वाइसरॉय हाउस के भोजन कर रहे थे, लेकिन एक धुआँ तो वहां उठ ही चुका था।

वाइसरॉय को पता था कि भारत में इस समय असहयोग एवं ख़िलाफ़त नाम के दो बड़े आंदोलन हिन्दु और मुसलमानों के बीच लोकप्रिय होकर अंग्रेजों की नाक में दम किए हुए है। चेम्सफोर्ड इनसे निपटने में असफल रहा था। गाँधी और उनके अनुयायियों पर अंग्रेजों का असर सम्भव नहीं लग रहा था। इस अवस्था में जिन्हा एक ऐसा मोहरा हो सकता था जिसके सामने कुछ दाना डालकर गाँधी की राह रोकी जा सकती है तथा हिन्दु-मुसलमान का खेल खेलकर ब्रिटिश क्राउन के लिए कुछ अच्छा किया जा सकता है। इधर भारत के नौजवान सशस्त्र क्रांति की ओर मुड़ना शुरू हो रहे थे। इन परिस्थितियों में जिन्हा का उपयोग कर रीडिंग बहुत कुछ अपनी मुठ्ठी में करना चाह रहे थे। उन्हें मालूम था कि जिन्हा, गाँधी को बर्दाश्त नहीं कर पा रहा है। रीडिंग ने लगातार की कुछ मुलाकातों में ही जिन्हा को यह अहसास दिला दिया था कि यदि वह अंग्रेजों के हित में कुछ करे तो उसे अपने अतीत का स्थान दिलाने में वह ज़रूर महत्वपूर्ण साबित होंगे।

इसका असर यह हुआ कि जिन्हा ने अहमदाबाद के कांग्रेस अधिवेशन में भाग लिया। और गाँधी के असहयोग आंदोलन को रुकवाने की पूरी कोशिश की। अपनी इस योजना में जिन्हा फिर असफल ही रहा। उधर मुस्लिम-लीग के अहमदाबाद अधिवेशन की अध्यक्षता मौलाना हसरत मोहानी ने की थी। मौलाना जिन्हा के कट्टर विरोधी थे। यह अधिवेशन बुरी तरह असफल रहा था। मुसलमानों ने ख़िलाफ़त आंदोलन को ज़्यादा

महत्व दिया था और गाँधी द्वारा समर्थन दिए जाने के कारण वे लोग कांग्रेस की तरफ़ मुड़ रहे थे। फिर जिन्हा और राजा महमूदाबाद मुस्लिम-लीग से अलग होकर चुप थे। मौलाना हसरत मोहानी और उनके साथी भी मुस्लिम-लीग को मृतप्राय महसूस करने लगे थे। एक ऐसा संगठन जो सन् उन्नीस सौ छः से हिन्दुस्तान के मुस्लिम समाज का सर्वमान्य मंच बन चुका था हिचकौले लेने लगा था।

58

साउथ कोर्ट में नर्म सोफे पर हिन्दुस्तान की सियासत में सबसे अहम हैसियत का सपना पाले हुए जिन्हा खोया हुआ था। अपना अस्तित्व बचाने के लिए वह कांग्रेस और मुस्लिम लीग से हटकर अपने नेतृत्व में कोई और प्रभावी राजनैतिक विचारधारा खड़ी करने का सोचा रहा था। इस विचार को विकसित करने के लिए उसने उसी साल बम्बई में एक सर्वदलीय सम्मेलन बुलाया। इसमें उसके कई साथी आए। वाइसरॉय रीडिंग की चिंता दूर करने के लिए उसने असहयोग आंदोलन रोकने की बात कही। भला गाँधी ऐसे अवसर पर अपना हाथ क्यों खींचते। वे भी इसमें शामिल हो गए तथा उन्होंने जिन्हा के हाथ से यह सम्मेलन भी छीन लिया। उसके प्रस्ताव को अपने अनुसार तैयार करवा लिया। वह फिर मन मसोस कर रह गया।

बिना किसी मंज़िल के भटकते जिन्हा ने मन में अपनी स्वतंत्र पार्टी बनाने की महत्वाकांक्षा नहीं छोड़ी। मोतीलाल नेहरू और एम.आर. जयकर जैसे कांग्रेसियों, तथा मुस्लिम-लीग के लोगों से सम्पर्क किया, लेकिन कोई भी उसके साथ आने को तैयार नहीं हुआ। बल्कि अली-बंधु और मौलाना आज़ाद उसे अंग्रेजों का पिठ्ठू और स्वराज तथा देश की आज़ादी के प्रति ग़द्दार तक कहने लगे थे। शौक़त अली उसे देखना तक पसंद नहीं करते थे। वह भारतीय राजनैतिक परिवेश से पूरी तरह कटता जा रहा था। लोग उसका रुत्ती से इस तरह शादी करना भी नैतिकता के खिलाफ़ मान रहे थे। उसके पास केवल एक ही सहारा बचा था और वह था अंग्रेजों की कृपा।

राजनीति में अपने पिटते मोहरों से परेशान हो उसने वकालत की तरफ़ ध्यान मोड़ना शुरू किया। बम्बई की सड़कों और किसी ऑडिटोरियम में जुटने वाली भीड़ के सामने भाषण देकर लोगों में उत्तेजना का महासागर उठाने वाले जिन्हा का वक़्त जा चुका था। अब उसका नाम बुझते हुए दीपक की तरह था। रुत्ती के साथ उसके रिश्तों में न तो जोश बचा था, और न ही सम्मोहन। उससे वह वो सब कुछ पा चुका था जिसके लिए एक पुरुष का आकर्षण होता है। तीन साल की हो रही अपनी बेटी का वह अभी तक नाम नहीं रख सका था। नागपुर की घटना के बाद तो ऐसा लगने लगा था कि वह

बूढ़ा होना शुरू हो गया है। उसके बालों में भी सफ़ेदी चमकने लगी थी। वहीं रुत्ती तो जवानी के चरम पर थी। सिर्फ़ इक्कीस साल की, यौवन की खिली हुई धूप। चाँदनी में खिली रातरानी सी उसकी अपनी ही सुगंध उसे मोहित कर लेती। ताज़ा खिला हुआ फूल तक उससे ईर्ष्या करता। वह अपने रोमांस को समाप्त नहीं होने देना चाहती थी। वह चाहती थी कि उसके अभिसार जिन्हा में लालीगुरन और धागे जैसे चाँद की छांव में महानंदा नदी की चट्टान से चलकर साउथ कोर्ट के शयन-कक्ष में उतर आएं। वह प्रतिदिन जिन्हा में समा जाना चाहती थी, लेकिन जिन्हा का जोश उतरती हुई नदी सा हो चुका था। अपनी उम्र की आधी सदी के द्वार पर दस्तक देते उसका सम्मोहन यौवन के स्थान पर अपने स्थिर भविष्य के प्रति अधिक सचेत था। उसे अपनी उत्तेजक बीवी के नख़रे सहने के स्थान पर अपने मुवक्किलों के लिए जिरह करने की तैयारी करना ज़्यादा ज़रूरी लगता था। वह अपने मामले-मुकद्दमों के अध्ययन में खोया रहता और रुत्ती उसकी राह ताकती रहती। अब भी वह रोमांटिक कविता लिखती। कविता लेकर वह जिन्हा के चैम्बर में चली जाती, जहां उसकी कोशिश जिन्हा को रिझाने की होती। इसके लिए वह सारे प्रयास करती। बे-हयाई तक कर बैठती। वह किसी चल रही महत्वपूर्ण मीटिंग में आधुनिक फैशनेबल कपड़े पहने श्रृंगार कर चली आती। वह जिन्हा के टेबल के पास बैठकर अपने पैर हिलाते हुए उसका ध्यान खींचती, ताकि वह अपना काम जल्दी पूरा करे और उसके साथ चले। लेकिन जिन्हा पर उसके इस तरह के प्रणय-निवेदन का कोई असर नहीं होता। वह न तो कुछ बोलता न प्रतिक्रिया देता।

"चलो ना"- वह धीरे से कहती।

"वक़्त लगेगा, तुम जाओ"- उतना ही धीरे से जिन्हा कह देता।

"नहीं, मैं आपके साथ ही चलूंगी"- वह फिर फुसफुसाती।

"तो आराम से बैठो"- जिन्हा उसी अंदाज़ में कह देता।

"जे, आई वांट यू"- वह अपनी अदाएं प्रदर्शित करते हुए कहती।

"प्लीज़, यू नो, व्हाट आय एम डूइंग, राइट नाउ"- वह रूखा जवाब दे देता

"चलो ना, महानंदा की चट्टान पर लालीगुरन और आड़ू के फूलों के अहसास में चलते हैं, कंचनजंघा की सफ़ेद बर्फ़ पर फिसलते हैं। चलो 'जे' हम धागे जैसे चाँद की छांव में एक बार फिर चलते हैं, चलो मैं तुम्हें अपनी कविता सुनाऊंगी"- वह डिस्टर्ब करते हुए कहती।

"मुझे तुम्हारी कविता में कोई दिलचस्पी नहीं है, प्लीज़ जाओ"- जिन्हा शांत भाव से कहता।

रुत्ती टूट जाती जिन्हा की बे-रुख़ी से। वह बैठी रहती। उसका इंतिज़ार रबर की तरह खिंचता रहता। लेकिन जिन्हा को न तो रुत्ती के वहां होने से कोई फ़र्क़ पड़ता, और न ही बेटी के वहां न होने से।

सरोजिनी बम्बई में रहकर गाँधी जी के असहयोग आंदोलन में व्यस्त थीं। वे बॉम्बे प्रोविंशियल कांग्रेस की अध्यक्ष और स्वराज सभा की प्रमुख थीं। इस दौरान रुत्ती उनसे मिलने होटल जाती और दिन भर उनका समय ख़राब करती। सरोजिनी इस बात से असहज होने लगी थीं। वे रुत्ती से दूर होना चाहती थीं और कुछ कठोरता से उसे समझाने का प्रयास करतीं, लेकिन रुत्ती उन्हें छोड़ने को तैयार ही नहीं होती। सरोजिनी के मन में कहीं यह भी था कि जिन्हा गाँधी के सबसे बड़े विरोधी हैं तथा सरोजिनी इस समय गाँधी की सहयोगी के रूप में राजनीति में जगह बना चुकी हैं। इस स्थिति में रुत्ती का बहुत अधिक उनसे चिपकाना ठीक नहीं है। किंतु जिन्हा का रुत्ती से लगातार बढ़ रहा अलगाव, उसमें पनप और पल रहे अवसाद के लक्षण प्रकट कर रहा था।

ज़िन्हा अड़तालीस साल का हो चला था। उसके सामने के बालों पर सफ़ेदी स्पष्ट दिखाई देने लगी थी। कुछ समय पहले तक उसकी मीठी और कटीली मुस्कान, जो उसके चेहरे पर डेरा डाले रहती थी, अपने तम्बू-कनातें समेटकर रूखेपन की तरफ़ जा चुकी थी। जबकि रुत्ती की शोख़ियाँ जवान थीं। दोनों की धाराओं में बहुत बड़ा अंतर आ रहा था। शादी की सिर्फ़ तीसरी वर्षगांठ आने से भी पहले दोनों की दूरियां धीरे-धीरे बढ़ते हुए बीमारी में बदलने लगीं थीं। उसे सिगरेट के साथ शराब की तलब कुछ ज़्यादा लगने लगी थी। उसे आत्माओं की कहानियां और आत्माओं के बारे में जानने में दिलचस्पी बढ़ने लगी थी। तीखे नशीले स्वाद उसे कुछ राहत देते से महसूस होने लगे थे। उसके जीवन में जिन्हा का महत्व भी कम होने लगा था। उसे अपने पारसी धर्म की याद कुछ ज़्यादा आने लगी थी। अपने पिता की नटखट और नख़रैल बेटी ने उसके बे-मेल पति से बहुत ज़्यादा ही उम्मीदें लगा रखी थीं, जो तपते हुए कांच की तरह चटकने लगी थीं। वह अपनी माँ और पिता को अपनी आत्मा में पुनर्जीवित करना चाहती थी। एक दिन उसने निश्चय किया और अपनी बेटी को माँ का नाम देते हुए उसे "दीना" कहना शुरू कर दिया। रुत्ती की बे-नाम बेटी का नामकरण उसने अकेले ही कर दिया इस्लामिक नाम न देते हुए पारसी नाम 'दीना'। यह रुत्ती के भ्रम और मोहभंग का पहला चौराहा था। शादी के चौथे साल वह बुरी तरह से बीमार हो गई।

59

कांजी द्वारकादास कुछ ज़्यादा चिंतित रहने लगा था। रुत्ती के पास बैठकर वह सुख-दुःख बतियाता। उसकी स्थिति देखकर दुःखी होता था। एक ख़ामोश प्रेमी, जिसने अपनी चाहत के लिए अपनी ज़ुबान तक खोलना कभी उचित नहीं समझा था। उसके मन में वह एक लड़की नहीं थी, वह उसका आदर्श रही, उसकी पूजा रही। रुत्ती उसके लिए

किसी अगियार में प्रज्जवलित पवित्र अग्नि थी, जो कभी ऋषि जरथ्रुष्ट ने इस दुनिया को सौंपी थी। हमेशा पूजनीय।

मई की तेज गर्मी में बम्बई की सड़कें सूनी पड़ीं थीं। लेकिन रात में समुद्र की लहरों से खेलती हवाएं वातावरण में ठंडक घोलती शहर में घुल-मिल जाती थीं।

रुत्ती एक पुरानी चाल में एक सोफे पर लेटी हुई थी। उस पुराने और अजीब से सोफे का डिजाइन भी कुछ ख़ास ही था। उसके पास कांजी खड़ा था।

"कांजी, देख रहे हो ना"- बीमार और अकेली रुत्ती ने कांजी की तरफ़ बड़ी दयनीयता से देखते हुए कहा।

"ओह! तुम्हारी यह क्या हालत हो गई है?"- कांजी ने उद्वेलित होते हुए कहा।

"तुम तो आत्मा और परमात्मा में विश्वास करते हो ना कांजी"- निराश सी पड़ी रुत्ती ने कांजी की तरफ़ कातर दृष्टि से देखते हुए कहा।

"हाँ, लेकिन तुम यहां क्या कर रही हो? इस जगह एकदम अकेली"- कांजी ने विचलित होते हुए पूछा।

"बस अपनी नियति पर आँसू बहा रही हूँ"- उसी कातर मुद्रा में रुत्ती बोली।

'लेकिन तुम्हारे जीवन में यह सब कैसे हुआ"- कांजी उदास होते हुए बोला।

"मैं क्या कह सकती हूँ, लगता है कुछ बुरी आत्माओं का साया मुझ पर आ गया है, और मैं उन्हें पहचान नहीं पाई हूँ"- सिसकते हुए रुत्ती ने कहा, उसके शब्दों में रहस्य और भय समाया हुआ था।

"लेकिन यहां कैसे आ गईं तुम"- कांजी ने फिर पूछा।

"कांजी मेरी मदद करो"- और रुत्ती सिसकने लगी।

कांजी चुपचाप खड़ा रहा। उसके मुंह से एक शब्द भी नहीं निकला। वह गहरी ख़ामोशी में समाता चला गया। एकदम अंधेरे में गुम होता हुआ।

सुबह कांजी की नींद खुली तो वह अचम्भित था। रात को उसने यह अजीब सा सपना देखा था रुत्ती के बारे में। उसके अवचेतन में वह सदैव मौजूद थी, तथा वह जानता था कि इस समय उसका ख़ामोश प्रेम कहीं न कहीं मुसीबत में तो ज़रूर है। रुत्ती क़रीब एक महीना पहले उसे मिली थी। कांजी को तब भी महसूस हुआ था कि वह बहुत ज़्यादा परेशान है। परन्तु उसकी परेशानी का हल कांजी के पास नहीं था। वह तो एक मूक पुजारी भर था। उसके बाद उनकी कोई मुलाक़ात भी नहीं हुई थी। क्या वास्तव में रुत्ती को उसकी मदद की ज़रूरत है? जो वह सपने में आकर उससे माँग रही है।

कांजी ने अपना माथा दबाया और सिर झटका। उसने सपने को सपना समझकर, अपने मानस से निकालने की कोशिश की। रुत्ती क्या मदद चाहती है, उसने यह भी जानने की कोशिश नहीं की। वह इसे गहरी नींद में आए सपने की ही तरह समझकर अपने काम में लग गया।

दो दिन तक कांजी बहुत ज़्यादा परेशान रहा। उसकी अपनी व्यस्तता थीं। वह समझ नहीं पा रहा था कि वह क्या करे। सपने को सच माने, या इसे अपने अवचेतन में रुत्ती के प्रति सहानुभूति समझे, जो सपने के रूप में चित्र बनकर उभर रही है।

कांजी का साउथ कोर्ट आना-जाना होता था। वह जिन्हा के सचिवालय का सदस्य था। इस नाते उसे काम पड़ता तो वह पहले से समय लेकर साउथ कोर्ट जाया करता था। इस बहाने एक नज़र भर रुत्ती को देखना ही उसकी अभिलाषा होती थी।

तीन दिन बीत चुके थे। उसके दिमाग़ से सपना भी निकल चुका था। वह दोपहर को दफ़्तर से घर लौट रहा था। किन्तु किसी अनजान सम्मोहन से उसके क़दम साउथ कोर्ट की तरफ़ बढ़ रहे थे। उसने वहां जाने का न तो समय लिया था, न किसी से बात की थी। लेकिन न जाने कौन सा अहसास उसे उस तरफ़ खींचें ले जा रहा था। यह पहला अवसर था जब वह बिना किसी की अनुमति लिए जिन्हा के घर गया था। जब उसने अपनी मोटरकार बाहर खड़ी की तो दरवाज़े पर एक नौकर मिला। नौकर नया था, जो कांजी को नहीं जानता था।

"मिसेज जिन्हा हैं क्या"- कांजी ने कहा।

"जी हैं तो, लेकिन वे बीमार हैं तथा आराम कर रही हैं"- नौकर ने बताया।

कांजी ने अपना कार्ड निकालकर उसे दिया और कहा कि वह मिसेज जिन्हा को यह कार्ड देकर बताए कि मैं आया हूँ। नौकर भीतर चला गया।

कुछ ही देर में वापस आकर उसने बताया कि मालकिन ने उन्हें बुलाया है। नौकर उसे पिछले बरामदे में ले गया।

रुत्ती को देखते ही कांजी चौंक गया था। वह एक सोफे पर लेटी हुई थी, तथा बरामदा बेहद अस्त-व्यस्त सा था। बिलकुल वैसी ही मिलती-जुलती स्थिति में जो कांजी ने सपने में देखी थी। बीमार रुत्ती उस सोफे पर लेटी सिसक रही थी।

कांजी द्वारकादास चुपचाप खड़ा था। रुत्ती उठकर बैठ गई।

"अरे कांजी, तुम्हारा आना बहुत अच्छा लगा, कुछ समय निकाल लिया करो मुझसे मिलने का भी"- रुत्ती ने सम्भलते हुए कहा।

कांजी कुछ नहीं बोला। वह अपने सपने और रुत्ती की वास्तविकता का मिलान करते हुए विचलित हो रहा था।

"आज कैसे अचानक आना हो गया इधर"- रुत्ती ने कमजोर आवाज में पूछा।

"पता नहीं क्यों तीन-चार दिन से कुछ अजीब लग रहा था तथा आपसे मिलने का मन कर रहा था। बस उसी के वशीभूत होकर चला आया। मुझे नहीं पता था कि आप इतनी बीमार हैं"- कांजी ने कहा।

एक हल्की किंतु बीमार मुस्कान रुत्ती के अधरों पर आई और चली गई। कांजी के मानस में रुत्ती की ऐसी मुस्कान कभी नहीं रही थी। वह तो खिलखिलाती रुत्ती की कल्पना में ही मगन रहा था।

"शुक्र है कि मेरी भी किसी को याद आती है तथा मुझसे मिलने का भी किसी का मन होता है, खास तौर से पारसियों में"- रुत्ती ने अपनी पीड़ा व्यक्त करते हुए कहा।

"ऐसा नहीं है मिसेज जिन्हा, आप तो मेरे लिए हमेशा खास रही हैं और रहेंगी"- कांजी ने व्यक्त रूप से तो यही कहा, लेकिन उसके मन में एक छिपा हुआ दर्द फूट कर कह रहा था- "तुम क्या जानो रतन बाई पेटिट मेरे लिए तुम क्या मायने रखती हो"

बरामदे का वह स्थान ऐसा नहीं था कि किसी को वहां बैठने का भी कहा जाए। न तो किसी आगंतुक की मर्यादा के अनुसार और न ही साउथकोर्ट की गरिमा के अनुसार।

"चलो भीतर बैठते हैं"- वह लड़खड़ाते हुए खड़ी हुई।

कांजी ने उसे सहारा देना चाहा तो उसने मुस्कुराते हुए फिर कहा- "अभी इतनी कमजोर नहीं हुई हूँ कांजी, कि मुझे खड़े होने में किसी के सहारे की ज़रूरत हो। हां जब कभी भी तुम्हारे साथ और सहारे की मुझे आवश्यकता लगेगी मैं बे-हिचक तुमसे कह दूंगी"

"मुझे उस दिन का इंतजार रहेगा जब आप बिना किसी संकोच मेरी सहायता मांगोगी"- कांजी ने कहा।

फिर दोनों साउथ कोर्ट के सुसज्जित ड्राइंग रूम में आ गए। रुत्ती अपने पलंग पर लेट गई थी। कांजी पास के सोफे पर बैठा था। वह अपने अतीत में खो गया था आज रुत्ती को इस तरह लेटे देखकर। वह अपने टूटे हुए सपने की किरांचे पूरे शरीर में चुभते हुए महसूस कर रहा था। तभी रुत्ती की आवाज आई।

"कांजी मेरी बात ध्यान से सुनो, मुझे कुछ अच्छे किस्म का नशा चाहिए, यह स्कॉच, बोदका या रम से अब मुझे चैन नहीं मिलता। तुम थोड़ी चरस अथवा अफीम का पाउडर मेरे लिए ला सको तो मैं तुम्हारा अहसान मानूंगी"- रुत्ती ने बेलाग हो कहा।

"रुत्ती! यह क्या कह रही हो"- कांजी उसे ताकता रह गया। वह यह भी भूल गया कि सामने लेटी हुई रुत्ती उसकी मित्र नहीं बल्कि उसके बॉस की पत्नी है।

"हां कांजी, मुझे कुछ तेज नशे की सख्त जरूरत है"- उसने सामने बैठे कांजी की आँखों में आँखें डालते हुए कहा।

वह अवाक था। वह न तो हाँ कह पा रहा था न ही इंकार कर रहा था।

"बोलो कांजी करोगे ना मेरे लिये यह काम"- रुत्ती ने कहा।

"आप नशा क्यों कर रही हैं इतना, मेरी समझ में नहीं आया। क्या मिस्टर जिन्हा आपको इसकी इजाजत दे रहे हैं?"- आश्चर्य व्यक्त करते हुए कांजी ने कहा।

"इन सब बातों में मत पड़ो तुम, यदि कर सको तो बताओ"- उसने खीजते हुए कहा।

कांजी धर्म संकट में आ गया था। वह क्या कहे समझ ही नहीं पा रहा था। वह अपनी ही इष्ट को मृत्यु का प्रसाद कैसे दे सकता था।

"मैं कोशिश करूंगा"- कह उसने अधूरा जवाब दिया था। रुत्ती को निराश और नाराज तो कर नहीं सकता था वह।

फिर वह आत्माओं और परालौकिक दुनिया के बारे में उससे बात करने लगी। वह अच्छी-बुरी आत्माओं के बारे में जानना चाहती थी।

"तुम तो काफी कुछ जानते हो ना कांजी स्पेंटा मैन्यू और अंगरा मैन्यू के बारे में। आशा और द्रुज के बारे में भी मुझे जानना है। पारसियों में तो यह धर्म का आधार ही है। मगर मैं तो अब मुसलमान हो गई हूँ"- कहते हुए रुत्ती उदास हो गई।

"तुम खुद एक आशा आत्मा हो रुत्ती अच्छी आत्मा। द्रुज आत्मा तो तुम न हो सकती हो और न ही कोई द्रुज आत्मा तुम्हारे करीब आ सकती है"- कांजी ने रुत्ती को समझाया

"नहीं कांजी मेरे आस-पास कोई बुरी आत्मा है जो मुझे खा रही है शायद कोई द्रुज है वह"-रुत्ती ने अपनी आशंका रखी।

"विश्वास रखो ऐसा कुछ नहीं है तुम्हारे साथ, आहूरा मज़्दा तुम्हारी रक्षा करेंगे"- कांजी बोला

"अब आहूरा मज़्दा मुझे क्यों चाहेंगे, मैने तो उनका अपमान कर इस्लाम अपना लिया है"- उसने स्पष्ट किया।

"आहूरा मज़्दा स्पेंटा मैन्यू से बात करते हैं। वे सच्ची और अच्छी आत्माओं की रक्षा करते हैं। तुम्हारे लिए स्पेंटा मैन्यू निश्चित ही आहूरा मज़्दा से बात करते होंगे। वे तुम्हारे निर्णय से सहमत नहीं होंगे लेकिन रुष्ट भी नहीं होंगे, क्योंकि तुम उनकी संतान हो"- कांजी ने पारसी अध्यात्म के अनुसार रुत्ती को साहस दिया।

"लेकिन मैने तो अंगरा मैन्यू का रास्ता चुन लिया है ना, सबकुछ विनाशकारी हो रहा है मेरे लिए"- आँखों में तैर रहे आँसूओं को पोंछते हुए वह बोली।

"तुम हौसला रखो, सब ठीक होगा"- कांजी रुत्ती की दशा देखकर विचलित हो रहा था।

"मुझे आत्माओं के जानकार लोगों से मिलना है कांजी, तुम ही इस काम में मेरी मदद कर सकते हो"- उसने कातर दृष्टि से कांजी को देखते हुए कहा

कांजी ने एक गहरी सांस ली। उसने सोचा यदि समय रहते वह रुत्ती को अपने मन की बात बता देता तो न उसे इस्लाम अपनाने की ज़रूरत होती और न ही उसकी यह दशा होती।

"मैं आत्माओं के पारसी सिद्धांत के अनुसार आत्माओं का संसार देखना चाहती हूँ"- रुत्ती ने अपने पारसी धर्म के आकर्षण के वशीभूत कहा

तभी सेवक चाय और बिस्किट लेकर आ गया।

कांजी हतप्रभ था। यह क्या समय का चक्र है कि सारा वैभव और एश्वर्य समेटे रुत्ती आज उससे आत्माओं के जानकार लोगों और कुछ नशा उपलब्ध करा देने में मदद चाहती थी। कांजी ने उसे समझाया कि वह अपने को सम्भाले। ज़िंदगी को अपने पति के साथ ख़ूबसूरत बनाए, न कि नशे की गिरफ़्त में जाकर उसे नष्ट करे। वह तो रुत्ती को हर हालत में हँसते-मुस्कुराते स्वस्थ व दीर्घायु देखना चाहता था। इस दौरान जीवन के सम्बंध में दोनों के बीच अनगिनत बातें हुईं। रुत्ती की स्थिति अब वैसी नहीं रही थी जब कांजी ने बग्घी में बैठी हुई चुलबुली पारसी लड़की के रूप में उसे देखा था, अथवा उसके बाद वह अगियार में जाकर इंतिज़ार करता था कि पेटिट हाउस की मोटरकार या बग्घी में बैठकर एक बेहद ख़ूबसूरत लड़की यहां आने वाली है। उस लड़की के आते ही कांजी न तो उससे बात कर पाता था, न ही उसे एकटक देख पाता था। वह भीड़ में शामिल होकर बस निहारता रहता था उस लड़की को। सिर्फ़ चार साल पहले एक कमसिन सी अल्लहड़ लड़की जो बम्बई के अभिजात लड़को में एक नज़र भर देखने की होड़ थी, आज लड़खड़ाती हुई नशे के आकर्षण की तरफ़ बढ़ रही है।

दीना उसकी आया के साथ खेल रही थी। रुत्ती की बिल्लियां और कुत्ते अपने क्रिया-कलापों में व्यस्त थे। वे कभी रुत्ती के पास आकर प्यार जता देते थे। कांजी और रुत्ती के बीच बातें करते-करते कब शाम हो गई उन्हें पता ही नहीं चला।

दीवार पर टंगी घड़ी ने शाम सात बजे की घंटी बजाई, उसी समय जिन्हा का अपने चैम्बर से घर आना हुआ।

"ओह कांजी, आज तुम यहां?"- जिन्हा ने आश्चर्य से पूछा। क्योंकि आज पहली बार बिना किसी को बताए कांजी जिन्हा के घर आया था।

"जी, आज अचानक मिसेज जिन्हा से मिलने चला आया था"- कांजी ने कहा

"चलो अच्छा किया तुम आ गए। आजकल ये मोहतरमा कुछ बीमार चल रहीं हैं। तुम्हारे साथ बात करके शायद कुछ ठीक महसूस करें"- जिन्हा ने कहा।

उसे कांजी के दिल पर लिखी इबारत की कोई जानकारी ही नहीं थी। जिन्हा को क्या ख़ुद रुत्ती को भी अपनी तरफ़ से कांजी ने कभी महसूस नहीं होने दिया था कि उसकी ज़िंदगी में रुत्ती की अहमियत क्या है। लेकिन रुत्ती को अब महसूस होने लगा था कि कांजी का उसके प्रति कोई आकर्षण ज़रूर है। वह भी अपनी उपेक्षा और अकेलेपन के कारण कांजी को अपना अच्छा दोस्त मानने लगी थी। एक ऐसा दोस्त जिसके सामने वह अपना हर दुःख-सुख व्यक्त करना चाहती थी। एक ऐसा दोस्त जो उसकी आँखों के आँसुओं का दर्द समझ सकता था।

जिन्हा ने अपना सूट-बूट बदला। वह बाथरूम में गया और तर-ओ-ताज़ा हो गाउन पहनकर आ गया।

कांजी उठकर जाने लगा था।

"कांजी आओ, आज हमारे साथ ड्रिंक लो, और डिनर भी हम लोग साथ करते हैं"- जिन्हा ने कांजी को डिनर के लिए आमंत्रित किया।

"नहीं सर, मैं क़रीब पाँच बजे यहां आया था। काफ़ी देर हो चुकी है। मुझे घर पहुंचना है। ड्रिंक और डिनर का मन नहीं है"- रुत्ती की दशा देखकर विषाद से भरे कांजी ने उत्तर दिया।

जिन्हा ने पुनः उससे अनुरोध किया लेकिन वह रुत्ती को देखकर कुछ ज़्यादा ही दुःखी हो गया था। वह डिनर के लिए नहीं रुका और अपने घर चला गया।

काश! समय रहते वह रुत्ती को अपने मन की बात बता पाता। रुत्ती के क़दम बहके न होते। वह एक बूढ़े मुसलमान के इश्क़ में न पड़ी होती। पारसी युवक के रूप में उसने कांजी को समझा होता। यदि कांजी न भी होता तो कोई और पारसी युवक, जो रुत्ती के लिए उचित होता से उसकी शादी होती। कितनी खिली-खिली रहती रुत्ती अपने जीवन में। आज तो उसने जिस रुत्ती को देखा है वह तो बुझता हुआ चिराग लग रही है। उसका हुस्न, उसकी चहक-महक, सब कुछ इतनी जल्दी सिमट रही है कि वह विश्वास ही नहीं कर पा रहा था। आज उसने डिनर किया ही नहीं था। रात में तारों ने अपनी दिशा तक बदल ली थी लेकिन उसे नींद नहीं आ रही थी। हाँ, इतना ज़रूर था कि उसकी आँखों से तकिया कुछ गीला हो गया था।

60

चार महीने बीत गए थे। इस बीच रुत्ती की बातचीत कांजी से होती रही थी। अब वह हफ़्ते में एक बार तो साउथ कोर्ट चला ही जाता तथा रुत्ती का हल-चाल ले लेता था। कांजी के साथ होने पर रुत्ती को कुछ अच्छा लगता। अपना दुःख भूलकर वह उससे

ख़ूब बतियाती थी। लेकिन कांजी ने न तो कभी जिन्हा के बारे में कोई नकारात्मक बात कही, न उसके घरेलू जीवन के बारे में कोई चर्चा छेड़ी, लेकिन उसके अपनेपन के कारण अवसाद में जा रही रुत्ती थोड़ी सम्भल ज़रूर गई थी।

"कांजी मैं मन की शांति चाहती हूँ"- रुत्ती ने एक दिन कहा

"मन को हमेशा शांत और स्थिर रखना चाहिए और आपको इसके अभ्यास की सख्त ज़रूरत भी है"- कांजी ने अपना विचार रखा।

"मैं सोचती हूँ कि कुछ दिन मैं और 'जे' अकेले अपना समय बिताएं। मैं उन्हे बिना किसी तनाव के रहने और सोचने का समय देना चाहती हूँ"- गहरी सांस लेते हुए उसने कहा

"लेकिन ऐसी क्या स्थितियां बन रही हैं आपके बीच जो इस तरह के निर्णय ले रही हो"- कांजी ने असमंजस में कहा।

"बहुत बार हम बाहर कुछ तथा भीतर कुछ और परिस्थितियों में जी रहे होते हैं। मैं मेरे भीतर भी कुछ परिवर्तन के लिये यह सब करना चाहती हूँ"- वह बोली

"क्या प्लान है आपका"- कांजी ने पूछा।

"लंदन जाना है तथा वहां बहुत कुछ जानना है दुनिया को और खुद को"- वह बोली।

रुत्ती ने लंदन जाकर अकेले ही कुछ समय बिताने का मन बना लिया था। वह अभी अपने 'जे' को बिना किसी तनाव के रहने देने, और स्वयं भी कुछ भीतरी परिवर्तन के लिए लंदन जाना चाहती थी। वह आत्माओं और भूत-प्रेतों के विषय में अंग्रेजों की मान्यता को देखते हुए स्कॉटलैंड के एडनबर्ग शहर में इस विषय पर साक्षात जानना चाहती थी।

सितम्बर में रुत्ती का जहाज एडन जाने के लिए तैयार था। रुत्ती के साथ उसकी नर्स, दीना की आया तथा उसकी प्रिय बिल्लियां और कुत्ते भी लंदन जा रहे थे। उसके लिए दीना जितनी प्रिय थी, उसके पालतू कुत्ते और बिल्लियां भी उतने ही प्रिय थे। वह यात्रा में अक्सर उन्हें अपने साथ रखती थी।

पूना का एम्प्रेस गार्डन बेहद सुंदर और महकते गुलाबों के लिए प्रसिद्ध था। बम्बई के अमीरों द्वारा किसी विशेष व्यक्ति को जब कोई शुभकामना देना होती, तो इसी गार्डन से गुलाबों के बुके मंगवाकर भेंट करते। काफी महंगे होते थे यहां के गुलाब। कांजी ने रुत्ती के लिए एम्प्रेस गार्डन के कुछ चुनिंदा ख़ूबसूरत गुलाबों का विशेष बुके बुलवाया था। वह रुत्ती को छोड़ने जहाज तक गया था। उसने अपनी आँखों में आ रही नमी को छुपाते हुए यह बुके रुत्ती को भेंट कर उसे यात्रा की शुभकामना दी। रुत्ती ने अपने सामने नमी सहेजे उन दो आँखों में उभरी उदासी को पढ़ लिया था।

"आप अपना ध्यान रखिएगा मिसेज जिन्हा"- कांजी ने जब मिसेज जिन्हा कहा तो उसे भीतर ही भीतर कुछ अजीब सा लगा था।

"मैं बिलकुल ठीक हूँ कांजी, और मुझे प्यार करने वाले सब लोग मेरे साथ जा रहे हैं, तुम बिलकुल चिंता न करना"- रुत्ती ने उसे आश्वस्त करते हुए कहा था।

रुत्ती अपने सर्वसुविधा युक्त 'पी एण्ड ओ' केबिन में अपने पालतू जानवरों, आया, नर्स तथा दीना के साथ समुद्र की लहरों पर सवार हो यात्रा पर चली गई। जिन्हा शादी के बाद बम्बई में अकेला था, तो रुत्ती की भी यह पहली विदेश यात्रा थी जिसे वह बिना किसी के सहारे ख़ुद के दम पर कर रही थी।

जहाज अपनी गति से आगे बड़ रहा था। दीना को लेकर रुत्ती डेक पर जाती और चाँदनी रात में चाँद को लहरों पर नृत्य करते हुए देखती। उसे अपनी उस यात्रा के दिन याद आ जाते, जब वह उससे समुद्र की गहराई से भी अधिक प्यार करने वाले पप्पा, उसकी प्रिय बुआ, प्यारी सी माँ और लाड़ले भाइयों के साथ लंदन गई थी। इसी समुद्र की यात्रा के समय उसने मूंछों वाले अंकल को कुछ क़रीब आते हुए पाया था। फिर वह दोनो इतना क़रीब आ गए कि रुत्ती अपना मन लिए हुए उसकी देह में समा गई। उस मूंछों वाले अंकल में समाहित होने के लिए उसने समुद्र से गहरे अपने पिता के प्रेम को ठुकरा दिया था। परन्तु अब उसे लगने लगा था कि प्रेम का भ्रम क्या होता है, और उसके लिए जीवन में उठाए गए क़दमों का अंजाम क्या हो सकता है।

वह केबिन में होती तो खो जाती फिर विचारों में। वह गुम हो जाती शादी के बाद के इस छोटे से अंतराल में आये परिवर्तनों में। उसे याद ती वह यात्रा जब वह गर्भवती थी तथा अपने मूंछों वाले अंकल से पति बने जिन्हा के साथ अपनी सबसे ज्यादा कष्टप्रद यात्रा इसी जल पर कर रही थी। उसने बहुत करीब आना चाहा था 'जे' के। लेकिन वह दूरियों को पाट नहीं सकी थी। फिर बिना नाम रखे वह अपनी बच्ची को साथ लेकर भी तो इसी रास्ते से वापस लौटी थी। उसे पिछले हर दिन का हर लम्हा याद था।

एडन पहुंचने में अभी कुछ दिन का समय और लगना था। रुत्ती जहाज के केबिन में कुछ अनमनी सी बैठी थी। उसने अपना लेटरहेड और 'ग्राफ वॉन फैबर केस्टेल' का फाउन्टेन पेन लिया। वह कुछ लिखना चाहती थी। उसने लिखना शुरू किया-

सोमवार, पच्चीस सितम्बर सन उन्नीस सौ बाइस ईसवी।

डियर कांजी,

मैं तुम्हारा धन्यवाद देती हूँ कि तुम मुझे समझते हो। तुमने मुझे गुलाबों का जो गुलदस्ता दिया, वह मेरे लिए बहुत महत्वपूर्ण है। मैं किस हाल में हूँ, यह तुमसे छिपा नहीं है। लेकिन मैं कभी हारने वाली नहीं हूँ। मेरा लंदन का पता भी मैं तुम्हें लिख रही हूँ। तुम्हारा पत्र मुझे जब मिलेगा तो मुझे बेहद ख़ुशी होगी। मुझे याद करने के लिए तुम्हारे

पास जब भी थोड़ी फुर्सत हो, तुम मुझे पत्र लिखना। मैं अगर सही-सलामत रही और ख़ुद-ब-ख़ुद मैंने अपने को कहीं खो नहीं दिया, तो डाक व्यवस्था में तुम्हारी चिठ्ठी मुझे ढूंढ ही लेगी। एक बात और, 'जे' मेरे लिए, और मेरी ज़िंदगी के लिए सबसे बड़ा मक़ाम रखते हैं। मैं उनके लिए हमेशा ख़ुदा से दुआ करती हूँ कि वे शोहरत और दौलत में अव्वल रहें। तुम उनसे जाकर मिलो, और मुझे बताना वे कैसे हैं। उनमें ख़ुद को काम में हद से ज़्यादा व्यस्त कर लेने की लत हैं। डियर, अब मैं भी उन्हें छेड़ने और परेशान करने के लिए उनके पास नहीं हूँ। मुझे लगता है उनकी हालत तो पहले से भी ज़्यादा ख़राब होगी। तुम उनका ध्यान रखना।

तुम्हारी दोस्त रतन,

लिखकर उसने पत्र पूरा किया। वह जिन्हा से दूर होकर उसके ज़्यादा क़रीब हो रही थी। उसने जब यह वाक्य लिखा कि "उन्हें छेड़ने और परेशान करने के लिए मैं भी अब वहां नहीं हूँ" तो वह सिसक उठी थी। एक टीस सी उठी थी उसके मन में। वह जिन्हा के लिए तन-मन से समर्पित थी। कांजी का प्रवेश एक सहानुभूति भर था। लेकिन वह अदृश्य तौर पर कहीं खिंची जा रही थी। वह तमाम लोगों से मिलती थी। बिंदास बात करती थी, लेकिन यह सब सामान्य था। पति के साथ बढ़ती दूरियों ने उसकी अंतरंगता को प्रभावित तो किया था। बाइस साल की पुर-जवान रुत्ती का यौवन निखार पर था और बौद्धिक स्तर बहुत ऊँचा था। लेकिन वक़्त के थपेड़े उसे बिना पतवार की नाव में डालकर किसी समुद्र में मीलों दूर लहरों पर छोड़ने ले जा रहे थे।

61

पेरिस, जो देखे, देखता रह जाए। दुनिया में कुछ जगह स्वयंसिद्धा हैं। पेरिस भी उनमें से एक है। फ्रांस का इतिहास भी तो समृद्ध और वैभवशाली है। विश्वयुद्ध के बाद आने वाला परिणाम इसके लिए अनुकूल रहा था। ब्रिटेन के एकाधिकार को उसका यह पड़ोसी देश चुनौती दे रहा था। इस कारण फ्रांस बिग फोर का सदस्य बना। जर्मनी के युद्धक विमानों को धोखा देने के लिए फ्रांस ने नकली पेरिस तक बना डाला था। लेकिन असली पेरिस ने भी युद्ध की विभीषिका और विध्वंस को अपनी छाती पर झेला था। अब यह शहर अपनी जीवटता के साथ दुबारा जिंदा होकर खड़ा होने, एवं कलाकारों के शहर के रूप में नई सोच के साथ विकसित हो रहा था। दुनियाभर के लोग जो उन्मुक्त भोगवाद और कला के बदलते आधुनिक स्वरूप की तरफ़ आकर्षित थे, पेरिस को पहली प्राथमिकता दे रहे थे। युद्ध ने पेरिस के लोगों को भोगवाद और बंधनमुक्त जीवन-शैली की ओर प्रेरित किया था। वहां जैज़ नाइट क्लब, फ़ैशन की नई हवा, शराब व नशे की एक नई

दुनिया आकार ले रही थी। उन दिनों अगर जेब में पैसा हो तो पेरिस की ज़िंदगी आज़ाद और खुले आकाश की तरह अपनी मर्ज़ी से जीने के लिए सबसे बेहतर थी।

रुत्ती लंदन में बहुत कम समय रुकी। लीलामणि ऑक्सफोर्ड में उसका इंतिज़ार ही करती रही और वह उससे मिले बिना पेरिस चली गई। कांजी को दिए गए पते तक कोई चिठ्ठी पहुंचे, उससे पहले ही वह लंदन छोड़ गई थी। वह अपने मन को आकाश की अनंत ऊँचाइयों तक ले जाना चाहती थी। बिना किसी रोक-टोक के, बिना किसी डोर से बंधे।

पेरिस में अनेक पारसी परिवार रहते थे। वहां दिनशॉ पेटिट का भी एक बंगला था। उस विशाल बंगले में रुत्ती के रिश्तेदार रहते थे। वे लोग पेरिस में दिनशॉ पेटिट के व्यापारिक कार्यों की देख-रेख हेतु थे। लेकिन रुत्ती का इससे कोई लेना-देना नहीं था। उसका स्वास्थ्य अब ठीक था। वह अपनी बीमारी से मुक्त होकर कुछ राहत महसूस कर रही थी। उसे पैसे की तो कोई किल्लत थी ही नहीं। कपड़े और फ़ैशन की दुनिया की वह क्वीन थी। नशा उसकी ज़ुबान पर रच-बस रहा था। इस रंगीन शहर में वह पूरी तरह स्वतंत्र और स्वछंद थी। वह पेरिस की ज़िंदगी और यहां की आब-ओ-हवा में इतना रम गई जैसे स्थाई रूप से पेरिस की निवासी हो। वहां के धनाड्य वर्ग में अपने खुलेपन और जीने के अंदाज़ के कारण वह लोकप्रिय हो गई। लेकिन कुल मिलाकर पेरिस उस समय रुत्ती के लिए अच्छा शहर नहीं था। वह कितनी ही आधुनिक हो, लेकिन भारतीय लाज और शर्म की महीन रेखा को वह समाप्त नहीं कर सकती थी। अपने विध्वंस के बाद उठते हुए, पागलों की तरह व्यवहार करने वाले पेरिस में जाकर वह किसी शक्तिशाली भंवर के बीच बेतहाशा चकरी बनी, किनारे की तलाश कर रही थी।

इस उन्मुक्त शहर में वह मैडम जिन्हा के रूप में कुछ इस तरह से प्रसिद्ध हो रही थी कि उसके चरित्र पर भी प्रश्न उठने लगे थे। लेकिन बंधनमुक्त होकर भी वह जिन्हा के प्रेमपाश से मुक्त नहीं होना चाहती थी। वह जीवन भर महानंदा की चट्टान की स्मृतियां तथा कंचनजंगा की धवल बर्फ़ की तलहटी को समेटे हुए सांसें ले रही थी। पेरिस में अगर कोई उसका पुराना परिचित मिलता तो वह अपनी उद्दण्ड और स्वछंद छवि के कारण एक अपराध-बोध से ग्रस्त हो जाती थी।

पेरिस अपनी इस विशेषता के साथ ही भारतीय स्वतंत्रता संग्राम के क्रांतिकारियों का भी केंद्र था। भारतीय स्वतंत्रता की नेता तथा पारसी समुदाय की साठ वर्षीय प्रभावशाली व्यक्तित्व मैडम भीकाजी कामा भारत से निर्वासित होकर पेरिस में रह रही थीं। उनका घर क्रांतिकारियों तथा भारत से पेरिस घूमने आने वाले लोगों का आश्रय स्थल था। ये लोग यहां रुकते और आज़ादी की लड़ाई की रणनीति तय करते थे।

रुत्ती वैसे तो किसी अन्य पारसी से नहीं मिलती थी, लेकिन भीकाजी कामा के प्रति उसकी उत्सुकता थी। वे रुत्ती की बुआ की दोस्त थीं, तथा जिन्हा को भी जानती थीं।

रुत्ती ने कोशिश कर भीकाजी का आवास तलाश लिया। भीकाजी क्रांतिकारी, तेज़-तर्रार तथा भारतीय विचारों की पोषक थीं। रुत्ती जब उनसे मिली तो वे अपने भारतीय मिलने वालों के बीच व्यस्त होकर चर्चा कर रही थीं। उनमें चर्चा का मुख्य विषय भारत में अंग्रेजी शासन का अत्याचार और भेदभाव था। उनके साथ चर्चारत् युवाओं का मत था कि भारत में अंग्रेजी सत्ता का अंत हो, तथा भारत आज़ादी की हवा में साँस ले सके। उनमें अनेक सशस्त्र क्रांति के समर्थक थे, तो कुछ गाँधी जी की अंहिसक लड़ाई के समर्थक भी थे। लेकिन वैचारिक असहमति होने के बाद भी उन लोगों में आपस में कोई तकरार अथवा विरोध नहीं था। यह विषय रुत्ती की पसंद का भी था। वह भी तो भारत में अंग्रेजी सत्ता की विरोधी थी। जिन्हा की पत्नी होने के नाते वह उसके अंग्रेजों के प्रति नरम व्यावहार को जानती थी तथा गाँधी जी को देश के लिए अधिक सार्थक मानती थी। लेकिन यह उसका विचार था। पेरिस में वह कोई आज़ादी की जंग की योजना बनाने नहीं आई थी। यहां वह अपने जीवन के अवसाद को थोड़ा उल्लास में बदलना चाहती थी। भीकाजी कामा से मिलकर उसे न तो उत्साह मिला न आशा। मैडम कामा पर रुत्ती का कोई प्रभाव नहीं हुआ, बल्कि वे उससे नाराज़ ही हुईं। उसका रहन-सहन तथा बात करने का तरीक़ा उन्हें बिलकुल भी अच्छा नहीं लगा। उसके पारसी होने का भी कामा मैडम पर कोई असर नहीं हुआ। रुत्ती ने एक दिन भीकाजी को बताया कि- "एक रात मार्विक्स नामक रईस के साथ वह नाइट क्लब गई थी। मार्विक्स ने वहां इतनी शराब पी कि लौटते वक़्त उसकी कार टकरा गई"

यह सुनकर मैडम कामा भड़क गईं और उन्होंने सबके सामने रुत्ती को डांटते हुए कहा- "तुम जिन्हा जैसे प्रसिद्ध व्यक्ति की पत्नी होते हुए एक शराबी के साथ नाइट क्लब क्यों गईं? क्या यह सब तुम्हें शोभा देता है? नशा करना और नाइट क्लब में शराब पीकर मर्दों के साथ डांस कर मदहोश होना कोई अच्छा कल्चर नहीं है" और उन्होंने उससे मिलना ही बंद कर दिया।

रुत्ती के लिए यह बहुत अपमान जनक स्थिति थी। वह आधुनिक पेरिस और कर्तव्य परायण भारत के बीच पेंडुलम की तरह झूल रही थी। उसकी कोई दिशा निर्धारित नहीं थी। न ही उसे कोई समझने वाला था। उसने इस स्थिति में सरोजिनी नायडू से सहायता माँगी। लेकिन सरोजिनी भी तो उससे नाराज़ थीं। वे उसे प्यार तो करती थीं, लेकिन उसकी स्वच्छंदता और बदलती आदतें उन्हें बिलकुल भी पसंद नहीं थीं। वह मानती थीं कि सब कुछ होने के बाद भी रुत्ती को सही तरीके से जीना नहीं आता। वह सत्य नहीं जानती और हर समय इंद्रधनुष के भ्रमित रंगों को पाने की चाहत में उड़ान भरती है। जिन्हा भी उसके इंद्रधनुष का यही भ्रमित रंग है। वरना वह उसके प्रेम में उलझकर अपना यह हाल नहीं बनाती।

लेकिन रुत्ती तो पूरे मन से सिर्फ़ जिन्हा को प्रेम करती थी। वह केवल यह देखना चाहती थी कि उसके न रहने से उसके 'जे' पर क्या प्रभाव होता है। शायद विरह ही उनके प्रेम को फिर से पल्लवित कर दे। इसीलिए तो कांजी को लिखा था उसने- "तुम 'जे' के पास जाना और देखना वो कैसे हैं। मेरे न होने से अब उन्हें टोकने वाला भी तो कोई नहीं होगा"

इधर जिन्हा अब रुत्ती के जाने से बिलकुल भी परेशान नहीं था। उसे लगता था जैसे वह ज़्यादा आराम से रह रहा है। उसके काम में कोई व्यवधान नहीं हो रहा था। वह अपनी वकालात को धार देते हुए राजनीति में ख़ुद को पुनर्स्थापित करने हेतु जुट गया था। उन दिनों कांग्रेस का एक बागी गुट स्वराज पार्टी के नाम से काम कर रहा था। एक जनवरी सन् उन्नीस सौ तेइस को इस पार्टी की विधिवत स्थापना मोतीलाल नेहरू, श्रीनिवास अयंगर, विठ्ठल भाई पटेल, सुभाषचंद्र बोस, नरसिंह चिंतामन केलकर और चितरंजन दास ने की थी। चितरंजन दास इसके अध्यक्ष थे तथा मोतीलाल नेहरू सचिव थे। ये लोग कांग्रेस के परिषद प्रवेश को लेकर असहमत थे। तथा सीधे स्वराज चाहते थे। लेकिन गाँधी जी के प्रभाव से ये भी मुक्त नहीं थे। जिन्हा ने मोतीलाल नेहरू से बात की और स्वराज पार्टी में शामिल होने की इच्छा जताई। उसे महसूस होता था कि स्वराज पार्टी गाँधी की मुठ्ठी से मुक्त है तथा वह इसमें अपने लिए सम्मान जनक स्थान बना लेगा। उसने स्वराजिओं के साथ काम करने के लिए सीधे तौर पर कहा कि हम लोग गाँधी की राजनैतिक शैली को छोड़कर अपने तरीक़े से लड़ाई लड़ेगे, तो उसकी योजना धरी की धरी रह गई। उसकी इस शर्त पर कोई तैयार नहीं हुआ। आख़िर उसने स्वराज पार्टी से भी किनारा कर लिया।

अब उसके दिमाग़ में मुस्लिम-लीग ने दही जमाना शुरू किया। ख़िलाफ़त आंदोलन के कारण मुस्लिम-लीग पूरी तरह से निष्क्रिय हो चुकी थी। वह इसकी लीडरशिप हासिल कर उसमें नई जान फूंकना चाहता था। इस वक़्त सिर्फ़ यही जमात उसे सीढ़ी की तरह दिख रही थी लेकिन वहां भी उसे नकार दिया गया था। ख़िलाफ़तवादी उसे किसी भी दशा में अपना नेता मानने को तैयार नहीं थे। यहां भी वह मात खा गया था।

उधर वाइसरॉय रीडिंग को भी लगा था कि जिन्हा की बात में कोई दम नहीं है। यहां भी उसका महत्व लगभग समाप्त हो चुका था। उसके सामने केवल दो ही रास्ते बचे थे। एक तो वह केवल अपनी वकालत का विस्तार कर धन कमाए, अथवा दूसरा वह भारत छोड़कर ब्रिटेन चला जाए व वहां अंग्रेजों की तीमारदारी कर पुन: अपनी वफ़ादारी उनके समक्ष सिद्ध कर सके।

उन्नीस सौ तेइस में जून का महीना आ गया था। रुत्ती को बम्बई से गए नौ महीने हो गए थे। दोनों के बीच कोई सम्पर्क नहीं हुआ था। जिन्हा अपने नकली स्वाभिमान

और अहंकार के कारण रुत्ती के जाने की कोई प्रतिक्रिया व्यक्त नहीं कर रहा था। कांजी द्वाराकादास जिन्हा के बारे में रुत्ती को समय-समय पर पत्र के माध्यम से अवगत करा रहा था। समय बीतने के साथ जिन्हा को रुत्ती की मानसिक और शारीरिक आवश्यकता महसूस होने लगी थी। उसे लगा कि बिना महसूस कराए रुत्ती को मनाना चाहिए। साथ ही लंदन जाकर कुछ दिन अपने सम्पर्कों के सहारे वहां के राजनेताओं की मदद से ब्रिटिश सरकार में अपनी स्थिति को फिर से स्थापित करना चाहिए। बस इसी उधेड़-बुन में उसने अपना सामान तैयार किया और जहाज का टिकिट बुक करवा इंग्लैंड चला गया। लंदन जिन्हा के लिए कोई नई जगह नहीं थी। उसने अपनी तरुणाई इसी शहर की सड़कों पर पैदल चलकर बिताई थी। अब वह धनाड्य और प्रसिद्ध जिन्हा था। वह सेंट्रल लंदन के रिज़ होटल में ठहरा। यह होटल जहां बकिंघम पैलेस और वेस्टमिंस्टर के पास था, वहीं ट्रेफ़ाल्गार स्क्वायर से भी ज़्यादा दूर नहीं था। उधर टेम्स नदी इस होटल का आकर्षण थी। कुल मिलाकर अभिजात और धनाड्य लोगों के लिए लंदन का यह होटल बहुत प्रसिद्ध था। यह स्विस होटल व्यावसायी सेसर रिट्ज का होटल था, जो सन् उन्नीस सौ छः में शुरू हुआ था। यह राजनेताओं, लेखकों, समाजवादियों और अभिनेताओं का सर्वाधिक पसंद का होटल था। युद्ध के समय डेविड लॉयड जॉर्ज ने यहां पर कई गुप्त बैठकें ली थीं। यहीं बैठकर उन्होंने तुर्की के ख़िलाफ़ ग्रीस की तरफ़ से लड़ने का निर्णय लिया था। इस होटल में ठहरने से जिन्हा की कुलीनता और प्रभाव का प्रदर्शन होना आसान था। वह ब्रितानी सत्ताधीशों को आकर्षित कर अपने भविष्य की योजनाएं सफल करना चाहता था ताकि गाँधी की बिसात से इतर अपनी ख़ुद की शतरंज जमा सके।

रुत्ती पेरिस से लंदन आ गई। उसका 'जे' उसे मनाने आया है, यह सोचकर ही वह उत्तेजित हो रही थी। उसने अपनी बिल्लियों, और नौकरानियों को लंदन में किराए के घर में छोड़ा तथा दीना को लेकर सीधे रिज़ होटल पहुंच गई। नन्ही सी दीना अपने पिता से लिपट गई। रुत्ती सामने सोफे पर बैठकर एकटक दोनों को निहार रही थी। उसके शरीर में कंपन होने लगा था। आँखों में नमी तैर रही थी। दीना अभी इतनी संवेदनशील नहीं हुई थी कि वह स्त्री-पुरुष के मिलन को जान भी पाती। रुत्ती अचानक सोफे से उठी और जिन्हा से लिपट गई। उसके आवेग का प्रवाह इतना तीव्र था कि वह दीना की उपस्थिति को अनदेखा कर जिन्हा में समाती चली गई। वह लम्बे समय से अतृप्त आत्मा को मिलन के महासागर में डुबोकर तर-ब-तर हो जाना चाहती थी। लेकिन तेइस बरस के उन्मादी तूफ़ान को अड़तालीस साल का बुढ़ाता हुआ जहाज कब तक संभाल सकता था? तूफ़ान के गुज़र जाने के बाद रुत्ती की आँखों से आँसुओं की निर्मल धारा बह निकली थी। उसने दीना को गोद में उठा लिया। दोपहर के खाने का समय हो चुका था।

"जे, तुम मुझसे दूर क्यों होते जा रहे हो?"- रुत्ती ने कातर दृष्टि जिन्हा पर टिकाते हुए प्रश्न किया। ।

"मैं तुम्हें बहुत चाहता हूँ, हम पति-पत्नी हैं, दोस्त हैं, साथी हैं। दूर तो तुम होती जा रही हो"- जिन्हा ने इत्मीनान से रुत्ती का उत्तर दिया।

"नहीं 'जे', आपके पास मेरे लिए वक़्त का एक लम्हा भी तो नहीं है"- रुत्ती ने अपनी पीड़ा उजागर करते हुए कहा।

"लम्हा? मैंने तो पूरी ज़िंदगी तुम्हें दे दी है डियर"- जिन्हा ने उलाहना देते हुए कहा।

"नहीं 'जे', मैंने अपना सब कुछ तुम्हें दिया है। मेरे सपने, मेरी जवानी, मेरा अस्तित्व, मेरा धर्म, मेरे शौक़ और तो और मेरे जीवन के सबसे ज़्यादा प्यारे मेरे पप्पा तक मैंने आप पर वार दिए हैं, लेकिन न जाने क्यों इन सबकी क़ीमत पर भी मैं आपको नहीं पा सकी"- सिसकते हुए रुत्ती फटने लगी थी।

"मरियम तुम नहीं समझ पा रही हो कि मेरे आस-पास कितना अंधेरा घिरता चला आ रहा है। मोहनदास गाँधी ने मुझे बरबाद कर के रख दिया है। आज वह भारत में महात्मा के नाम से लोगों की धड़कन बन चुका है। जादू कर रखा है उसने हिन्दुस्तानियों पर। मुस्लिम-लीग में अली बंधु और हसरत मोहानी मुझे साइड लाइन करने पर तुले हैं। रीडिंग, पील, मांटेस्म्यू जैसे उच्च ब्रिटिशसर्स मेरे ख़िलाफ़ साज़िशें कर रहे हैं। जनता मुझसे दूर हो रही है। मेरा हर मोहरा पिट रहा है,और सबसे बड़ी बात तो तुम भी मेरे साथ खड़ी होने के बजाए अपनी ही रंगीनियों में खोना चाहती हो। अब यह कैसे सम्भव है कि मैं अपनी सारी इज्ज़त, शौहरत और सियासत को छोड़कर तुम्हारे साथ साउथ कोर्ट में गलबहियां कर पलंग पर करवटें लेता रहूँ"-जिन्हा उत्तेजित होने लगा था।

"मैंने कब कहा कि तुम मेरे साथ पलंग पर करवटें लेते रहो? लेकिन मुझे और मेरी फीलिंग को भी तो कुछ समझो। दुनिया में हर किसी की नज़र हम पर है। हम कितने सक्सेस होते हैं यह लोग अपने चश्में से देख रहे हैं। हम बहुत जल्दी ही आइडियल कपल से पज़ल पति-पत्नी के रूप में मशहूर हो रहे हैं"- रुत्ती ने भी अपनी बात उसी अंदाज़ में कही।

"मैडम आप पेरिस में रहते हुए जिस तरह की ज़िंदगी जीना चाहती हो, वह कैसी है जानती भी हो?"- जिन्हा ने प्रश्न किया

"कैसी ज़िंदगी जी रही हूँ मैं वहां?"- रुत्ती ने प्रतिप्रश्न किया

"यह तो आपको ख़ुद पता ही है, मैडम जिन्हा के रूप में आपकी प्रसिद्धि ख़ूब हो रही है, आप ख़ुश भी बहुत हैं। लेकिन यह ख़ुशी कब तक आपका साथ देगी?"- जिन्हा ने रुत्ती के मर्म पर अंगुली रखी।

"हाँ ख़ुश हूँ मैं वहां। सुकून मिलता है मुझे झूमते गाते हुए। मैं सारे रंग पा जाना चाहती हूँ पेरिस में, चलो मेरे साथ तुम भी चलो वहां, कुछ दिन तो हम सब कुछ भूलकर फिर से वापस एक-दूसरे के क़रीब आ जाएं"- रुत्ती लगातार कहती चली गई।

"वैरी सॉरी मिसेज मरियम जिन्हा उर्फ रतनबाई पेटिट आई कान्ट गो विद यू। मुझे अभी बहुत काम हैं। यहां लंदन में भी और हिन्दुस्तान में भी। अभी मुझे बहुत लड़ाइयां लड़नी हैं"- जिन्हा ने चिढ़ते हुए कहा।

"और उनमें एक लड़ाई मुझसे भी है, तुम्हारी अपनी पत्नी से"- रुत्ती ने जिन्हा की तरफ़ देखते हुए कहा।

"बेशक"- जिन्हा ने सपाट जवाब दे दिया।

रुत्ती ने दीना को उठाया और बिजली की गति से रिज़ होटल से निकल गई। जिन्हा उसके क़दमों की आँधी को आँखें गड़ाए देखता रह गया।

रुत्ती घर पहुंची। उसने अपनी पर्सियन बिल्लियों को गोद में उठा लिया। सिगरेट पर सिगरेट फूंकती जा रही थी वह। फिर शराब की बोतल खोलकर उसमें डूब गई। आया चुपचाप दीना को उठाकर ले गई। वह प्यार से बच्ची को खाना खिला रही थी और रुत्ती शराब के नशे में मदहोश हो रही थी।

"लीला कल मैं तुमसे मिलने ऑक्सफोर्ड आ रही हूँ"- रुत्ती ने लीलामणि को टेलीग्राम किया। जिन्हा से मिलकर अपने दाम्पत्य को संवारने की कोशिश में दोनों के अहंकार टकरा कर चिंगारियां छोड़ चुके थे।

लीलामणि की परीक्षाएं शुरू होने वाली थीं। वह किसी भी तरह का व्यावधान नहीं चाहती थी। रुत्ती के अचानक आने की सूचना पाकर वह सोच में पड़ गई। लेकिन उसके पास कोई चारा भी तो नहीं था। अगले ही दिन रुत्ती अपनी एक पर्सियन बिल्ली और मेट के साथ लीलामणि के हॉस्टल में पहुंच गई। वह सिगरेट के धुएं के कलात्मक छल्ले बनाकर छोड़ने लगी थी। रुत्ती यह सिद्ध करना चाह रही थी कि जीवन में उसकी भी उमंगें हैं और वह उन उमंगों को उल्लास के साथ जीना चाहती है। वह तेइस साल की पूर्ण जवान स्त्री है। उसकी अपनी भावनाएं हैं। वह पचास के होते जिन्हा की तरह बुढ़ाई नहीं है। यह उसका अवसाद ही तो था। लीलामणि के लिए भी रुत्ती का आना अपेक्षित नहीं था। यह वही लीलामणि थी जिसकी बहन पद्मजा और रुत्ती की तिकड़ी अपनी हर अंतरंगता को साझा किया करती थीं। लेकिन वक़्त बदल चुका था तथा रुत्ती अपनों के बीच अपनापन खोती जा रही थी। जिन्हा जिस नीले फूल को तोड़कर लाया था, वह नीला फूल अब कुम्हला रहा था और कोई भी उसकी ताज़गी बचाना नहीं चाहता था, ख़ुद जिन्हा भी।

रुत्ती न सहज थी, न ऑक्सफोर्ड में लीलामणि के साथ सहज रही। वह तन और मन दोनों ही स्थितिओं में विचलित थी, अतः अगले ही दिन वापस आ गई। आया के

भरोसे छोड़ी गई नन्ही सी दीना उसकी राह देख रही थी। जिन्हा की तरफ़ से कोई संदेश भी नहीं आया था। जैसे एक तूफ़ान गुज़र जाने के बाद उसकी लहरें शांत हो चुकी थीं। रुत्ती ने दो दिन और इंतिज़ार किया। फिर तीसरे दिन वह जैसी आई थी वैसी ही वापस पेरिस चली गई। फ़र्क़ बस इतना हुआ था कि आते समय एक आशा थी, थोड़ा विश्वास था, कुछ उत्साह था पिया मिलन और मिठास घुलने का, लेकिन जाते समय फिर वही निराशा तथा अवसाद उसके साथ जा रहे थे।

जिन्हा ख़ामोश था। होटल के कमरे में बैठा अख़बारों के पन्ने उलटते-पलटते उसके दिमाग़ की गति स्थिर थी। वह मानसिक रूप से क्लांत था। वह बात-बात पर खीझने लगता था। होटल के कर्मचारियों पर भी कई बार उसकी खीज दिखाई दी थी। उसका उद्‌देश्य भारत सचिव लार्ड पील से समय लेकर अपनी बात कहना था ताकि वह भारत की राजनैतिक स्थिति और उसमें अंग्रेजों के हित में स्वयं की भूमिका को स्पष्ट कर सके। लेकिन पील से उसे समय ही नहीं मिल पा रहा था। यह वही जिन्हा था जिसे अंग्रेज अधिकारी अपने घर बुलाकर सम्मान दिया करते थे। वक़्त की मार और उसके मन की दुविधा ने उसकी स्थिति मटियामेट कर दी थी। कभी उसने वो दिन भी देखे थे जब वह लंदन आता था तो मॅटिग्यू अपनी मोटरकार भेजकर उसे अपने साथ भोजन पर बैठाता था।

अंतत: लार्ड पील से जिन्हा की मुलाक़ात पक्की हो गई। लेकिन यह मुलाक़ात न डिनर के लिए थी, न लंच अथवा नाश्ते के लिए। यह मुलाक़ात लार्ड पील के ऑफिस में रखी गई थी, जिसे मॉन्टेग्यू ने मेहरबानी कर निश्चित करवाया था। लार्ड पील को जिन्हा के इतिहास के बारे में मॉन्टेग्यू ने कुछ अच्छा व सकारात्मक बताया जिसकी वज़ह से उन्होंने मिलने का समय दिया था। ऐसा नहीं था कि लार्ड पील जिन्हा को नहीं जानते थे, तथा वे उसकी हैसियत से परिचित नहीं थे। लेकिन एक ज़माने का सुपर लीडर जिन्हा अब अपना तेज और बात की दमदारी अंग्रेजी शासकों के दिमाग़ से खो चुका था।

निर्धारित समय पर जिन्हा पील के दफ़्तर पहुंच गया था। पील ने औपचारिक रूप से उसका स्वागत किया। अपने निजी तनाव जिन्हा पर हावी हो चुके थे। पील जैसी शख़्सियत से बात करने में यह साफ़ दिखाई दे रहे थे। भारत की राजनीति को लेकर बहुत बातें हुईं, लेकिन किसी भी तरह का सौहार्द और सहमति दोनों के बीच नहीं बनी। पहले जिन्हा जितने शांत और प्रभावी तरीक़े से अपनी बात सामने वाले को कह कर प्रभावित करता था, उसका लेशमात्र भी इस जिन्हा में नहीं था। इस मुलाक़ात का समापन चिढ़चिढ़ाहट और कटु बातचीत के साथ हुआ। जिन्हा जिस अवसर के लिए लंदन आया था, वह उसके हाथ से किसी चिड़िया की तरह फुर्र हो गया था। रुत्ती फिर से रूठकर पेरिस चली गई थी तथा लार्ड पील ने इस मुलाक़ात को समय की बर्बादी

बताते हुए लिखा कि-"अब तक जितने भी हिन्दुस्तानियों से मेरी मुलाक़ात हुई है, उनमें जिन्हा एकमात्र ऐसे व्यक्ति हैं जो वाक़ई झगड़ालू हैं"

लार्ड पील की यह टिप्पणी जिन्हा की मनोदशा पर एक मोहर थी। वह अपना आपा खोने लगा था। पारिवारिक अलगाव एवं तनाव उसके व्यक्तित्व पर असर दिखाने लगा था। उसके पास लंदन में अब कोई काम नहीं बचा था। भारत लौटने के लिए वह रुत्ती का साथ चाहता था, लेकिन रुत्ती के सामने उसका अहंकार पहाड़ जैसा खड़ा था।

लंदन में सूर्य उग रहा था फिर अस्त हो रहा था। चन्द्रमा अपनी कलाएं नियमित रूप से घटा-बढ़ा रहा था। टेम्स नदी का पानी अपनी गति से बह रहा था। ट्रेफाल्गर स्कवायर पर दुनिया भर के लोगों का आना-जाना लगा हुआ था। दुनिया के गर्म देशों की अपेक्षा लंदन शीतल था। उसकी राते चकाचौंध से भरी झिलमिला रही थीं। मैनचेस्टर में कपड़ा मिलों की रफ्तार बनी हुई थी। आयरलैंड और स्काटलैंड क्राउन के समक्ष कोर्निश कर रहे थे। समुद्र में जहाजों का आना-जाना बदस्तूर जारी था। दुनिया में ब्रिटिश क्राउन के तले कहीं न कहीं सूरज आसमान में था और कहीं न कहीं तारे झिलमिला रहे थे। अर्थात दुनिया का वो शासक जिसके शासन में न तो दिन समाप्त हो रहा था न रात ही ख़त्म हो रही थी। फिर भी ब्रिटश शासन युद्ध जीतने के बाद उसकी विभीषिका से जूझ रहा था। वहीं होटल रिज़ के कमरे में भारत से आया हुआ एक नेता मोहम्मद अली जिन्हा, जो किसी समय अंग्रेजों का चहेता था तथा भारत के भाग्य के निर्णय लेने में बिना उसके कोई सोच भी नहीं सकता था, अकेला रह रहा था। उसके पास ढेर सारे अख़बारों में खोने के अलावा कोई काम नहीं था। वह पेरिस जाकर चकाचौंध में गुम अपनी पत्नी को मनाकर वापस भारत जाना चाहता था, लेकिन न जाने क्यों उसका मन और बुद्धि एक तल पर आने को तैयार नहीं थे। इसी उहापोह में दो महीने निकल गए थे। वह अपने अतीत में खो जाता था। उसे पहली बार लंदन आना याद आ जाता, कभी वह 35-रफेल रोड के मिसलटो के पेड़ों में खो जाता व उसे स्टेला की याद आने लगती। वह एक बार उस मकान की तरफ़ गया भी, लेकिन स्टेला उसे नहीं मिली। वह वहां से जा चुकी थी। उसे अपने पिता के मित्र की "डगलस ग्राहम एंड कम्पनी" का ख़्याल भी आया। सर फ्रैडरिक ली क्राफ्ट भी उसकी स्मृतियों में उतरे। फिर उसके जीवन में रुत्ती के आने का एक-एक पल चलचित्र की तरह आता और वह बिना पलक झपके अपने अतीत में चला जाता। दस महीने की अबोध बच्ची रुत्ती से सोलह साल की स्वीट सिक्सटीन रुत्ती को अपलक निहार लेता। दार्जीलिंग का सुरम्य वातावरण और उनमें की गई घुड़सवारी तथा फिर सपनों के सच होने जैसे अहसास में उसकी पूरी रातें गुज़र जातीं। लेकिन शादी के बाद होने वाले परिवर्तन और उसके परिणाम उसकी उम्मीदों के विपरीत हो रहे थे। लगता था कि वह मन में रुत्ती को अपने लिए अपशगुन मानने लगा था।

रुत्ती भी पेरिस में कहां ख़ुश थी। उसका अवसाद लगातार बढ़ता जा रहा था। भला शराब और नशा उसे कब तक सहारा देते? वह जीना चाहती थी और जीने के लिए ज़रूरी था उद्देश्य। अपने जीवन में उसने सब कुछ त्यागकर जिन्हा को पाया था। वही तो उसके जीवन का उद्देश्य था। फिर अब एक नन्हीं सी जान, बेटी के रूप में उसके साथ थी, जो दोनों के बीच सेतु का काम कर सकती थी। यह क्या जीवन के सबसे बड़े उद्देश्य से कम था?

पेरिस की सारी रंगीनियां और चकाचौंध उसने देख ली थी। उसमें उसकी आँखें ही नहीं आत्मा भी चौंधिया गई थी। उसने पाया था कि उस रंगीन पेरिस में आत्मा का कोई अर्थ नहीं है। वहां देह ही सबकुछ है। देह से आत्मा को पृथक कर ही पेरिस का आनंद लिया जा सकता था। परन्तु रुत्ती ने तो अपनी देह और आत्मा सब कुछ जिन्हा को सौंप दी थी। वह किसी भी दशा में इन दोनों के साथ समझौता नहीं कर सकती थी। फिर भीकाजी कामा द्वारा उसकी आदतों और खुलेपन को लेकर जो टिप्पणी की थी वह भी उसके लिए एक सबक ही थी। उसे लगा कि उसका पति दुनिया का अत्यंत महत्वपूर्ण व्यक्ति है। इस समय दोनों को ही एक दूसरे की सख़्त ज़रूरत है। रुत्ती ने अपने भीतर कोई अहंकार नहीं पाला था। उसकी ज़िद ही उसके लिए हमेशा घातक रही थी। चाहे वह बचपन में अपने पिता से पूरी करवाने की रही हो, या फिर पिता का दिल तोड़कर अपनी मर्ज़ी से मरियम बन जिन्हा को पाने की।

एक दिन अचानक डोरबेल बजी। रुत्ती को लगा किसी कर्मचारी ने बजाई होगी। दरवाज़ा खोला तो वह आश्चर्य चकित थी। सामने जिन्हा खड़ा मुस्कुरा रहा था। पेरिस में जिन्हा को देखकर रुत्ती आश्चर्यचकित थी।

"तुम"- उसने आश्चर्य से पूछा

"हाँ, मैं, अच्छे से देखो मैं ही हूँ, छूकर भी देख लो मैं ही हूँ, मेरा प्रेत नहीं है"- जिन्हा ने हँसते हुए कहा। वैसे भी तुम्हें आजकल ज़िंदा लोगों से ज़्यादा आत्माओं में दिलचस्पी है।

जिन्हा का यह बदला व प्रसन्नचित व्यवहार देखकर रुत्ती अवाक थी। उसे जीवन के इस कठिन समय में अपने 'जे' और उसके प्यार की सख़्त ज़रूरत थी। वह अपने ईगो के कारण पेरिस में रह रही थी। लेकिन जिन्हा ने आज उसकी सारी दुविधाएं समाप्त कर दीं थीं, सिर्फ़ एक मुस्कान भरी शरारत करते हुए।

अगले ही दिन वे सीधे लंदन पहुंचे। अपने किराए के फ्लैट में बिल्लियों और नर्स को छोड़कर दोनों अपनी बेटी दीना के साथ होटल रिज़ गए। रुत्ती एक सधे हुए निर्णय के साथ जिन्हा के कमरे में दाखिल हुई। एक सप्ताह बाद वे भारत आने वाले जहाज के डेक पर एक-दूसरे का हाथ थामें हुए आसमान में मुस्कुराता धागे जैसा चाँद देख

रहे थे, तथा समुद्र की लहरें महानंदा की धारा की तरह संगीतमय हो उन्हें गीत सुना रहीं थीं। ऐसा लग रहा था कि समुद्र के पानी ने दो प्रेमियों के दिल का खारापन धोकर अपने विशाल आँचल पर उतार खुद को खारा कर लिया है, तथा आसमान ने चाँद की एक महीन रेखा में से चाँदनी की कुछ रश्मियाँ उन पर मिठास चढ़ाने के लिए डाल दी हैं।

62

दरके हुए काँच भला कभी जुड़ते हैं? धागा यदि टूटता है तो उसमें गाँठ ही पड़ती है। ऐसा ही था रुत्ती और जिन्हा के सम्बंधों में भी, न तो काँच जुड़ पा रहा था, न ही धागे की गाँठ समाप्त हो सकती थी। भारत आने के बाद कुछ दिन तक साउथ कोर्ट में रुत्ती की हँसी और दीना की किलकारीओं ने खनक बिखेरी, लेकिन यह रौनक़ ज़्यादा दिन तक नहीं चल सकी। जितने दिन यह उल्लास साउथ कोर्ट की दीवारों से खेलता रहा कांजी द्वारकादास सबसे ख़ुश व्यक्ति रहा। वह रुत्ती की मुस्कुराहट देखने को लालायित रहता था। उदास और नीरस रुत्ती उसे परेशान कर देती थी। जिन्हा का ख़ास सहयोगी होने के नाते अब उसका साउथ कोर्ट आना निर्बाध होता था।

जिन्हा को लगता था कि आठ-नौ महीने तक रुत्ती उसकी परवाह किए बिना बुरे वक़्त में उसे छोड़कर लंदन और पेरिस में रही, तथा वहां अपने अनुसार आज़ादी से अपनी ज़िंदगी जीती रही। उसे यह भी अहसास होता था कि रुत्ती अपनी मर्ज़ी से उसके साथ नहीं आई है। यहां उसे झुकना पड़ा है और वह अपनी पत्नी की ख़ुशामद कर उसे अपने साथ लेकर आया है।

औपचारिकता वश दोनों एकसाथ आकर डायनिंग टेबल पर खाना खाने की परम्परा निभा रहे थे। दीना भी कुछ बड़ी हो रही थी। उसकी बालसुलभ क्रीड़ाएं साउथ कोर्ट में ख़ुशियों की दस्तक दे जातीं थीं। वहां अनजाना तनाव होने के बाद भी दोनों महसूस नहीं होने दे रहे थे कि उनके बीच की टूटन अभी समाप्त नहीं हुई है। वे दिखावे के लिए ही सही, अब साथ-साथ दिख रहे थे। रुत्ती जिन्हा के जितना निकट होने की कोशिश करती, वह उतना ही नीरस होता जाता। वह एक पति की भूमिका तो निभा रहा था, लेकिन एक प्रेमी उसमें से पूरी तरह समाप्त हो चुका था। दाम्पत्य जीवन में केवल पति होना ही पर्याप्त नहीं होता, पति होकर प्रेमी होना निहायत ज़रूरी होता है। ठीक इसी तरह पत्नी होने मात्र से पारिवारिक जीवन गतिमान नहीं होता पत्नी को हमेशा एक प्रेमिका होने का अहसास अपने पति को कराते रहना ज़रूरी होता है। रुत्ती तो प्रेमिका होने से पीछे नहीं हट रही थी, लेकिन जिन्हा किसी भी अवसर पर प्रेमी नहीं बन पा रहा था। उसके अंतर्द्वंद्व उसे दुविधा में डाल रहे थे। वह इस तरह रुत्ती का यूरोप जाना बर्दाश्त

नहीं कर पा रहा था, साथ ही पेरिस में बिताए उसके तौर-तरीक़ से वह उसकी अपने प्रति समर्पण और वफ़ादारी को लेकर भी सशंकित था। वह इसी बात से स्वयं को श्रेष्ठ मान रहा था कि पेरिस से वह अपनी पत्नी को वापस लाने के लिए अपनी सोच और सिद्धांतों के साथ समझौता कर चुका है, लेकिन रुत्ती उसके साथ होती थी तो उसकी हीन भावनाएं उसे कचोटती थीं। उसे लगता कि उसने अपने कर्तव्य निभा कर स्वयं को आगे बढ़ाया है, अब रुत्ती को पत्नी के तौर-तरीक़ के साथ उसके घर में अपने पति के प्रति सजग और उसके अनुशासन में बंधकर रहना चाहिए।

रुत्ती अपने पिया के मन को पिघलाने की हर कोशिश कर रही थी। कांजी द्वारकादास जब कभी इस दंपति के साथ होता तो रुत्ती उसकी उपस्थिति का लाभ उठाकर जिन्हा के साथ कोई शरारत कर अपना प्रेम प्रदर्शित करती। वह अनेक बार उसकी किसी मीटिंग में जाकर उसकी टेबल पर बैठकर पैर हिलाते हुए उसे रिझाने का प्रयास करती। जिन्हा का असमय प्रणय विरक्ती से गुज़रना उसके लिए पीड़ा का कारण बन रहा था। इसलिए वह यह भी भूल जाती थी कि कभी-कभी उसका अतिशय प्रेम प्रदर्शन गरिष्ठ भी हो जाता है।

राजनैतिक हाशिए पर पड़ा जिन्हा मुख्यधारा में आकर अपने अस्तित्व की लड़ाई लड़ने के लिए छटपटा रहा था। उसने असेम्बली के सदस्य से इस्तिफ़ा दिया था, चेम्सफोर्ड का विरोध किया था। विलिंगडन के ख़िलाफ़ हुआ था। गाँधी को चुनौती दी थी। ख़िलाफ़त आंदोलन में मुस्लिम-लीग के निर्णय से असहमत हुआ था। स्वराज पार्टी के साथ दुविधाग्रस्त हुआ था। यह सब उसने किया था अपनी नायक बनने की महत्वाकांक्षा के कारण, किंतु सब जगह उसके पांसे उल्टे पड़े थे। उसने हर जगह मात खाई थी। नायक बनने की इस महत्वाकांक्षा के चक्कर में वह अपना स्वर्णिम समय गंवा चुका था। इन लगातार होती पराजयों ने उसे चिढ़चिढ़ा बना दिया था, इस बात का असर उसके दाम्पत्य जीवन पर बहुत गहरा पड़ा था। यह दोनों ही स्थितियां आपस में गड्डमगड्ड हो गईं थी। यह कहना मुश्किल हो रहा था कि अपनी उम्र की आधी से भी कम, स्वछंद विचार की अभिजात बालिका से शादी कर वह सुंदर और तरुण पत्नी के तूफ़ान में घिरकर डगमगा गया था, जिसके कारण उसका राजनैतिक करियर चौपट हो गया था, अथवा राजनैतिक करियर चौपट होने के कारण वह अपनी नव-परिणीता तरुणी पत्नी के स्वप्न और अपेक्षाएं पूर्ण करने हेतु समय नहीं दे पा रहा था।

लेजिस्लेटिव काउंसिल के चुनाव नज़दीक आ रहे थे। गाँधी जेल में थे। जिन्हा बम्बई की अपनी सुरक्षित मुस्लिम सीट से चुनाव लड़कर फिर असेम्बली में जाना चाहता था। असेम्बली का सदस्य बनने पर उसकी राजनीति को एक प्रकार से ऑक्सीजन मिलने की सम्भावना थी। यह भी तय था कि बम्बई की मुस्लिम सीट पर उसका चुनाव जीतना

आसान तो था, लेकिन पिछली घटनाओं के कारण क्या हो, कोई नहीं जानता था। साथ ही जिन्हा इस दौरान अपने कुछ समर्थकों को सदस्य के रूप में जितवाकर एक नई पार्टी बनाना चाहता था, ताकि असेम्बली में उसका रुतबा वापस आ सके। उसे उम्मीद थी कि इस हेतु देश में प्रचार कर वह अपने समर्थक सदस्यों को जितवा लाएगा और असेम्बली को उसके हिसाब से चलाएगा।

अड़तालिस साल का जिन्हा अपनी राजनीति के डूबते जहाज को बचाने का प्रयास कर रहा था, तथा उसकी तेइस साल की जवान पत्नी अपने दाम्पत्य के जहाज को किसी तरह तूफ़ान से निकालकर किनारे लाने की अंतिम कोशिश कर रही थी। उसकी अपेक्षाएं, आशाएं, आवश्यकताएं, भावनाएं, उल्लास, अंगड़ाइयां, सब टूट-फूटकर बिखरी हुई थीं। आख़िर कब तक वह एकाकी प्रयास द्वारा उन्हें समेटती। लेकिन वह लगातार हिमालयी प्रयास कर रही थी कि उसके दाम्पत्य का यह जहाज किसी तरह तूफ़ान की लहरों से पार निकलकर किनारे का सौंदर्य पा सके।

पेरिस की रंगीनियों से ऊबकर, अपने दाम्पत्य में लौटी रुत्ती अपना सुखी संसार बसाना चाहती थी। जिसमें उसकी प्यारी सी बेटी थी, एक सुंदर सा घर था, दुनिया से लड़कर प्यार के नाम पर जिसे प्राप्त किया था वह पति था, धन-सम्पदा सब कुछ था। लेकिन कमी थी तो शांति और संतुष्टि की, जिसे वह हरहाल में पाना चाहती थी। कांजी द्वाराकादास के रूप में उसका हरपल ख़्याल रखने वाला एक नि:स्वार्थ मित्र उसे मिल गया था, जो उसके अवसाद और अनुत्तरित सवालों के जवाबों की श्रृखला में धैर्य और बुद्धीमानी की मिसाल के रूप में उसके साथ था।

मात खाए जिन्हा के सामने संयोगवश कुछ सकारात्मक स्थितियां निर्मित होने लगीं। मोहम्मद करीम छागला जिन्हा के क़रीबी सहयोगियों में होकर उसके सचिव के रूप में काम कर रहे थे। छागला उसके चुनाव की कमान भी सम्भाले थे। मुसलमानों के नेता बनने की राह पर चल रहे जिन्हा ने अधिक से अधिक वोट बटोरने के लिए बॉम्बे क्रॉनीकल में एक अपील जारी कर दी, जिसमें उसने बम्बई के मुसलमानों से कहा था कि "विधान परिषद के चुनाव में हिस्सा लेने वाले सारे मुसलमान वोटरों का फ़र्ज़ है कि, वे सभी अपना पूरा समर्थन मिस्टर एम. ए जिन्हा को दें" अपील का असर मुसलमानों पर हो रहा था। रुत्ती ख़ुश थी कि 'जे'अपना खोया रुतबा पाने जा रहे हैं। वह अपने "जे" का पूरा ख़्याल रखकर पुरानी बातों और अलगाव को दूर करना चाह रही थी। अभी उसकी उम्र परिणय की उमंगों की थी वह उन्हें कुचलकर जीना नहीं चाहती थी, बल्कि नए पंख देकर नई उड़ान भरना चाहती थी।

चुनाव में उम्मीदवारों के चयन और अपनी स्थिति मज़बूत करने के लिए जिन्हा मुसलमान सीटों पर ज़्यादा ध्यान दे रहा था। चुनाव अभियान की सारी कमान उसने

अपने हाथ में ले रखी थी। छागला उसके साथ साए की तरह थे। एक दिन वह टाउन हॉल में चुनावी मीटिंग ले रहे थे। मीटिंग समाप्त कर वे खाना खाने बाहर निकलने की तैयारी कर रहे थे तभी बाहर जिन्हा की लिमूजिन कार रुकी। कार में से रुत्ती टिफिन लिए हुए उतरी। उस दिन वह अपने बालों में ताज़ा गुलाब लगाए थी तथा जिन्हा की पसंद का नीला गाउन पहने हुए थी। उसने सलीके से अपना केश विन्यास किया हुआ था। उसके चेहरे पर ताज़गी थी तथा उसका मूड बहुत ही रोमांटिक था। टिफिन लेकर वह सीढ़ियां चढ़ने लगी। उधर जिन्हा और छागला हॉल से बाहर आए।

"जे"- हाथ हिलाते हुए रुत्ती ने आवाज़ लगाई

जिन्हा ने भी हाथ हिलाकर उसका उत्तर दिया।

रुत्ती तेजी से उसके पास आई- "बताओ 'जे' आज मैं इस टिफिन में तुम्हारे लंच के लिए क्या लेकर आई हूँ?" कहते हुए उसने मोहक अदा के साथ अपनी गरदन को एक ओर झुकाया और एक आँख दबा दी।

जिन्हा मीटिंग की बहस को अपने दिमाग़ में बैठाए हुए था। उसे रुत्ती के रोमांस का ज़रा भी ख़्याल नहीं था। वह रुखे पन से बोला- "तुम क्या लाई हो इस टिफिन में मैं कैसे बता सकता हूँ। जब तक देखूंगा नहीं, या तुम नहीं बताओगी"

"जे प्लीज़ स्माइल, तुम्हारा सबसे पसंद का खाना हैम सैंडविच लाई हूँ आज तुम्हारे लंच के लिए"– कह कर रुत्ती ने टिफिन दिखाया

"ओ माई गॉड! क्या तुममे बिलकुल भी अक्ल नहीं है?"- ग़ुस्से में जिन्हा ने कहा

रुत्ती एकदम सहम गई-"क्या हुआ? मैं तो तुम्हारी पसंद का खाना अपने हाथों से बनाकर लाई हूँ, मैंने क्या ग़लती की?"

"तुम मुझे चुनाव हरवाना चाहती हो? क्या तुम नहीं जानती कि मैं अलग मुसलमान वोटरों की सीट से चुनाव लड़ रहा हूँ? अगर मेरे वोटरों को पता चल गया कि मैं लंच में सुअर के गोश्त से बना हैम सैंडविच खा रहा हूँ तो क्या ये मुसलमान मुझे वोट देंगे? वेवकूफ़ औरत, पोर्क के सैंडविच खाने का पता चलते ही बताओ मेरे जीतने की क्या उम्मीद रह जाएगी?"- दाँत पीसते कठोर नाराज़गी से जिन्हा ने रुत्ती के कान के पास आकर कहा।

रुआंसी हो गई थी वह। उसका प्रेम धरा का धरा रह गया था। उसने टिफिन उठाया और अपनी आँखों में नमी लिए वापस कार में जा बैठी। थोड़ी देर बाद कार साउथ कोर्ट की तरफ़, तथा जिन्हा एवं छागला बम्बई के सबसे प्रसिद्ध कॉर्नेग्लियाज रेस्टोरेंट में खाना खाने जा रहे थे।

रेस्टोरेंट में जिन्हा ने खाने के लिए ऑर्डर किया पेस्ट्री, कॉफी और पोर्क सॉसेज़ अर्थात यहां भी सुअर के गोश्त के सॉसेज, जो सुअर के कंधे, पेट और पैर के माँस को

बारीक पीस कर बनाए गए थे। । रुत्ती को दुत्कार कर अपने हारने का भय दिखा उसने न जाने क्यों वह टिफिन नहीं स्वीकार किया था। वह रुत्ती को क्या दर्द देना चाहता था, न तो रुत्ती ही समझ सकी थी न ही करीम छागला। टिफिन और टेबल में सुअर का गोश्त तो एक समान ही था।

छागला और जिन्हा रेस्टोरेंट में बैठे पेस्ट्री और पोर्क सॉसेज़ खा रहे थे। तभी वहां दाढ़ी वाला एक बूढ़ा मुसलमान अपने पोते के साथ आया। वे दादा-पोता जिन्हा के बगल में बैठ गए। वे टाउनहॉल से जिन्हा के बारे में पूछते-पूछते पीछा करते ही कॉर्नेग्लियाज रेस्त्रां पहुंचे थे। वह बुजुर्ग कोई कट्टर मुसलमान होकर इस्लाम में पूरी आस्था रखने वाला और नमाज़ी प्रतीत हो रहा था तथा जिन्हा का बड़ा प्रशंसक था। इस महंगे रेस्त्रां में वे दादा-पोता जिस तरह से आए थे, उससे यह साफ़ था कि वे बम्बई के किसी झुग्गी बस्ती के छोटे तबके के मुसलमान थे तथा बुजुर्ग स्थानीय स्तर पर मुसलमानों की राजनीति में अच्छा-खासा दखल रखता था। वे इस रेस्त्रां की अभिजात संस्कृति से परिचित भी नहीं थे। बुजुर्ग जिन्हा से चुनाव और उनके समर्थन पर बात करने लगा। उसने जिन्हा को भरोसा दिलाते हुए कहा कि वह अपने प्रभाव के सैंकड़ों वोट केवल उसे ही दिलवाएगा।

ये लोग चुनावी रणनीति को लेकर बात कर रहे थे और उधर बच्चे का ध्यान खाने की प्लेट पर था। बच्चे का हाथ धीरे-धीरे पोर्क सॉसेज़ की तरफ़ बढ़ा। यह देखकर जिन्हा और छागला के बीच इशारे में कुछ बात हुई। जिन्हा चाहता था कि छागला उस बच्चे को पोर्क सॉसेज के टुकड़े खाने से रोके। लेकिन छागला ने ऐसा कुछ नहीं किया। बच्चे ने एक टुकड़ा उठाया और खा लिया। फिर उसने दो-तीन टुकड़े पोर्क सॉसेज के खाए। थोड़ी देर चर्चा के बाद बुजुर्ग अपने पोते के साथ चला गया।

जिन्हा छागला को घूरते हुए ग़ुस्से में बोला- "करीम, यह क्या बेवक़ूफ़ी है? तुम्हें कुछ शर्म नहीं आ रही"

"मैंने ऐसा क्या कर दिया"- छागला ने जिन्हा की ओर देखते हुए कहा

"मैं इशारा कर रहा था, तुम्हें उस बच्चे को यह पोर्क सॉसेज खाने से रोकना चाहिए था। तुमने उसे क्यों खाने दिया? जबकि तुम भी जान रहे थे कि हमारा वह वोटर और सपोर्टर कट्टर मुसलमान है तथा सुअर का हराम गोश्त उसके लिए कुफ्र है। वह इस्लामिक क़ायदों को बेहद गहराई से मानने वाला शख़्स लग रहा था"-जिन्हा ने छागला पर नाराज़ होते हुए कहा।

"देखो मिस्टर जिन्हा, मुझे अपने दिमाग़ का सारा ज़ोर लगाकर बहुत तेजी से फ़ैसला लेना पड़ा। अब तुम ही सोचो, मैं कितनी उलझन में था। मैं तुम्हें चुनाव हरवा दूँ, या उस लड़के को ख़ुदा का कहर झेलने दूँ? और मैंने तुम्हारे हक़ में फ़ैसला लिया।

अब समझ रहे हो ना, अगर मैं उसे रोकता तो वह पूछता यह क्या है? मुझे तो खाना है। तब मैं उसे कैसे बताता कि इस प्लेट में जो है, वह नहीं खा सकता। अगर वह पूछता कि यह क्या है तो तुम क्या कहते? और वह बुजुर्ग जो तुम्हें सैंकड़ो वोट दिलाने का वायदा कर रहा था उसकी प्रतिक्रिया क्या होती?"- कहते हुए छागला ने जिन्हा की आँखों में आँखें डाल दीं।

दोनों ने अपने हाथ साफ़ किए और खाने का भुगतान कर रेस्त्रां से बाहर आ गए।

रुत्ती घर पहुंचकर बिस्तर पर औंधी पड़ी तकिया गीला कर रही थी। दीना अपने खिलौनों के साथ खेल रही थी। बिल्लियां और कुत्ते सो रहे थे, तथा जिन्हा फिर अपने अगले मक़ाम के लिए चुनाव की योजना बनाने में व्यस्त था।

उसके समर्थन में बनते हुए माहौल को देखकर प्रतिद्वंदियों ने चुनाव लड़ने से किनारा कर लिया और चौदह नवम्बर उन्नीस सौ तेइस को वह बम्बई की मुस्लिम सीट से निर्विरोध असेम्बली सदस्य चुन लिया गया। वह वापस अपनी सीट पर बैठ गया, जिसे उसने इस्तिफ़ा देकर ख़ाली किया था। उसने भले ही ख़ान-पान में मुसलमान रिवाज, हलाल और हराम का कोई ख़्याल नहीं रखा, लेकिन अब मुसलमानों के ज़्यादा क़रीब होने की कोशिश करने लगा था। उसकी राजनीति की दिशा बदल रही थी। वह डूबकर अस्तांचल में जाते-जाते वापस आकर उबरना चाहता था। अपनी राजनीति को फिर से खड़ाकर एक नई चुनौती रखना चाहता था। इसके लिए उसे लगा कि भारत के मुसलमान ही उसकी सीढ़ी हो सकते हैं।

जिन्हा इस चुनाव में अपने साथ तेइस निर्दलिय सदस्य निर्वाचित करवाकर लाने में सफल हुआ था। जबकि मोतीलाल नेहरू की स्वराज पार्टी के बयालीस सदस्य जीते थे। कांग्रेस ने चुनाव का बाहिष्कार किया था। जिन्हा ने सबसे पहले अपने तेइस निर्दलीय साथियों को एकजुट किया। फिर उसने स्वराज पार्टी के साथ गठबंधन कर नई ताक़त तैयार कर ली। ये लोग मिलकर सरकार के छत्तीस सदस्यों पर भारी पड़ रहे थे। लार्ड रीडिंग तो जिन्हा की इस सफलता से चकरा गया था। जिन्हा के पुराने चमकदार दिन लौटने लगे थे। वह फिर से भारतीय सियासत में एक केंद्र बनता जा रहा था। लेकिन यह केंद्र कांग्रेस के साथ शामिल न होकर एक नई धारा का निर्माण कर रहा था। यह धारा अल्पसंख्यक मुसलमानों के मन में भय भरकर उन्हें भारत के बहुसंख्यक हिन्दुओं से दूर करने की पगडंड़ी से राजमार्ग की तरफ़ का सफ़र था।

रुत्ती को यह बिलकुल भी पसंद नहीं था कि उसका पति सिर्फ मुसलमानों की राजनीति कर देश की एकता और अखंडता के लिए ख़तरा पैदा करे तथा धार्मिक ध्रुवीकरण की ज़मीन तैयार करे। लेकिन जिन्हा अब कोई और हाशिया नहीं चाहता था। वह मुख्य पृष्ठ की कहानी के रूप में ही अपना नाम अंकित कराना चाहता था। समय

पलट चुका था। अब तो 'जिन्हा कमेटी' के नाम से ही समितियों का नामकरण भी होने लगा था। वह फिर से बुलंद सितारे की तरह चमकने लगा था।

असेम्बली के अधिवेशन में रुत्ती दीना को लेकर जिन्हा के साथ दिल्ली जाती, लेकिन वह मैडेंस होटल के कमरे में बंद रहती। किसी समय इसी होटल के लॉन में लोग यह देखकर आश्चर्यचकित होते थे कि कैसे एक अधेड़ और जवानी की दहलीज़ पर खड़ी लड़की एक आदर्श पति-पत्नी के रूप में चहकते फिरते हैं, वहीं अब रुत्ती के आँसू इस होटल की दीवारों की नियति बन चुके थे। वह अपना प्यार पाने के लिए अपनी सारी आज़ादी क़ुर्बान करने को तैयार हो गई थी। उसकी सारी आंतरिक शक्ति व ऊर्जा निष्प्रभावी हो रही थी। उसकी चहक गुमसुम, और महक खोने तथा ताज़गी मुरझाने लगी थी। लेकिन जिन्हा को वह अपने आकर्षण के बंधन में नहीं बांध पा रही थी। जिन्हा का अब दिल्ली में ही ज़्यादा रहना होता था। वह असेम्बली का सदस्य था। तीन साल का उसका कार्यकाल था। रुत्ती या तो मैडेंस होटल के कमरे में, अथवा असेम्बली जब शिमला में होती तो वह सेसिल होटल में अकेली बोर होते हुए वक़्त बिताती। वह कविताएं लिखने की कोशिश करती तो शब्द नहीं फूटते। यदि कुछ लिखती भी तो उसे सुनने वाला कोई नहीं होता। उसे लगता दुनिया में उसका कोई नहीं है तो वह कांजी द्वाराकादास को पत्र लिखने लगती। उसके पत्रों में वह अपनी सारी पीड़ा उड़ेल देती। उसका दर्द रिस-रिसकर कांजी को लिखे पत्रों पर जमा हो जाता।

क्या करे? एक टूटी-फूटी लड़की बनकर रह गई थी वह। बिखरी हुई प्रेमिका थी वह। मुरझाई हुई कली थी वह। क्षितिज की लकीरों की तरफ़ जा रही मद्धिम होती सिमटती चाँदनी थी वह। उसकी रुचि किसी महिला क्लब के प्रति नहीं बची थी। वह असेम्बली सदस्यों की बीवियों से भी कोई दोस्ती नहीं करना चाहती थी। एक ज़माने की रुत्ती जो बम्बई के हर शख़्स की दोस्त होती थी, जो किसी क्लब और रेसकोर्स का सुर होती थी, जो कभी अकेली रहने का सोच भी नहीं सकती थी, इस क़दर टूट जाएगी, उसने ख़ुद भी नहीं सोचा था। उसकी सिर्फ़ एक ग़लती, बिना सोचे-समझे असावधान होकर जीवन की सबसे अहम डोर को थाम लेना थी जो बेहद कच्ची निकली।

उसे लगता वह पेटिट हॉउस वापस चली जाए। लिपट कर रोए अपने पिता से, मुआफ़ी माँग ले उनसे। लेकिन अपने ही घर से साउथ कोर्ट की छः सौ मीटर की दूरी उसे धरती के ओर-छोर की अनंत दूरी जैसी लगती थी। वह चाहकर भी अपने पिता के पास नहीं जा सकती थी। वह जानती थी कि क्षार-क्षार हो चुके पप्पा किसी भी दशा में उसे नहीं अपनाएंगे। पारसियों की नाराज़गी के सामने रुत्ती का कोई अस्तित्व नहीं बचा था। अपने मन की बात कहने का एकमात्र सहारा सरोजिनी नायडू थी।

एक दिन वह सरोजिनी नायडू से मिलने ताज होटल गई थी, जहां सरोजिनी कमरा लेकर रह रही थीं। अभी चार-पाँच साल पहले सरोजिनी एक चहकती सी चिड़िया के

रूप में रुत्ती को देखकर ख़ुश होती थीं। फिर उसी रुत्ती में उन्होंने अवसाद ग्रस्त एवं ख़ुश रहने की कोशिश करती मरियम को देखा था। लेकिन अब एक निराश और टुकड़े-टुकड़े रुत्ती में दरकी हुई मरियम उनके सामने थी।

रुत्ती कमरे में ख़ामोश बैठी हुई थी। सरोजिनी को आश्चर्य था कि यह लड़की आज इतनी ख़ामोश क्यों है। यह तो कुछ न कुछ शैतानी किए बिना रह ही नहीं सकती। उदास आँखों में एक पूरा समुद्र समेटे रुत्ती से उन्होंने जैसे ही कहा- "क्या हुआ रुत्ती, इतनी ख़ामोश क्यों हो?"

रुत्ती की आँखों का समुद्र पिघल गया था।

"आंटी"- केवल इतना ही बोल सकी थी वह

"क्या हुआ मेरी बच्ची, बताओ तो मुझे"- सरोजिनी ने उसे गले लगाते हुए कहा

"मुझे लगता है कि अब साउथ कोर्ट में मेरे लिए कोई जगह नहीं बची जहां ज़िंदगी थोड़ा चैन पा सके"- रुत्ती ने सिसकते हुए कहा

"ऐसा क्यों सोचती हो तुम, जिन्हा बहुत संजीदा हैं तुम्हें लेकर। और सबसे बड़ी बात वे दुबारा अपनी पोजीशन पाने की तरफ़ कामयाब हो रहे हैं। इस समय उन्हें तुम्हारी सबसे ज़्यादा ज़रूरत है"- सरोजिनी ने समझाते हुए कहा।

"नहीं आंटी, मुझे लगता है कि हमारी शादी टूटने की कगार पर आ गई है। मेरा मन करता है कि मुझे अब वहां कभी नहीं लौटना चाहिए। पेटिट हॉल के दरवाज़े तो मेरे लिए बंद ही रहेंगे। मुझे कुछ समझ में नहीं आता कि मैं क्या करूं"- कहते-कहते रुत्ती फफक-फफक कर रोने लगी थी।

सरोजिनी ने उसे फिर अपनी बाहों में भरा, उसे समझाया, और बहुत ही प्यार से अपनी शादी को टूटने से बचाने के सारे प्रयास करने की सलाह दी। रुत्ती वापस साउथ कोर्ट चली गई थी।

वह जिन्हा से जितना प्यार करती थी शायद जिन्हा अब उसे समझने में भूल करने लगा था। पेरिस की रंगीनियों में अपने दिल का क़रार तलाशती रुत्ती उसे बहुत नागवार लगी थी। उसके मन में कई विषैली शंकाए-कुशंकाएं जन्म लेने लगी थीं।

मुस्लिम समुदाय में जिन्हा के प्रतिद्वंद्वी अली बंधु, मोहम्मद अली और शौक़त अली दोनों शक्तिशाली हो रहे थे। ख़िलाफ़त आंदोलन को लेकर तथा मुस्लिम समाज पर वर्चस्व की लड़ाई, दोनों मोहम्मद अलिओं के बीच जंग की तरह छिड़ी हुई थी। जिन्हा धीरे-धीरे कांग्रेस का विरोधी होकर मुस्लिम सियासत की तरफ़ रुख़ कर रहा था। मोहम्मद अली की किसी भी बात पर जिन्हा का भड़कना, और जिन्हा की किसी भी बात पर मोहम्मद अली का बिफरना सामान्य बात थी। जिन्हा ने कांग्रेस की नीतियों के ख़िलाफ़ बॉम्बे क्रॉनिकल में एक लेख छपवाया था। मोहम्मद अली ने इस लेख का

विरोध करते हुए एडिटोरियल में पत्र छपवाना शुरू कर दिया। जिन्हा ने कुछ पत्रों का जवाब एडिटोरियल लेटर के कॉलम में दिया, लेकिन फिर उसने जवाब देना बंद कर दिया। उधर मोहम्मद अली लगातार जिन्हा के विरोध में लिख रहे थे। रुत्ती को यह बात अच्छी नहीं लगी थी। उसने जिन्हा से इस विषय पर कोई चर्चा नहीं की तथा अख़बार के सम्पादक से मिलकर मोहम्मद अली से जिन्हा के ख़िलाफ़ लिखना बंद करने के लिए कहा। राजनीति की ज्ञाता रुत्ती ने मोहम्मद अली को समझाया कि इस तरह से लेख लिखना अगर आप जारी रखोगे तो मुद्दे तो सुलझेंगे नहीं बल्कि कड़वाहट ज़्यादा बढ़ जाएगी। रुत्ती का इरादा जिन्हा के मन के संताप को मिटाना था। ताकि वह अपने निर्धारित लक्ष्य की तरफ़ बढ़े, न कि किसी के छुट-पुट लेखों का तनाव लेकर उसमें उलझे। लेकिन जिन्हा को यह बात अच्छी नहीं लगी। जब सम्पादक ने उसे बताया कि रुत्ती नहीं चाहती मोहम्मद अली कुछ और लिखकर तनाव बढ़ाए तो जिन्हा ने सम्पादक को साफ़ कह दिया कि मिसेज जिन्हा को इस तरह मेरे मामले में दखलअंदाजी करने का कोई हक़ नहीं है।

रुत्ती के लिए यह एक और घाव बन गया था। उसे महसूस हुआ कि जिन्हा के लिए वह जो भी करेगी वह उसका उल्टा ही अर्थ लगाएगा। वह धीरे-धीरे उसके राजनैतिक क्रिया-कलापों से भी दूर होने लगी।

जिन्हा का सितारा चमककर रुत्ती के ही ख़िलाफ़ हो रहा था। उसे लगने लगा था कि जिन्हा की राजनैतिक वापसी उसके लिए और अधिक बुरी साबित हो रही है। यह सब देखकर उसमें भी ज़िद्दीपन आने लगा था। वह अभिजात वर्ग की शिष्टता को ताक पर रख कुछ ऐसी हरकतें करती जो कहीं से भी शालीन नहीं होतीं। लेकिन न जाने क्यों अब उसे इन सब में मज़ा आने लगा था।

शादी के शुरूआती दिनों के रोमांस के दौरान जब वह एक अधेड़ पुरुष के लिए खिलती हुई कली की ख़ुशबू थी, जो स्वयं कविता बन गई थी। पिछले छः साल से उसने कोई कविता नहीं लिखी थी।

लेकिन अब उसने एक कविता लिखी-

"पति होने के नाते नहीं होता पति प्रिय,
बल्कि अपने आप में होता है पति प्रिय"

इस कविता में उसने रिश्ते और भगवान तक को केवल रिश्ते अथवा प्रभाव के कारण प्रिय होने से इंकार करते हुए उसके वास्तविक प्रेम के कारण प्रिय होना उल्लेखित किया था। उसके शब्दों में स्पष्ट था कि उसका पति इसलिए उसे प्रिय नहीं हो सकता कि वह उसका पति है। बल्कि प्रिय होने के लिए दिल से उसे पति होना होगा, जो उस वक़्त तो वह नहीं ही था।

दिन बीतते जा रहे थे। रुत्ती के लिए भी सूर्य उदय और अस्त होकर अपना चक्र भर पूरा कर रहा था। अब उसने अपने घर को अपने हिसाब से सुंदर बनाकर अपनी सोच और जीवन में सौंदर्य लाने की कोशिश करना शुरू कर दी थी। उसने कुछ व्यस्त रहने के लिए स्वादिष्ट खाना बनाना सीख लिया था। इस तरफ़ मन लगने से उसे थोड़ी शांति मिलने लगी थी। ऐसा लगने लगा था कि गुलाब की पंखुड़ियों पर शबनम की कुछ बूंदें आकर जान डाल रही हैं। कांजी का साथ उसे थोडी राहत देता था।

साउथ कोर्ट को तमाम पुरानी और महंगी वस्तुओं से रुत्ती ने ऐसा सजाया था कि देखने वाले उसे निहारते ही रह जाते थे। सैयदा बदरुंनिंसा बेग़म एक दिन साउथ कोर्ट आई थीं। वे उस घर की सजावट देखकर दंग रह गईं। उसकी आंतरिक सज्जा से वे इतनी प्रभावित हुई किं उन्होंने उर्दू पत्रिका हुमायूं में अपने साउथ कोर्ट के भ्रमण का पूरा विवरण लिखा, जिसे पढ़कर लोग बहुत प्रभावित हुए थे। लेकिन लोग यह नहीं जानते थे कि एक उजड़ी बहार अपना चमन बचाने की कोशिश में कितने आंसुओं से उसे सींच रही है। अंदर से रिसती हुई रुत्ती बाहर कुछ और ही दिख रही थी।

वह जिसके लिए यह प्रयास कर रही थी, उसे न तो साउथ कोर्ट की साज-सज्जा से कोई वास्ता था, न रुत्ती के बनाए खाने में कोई दिलचस्पी थी। उसे उबला हुआ यूरोपियन खाना पसंद था तथा रुत्ती पारसी परम्परा का बेहतर मसालेदार खाना बनाती थी। रुत्ती की कविताओं, उसके विचारों की दुनिया और उसके अकेलेपन से जिन्हा का कोई सरोकार नहीं बचा था। उसे रुत्ती अपने जीवन में एक बोझ जैसी लगने लगी थी जिसे ढोने के लिए वह मजबूर था। दाम्पत्य में बढ़ती दूरियां लगातार बढ़ती जा रही थीं। दीना की बाल-सुलभ किलकारियां भी इन दूरियों को कम करने में सक्षम नहीं हुई थी। एक और प्रयास रुत्ती ने जारी रखा था कि जिन्हा जब शाम को घर पर आए तो वह उस समय अपने घर मौजूद रहे, ताकि उसका पति उसमें एक अच्छी और अनुशासित पत्नी की छवि को निहार सके। एक स्त्री अपने प्रेम की मूर्ति को गढ़ने के लिए उस पर बारीक से बारीक नक़्क़ाशी करने का प्रयास कर रही थी। लेकिन यह नक़्क़ाशी खुरदुरी होने के सिवाय और कुछ नहीं थी। क्योंकि इस मूरत में अब प्रेम को छोड़कर शेष सारी दुनिया मकड़जाल के रूप में आकार ले चुकी थी।

63

पद्मजा का संजीदापन रुत्ती के स्वभाव से उतना मेल नहीं खाता था, जितना लीलामणि का ऑक्सफोर्ड से वापस आने के बाद पाश्चात्य रूप से विकसित चुलबुलापन उसे सहज लगता। सरोजिनी नायडू बम्बई के ताज होटल में ही रह रही थीं। लीलामणि उनके

साथ थी। सरोजिनी परम्परागत भारतीय गरिमा के प्रति ज़्यादा संजीदा थीं। वे मानती थीं कि उनकी बेटी के लिए किसी कॉलेज की डिग्री से ज़्यादा ज़रूरी है भारतीय सभ्यता के व्यवहार और दृष्टिकोण को समझना। उन्होंने पद्मजा को एक चिठ्ठी लिखकर लीलामणि की सोच और व्यवहार में आए परिवर्तन पर चिंता जताई थी। वे लीलामणि को रुत्ती की संगत से पूरी तरह दूर रखना चाहती थीं, क्योंकि रुत्ती बेहद लापरवाह और रंगीन मिज़ाज होकर भारतीय संस्कारों से दूर होती चली जा रही थी। उसका नशा करना, सिगरेट और शराब में डूबना, नाइट क्लबों में जाना किसी भी भारतीय सभ्य परिवार की परिधि में नहीं आता था। लेकिन लीलामणि को रुत्ती से अलग करना सम्भव ही नहीं हो पा रहा था। सीधे-सीधे ऐसा कहना तो दोनों को बुरी तरह आहत करना था। लीलामणि बम्बई में माँ के पास थी। उसका पूरा दिन अब रुत्ती के साथ ही गुज़रता था। उनकी आपसी चर्चाएं क्या होती थीं यह तो किसी को पता नहीं चलता था लेकिन निश्चित ही रुत्ती के जीवन और उसके खुलेपन का साया लीलामणि पर पड़े यह सरोजिनी बिलकुल नहीं चाहती थीं। वहीं रुत्ती अपने अवसाद और अकेलेपन को लीलामणि के साथ बांटकर ख़ुश होना चाहती थी।

दम तोड़ते इस इस मोहब्बत-नामे में इंतिज़ार की कशिश भी ख़त्म होती जा रही थी। पहले जब जिन्हा शाम ढलते अपने काम से वापस आता तो रुत्ती उसकी अगवानी में पलक-पांवड़े बिछाकर मौजूद रहती थी, अब न पलक बची थी न पांवड़े। वह जिन्हा के आने-जाने की तनिक भी परवाह नहीं करती। यह ज़रूरी समय भी वह लीलामणि के साथ अपने अनुसार गुजारने लगी थी। थियेटर, बाज़ार या फिर ताज होटल में दोनों सहेलियां साथ होती थीं।

ज़ैज का आगमन भारत में भी हो गया था। विश्व युद्ध के बाद के इस दौर में बम्बई शहर भी पेरिस की तर्ज पर रंगीन होकर नई संस्कृति के विकास की ओर अग्रसर था। जैज़ संगीत पर बेढ़ंगे नाच लोकप्रिय होकर लोगों की पसंद बन रहे थे। बम्बई में पहले से ही अभिजात और सम्पन्न वर्ग में मर्यादित नृत्य की परम्परा रही है। लेकिन अब यहां भी लोगों ने कुछ नए त़ौर-त़रीक शुरू कर दिए थे। जैज़ संगीत उनमें से एक था। इसमें नाचने वाले सारी मर्यादा, लाज-शर्म और परम्परा को त्याग, उन्मुक्त हो नाचने लगते थे। ख़ास तौर से युवा नशे में सारी सीमाएं भूल जाते थे। इनमें ज़्यादातर लड़के और लड़कियां शामिल होते थे। यहां तक की नाचते और नशे में उत्तेजक होने पर तात्कालिक रूप से शारीरिक सम्बंध बनाने तक से नहीं हिचकते थे,जो नशे में जाग्रत वासना का दुष्परिणाम होकर पूर्ण होने के बाद समाप्त हो जाते। इस अवस्था में इनकी रात होटल के कमरे में बीत जाती, इस तरह रोज परिचित-अपरिचित नए जोड़े केवल अपनी वासना पूर्ति के लिए बनते, एवं अगले दिन अलग साथी की तलाश कर साथ हो लेते। विलिंगडन क्लब जो बम्बई के अभिजात वर्ग का प्रिय क्लब था, वहां भी जैज़ का

प्रभाव आ चुका था। ग्रीन्स होटल तो जैज़ डांस के लिए बदनाम हो चुका था। जिन्हा को यह नाच और आचरण बिलकुल पसंद नहीं था, लेकिन रुत्ती इन डांस पार्टियों में खुले दिल से न केवल जाती थी, बल्कि बे-रोकटोक किसी भी पुरुष के साथ नाचने लगती थी। बम्बई में इन डांस कार्यक्रमों की लोकप्रियता इतनी बढ़ गई कि ताज होटल ने भी जैज़ संगीत के साथ अपने ग्राहकों के लिए मंच उपलब्ध करना शुरू कर दिया था। रुत्ती जिन्हा को चिढ़ाना चाहती थी कि दूसरे पुरुषों के साथ नाचकर वह आनंद अनुभव करने लगी है। उसके इस व्यवहार से जिन्हा या तो कसमसा कर रह जाता अथवा ग़ुस्से में अपनी मुठ्ठियां भींचने लगता।

एक शाम विलिंगडन क्लब की रंगीन फ़ज़ा में रुत्ती खोई हुई थी। कांजी वहीं था। जिन्हा भी उस दिन मजबूरी में वहां मौजूद था। शाम धीरे-धीरे रात में बदल रही थी। मद्धिम रोशनी के बल्व चमकने लगे थे। जैज़ का संगीत शुरू हो गया था। रुत्ती का बदन इस संगीत में झूमने लगा था। उसने शराब पी रखी थी। जिन्हा, कांजी और रुत्ती साथ ही खड़े होकर पेग ले रहे थे। जिन्हा को जैज़ का संगीत बिलकुल अच्छा नहीं लग रहा था, साथ ही वहां जिस तरह स्त्री-पुरुष सारी मर्यादाओं को कोने में रखकर नाच रहे थे, जिन्हा को घुटन हो रही थी। वह जल्दी से जल्दी यहां से जाना चाहता था।

तभी एक पुरुष जो काफ़ी नशे में था, रुत्ती के पास आया।

उसने रुती का हाथ पकड़ा और उससे नाचने के लिए अनुरोध किया।

रुत्ती अपना पेग लिए उसके साथ नाचने लगी। जिन्हा को यह देखकर ग़ुस्सा आ गया। उसे लगा उसकी बीवी उसके ही सामने सारी हदें पार कर रही है। कुछ ही पल में रुत्ती का सारा बदन उस आदमी की बाहों में झूल रहा था। एक पति के रूप में जिन्हा यह दृश्य बर्दाश्त नहीं कर सका।

"मरियम" ... -वह चीखा

"ओह 'जे' क्या हुआ"- रुत्ती ने उस पुरुष की बाहों में ही नृत्य का पहलू बदलते हुए कहा।

"चलो घर"- जिन्हा ने आदेशात्मक लहजे में कहा।

"अभी से कैसे चलें 'जे', अभी तो मेरी रंगीन रात शुरू भी नहीं हुई"- रुत्ती ने शराब का घूट निगलकर उस पुरुष के गले में हाथ डालते हुए कहा।

"मैं कह रहा हूँ चलो, यहां मेरा दम घुट रहा है"- जिन्हा ने ग़ुस्सा होते हुए कहा।

"नहीं अभी नहीं जाना मुझे, अभी तो डांस का सुरूर आना शुरू हुआ है। देखो मेरा पार्टनर कितने प्यार से मेरे साथ नाच रहा है"- रुत्ती ने नशीले अंदाज़ में कहा।

जिन्हा आगे बढ़ा और रुत्ती का हाथ पकड़कर खींच लिया।

अचानक इस तरह की स्थिति देखकर क्लब में लोग थम गए। संगीत भी रुक गया। रुत्ती पूरे समूह में ऐसे खड़ी थी जैसे वह बहुत बड़ा अपराध कर खड़ी हो। लोग जिन्हा की तरफ़ देख रहे थे

"मैं कह रहा हूँ तुम मेरे साथ चलो मरियम"- जिन्हा ग़ुस्से में यह भूल गया था कि वह बम्बई का ही नहीं बल्कि भारत का एक प्रसिद्ध राजनेता तथा बैरिस्टर है।

रुत्ती ने अपना हाथ छुड़ाया और बोली- "ओह! 'जे' तुम इतने दाकियानूस कब से हो गए, मैं नाच रही हूँ, और अभी नाचूंगी"

वह फिर से उस पुरुष के साथ नाचने लगी।

कांजी द्वारकादास ने जिन्हा के कंधे पर हाथ रख उसे संयत रहने हेतु कहा। जिन्हा वहां खड़ा चुपचाप अपनी पत्नी को ग़ैर पुरुष की बाहों में बाहें डाले नाचते देखता रहा था।

इसके बाद तो रुत्ती की हर शाम कभी ग्रीन्स होटल, तो कभी ताज होटल के जैज़ संगीत में लम्पट और उत्तेजक लोगों के साथ नाचते हुए बीतने लगी। ताज होटल में तो वह देर तक नाचने के बाद सरोजिनी नायडू के कमरे में जाकर सो जाती थी, साउथ कोर्ट तक नहीं जाती।

जिन्हा को रुत्ती की एकनिष्ठ वफ़ादारी पर अब अधिक संदेह होने लगा था। उसे ख़ुद भी लगता था कि वह रुत्ती की शारीरिक और मानसिक आवश्यकताओं की पूर्ति करने में सफल नहीं हो पा रहा है। इन आवश्यकताओं की पूर्ति के लिए एक सुखद वातावरण, आपसी प्रेम, विश्वास और समर्पण के साथ जिस अंतरंगता की ज़रूरत होती है, वह दोनों में ही नहीं बची थी। वह जहां रुत्ती के जादू से मुक्त हो रहा था वहीं रुत्ती जिन्हा के व्यावहार और रूखेपन से स्वयं को अतृप्त पा रही थी। इसका ही परिणाम था कि वह अब कांजी द्वारकादास के ज़्यादा क़रीब हो कर दूसरे पुरुषों की बाहों में झूलते हुए नाचने लगी थी। उसे लगता था कि जिन्हा अब न तो उसकी बाहों को सम्हालने में रुचि रखता है और न ही चाहतों को सहेजकर उसे समेट सकता है।

64

यौवन और भौतिक शारीरिक सम्बंधों का अपना विज्ञान होता है। यह प्राणी जगत के हर नर और मादा की क्रिया है। यह केवल मनोरंजन नहीं है। यह सृष्टि का सृजन है। इस विज्ञान में मनुष्य भी एक पशु की तरह है। फर्क इतना है कि वह समाज द्वारा बनाई कुछ लकीरों से घिरा होता है। इन सम्बंधों का क्रम होता है। इस पूरी प्रक्रिया में पुरुष आग्रही है तथा स्त्री वशीभूत। पुरष स्त्री से इस हेतु आग्रह करता है। वह सम्बंध बनाने के लिए किसी भी तरह स्त्री की आवश्यकता और रुचि को चिह्नित कर उसे पाना चाहता है तथा

स्त्री इसके वशीभूत होती है। यदि वह पुरुष के आग्रह से निकट हो उसे अपने अनुकूल पा वशीभूत हो जाती है तो फिर उसके सामने किसी भी रिश्ते अथवा मर्यादा का कोई बंधन नहीं रहता। इस अवस्था में वह सम्मोहित स्त्री-पुरुष के सिवाय और कुछ नहीं होते। यही मिलन का चरम बिंदु होकर सर्वाधिक आनंद का क्षण होता है।

एक ज़माने की शोख़ कली जो अभी बिना खिले ही मुरझाने लगी थी, उसकी आंतरिक सुगंध के प्यासे बम्बई में बहुत लोग थे। लेकिन यहां वह सतर्क भी थी और चंचल भी। लेकिन एक व्यक्ति ऐसा था जो अपनी दबी हुई इच्छाओं के वशीभूत धीरे-धीरे रुत्ती के अधिक क़रीब हो रहा था। रुत्ती उसके वशीभूत होती जा रही थी लेकिन उस व्यक्ति में अभी भी आग्रह का साहस नहीं पनप सका था।

जिन्हा का शगल अपनी राजनैतिक स्थिति मज़बूत करना था। वह लेजिस्लेटिव असेंम्बली का सदस्य बन चुका था। उसके चमकदार दिन वापस आ रहे थे। इस स्थिति में वह रुत्ती के घेरे में जाकर फिर से अपनी स्थिति ख़राब करना नहीं चाहता था। लेकिन यह भी सच है कि पुरुष अपनी पत्नी को किसी दूसरे की बाहों में झूलते देखकर सामान्य तो नहीं रह सकता उसके भीतर की ज्वाला तो सुलगेगी ही।

एक किताब है 'नेपोलियन-लवर एंड हस्बैंड' इसे लिखा है फ्रैड्रिक मैसन ने। इसमें नेपोलियन बोनापार्ट और उसकी पत्नी के बीच शंका और पत्नी द्वारा की गई बे-वफ़ाई को लेकर बहुत कुछ लिखा गया है। नेपोलियन जानता था कि उसकी पत्नी शारीरिक सम्बंधों को लेकर उसके साथ बे-वफ़ाई कर रही है। लेकिन वह उससे समझौता करना चाहता था। नेपोलियन का सोचना था कि यह उस व्यक्ति की ग़लती नहीं है जो उसकी पत्नी के साथ बिस्तर पर आ गया है। बल्कि ग़लती ख़ुद नेपोलियन की ही है जो उसने अपनी पत्नी का ख़्याल नहीं रखा और उसे अकेला छोड़ रखा था। तभी तो किसी और व्यक्ति द्वारा उसकी पत्नी से आग्रह किया और उसके वशीभूत होकर उसने नेपोलियन की एकनिष्ठता के बंधन को त्याग दिया था। इस किताब में यह भी लिखा है कि नेपोलियन का विचार था, अगर अन्य पुरुष से सम्बंध स्थापित कर चुकी पत्नी के प्रति प्यार न रह जाए तो फिर उसे त्याग देना चाहिए। लेकिन फिर भी वह प्यारी लगती हो, तो उसे उसी रूप में स्वीकार कर लिया जाना चाहिए, दोषारोपण करते रहने का कोई अर्थ नहीं है।

जिन्हा अपनी लायब्रेरी की इस पुस्तक को बार-बार पढ़ रहा था। खास तौर से इस चैप्टर को उसने पेंसिल से अंडरलाइन किया था। "दोषारोपण करते रहने का कोई अर्थ नहीं है" को तो पूरा गोला बना कर रख दिया था। इसका तो अर्थ यही था कि लालीगुरन के खिले हुए फूलों का रंग समाप्त हो चुका था। महानंदा नदी की चट्टान तप चुकी थी और धागे जैसा चाँद अब गायब हो चुका था। उस दिन की घटना भी आग्रह और वशीभूत मात्र थी। जिसका ज्वार अब दूर-दूर तक नहीं बचा था। रुत्ती उस जिन्हा को जलाना चाहती थी जिसे वह बचपन से 'मूंछोंवाला अंकल' कहती आई और

अचानक उसकी मरियम बनकर उसे अपने 'जे' के रूप में पा लिया था। वहीं जिन्हा दोषारोपण न कर रुत्ती को अपने से अलग करना नहीं चाहता था। आख़िर उसे अपनी राजनैतिक हैसियत को फिर से डुबोना नहीं था।

65

प्यार का यह पौधा मात्र चार साल में इतना मुरझा गया था कि अब न तो उसकी करवटें साथ थीं, न मुस्कान। इस पौधे की जड़ और तना, दोनों एक दूसरे को अवरुद्ध कर रहे थे। बेडरूम ने दोनों के अलगाव का स्वरूप देख लिया था। दोनों ने अलग-अलग सोना शुरू कर दिया था। दोनों में दूरियां खाई का रूप लेती जा रही थीं। वे दोनों अब एक सूखी नदी के दो किनारे हो गए थे जिनके बीच केवल रेत और ग़ुबार भर बचा था। बहती हुई निर्मल धारा की नमी सूख चुकी थी जो किसी दाम्पत्य जीवन को हरियाए रखती है। जिन्हा का मोहब्बत-नामा बिखर गया था। पचास साल की उम्र आते-आते वह रुत्ती की तरफ़ से पूरी तरह उदासीन हो गया। उसके मन में उस मासूम कली को कुचलने का ज़रा भी मलाल नहीं था। जबकि रुत्ती बीमार रहने लगी थी। नींद की गोलियां और नशा उसकी लत बन गई। जैसे-जैसे समय बीतता जा रहा था लोगों की निगाह में "आह और वाह" की कसक उत्पन्न करने वाला यह जोड़ा "ओह! और नो" जैसी संवेदना में घुलने लगा था।

चार साल की दीना, आया और नौकरों के भरोसे अनाथ जैसी थी। जिन्हा के पास समय नहीं था। फ़ातिमा रुत्ती को बिलकुल पसंद नहीं करती थी। दीना के लिए उसकी माँ का प्यार जितना ज़रूरी था, रुत्ती उसे निभाने में अब सक्षम नहीं रही थी।

एक कुचली हुई नाज़ुक कली वास्तव में मर जाना चाहती थी। वह अब हर वो काम करने लगी थी जो पागलपन और ज़िद की परिभाषा में आते हैं। वह स्वयं को ही उपेक्षित करने लगी थी, और साथ-साथ दूसरों को भी। बीते समय की रुत्ती की ख़ूबसूरती और चंचलता से परिचित लोग अब चिंतित होने लगे थे। उसे डॉक्टर ने खान-पान में जितना परहेज रखने को कहा वह उसका उतना ही उल्लंघन करती। सड़क किनारे खड़ी होकर चाट खाना उसे अच्छा लगता। तीखा मिर्च-मसाला उसकी सेहत के लिए घातक होकर प्रतिबंधित था लेकिन वह मानती ही नहीं थी। अब तो वह हरी मिर्च चबा जाती। यह उसकी बीमारी में उसे जायका देती थी, लेकिन उसके लिए मौत का रास्ता तय करना था यह सब खाना-पीना।

पेटिट हॉल वापस जाना तो रुत्ती के लिए सम्भव ही नहीं था। पिता उसकी शक्ल देखना भी पसंद नहीं करते थे तथा माँ अपने पति को नाराज़ करने की स्थिति में नहीं

थी। वह केवल दुःखी हो सकती थी। पेटिट हॉल की सबसे चपल और प्यारी बच्ची तो उसी पेटिट हॉल के लिए मर चुकी थी। मरियम बनने के बाद दिनशॉ ने रुत्ती को मृत घोषित कर दिया था। और वे मन से इतने मज़बूत निकले कि इसके बाद उन्होंने कभी रुत्ती का नाम तक नहीं लिया था।

पेटिट हॉल में रुत्ती की माँ ने एक पार्टी का आयोजन किया था। बम्बई की अधिकांश अभिजात महिलाएं व अंग्रेज अफसरों की पत्नियां वहाँ मौजूद थीं। सरोजिनी नायडू का रिश्ता पेटिट हॉल से अपनत्व का था। इसलिए वे एक दिन पहले वहां पहुंच गई थीं। वे काफ़ी समय दीना के साथ रही थीं। रुत्ती को लेकर सरोजिनी बेहद चिंतित थी

"मिसेज पेटिट क्या आप रुत्ती की हालत से परिचित नहीं हैं?"- सरोजिनी ने अपनी चिंता व्यक्त करते हुए कहा।

"मेरे परिचित होने या न होने से क्या होगा मिसेज नायडू"- उदास स्वर में दीना ने कहा

"आख़िर आपकी बेटी है वह, और इस समय बहुत ज़्यादा डिप्रेशन में जी रही है"- सरोजिनी ने फिर कहा

"अपनी इस हालत की ज़िम्मेदार भी तो वही है"- गहरी साँस लेते हुए दीना बोली

"आपको उसे पेटिट हॉल वापस बुला लेना चाहिए"- सरोजिनी ने बात को आगे बढ़ाते हुए कहा

"एक माँ के रूप में तो आपका मशवरा बिलकुल सही है, मैं जो भी सुनती हूँ वह मुझे बहुत दुःखी करता है, लेकिन एक पत्नी के रूप में मैं मेरे पति के ख़िलाफ़ कैसे जा सकती हूँ?"- दीना ने गम्भीर होते हुए कहा।

"आप मिस्टर पेटिट से बात कीजिए रुत्ती को लेकर"- टटोलना चाहा था सरोजिनी ने

"यह कभी नहीं हो सकता, वे रुत्ती को मरा घोषित कर चुके हैं, उसके जाने के बाद हमारे घर में उसे लेकर कोई बात नहीं हुई। मैं पेटिट साहब को और अधिक दुःखी नहीं कर सकती"- अपनी मजबूरी बताते हुए दीना की आँखें नम हो गईं।

"रुत्ती न सही, उसकी बेटी के बारे में तो सोचो, वह बिलकुल अनाथ सी हो गई है। कोई देखभाल करने वाला तक नहीं है। मिस्टर जिन्हा को उससे कोई मतलब नहीं है, रुत्ती बीमार रहती है। आया और नौकरों के भरोसे वह बच्ची अपना बचपन खो रही है मिसेज पेटिट, आप समझिए"- सरोजिनी ने अपनी सारी भावनाएं व्यक्त कर दीं।

"मैं क्या कर सकती हूँ, किस तरह चहकती-महकती मेरी बेटी ने अपने एक ग़लत क़दम से पूरे पेटिट परिवार को मुरझा दिया है। हम लोग कैसे जी रहे हैं, यह हम ही जानते हैं। हम किसी भी दशा में उस नमक हराम जिन्हा को हमारे परिवार में

स्वीकार नहीं कर सकते। रतन तो बच्ची थी, लेकिन जिन्हा तो उसके पिता के बराबर था। उसे अगर इतनी ही जवानी थी तो अपनी हमउम्र किसी मुस्लिम लड़की से शादी करता। अपने ही दोस्त की बेटी से इस तरह हरकत कर उसने हमें बर्बाद कर दिया है, मिसेज नायडू, मेरी सलाह है आप भी अपनी बेटियों को उससे दूर ही रखिएगा"- दीना की सिसकियां निकलने लगी थीं बोलते हुए

दीना के इस वाक्य ने हिलाकर रख दिया था सरोजिनी को। उसे अपने आकर्षण के साथ ही अपनी बेटियों का चेहरा घूमता नजर आने लगा था। उसने जैसे-तैसे स्वयं को संयत किया।

"मिसेज पेटिट, अब जो हो गया है वह तो बदला नहीं जा सकता। लेकिन आप बच्ची की तरफ़ तो देखिए, वह क्यों सजा भुगते उनके अपराध की"- सरोजिनी ने समझाने की कोशिश की।

"नानी होने के नाते मेरा भी मन करता है बच्ची से मिलने का। फिर मैंने सुना है जिन्हा के पास तो उसका नाम रखने का भी वक़्त नहीं था। रुत्ती ने ही उसका नाम मेरे नाम पर दीना रखा है। लेकिन मेरी भी तो बद-क़िस्मती है कि मैं उसे न तो देख सकती हूँ, और न प्यार कर सकती हूँ। कितनी दुर्भाग्यशाली है वह बच्ची, जो मेरी बेटी की कोख से एक ग़द्दार पिता के माध्यम से जन्मी है"- दीना ने आक्रोश और दुःख के साथ सुबकते हुए कहा।

"आप धैर्य रखें मिसेज पेटिट, एक बार रुत्ती से मिलें ज़रूर"- सरोजिनी ने सलाह दी।

"नहीं, यह हरगिज़ नहीं हो सकता। मैं पेटिट साहब के ख़िलाफ़ नहीं जा सकती। पारसी समाज के ख़िलाफ़ नहीं जा सकती। मेरे घर के ख़िलाफ़ नहीं जा सकती। और अगर मैं सबके ख़िलाफ़ जाकर उससे मिलने का सोचूं भी तो, मुझे उस रुत्ती से सख़्त नफ़रत है जिसने हमारे प्यार की परवाह ही नहीं की। यह नफ़रत तो उसी दिन से हमारे सीने में धधक रही है जब वह हमें मरा हुआ छोड़कर अपनी ज़िंदगी एक ग़द्दार के साथ शुरू करने गई थी। उसे तब पता नहीं था कि जिन्हा उसके रूप का प्यासा है, उसकी रूह से उसे कोई प्यार नहीं है। ऐसे लोग कितने नीच होते हैं यह एक औरत के नाते मुझे भी पता है और आप भी अच्छी तरह जानती हैं। हम सब जानते हैं कि रुत्ती ज़्यादा दिन नहीं जिएगी। मैं मेरी बेटी को खो चुकी हूँ और अब उसके मरने की बुरी ख़बर भी ज़्यादा दूर नहीं लगती मुझे। एक माँ के रूप में मैं किस चौराहे पर हूँ, यह तो आप भी अच्छी तरह समझती होंगी"- तार-तार आत्मा से दीना ने कहा।

सरोजिनी ने एक ठंडी साँस ली। वह समझ गई थी कि पेटिट हॉल में रुत्ती के लिए कोई जगह नहीं है। यहां की एक-एक इंच ज़मीन रुत्ती से नफ़रत करती है। उसी

रुत्ती से जिसकी चहक से यही पेटिट हॉल खिलखिलाता रहा है। सरोजिनी ने इसी हॉल में उसे नीले फूल की तरह खिलते देखा था। फिर जिन्हा, जिसे सरोजिनी भी अपना प्रिय दोस्त मानती थी, द्वारा उस नीले फूल को तोड़ते देखा था। सरोजिनी के लिए यह किसी आघात से कम नहीं था। लेकिन ख़ामोशी से उसने सहन किया था इस ज़ख़्म को। अंतस में कहीं कसक उठी थी उसके। सरोजिनी भी जिन्हा और रुत्ती के इस क़दम पर सहज तो नहीं रही थी। आज बरसों बाद वह दीना के साथ बैठकर रुत्ती के लिए कुछ रहम की बात कर रही थी। लेकिन उसे लगा कि पेटिट हॉल के समुद्र में रुत्ती के लिए प्रेम की दो बूंद भी शेष नहीं है। यह उसके लिए सिर्फ़ रेगिस्तान है। आँधी और रेत के चुभते कंकड़ो से भरा रेगिस्तान। इस रेगिस्तान में कश्ति चलाने जैसा है रुत्ती के लिए जगह तलाश करना।

66

बेचैन रुत्ती का विश्वास इस्लाम में कभी नहीं रहा था। वह अच्छी और बुरी आत्मा के पारसी विचार की तरफ़ झुकी हुई थी। अपनी दुर्गति से परेशान हो उसका विश्वास आत्माओं में बढ़ने लगा था। कांजी द्वारकादास के साथ पारसी धर्म और आत्माओं पर वह पूरे मनोयोग से बातचीत करती। घंटों इनके बीच अच्छी और बुरी आत्माओं तथा पारसी विश्वासों पर चर्चा होने लगी थी। इस तरह दोनों के आत्मिक रूप से निकट होने में आत्मावाद की भूमिका महत्वपूर्ण हो रही थी। आत्मायन की क्रियाओं, अघोरी तंत्र-मंत्र और वैचारिक रूप से इन प्रश्नों के उत्तर पाने में कांजी ही रुत्ती का टीचर हो गया था। इस हेतु वह इस विषय पर काफ़ी जानकारियां जुटा कर रुत्ती को बताता।

अवसाद, नशे की लत, अधूरी नींद, बेचैन मन, टूटा हुआ सपना, दरका हुआ दाम्पत्य, उपेक्षित बेटी, माता-पिता का परित्याग और नैराश्य के चक्रव्यूह में उलझकर रुत्ती परालौकिक संसार की कल्पना में भटकने लगी थी। उसे लगता था कि वह उस संसार से सम्पर्क कर आत्माओं के माध्यम से अपनी समस्या का समाधान पा सकती हैं। इस हेतु वह जान जोखम में डालने वाले न जाने कितने ही कठिन और ख़तरनाक तरीक़ों के प्रयोग कर लेती थी।

शाम कुछ गुलाबी थी। कांजी और रुत्ती दोनों बैठे थे। दोनों ही एक-दूसरे के प्रति अपने आकर्षण को छुपा नहीं पा रहे थे। बात आत्माओं से शुरू होकर बेहद निजी स्तर तक आ रही थी। ऐसा अक्सर होता है, जब कोई किसी की निकटता पाना चाहता है तो उनके बीच एक-दूसरे की पसंद का विषय चर्चा का प्रमुख बिंदु होता है। दोनों के बीच सम्बोधन अब डियर तक आ चुका था।

नवम्बर की सर्द रात को रुत्ती आत्माओं की तरह भटक रही थी। उसने मार्फिन का नशा कर रखा था। जिन्हा दिल्ली गया हुआ था। दीना सो चुकी थी। रुत्ती ने काग़ज़ पेन उठाया और कांजी को पत्र लिखा जिसमें उसने "डियर कांजी" सम्बोधित करते हुए अपनी पूरी उलझन लिखी। वह कांजी की मदद चाहती थी। वह आत्मायन के मत और सम्प्रदाय जानना चाहती थी। उसकी उलझन और तसल्ली का उपाय उस चिठ्ठी के माध्यम से वह कांजी से जानना चाहती थी।

आकर्षण में गिरफ़्त लोग चाहते हैं कि वे सारा समय साथ गुजारें। न दिन बीते, न रात ख़त्म हो। अपने काम-काज के सिलसिले में कांजी व्यस्त था। रुत्ती के पास आने का उसे समय नहीं था, या वह जानबूझकर नहीं आ रहा था, यह रुत्ती नहीं समझ पा रही थी। उसे कांजी का साथ होना अच्छा लगने लगा था, जबकि अपनी पसंद से चुने जिन्हा के साथ उसके निकाह को अभी छः साल ही हुए थे। लम्बी बातचीत का बहाना आत्माएं थीं। इसपर चर्चा के लिए उसने दिसम्बर में फिर कांजी को पत्र लिखकर साउथ कोर्ट आने का अनुरोध किया। वह कुछ अधूरी बातों पर चर्चा करने की इच्छा जता रही थी।

पत्र मिलने के बाद कांजी रुत्ती के पास पहुंच गया था। दोनों फिर बैठ गए लम्बी बातचीत करने। बातों का सिलसिला चला। जीवन, निर्णय, परिवार, दीना, से होता हुआ जिन्हा से अलगाव और बीमारी तथा आत्मा और सपनों तक चला। यह साथ वह था, जिसे रुत्ती भी चाहती थी तथा कांजी भी। यहां दोनों वशीभूत थे, लेकिन आग्रही कोई नहीं हो पा रहा था।

वक़्त बीतते-बीतते सन् उन्नीस सौ पच्चीस का अप्रैल आ गया था। गर्मी का मौसम था। बम्बई का तापमान बढ़ने लगा था। रुत्ती बहुत बेचैन थी। उसे कांजी की याद आने लगी थी। पिछले कई दिन से कांजी उससे मिलने नहीं आया था। अब रुत्ती के लिए जिन्हा का होना या न होना कोई मायने नहीं रखता था, लेकिन कांजी का दो-तीन सप्ताह तक न मिलना उसे परेशान कर देता था। उसके एकाकी जीवन और ख़ालीपन को भरने के लिए कांजी ही उसका सहारा होता जा रहा था। दोनों बैठते सपनों और आत्मा पर बात करते। सपने सुहाने होते थे, मीठे होते थे, और आत्मा में समा जाने वाले होते थे। लेकिन स्थिति सपनों तक ही सीमित थी, अभी धरातल पर उतारने में दोनों ही सक्षम नहीं हो पा रहे थे।

रुत्ती के प्रति उदासीन जिन्हा दिल्ली में ज़्यादा रहने लगा। वह लेजिस्लेटिव मेम्बर होने के कारण और व्यस्त हो गया था। साथ ही उसके राजनैतिक जीवन के डूबते जहाज को अचानक नई दिशा मिल गई थी, जिसके कारण वह पुनः गतिमान हो गया।

इस ख़ालीपन की वज़ह से कांजी धीरे-धीरे रुत्ती के और निकट आता जा रहा था। अब रुत्ती अप्रैल में दार्जिलिंग अथवा पेरिस जाना नहीं चाहती थी। उसे कांजी की

नज़दीकी सबसे ज़्यादा राहत देती थी। कांजी के मन में रुत्ती एक स्थाई भाव की तरह थी। लेकिन लोकलाज का ख़्याल उसे सतर्क रखता था। वह जान-बूझकर थोडी दूरी बनाकर रखता था।

इस बार फिर रुत्ती परेशान हो गई थी। उसे कांजी की बहुत याद आ रही थी। वह उससे जल्दी से जल्दी मिलना चाहती थी, लेकिन बम्बई में भी चिठ्ठी अपने पते पर पहुंचने में दो दिन ले लेती थी। उसने कलम और अपना सुंदर सा लेटरहैड लिया और लिखने बैठ गई।

"माय डियर कांजी,

सपनों में की जाने वाली उड़ानों की तुमने जो बातें की थीं उनके बारे में मुझे पता है। मगर मैं क्या करूं? मुझे सारे सपने जागते हुए ही आते हैं। तुमने अपनी चिठ्ठी में एक अनुभव की बात कही थी। उस अनुभव को करने से ज़्यादा ख़ुशी तो मुझे किसी बात में हो ही नहीं सकती। मगर मैं तो ऐसे सोती हूँ जैसे बेहोशी की दवा खा कर सो रही हूँ, इसलिए नींद के दौरान तो कुछ हो ही नहीं सकता। मुश्किल से पाँच-छः घंटे सो पाती हूँ। डियर कांजी, मन जितना बेचैन रहता है मेरे शरीर में भी उतनी ही बेचैनी रहती है। मुझे सपने आते ही नहीं, आते भी हैं तो कभी-कभार बहुत कम। डियर कांजी, मेरी आत्मा कहीं अटक गई है। मेरी कोशिश भी है, और कामना भी है। ईश्वर मेरी चाहत को जानता है, लेकिन पता लगाने की मेरी कोशिश का कोई परिणाम नहीं निकला। आत्माओं से मिलन की कोशिश का मुझे कभी कोई नुकसान भी तो नहीं हुआ। मैं बहुत बेचैन हूँ, और चाहती हूँ कि कोई मानसिक रूप से पूर्ण स्वस्थ व्यक्ति मेरी मदद करे। शायद तुम यह अच्छी तरह से जानते हो कि वह व्यक्ति कौन हो सकता है।

तुम्हारी दोस्त रतन"

जिन्हा की तरफ़ से टूटी हुई रुत्ती थोड़ी बहुत आशा की किरण मन में जिंदा भी रखे थी। उसकी कोशिश थी की उसका धागे जैसा चाँद उसके नेकलेस के रूप में उसके उरोजों के उठाव-गिराव पर गतिमान होता रहे। वह बाहरी रूप से कितनी भी हरकतें कर चर्चा में रहे, लेकिन उसने अपनी पवित्रता को सहेजा हुआ था। वह केवल जिन्हा की थी। उसने कोशिश की थी कि किसी तरह जिन्हा उसके जिस्मानी और रूहानी अस्तित्व का मालिक बना रहे। भले ही वह कांजी के ज़्यादा निकट आने लगी थी लेकिन जिन्हा उसकी मंज़िल था। उसने 'द स्पिरिट ऑफ आईरिन' नामक किताब जिन्हा को पढ़ने के लिए दी। यह एक अपराध कथा है। इसमें एक गरीब लड़की को फंसाया जाता है फिर उसकी हत्या कर दी जाती है। यह हत्या वासना के कारणों से की जाती है। एक चालाक आरोपी को पुलिस आख़िर पकड़ लेती है और उसे फाँसी की सजा होती है। इस किताब में आत्माओं की सहायता का जिक्र है जो रुत्ती को सच लगता है। लेकिन जिन्हा को इन सब बातों में कोई विश्वास ही नहीं था।

जिन्हा अपनी वकालत और राजनीति में खो गया। उधर कांजी रुत्ती को पुस्तकों की कोई कमी नहीं होने देता था। रुत्ती को नोयेल कावर्ड के हास्य नाटक पढ़ने में अच्छे लगते थे। वह थोड़ी मुस्कुरा लेती थी इन्हें पढ़कर। उसके चेहरे की मुस्कान से कांजी का मन खिल जाता।

धीरे-धीरे कांजी का साउथ कोर्ट आना निर्बाध और नियमित हो गया था। जो कांजी कभी तीन-चार महीने में एक बार आकर रुत्ती के संग बैठता तथा चिठ्ठियों के मार्फत चर्चा तक सीमित था, अब उसका एक सप्ताह में तीन-चार बार आना और चर्चा करने में व्यस्त होना आम बात हो गई थी। साउथ कोर्ट के दरवाज़े उसके लिए रुत्ती के बेडरूम तक हमेशा खुले रहते थे।

दीना छः साल की हो गई थी। वह बिल्लियों, कुत्तों और अपने खिलौनों से खेलते हुए आया के भरोसे पल रही थी। उसकी पढ़ाई-लिखाई की तरफ़ कोई ख़ास ध्यान नहीं दिया जा रहा था। उसका बचपन माता-पिता के अलगाव और अहंकार की भेंट चढ़ रहा था। घर का वातावरण मनहूस हो गया था। एक शुभ चिंतक के नाते कांजी ने महसूस किया कि दीना का नकारात्मक वातावरण में रहना उसके भविष्य को चौपट कर देगा। रुत्ती बचपन से अपनी बुआ के साथ एनी बेसेंट की थियोसोफिकल सोसायटी से प्रभावित थी। जिन्हा भी उस संस्थान से जुड़ा हुआ था।

जिन्हा दिल्ली से बम्बई आया हुआ था। रुत्ती और वह साथ थे। चर्चा के विषय तो वही सब थे। इस समय कांजी भी साउथ कोर्ट पहुंचा। उसकी नज़र दीना की तरफ़ थी। उसने देखा कि दीना में अभिजात वर्ग में आवश्यक शिष्टाचार का कोई लक्षण तक नहीं है।

"आप लोग दीना पर ध्यान नहीं देते मिस्टर और मिसेज जिन्हा"- थोड़ा अपनापन दिखाते हुए कांजी ने कहा।

"इसे स्कूल भेजना शुरू करना है, लेकिन समझ में नहीं आ रहा कि कहां भेजें, वैसे भी अब जुलाई में स्कूल दाख़िला तो कराना ही है"- रुत्ती ने कहा

"मैं समझता हूँ बच्ची को मद्रास में एनी बेसेंट की थियोसोफिकल सोसायटी के स्कूल में भेजा जाना चाहिए जहां यह बेहतर शिक्षा लेकर अच्छे तौर-तरीक़े सीख सकेगी"- कांजी ने सलाह दी।

"क्यों कांजी, यह कैसी सलाह है? दीना को मद्रास थियोसोफिकल सोसायटी के स्कूल में क्यों भेजा जाए?- वह कहीं नहीं जाएगी किसी ऐसी जगह पर जहां उस पर कोई नियंत्रण ही न रहे"- जिन्हा ने अपनी असहमति दर्शाते हुए कहा

"मुझे लगता है कि कांजी ठीक कह रहा है। दीना की बेहतरी के लिए इसे मद्रास भेजना ही ठीक होगा"- रुत्ती ने कांजी का समर्थन करते हुए कहा।

"नो, नेवर। कभी नहीं, मैं उसे किसी ऐसी जगह नहीं भेज सकता जहां वह अकेली रहे और अपने संस्कारों से दूर हो जाए"- जिन्हा ने कहा

कांजी और रुत्ती जिन्हा के इस विचार से अवाक रह गए। वे किस संस्कार से दूर होने का सोच रहे हैं यह दोनों की समझ में नहीं आया। इस विषय पर और अधिक चर्चा कर वे दोनों वातावरण को कड़वा करना नहीं चाहते थे। दीना के बारे में निर्णय लेने हेतु रुत्ती ने फिर बात करने का कहकर चर्चा का रुख़ बदल दिया। यह विषय यहीं समाप्त हो गया।

जिन्हा अपने कमरे में चला गया था। उसका मन काफ़ी विचलित हो गया था। कांजी का रुत्ती के नज़दीक आना उसे बुरा तो नहीं लगता था, लेकिन दोनों की निकटता से वह असहज हो जाता था। दीना को मद्रास भेजने की कांजी की सलाह उसे पसंद नहीं आई थी। उसे लगा कि उसके बाद उसकी सामाजिक, राजनैतिक और सम्पत्ति की एकमात्र उत्तराधिकारी उसकी बेटी है। यदि वह मद्रास थियोसोफिकल सोसायटी के संरक्षण में भेजी गई तो वह स्वतंत्र विचारों की तरफ़ चली जाएगी। वह अपनी मुस्लिम बिरादरी से कट जाएगी। उसने रुत्ती के बचपन और उसकी स्वतंत्रता को देखा था। थियोसोफिकल सोसायटी और उसकी विचारधारा से वह बहुत अच्छी तरह से परिचित था। वह यह सोचकर ही काँप गया कि कहीं ऐसा न हो, दिनशॉ पेटिट की तरह उसे भी वह दिन देखना पड़ें जब उसकी अपनी बेटी उसी से विद्रोह कर दे। अथवा कहीं दीना भी रुत्ती का इतिहास न दोहरा ले। यदि ऐसा हुआ तो वह उत्तराधिकारी के रूप में किसे देखेगा। उसने सोच लिया कि दीना की परवरिश फ़ातिमा करेगी और उसे अपने मुस्लिम विचारों में रखते हुए बड़ा करेगी। लेकिन रुत्ती और फ़ातिमा के बीच तो बातचीत ही नहीं होती थी। दोनों एक-दूसरे को देखना तक पसंद नहीं करती थीं। तब भला रुत्ती उसकी बेटी फ़ातिमा को कैसे सौंप देगी। जिन्हा इसी उधेड़-बुन में सो गया। दीना को मद्रास भेजने का विचार सदा के लिए ख़ामोश हो गया था।

राजनैतिक विचार के धरातल पर भी जिन्हा में अजीब परिवर्तन आना शुरू हो गए थे, जिन्हें रुत्ती साफ़ तौर पर समझ रही थी। अब वह मुस्लिम राजनीति और उसके नेतृत्व की तरफ़ अधिक रुझान रखने लगा था। कांग्रेस में गाँधी का कट्टर विरोधी होने के कारण वह इस संस्था से दूर होता जा रहा था। उसके सभी निर्दलिय साथी मुस्लिम थे, तथा मुस्लिम-लीग में उसकी स्थिति लगातार अच्छी होती जा रही थी। भारत की परिस्थितियां भी साम्प्रदायिक रूप से बदल रही थीं। उन्नीस सौ इक्कीस की जनगणना के अनुसार भारत के कई प्रांत मुस्लिम आबादी की अधिकता में बदल रहे थे। दो बड़े प्रांत पंजाब में अब लगभग पचपन प्रतिशत और बंगाल में तिरेपन प्रतिशत मुस्लिम आबादी हो चुकी थी। बॉम्बे प्रेसीडेंसी, हैदराबाद, मालाबार, सीमांत प्रांत, संयुक्त प्रांत और दक्षिण में भी लगातार मुस्लिम आबादी में ग़ैर आनुपातिक वृद्धि हो रही थी। जिन्हा

को लगने लगा था कि अंग्रेजों के सामने मुस्लिम राजनीति का प्रमुख होकर वह अपनी शर्तों पर राजनीति कर सकेगा। लेकिन इसके लिए उसे अपनी विचारधारा में बहुत बड़ा परिवर्तन करने की ज़रूरत थी, जिससे मुस्लिम-लीग और दूसरी मुस्लिम जमातें उसे अपना नेता स्वीकार करें। कांग्रेस से ज़्यादा चुनौती उसे मुस्लिम-लीग में मिल रही थी। वह इस समय वाइसरॉय के किसी भी फ़ैसले को चुनौती देकर अपना नुकसान करना नहीं चाहता था। लार्ड रीडिंग का समय पूरा होने वाला था। शुरूआती दौर में वाइसरॉय रीडिंग और जिन्हा के बीच की खाई अब समाप्त हो चुकी थी। बल्कि रीडिंग जाते समय जिन्हा को उपकृत करना चाहता था।

रीडिंग जिन्हा को नाइटहुड की उपाधि देकर 'सर' से सम्मानित करना चाहता था। इस हेतु अभी चर्चाएं चल रहीं थी। जिन्हा ख़ुद भ्रमित था कि उसे यह सम्मान लेना चाहिए अथवा नहीं। उसे लगता था कि यह सम्मान भविष्य में उसके लिए ज़्यादा लाभदायक नहीं होगा। यदि वह सर की उपाधि स्वीकार करेगा तो भारतीय राजनीति में उसका स्थान सिर्फ सर मोहम्मद अली जिन्हा होकर शून्य की तरफ़ चला जाएगा, जो वह कदापि नहीं चाहता था।

एक प्रतिभोज कार्यक्रम में जिन्हा और रुत्ती मौजूद थे। कुछ अंग्रेज अधिकारी रुत्ती को टटोलकर जिन्हा के नाइटहुड सम्मान पर मोहर लगाना चाहते थे। लेकिन वे जानते थे कि रुत्ती अंग्रेजी राज्य की घोर विरोधी, और भारतीय राष्ट्रवाद की समर्थक है। वह गाँधी जी से प्रभावित है।

जब रुत्ती से एक प्रतिष्ठित अंग्रेज अधिकारी ने बातों ही बातों में यह पूछा कि वह नाइटहुड से सम्मानित जिन्हा के साथ लेडी जिन्हा के रूप में खुद को कैसा गौरवान्वित महसूस करेगी, तो उसने बिना कोई देर किए कह दिया- "अव्वल तो मिस्टर जिन्हा यह उपाधि स्वीकार नहीं करेंगे। यदि मेरे पति ने यह उपाधि स्वीकार कर ली तो मैं बिना देर किए उनसे तलाक लेकर अलग हो जाऊंगी"

उसका उत्तर सुनकर अंग्रेज अधिकारी सकपका गए थे। उन्हें उम्मीद नहीं थी कि मिसेज जिन्हा इतने बड़े सम्मान के प्रति इतनी नफ़रत रखती है। अंग्रेजों के प्रति उसकी नफ़रत का यह विस्फोट था जिससे उनका अहंकार छितरा गया था।

लेकिन यह कोई सामान्य बात नहीं थी जो रुत्ती ने तलाक लेकर अलग हो जाने तक का कह दिया था। भारतीय समाज में पति से अलग होने की बात सोचना भी सम्भव नहीं था। किंतु रुत्ती ने बहुत आसानी से कह दिया था कि वह अपने पति से अलग हो जाएगी। वह जिन्हा के राजनैतिक रूप से मुस्लिम परस्त होते जाने के भी विरोध में थी, तथा उसे यह तो बिलकुल भी पसंद नहीं था कि उसका पति भारतीय राजनीति की जगह मुस्लिम राजनीति का नेतृत्व करे, साथ ही वह अंग्रेजों के उपकारों के तले दबा होकर देश का नेता बने।

अब तो दोनों का पारिवारिक अलगाव, वैचारिक अलगाव की तरफ़ भी बढ़ने लगा था। यह तूफ़ान और गहरा होता जा रहा था। इस तूफ़ान के बीच रुत्ती के पास एक तिनका था सहारे के रूप में, जिसके साथ वह सारी लहरें पार करना चाहती थी। लेकिन वह अपने हिचकोले लेते जहाज को भी नहीं छोड़ना चाहती थी। जब भी जिन्हा को लेकर उसके मन में कोई विकार आता, वह उड़कर कंचनजंघा की तलहटी में आड़ू और लालीगुरन के बीच महानंदा की चट्टान पर पहुंचकर पश्चिमी आसमान के धागे जैसे चाँद में खो जाती थी। वह जकड़ लेना चाहती थी उस चाँद को अपने वक्ष पर दोनों बाहों में समेट, ताकि वह अस्त न हो सके। वह जिन्हा और उसके साउथ कोर्ट में उस धागे जैसे चाँद को हर महीने देखा करती थी।

जिन्हा के साथ उसकी यात्राएं अब गिनी-चुनी और मजबूरी वाली होने लगीं थीं। उन यात्राओं में उसकी भौतिक उपस्थिति भर होती थी। यहां तक की रात को उनके बिस्तर भी अलग होते थे। वह अकेली साउथ कोर्ट में रहना पसंद करती। उसका अंतर्मन कांजी के क़रीब होता जा रहा था, परन्तु मस्तिष्क जिन्हा में उलझा हुआ था।

67

वह उन्नीस सौ पच्चीस ईस्वी के जून का महीना था। वातावरण में तीखी गर्मी थी। रुत्ती फिर बुरी तरह से बीमार पड़ गई। देखभाल के लिए उसके पास उसका पति नहीं था, पति महोदय को इतनी फुर्सत तो थी नहीं थी कि वे उसकी तीमारदारी के लिए सारे काम छोड़ पैताने पर बैठे रहते। उसकी बेटी अभी इतनी बड़ी नहीं हुई थी कि वह उसे संभाल सकती। उसे लगा कि कोई उसके पास है, जो उसे हौसला दे रहा है। जो उसका माथा सहला रहा है, और उसमें जीवन का मंत्र फूंक रहा है। जैसे वह कह रहा हो- "रतन जीवन से हारने के लिए तुमने जन्म नहीं लिया है। मैं हूं ना तुम्हारे साथ"

उसे अनुभव हुआ कि कांजी द्वारकादास उसके सिरहाने बैठ उसका हाथ थामे हुए है। वह अचानक उठकर बैठ गई। पलंग पर उसके अलावा सन्नाटा था। कमरे का नाइट लैम्प जल रहा था और घड़ी में रात के दो बज रहे थे। पौने तीन एकड़ में फैला साउथ कोर्ट एक अजीब सी आवाज़ करता हुआ उसे महसूस हो रहा था। उसने फिर अपना लेटरहेड और कीमती पेन उठाया। उसकी अंगुलियों में दबा पेन चलने लगा।

"डियर कांजी,

रात के दो बज रहे हैं तथा मैं बहुत थकी हुई और नींद से भरी हुई हूँ। लेकिन पता नहीं क्यों मुझे लगा कि रात के इस सन्नाटे में तुम मेरे पास आए हो और मेरा सहारा बने हो, तो मैं तुम्हें यह पत्र लिखने की कोशिश कर रही हूँ। पता है कांजी मैं बिस्तर से

बाहर आ गई हूँ। लेकिन तुम सिर्फ़ अहसास में थे, या ख्वाब में, पता नहीं। मैं तुम्हें मेरे पास खोज रही हूँ। यह अहसास ही इतना मोहक है कि इससे मेरे मन का बोझ हल्का होगा। ऐसा वास्तव में हो, तो कितना अच्छा हो। कांजी, मेरी आँखें खुल नहीं पा रहीं हैं। मैं कोशिश कर रही हूँ अपने को संभालने की। लेकिन मुझे माफ़ करना, मैं फिर सोना चाहती हूँ। निश्चिंत और सुखद नींद। काश ऐसा हो पाता।

तुम्हारी दोस्त रतन"

उसका मन विचलित होने लगा था। अभी उसकी उम्र पच्चीस वर्ष की थी। यह उम्र विवाहित स्त्री के अकेले सोने की तो क़तई नहीं थी। उसे आवश्यकता थी प्रणय की। उसे आवश्यकता थी उस वृक्ष की, जो उसके मन की लताओं के छल्लों को अपने पर लपेटे बढ़ने, खिलने फिर महकने में मदद कर सके। उसके सम्पूर्ण अस्तित्व को अपने पर बुन ले। वह सुगंधित होना चाहती थी उस अलौकिक सुंगध से भरी होकर जो उसके भीतर से आकर सशक्त बाजुओं का आलिंगन पा फिर उसी में समा जाए। लेकिन उसके पलंग का साथी उससे दूर होता हुआ उसे तड़फा रहा था। उसका वृक्ष इस लतिका के वलय को अपने से दूर छिटकाकर विस्तार पाना चहा रहा था। उसकी सारी सुगंध भीतर से बाहर आने के बजाए भीतर ही भीतर सड़न के रूप में परिवर्तित हो रही थी। आख़िर वह अपने मन और उसकी ज्वाला पर कैसे नियंत्रण करे। जब कभी जिन्हा को वह मनाने और अंतरंग होकर उसे संतुष्ट करने का प्रयास भी करती, तो जिन्हा का मन और मस्तिष्क उसमें समा ही नहीं पाता। पचास साल के अति व्यस्त अधेड़ पुरुष पति और पूरी तरह फुर्सती पच्चीस साल की युवा पत्नी में वह सब सम्भव ही नहीं हो पाता था जो यौवन की इस स्थिति में एक स्त्री बिस्तर पर आशा करती है। उम्र, समझ, और प्राथमिकता में बड़ा अंतर था। सामर्थ्य के मानदंड़ भी बहुत अलग होते हैं ऐसी अवस्था में। प्रारम्भिक तौर पर उठे तूफ़ान की गति एक ओर सीमित होकर, दूसरी ओर से शांत होती चली जाती है। बस यही हालत थी रुत्ती और जिन्हा में। रुत्ती की धड़कनों पर उसका हमउम्र कांजी दस्तक देने लगा था। द्वार के कपाट कब खुल जाएं दोनों को ही पता नहीं था।

रुत्ती की रुचि जिन्हा के भाषण सुनने और उसके साथ राजनैतिक अधिवेशनों में जाने में नहीं रही थी। लेजिस्लेटिव असेम्बली के दिल्ली और शिमला अधिवेशनों में भी उसका जाना कम हो गया था। यदि वह जाती भी तो शिष्टाचारवश मिसेज जिन्हा के रूप में शामिल होती थी।

उन्नीस सौ पच्चीस में मुस्लिम-लीग का अधिवेशन अलीगढ़ में होना था। जिन्हा नें उसे अपने साथ चलने को कहा था। लेकिन उसने मना कर दिया। उसने जिन्हा को बताया कि वह कांजी के साथ थियोसोफिकल सोसायटी के जुबली समारोह में मद्रास

जा रही है, उसे वहां एनी बेसेंट के हाथों से थियोसोफिस्ट की दीक्षा भी लेना है। वह जिन्हा के साथ अलीगढ़ न जाकर कांजी के साथ मद्रास गई। जिन्हा के मोहब्बत-नामे की एक और कड़ी टूट गई थी रुत्ती के इस निर्णय से। चाहकर भी जिन्हा उसे अलीगढ़ जाने के लिए नहीं मना सका। उसकी पत्नी का दीक्षा लेकर थियोसोफिस्ट बनना उसे बिलकुल भी पसंद नहीं था। लेकिन यह दूरियां अब इतनी बड़ी खाई के रूप में बदल चुकी थीं कि इनमें एक-दो मुट्ठी प्यार और अधिकार की रेतीली मिट्टी का कोई मूल्य नहीं रह गया था। यह खाई तो अब और गहरी होने जा रही थी।

68

रुत्ती की मुलाक़ात दक्षिण मद्रास के अड्यार में एनिबेसेंट से हुई। एनी बेसेंट बुजुर्ग महिला थीं। वह लोगों के सुख-दुःख को पढ़ने में माहिर थीं। उन्होंने बचपन से रुत्ती को देखा था। मामा बाई के साथ रुत्ती अक्सर उनसे मिलती रहती थी। बाद में जिन्हा से शादी करने के रुत्ती के फ़ैसले पर वे चौंकी भी थीं। क्योंकि जिन्हा भी तो उनकी संस्था के साथ जुड़ा हुआ था। उन्हें लगता था कि रुत्ती का यह फ़ैसला आगे चलकर टिक नहीं सकेगा। और आज रुत्ती को देखते ही उन्हें आठ साल पहले उठी आशंका सच दिख रही थी।

"तुम बहुत दुःखी प्रतीत हो रही हो, लगता है तुम्हारे साथ कुछ ठीक नहीं चल रहा"- रुत्ती की आँखों को पढ़ते हुए एनी बेसेंट ने कहा

रुत्ती जवाब दे उससे पहले ही कांजी बोल दिया- "नहीं ऐसी तो कोई बात इनके साथ नहीं है, वह तो बहुत ख़ुश है"

"चुप करो कांजी, मैं धोखा नहीं खा सकती। तुम्हें उसकी आँखों में दुःख का भरा हुआ पूरा समुंदर दिखाई नहीं देता? ज़रा उस बेचारी की आँखों को देखो तो"- कांजी को डांटते हुए एनी बेसेंट ने कहा था।

कांजी चुप हो गया। वह इस सच्चाई पर और ज़्यादा क्या कहता जिसे वह जानते हुए भी जानबूझकर छिपाना चाह रहा था।

"आंटी, यह तो सब ज़िंदगी का साज़ है, कभी दुःख तो कभी सुख। मैं आपके पास आ गई हूँ, मुझे ज़रूर सुकून मिलेगा"- रुत्ती ने बात को ख़त्म करने के इरादे से कहा।

पंद्रह दिन कांजी और रुत्ती मद्रास में रहे थे। रुत्ती ने थियोसोफिस्ट की दीक्षा ले ली थी। वह किसी तरह स्वयं को व्यस्त और स्वस्थ रखना चाह रही थी। लेकिन न तो वह व्यस्त हो पाती, न ही स्वस्थ रह पा रही थी। उसका मन विचलित ही रहता था। वह जिन्हा के बारे में जितना सोचती उतना दुःखी होती थी। वह अपने वर्तमान जीवन

की दोषी जितना ख़ुद को मानती, उतना ही जिन्हा को मानती थी। उसका मानना था वह तो नासमझ थी उस समय, लेकिन जिन्हा तो उसके मूंछों वाले अंकल थे। उन्हें तो सब कुछ समझना चाहिए था। लेकिन वे ही उसे बर्बाद कर अपना स्वार्थ साध बैठे हैं, तथा उसकी तरफ़ कोई ध्यान ही नहीं दे रहे। वह जितना बेचैन होती, उतना ज़्यादा नशा करती। नशा करती तो बीमार भी होती। उसे लगता कि प्रेम मनुष्य के स्वभाव में नहीं है। वह तो बस एक छद्म भावना है। इस स्थिति में उसे अपने जानवरों में सच्चा प्रेम दिखता और वह उनके साथ अपना ज़्यादा समय भावुक रिश्ते के रूप में बिताने लगी थी। उसकी मानसिक स्थिति में यही जानवर कुछ मजबूती पैदा करने में सक्षम बचे थे। एक नाज़ुक और शोख़ रुत्ती इतनी अवसाद ग्रस्त हो गई कि वह आत्महत्या के भयंकर क़दम तक सोचने लगी थी। एक बार तो उसने ज़्यादा नशा लेकर इसकी कोशिश भी की। लेकिन अभी उसे धरती पर सांसें लेना था, तो यह शरीर साँसों का हिसाब चुकता कर रहा था। उसने नकली तौर पर ही सही ख़ुद को ठीक और स्वस्थ सिद्ध करने का प्रयास शुरू कर दिया था। जिन्हा उसे समझ ही नहीं पाता था कि वह मानसिक रूप से कितनी बीमार और कमज़ोर है। उसके बाहरी आवरण को सरसरी तौर पर वह स्वस्थ मान लेता था। रुत्ती भीतर ही भीतर कभी सुलग रही थी, कभी धधक रही थी, कभी पिघल रही थी। कांजी उसकी हँसी और मुस्कान देखकर कुछ राहत महसूस करता, लेकिन वह भी उसकी भीतरी निराशा और घुटन से अनभिज्ञ था। यह ज़रूर था कि कांजी के साथ वह रत्तीभर रुत्ती होकर जी लेती थी।

वक़्त के साथ जिन्हा भी रुत्ती को लेकर परेशान होने लगा था। कांजी से बढ़ती अपनी पत्नी की नज़दीकी उसे विचलित करती थी। अब यह चर्चा भी दबे-छुपे उस तक आने लगी थी। कांजी उसका सहायक बनकर आया था और अब उसके शयन कक्ष तक पहुंच चुका था। जिन्हा को नहीं पता था कि रुत्ती की उम्र से दुगना होकर भी अगर वह रुत्ती के प्रति आसक्त था, तो उसके हमउम्र लड़कों के मन में उसे पाने की कितनी हसरत रही होगी। एक समय जिन्हा द्वारा रुत्ती को अपने वश में करने की ख़बर मात्र से कांजी थरथरा गया था।

यह दुनिया की सच्चाई है। रूप और यौवन की एक छोटी सी उम्र होती है। यही उसका बचपन होता है, यही जवानी और यही बुढ़ापा। पहली नज़र में यह नटखट निर्मल बचपन सा चहकता रहता है। फिर किसी के आग़ोश में होता है तो अपनी पूरी जवानी इसके सर चढ़कर नृत्य करती है। यह खोया रहता है चूर-चूर होकर भी अपना नया आकार गढ़ने में, और फिर बहुत जल्दी इसकी ढलान शुरू हो जाती है। जिन्हा तो एक ढलान के रूप में ही रुत्ती के जीवन में प्रविष्ट हुआ था। भला वह रुत्ती के निर्झर को बाँधने की क्षमता कहाँ रखता था।

उसने अपनी खोई हुई रुत्ती को पाने का एक प्रयास किया। कहीं न कहीं उसके मन में भी लालीगुरन और धागे जैसे चाँद की स्मृतियां ताज़ा हो ही जाती थीं और वह महानंदा की चट्टान उसे याद आ जाती थी। उसके मन में अपने मित्र के साथ किया गया अनैतिकता की पराकाष्ठा का विश्वासघात भले ही सिहरन पैदा न करता हो लेकिन प्रेयसी के रूप में रुत्ती का अनछुआ यौवन उसे रोमांचित करता ही था। वह चाहता था कि रुत्ती उसकी व्यस्तता और उसके भविष्य को समझे। लेकिन वह उसे और उसकी सारी फ़ितरत को बेहतर तरीक़े से जान चुकी थी।

जिन्हा शाम को जल्दी घर आ गया। फरवरी में रुत्ती का जन्मदिन था। यह महीना बम्बई के लिए बहुत सुहावना होता है। इस बार जिन्हा ने अपनी पत्नी को प्रेयसी के रूप में परिवर्तित करने का मन बनाया। रुत्ती का जन्मदिन उसने उत्सव के रूप में मनाया। कांजी को जब यह पता चला कि जिन्हा इस बार रुत्ती का जन्मदिन एक बड़े उत्सव के रूप में मना रहा है तो बहुत ख़ुश हुआ तथा इसे यादगार बनाने की तैयारियों में जुट गया। रुत्ती के लिए यह महत्वपूर्ण था कि जिन्हा की आँखों में उसे अपने पुराने प्रेमी की झलक दिखाई दे रही थी तथा कांजी के रूप में उसका सबसे प्रिय दोस्त उसके साथ था। जन्मदिन मनाने के बाद जिन्हा और रुत्ती एक बिस्तर पर साथ थे। दोनों ही अपने सारे गिले-शिकवे दूर करना चाहते थे। अगली सुबह का सूरज जब निकला तो रुत्ती बेहद खिली-खिली सी थी। बहुत दिन बाद उसके जिस्म ने आंतरिक हलचल का आनंद लिया था। यद्यपि जिन्हा के अपने तनाव थे, और वह इस अवसर पर भी इनसे से मुक्त नहीं हो पाया था।

69

बहुत दिनों बाद साउथ कोर्ट के लॉन में एक टेबल और तीन कुर्सियां लगाकर उन पर छतरी तानी गई थी। अख़बार जिन्हा के कमरे की बजाए उस टेबल पर रखे गए थे। थोड़ी देर बाद रुत्ती, जिन्हा और दीना वहां आ गए थे। दीना ने माँ और पिता को एक साथ ख़ुश बैठे देखा था। चाय की चुस्कियों के साथ जिन्हा अख़बार पढ़ने लगा। फिर एक ख़ामोशी छा गई दोनों के बीच। इस ख़ामोशी को रुत्ती ने अपनी आदत के अनुसार पैर हिलाते हुए जिन्हा की कुर्सी की तरफ़ ठेल दिया। जिन्हा ने मुस्कुरा कर उसकी इस शरारत का कोई विरोध नहीं किया।

"एक प्लान है मेरा, क्या आप इसमें शामिल होंगी"- जिन्हा ने चुप्पी तोड़ी

"जी ज़रूर, अगर मेरे शामिल होने के लायक होगा, तो मैं ज़रूर होऊंगी"- रुत्ती ने बात को आगे बढ़ाया।

"मुझे असेम्बली की सेंडहर्स्ट कमेटी का सदस्य बनाया गया है। इस कमेटी के प्रेसीडेंट लेफ्टीनेंट जनरल एंड्रयू स्कीन हैं। कमेटी सेंडहर्स्ट जैसा सैनिक कॉलेज भारत में खोलना चाहती है। इस हेतु मुझे तीन सदस्यीय सब-कमेटी के साथ यूरोप, अमेरिका और कनाडा में जाकर मिलेट्री कॉलेज और इंस्टीट्यूटस् की स्टडी करना है। हम लोग अप्रैल में इस यात्रा पर जाने वाले हैं। मैं चाहता हूँ कि तुम भी मेरे साथ चलो"- जिन्हा ने रुत्ती को बताया

वह जिन्हा के साथ होना तो चाहती थी, लेकिन न जाने क्यों इस प्रस्ताव पर वह अपनी ख़ुशी ज़ाहिर नहीं कर सकी। वह केवल इतना बोली- "मुझे वक़्त दो 'जे' यह डिसाइड करने के लिए"

"इसमें डिसाइड करने की क्या बात है? हम साथ होंगे तो हमारे बीच की ग़लत फहमियां दूर होंगी"- जिन्हा ने कहा

"देखो 'जे', मुझे चलने में कोई दिक्कत नहीं है। लेकिन तुम जानते हो कि मेरी आदतें बहुत बदल गई हैं। साथ ही मैं बीमार भी हूँ, तुम अपने काम में व्यस्त रहोगे और मैं किसी होटल में पड़ी तुम्हारा इंतिज़ार करती रहूँगी। बेहतर होगा कि मुझे थोड़ा सा वक़्त दो इस सफ़र पर चलने का सोचने के लिए"- रुत्ती ने अपनी आशंका व्यक्त करते हुए कहा।

"ठीक है तुम आराम से एक हफ़्ता सोच लो, फिर बताना ताकि सफ़र का इंतिज़ाम उसी हिसाब से किया जाए"- जिन्हा ने रुत्ती को वक़्त देते हुए कहा और फिर अख़बार में खो गया।

रुत्ती अपनी कुर्सी पर बैठी जिन्हा को निहार रही थी। अपने पिता के अतिप्रिय दोस्त, तथा उसके मूंछों वाले अंकल से जीवन में दाखिल हो अस्तित्व में आए इस अधेड़ व्यक्ति के प्रति रुत्ती के मन में अब बिलकुल भी आकर्षण नहीं रहा था। वह जानती थी कि वह कुछ समय उसके साथ अपनी इच्छा के अनुसार व्यवहार करेगा, तथा फिर अपने काम में व्यस्त हो जाएगा। लेकिन वह यह भी चाहती थी कि विदेश यात्रा के इस मौके को वह हाथ से न जाने दे। शायद उसकी बिखरती हुई दुनिया वापस जुड़ जाए। साथ ही वह कांजी के इतना क़रीब आ चुकी थी कि उससे चार-पाँच महीने दूर रहना उसे परेशान कर सकता था। दीना और उसके पालतू जानवरों की चिंता भी थी उसे।

जिन्हा का एक फोन कॉल आया और वह दिल्ली जाने की तैयारी करने लगा। मुस्लिम-लीग की एक ज़रूरी बैठक आ गई थी। दो-चार दिन की यह चाँदनी रात फिर अंधेरे की तरफ़ लुढ़कने लगी।

रुत्ती ने एक सप्ताह तक काफ़ी सोच विचार किया और फिर जिन्हा को ट्रंककॉल कर बता दिया कि वह उसके साथ यात्रा पर जाएगी, साथ में दीना और उसकी आया भी होंगे।

जिन्हा के दिल्ली से आने के बाद कांजी दो-तीन सप्ताह से साउथ कोर्ट नहीं आया था। उसे लगता था कि कहीं उसकी उपस्थिति को जिन्हा अथवा रुत्ती अनावश्यक न मान लें। वह बेचैन था, तभी रुत्ती ने चिट्ठी लिखकर अपनी यात्रा के बारे में उसे बताया तथा साउथ कोर्ट आने का अनुरोध किया।

उधर कांजी भी रुत्ती के संदेश का इंतिज़ार कर रहा था। रुत्ती का पत्र मिलने के बाद वह सीधा साउथ कोर्ट गया। रुत्ती उसका इंतिज़ार कर रही थी। दोनों के बीच जिन्हा द्वारा विगत दिनों किए गए व्यवहार की बातें हुई। रुत्ती ने उसे बताया कि उसका पति उसे अपने साथ यूरोप, कनाड़ा और अमरीका के दौरे पर साथ ले जाना चाहता है। कांजी ने इसे शुभ संकेत बताते हुए रुत्ती को बधाई दी तथा उसके जिन्हा के साथ यात्रा पर जाने के फ़ैसले को उचित बताया।

रुत्ती एकटक कांजी को देख रही थी। वह महसूस कर रही थी कि उसकी देखभाल और सुरक्षा कांजी से ज़्यादा बेहतर और कोई नहीं कर सकता। जिन्हा से उसे अपने अहसासो के सम्मान, और सुरक्षा का बिलकुल भी भरोसा नहीं था।

"कांजी मैं इस यात्रा पर जा तो रही हूँ लेकिन..."- रुत्ती ने अनमनेपन से कहा।

"लेकिन क्या?"- कांजी ने जानना चाहा।

"कांजी तुम जब मेरे साथ होते हो तो मुझे लगता है कि मेरे भीतर का सारा डर ख़त्म हो गया है। केवल तुम्हारे साथ होने से मैं अपने आप को सुरक्षित समझती हूँ"- रुत्ती ने उसे निहारते हुए कहा।

"रतन, तुम्हारा पति तुम्हारे साथ होगा। उससे ज़्यादा सुरक्षित तुम और किसी के साथ तो नहीं हो सकती"- कांजी ने समझाते हुए कहा। लेकिन उसके मन के भीतर से एक कसक सी उठी थी।

"तुम जानते हो कांजी, 'जे' और मेरे बीच अब वह विश्वास और प्यार नहीं रहा है। एक दो दिन के लिए अगर उन्होंने मुझे नम कर भी दिया तो यह उनकी पुरुष होने के कारण इच्छा मात्र हो सकती है"- रुत्ती ने अपने मन के संशय को सामने लाते हुए कहा।

"तुम जब तीन-चार महीने विदेश में साथ रहोगी तो निश्चित ही तुम्हारी ज़िंदगी में बदलाव आएगा यह मुझे विश्वास है। मैं ईश्वर से प्रार्थना करता हूँ कि यह बदलाव तुम्हारे लिए बेहतर हो"- कांजी ने आशाजनक स्वर में कहा।

"नहीं कांजी, मैं जब विदेश में रहूंगी तो मेरी रक्षा करने और मेरी मदद करने के लिए तुम मेरे साथ नहीं होगे। मेरे लिए यह बात असहनीय है"- रुत्ती ने अपना विश्वास उसके प्रति व्यक्त करते हुए कहा।

"तुम चिंता मत करो, भले मैं तुम्हारे साथ नहीं रहूंगा, लेकिन मैं हमेशा तुम्हारी आत्मा के साथ रहूँगा, तुम महसूस करोगी यह बात"- कांजी ने रुत्ती को समझाते हुए कहा।

"तो फिर तुम किसी ऐसी चीज को अभिमंत्रित कर मुझे दो जिसके ज़रिए मैं तुमसे दूर न हो सकूं। तुम हमेशा मेरे क़रीब रहो"- रुत्ती ने कांजी को कातर दृष्टि से देखते हुए कहा।

रुत्ती पन्ना रत्न का एक उपरत्न हरिताश्म का एक बहुत ख़ूबसूरत जड़ाऊ पिन पहनती थी। यह उसकी सबसे प्रिय चौबीस घंटे साथ रहने वाली वस्तु थी।

उसने वह हरिताश्म कांजी को देते हुए कहा- "इसे हमारे प्रेम, और मेरी रक्षा के उद्देश्य से अभिमंत्रित कर दो। मुझे विश्वास है तुम्हारे प्रेम मंत्र की शक्ति से मैं विदेश में पूर्ण सुरक्षित रहूँगी"

कांजी ने वह जड़ाऊ पिन लिया और उस पर कुछ पारसी मंत्र पड़ उसे अभिमंत्रित कर दिया। रुत्ती ने बड़े ही आत्मिक विश्वास के साथ उसे पहन लिया।

सरोजिनी नायडू अपनी बेटी को पत्र लिख रही थी, जिसमें उसकी कलम रुत्ती और जिन्हा के कैसर-ए-हिंद जहाज पर समुद्री यात्रा पर रवाना होने की सूचना दे रही थी। उसने लीलामणि को पत्र में लिखा कि- "रुत्ती अपना ही साया बन गई है। वह केवल एक मलबे की तरह लग रही है। उस दृश्य का मलबा जो कभी सुंदर और वैभवशाली हुआ करता था"

सच भी था, रुत्ती ख़ूबसूरत संगमरमरी नक़्क़ाशीदार सौंदर्य से किसी वज्रपात द्वारा छिन्न-भिन्न हुए किसी महल के खंडहर में तब्दील हो उसके मलबे में बदल चुकी थी। सरोजिनी को यह यक़ीन नहीं हो रहा था कि मिसेज हार्कर द्वारा सात साल पहले रुत्ती की आंतरिक स्थिति का किया गयां आकलन इतनी जल्दी सबके सामने आने वाला है। सरोजिनी ख़ुश थीं कि कैसर-ए-हिंद के डेक पर रुत्ती और जिन्हा साथ होंगे तो सागर की लहरें और उनपर थिरकती चँदनी दोनों के दिलों को करीब लाने में मध्यस्थ का काम करेगी। यह साथ शायद उन दोनों के जीवन में कोई नया सवेरा लाकर स्फूर्ती भर दे और नीले फूल जैसी रुत्ती फिर से अपनी सुगंध बिखेरने लगे।

बीतते वक़्त के साथ रुत्ती और कांजी की दोस्ती बरसों पहले पीछे छूटे एक तरफ़ा प्यार से अब दो तरफ़ा अहसास की ओर अग्रसर थी। रुत्ती जड़ाऊ पिन पर प्रेम के सुरक्षामंत्र अपने साथ लेकर नाममात्र को साथी बचे अपने पति मिस्टर मोहम्मद अली जिन्हा के साथ बम्बई से यूरोप, अमेरिका और कनाड़ा की यात्रा पर चली गई। कांजी उसकी अंगुलियों के क्षणिक स्पर्श से रोमांचित हो उसके वापस आने की प्रतीक्षा में दिन व्यतीत कर रहा था।

70

रुत्ती के भाग्य में जो उपेक्षा और कष्ट लिखे थे, वह तो अमिट थे। एक महासागर भर अवसाद उसकी आँखों में भरा हुआ था। कैसर-ए हिंद जहाज समुद्र की लहरों पर तैरता हुआ लंदन की तरफ़ जा रहा था। उमस भरी इस यात्रा में दीना और रुत्ती अपने केबिन में से बाहर नहीं जातीं, जिन्हा अपने काम में व्यस्त रहता था। शाम को अस्त होता सूर्य और कुछ दिन के लिए चमकता हुआ चाँद देर रात तक रुत्ती को थोड़ी बहुत शीतलता प्रदान करते, लेकिन इस यात्रा के प्रारम्भिक दिनों में ही दोनों के बीच फूट रहीं उम्मीद की कोंपलें फिर मुरझाने लगी थीं।

लंदन पहुंचकर वह जिन्हा के साथ नहीं रुकी, बल्कि पेरिस चली गई। पेरिस में पिछली यात्रा पर विकसित हुई दोस्तियां और रंगीन रातों का ख़ुमार फिर से उसके दिमाग़ पर चढ़ने लगा था। जिन्हा भी अपने काम में किसी प्रकार का व्यवधान नहीं चाहता था, अत: उसने भी रुत्ती के पेरिस जाने के निर्णय पर कोई प्रतिक्रिया नहीं की, वह भी कमेटी के तीन और सदस्यों के साथ अपने काम में व्यस्त हो गया।

पेरिस में रुत्ती आसानी से उपलब्ध मार्फिन के इंजेक्शन लेने लगी थी। उसकी एक दोस्त थी, प्रिंसेस इटली। वह इटली की महारानी की रिश्ते में बहन लगती थी। रुत्ती जब पिछली बार पेरिस आई थी तो उससे दोस्ती हो गई थी। रुत्ती का स्वभाव और आकर्षण ऐसा था कि हर कोई उससे दोस्ती करना चाहता था। नशे की शौक़ीन रुत्ती एक दिन लम्बी सी सुई से मार्फिन अपनी नसों में डाल रही थी। यह दृश्य देखकर प्रिंसेस विस्मित हो गई तथा उसने उसे टोका। प्रिंसेस को बड़ा अजीब सा लगा था रुत्ती का इस तरह नशे में डूबना। वह रुत्ती के साथ अपनी दोस्ती स्थाई रखना चाहती थी।

उसने रुत्ती से कहा- "तुम कितनी ख़ूबसूरत हो, ईश्वर ने तुम्हारी देह और चेहरे को बहुत ही क़रीने से तैयार किया है। काश! तुम्हरे जैसा दिल और ख़ूबसूरती मेरे पास होती"

"धन्यवाद प्रिंसेस, आपने मेरी ख़ूबसूरती की तारीफ़ की"- रुत्ती ने मुस्कुराते हुए उत्तर दिया।

"लेकिन तुम अपने को बर्बाद करने पर क्यों तुली हो"- उसने अपनी चिंता व्यक्त कर दु:खी होते हुए कहा।

"आपको यह कैसे महसूस हुआ?"- रुत्ती ने जानना चाहा।

"आप इस लम्बी सुई से ड्रग लेकर अपने जीवन को नष्ट कर रही हो। देखो, मैं तुम्हें समझाने का प्रयास कर रही हूँ। मानना या नहीं मानना, आपका अधिकार क्षेत्र है"- उसने कहा।

"जी आपकी कीमती सलाह ज़रूर दीजिएगा। मैं विचार करूंगी मुझे कितना पालन करना है"- रुत्ती ने लापरवाही से कहा।

"मैं आपकी दोस्त हूँ, और सचेत करना चाहती हूँ कि इतनी ख़ूबसूरत और प्रसिद्ध महिला होकर भी आप इस नशे से ख़ुद की सारी ख़ूबसूरती को नष्ट कर रही हो, आपका सारा सौंदर्य चौपट हो रहा है तथा आप इसकी तरफ़ से बेख़बर हैं"- उसने कहा।

"जी धन्यवाद, आपकी बेशकीमती सलाह हेतु"- कहकर रुत्ती ने लापरवाह हँसी हँस दी थी।

वह फिर अपनी रंगीनियों और नशे की लत में डूब गई थी। उसे याद आती थी तो बस कांजी की। जब कांजी उसकी आत्मा में आ जाता तो उसे पत्र लिखने बैठ जाती थी। उसकी नशाखोरी से चिढ़कर प्रिंसेस ने भी उससे दूरी बना ली थी।

जिन्हा ने कमेटी का लंदन और ब्रिटेन के बाकी शहरों में काम पूरा किया। अब उन्हें कनाडा और अमेरिका जाना था। पेरिस जाकर उसने रुत्ती को साथ लिया और वे लोग जहाज में अगली यात्रा पर निकल गए। जिन्हा यह भी नहीं समझ पाया था कि रुत्ती ड्रग ले रही है। अमेरिका में उसका दोस्त सैयद हुसैन रहता था। एक दिन सैयद ने अपने घर दोनों को भोजन पर बुलाया था। सैयद काफ़ी समझदार और पारखी था उसकी नज़रों से रुत्ती का ड्रगिस्ट होना छुप नहीं सका। वह समझ गया कि रुत्ती ड्रगिस्ट है, तथा अपने जीवन में बहुत बड़े ख़तरे की तरफ़ क़दम बढ़ा रही है। उसने जिन्हा के कान में भी यह बात डाल दी थी।

गर्मियां बीत चुकी थीं। मानसून अब सावन में बदल गया था। बारिश का मौसम अपने शिखर पर था। अगस्त में दोनों भारत वापस आए। जिन्हा की उपलब्धि अपने मिशन को पूरा करना थी, और रुत्ती अपने साथ नए क़िस्म के ड्रग के अनुभव व ढेरों साड़ियां, जूते-चप्पल, कीमती आभूषण, अपनी पसंद के सिगरेट, बहुत सारा सजावटी सामान तथा दो बेहद ख़ूबसूरत बिल्लियां लेकर लौटी, जिनमें एक स्लेटी रंग और एक काले रंग की थी।

सुंदरता तो रुत्ती को ईश्वर ने उपहार स्वरूप अक्षय भंडार भरकर दी थी। इतना ड्रग लेने के बाद भी उसकी सुंदरता कभी नष्ट नहीं हुई। कभी-कभी वह ढहती ज़रूर थी, किंतु फिर वैसी ही हरिया जाती थी। लेकिन उसकी बेचैनी का कोई इलाज नहीं था। इस सफ़र के बाद भी यही हुआ कि वह सुंदर तो बहुत लग रही थी, लेकिन उतनी ही परेशान और बेचैन थी।

बेचैनी का कारण अव्यक्त था, जिसे सिर्फ़ दो लोग महसूस कर रहे थे। अपने कमरे में करवटें बदलता कांजी और जहाज के डेक पर कल्पनाओं में खोई रुत्ती। उसके वापस आते ही कांजी साउथ कोर्ट आ गया। बहुत दिनों बाद निहारा था दो दोस्तों ने एक-दूसरे को। साथ खाना खाया था दोनों ने। ख़ूब बातें की थीं, इतने दिनों के अंतराल की।

"अच्छा बताओ रतन कैसा रहा तुम्हारा सफ़र"- बातों के सिलसिले में कांजी ने पूछा।

"कैसा रहा? जैसा अक्सर होता है। मिस रतन पेटिट से मिसेज मरियम जिन्हा बन चुकी मैं, न पेटिट रह पाई हूँ और न ही जिन्हा बन सकी हूँ। ऐसे ही मेरी ज़िंदगी का सफ़र है, और ऐसे ही इस दुनिया का सफ़र। समुद्र की लहरों पर बिलकुल उथल-पुथल भरा हिचकोले लेता"- रुत्ती ने उत्तर दिया।

"नहीं रतन, तुम ऐसा क्यों सोचती हो। सकारात्मक सोचा करो"- कांजी ने उसे समझाते हुए कहा।

"अच्छा यह बताओ विदेश में तुम आत्मा और उससे सम्बंधित किसी संस्था या व्यक्ति से मिलीं या नहीं" – कांजी ने पूछा

"हे भगवान! तुमने मेरे जेड स्टोन पर कौन से प्रेममंत्र फूंक दिए थे"- वह आवेग में बोली

"क्यों? क्या हुआ?"- कांजी भी अचकचा गया था

"मैं वहां आत्माओं वाली किसी संस्था या इसे जानने वाले किसी व्यक्ति की बैठक में जा ही नहीं सकी। मुझे तो केवल तुम्हारी बातें हीं याद आती रहीं। और जाना भी चाहा तो कभी ट्रेन चूक गई, तो कभी कोई अड़चन आ गई"- रुत्ती ने बताया।

कांजी हँस दिया था।

"तुमने ज़रूर कोई ऐसा मंत्र फूंका होगा कि मैं किसी फेर में न पड़कर तुम्हें ही याद करती रहूँ"- रुत्ती ने शरारत से कांजी को छेड़ते हुए कहा।

"डियर कांजी, अब अत्मा और तांत्रिक विचारों से मुझे निकालो, मैं बाहर आना चाहती हूँ इन सबसे"- रुत्ती ने कहा।

कांजी के लिए यह बहुत महत्वपूर्ण बात थी कि उसकी दोस्त व्यर्थ के चक्करों से मुक्त होना चाहती थी। एक अच्छे दोस्त के रूप में वह चाहता था कि रुत्ती और जिन्हा के बीच का पुल खंडित न हो। वह एक त्रिकोण पर स्थित हो अपनी मौजूदगी भर चाहता था, लेकिन दोनों के बीच दरार तो क़तई नहीं चाहता था।

रुत्ती भी भावनात्मक रूप से कांजी के प्रति आकर्षित थी। लेकिन अभी ऐसी कोई स्थिति नहीं बनी थी कि कांजी जिन्हा से नज़र न मिला सके। अथवा रुत्ती किसी अपराध बोध की शिकार हो।

एक दिन चलते-चलते रुत्ती को लगा कि उसके पैर में कुछ चुभ गया है। उसने देखा कि स्लीपर को पार कर एक सुई उसके पैर में धंसी हुई थी। वह दर्द से व्याकुल हो उठी। नौकरों ने खींचकर सुई निकाल दी। लेकिन शाम से उसके पैर में सूजन आना शुरू हो गई। सूजन लगातार बढ़कर तेज दर्द के साथ पूरे शरीर को तोड़ने लगी थी। वैसे ही वह नाज़ुक सी थी। ऊपर से बीमार, और फिर नशे की आदत। उसकी सेहत लगातार गिर रही थी। पैर में पस पड़ने लगा था। ऐसी स्थिति में बिना ऑपरेशन दर्द और

बीमारी का कोई इलाज नहीं था। जिन्हा दिल्ली से लौटा ही था। अत: रुत्ती के पैर का ऑपरेशन करवाकर पस निकाला गाय। कुछ दिन तक तो वह ठीक रही लेकिन फिर उसकी सूजन बढ़ने लगी थी। दो महीने से ज़्यादा हो गया था असहनीय दर्द भुगतते हुए। अब उसने एक्स-रे करवाया तो पता चला कि सुई का एक टुकड़ा अभी भी पैर में है। उसे निकालने के लिए एक ऑपरेशन और करवाना पड़ेगा। इस दर्द ने उसे बहुत परेशान कर दिया था। दीना का स्कूल जाना शुरू हो गया था। वह अपने दोस्तों में खेलती और रुत्ती अपने जानवरों के बीच उनसे बातें कर समय काटती तथा दर्द से छटपटाती।

कांजी कई दिनों से उससे मिलने नहीं आया था। वह भी उदास था। लेकिन न जाने क्यों उसे साउथ कोर्ट जाने में झिझक हो रही थी। उसे लगता था कि रुत्ती के पति की ग़ैर मौजूदगी में लगातार वहां रहना उसके तथा रुत्ती के लिए ठीक न हो। लोग तो लोग हैं, लोगों की बात का क्या।

जनवरी की रात थी। रुत्ती की बेचैनी बढ़ती जा रही थी। कांजी के न आने से वह कुछ परेशान भी थी। दर्द मिटाने के लिए वह गोलियां खा रही थी। जूता भी नहीं पहन पा रही थी। लेकिन स्लीपर पहनकर बाहर चली जाती थी। उसने एक ऑपरेशन और कराने का मन बना लिया था। उसे भीतर और बाहर कहीं भी शांति नहीं मिल रही थी। जिन्हा के धीरे-धीरे दूर होने के कारण कांजी उतनी ही तेजी से मन के क़रीब आता जा रहा था। केवल संकोच में लिपटे कुछ शब्दों की दूरी ही उनके बीच बची थी। इसी संकोच ने मर्यादा का झीना सा आवरण बचाया हुआ था। अन्यथा कोई तूफ़ान तो उमड़-घुमड़कर न जाने कब का बरस गया होता।

उस रात वह बहुत बेचैन थी। अकेली थी अपने पलंग पर। पैर का दर्द गोलियों के प्रभाव के कारण कम था, लेकिन मन का दर्द अकेलेपन की टीसें दे रहा था। उसके मन-मस्तिष्क में उसी समय कांजी ने प्रवेश किया। जब कांजी का प्रवेश उसके मानस पटल पर होता तो एक कंपन सा उठता था उसके मन में। शायद यह कंपन उसे और अधिक बेचैन कर देता था। फिर रात के समय पलंग पर अकेले करवटें बदलते हुए वह अपने अतीत में चली जाती। अतीत के उस महासागर में से जब वह बाहर आती तो उसके साथ केवल कांजी होता था। जिन्हा की मौजूदगी उस कल्पना में उसके नायक की तो अब कदापि नहीं होती।

उस कंपकंपी को उसने नियंत्रित किया और अपना लेटरहेड तथा कलम उठा कर लिखने बैठ गई।

"डियर कांजी,

मेरे ख़्याल से हम सब की ज़िंदगी में उदासी के लम्हे आते हैं। लगता है कि सब कुछ होने वाला है, पर कुछ नहीं होता। प्रतीक्षा का मन बना रहता है। प्रतीक्षा, बस प्रतीक्षा

जारी रहने के कारण ज़िंदगी पर यक़ीन नहीं रह जाता। जब तुम आते हो तो मुझे बहुत अच्छा लगता है। माय डियर, न मेरी तबियत इतनी ख़राब है और न मैं इतनी कमज़ोर हूँ कि तुम यह सोचकर मुझसे मिलने ही न आओ। तुम आकर देखो मेरी तबियत अब बिलकुल ठीक है। पैरों की सूजन इतनी बुरी हालत में भी नहीं है कि, मैं अपना काम न कर सकूं। मेरे दोस्तों के घर भी गई थी मैं। कांजी, सच में मैं ठीक हूँ और आज मैं बेडरूम स्लीपर पहनकर सिनेमा देखने जाने का भी सोच रही हूँ। अब स्लीपर न पहनू तो क्या करूं। मेरे सुंदर और लिलि जैसे नाज़ुक पैरों में कौन सा जूता आएगा अभी। एक्स-रे से पता चला है कि टूटी हुई सुई पैर में मौजूद है, इसलिए मैं एक और ऑपरेशन के लिए ख़ुद को तैयार करने का मन बना रही हूँ।

"तुम्हारी दोस्त रतन"

रुत्ती अपने भीतर अपने आप से ही लड़ रही थी। एक टूटी हुई लड़की अपनी गाँठ-गाँठ जोड़ने का जी तोड़ प्रयास कर रही थी। रोमांटिक कविताएं लिखने की उसकी इच्छा बिलकुल मर चुकी थी। उसने जिस रोमांस और प्यार के लिए सब कुछ छोड़कर जिन्हा को अपनाया था, वह जिन्हा अब केवल सूखे वृक्ष की तरह बचा था, तो भला रुत्ती में नव कोंपलों का बासंती उत्सव कैसे नृत्य कर सकता था।

मुस्लिम-लीग का दफ़्तर ढाका से कलकत्ता होता हुआ दिल्ली स्थानांतरित हो गया था। अब जिन्हा वहां अकेला ही जाता था। उसका इंतिज़ाम मुस्लिम-लीग का सचिव शमसुल हसन करता था। वह कभी सेसिल होटल तो कभी मेडेंस होटल में ठहरता उसी मेडेंस में जहा नौ साल पहले रुत्ती के साथ वह सबसे चर्चित और रोमांटिक जोड़े के रूप में सबकी निगाहों में होता था। अब तो वह वेस्टर्न कोर्ट में भी ठहर जाता था जहां सरकार ने असेंम्बली के सदस्यों के रहने की सर्वसुविधायुक्त व्यवस्था कर रखी थी।

उम्र का असर ही था यह। दिल्ली की सर्दियाँ उसे परेशान कर देती थीं। उसे ज़ुकाम हो जाता या बुख़ार आ जाता था। उसकी सांसें उखड़ने लगती थीं और खांसी का दौर शुरू हो जाता था। लेकिन वह इन सबकी परवाह किए बिना असेम्बली की कार्यवाहियों में हिस्सा लेना नहीं छोड़ता था। अपनी पत्नी से अलगाव होने के बावजूद किसी को यह महसूस नहीं होने देता था कि वह अपनी निजी ज़िंदगी में एक असफल व्यक्ति है।

71

रुत्ती एक बग्घी में बैठकर मालाबार हिल्स के दूसरे छोर पर बने पेटिट हॉल के सामने से गुज़र रही थी। अचानक उसकी नज़र मुख्यद्वार पर खड़ी मामाबाई पर पड़ गई। अचानक रुत्ती ने बग्घी रुकवाई और यंत्रवत् उतरकर मामाबाई के सामने खड़ी हो गई।

पिछले नौ साल में यह पहला अवसर था जब रुत्ती और मामाबाई इस तरह से अवाक आमने-सामने खड़ी थीं।

"बुआ"- रुत्ती ने सिसकते हुए कहा।

मामाबाई रुत्ती को देखती रही।

"बुआ"- उसने फिर कहा।

मामाबाई की तरफ़ से कोई उत्तर नहीं आया।

"बुआ, इतनी पत्थर मत बनो"- रुत्ती ने रोते हुए कहा और मामाबाई से लिपट गई

मामाबाई नि:शब्द खड़ी थी। वह समझ ही नहीं पा रही थी कि उसकी प्रतिक्रिया क्या होना चाहिए।

"बुआ मैं तुम्हारी रुत्ती हूँ, मेरी तो साँसें हीं तुम्हारी गोदी में खेलकर आना-जाना सीखी हैं"- भावुक रुत्ती ने कहा।

"बेटा, सबकुछ तुमने ही तो ख़त्म कर दिया है, हमने कब तुम्हें अपने से अलग किया था"- मामाबाई की सिसकियां फूट पड़ीं।

"मानती हूँ मेरी ज़िंदगी का सबसे ग़लत फ़ैसला था वह, लेकिन मैं क्या कर सकती थी। मेरे हाथ में कुछ भी तो नहीं बचा था"- रुत्ती ने कहा।

"नहीं रुत्ती, केवल यह कह देने से तुम्हारे उस पाप पर पर्दा नहीं पड़ सकता जिसे हम और हमारा घर पिछले नौ साल से भुगत रहे हैं। हँसता-खेलता पेटिट हॉल अब भुतहा हो गया है। इसकी दीवारों में सब डरे-सहमें अपनी ज़िंदगी के पन्ने भर पलट रहे हैं। उनमें क्या लिखा है किसी को नहीं पता"- मामाबाई ने सिसकते हुए कहा।

"बुआ, पप्पा और मॉम को बोलो मुझे माफ़ कर दें। मैं टूट चुकी हूँ पूरी तरह से"- रोते हुए रुत्ती ने कहा। और उसकी आखों से एक समुंदर बह निकला था। उसने कसकर अपनी बुआ की हथेलियों को थाम लिया था।

"तुम्हारी हालत देखकर मुझे तरस आ रहा है। पता नहीं कब से बीमार हो। सुनते हम भी रहे हैं, लेकिन भाई का साफ़ कहना है, रुत्ती तो उस दिन ही मर चुकी है जब वह मरियम बन गई थी। वे जिन्हा की ग़द्दारी को सहन करने की स्थिति में बिलकुल नहीं हैं। तुम इस घर के दरवाज़े से अपने लिए कोई उम्मीद न रखना"- मामाबाई ने कहा और वह भीतर चली गई। रुत्ती ने अपने लड़खड़ाते क़दम उठाए और बग्घी में जाकर बैठ गई।

वह अब एक ऐसे पेड़ की तरह थी जो पूरी तरह से खोखला हो चुका था। आँधी का एक झौंका भी उसे गिरा सकता था। ज़मीन से जड़ छोड़ खोखला हुआ वृक्ष कब तक आसमान की तरफ तना रह सकता है, उसे एक दिन तो गिरना ही है। कोई भी तो नहीं था उसके साथ। सरोजिननी आंटी उसे समझती थी लेकिन वे भी क्या कर सकती

थीं। उन्हें अपनी दोस्त मिजेस हार्कर के शब्द रह रह कर याद आने लगे थे जो उसने कहे थे कि "वह इस नाज़ुक और ख़ूबसूरत लड़की को अपनी आँखों के सामने मरते देख रही है" वह लड़की पूरी तरह से टूटी-फूटी और बिखरी लड़की लगने लगी थी।

बस एक कांजी ही था, जो उसे जिजिविषा का टिमटिमाता हुआ मद्धिम सा दीपक महसूस होता था। उसके सामने आते ही मरती हुई रुत्ती फिर से जी उठती थी। उसकी सांसें, उसकी धड़कन, उसके सपने, सब ज़िंदा हो जाते थे। खोखली जड़ के इस वृक्ष में कुछ जान आ जाती थी। रुत्ती फिर से रुत्ती बनकर जीवन का संगीत छेड़ने की कोशिश करने लगती थी।

72

लाहौर जल रहा था। सड़कों पर लाशें बिना किसी आवरण के वीभत्स दृश्य में परिवर्तित हो रहीं थीं। एक सौ पाँच लोग मारे जा चुके थे। सीमांत प्रांत, बॉम्बे प्रेसीडेंसी, बंगाल, विदर्भ, संयुक्त प्रांत, राजपूताना, हैदराबाद, दख्खन, मध्यभारत, मालवा, पंजाब, सब तरफ़ दंगों की भयावह स्थिति बन चुकी थी। रुत्ती दुःखी थी। वह भारतीय स्वतन्त्रता और मज़बूत भारत की समर्थक थी उसका सपना आज़ाद भारत था न कि दंगों में झुलसता भारत। जिन्हा और उसकी मुस्लिम-लीग के घृणित दृष्टिकोण तथा साम्प्रदायिक दंगों में उसकी भूमिका के ख़िलाफ़ थी वह। उसका दुर्भाग्य था कि इन भयावय दंगों की ज़िम्मेदार संस्था मुस्लिम-लीग की अध्यक्षीय आसंदी पर उसका ही पति बैठा हुआ था, जिसके नियंत्रण में उसके अपने अनुयायी तक नहीं थे,ऐसा लगता था कि वह अपनी राजनीतिक पारी खेलने के लिए लोगों के खून का प्यासा हो गया था। रुत्ती को भी शंका होने लगी थी कि जिन्हा ख़ुद ही तो नहीं चाहता कि भारत में इस तरह हिन्दु-मुसलमान दंगे हों। उसे लगा उसका पति जो कभी लखनऊ अधिवेशन में सभी को साथ लेकर चलने की बात करता था, अब अपनी राजनैतिक महत्वाकांक्षा के चलते देश का दुश्मन बनने की राह पर चलने लगा है। उसके लिए यह असहनीय था। वह अपना तिरस्कार सह सकती थी, लेकिन अपने पति का स्वार्थ में इतना अंधा होना सहन नहीं कर सकती थी।

वह बम्बई की गर्मियों से बचने कश्मीर की यात्रा पर गई थी। लेकिन लाहौर की स्थिति जब उसने जानी तो उसकी आत्मा रो उठी। वह भारत की सच्ची बेटी थी। भारतीयता के प्रति इतनी निष्ठावान कि वाइसरॉय के सम्मान में खड़ी तक नहीं होती थी। वह हिज एक्सीलेंसी के सामने ब्रिटिश परम्पराओं को ठेंगा बताकर भारतीय तरीक़े से नमस्ते करती थी। वह ब्रिटिश क्राउन के शीर्ष अंग्रेज प्रतिनिधि को दो टूक कह देती थी कि हम आपको पसंद नहीं करते तो फिर आप यहाँ क्यों हैं। अंग्रेजों और उसके

पति को उसका यह स्वाभिमान उचित नहीं लगता था। उसे अपने पति का साम्प्रदायिक राजनीति की तरफ़ बढ़ना बिलकुल पसंद नहीं था। तब भला वह लाहौर के आँसू कैसे देख सकती थी।

वह अपनी कश्मीर यात्रा बीच में छोड़ लाहौर में रुक गई। उसने लाहौर की गली-गली घूमी। नफ़रत और दुश्मनी के बीच शहर तबाह हो चुका था। हर तरफ़ आग और दहशत के निशान मौजूद थे। वह सड़क पर बैठ गई। उस सुनसान सड़क पर जिसे अनारकली बाज़ार कहते थे और यह बाज़ार हमेशा आबाद रहता था। यहां कभी रात नहीं होती थी। इसकी दुकानों पर कभी ताला नहीं लगा था, परंतु आज यह बाज़ार सुनसान सा रक्त रंजित हो कराह रहा था। कोई दीवार ऐसी नहीं थी जिस पर आग की कालिख न हो। कोई घर ऐसा नहीं था जहां डरकर लोग दुबके नहीं थे। कोई सड़क ऐसी नहीं थी जिस पर ख़ून की लकीरें न खिंची हों। और यह सब किया था जिन्हा के अनुयायियों ने। शांतिप्रिय शहर धुएं के ग़ुबार में लिपटा पड़ा था। लाहौर को बसाने वाली और उससे प्यार करने वाली आत्माएं रो रही थीं। पक्षी उदास थे, धूप सहमी हुई थी। हमेशा ख़ुशबू से भरी हवाएं दुर्गंध लिए चली आ रही थीं। रावी का पानी, पानी नहीं बचा था, वह आँसुओं का सैलाब हो गया था। उसके किनारों पर उगी नर्म घास डर के कारण सूखने लगी थी। लाहौर का आर्तनाद पूरे भारत में सुनाई दे रहा था। रुत्ती ने अपने जीवन में ऐसे दृश्य पहले कभी नहीं देखे थे।

सारे सिसायतदार लाहौर का दौरा कर रहे थे। कमेटियां बन रहीं थीं और ये जत्थे कमेटी के रूप में मौका मुआयना करने लाहौर पहुंच रहे थे। कांग्रेस ने सरोजिनी नायडू को हालात का जाइज़ा लेने की ज़िम्मेदारी सौंपी थी। इसके बाद सरोजिनी को बम्बई लौटना था। उन्हें बम्बई में रखी गई अखिल भारतीय कांग्रेस कमेटी की बैठक में भाग लेना था।

रुत्ती को जब पता चला कि सरोजिनी आंटी लाहौर में हैं, तो वह उनसे मिली। लाहौर की दुर्दशा देखकर वह इतनी दु:खी थी कि सरोजिनी से लिपटकर रोने लगी। सरोजिनी स्वयं भी बहुत दु:खी थीं ही।

"आंटी लोग इतने गिरे हुए कैसे हो सकते हैं जो निर्दोष लोगों का ख़ून बहा दें। सरकारी आंकड़े कहते हैं एक सौ पाँच लोग मारे गए हैं, लेकिन ज़रा लोगों के घरों में जाकर तो देखिए, क्या यह आंकड़े आपको आधे से भी कम नहीं लगते?"- रुत्ती ने अपनी व्यथा व्यक्त करते हुए कहा।

सरोजिनी ने गहरी साँस ली वह नि:शब्द थी।

"मुझे यहां आकर जब यह पता चला कि 'जे' के लोग इन दंगों में वहशी बनकर ख़ंजर चला रहे थे तो मुझे अपने आप से नफ़रत हो गई आंटी"- वह बहुत आक्रोशित थी।

"अभी हम यह नहीं कह सकते कि इसमें मिस्टर जिन्हा के लोगों का क्या रोल रहा है। लेकिन जो भी हुआ है हिन्दुस्तान की सेहत के लिए ठीक नहीं हुआ"- सरोजिनी ने रुत्ती को समझाते हुए कहा।

"नहीं आंटी, आप मुस्लिम-लीग के नौजवान गुंडों की इन दंगों में भूमिका से इंकार नहीं कर सकतीं। मैंने ज़मीनी स्तर पर जाकर सारी जानकारियां ली हैं। उन्होंने चुन-चुनकर निर्दोष व्यापारियों और मजदूरों को मारा है, लूटा है, घरों और दुकानों में आग लगाई है इन दरिंदों ने। और तो और बच्चियों तथा औरतों के साथ बद्सलूकी की हद पार कर दी गई है, उनकी चुन्नियां खींची हैं, नाड़े तोड़ दिए गए हैं। यह सब क्या है और 'जे' अपने लोगों के इस अपराध पर चुप हैं"- रुत्ती ग़ुस्से से उबल रही थी।

सरोजिनी भी जानती थीं कि यह कृत्य मुस्लिम-लीग के युवा गुंडों का है। वह देशभर में दंगा भड़का कर भारतीय समाज में दुश्मनी पैदा करना चाहते हैं। मुस्लिम-लीग की लीडरशिप अब केवल इस बात की तरफ़ बढ़ना चाहती है कि वह सिर्फ़ मुस्लिमों की सरपरस्त हो। मुस्लिम-लीग में एक चिंगारी सुलगना शुरू हो गई थी कि हिन्दु और मुस्लिम दो अलग क़ौम हैं, तथा ये साथ नहीं रह सकतीं, इसलिए मुसलमानों को उनका हक़ चाहिए। नये-नये मुसलमान बने लोग यहां खुद को मुसलमान सिद्ध करने के लिए बढ़-चढ़कर इस सिद्धांत पर जोर से नारे लगा रहे थे। उनमें एक पीढ़ी पहले ही मुसलमान बने जिन्हा और इकबाल प्रमुख थे। इक़बाल जैसा अदीब शायर भी कट्टरवाद के बोल बोलने लगा था। जिन्हा अपनी राजनैतिक हैसियत को फिर से गंवाना नहीं चाहता था। आगे आने वाले समय की धार देखने के लिए वह इन लोगों के समक्ष अभी ख़ामोश ही रहता था। इसका मतलब रुत्ती साफ़ समझती थी कि वह अपने स्वार्थ के लिए किसी भी तरह का रुख़ अपना सकता है। यही कारण था कि जलते हुए लाहौर पर पानी के छींटे डालने वाला कोई नहीं था।

दु:खी रुत्ती ने सरोजिनी से कहा- "आंटी आप कुछ दिन मेरे साथ रुक जाएं"

सरोजिनी कांग्रेस की तरफ़ से स्थिति के आकलन के लिए ही तो आई थी। लेकिन रुत्ती का आक्रोश इतना प्रबल था कि उन्हें सूझ ही नहीं रहा था उसे वे क्या कहें।

सरोजिनी रुकने की स्थिति में नहीं थी, वे बोलीं- "मैं इस समय बहुत ज़्यादा व्यस्त हूँ बेटा। मेरा बम्बई पहुंचना बहुत ज़रूरी है। कांग्रेस की अखिल भारतीय कमेटी की बैठक है तथा मुझे उसमें शामिल होना है"

रुत्ती की आँखों में आँसू आ गए।

सरोजिनी से यह देखा नहीं गया। वे रुत्ती के पास रुक गईं। दोनों ने लाहौर की जो हालत देखी वह अत्यंत शोचनीय थी। लोगों का डर ख़त्म नहीं हो रहा था। अचानक आई महंगाई की मार भी उन्हें झेलना पड़ रही थी।

पंजाब में यूनियनिस्ट पार्टी के नेता सिकंदर हयात जिन्हा को चुनौती देने की स्थिति में आगे बढ़ रहे थे। यह पार्टी वहां के मुस्लिम ज़मीदारों और धनाड्य लोगों की मुख्य पार्टी थी। इसके प्रभाव के कारण मुस्लिम-लीग का दबदबा पंजाब में नहीं बन पा रहा था। मुस्लिम-लीग के कुछ अतिवादी युवा ख़ुद को मुसलमानों का रहन्नुमा सिद्ध करने के लिए बात-बेबात मुसलमानों के हित ले आते, तथा दंगा- फ़साद कर ख़ून-ख़राबा करने का अवसर तलाशते रहते थे। यूनियनिस्ट पार्टी में मुसलमानों की संख्या ज़्यादा होने के बावजूद कुछ हिन्दु, सिख्ख. ईसाई, आदि धनाड्य लोग भी शामिल थे। दंगों में सबसे ज़्यादा नुकसान इसी वर्ग का हुआ था।

कुछ दिन लाहौर में रुकने के बाद रुत्ती कश्मीर चली गई थी। ज़िद करके वह सरोजिनी को भी अपने साथ ले गई थी।

कश्मीर में उसकी शादी के शुरूआती दिनों की बहुत ही मीठी यादें जुड़ी थीं। उन दिनों जब वह कश्मीर आई थी तो उसके साथ उसका प्रेमी था। उसका पति था। और उसकी धड़कनों में बसने वाला उसका साथी था, उसके 'जे' के रूप में। वह डल झील के किनारे खड़ी अपने अतीत में खो जाती थी। उसे याद आया वह स्वर्णिम समय जब उसने केवल एक बार अपनी इच्छा व्यक्त करते हुए कहा था कि एक सुंदर से शिकारे में जो ऐसा सजा-धजा हो जैसे जन्नत से उतर कर अभी आया हो हम रुकेंगे, तो हिन्दुस्तान के सबसे बड़े नाम वाले बैरिस्टर उसके 'जे' ने पचास हजार रुपए केवल शिकारे की सजावट पर ख़र्च कर दिए थे जबकि शिकारे की क़ीमत ही एक हजार रुपए से ज़्यादा नहीं थी।

रुत्ती उस सपने में खो गई जब वह घोड़े की पीठ पर बैठी जिन्हा को चुनौती देती हुई दुर्गम मार्गों पर दौड़ते हुए चीड़ और चिनारों की वादी को अपनी मुठ्ठी में भर, अपने 'जे' पर छिड़क रही थी और वह अपनी रूपसी प्रेमिका के सौंदर्य को हिमालय की बर्फ़ सा महसूस कर रहा था।

सरोजिनी ने रुत्ती को पर्याप्त समय दे दिया था। यह वक़्त उन्होंने अपनी संवेदनशीलता के कारण एक टूटी-फूटी लड़की को संभालने के लिए दिया था। उस लड़की को जिसे पिछले पंद्रह साल में उन्होंने खिलते महकते और फिर मुरझाते हुए देखा था। अब वह लड़की इतना मुर्झा गई थी कि वह नष्ट होने की कगार पर थी। उसकी खिली हुई पंखुड़ियां एक-एक कर उसका साथ छोड़ गिरती जा रहीं थीं। लगता था कि कुछ दिन बाद यह टूटती-फूटती लड़की रेशे-रेशे हो समाप्त हो जाएगी।

सरोजिनी को वापस बम्बई जाना था। वह तैयार खड़ी थीं उसे लेने आई मोटर कार में बैठने के लिए। रुत्ती उनसे लिपटकर फिर रोने लगी। इस बार वह सिसकी भर नहीं, रोई थी। उसका रुदन, क्रंदन में बदल गया था। वह फूट-फूट कर रोई। ऐसे जैसे

हिमालय से निकलने वाली नदी सैंकड़ों फिट नीचे गिरती हुई शोर कर रही हो। वास्तव में वह अपने अतीत के हिमालय से एक नदी की तरह ही तो निर्मोही चट्टान पर गिरकर टुकड़े-टुकड़े हो चुकी थी। उसे राहत मिली थी अपनी आंटी सरोजिनी के सीने से लग कर। अवचेतन में उसे सरोजिनी का स्पर्श अपनी माँ की भांती ही लगा था।

सरोजिनी चली गई। रुत्ती अपने अतीत की सुनहरी यादों और वर्तमान के गहरे ज़ख़्म लिए उन्हें देखती रही। वह सिसकती हुई कुछ दिन बाद कश्मीर की वादियों से बाहर निकल गई। उसके ज़ख़्म इतने गहरे होते गए कि इसके बाद वह कभी कश्मीर जाने का सोचती भी नहीं थी। यादों के घाव होते ही इतने दर्दीले हैं। वह वापस बम्बई चली गई।

73

वक़्त गुज़रता जा रहा था। राजनीति में जिन्हा के क़दम जिस रास्ते पर जा रहे थे, वह भारत के लिए बहुत ही ज़्यादा घातक थे। अपने निजी कारणों के साथ अब रुत्ती के सामाजिक, राजनैतिक और राष्ट्रीय विचार भी जिन्हा से अलग थे।

वह जिन्हा के साथ असेम्बली के शिमला अधिवेशन में भी नहीं गई। अपने को व्यस्त रखने के लिए उसने सामाजिक कार्यों में कांजी के साथ ख़ुद को व्यस्त करना शुरू कर दिया। बम्बई की गंदी बस्तियों और झुग्गियों में जाकर वह वहां रहने वाले लोगों की सेवा करती। बीमारी में उनके इजाल की व्यवस्था करवाती। उसने हुडदंग करते बच्चों को स्कूल जाने के लिये प्रेरित किया ताकि उन घरों में शिक्षा का दीपक रोशन हो सके। वह वेश्यालयों में रहने वाली महिलाओं की समस्या और उनकी मजबूरी का मुद्दा उठाने के लिए कांजी को साथ लेकर ऐसे रेडलाइट एरिया में जाती, जहां कोई सभ्य व्यक्ति जाना पसंद नहीं करता था। कांजी के साथ उसका इन जगहों पर जाना बेहद ख़राब लगता था, कई बार कांजी के साथ असहज स्थिति हो जाती तो कई बार लोग रुत्ती को उसी इलाके की कोई खूबसूरत रहवासी समझ कीमत पूछ बैठते। लेकिन उसने कभी इसकी परवाह नहीं की। उन महिलाओं से बात करती, उनके रहन-सहन की जानकारी लेती। वह कोशिश करती कि ये महिलाएं इस कीचड़ से बाहर आकर इज्जत के साथ अपना जीवन जी सकें। बहुत समस्याएं थी बम्बई में। मालाबार हिल्स की बम्बई और चाल-चकलों की बम्बई में। वह शहर में चलने वाले जानवरों के घरों की बद्दतर स्थिति पर चेतना जागृत करती। उनमें जानवरों के लिए अच्छी व्यवस्था और बेजुबानों का दर्द दूर करने का प्रयास करती। उसके मन में खुद के जीवन को लेकर जो दुविधाएं थी उन्हे अब बेबस और मजबूर लोगों के साथ रहकर दूर करने का प्रयास कर रही थी।

अपार सौंदर्य और सम्मोहन से भरी किंतु मनोभावों और आत्मिक रूप से असंतुष्ट यौवना का विचलन थी रुत्ती। वह मुक्ति चाहती थी अब उस बंधन से जिसे उसने स्वयं स्वीकार किया था। लेकिन वह मुक्त भी नहीं हो पा रही थी। उसकी आत्मा चीखती थी मुक्ति हेतु, किंतु बुद्धि उसे रोक देती थी। उसे संतुष्टि चाहिए थी, मानसिक भी, आत्मिक भी और दैहिक भी। वह करती भी क्या? एक तरफ़ अभी उसकी अल्लहड़, अलमस्त, चंचल तथा तटबंध को तोड़ बहने को आतुर जवानी थी, तो दूसरी तरफ़ उसके पति के रूप में एक नीरस और सामर्थ्य से बाहर हो चला प्रश्नवाचक अधेड़ता से भी आगे निकल रहा व्यस्त पुरुष। तब भला दोनों के बीच सामंजस्य बैठ पाना न तो प्राकृतिक था, न ही भावनात्मक। वह बिलखती थी, तड़पती थी, लेकिन उसकी बाहें रिक्त ही रहतीं थीं। वह अपनी निष्ठा और समर्पण को किसी भी दशा में धब्बेदार होने से बचा रही थी, किंतु जिसे उसकी सबसे ज़्यादा चिंता होना चाहिए थी, वही उससे सबसे ज़्यादा दूर था। मानसिक रूप से भी, आत्मिक रूप से भी, दैहिक रूप से भी। लेकिन एक था जो अब उसके नज़दीक आ रहा था, मानसिक और आत्मिक रूप से। समय का पता नहीं, कब सारी दूरियां मिटा उन्हें एक कर दे।

74

रुत्ती पलंग पर लेटी थी। उसके अंतस में विचारों की आँधी चल रही थी और मानस में दो लोग द्वन्द्व कर रहे थे। जिन्हा, जो पति के रूप में उसका सर्वस्व था, एवं दूसरा उसका दोस्त कांजी। रुत्ती रूपी मकान के दरवाज़े के दो कपाट इस आँधी में बहुत तेजी से खुलते और बंद होते हुए आपस में टकरा रहे थे। वह देख रही थी कि कभी एक कपाट उसे सुरक्षित लगता है, तो कभी दूसरा कपाट आँधी को भीतर आने से रोकना चाहता है। अब दोनों कपाट मिलकर भी उसे शांत नहीं रख सकते थे। इन्हीं विचारों के अंधड़ में उसकी नींद लग गई।

बाहर एक मोटरकार रुकी। साउथ कोर्ट के सभी कर्मचारी उस मोटरकार से परिचित थे। वह कार कांजी द्वारकादास की थी। कांजी कार से उतरा और सीधा रुत्ती के कमरे में चला गया। अब साउथ कोर्ट आकर उसे रुत्ती तक पहुंचने में किसी औपचारिकता की ज़रूरत नहीं रह गई थी। रुत्ती अपना समय कांजी के साथ बिताने में शांति महसूस करती थी।

"रतन"- एक जादुई शब्द रुत्ती के कानों में गूंजा।

उसने करवट ली और आँख खोल दी। उसकी सारी मलीनता ताज़गी में बदल गई।

"तुम आ गए कांजी, आज तुम्हारी बहुत ज़्यादा ज़रूरत महसूस हो रही थी मुझे"- रुत्ती नें कांजी की तरफ़ हसरत भरी निगाह से देखा।

"कैसी तबियत है तुम्हारी अब"- कांजी ने पूछा।

"मैं बीमार कब थी? तुम आ गए हो तो कुछ सांसें बढ़ ही जाएंगी इस शरीर में"- रुत्ती ने अंतरंग होते हुए कहा।

वह पलंग के पास लगी कुर्सी पर बैठने लगा।

"वहां नहीं, इधर बैठो मेरे पास, पलंग पर"-रुत्ती ने उसका हाथ पकड़ कर पलंग पर बैठा लिया।

कांजी की सांसें तेज-तेज चलने लगी थीं। जिस स्पर्श को वह बरसों से स्वप्न मान रहा था उसे पाकर वह पथरा गया।

"कांजी, तुम तो मेरी पवित्रता पर शक़ नहीं करते ना"- रुत्ती ने कहा।

"कैसी बात कर रही हो, मैं जानता हूँ कि तुम कितनी भी रंगीन मिज़ाज रहो, अपनी पवित्रता के प्रति सजग ही रही हो, परन्तु यह क्यों पूछ रही हो तुम"- कांजी ने आश्चर्य जताते हुए कहा।

"मैंने पेरिस की अय्याश रातें देखीं हैं मेरे दोस्त, बहुत कुछ किया और बहुत कुछ रोका। बम्बई में जैज़ की धुन पर बहुत से डांस पार्टनर्स के साथ मैं थिरकी हूँ। लेकिन मेरी पवित्रता हमेशा 'जे' के लिए सुरक्षित रही है, यह मैं जानती हूँ, और मेरा ईश्वर। क्या तुम्हें कभी नहीं लगा कि किसी डांस पार्टनर के आग़ोश में नाचते हुए मैं बहकी और अपनी पवित्रता खो बैठी होऊं?"- रुत्ती ने रहस्यमय ढंग से कांजी को देखा।

"हाँ, मुझे कई बार यह सोचने पर मजबूर होना पड़ा कि तुम पेरिस में और फिर उसके बाद अपनी बदली हुई ज़िंदगी में इतना खो गई हो कि, तुम्हें अपनी मर्यादा और पवित्रता का पता नहीं ख़्याल रहा भी है या नहीं। कहीं ऐसा तो नहीं तुम यह सब खो चुकी हो, लेकिन मुझे विश्वास है कि तुम इस गर्त में नहीं ही गई होंगी क्योंकि मेरी आत्मा कहती है रतन पवित्र है"- कांजी ने सच्चाई बयान करते हुए कहा।

रुत्ती के उरोज गतिमान थे, जो उसकी साँसों के साथ निमंत्रित करते से प्रतीत हुए थे कांजी को। रुत्ती की आँखों में आमंत्रण था कुछ मधुर से पल समेट लेने का। आज रुत्ती ही वशीभूत थी एवं वही आग्रही थी। कांजी की स्थिति पुरुष की तरह आग्रही के स्थान पर स्त्री की तरह वशीभूत की थी। वह कांपने लगा था। उसके दांत बजने लगे थे। वह रुत्ती के सम्मोहन में खोने लगा था। उसे बग्धी में बैठी चौदह साल की रुत्ती अपने भीतर समाती हुई सी लगी थी।

"मैं आज एक निर्णय करना चाहती हूँ। यह मेरी अंतिम इच्छा मानकर तुम पूरी कर देना"- रुत्ती ने कांजी का हाथ ज़ोर से पकड़ लिया।

"बोलो रतन, मैं क्या कर सकता हूँ तुम्हारे लिए"- कांजी ने सामान्य होने की कोशिश के साथ कहा।

"कांजी, मेरे प्यारे दोस्त, मुझे तुम मरियम से वापस रतन बना दो, मेरी पवित्रता मैं तुम्हें सौंपना चाहती हूँ"- रुत्ती इतना कहकर सिसकने लगी। उसकी आँखों में से आँसू बहने लगे।

"रतन..., यह कैसे सम्भव हो सकता है"- अटकते शब्दों में कांजी ने कहा, वह कांपने लगा था।

"क्या दिनशॉ पेटिट तुम्हें माफ़ कर देंगे? क्या तुम्हारा 'जे' यह सहन कर पाएगा? क्या सोसायटी स्वीकार करेगी यह? तुम्हारी इस मासूम बेटी का क्या होगा? तुम ऐसा सोच भी कैसे सकती हो"- पल भर की चुप्पी के बाद कांजी फिर बोला।

"तुम समझो डियर कांजी, मैंने एक भूल की थी उस तूफ़ान के बीच ग़लत जहाज चुनने की, मुझे नहीं पता था कि वह जहाज मुझे न तो किनारा देगा न लहरें। वह सिर्फ़ धागे जैसा चाँद भर निकला है। जिसे मैंने दार्जिलिंग में अपना नेकलेस समझकर पहन लिया। मैंने बहुत कुछ खोने की क़ीमत चुकाई है 'जे' के लिए। मेरे पिता, मेरी माँ, मेरा घर, मेरे अपने, मेरा समाज, मेरा धर्म, मेरा अगियार, मेरी परम्पराएं और मेरा अस्तित्व सब कुछ खोया है। मैंने बहुत कोशिश की है कि मेरी ज़िंदगी में 'जे' और मैं एक रहें। मैं बहुत प्यार करती रही हूँ उस धागे जैसे चाँद से। लेकिन अब ऊब चुकी हूँ उस जहाज, तूफ़ान, लहरों, किनारे, उस चाँद के चक्र और मेरी साँसों से। मुझे नहीं पता, मैं मरना चाहती हूँ या जीना। मेरे जीने का मकसद क्या है? और मरने का औचित्य क्या है? कोई तो समझाए मुझे। शायद यह समझने और समझाने वाला मुझे कोई लगता है तो वह सिर्फ़ तुम हो"- रुत्ती ने अधीर होते हुए कहा।

"यह कैसी बात कर रही हो आज तुम, इतना क्यों सोचती हो"- दिलासा देते हुए कांजी बोला।

"मैं कितना जी पाऊंगी मुझे नहीं पता, परन्तु मरने से पहले मैं प्रायश्चित करना चाहती हूँ"- रुत्ती ने सिसकियों की तरंगों में अपनी व्यथा कही। वह लगातार रोती जा रही थी। उसकी आँखों में अश्रुधारा थी। कांजी ने उसके माथे पर अपना हाथ रखा और उसे दिलासा देने की कोशिश की। लेकिन रुत्ती सामान्य नहीं हो पा रही थी। कांजी रुत्ती की यह दशा देखकर विचलित होने लगा था।

"तुम मुझे मरियम जिन्हा से वापस रतन बना दो कांजी, मेरी बात मानो, मुझे रतन कांजी द्वारकादास बनना मंजूर है तुम अगियार में लेजाकर मुझे अपना लो"-और रुत्ती कांजी से लिपट गई।

जबसे कांजी रुत्ती के सम्पर्क में पुनः आया था। दोनों के बीच एक आकर्षण पनप रहा था। बहुत कुछ खुल चुका था दोनों के बीच, वे बातचीत में तो अंतरंग हो

चले थे। एक-दूसरे के आचार-विचार और निजी ज़िंदगी में वे घुल-मिल चुके थे। बहुत कुछ रहस्य दोनों साझा कर लेते थे आपस में, जो शायद दोनों की निकटता के लिए सेतु थे। लेकिन आज दोनों की सांसें और सुगंध एक-दूसरे के बीच की सारी रेखाएं समाप्त कर रहीं थीं। रुत्ती जो कहती वह कांजी के लिए अकाट्य कार्य था। रुत्ती कितनी ही अवसाद ग्रस्त हो कांजी को देखते ही खिल उठती और उसकी किसी बात को टाले बिना पूरा करती थी।

कांजी ने धीरे से अपने को रुत्ती की कसक से बाहर किया।

"मैं तुम्हारी पवित्रता को हमेशा अखंडित देखना चाहता हूँ। फिर यह कैसे सम्भव है कि हम वहां तक पहुंच जाएं जहां हमारे बीच खड़े लोगों से नज़रें मिलाने का साहस ही बाकी न रहे हममें। रतन, यह कैसे सम्भव है अब? वो वक़्त तो बीत चुका है। मैं तो बरसों पहले तुम्हें श्रीमती रतन कांजी द्वारकादास के रूप में पाना चाहता था, जब तुम्हें पहली बार बग्घी में बैठे देखा था। चौदह साल की दुनिया की ख़ूबसूरत रुत्ती। एक महकती हुई नीलकमल सी रुत्ती। खिलते हुए गुलाब सी रुत्ती, और इन सबसे हटकर मेरे दिल की धड़कनों को गति देने वाली रुत्ती। लेकिन तुमने ही मेरी आँखों को नहीं पढ़ा। तुमने ही मेरी आवाज़ को महसूस नहीं किया। बीता हुआ वक़्त कभी वापस नहीं आता रतन। अब तुम्हारी नियती मिसेज मरियम जिन्हा है, और इसी नाम से तुम्हारी साँसों का हर सफ़र पूरा होगा। इसमें कोई कैसे हस्ताक्षेप कर बदल सकता है। मैं तुम्हें आज भी बरसों पहले वाली वैसी ही स्वस्थ, प्रसन्न, बिंदास, चुलबुली, प्यारी सी तथा चहकती-महकती रतन देखना चाहता हूँ जो अब मिसेज मरियम जिन्हा है। मैं आज भी केवल उस रतन की आत्मा से प्यार करता हूँ, तथा कोई दूसरा नाम मेरे दिल में वह स्थान नहीं ले सकता"- अपनी भावनाओं को बिखेरते हुए कांजी ने कहा

"मुझे तुममें मेरी बाकी ज़िंदगी दिखती है, कांजी। तुम यह भी जानते हो कि मेरी साँसों का सफ़र अब बहुत ज़्यादा नहीं है। मरने के बाद मैं क़ब्र में दफ़्न होना नहीं चाहती, तुम मेरी अंत्येष्टि कराना। मैं तुम्हें फिर कह रही हूँ, तुम्हें मैं रूप, यौवन, आनंद कुछ भी नहीं दे सकती अब, लेकिन तुम्हारे हिस्से का जो भी प्यार बाकी है, वह तुम्हारा है। मैं 'जे' को अपनी मरी देह भी सौंपना नहीं चाहती"- रुत्ती की जिन्हा के प्रति पोषित नफ़रत का सारा बांध टूटकर बह निकला था।

भावनाओं की नदी का बाँध एक बार फिर टूटा, और नदी फिर सीमाओं से परे हो सागर में मिल गई। अब एक समुद्र और एक नदी दोनों ही धागे जैसे चाँद से ख़ुद को दूर होता महसूस करने लगे। चाँद वैसे ही नदी से दूर हो चुका था, और उसे यह भान ही नहीं था कि समुद्र में आने वाले ज्वार-भाटे का ज़िम्मेदार वही चाँद ही तो है। अब 'दोषारोपण करते रहने से कोई लाभ नहीं' वाली पंक्तियां पेंसिल के गोले से घिरी अपनी सार्थकता को सिद्ध करने जा रही थीं। कुछ दिन और बीत गए।

75

जिन्हा की पत्नी मानसिक रूप से विभाजित हो गई थी। वह टूट कर दो फाड़ हो गई। उसी समय मुस्लिम-लीग भी विभाजित हो गई। कलकत्ता में आधी मुस्लिम-लीग का अधिवेशन था। जिन्हा के हिस्से में भी तो यही मुस्लिम-लीग थी। रुत्ती जिन्हा से पूर्ण मुक्ति चाहने लगी थी। उसके मन में ग्लानि घर करने लगी थी। कांजी का नज़दीक आना और उसके प्रति समर्पित हो जाना न तो अचानक हुआ था, न यह कोई घटना थी। एक लम्बा मानसिक द्वन्द्व था। जो किसी तूफ़ान के थमने के बाद अपने दाग-धब्बे किनारों पर छोड़ गया था।

साउथ कोर्ट में सन्नाटा छाया हुआ था। अगले दिन जिन्हा को कलकत्ता जाना था।

"मैं भी तुम्हारे साथ कलकत्ता चलना चाहती हूँ"- रुत्ती ने कहा

जिन्हा को आश्चर्य हुआ। वह कोई ड्राफ्ट तैयार कर रहा था। उसने अपनी कलम रख दी और रुत्ती की तरफ़ देखा

"हाँ, मैं आपके साथ कलकत्ता चलना चाहती हूँ"- रुत्ती के स्वर में एक निर्णय था

"ठीक है, मुझे ख़ुशी होगी तुम्हारे कलकत्ता चलने से"- जिन्हा ने उत्तर दिया

"बम्बई से कलकत्ता, प्रथम श्रेणी के कूपे में जिन्हा और रुत्ती का सफ़र बिना किसी शिकायत के बीता। न तो रुत्ती ने कोई असामान्य बात की, न जिन्हा ने उसे किसी तरह से असहज किया। लेकिन रुत्ती के भीतर तूफ़ान तो उमड़-घुमड़ ही रहा था। वह चाहती थी कि यह तूफ़ान बाहरी सतह पर वापसी में आ सके। ताकि सही निर्णय सही समय पर हो।

कलकत्ता का अधिवेशन भी पूरा हो गया।

वापसी का सफ़र फिर प्रथम श्रेणी के कूपे में था। इसी ट्रेन में कांग्रेस के कार्य पूर्ण कर सरोजिनी भी बम्बई जा रही थीं। लेकिन वह अनभिज्ञ थी कि उसी ट्रेन में उसके बेहद क़रीबी एक दंपती के बीच इस सफ़र में कितनी उथल-पुथल होने वाली है।

ट्रेन धड़धड़ाती हुई दौड़ी चली जा रही थी। उस कूपे में कोई हलचल नहीं थी, बल्कि ख़ामोशी पसरी हुई थी। जिन्हा तथा रुत्ती का सफ़र साथ में होने के बाद भी लगता था कि वे साथ नहीं हैं। लगभग चालीस घंटे के सफ़र ने दोनों को थका दिया था। लेकिन रुत्ती तो रेल के सफ़र से ज़्यादा जीवन के सफ़र में थक चुकी थी। सूरज निकल चुका था। कूपे में चाय और नाश्ता परोसा गया। दोनों ने नाश्ता किया। सरोजिनी दूसरे कूपे में थी।

"मुझे आपसे बेहद ज़रूरी बात करनी है"- रुत्ती ने बहुत ज़ोर लगाकर अपनी बात को ज़ुबान पर लाने की कोशिश की।

“ऐसी क्या बात करनी है आपको, जिसे कहने में आप इतना परेशान हो रही हैं”- जिन्हा ने कहा

बिना किसी लाग-लपेट और भूमिका के रुत्ती ने अपने शब्द कमान से छूटे तीर की भांति चला दिए- “अब मैं आपके साथ नहीं रह सकती”

इतना कहकर वह अपनी दोनों हथेलियों से मुंह ढांपकर रोने लगी।

जिन्हा को लगा कि यह रेल पटरी छोड़कर किसी पहाड़ से टकरा गई है। उसके मस्तिष्क में जोर का धमाका हुआ। वह ऐसे सुन्न हो गया जैसे कोई आकाशीय बिजली अचानक उस पर गिर गई है। उसे रुत्ती से इस तरह के किसी निर्णय की अपेक्षा नहीं थी।

“यह क्या कह रही हो तुम”- रोती हुई रुत्ती की तरफ़ आश्चर्य से देखते हुए जिन्हा बोला

“हां ‘जे’ मैं बिलकुल सही कह रही हूँ”-रुत्ती ने सपाट उत्तर दिया

“लेकिन ऐसा क्यों?”- जिन्हा के शब्द बहुत मुश्किल से बाहर आए

“मुझे कुछ नहीं पता ‘जे’, हम बस इतने दिन के लिए ही साथी थे। मैं कोई तलाक नहीं लूंगी, न ही मुझे कोई मेहर चाहिए। बस अब हम साथ नहीं रह सकते”- एक पूरा समुंदर अपनी आँखों में समेटते हुए रुत्ती ने कहा

जिन्हा भौचक रह गया था। वह कल्पना भी नहीं कर सकता था कि रुत्ती किसी ऐसे निर्णय पर भी पहुंच सकती है। वह ख़ामोश हो गया।

जिन्हा विचारों की आँधी में धूल-धुसरित सा होता रहा, रुत्ती सिसकती रही, बम्बई आ गया था। दोनों ट्रेन से उतरे और उनके रास्ते अलग हो गए।

मुलताई शहर है मध्यप्रदेश में, वहां एक छोटे से टीले पर वन विभाग का विश्रामगृह है। उस विश्रामगृह के सामने एक पीपल का पेड़ है। उसके शिखर पर एक पत्ता ऐसा है जिसपर आसमान से गिरने वाली बूंद यदि विभाजित हो जाए तो उसका एक भाग पूर्व में गिरकर वर्धा नदी की ओर चला जाता है जिसका समुद्र बंगाल की खाड़ी होता है, तथा एक भाग पश्चिम दिशा में गिरकर ताप्ती नदी में चला जाता है जिसकी मंज़िल अरब सागर होती है। रुत्ती और जिन्हा भी मुलताई के उस पीपल के शिखर पर लगे पत्ते पर गिरकर विभाजित हो अब सदा के लिए दूर हो गए।

76

रोते-रोते रुत्ती की आँखें सूज चुकी थीं। वह बीमार हो गई। ताज होटल के दो कमरों में अब उसका स्थाई ठिकाना था। एक कमरे में वह और दीना, तथा एक कमरे में उसकी

आया तथा पालतू बिल्लियां और कुत्ते। कांजी लगातार आकर रुत्ती को साउथ कोर्ट जाने के लिए समझा रहा था लेकिन वह किसी भी दशा में मानने को तैयार नहीं थी। महानंदा की कलकल करती धारा सूख चुकी थी। उसकी चट्टान पर देखा गया धागे जैसा चाँद अस्त हो चुका था,एवं अब उसके उदय होने की कोई सम्भावना नहीं थी। लालीगुरन की डालियां मुरझाकर रंगहीन हो चुकी थीं। एक टूटी-फूटी सी लड़की बची थी इस समय समुद्र के किनारे ताज होटल में।

सरोजिनी भी तो उसी होटल में रह रही थीं। वे बहुत ज़्यादा चिंतित थीं। वे एक तरफ़ जिन्हा की दोस्त थी, तो रुत्ती से भी आत्मिक प्रेम करती थीं। उनके लिए वह पद्मजा तथा लीलामणि की तरह ही थी। अनेक बार उन्होंने इस रिश्ते को टूटने की कगार पर देखा था। लेकिन आख़िर में एक अंतिम रेशा पुल की तरह इसे पार कर ले जाता और रुत्ती जिन्हा को माफ़ कर वापस चली जाती थी। किन्तु इस बार वह किसी की बात सुनने को तैयार नहीं थी। उसकी ज़िद और निर्णय की अडिगता से सरोजिनी असहज होने लगीं थी। वे उसे इस हालत में छोड़ भी नहीं सकती थीं। उनकी अपनी कुछ मजबूरियां थीं। उनकी राजनैतिक गतिविधियां थीं जिन्हें पूरा करना उनके जीवन को गतिमान रखने के लिए ज़रूरी था।

"रुत्ती"- कमरे में प्रवेश करते हुए सरोजिनी ने बहुत धीमे स्वर में कहा

"आइए आंटी"- रुत्ती ने भी अपने पलंग पर बैठते हुए कहा

"मेरी बच्ची कैसी है"- रुत्ती के सिर पर हाथ फेरते हुए बोलीं

"बस जैसी आप जानती हैं, और जैसी आप देख रही हैं"- उदास रुत्ती ने उत्तर दिया

"ऐसे कब तक चलेगा"- प्रश्न किया सरोजिनी ने

"जब तक इस शरीर में साँस चलेगी"- उतनी ही निराशा से रुत्ती फिर बोली

"नहीं बेटा, इतनी निराश न हो, जीवन बहुत बड़ा है, तुम वापस जाओ अपने 'जे' के पास-सरोजिनी ने समझाते हुए कहा।

"न आंटी, अब यह सम्भव नहीं है। साउथ कोर्ट में रतन बाई पेटिट वापस मरियम बनकर कभी नहीं जाएगी। अब 'जे' न मेरा है, न मेरे लिए है"- रुत्ती ने अपनी दृढ़ता दिखाते हुए कहा।

"तुम्हारे लिए न सही, अपनी बेटी के लिए ही चली जाओ"- सबसे गहरी भावनात्मकता पर अंगुली धरते हुए सरोजिनी ने कहा।

"आंटी कभी नहीं, किसी के लिए नहीं, मुझे उस गुलामी में वापस मत धकेलो, मुझे आज़ाद होने दो आंटी, मैं फिर कह रही हूँ, मुझे आज़ाद होने दो"- कहकर रुत्ती बिलखने लगी।

सरोजनी नि:शब्द हो गईं, उसी तरह जब दस वर्ष पहले पेटिट हॉल में रुत्ती को जिन्हा के गलत चुनाव पर समझाते हुए उसके कड़वे तर्क सुन अपमानित होते हुए हुईं थी। वे सोचने लगी काश! रुत्ती तब समझ जाती। लेकिन समय का फेर है तब वे उसे जिन्हा से बचाना चाहती थीं तब वह नहीं मानी और अब जिन्हा से वापस मिलाना चाहती हैं वह अब भी नहीं मान रही।

"जीवन में इस तरह के कठिन मोड़ आते-जाते रहते हैं, इनसे घबराकर क्या कोई अपना घर छोड़ देता है? मुझे पूरा भरोसा है तुम कुछ दिन में फिर सब ठीक कर लोगी साउथ कोर्ट जाकर"- सरोजिनी ने समझाते हुए कहा।

"आंटी, आप मेरे बराबर की पद्‌मजा की माँ हैं तथा एक समय मेरी उम्र से होकर आप भी गुज़री हैं। इस स्थिति में में मैं आपसे निष्पक्ष होकर कुछ पूछना चाहती हूँ"- रुत्ती ने कहा

"हां पूछो"- सरोजिनी ने कहा

"आंटी, मैं घुट-घुटकर मरना नहीं चाहती, मैं जीना चाहती हूँ। मैं अपने पाप के दस साल भुगत चुकी हूँ। 'जे' में कोई इमोशन नहीं है। वह बहुत स्वार्थी हैं। अपने हित के लिए वह कुछ भी कर सकते हैं। उस आदमी ने मुझे बर्बाद कर दिया है। रसहीन और भावना शून्य है वह"- रुत्ती एक स्वर में कहती चली गई।

कुछ देर के लिए सन्नाटा छा गया कमरे में।

"आंटी, सच बताऊं, यह तो हमारी शादी की पहली रात से ही मुझे समझ लेना चाहिए था कि 'जे' मेरे मन और आत्मा को कभी संतुष्ट नहीं कर सकते। मेरी पूरी जवानी बीती जा रही है, एकदम नीरस। मैं आज़ाद होकर अपने जीवन को रसमय करना चाहती हूं। और इसके लिए अब मैं किसी बंधन को स्वीकार नहीं करूंगी। मेरी ज़िंदगी मैं अपने हिसाब से जीना चाहती हूँ। एक विवाहित स्त्री होने के नाते आप इसे बहुत अच्छी तरह से समझ सकती हो। ख़ैर जो बीत गया सो बीत गया"- रुत्ती ने एक गहरी साँस ली।

फिर ख़ामोशी छा गई।

"अब कौन है मेरा? स्नेह और अपनेपन की खोज करूं तो, आप, लीलामणि, और पद्‌मजा मेरा परिवार है। पेटिट हॉल में केवल मेरी माँ है, जो नाराज़ होकर भी मुझे प्यार करती है। पप्पा के लिए तो मैं मर चुकी हूँ। बुआ कभी भी मुझे माफ़ नहीं कर सकती। आप मुझे कितना अपना मानती हो, यह तो आप भी जानती हो। आपने हर समय मुझे सपोर्ट किया है। अब यह बहुत ही कठिन समय है मेरे लिए, और मुझे लगता है कि आपके सिवाय कोई मेरे साथ नहीं होगा"- रुत्ती ने सरोजिनी की गोद में अपना सर रखते हुए कहा।

सरोजिनी उसके बाल सहला रही थी।

'एक शख़्स जो बरसों से मेरी इज़्ज़त करता है। मुझे अपना सा लगता है। वह मेरे पास होता है तो मुझे सुकून मिलता है। मेरा अटूट विश्वास है की वह मेरे साथ पहाड़ की तरह खड़ा रहेगा। बिना किसी स्वार्थ के"- रुत्ती की आँखों में कांजी का चेहरा घूम गया।

"कौन है वह"- सरोजिनी ने पूछा।

"कांजी द्वारकादास"- रुत्ती सपाट उत्तर दे गई।

सरोजिनी की आँखें सिकुड़ गईं। उन्हें पहले ही शक था कांजी और रुत्ती के रिश्ते को लेकर। वह कुछ बोली नहीं। वह समझ गई कि यह रिश्ता सामान्य से अधिक आगे चला गया है। वह यह भी जानती थीं कि इस क़रीबी की वज़ह रुत्ती नहीं बल्कि जिन्हा है, जो अपनी पत्नी की आवश्यकताओं को समझ ही नहीं सका तथा केवल अपने स्वार्थ में ही लगा रहा।

"आंटी, मैं जीना चाहती हूँ, जीवन का रस लेना चाहती हूँ, दीना को पालकर उसे बेहतरीन लड़की बनाना चाहती हूँ, लेकिन आहूरा-मज़्दा को क्या मंजूर है मुझे पता नहीं। ज़िंदगी की चाहत में अगर मेरा दम निकल जाए तो मेरी अंतिम इच्छा है मुझे मरियम के धोखे की तरह दफ़्न न किया जाए, रतन बाई पेटिट के रूप में मेरी सच्चाई के साथ अंत्येष्टि की जाए"- रुत्ती ने सरोजिनी की आँखों में झांकते हुए कहा

"रुत्ती"- चीख पड़ी थी सरोजिनी

उन्होंने फिर कहा- "तुम्हें जीना है और आज़ाद जीना है। अपनी शर्तों पर जीना है"

कहकर रुत्ती को अपनी बाहों में भर लिया।

सरोजिनी जब कमरे से बाहर निकलीं तो उनके पांव लड़खड़ा रहे थे। एक बेमेल जोड़े की अन्तरकथा ने उन्हें हिलाकर रख दिया था। जो रुत्ती अपने शुरू के दिनों में जिन्हा के साथ बिंदास पत्नी की तरह प्रतीत होती थी, वह तो पहली रात से ही अपने ख़ालीपन से दुःख झेल रही थी। ऊपर से हँसना कितना आसान होता है, भीतर-भीतर रोने वालों का।

77

जिन्हा उन दिनों दिल्ली में था। राजनैतिक उठा-पटक के इस दौर में वह ख़ुद अपनी उठा-पटक से परेशान था। तब तक मुस्लिम-लीग फिर से मज़बूत होना शुरू हो गई थी लेकिन उसकी हिंसक प्रतिक्रिया के कारण भारत में हिन्दु महासभा का कार्य भी फैलने लगा था। अब देश में केवल कांग्रेस और मुस्लिम-लीग ही निर्णायक स्थिति में नहीं थीं। महासभा का वर्चस्व देश के फ़ैसलों में अपना स्थान बना चुका था।

जिन्हा का मुस्लिम राजनीति में कट्टरपन घातक होता जा रहा था। उसने माँग की थी कि भारत के तीन नए प्रांतों सिंध, उत्तर-पश्चिम सीमांत प्रांत तथा बलूचिस्तान में मुस्लिम बहुसंख्यक हैं इसलिए इन प्रांतों में सत्ता मुसलमानों को दी जाए तथा पंजाब और बंगाल में मुस्लिम जनसंख्या पिछले वर्षों में बढ़ जाने से वहां का नियंत्रण उसी अनुपात में मुसलमानों को दिया जाए, क्योंकि इन दोनों प्रांतो में उन्नीस सौ इक्कीस की जनगणना के अनुसार मुसलमानों को पूर्ण बहुमत प्राप्त हो चुका था और उनकी जनसंख्या पचास प्रतिशत से अधिक हो चुकी थी। अर्थात वह भारत के पाँच प्रांतों में केवल मुस्लिम सरकार चाहता था तथा केंद्रीय असेम्बली में एक तिहाई मुस्लिम सदस्य माँग रहा था।

हिन्दु महासभा को जिन्हा का यह रवैया गले नहीं उतर रहा था। कांग्रेस भी इस बात से सहमत नहीं थी। रुत्ती को जब जिन्हा के इस कट्टर मुस्लिम रूप का पता चला तो वह और दुःखी हो गई। केंद्रीय असेम्बली का बजट सत्र चल रहा था। जिन्हा समझ गया था कि उसकी माँग को नहीं माना जाएगा। उसने मुस्लिम-लीग को और अधिक कट्टर बनाने के उद्देश्य से नया पैंतरा चला। हिन्दु महासभा और कांग्रेस के विरुद्ध मुसलमानों को भड़काने के लिए उसने दिल्ली में मुस्लिम-लीग की कार्यकारी बैठक बुलाई और उसमें बड़े ही नाटकीय ढंग से खेद व्यक्त करते हुए बताया कि हिन्दु महासभा और कांग्रेस ने उनकी माँगों को ख़ारिज कर दिया है। जिन्हा के इस पैंतरे में लार्ड इरविन का भी छुपा हुआ एजेंडा था। जिन्हा इरविन के बहुत नज़दीक था। इरविन ने सायमन कमीशन पर तब भारत मंत्री बरकेनहेड को जिन्हा का रास्ता बताया तो भारत मंत्री भड़क गए उन्होंने जिन्हा पर भरोसा करने से साफ़ मना कर दिया था।

अंग्रेजी सत्ता, कांग्रेस और हिन्दु महासभा से निराश, किंतु मुस्लिम-लीग में कट्टरवाद को हवा देकर जिन्हा जब वापस बम्बई लौटा तो साउथ कोर्ट सूना था। उसका इंतिज़ार करने वाली उसकी प्रेयसी वहां नहीं थी। दरवाजा नौकर ने खोला था। वह चिर-परिचित मुस्कान जो अपने भीतर हजारों दर्द समेटकर भी जिन्हा का स्वागत करती थी चली गई थी। इस बार वह लौटकर नहीं आई थी। जिंन्हा उस रात अपने पलंग पर रुत्ती को मनाने की तरकीबें सोचता रहा। क्योंकि रुत्ती का यूं चले जाना उसके राजनैतिक करियर पर रुकावट बनने का ख़तरा हो सकता था। अपने अहंकार के कारण वह ताज होटल नहीं गया, तथा रुत्ती वापस साउथ कोर्ट नहीं आई।

उधर पेटिट बंगले में फिर से तनाव फैल गया था। रुत्ती की माँ दीना चाहती थी कि ताज होटल से रुत्ती को घर वापस लाया जाए, लेकिन दिनशॉ किसी भी दशा में मानने को तैयार नहीं थे। एक तो उनका मन रुत्ती से पूरी तरह उचट गया था तथा वे बेटी के बिना रहने के आदि हो चुके थे, दूसरे पारसी समाज में वे फिर से अपनी प्रतिष्ठा केवल इसी बात से स्थापित कर सके थे कि उन्होंने अपनी बेटी को त्याग दिया है। इसलिए

न तो वे रुत्ती को वापस लाकर दु:खी होना चाहते थे, न ही पारसी समाज में पुन: कोई नया मुद्दा खड़ा करना चाहते थे।

उन्होंने दीना को स्पष्ट कर दिया था कि यदि उसे रुत्ती से मिलना है तो वह मिल सकती है। उसके साथ सम्बंध रख सकती है लेकिन न तो वह कभी पेटिट हॉल आएगी और न ही कभी उनके सामने पड़ेगी एवं न ही कोई रुत्ती को लेकर या उसके सम्बंध में उनसे बात करेगा। पेटिट का रवैया स्पष्ट भी था और सख़्त भी था। दीना जान चुकी थी कि उसके पति को रुत्ती की वापसी के लिए मनाया जाना सम्भव नहीं है। मामाबाई इस घटनाक्रम में सबसे ज़्यादा व्यथित थी। रुत्ती उसकी आत्मा थी। उसे उसने गोदी में खिलाया था। उसके जाने के बाद वह न जाने कितने समुंदर अपनी आँखों से चुपचाप बहा चुकी थी।

दीना ख़ामोशी के अलावा कुछ नहीं कर सकती थी। वह एक तरफ़ माँ थी, तो दूसरी तरफ़ पत्नी भी थी। कितनी ही आधुनिक हो जाए लेकिन स्त्री जब अपनी संतान और पति के बीच में फँसी होकर किसी एक को चुनने की मजबूरी में होती है तो उसका झुकाव पति की तरफ़ ही अधिक होता है।

अपने दिल पर पत्थर रखे दीना एक दिन वह ताज होटल पहुंच गई। रुत्ती के कमरे पर उसने दस्तक दी। रुत्ती ने दरवाज़ा खोला। वह अवाक खड़ी थी।

धीरे से रुत्ती का स्वर फूटा- "मॉम"

दीना कुछ नहीं बोली। पलभर को स्तब्ध रही फिर अपनी बाहों में रुत्ती को भर लिया। पूरे दस वर्ष हो चुके थे अपनी बेटी को स्पर्श किए। दीना विदीर्ण हो गई। न कुछ बोली, न चुप हुई। उसकी आँखों में शिकायतों का हिमालय निकल पड़ा। जो दोनों को भिगो रहा था।

"मॉम मेरा प्रायश्चित यही है"- रुत्ती ने धीरे से कहा

दीना चुप थी।

फिर उसने अपनी नातिन दीना को कलेजे में भर लिया।

थोड़ी देर वह चुप बैठी रही। फिर अचानक उठी और चली गई। नदी के फूटे बांध की तरह भावनाओं की धारा बिना किसी शोर के बह गई थी।

सरोजिनी, कांजी और दीना, रुत्ती के हमदर्द के रूप में सक्रीय थे। उसके बहते आँसुओं को ये तीनों ही समझते थे तथा कोशिश करते थे कि किसी तरह यह टूटी-फूटी लड़की अपनी ज़िंदगी की साँसों को जोड़कर दीर्घायु हो। रुत्ती ज़्यादा समय तक स्वस्थ भी तो नहीं रहती थी। कोई भरोसा नहीं था वह कब बीमार हो जाए। नशा और शराब उसके लिए जितने घातक थे, वह उनके उतने ही क़रीब थी। शराब उसके ख़ून में रच-बस कर उसकी नस-नाड़ी में दौड़ रही थी। सिगरेट के कश और धुएं के छल्ले उसका मनोरंजन थे, जो लाख समझाने के बाद भी नहीं छूटते थे।

जिन्हा जैसे चाह ही रहा था कि किसी तरह रुत्ती से पीछा छूटे। वह एकबार भी नहीं गया था उसे मनाने। स्त्री कितनी भी कठोर हो जाए। प्रेम की दो बूंदें भर उसे नम कर देती हैं। उसका सारा ग़ुस्सा सारी नफ़रत अपने प्यार के लिए पिघल जाती है। सम्भव है यदि जिन्हा आकर उसे साउथ कोर्ट जाने के लिए मनाता तो वह वापस चली जाती। लेकिन ऐसा नहीं हुआ था।

सरोजिनी ने जिन्हा से बात करने की कोशिश की। किसी तरह उसके और रुत्ती के बीच सुलह हो जाए तथा रुत्ती वापस चली जाए, परंतु वह बिलकुल चुप रहा कोई बात नहीं की थी। उसका अहंकार और अकड़ बिलकुल भी कम होने को तैयार नहीं थी। छागला ने बात करना चाही तो उसने "नो टॉक एबाउट इट" कह कर चुप करवा दिया। उसे लगता था कि रुत्ती उसके प्रति बे-वफ़ा हो चुकी है। जब भी कोई मतभेद होते हैं अथवा दो लोगों के बीच कड़वाहट होती है तो हर व्यक्ति हमेशा ही दूसरे को दोषी मानता है। वह सदा स्वयं को सही सिद्ध करता है। यही स्थिति जिन्हा की थी। वह रुत्ती की इस स्थिति के लिए उसे ही दोषी मानता था। उसके अपने तर्क थे। जिन्हें वह अपने मन में रखता था तथा किसी से भी इस विषय पर कोई बात करना ही नहीं चाहता था। कोई अगर दोनो के बीच कुछ समझौते की बात छेड़ने की कोशिश करता तो वह बिफर जाता था।

उसका सभी को एक ही जवाब होता था कि- "वह ज़्यादा दु:खी रही, अथवा मैं ज़्यादा दु:खी रहा, इन दस सालों का हिसाब तो वह हम दोनों जानते हैं। मैं उसे और बर्दाश्त नहीं कर सकता। वह आज़ाद होना चाहती है तो मेरी तरफ़ से कोई बंधन नहीं है उस पर। प्लीज़ इस मामले में कोई बीच में मत पड़ो। वह अपनी ज़िंदगी जिए मैं अपनी ज़िंदगी जीना चाहूँगा"

दिन गुज़रते जा रहे थे। साउथकोर्ट के दरवाजे रुत्ती का इंतजार कर रहे थे। ताज होटल रुत्ती के आँसू बहते देख रहा था। पेटिट हॉल में उदासियां ज्यों की त्यों पसरी हुई थीं। पारसियों के अगियार में पूजा अनवरत जारी थी। मस्जिदों में अजाने और मंदिरों में आरतियां हो रही थीं। समुद्र अपनी लहरों को किनारे तक लाकर छोड़ रहा था। लेकिन न तो जिन्हा को कोई फर्क पड़ रहा था न उसका अहंकार ही सिमट रहा था। रुत्ती के खामोश पुजारी कांजी का लगातार आना हो रहा था। अब दोनों के बीच की अंतरंगता और मिठास बढ़ गई थी। बहुत सी यादों के साथ कुछ सामान भी तो साउथकोर्ट में छूट गया था रुत्ती का। उसे लगता कि साउथ कोर्ट में कोई ऐसी वस्तु है जो उसे मंगाना है तो वह कांजी को बता देती, कांजी लाकर उसे दे देता था। लेकिन विषाद रुत्ती का पीछा नहीं छोड़ रहा था। कांजी उसे बहुत समझाता परंतु उसने निर्णय कर लिया था कि अब वह 'जे' की मरियम नहीं रहेगी वह अब रतनबाई

पेटिट के रूप में ही अंतिम साँस लेगी। कांजी से वह साफ़ कह देती- "मेरी अंत्येष्टि करवाना कांजी, तुम मुझे दफ़नाना नहीं"

और कांजी उसके मुंह पर अंगुली रख देता।

78

"पेटिट साहब, मुझे लंदन जाना है"- दीना ने चाय की चुस्की लेते हुए दिनशॉ पेटिट से कहा

"कब"- दिनशॉ ने कप ख़ाली कर टेबल पर रखते हुए कहा

"अप्रैल में"- संक्षिप्त उत्तर दिया दीना ने

"ओके"- मैं व्यवस्था करवा देता हूँ

"थैंक यू पेटिट"- दीना ने कहा

"और कौन जाएगा"- पेटिट ने पूछा

"रुत्ती"- ज़मीन में नज़रें गड़ाते हुए दीना बोली

"क्या"- पेटिट चौंके

"जी, उसे बचाना मेरे लिए ज़रूरी है"- दीना ने कहा

"हमारे लिए तो वह बची ही नहीं, कब की मर चुकी है"- पूरी नफ़रत के साथ दिनशॉ बोले

"पेटिट समझो, वह हमारी बच्ची है..." -दीना अभी अपनी बात पूरी कर ही नहीं पाई थी कि दिनशॉ ने बात काट दी।

"नो दीना, है नहीं, थी, बहुत प्यार करता था मैं मेरी बेटी से। लेकिन क्या करूं वह तो दस साल पहले मर चुकी है"- अपने क्रोध पर क़ाबू रखते हुए दिनशॉ बोले

दीना ख़ामोश थी

"तुम जाओ लंदन, मुझे कोई दिक्कत नहीं है। तुम्हारी व्यवस्था मैं करवा दूंगा। बाकि रुत्ती के लिए क्या करना है यह तुम जानो। मेरे पास उसकी व्यवस्था के लिए कोई सुविधा नहीं है। मुझे दोबारा उसके विषय में कुछ न ही कहो तो बेहतर होगा"- कहते हुए पेटिट उठकर वहां से चले गए।

दीना की ममता का इम्तिहान था। आख़िर माँ थी वह। वह पेटिट हॉल से ताज होटल पहुंची। छोटी दीना स्कूल जा चुकी थी। रुत्ती अपने सुईट रूम में विचारमग्न थी।

दस्तक सुनकर उसने दरवाज़ा खोला, सामने अपनी माँ को खड़ा पाकर वह मुस्कुरा दी।

“मॉम आपको अपनी नालायक बेटी की बहुत याद आती है ना”- उसने मुस्कुराते हुए कहा

“बेटा मैं माँ हूँ, अब तुम भी एक बेटी की माँ हो, यह एहसास तो तुमको भी होगा ही”- दीना ने कहा

“हाँ मॉम बात तो सही है”- रुत्ती ने कहा

“चलो हम लंदन चलते हैं”- दीना ने बिना किसी भूमिका के कहा

“लंदन? क्यों? आप लोग जा रहे हैं क्या”- रुत्ती ने आश्चर्य से कहा

“हाँ, इन गर्मियों अप्रैल में मैं लंदन और पेरिस जाना चाहती हूँ, मेरा मन है तुम और दीना जूनियर भी चलो”- दीना ने कहा।

“पर मॉम, पप्पा आपको इसकी इज़ज़त देंगे?”- रुत्ती ने प्रश्नवाचक दृष्टि से देखा

“मुझे तो इजाज़त है, रही बात तुम्हारी, तो यह मेरा निर्णय है कि मैं तुम्हें साथ ले जाना चाहती हूँ। तुम्हारे पप्पा नहीं जा रहे लेकिन तुम्हें साथ ले जाने की बात मैंने तुम्हारे पप्पा को बता दी है। मैं नहीं चाहती मेरी बेटी इतनी दुःखी हो कि उसके आँसू ही सूख जाएं”- दीना ने स्पष्ट किया। उसकी आँखों में अपने निर्णय के प्रति दृढ़ता झलक रही थी।

“अब इन आँसुओं की बात मत करो मॉम। सामने आप जो समुद्र देख रही हो ना, यह सारा पानी आपकी बेटी की आँखों से निकलकर लहरों के रूप में शोर मचा रहा है, इसे बस मैं समझ सकती हूँ”- रुत्ती ने उदास होते हुए कहा।

“इसकी ज़िम्मेदार भी तो तुम ही हो”- शिकायती लहजे में कहा था दीना ने।

एक गहरी साँस ली रुत्ती ने।

“ख़ैर, छोड़ो सारी बातें, तुम तैयरी करो अप्रैल के सेकेंड वीक में हमे जाना है। पी एंड ओ पर मैं टिकिट बुक करवा रही हूँ। दीना और उसकी आया भी हमारे साथ होंगी”- दीना ने कहा

रुत्ती कुछ नहीं बोली। लेकिन उसने विरोध भी नहीं किया।

दीना चली गई, रुत्ती सोच रही थी कि उसने कितना अपमान किया है अपने परिवार का, लेकिन फिर भी माँ को उसकी चिंता है।

दस अप्रैल उन्नीस सौ अठ्ठाईस को पूरे दस साल बाद रुत्ती अपनी माँ के साथ पी एंड ओ जहाज पर सवार होकर लंदन के लिए चली। उसी समुद्र की लहरों पर सवार होकर जो कभी रुत्ती और जिन्हा को छूकर प्यार के अंकुर पैदा कर रही थीं।

जहाज लंदन पहुंच गया। यात्रियों नें लंदन की ज़मीन पर पैर रखा। दीना रुत्ती को जीवन देना चाहती थी। उसके अवसाद को दूर कर उसे ख़ुशियों का कुछ वक़्त देकर उसके आत्मविश्वास को वापस लाना चाहती थी। उसे रुत्ती की चिंता के साथ अपनी नातिन की चिंता थी।

"मॉम मुझे पेरिस जाना है"- रुत्ती ने दीना को बताया

"मैं चलूगी तुम्हारे साथ"- दीना ने स्नेहिल शब्दों में कहा

"नो मॉम, मैं अकेली जाऊंगी वहां, मैं किसी को भी नहीं ले जाना चाहती, दीना को भी नहीं"- रुत्ती ने तल्ख़ लहजे में कहा।

तुम क्यों जाना चाहती हो अकेली, मैं तो तुम्हारा मन बहलाने और कुछ दिन तुम्हारे साथ बिताने के लिए ही यहां आई हूँ- दीना ने उदास होते हुए कहा

नो मॉम, मुझे मेरा मन बहलाने के लिए किसी की ज़रूरत नहीं है। मुझे पेरस जाना है और वह भी अकेले, आप अपना मन अपनी नातिन के साथ बहला लेना- रुत्ती ने जिद्द करते हुए कहा।

मिसेज दिनशॉ ने ठंड़ी साँस ली और बोलीं- "ओके जैसी तुम्हारी मर्ज़ी"

वह जानती थी कि रुत्ती की ज़िद कैसी है। अगर वह अकेले पेरिस जाने की बात कह रही है तो उसे समझाना मुश्किल है।

रुत्ती पेरिस पहुंच गई थी। पेरिस में वह अपने प्यार की असफलता का मातम मनाने नहीं, बल्कि उसे भुलाने वहां की रंगीनियों में खो जाना चाहती थी। वह समझती थी कि उसके साथ हुए जीवन के इस खिलवाड़ की दोषी वह ख़ुद है। पेरिस में वह स्वतंत्र थी। नशे की लत ने फिर ज़ोर पकड़ लिया था। वह मार्फिन का डबल डोज़ लेकर ख़ुद को ख़त्म करने पर उतारू हो गई थी। दीना पेटिट लंदन में अपने काम और मिलने-जुलने वालों में व्यस्त थीं।

दिन भी अजीब खेल खेलते हैं। कभी तो चमकते हुए से दिखते हैं, फिर ढल जाते हैं। जिन्हा के हाथ लगातार फिर असफलता लगने लगी थी। कांग्रेस में मोतीलाल नेहरू और सरोजिनी के अलावा उसका कोई शुभ चिंतक नहीं बचा था। मुस्लिम-लीग का भी एक धड़ा उसके ख़िलाफ़ हो चुका था। अंग्रेज अधिकारी फिर उसे महत्व नहीं दे रहे थे। सरकार ने उसकी सैंडहर्स्ट कमेटी की रिपोर्ट को रद्दी की टोकरी में पटक दिया था। यह वही रिपोर्ट थी जिसे उसने यूरोप, अमेरिका और कनाडा में घूम-घूमकर तैयार किया था। उसे राजनीति में एक आधारहीन नेता के रूप में हँसी का पात्र बनाया जा रहा था। उसकी पत्नी ने उसे छोड़ दिया था। यह चोट भी जिन्हा के लिए कम नहीं थी। सारे अभिजात वर्ग और सत्ता के गलियारों में रुत्ती के उससे अलग होने की चर्चा थी। हर कोई यही टिप्पणी करता था कि जिन्हा ने रुत्ती की सुंदरता का उपभोग किया है और उसे अपने से अलग होने के लिए मजबूर कर दिया है। कोर्ट में भी गर्मियों की छुट्टियां शुरू हो गई थी। जिन्हा इस अवसर पर लंदन जाकर अपने अंग्रेज सरकार में क्रियाशील दोस्तों से मिलकर कुछ लाभ पाना चाहता था। उसे पता था रुत्ती अपनी मां के साथ लंदन में है। अतः वह भी पाँच मई उन्नीस सौ अठ्ठाईस को अपने साथी

असेंबली मेम्बर और कांग्रेस के पूर्व अध्यक्ष उसके मित्र श्रीनिवास अयंगार और दीवान चमनलाल के साथ राजपूताना जहाज पर लंदन निकल गए। लंदन में जिन्हा केवल अपने सम्बंधों को तर-ओ-ताज़ा करना चाहता था ताकि भारत में उन्हें भुनाया जा सके। वह रामसे मेकडोनाल्ड और लार्ड रीडिंग से मिला था। लेकिन उसे कोई राजनैतिक लाभ होता प्रतीत नहीं हुआ था।

यादों का झंझावत जब आता है तो व्यक्ति सूखे पत्ते की तरह उसकी चपेट में आकर उड़ने लगता है। रुत्ती जैसी ख़ूबसूरत और जवान पत्नी का साथ जिन्हा के ज़ेहन में तूफ़ान मचा गया। उसका अहंकार टुकड़े-टुकड़े हो गया। वह एक दिन अचानक लंदन के वी जॉर्ज होटल में दीना पेटिट से मुलाक़ात का मन बनाकर वहां पहुंच गया। पिछले दस साल से पेटिट परिवार के किसी सदस्य से उसकी बात नहीं हुई थी। दीना भी तो एक स्त्री थी, तथा वह परिवार के टूटने के घातक परिणाम को समझती थी। उसकी बेटी ने जो भी किया था वह पूरे परिवार के लिए कलंक तो था, लेकिन अब दस साल बाद जब वह नानी बन चुकी थी, अपनी बेटी को उजड़ता हुआ कैसे देख सकती थी। दिनशॉ पुरुष थे। उनकी अपनी सोच थी। वे किसी भी दशा में रुत्ती और जिन्हा को अपनाने को तैयार नहीं थे। लंदन में दिनशॉ साथ नहीं थे अत: जिन्हा से बात करने में दीना को कोई दिक्कत नहीं थी। उसने जिन्हा को तैयार कर लिया कि किसी तरह दोनों में समझौता हो सके। रुत्ती से तो जिन्हा की मुलाक़ात नहीं हो सकी, क्योंकि उसने पेरिस की रंगीनियों में ख़ुद को डुबोया हुआ था। परन्तु दीना को आशा की एक किरण दिखाई दी, उनका ममत्व सफल होता महसूस हुआ। किंतु जिन्हा की अकड़ अभी पूरी तरह समाप्त नहीं हुई थी। वह पेरिस जाकर रुत्ती से मिलने को तैयार नहीं था। बल्कि वह आयरलैंड के सांसद के आमंत्रण पर डबलिन चला गया था।

नशे और रंगीनियों में खुशी तलाशती अपने आप में खोई रुत्ती बीमार पड़ गई। पेरिस में उसका इलाज चल रहा था। लेकिन उसने अपनी माँ को पेरिस नहीं आने दिया। हमेशा यही कहा कि "मैं ठीक हूँ आपके आने की ज़रूरत नहीं है" उसके मन में जीने और जीवन समाप्त कर देने की उहा-पोह थी। कभी वह क्लबों में डांस का आनंद लेते हुए अपने धनाड्य पुरुष मित्रों की बाहों में झूल जाती, तो कभी मार्फिन का इंजेक्शन लेकर नशे में चूर हो जाती। वह किसी ऐसी जगह जाना चाहती थी जहां कोई उसे ढूंढ ही न सके।

मानसिक रूप से कभी मजबूत रही यह लड़की अब अस्थिर हकर मन से अशांत और भ्रमित होकर अस्पताल में भर्ती थी। वह असहनीय और तेज बुखार से पीड़ित थी। थर्मामीटर का पारा एक सौ तीन डिग्री से भी ऊपर जाकर उसे तपा रहा था। उसका इलाज करने वाले डॉक्टर चिंतित थे बल्कि उसके जीवन को लेकर डरे हुए थे। उनकी सबसे

बडी समस्या यह थी कि मूर्छित अवस्था में पड़ी रुत्ती कुछ देर को अगर सम्भलती भी तो नशा करने की कोशिश करती। न तो वह किसी से सम्पर्क कर रही थी न ही उसका इलाज कर रहे डॉक्टर्स का किसी से सम्पर्क हो पा रहा था। जिन्हा के साथी चमनलाल जिनेवा से अपना काम पूरा कर पेरिस पहुंचे थे। रुत्ती के अस्पताल वालों को चमनलाल के बारे में पता था। वे जॉर्ज फिफ्थ होटल में ठहरे थे। अस्पताल प्रबंधन ने होटल जार्ज फिफ्थ में रुत्ती के अत्याधिक गम्भीर होने का संदेश छोड़ा था ताकि चमनलाल आयें तो उन्हें यह सूचना मिल सके। होटल पहुंचते ही उन्हें यह अत्यंत ज़रूरी संदेश मिला कि, वे अस्पताल जाकर रुत्ती को देखें, उसकी हालत बहुत ज्यादा ख़राब है। उन्होंने अपना सूटकेस कमरे में रखा और सीधे अस्पताल पहुंचे। वास्तव में रुत्ती की हालत अत्यंत नाज़ुक थी, तथा वह जीवन-मृत्यु से संघर्ष कर रही थी। लेकिन प्यार में टूट-फूटकर भी उसकी जीवटता कम नहीं हुई थी। अर्धमूर्छित अवस्था में भी उसके हाथ में ऑस्कर वाइल्ड की कविताओं की एक किताब थी। वह "द हार्लोट्स हाउस" कविता को पढ़ने की कोशिश कर रही थी जो किसी प्रेयसी का दिल टूटने और प्रेमी की बे-वफ़ाई पर लिखी कविता है। चमनलाल को देखकर रुत्ती ने उनकी तरफ़ देखा। चमनलाल उसकी दशा देखकर घबरा गए। एक सौ तीन डिग्री से ज्यादा के बुख़ार में वह आँखें खोलकर चमन लाल को देख रही थी।

उसने उन्हें वह किताब देते हुए कहा- "चमन मुझे यह कविता पढ़कर सुनाओ"

चमनलाल कुछ समझ ही नहीं पाये, वे अचम्भित थे। रुत्ती का मन रखने के लिए उन्होंने कविता पढ़कर सुनाई। वह छोटी सी कविता पूरी हो उसके पहले ही वह बेहोश हो गई थी। चमनलाल घबरा गए। उन्होंने अस्पताल के इमरजेंसी ड्यूटी डॉक्टर को बुलाया, जिसने आकर रुत्ती को सम्भाला। कुछ सूझ ही नहीं रहा था उन्हें। वे होटल चले गए। वहां से जिन्हा को ख़बर भेजी कि मिसेज जिन्हा बहुत गम्भीर स्थिति में अस्पताल में है तुरंत पेरिस पहुंचो। जिन्हा उस समय डबलिन में वहां के सांसद के साथ अपनी गोटियां फिट करने में लगा हुआ था।

जिन्हा को शंका थी कि चमनलाल, उसकी पत्नी और उसके बीच के तनाव और अलगाव की स्थिति को जानता है, तथा वह दोनों में समझौता करने के लिए झूठ बोल रहा है, यह उसका एक बहाना है ताकि दोनों के बीच बात कराने हेतु उन्हें आपस में मिला सके। उसने दीना से रुत्ती के बारे में जानकारी ली। दीना को तो रुत्ती इस गम्भीर स्थिति के बारे में बता ही नहीं रही थी, बस यही कह रही थी कि वह ठीक है। सब कुछ ठीक ही मान रही थी। इसलिये उसने जिन्हा को बता दिया कि रुत्ती स्वस्थ है। इसलिए चमनलाल के संदेश को जिन्हा ने बहुत हल्के में लिया। वह दो दिन बाद पेरिस पहुंचा और होटल जॉर्ज-फिफ्थ गया। चमनलाल भी वहीं थे।

"चमन तुम सही कह रहे हो कि मरियम अस्पताल में है?"- जिन्हा ने संदेह करते हुए कहा।

"मैं ग़लत क्यों कहूंगा?"- खीजते हुए चमनलाल ने कहा।

"मुझे पता है तुम सभी लोग हमारे निजी मामले में दखलअंदाजी कर रहे हो। वह आज़ाद रहना चाहती है तो मैं बंधन क्यों बनूं"- जिन्हा ने चिढ़ते हुए कहा।

"क्या आपको लगता है कि मैं कोई बहाना बनाकर रुत्ती से आपको मिलाना चाहता हूं?"- अपने पर झूठ बोलने का आरोप सुनकर चमनलाल को गुस्सा आ गया था।

"मेरा मतलब यह नहीं है चमन, मेरी बात मिसेज पेटिट से हुई थी। वे कह रही थीं रुत्ती ठीक है"- स्थिति को भांपते हुए जिन्हा ने कहा।

"देखो जिन्हा साहब, मैं अभी-अभी कुछ देर पहले ही अस्पताल से आया हूँ। पिछले दो दिन से कोई सुधार नहीं है। उनका अंत समय निकट आ गया लगता है। अभी भी उन्हें एक सौ चार डिग्री से अधिक बुख़ार है"- चमनलाल ने रुत्ती की गम्भीर स्थिति बताते हुए कहा।

जिन्हा ख़ामोश था। उसके भीतर कोई तूफ़ान उठ रहा था, जो उसके अंतर्द्वंद्वों को मथ रहा था। कुछ देर बाद वह बोला- "ठीक है अस्पताल फोन लगाओ"

चमनलाल ने अस्पताल फोन लगाकर रुत्ती को अटैंड कर रही नर्स से बात की। जब नर्स ने भी बताया कि उसकी स्थिति बेहद नाज़ुक है, तो जिन्हा के माथे पर कुछ बल पड़े।

अब उसे यक़ीन हो गया था कि उसकी प्रेयसी, उसकी पत्नी, उसकी ख़ुशी के लिए रुत्ती से मरियम बनी उसकी साथी, गम्भीर स्थिति में है। उसने अपनी कुर्सी के हत्थे को थपथपाया और अपनी कुंठा और अकड़ को उस हत्थे में रोपा।

"चलो चमन अस्पताल चलते हैं, मुझे लगता है कि उसे बचाने के लिए कुछ अच्छी व्यवस्थाएं करना पड़ेंगी"- जिन्हा ने कहा और चमनलाल के साथ अस्पताल चला गया।

इस स्थिति में चमनलाल दोनों के बीच में रहना नहीं चाहते थे। वे जिन्हा को रुत्ती के क़रीब अकेले छोड़कर बाहर चले गए। जिन्हा लगभग तीन घंटे तक रुत्ती के पास बैठा रहा था। इस दौरान उसने एक नए अस्पताल की व्यवस्था की। अनुभवी और विशेषज्ञ डॉक्टर की सेवाएं लीं। लेकिन रुत्ती से कोई बात नहीं की। वह अस्पताल जाता, वहीं रुकता लेकिन दूरियां पाटने का उसने कोई प्रयास नहीं किया। एक मौन दोनों के बीच पसरा रहा। रुत्ती की स्थिति का पता चलते ही दीना भी पेरिस पहुंच गई थी। लेकिन अपनी बेटी और दामाद के बीच की दूरी और नफ़रत भरे अलगाव को दीना भी समाप्त

नहीं कर सकी थी। रुत्ती को वितृष्णा हो गई थी जिन्हा से। अब वह बहुत दूर निकल गई थी प्यार के उस बंधन से, जिसमें कभी वह जकड़ी गई थी।

जिन्हा रुत्ती को इस हालत में छोड़कर भारत वापस नहीं लौटना चाहता था। वह पेरिस में ही था। कुछ दिन में रुत्ती की हालत काफ़ी संभल गई। वह फिर गतिमान होने लगी।

79

"मॉम वापस मुम्बई चलो"- अचानक रुत्ती ने माँ से कहा।

"मोहम्मद को नहीं बताओगी क्या?"- दीना ने पूछा।

"नो मॉम, मुझे उसके साथ नहीं जाना"- रुत्ती ने साफ़ जवाब दे दिया।

मन का फिरना और दूध का फटना कभी वापस अपनी स्थिति में नहीं आ सकता। रुत्ती के मन में कोई परिवर्तन नहीं आया था। उसने जिन्हा को एक पत्र लिखा लेकिन फिर उसे फाड़ दिया। वह उस पत्र को भारत वापस जाते हुए मार्सिले शहर से पोस्ट करना चाहती थी, ताकि पत्र मिलने के बाद जिन्हा उससे मिल भी न सके। लेकिन उसे लगा कि वह पत्र अधूरा है। उसने दुबारा पत्र लिखने के लिए कई दिन तक सोचा, अपने मन को मथती रही। रोमांटिक कविता लिखने वाली रुत्ती को शब्द ही नहीं मिल रहे थे जिससे वह अपनी पीड़ा को कागज़ पर उतार सके। वह लिखती और कागज़ फाड़ देती। उसे लगता वह जो चाह रही है वह शब्द बन ही नहीं पा रहे। वह बहुत एकाग्र होने की कोशिश कर रही थी ताकि वह अपनी भावनाओं को सही शब्दों में व्यक्त कर सके। प्रेम में रहने के बाद आई कड़वाहट के लिए शब्द भी तो रूठ जाते हैं। शिकायत भी करे तो क्या करे। पिछले दस वर्ष केवल शिकवा शिकायतों में ही तो गुजरे थे। हनीमून की पहली रात से लेकर पेरिस की इस दर्दनाक यात्रा के हर दिन तक। अंततः उसने थककर पत्र लिखना छोड़ दिया उसने सोचा सही समय आने पर भारत जाते समय वह जहाज से ही पत्र लिखेगी।

जिन्हा पेरिस में ही था और एक दिन रुत्ती अपनी माँ के साथ वापस बम्बई जाने के लिए निकल पड़ी। जिन्हा को एक झटका और दिया उसने तथा बंधन का रहा सहा रेशा भी तोड़ दिया। वह बेहद भावुक हो चुकी थी। उसकी बीमारी ने तो उसे बुरी तरह तोड़ा ही था उसका मन भी जिन्हा की तरफ़ से टुकड़े-टुकड़े हो गया था उस टूटी-फूटी लड़की सी एक लड़की का। उसने जिन्हा को अब अपने से बहुत दूर कर दिया था। उसे लगता था कि उसका जीवन अब बहुत कम बचा है। उसे तो यहां तक शंका थी कि वह ज़िंदा भारत पहुंच भी पाएगी या जहाज में ही प्राण त्याग देगी। लेकिन उसकी

जिजिविषा उसे जीने का हौसला दे रही थी। कांजी भारत में उसका इंतिज़ार कर रहा था। अपनी बेटी दीना के लिए वह जीना चाहती थी।

वह अपनी माँ के साथ जहाज पर सवार थी। व्यवस्थित होने पर उसने अपना लेटरहेड और कलम उठाई, और लिखने बैठ गई-

"डार्लिंग जे,

तुमने मेरे साथ जो कुछ भी किया, उसके लिए मैं तुम्हें धन्यवाद देती हूँ। यदि आपकी कोमलता एवं अत्यंत संवेदनशील भावनाओं को मेरे व्यवहार से ठेस लगी हो, तथा आपने मुझमें कोई खीज अथवा कठोरता देखी हो तो मेरा विश्वास करो, मेरे दिल में आपसे कहीं ज़्यादा भावनात्मक प्रेम की टीस और दर्द रहा है। यह दर्द आपकी ठेस से कहीं ज़्यादा दु:खदायी और बड़ा है। बिना किसी प्रहार के होने वाली पीड़ा मेरे प्रिय 'जे'। जब कोई जीवन की वास्तविकता के इतना क़रीब रह चुका हो, जो अंततः मौत है, जैसे कि मैं मर रही हूँ डार्लिंग, तब वह अपने जीवन के सबसे सुंदर और कोमल पलों को ही याद रखता है। बाकी सारे कड़वे और कठोर अनुभव बेमतलब की आधी-अधूरी धुंध भर रह जाते हैं।

डार्लिंग 'जे', मुझे उस फूल की तरह याद करना, जिसे तुमने खिलने से पहले तोड़ लिया था। उस फूल की तरह नहीं, जिसे तुमने अपने पैरों तले कुचल दिया है। मैंने बहुत दु:ख झेल लिया है मेरे स्वीटहार्ट, क्योंकि मैंने तुम्हें बहुत प्यार किया है। मेरी त्रासदी और भुगती हुई मेरी यातना मेरे प्रेम जितनी ही बड़ी रही है।

डार्लिंग, मुझे और अपमानित मत करो। मैं तुमसे प्रेम करती हूँ। सच यही है कि मैं तुमसे बहुत ज़्यादा प्रेम करती हूँ। मैंने अगर तुमसे इतना प्रेम नहीं किया होता, या मेरे प्रेम में कुछ कमी रखती तो मैं मेरा अधिकार जता कर तुम्हारे साथ बनी रहती, लेकिन प्रेम में अधिकार नहीं समर्पण होता है, और मैने तो बस समर्पण ही किया है। जब किसी ने बहुत ख़ूबसूरत फूल सहेजकर उसे खिलाया होता है तो वह उसे कीचड़ में नहीं घसीटता जैसा कि तुमने किया है। आपका सच यही है कि आपने जितना ऊँचा अपना आदर्श रखा, वह उतना ही नीचे गिरा है।

डार्लिंग, मैंने तुमसे इतना प्रेम किया है जो किसी भी पुरुष के भाग्य में सम्भव नहीं है। मेरी विनती है आपसे, कि हमने प्रेम किया यह त्रासदी ही तो थी। और उस दुर्घटना की शुरूआत जिस प्रेम के साथ हुई थी अब उस दुर्भाग्य का अंत भी उसी प्रेम के साथ होना चाहिए।

अंतिम बार डार्लिंग। शुभ रात्रि अलविदा, रतन जे.

जिन्हा को पेरिस में यह पत्र मिला। एक बार नहीं अनेक बार उसने पढ़ा। पढ़ते हुए वह अपने अतीत में खो गया। उसके सामने एक चलचित्र घूम गया। उसने एक

कली को फूल बनने से पहले नोंच कर रौंद दिया था। वह फूल अब नष्ट होने वाला है। लेकिन फिर उसने अपने कठोर आवरण को ओढ़ लिया। वह अपनी राजनीति में खो गया। उसके सामने अब रुत्ती का कोई अवरोध नहीं था। उसने निश्चय कर लिया था कि वह रुत्ती को दुबारा अपनी ज़िंदगी में लाने का प्रयास नहीं करेगा। दार्जिलिंग में महानंदा की चट्टान पर खिला यह फूल पेरिस की चकाचौंध में पूरी तरह बिखर गया था। सारे लालीगुरेन इस फूल को नष्ट होता देख उदास हो चुके थे। आसमान में धागे जैसा चांद अब भले ही पूर्णिमा तक जाकर चमकदार हो जाए लेकिन रुत्ती और जिन्हा का चांद समुद्र की लहरों में डूब चुका था। जिन्हा, रुत्ती के सच्चे हिन्दुस्तानी मन को आहत कर केवल मुसलमानों का जिन्हा हो चुका था। उसने अठ्ठाईस दिसम्बर उन्नीस सौ अठ्ठाईस को वाइसरॉय की कौंसिल में मुसलमानों के लिए तैंतीस प्रतिशत आरक्षण की माँग के साथ कह दिया कि अगर आप यह नहीं स्वीकार करते तो हम अलग-अलग हो जाते हैं, जैसे वह अपनी कोमल हृदयी पत्नी को दर्द देकर अलग हो गया था। जिन्हा का रास्ता राजनीति और निजी जीवन में भी रुत्ती से दूसरी तरफ़ मुड़ गया था। रुत्ती अब साउथ कोर्ट के स्थान पर ताज होटल की स्थाई निवासी हो गई।

80

सूर्य अस्तांचल की तरफ़ चल पड़ा था। सुबह की गुनगुनी और सुनहरी धूप दोपहरी में तपकर अब शांत हो जाना चाहती थी। इसके आगे गहन अंधेरा था। अमावस का घना अंधेरा। रोशनी की आशा इसके आगे लगभग समाप्त सी हो चली थी। रोशनी के लिए पूरी रात को पार करना आवश्यक था, लेकिन एक लम्बी रात का ढलकर भोर का आना अब बहुत दूर हो गया था। किंतु कुछ हितचिंतकों को भोर की आशा अवश्य थी।

ताज होटल के लॉन के उस तरफ़ से समुद्र अपनी लहरों के दम पर भीतर झांकने की कोशिश करता रहा। वह देखना चाहता था कि एक ख़ूबसूरत कली प्यार की प्यास लिए कैसे मुरझाकर अपना अस्तित्व खो रही है।

जिन्हा कुछ दिन हर शाम ताज आया। अपने पुराने दिनों की याद दिला कर रुत्ती को वापस ले जाने का सपना लेकर। इस प्रयास में भी उसका रुत्ती के प्रति प्रेम कम और अपनी छवि को धूमिल होने से बचाना ज़्यादा था। रुत्ती उसकी आँखों तथा दिल के दोहरेपन को समझ चुकी थी। उसने निर्णय ले लिया था कि अब वह साँसों के साथ तो जिन्हा के घर नहीं जाएगी। फिर बिना प्राण के उसकी देह कहां जाए, इस पर उसका कोई ज़ोर नहीं है।

आख़िर असफल होकर जिन्हा अपने राजनैतिक करियर को संवारने के लिए टूटी-फूटी सी जर्जर रुत्ती को उपेक्षित छोड कर दिल्ली चला गया।

माँ तो माँ होती है। दीना पेटिट जानती थी कि दिनशॉ किसी भी दशा में न तो रुत्ती से मिलेंगे, न उसे पेटिट हॉल में लाने की अनुमति देंगे। दीना का मन नहीं मानता था। वह चली जाती थी अपने क़दमों को घसीटते हुए ही सही, अपनी बेटी और नातिन से मिलने ताज होटल।

थोड़ी देर को सही, दीना पेटिट और दीना जिन्हा नानी-नातिन साथ खेलतीं। रुत्ती कुछ सुख-दुःख बतियाती, मुलाक़ात में दीना और रुत्ती दोनों के बीच कुछ न कुछ तकरार हो ही जाती थी। दीना पेटिट के पास चुप रहने के अलावा कोई रास्ता ही नहीं था। वह अपनी बेटी को धीरे-धीरे मौत के मुंह में जाते हुए देख रही थी।

कांजी रुत्ती के प्रति अधिक संवेदनशील और भावुक हो गया था एवं नियमित रूप से उससे मिलने आता था। वह प्रयास करता था कि रुत्ती किसी तरह जीवन की तरफ़ वापस लौट आए। उसमें जीने की जिजीविषा जाग उठे, किन्तु वह तो लगातार निराशा और अवसाद के गहरे समुद्र में जा रही थी। उसकी नाव की पतवार जर्जर हो चुकी थी। उसके खिले हुए लालीगुरन और कंचनजंघा की बर्फ़ उससे बहुत दूर होते जा रहे थे। उसने बाहर निकलना भी लगभग छोड़ दिया था। कांजी उसके मन को कुछ ताक़त देने, तथा शरीर को चलायमान रखने के लिए थोड़ी दूर तक टहलाने के लिए ले जाता। वह कांजी के हाथ का सहारा लेकर चलती। कांजी का मन उसकी यह स्थिति देखकर रुदन करने लगता था। वह जीवन और पारसी समाज के विषय में उससे बात करती थी। वह सामने उठती हुई समुद्र की लहरों को देखा करती। फिर वापस अपने बिस्तर पर आ जाती। जिन्हा की बहन फ़ातिमा हफ़्ते पखवाड़े आती, लेकिन उसका रुत्ती के प्रति कोई लगाव नहीं था। वह केवल अपनी भतीजी दीना को देखने आती थी। उसे लगता था कि आने वाले समय में दीना की परवरिश की ज़िम्मेदारी उसे ही लेना होगी। वह इस बात से भी आशंकित रहती थी कि कहीं ऐसा न हो दीना को उसके नाना-नानी ले जाएं तथा उसे इस्लाम से दूर कर पारसियों में ढाल लें।

कांजी की पत्नी की सहानुभूति भी रुत्ती के प्रति मानवीय थी। वह भी उसके स्वस्थ होने की कामना करती थी। कांजी अपना कामकाज संभालने के साथ ही रुत्ती की चिंता में डूबा हुआ था। वह कई बार तो दिन में दो-तीन बार उसे देखने चला जाता था। उस दिन भी जब कांजी रुत्ती के पास गया तो उसे लगा कि किसी भी तरह वह रुत्ती को वापस साउथ कोर्ट जाने के लिए मना ले तो यह उसकी बड़ी सफलता होगी।

"रुत्ती तुम होटल छोड़ दो और वापस साउथ कोर्ट चलो"- कांजी ने बेहद कमज़ोर और थकी हुई रुत्ती से कहा

"नहीं कांजी, साउथ कोर्ट अब मेरा नहीं रहा, तथा पेटिट हाउस के दरवाज़े मेरी साँसों के रहते कभी खुल नहीं सकते"- निराश और हताश रुत्ती ने कहा।

"तुम्हारी हालत इस समय बहुत ख़राब है, तुम्हें अपनी सेहत को देखना होगा। इसलिए ज़रूरी है कि तुम अपने घर पर रहो ताकि तुम्हारी केयर हो सके"- समझाते हुए कांजी ने कहा।

"मेरा घर? मेरा कौन सा घर कांजी! साउथ कोर्ट मेरा घर नहीं बचा है, वहां तो मेरा दम घुट जाएगा। कितना बड़ा धोखा खाया है मैंने उस घर में। वहां मुझे मरियम बना दिया गया, मैंने वह भी स्वीकार किया। मेरे सारे सपने उस साउथ कोर्ट ने छीन लिए और मैं चुपचाप देखती रही, मैं कैसे मान लूं कि वह मेरा घर है"- अपना आक्रोश व्यक्त करते हुए रुत्ती ने कहा।

कांजी नि:शब्द हो गया था।

"कुछ तो करना होगा हमें, तुम यहां अकेली कैसे रह सकती हो?"- कांजी ने अपनी चिंता जताते हुए कहा।

"एक बात कहूँ?"- रुत्ती कांजी की आँखों में झांकते हुए बोली।

"कहो"- कांजी ने उत्सुकता ज़ाहिर की।

"मुझे तुम्हारे घर ले चलो, मैं तैयार हूँ"- मुस्कुराते हुए रुत्ती ने कहा।

"यह क्या कह रही हो तुम?"- कांजी चौंक गया उसके मंतव्य को समझकर

"हाँ सही कह रही हूँ, कभी तुम यही तो चाहते थे, सच है ना"- रुत्ती नें कांजी को छेड़ते हुए कहा।

कांजी ने एक गहरी साँस भरी।

"वक़्त बहुत आगे निकल चुका है रुत्ती"- उसने धीरे से कहा।

"वक़्त समाप्त तो नहीं हुआ अभी" - रुत्ती ने पलट कर कहा।

"तुम जानती हो आज हम कहां खड़े हैं"- कांजी ने कहा।

"मैं जानती हूँ, डियर कांजी"- और रुत्ती चुप हो गई। एक गहरी ख़ामोशी छा गई कमरे में।

"डियर कांजी, यह एक मज़ाक़ ही था। लेकिन एक दोस्त के रूप में तो तुम्हारी पत्नी को भी मेरे वहां रहने पर कोई दिक्कत नहीं होगी"- माहौल को कुछ हल्का करते हुए रुत्ती ने कहा।

तभी रुत्ती की बिल्ली उछलती हुई आई और उसकी गोद में बैठ गई। रुत्ती उसे प्यार से दुलारती रही।

रुत्ती की आँखों में से आँसू बह रहे थे। कांजी पास बैठकर भी कुछ नहीं कर पा रहा था। एक गहरी चुप्पी पसरी हुई थी। इसी बीच दूसरी बिल्ली भी आकर रुत्ती की

गोद में बैठ गई। उसके दोनों हाथ बिल्लियों को सहलाने में लगे रहे। मस्तिष्क में तूफ़ान चल रहा था। काश! उसने अपने जीवन में मरियम बनना स्वीकार न किया होता। उसने उम्र की सीमाओं को समझा होता। कांजी ने अपनी भावनाएं उसके समक्ष व्यक्त कर दी होतीं। वह मिस पेटिट से मिसेज मरियम जिन्हा न होकर मिसेज कांजी बनी होती। लेकिन यह सारी बातें अब व्यर्थ थीं।

"कांजी"- अचानक रुत्ती का स्वर उभरा और पसरी हुई चुप्पी में ख़लल पैदा हुआ।

"क्या हुआ"- अपने ख्यालों में खोए कांजी ने कहा

"तुम मेरी अंत्येष्टि कराना प्लीज़, मुझे दफ़नाने मत देना, मैं मरियम नहीं रतनबाई के रूप में ही मरना चाहती हूँ"- कहते-कहते वह सिसक पड़ी।

"रुत्ती..." -एक दर्द उठा कांजी के भीतर,

"तुम्हें जीना है अभी, दीना के लिए जीना है। चलो मेरे लिए जीना है, यही मान लो"- दिलासा देते हुए कांजी ने कहा।

"नहीं, अब मेरा मन इस दुनिया में नहीं लग रहा"- रुत्ती लड़खड़ाते हुए उठी और कांजी से लिपट गई।

कांजी ने कोई प्रतिक्रिया नहीं दी। वह जड़वत सा बैठा रहा। रुत्ती की पीठ को थपथपाता हुआ। उसे महसूस हुआ कि उसका कांधा भीग रहा है। वह फिर भी नहीं हिला। रुत्ती के भीतर का एक पूरा समुंदर दो आँखों से बहकर कांजी के कांधे पर उतर आया था।

81

शांत बम्बई दंगों की चपेट में आ गया था। ये दंगे ख़ूबसूरत बम्बई को रक्त रंजित कर रहे थे। दुकानें लूटी जा रही थीं तथा लोग मारे जा रहे थे। पारसी इन दंगों में सबसे ज़्यादा प्रभावित थे। उनकी सुरक्षा के लिए सरकार को विशेष मजिस्ट्रेट नियुक्त करना पड़े थे। कांजी को भी इसी तरह भायखला में मजिस्ट्रेट नियुक्त किया गया था। वह रात के समय अपनी ड्यूटी करता और दिन में रुत्ती से मिलने ज़रूर जाता। रुत्ती का जन्मदिन बीस फरवरी को आने वाला था। तीन दिन बाकी थे। उस दोपहर रुत्ती कांजी के घर पहुंच गई थी। बेहद कमज़ोर तथा बीमार थी वह। कांजी की पत्नि उसके साथ थी। रुत्ती का अवसाद बढ़ता जा रहा था। दोपहर तक कांजी बम्बई आई हुई एनी बेसेंट के साथ था। जब कांजी घर पहुंचा तो उसने रुत्ती को अपने घर पर पाया। उसकी पत्नि ने बताया कि कैसे रुत्ती के आँसू बह रहे थे। वह घबराई हुई थी तथा समझ रही थी कि यह औरत अब बहुत ज्यादा समय तक दुनिया में नहीं रहेगी। बेहद ख़राब स्थिति थी उसकी। दीना

स्कूल गई थी। कुछ देर वहाँ रहने के बाद रुत्ती ने कांजी से उसे वापस छोड़ने हेतु बोला। कांजी चाहता था कि वह इस हालत में वापस न जाकर वहीं रहे। ताकि उसकी देखभाल वह और उसकी पत्नी बेहतर तरीके से कर सकें। लेकिन वह नहीं मानी। उसने कांजी से साफ कह दिया कि यदि वह नहीं जायेगा तो जैसे वह आई थी वैसे ही चली जायेगी। उसकी जिद के सामने कांजी को विवश होकर उसे छोड़ने जाना पड़ा। वह उसे अपनी कार से छोड़कर जैसे ही घर पहुंचा रुत्ती ने फोन किया तथा फिर उसे अपने पास बुला लिया। बहुत कमज़ोर होने के बावजूद उसने ख़ुद चाय बनाकर कांजी को पिलाई थी।

शाम हो चुकी थी। कांजी को कुछ ज़रूरी काम के लिए जाना था। रुत्ती की सिसकियां थम नहीं रहीं थीं। कांजी ने प्रेम से उसके माथे पर हाथ रखा। वह उसकी तरफ़ निहार रही थी।

"तुम यहीं रुको कांजी"- रुत्ती ने कातर नज़रों से देखते हुए कहा

"मुझे एनी बेसेन्ट को छोड़ने जाना है, वे बम्बई आई हैं। तुम चिंता मत करो, मैं उन्हें छोड़कर जल्दी ही वापस आ जाउंगा"- कांजी ने कहा।

वह कुछ गम्भीर हुई। एनी बेसेन्ट रुत्ती की शुभ चिंतकों में से थीं। रुत्ती स्वस्थ होती तो वह स्वयं उनसे मिलने ज़रूर जाती। एनी उससे जीवन के फ़लसफ़े पर कुछ बातें करते हुए अवसाद से बाहर लाने का प्रयास करती। लेकिन आज तो स्थिति ऐसी थी ही नहीं, जो वह कहीं जाने का सोच भी सकती।

"ठीक है"- इतना भर कह कर रुत्ती ने कांजी का हाथ छोड़ दिया। अर्थात उसने जाने की इज़ाजत दे दी थी।

कांजी चला गया था। एनी बेसेन्ट बम्बई से रवाना हो गईं। उन्हें छोड़कर कांजी वापस रुत्ती के पास पहुंचा तो रुत्ती बेहोश थी। उसने नींद की गोलियां खा रखी थीं। मजबूरी यह थी कि इस स्थिति में वह न तो किसी से कुछ कह सकता था, न कुछ कर सकता था। पूरी रात कांजी रुत्ती के होश में आने का इंतिज़ार करता रहा था। उसके सामने रुत्ती के रूप में उसका एक सपना दम तोड़ रहा था। उसकी यादों के घोड़ों की टापें उसके कानों में बज रहीं थीं। बम्बई की सबसे ख़ूबसूरत कली को अपने सीने से लगाने का उसका सपना रुत्ती ने ही तो चकनाचूर कर दिया था मरियम बनकर। अपने सामने वह अपनी ही धड़कन को बेधड़कन होते हुए देख रहा था। रुत्ती की साँसें किसी तरह वापस आ जाएं यही प्रार्थना थी उसकी अपने अगियार की शाश्वत अग्नि और अहुरा मज़्दा से। सत्रह फरवरी की रात गुज़रकर अठ्ठारह में बदल चुकी थी। अंततः रात के आख़िरी पहर में रुत्ती को होश आ गया। कांजी ने राहत की साँस ली। उसने रुत्ती का हाथ अपने हाथ में लिया। दीना गहरी नींद में सो रही थी। वह नहीं जानती थी कि उसकी माँ अब उसके साथ आँचल के रूप में कब तक रहेगी।

"तुम जो कर रही हो, वह ठीक नहीं है"- जब कांजी ने यह कहा तब उसकी आँखों से कुछ बूंदें उछलकर बाहर आ गई थीं।

"मैं कुछ नहीं कर रही डियर कांजी, जो हो रहा है वही मेरा भाग्य है"- रुत्ती ने कांजी के हाथ को कसकर पकड़ते हुए कहा।

"नींद की गोलियां खा कर तुम ख़ुद को इस तरह क्यों ख़त्म कर देना चाहती हो?"- कांजी ने प्रश्न किया।

रुत्ती ने कोई उत्तर नहीं दिया।

"माय डियर, एक रिक्वेस्ट ज़रूर है तुमसे, मानोगे ना तुम"- रुत्ती ने कांजी की तरफ़ देखते हुए कहा।

"क्यों नहीं मानूंगा, बताओ तुम"- उसने दिलासा देते हुए कहा।

"दीना को अगियार ले जाना, उसे साउथ कोर्ट की बेरहम दीवारों में क़ैद मत होने देना" -वह बोली।

"प्लीज़ तुम जल्दी ठीक हो जाओ, दीना की परवरिश तुम्हें ही करना है"- वह बोला।

"और हाँ, मेरी बिल्लियों की देखभाल मेरे बाद तुम ही करना, उन्हें किसी को मत देना, कोई दूसरा तो उन्हें मार ही डालेगा। ये बेजुबान दुत्कार सहने की आदी नहीं हैं। इनके साथ कोई अत्याचार न कर सके, ख़ासतौर से साउथ कोर्ट के जालिम"- बिल्लियों के प्रति अपने लगाव को व्यक्त करते हुए उसने कहा।

"बार-बार यह अपशगुन की बातें क्यों कर रही हो तुम"- खीजते हुए उसने कहा।

"तुम मेरे लिए परेशान होना छोड़ दो कांजी"- मुस्कुराने की कोशिश करते हुए वह बोली।

"ठीक है, लेकिन तुम यह सब क्यों कर रही हो पहले इसका उत्तर दो"- कांजी ने कहा।

रुत्ती फिर चुप हो गई।

"आख़िर क्यों? जवाब दो"- कांजी की वेदना बह निकली।

"मेरे पास इसका कोई जवाब नहीं है, पता नहीं अब कब तक सांसें हैं, तुम बहुत थके हुए हो, जाओ घर जाकर सो जाओ"- रुत्ती ने कांजी की थकान को समझते हुए कहा।

"कैसे जाऊं तुम्हें इस हाल में छोड़कर मैं"- कांजी ने अपनी पीड़ा दबाते हुए कहा।

"जाओ कांजी, मुझे पता है तुम उदास भी हो और बहुत थके हुए भी, मेरे पास मेरी नर्स भी है और दीना की आया भी, यदि कुछ ज़्यादा ज़रूरत हुई तो वह तुम्हें फोन से बता देंगी"- रुत्ती ने थकावट से जूझ रहे कांजी को समझाते हुए कहा।

कांजी वहाँ से चला गया। वह घर पहुंचकर नहाया ताकी कुछ ताज़गी महसूस कर सके। उसकी आँखों में नींद भरी हुई थी, लेकिन वह सो नहीं पाया। उसकी पत्नी ने रुत्ती के बारे में पूछा तो कांजी ने सीधा सा उत्तर दिया- "कुछ कहा नहीं जा सकता कि वह कितने समय की मेहमान है, घंटे दिन अथवा सप्ताह"

वह रुत्ती और उसके जीवन के रास्तों पर भटकता रहा। रुत्ती उसके जीवन में न होकर भी उसका एक महत्वपूर्ण हिस्सा बन चुकी थी। प्रेम क्या होता है, उसने महसूस किया था। उसने विवाह भी किया लेकिन रुत्ती के प्रति उसका रूहानी आकर्षण कभी ख़त्म नहीं हुआ। अगर उसकी देह से उसका वास्ता होता, तो आज एक जीर्ण-शीर्ण सी बेदम देह उसे क्या दे सकती थी। अगर उसके सौंदर्य के प्रति उसका लगाव होता, तो वह सौंदर्य कब का मकबरा बन चुका था। अगर उसकी दौलत पर उसकी नजर होती, तो वह अपने पिता के धन से बेदखल की जा चुकी थी। अगर उसके रुतबे और सामाजिक स्थिति से उसे प्रेम होता तो वह एक तिरस्कृत बेटी, पत्नी और मां थी। कांजी का रुत्ती से प्रेम था। अलौकिक प्रेम, जो न तो किसी शब्दों में बंधा होता है, न ही जुबान पर रखे जुमलों में। वह तो आँखों में खुशबू देता हुआ तथा अनाम होता है। वह किसी मूल्य का प्रतिफल नहीं बल्की जीवन मूल्यों की आधार शिला पर रखा प्राण होता है। वह ईश्वरीय होता है न कि दुनियावी। बग्घी में बैठी चौदह साल की रुत्ती की तरफ़ आकृष्ट कांजी की आत्मा आज बिस्तर पर पड़ी मरणासन्न रुत्ती के प्रेम में तड़प रही थी। वह उसे बचाना चाहता था, लेकिन असमर्थ था। कांजी कहीं नहीं गया था, उसने सारे काम छोड़ दिए थे। रात को भी वह सो नहीं पाया था। वह समझ चुका था कि उसके प्रेम की बिदाई अब करीब ही है।

82

उन्नीस फरवरी को बसंत की सुहानी सुबह होने को थी। आसमान में अभी कुछ बड़े तारे चमक रहे थे। लेकिन कांजी का मन जैसे आषाढ़ की उमस में भरी बेचैनी से ग्रस्त था। बीस फरवरी रुत्ती का जन्मदिन है। वह अपने सिर्फ़ उन्तीसवें जन्मदिन पर निराश और हतोत्साहित है। जबकि इस उम्र में तो उसे पूर्ण रूप से खिला हुआ फूल होकर अपनी सुगंध से बम्बई को मादक बना देना चाहिए था। उसकी सुरभित साँसों की गिरफ्त में न जाने कितने दिलों की धड़कनों को होना चाहिए था। जिन्हा को तो शायद याद ही नहीं होगा रुत्ती की भावनाओं के इस उत्सव का पल। कितना बड़ा स्वार्थी है यह मोहम्मद अली जिन्हा जिसने तिल-तिल कर रुत्ती को मार दिया है। कांजी दिनभर रुत्ती के साथ बिताना चाहता था उसके जन्मदिन का समय। उसे मुस्कुराते हुए देखना चाहता था

जन्मदिन के शुभ अवसर पर। अगला दिन वह रुत्ती के लिए यादगार दिन बनाकर उसकी धड़कनों को लम्बी, लम्बी और बहुत लम्बी करना चाहता था। वह यह सब सोच ही रहा था तभी कांजी के फोन की घंटी बजी। कांजी ने फोन उठाया। दूसरी तरफ़ रुत्ती थी।

बेहद धीमी आवाज़ में रुत्ती ने सिर्फ़ इतना ही कहा- "आज ऑफिस जाते समय मुझसे मिलते हुए जाना"

और उसने फोन रख दिया था।

कांजी कुछ देर तक फोन का चोगा पकड़े रहा। उसे रुत्ती की आवाज़ बहुत कमज़ोर लगी थी। बिलकुल इस तरह जैसे किसी दरकी हुई ज़िंदगी से कुछ स्वर जबरदस्ती निकालने का प्रयास किया जा रहा है। कुछ देर पहले वह उसे जन्मदिन एक उत्सव के रूप में उपहार स्वरूप भेंट करना चाहता था, फोन सुनते ही वह उदास हो गया था।

कांजी तैयार हुआ और रुत्ती के पास पहुंच गया। वह बहुत ज़्यादा कमज़ोर महसूस हो रही थी। अर्ध मूर्छित सी।

"मैं किसी को बुला लेता हूँ तुम्हारी देखभाल के लिए"- कांजी ने कहा

किसे बुलाओगे डियर? मेरा तो अब दुनिया में कोई है ही नहीं। दोस्त, प्यार, साथी शुभचिंतक जो भी हो बस तुम ही हो"- रुत्ती के अवसाद का सागर एक बड़ी लहर के साथ उसकी ज़ुबान पर आया।

"तुम्हारी माँ को बुला लेता हूँ"- कांजी ने कहा

"नहीं, बिलकुल मत बुलाना उन्हें"- रुत्ती ने जैसे अपना अंतिम फ़ैसला सुनाते हुए कहा।

"फ़ातिमा को ही बुला लेता हूँ"- कांजी ने कहा।

"उफ! कांजी तुम समझते क्यों नहीं हो। 'जे' और उनके परिवार से मैं बहुत दूर जाना चाहती हूँ"- ग़ुस्सा दिखाते हुए रुत्ती ने कहा।

"कल तुम्हारा जन्मदिन है"- कुछ उत्साहित होते हुए कांजी ने कहा।

रुत्ती केवल मुस्कुरा दी थी, उसकी आँखों में दर्द छलक आया था।

"तुम कल उन्तीस साल की हो जाओगी, जिन्हा साहब तुम्हें याद करेंगे इस दिन"- कांजी ने दिलासा देने के लिए कहा।

वह ख़ुद जानता था कि मरियम बनने के पश्चात ही जिन्हा की नज़र में रुत्ती के जन्मदिन का कोई महत्व नहीं रहा था। शादी के बाद का पहला जन्मदिन भी तो उसने रुत्ती के पास रहकर नहीं मनाया था। उसने इस अवसर पर बाहर रहते हुए कभी भी फोन कर रुत्ती को बधाई तक देने की औपचारिकता नहीं की थी, तो अब हर तरह से

दूर होने के बाद वह फोन करेगा, यह सम्भव नहीं है। लेकिन किसी टूटती हुई साँस को वह दिलासा तो दे ही सकता था।

"कितने साल, और कितनी उम्र, अब इनके कोई मायने नहीं रहे कांजी। कोई भरोसा नहीं है। और फिर 'जे' तो जा चुके हैं मेरे अस्तित्व से बहुत दूर। शायद मैं भी मरियम से वापस रुत्ती की तरफ़ लौटना चाहती हूँ"- रुत्ती ने अपनी वेदना व्यक्त करते हुए कहा।

"मेरा मन तो नहीं कर रहा तुम्हें इस दशा में छोड़कर जाने को, लेकिन मुझे जाना है कहीं ज़रूरी काम से। मैं रात को तुमसे मिलने आऊंगा"- कांजी ने गहरी साँस लेते हुए कहा।

"ज़िंदा रही तब ना"- रुत्ती ने गहरी साँस लेते हुए कहा।

एक वज्रपात सा हुआ था यह सुनकर कांजी के सीने पर। वह इस शब्द की ध्वनि से सिहर गया था। अपने जन्मदिन पर पूरी बम्बई में अभिजात वर्ग की सर्वाधिक चर्चित रुत्ती। ताज होटल में पेटिट द्वारा अपनी बेटी के जन्मदिन पर दी जाने वाली शहर भर की सबसे बड़ी पार्टी की किरदार रुत्ती। दुनिया के सबसे महंगे परिधान पहन कर जन्मदिन पर गुलदस्ते लेती रुत्ती। बम्बई के युवाओं की धड़कन बन चुकी रुत्ती। कहां गई वो रुत्ती, जिसे देखकर कांजी के दिल की धड़कनें तेज हो जाया करतीं थीं। आज सपनों की राजकुमारी वही रुत्ती केवल उन्तीसवें जन्मदिन के एक दिन पहले चहकने के बजाए आशंकित है कि वह जीवित भी रहेगी क्या?

"अहुरा मज़्दा, अहुरा मज़्दा"- कांजी ने उसके ओठों पर अपनी अंगुली रखते हुए कहा। कांप गया था वह।

"कांजी, बस तुम इतना करना मेरी अंत्येष्टि करवाना, मुझे दफ़नाना नहीं। मैं मरियम होकर मरना नहीं चाहती, वापस रतन बाई पेटिट की पहचान से अगियार और अहुरा मज़्दा की उपासक होकर ही मरना मेरी अंतिम इच्छा है। अगियार और अहुरा मज़्दा मेरी दीना पर आशीर्वाद रखें"- रुत्ती ने कातर दृष्टि से कांजी को देखते हुए कहा।

"रुत्ती"- उसने फिर एकबार अपनी अंगुली उसके ओठों पर रख दी।

"और हाँ, मैं एक बार फिर याद दिला रही हूँ कांजी, मेरी बिल्लियों का ध्यान रखना। उन्हें किसी को दे मत देना। तुम्हारे अलावा और कोई भी उन्हें नहीं सम्भालेगा। बेचारी अनाथ न हो जाएं"- रुत्ती ने अपनी बिल्लियों के प्रति फिर से गहरी चिंता व्यक्त करते हुए कहा।

"प्लीज़ जीवन की आशा रखों रुत्ती, तुम जल्दी ठीक हो जाओगी। दीना और तुम्हारी बिल्लियों की देख-भाल तुम्हें ही करना है"- विश्वास की ज्योति को कुछ मज़बूत करते हुए कांजी ने कहा।

"अब कुछ नहीं होगा, भाग्य जिस मोड़ पर लेकर आ गया है उसे न तो मैंने कभी सोचा था, न मेरे पप्पा ने। काश..."- रुत्ती ने फिर निराश होते हुए कहा।

"तुम जितना मिस्टर जिन्हा को चाहती हो, वे भी तुम्हें उतना ही प्यार करते हैं। देखो वे बम्बई में होने पर तुमसे मिलने आते हैं"- कांजी ने प्यार की डोरी का सिरा पकड़ते हुए कहा।

"बम्बई में होते हैं तब, और अभी वे बम्बई में नहीं हैं, सच यही है कि मेरे साथ छल हुआ है। मुझे रुत्ती से मरियम बनाने का छल। मुझे तब ही समझ जाना चाहिए था जब साउथ कोर्ट में मुझे काला नक़ाब पहनाया गया था। मैं ख़ुद ही उस काले नक़ाब की सच्चाई को नहीं समझ सकी"- रुत्ती अपने अतीत का पश्चाताप करते हुए बोली।

उसकी ज़ुबान थक चुकी थी, वह और कुछ भी बोलने की स्थिति में नहीं थी।

"तुम आराम करो, ज़्यादा मत सोचो"- कांजी ने उसका हाथ थामते हुए कहा।

रुत्ती नें अपनी हथेलियों में कांजी का हाथ लेकर चूम लिया।

उसकी आँखों में से कुछ बूंदें बह निकली थीं। ये केवल आँसू नहीं थे, उसके जीवन में घुला हुआ खारापन था। उसमें इतनी भी हिम्मत नहीं थी, की वह ज़ोर-ज़ोर से रोकर अपने मन को कुछ हल्का कर ले। उसकी बिल्लियां उदास थीं, म्यांऊ-म्यांऊ करती हुई उसके आसपास घूम रही थीं। अबोध दीना गुम-सुम थी, जो यह भी नहीं जानती थी कि उसकी माँ का आँचल बहुत ही कमज़ोर हो गया है। उसकी आया, और नौकर सब ख़ामोश थे। उदास तो दार्जिलिंग के मैगनोलिया और माइकलिया के फूल भी थे। उदास महानंदा का पानी और कंचनजंगा की धवल बर्फ़ भी थी, और उदास दार्जिलिग के पेटिट बंगले में रुत्ती से बेइंतहा प्यार करने वाले गुल अहमद, शेर सिंह, हलदार बिजित, हसन अली, सोमित सरकार, थॉमस तिरोती, शम्सु, और भारुल भी। कहीं पर शांता भी उदास थी। रुत्ती की आवाज़ को पहचानकर हिनहिनाने वाले शेबुल और ब्रेकिट भी उदास थे। पेटिट हॉल की दीवारे, आंगन लॉन और फूल भी उदास थे। उदास वह धागे जैसा चाँद भी था जो रुत्ती की नादानी का गवाह था। इन सब उदासियों में एक अट्टहास था। वह अट्टहास था वक़्त का। वह अट्टहास था छल का, कपट का और विश्वासघात का।

क्या कहता कांजी। उसके ओंठ बुदबुदाए। लेकिन क्या कहा, वह ख़ुद ही नहीं सुन सका। शायद उसने फिर से अहुरा मज़्दा से रुत्ती के ठीक होने की प्रार्थना की थी।

वह रुत्ती के माथे पर अपना हाथ फेर कर चला गया। उसे रात में किसी उत्सव में जाना था। जो बम्बई के अभिजात वर्ग के मित्रों ने रात्रि भोज के रूप में रखा था। कांजी का मन वहां बिलकुल भी नहीं लग रहा था। उसके परिचितों ने उसे अनमना देखकर उसके स्वास्थ्य के बारे में पूछा। वह उदास था, मित्रों ने उसकी उदासी का

कारण जानना चाहा। वह कुछ परेशान महसूस हो रहा था वहां जश्न मना रहे दोस्तों के बीच। सबने उसकी तरफ ध्यान दिया था। लेकिन उसने सबको बताया कि वह स्वस्थ है। स्वस्थ तो वह तन से था ही। लेकिन मन उसका विचलित था। वहां से वह सीधा रुत्ती के पास गया। रात काफ़ी हो चुकी थी। आधी रात को घंटाघर के बारह घंटे बजने में कुछ ही समय रहा होगा। ये बारह घंटे आधी रात को तारीख बदलकर कांजी के दिल पर अंकित एक-एक पल को उल्लासित करने वाले थे। ऐसा हो भी क्यों न आखिर यह दिन एक विशेष दिन में बदल जायेगा घड़ी के बारह घंटे बजते ही।

रुत्ती की केयरटेकर सो रही थी। दीना भी गहरी नींद में थी। उसने केयरटेकर को उठाया। रुत्ती गहरी सांसें लेते हुए काफ़ी गहरी नींद में थी। उसे अब इस दिन का कोई इंतजार ही नहीं था। वह इस दिन से जैसे डरने लगी थी। कांजी चाहता था जैसे ही घड़ी की सुईयों का बारह बजे पर पूर्ण मिलन हो, वह रुत्ती को उसके जन्मदिन की बधाई दे। इस अवसर पर शुभकामना हेतु वह रुत्ती की पसंद के पिंक और नीले गुलाबों का गुलदस्ता लाया था। उसने देखा कि अभी क़रीब आधा घंटा बाकी है। वह रुत्ती के सिरहाने बैठ गया। रुत्ती का मासूम चेहरा उसके सामने था। एक ऐसा चेहरा जिसे कांजी ने सारी उम्र के लिए आँखों में बसा रखा था। लेकिन यह चेहरा पूरी तरह मुरझा चुका था। उस पर सुनहरी दमक अब नहीं थी, इसकी जगह निस्तेज पीलापन था। उसके बदन से उठने वाली मादक सुगंध गायब हो चुकी थी। उसकी साँसों के आने-जाने पर हवा में घुलनेवाली मानवीय उपस्थिति की अजीब सी गंध बाकी थी। रुत्ती को निहारते हुए न जाने कब आधा घंटा बीत गया था। तभी दूर घंटाघर की मीनार पर लगी घड़ी द्वारा बारह घंटे बजाने की मद्धिम आवाज़ सुनाई दी। कैलेंडर पर तारीख़ बदल चुकी थी। रुत्ती का जन्मदिन बीस फरवरी शुरू हो गया था, वह उन्तीस साल की हो गई थी। उसने एक करवट बदली। शायद घंटों की आवाज़ से उसकी नींद में ख़लल पड़ा था। लेकिन आँखें नहीं खोलीं। कांजी उसे चाहकर भी न जगा सका। वह जानता था कि रुत्ती अगर जाग गई तो फिर वह नींद की गोलियां खा कर सोएगी। उसने भरपूर निहारा अपने प्रेम को। कल्पनाओं के हंस ने उसके मन में उड़ान भरी। फिर वह दूर आकाश में चौदह साल की रुत्ती के साथ उड़ चला। वह उड़ता ही रहा, उसे अपने पंखों पर बिठाए। लेकिन इस दौरान रुत्ती ने उसकी तरफ़ देखा भी नहीं। इसी बीच एक गिद्ध आसमान में आ गया। उस गिद्ध ने रुत्ती को जाने क्या कहा कि वह बिना बात किए ही गिद्ध के साथ उड़ने लगी। कांजी के सपनों का हंस उस गिद्ध का कुछ भी नहीं बिगाड़ सका। फिर उस गिद्ध ने रुत्ती पर अपने नाख़ून और चोंच गड़ाना शुरू कर दिए। रुत्ती लहुलुहान होकर भी गिद्ध के साए से बाहर नहीं आई। हंस देखता रहा यह सब। और आख़िर वह गिद्ध बिलखती और तड़पती घायल रुत्ती को छोड़कर ओझल हो गया। कांजी की तंद्रा टूट गई।

उसने रुत्ती के माथे के क़रीब अपनी हथेली लेजाकर उसे बिना स्पर्श किए सहलाया, ताकि वह जाग न जाए। उसने दूर से ही उसका माथा चूमा। फिर उसने एक काग़ज़ पर कलात्मक अक्षरों से रुत्ती के उन्तीसवें जन्मदिन की शुभकामना लिखी जिसे गुलदस्ते में सजा कर रुत्ती के सिरहाने रख दिया। उसे लगा रुत्ती उठकर जब यह गुलदस्ता देखेगी तो उसमें कुछ ताज़गी आएगी तथा जीवन के प्रति उसका विश्वास प्रबल होगा।

कांजी ने एकबार फिर रुत्ती का चेहरा निहारा, और ख़ामोशी से अपने घर चला गया। दो रात से लगातार जाग रहे कांजी पर नींद सवार हो चुकी थी। घर पहुंचकर वह जैसे ही अपने बिस्तर पर गया नींद ने उसे दबोच लिया। उसकी नाक से गहरी नींद के संकेत स्वर करने लगे थे।

83

नई दिल्ली के वेस्टर्न कोर्ट के अपार्टमेंट में जिन्हा और चमनलाल की बातचीत चल रही थी। यह बीस फरवरी उन्नीस सौ उनतीस का दिन था। जिन्हा की प्रेयसी रुत्ती से पत्नी बनी मरियम का उनतीसवां जन्मदिन। लेकिन न तो जिन्हा को यह याद था, न ही उसने इस अवसर पर रुत्ती से कोई बात करने की परवाह की थी। ऐसा पहली बार नहीं था। शादी के बाद पहले जन्मदिन से ही यह सिलसिला शुरू हो गया था। रुत्ती के उल्लास पर जिन्हा की राजनीति का खोल हमेशा उपेक्षा का कंबल साबित हुआ था। शाम होने को आई थी, लेकिन दिल्ली के वातावरण में पारा दस डिग्री से नीचे चल रहा था। कोहरा इतना था कि कुछ मीटर दूर लगे पेड़ भी भूत-पिशाच की परछाई की तरह दिखाई दे रहे थे। सूरज ने सारा दिन कोहरे की क़ैद में ही बिता दिया था। दोनों ओव्हर कोट पहने हुए थे तथा कमरा गर्म करने के लिए चिमनी सुलग रही थी।

तभी फोन की घंटी बजी। जिन्हा ने कॉल रिसीव किया।

दूसरी तरफ़ से ऑपरेटर ने पूछा- "मिस्टर मोहम्मद अली जिन्हा?"

"यस, आई एम जिन्हा"- उसने जवाब दिया

"बम्बई से कॉल है, बात कीजिए"- ऑपरेटर ने कॉल मिला कर बम्बई को बताया- "बात कीजिए मिस्टर जिन्हा लाइन पर हैं"

"दिनशॉ बोल रहा हूँ"- एक बेहद उदास और मजबूर आवाज़ थी वह

"आ...प...?"- जिन्हा चौंका

"रुत्ती मर गई है"- दिनशॉ की सिसकी भरी आवाज़ आई।

"ओ माय गॉड"- जिन्हा का स्वर फूटा।

दिनशॉ ने कॉल डिस्कनेक्ट कर दिया।

जिन्हा थोड़ी देर चोगा पकड़े बैठा रहा। उसकी आँखों में कुछ नमी तैर गई थी। यह नमी सूखी रेत में आई किसी बूंद की तरह थी।

"क्या हुआ"- चमनलाल ने पूछा

"रुत्ती बहुत सीरीयस है। मुझे आज रात ही जाना होगा"- जिन्हा ने रुत्ती की मृत्यु की बात छुपाते हुए कहा।

"उस तरफ़ मेरे ससुर दिनशॉ पेटिट थे"- कुछ रुककर जिन्हा बोला।

मार्च उन्नीस सौ सत्रह के बाद बीस फरवरी उन्नीस सौ उन्तीस अर्थात बारह साल बाद दिनशॉ पेटिट ने कुछ सेकेंड के लिए जिन्हा से बात की थी। वह भी रुत्ती की मृत्यु की सूचना के रूप में। दिनशॉ व्यथित थे तो जिन्हा हतप्रभ। वह दिनशा से कुछ बोल ही नहीं पाया था। दस महीने की दो दाँत निकलते हुए मूंछों वाले अंकल से डरती बच्ची से अल्हड़ नव यौवना, और उसके बाद प्यार में मरियम बनी और उसी प्यार के लिए तरसती बीमार रुत्ती का अपराधी जिन्हा अपने अतीत के मोहब्बत-नामे में केवल एक टूटी-फूटी लड़की को चलचित्र की तरह देख रहा था।

जिन्हा अगले दिन फ्रंटियर मेल के प्रथम श्रेणी के कूपे से बम्बई के लिए रवाना हो गया।

84

कांजी आज की शाम रुत्ती के साथ बिताना चाहता था। उसके जन्मदिन पर उसका मन बहलाते हुए इस शाम को यादगार बनाना चाहता था ताकि अपनी बीमारी से उसे कुछ राहत मिले तथा उसके अधरों पर कुछ मुस्कान उतर पाए। इसलिए वह सुबह उससे मिलने नहीं गया था। दोपहर बीत चुकी थी। बम्बई का मौसम सुहाना था। आसमान नीला और सूरज की चमक गुनगुनी थी। समुद्र हमेशा की भांती नॉरीमन पांइट के किनारों से टकराकर अपना संगीत छेड़ रहा था, एवं कोलाबा के तट पर लहरें अठखेलियां कर रहीं थी।

कांजी के फोन की घंटी बजी

उधर से कोई अनजानी आवाज़ थी, जिसने सूचित किया कि रुत्ती बेहोश है, तथा अपनी आख़िरी सांसें गिन रही है।

"अगर ज़िंदा रही तब ना"- कांजी के मस्तिष्क में रुत्ती के वह अपशगुनी शब्द विस्फोट की तरह फूट गए।

कांजी तुरंत तैयार हुआ तथा रुत्ती की ओर चल पड़ा। उसके पैर कार के एक्सीलेटर को लगातार दबाए जा रहे थे। उसे लग रहा था कि कार इतनी धीमी क्यों चल रही है, जबकि कार अपनी गति से बहुत ज़्यादा तेज चलकर हाँफने लगी थी।

कांजी जब तक रुत्ती के तकिए के पास पहुंचा, वहां रुत्ती की देह मात्र थी। उसकी आत्मा अनंत यात्रा की तरफ़ जा चुकी थी। अपने सारे दुःख, धोखे, प्रेम, सौंदर्य, पिता की नाराज़गी, माँ की दुविधा, मित्रों की उदासीनता, बुआ की बे-रुख़ी, जिन्हा का स्वार्थ, फ़ातिमा की नफ़रत, अपनी बिल्लिया, कुत्ते, साउथ कोर्ट, ताज होटल, पलंग पर रखी नींद की गोलियां, अपनी प्यारी सी बेटी दीना और अपने अव्यक्त भावों के भंवर में झूलते सबसे प्यारे दोस्त कांजी को छोड़कर। उसकी निष्प्राण देह सफ़ेद चादर से ढंकी हुई थी। एक गुलदस्ता और एक काग़ज़ का पुर्जा जिसपर कलात्मक रूप से जन्मदिन की शुभकामना लिखी थी, रखे थे। पुर्जा अपनी जगह से हटा हुआ था। इसका तात्पर्य था रुत्ती ने कांजी की शुभकामना स्वीकार कर ली थी।

दिनशॉ पेटिट, दीना पेटिट, मामाबाई पेटिट, रुत्ती को बचपन से अपनी बाहों में झुलाने वाले कुछ सेवक, तथा फ़ातिमा भी वहां आ गए थे। दिनशॉ ने पिछले बारह साल से जो आँसू अपनी आँखों में रोक रखे थे वे लगातार बह रहे थे।

कांजी ने सिर पर से चादर हटाई। उसने आँसुओं से लबालब आँखों से उसे निहारा। सामने एक चेहरा था, पूर्णिमा के चंद्रमा सा चेहरा जो किसी धागे जैसे चांद के नेकलेस को अपने उरोजों पर धरे मुस्कुरा रहा था। उसमें से धवल और निर्मल किरणे अब भी प्रस्फुटित हो रहीं थीं जिनकी आभा को सिर्फ कांजी देख पा रहा था। वह चेहरा स्वर्णिम था। उसका आकर्षण अभी भी वैसा ही था जो पंद्रह वर्ष पहले बग्घी में बैठे इस चेहरे में कांजी ने देखा था। लेकिन अब उसमें कोई हलचल नहीं थी,वह मौन हो चुका था।

उसके दिमाग़ में लगातार धमाके हो रहे थे जिसमें उसके जीवन की अधूरी चाहत बार-बार उससे दो बातें कह रही थी।

"ज़िंदा रही तब ना"

और

"कांजी तुम मेरी अंत्येष्टि करवाना। मैं मरियम नहीं, रुत्ती बनकर ही मरना चाहती हूँ"

85

बाइस फरवरी को बम्बई के ग्रांट रोड स्टेशन पर फ्रंटियर मेल के आने का समय हो गया था। कांजी द्वारकादास अपनी कार लिए स्टेशन पर मौजूद था। जिन्हा अपने फर्स्ट

क्लास कम्पार्टमेंट से उतरा। कांजी ने उसका अभिवादन किया। ट्रेन में वाइसरॉय का टेलीग्राम भी उसे मिला था जिसमे उन्होंने उसकी पत्नी की मृत्यु पर शोक व्यक्त किया था। लेकिन कांजी ने देखा कि जिन्हा के चेहरे पर कोई भी ऐसा भाव नहीं है जिसे उदासी कहा जा सके। दोनों कार में बैठ गए।

"इतनी बीमार तो नहीं थी कि डैथ ही हो जाती"- जिन्हा ने कांजी से बातचीत शुरू की।

"तीन-चार दिन से कुछ ज़्यादा ही डिप्रेशन में थी"- कांजी ने कहा।

"तुमने मुझे फोन नहीं किया"- जिन्हा बोला।

"क्या लाभ होता"- अपनी उदासी को दबाते हुए कांजी ने कहा।

"हूँ"- जिन्हा ने गहरी साँस ली।

"अंतिम इच्छा व्यक्त की थी उसने"- कांजी ने संक्षिप्त रूप से कहा।

"क्या?"- जिन्हा ने भी उतना ही संक्षिप्त होकर पूछा।

"वह चाहती थी कि उसकी अंत्येष्टि की जाए, उसे दफ़नाया न जाए"- कांजी ने कहा।

जिन्हा ने कोई जवाब नहीं दिया।

"मिस्टर पेटिट कहां हैं"- जिन्हा ने पूछा।

"ताज में रतन के पास"- कांजी ने बताया।

"अंतिम इच्छा के बारे में आपने बताया नहीं। उसकी अंत्येष्टि करना है"- कांजी ने कहा।

"नहीं, ऐसा नहीं हो सकता"- जिन्हा ने सख़्त होते हुए कहा।

"क्यों नहीं हो सकता?"- कांजी ने पूछा।

"वह मरियम थी, मेरी बीवी, एक मुस्लिम, अगर उसे दफ़नाया न गया तो मेरे बारे में मुस्लिम आवाम में ग़लत संदेश जाएगा"- जिन्हा ने स्पष्ट कहा।

"लेकिन उसकी अंतिम इच्छा?"- प्रश्न किया कांजी ने।

"वह कोई मायने नहीं रखती"- जिन्हा ने कांजी की तरफ तल्ख़ी से देखते हुए कहा

वह जिन्हा की तरफ़ देखकर उसकी कठोरता और भावहीनता पर विस्मित हो रहा था। उसकी आँखों के समक्ष रुत्ती का वह निर्दोष चेहरा घूम रहा था, जब वह कह रही थी "कांजी मुझे वापस रुत्ती बना लो, मैं मरियम के रूप में मरना नहीं चाहती। मेरी आख़िरी ख़्वाहिश को तुम पूरी कर देना। मेरी अंत्येष्टि करवाना, मुझे दफ़नाना मत"

लेकिन कांजी आज रुत्ती की आख़िरी ख़्वाहिश पूरी नहीं कर सकता था।

86

नहलाने और कफ़न उढ़ाने के बाद पाला गली मस्जिद में रुत्ती का शव रखा था। इमाम क़िबला की तरफ़ मुंह करके उसके कंधे के सामने खड़ा हुआ। सलात-अल-जनाज़ा की तैयारी हो चुकी थी। वहां मौजूद सभी मुसलमानों ने नियत बांधी और कान तक अपने हाथ उठाकर पहली तकबीर की। इमाम ने बिस्मिलाह कहकर धीरे से सूरा-अल-फ़ातिहा पढ़ा। फिर अल्लाह-हू-अकबर कहा।

दूसरी तकबीर के बाद इमाम ने चुपचाप सलात-अल-इब्राहिमिया पढ़ा। तीसरी तकबीर के बाद उसने शांत भाव से दुआ पढ़ी और फिर चौथी तकबीर के बाद अपना सिर दाहिनी ओर घुमाकर नमाज़ पूर्ण की तथा "अस्सलामुअलेकुम वारहमतुल्लाह" कह कर आख़िरी सलाम दिया।

रुत्ती की देह मरियम के रूप में ही अपनी अंतिम यात्रा पर चल पड़ी। उसकी देह को एक बग्घी में रखा गया। जिन्हा के पिता और भाई, तथा वे रिश्तेदार जो पुंजा भाई ठाकोर के साथ वैष्णव हिन्दु धर्म छोड़कर इस्माइली इस्लाम में चले गए थे, तथा पनेली से बम्बई आकर बस गए थे, माझगांव के खोजा शिया मुस्लिम कब्रिस्तान में दफ़नाये गए थे। रुत्ती की देह को भी उसकी अंतिम इच्छा के विरुद्ध वहीं दफ़नाया जाना था।

अपने ज़िंदा रहते, अपने लोगों के प्यार और सहारे को तरसती रुत्ती की नश्वर देह के साथ उसके पिता जो ग्यारह साल पहले ही उसकी मानसिक अन्तयेष्टी कर चुके थे, साथ थे। उसके वे सारे दोस्त जो कभी उसे बहुत चाहते थे, लेकिन पिछले ग्यारह साल से उससे दूर थे, कब्रिस्तान जा रही बग्गी के साथ चल रहे थे।

क़िबला के समानान्तर क़ब्र खोदी जा रही थी। कब्रिस्तान में जिन्हा और कांजी साथ बैठे दफ़्न की तैयारी देख रहे थे। कांजी रुत्ती की अंतिम इच्छा पूरी करवाने में असफल रहा था। जिन्हा के चेहरे पर कोई भी संवेदना नहीं थी। वह अपने हर जज्बात को क़ाबू में किए हुए था। बल्कि ख़ुद को सहज सिद्ध करने हेतु राजनैतिक चर्चाओं में तल्लीन हो गया था। जो इस बात को साफ़ बता रहा था कि उसके लिए उस पत्नी, जिसे उसने मछली की तरह प्रेम में फाँस कर मरियम बनाया था, की मृत्यु का जीवन में राजनीति से अधिक महत्व नहीं है। ऐसे वक़्त तो पति के भीतरी मन में चल रहे दु:ख के आवेग को कोई सामान्य व्यक्ति तक सहन नहीं कर सकता। जबकि जिन्हा इस मौके पर भी अपनी राजनीति पर ही केंद्रित था।

रुत्ती की देह को क़ब्र में उतारा गया। उसका दाहिना बदन पवित्र मक्का की तरफ़ था। रस्म और नियम के अनुसार जिन्हा को उसकी क़ब्र पर सबसे पहले ख़ाक-ए-शेफ़ा तुरबाह (मिट्टी) के तीन गोले दिए गए।

आख़िर वह उसकी पत्नी थी। भले ही उनमें मिठास न रही हो लेकिन आकर्षण तो था ही। जिन्हा को क़ब्र में सोई अपनी उस प्रेयसी, जिसपर उसने अनदेखी और उपेक्षा के कांटे न जाने कितनी बार डाले होंगे, आज उस पर मिट्टी डालने के लिए आगे बढ़ते हुए, मन में जो भी सुनहरी यादें रही होंगी याद तो आई ही होंगी। उसकी आँखों में नमी तैरी भी या नहीं कोई नहीं जानता। कुछ पल को वह सिंहर गया था। रुत्ती की असमय मौत का जिम्मेदार तो वही था। लेकिन फिर उसने मिनट भर के समय में स्वयं को कठोर किया और अपने भावों पर क़ाबू पा लिया। कांजी यह देखकर हैरान था कि यह व्यक्ति कितनी जल्दी पत्थर हो सकता है।

वह क़ब्र में उतरा, सामने एक ख़ूबसूरत सी लड़की दुनिया की बद्सूरती देखकर ख़ामोश लेटी हुई थी। धरती ने उसे अपनी गोद दी थी। जिन्हा ने उस पर अपनी हथेलियों में रखे मिट्टी के उन तीन गोलों को देखा। कभी दार्जिलिंग में महानंदा नदी की चट्टान पर धागे जैसे चाँद की गवाही में उसकी इन्हीं हथेलियों में एक ख़ूबसूरत मासूम चेहरा था। आज वह चेहरा क़ब्र में लेटा हुआ शायद उससे पूछ रहा था कि- "यह तो बताओ 'जे' मेरा क़ुसूर क्या था? जो तुमने मेरे प्यार के एवज में मुझे जिल्लत, बीमारी, उपेक्षा और अथाह दु:ख दिए"

तुरबाह हाथ में लिए जिन्हा के पास उस मासूम की ख़ामोश आवाज़ का कोई जवाब नहीं था।

उसने तुरबाह का एक गोला उसके सिर के नीचे रखा, एक ठोढ़ी के नीचे और एक कंधे के नीचे। इस्लाम की परम्परा के अनुसार दुआ की। फिर बाहर आ गया। एक बार उसने फिर क़ब्र में सो रही उस देह को देखा।

क़ब्र खोदने वालों ने उस पर मिट्टी डालकर ढांक दिया। आख़िर में लोगों ने श्रद्धांजलि दी और उन्तीस साल की रुत्ती हमेशा के लिए ज़मीन में अदृश्य हो गई। उस क़ब्र पर एक ख़ामोश प्रेमी कांजी ने पूना से बुलवाए गुलाब की पंखुरियां फैला दीं। जिन्हा ने उन्हीं फूलों से कुछ फूल लेकर रुत्ती की क़ब्र पर रख दिए।

एक बेमेल मोहब्बत अपने वक़्त की तहरीर लिखते हुए अफ़साना बनकर दुनिया के सामने रह गई। जो आज भी कह रही है-

"क्या यही प्यार है?"

87

नए साउथ कोर्ट के उस हॉल में सोफ़े पर बैठे इकसठ साल के जिन्हा की तंद्रा टूटी। वह गहरे अँधेरे कुएं में से बाहर झांकने की कोशिश करने लगा। उसकी बेटी दीना ने अपना

फ़ैसला नेविल वाडिया के पक्ष में सुना दिया था। वर्तमान ने इतिहास के स्याह सफ़े पर एक तमाचा मारा था। जिन्हा को अपने गाल पर एक निशान उभरता हुआ महसूस हुआ। दिनशॉ पेटिट की जगह आज जिन्हा था। मामाबाई की जगह फ़ातिमा थी। पेटिट हॉल के स्थान पर साउथ कोर्ट था। दीना पेटिट की जगह बैठने के लिए रुत्ती नहीं थी। जिन्हा के मुंह से निकल गया-" क्या यही प्यार है?"

मिस दीना जिन्हा की आवाज़ में उस अँधेरे कुंए की दीवारों से टकराकर प्रतिध्वनि करता एक उत्तर गूँजा-

"हाँ यही प्यार है, हाँ यही प्यार है"

रुत्ती की श्वेत-श्याम फोटो की मुस्कुराहट ने दीना की बात का समर्थन करते हुए कहा

"हाँ 'जे' यही तो प्यार है"

लेखक परिचय

व्यक्तिगतः

चौधरी मदन मोहन समर

पिता चौधरी कृष्ण प्रकाश

माता श्रीमती सत्यारानी

पत्नी श्रीमती सरिता समर

पुत्र, पुत्री, पौत्री, नातिन

जन्म 6 अगस्त 1963

सुल्तानपुर जिला रायसेन मध्यप्रदेश

मातृभाषा पंजाबी

लेखनः

- हिंदी एवं पंजाबी
- विधा- कविता, कहानी, उपन्यास, यात्रा वृत्तांत, व्यंग्य लेखन
- सम्प्रति- मध्यप्रदेश पुलिस में उप पुलिस अधीक्षक
- वर्तमान में सहायक पुलिस आयुक्त भोपाल से सेवा-निवृत

प्रकाशित पुस्तकेंः

- "समय समेटे साक्ष्य" काव्य-संग्रह
- "सियालकोट की सरहद" खण्ड काव्य
- "जीवन में कुछ और बहुत है" काव्य-संग्रह
- "समुंदरों के पार" यात्रा वृत्तांत
- "पानी की परत" कहानी संग्रह

काव्य एवं साहित्यिक यात्राएंः

- 10वें विश्व हिंदी सम्मेलन भोपाल एवं 11वें विश्व हिंदी सम्मेलन मॉरीशस में भारत का प्रतिनिधित्व
- यूनाइटेड किंगडम एवं रिपब्लिक आयरलैंड के 15 नगरों में हिंदी पखवाड़े के अवसर पर काव्यपाठ

ओमान के सोहार शहर में काव्यपाठः

- दिल्ली गणतन्त्र दिवस लालकिला कवि सम्मेलन में 10 वर्ष काव्यपाठ
- देश के प्रतिष्ठित कवि सम्मेलनों में काव्यपाठ

संगीतबद्ध रचनायेंः

- चिठ्ठी है भक्त की
- है जान तिरंगा

विद्वानों ने चुनकर दिया:

- तुलसी माखन सम्मान खंडवा 2005
- रामशरण गुप्त स्मृति सम्मान मैनपुरी 2009
- स्व.ओमप्रकाश श्रीवास्तव स्मृति सम्मान लखनऊ 2015
- पं.दीनदयाल उपाध्याय साहित्य सेवा सम्मान लखनऊ 2016
- शब्द शिल्पी सम्मान जबलपुर 2015
- श्री सुखदेव प्रसाद गुप्त सम्मान उन्नाव 2015
- कर्मश्री सेवा सम्मान भोपाल 2017
- सहित्य गन्धा ओज सम्मान लखनऊ 2018
- दुष्यंत संग्रहालय का बालकवि बैरागी ओज सम्मान भोपाल 2018
- स्व.ब्रह्मदत्त द्विवेदी स्मृति शब्द कलश सम्मान फर्रुखाबाद 2019
- क्रांतिदूत सम्मान लखनऊ 2020
- डॉक्टर उर्मिलेश ओज सम्मान बदायूं 2020
- निराला साहित्य परिषद सम्मान बरेली 2020
- भामाशाह सम्मान लखनऊ 2022
- भवानीशंकर अलंकरण नर्मदापुरम 2023
- पुलिस मित्र सम्मान दिल्ली 2023
- साहित्य भारती सम्मान दिल्ली 2024
- मदनमोहन मदारिया अखिल भारतीय साहित्य परिषद् कथा सम्मान 2024
- इंजी. प्रमोद शिरोढकर विरहमन राष्ट्र प्रेरणा मध्यप्रदेश लेखक संघ सम्मान 2024
- स्व. बागमल पवैया कथा कलश सम्मान 2024
- साहिर लुधियानवी अकादमी सम्मान-2025
- खाकी आईकॉन अवॉर्ड इंदौर 2024
- पुलिस विभाग में विभिन्न कार्यो हेतु 450 से अधिक पुरुस्कार

सम्पर्क:

16, श्रीहोम्स, चूनाभट्टी कोलार रोड, भोपाल 462042

ईमेल: shabdupasna@gmail.com

मोबाइल: 9179052222

www.ingramcontent.com/pod-product-compliance
Lightning Source LLC
LaVergne TN
LVHW100435051026
849518LV00004B/1503

* 9 7 8 9 3 5 8 6 9 4 2 9 1 *